Memory House

记忆坊出品

【You Deserve a Brighter World】
命运，本是一场轮回。

我们向往美好的爱情，可我们更需要友情，
因为它让我们在这个世上变得强大，
变得不再孤独，变得更有勇气追逐自己的目标和梦想。

【You Deserve a Brighter World】

成长——是失去，也是得到。

【You Deserve a Brighter World】

你的世界，星光如初

【You Deserve a Brighter World】 （上）

青罗扇子 著
QINGLUOSHANZI WORKS

新世界出版社

图书在版编目（CIP）数据

你的世界，星光如初 / 青罗扇子著. -- 北京 ：新世界出版社，2013.11
ISBN 978-7-5104-4083-0

Ⅰ. ①你… Ⅱ. ①青… Ⅲ. ①都市小说－中国－当代
Ⅳ. ①I247.5

中国版本图书馆CIP数据核字(2013)第269080号

你的世界，星光如初

策　　划：北京记忆坊文化
作　　者：青罗扇子
特约编辑：钮珂珂　张才曰　暖　暖
责任编辑：杨雪春
封面摄影：灵牵手
封面设计：80零 · 小贾
责任印制：李一鸣　冯宏霞
出版发行：新世界出版社
社址：北京市西城区百万庄路24号（100037）
发行部：（010）6899 5968　（010）6899 8733（传真）
总编室：（010）6899 5424　（010）6832 6679（传真）
http://www.nwp.cn
http://www.newworld-press.com
版权部：+8610 6899 6306
版权部电子信箱：frank@nwp.com.cn
印刷：三河市汇鑫印务有限公司
经销：新华书店
开本：670*970　1/16
字数：540千　印张：32
版次：2013年12月第1版　2013年12月河北第1次印刷
书号：ISBN 978-7-5104-4083-0
定价：56.00元（全二册）

目录
Contents

▸第一章

第一次见到陆瑜的时候，他正讽刺我男友叶子澈稚嫩，空有一张脸，脚踏两只船。那时举办party的别墅花园蔷薇开得正好，月色朦胧，但他的声音破坏了一切美景。我一个“不小心”，将手里的香槟全数泼了过去，恰好浇在了他的脸上。

背后嘲讽人，老天都见不惯。

就在我暗算完毕，报了新仇，准备偷偷溜走的时候，他却粗鲁地一把将我从天鹅绒窗帘后边扯了出来。没错，就是硬生生地“扯”了出来。从十六岁出道，至今三年，公司和经纪人一直把我定位成甜美少女风，在公开场合走可爱路线。那天我正好穿了一件鹅黄色小礼服，腰上一圈黑色蕾丝缎带，背后一个精致的蝴蝶结，结果他扯住蝴蝶结，将我往后猛地一拉，我被他带得一个踉跄，差点跌倒！

当时第一个反应就是，完了，被逮住了！但马上第二个反应就超出了第一反应——只听见“刺啦”一声，背后蝴蝶结连同腰部缝上去的蕾丝全数被扯掉了，即便胸前有女星穿晚礼服必不可少的胸贴和胶封，前面贝壳状的胸托还是掉了下来……

我和对方双双目瞪口呆。

出道三年，我从没想到传说中的“露点博版面”的事会是在这种情况下发生。

我连忙捂住胸，始作俑者陆瑜却恶劣地勾起唇角：“胸部线条不错。”

这个男人身着一套Lanvin男士西服，多面料的混搭之中透着欧洲贵族的华丽气质，完全可以媲美米兰时装周上的国际男模。只是，在静谧的月色下，他漆黑深邃的瞳仁里却闪着一丝玩世不恭的恶意。

娱乐圈鱼龙混杂，天才、艺术家和变态随处可见，他们创造艺术与美学，也搅动着人类的欲望与物质。至于眼前这个人……我一眼就把他归为后者。

唯一值得庆幸的是，此时这里只有我跟他两个人，没有狗仔和熟人，不至于曝光也不至于太过丢脸。

可是，是可忍孰不可忍。

哪个绅士会在把少女裙子拉掉之后，只一句“胸部线条不错”？！呵呵呵，我露出招牌甜美笑容，然后，在这个叫作“陆瑜”的男人微微惊讶的视线下，一下子凶残地把他推倒在蔷薇花丛中。

你让我狼狈，我也要让你难看！

“哎哟，小嘴挺毒的嘛，毒舌男！让你毁我衣服，让你骂我男友！”

陆瑜一时没有反应过来，被我偷袭得手，但是几秒之后他就皱眉道：“你是YOUNGRIL的凌影？”

被发现了？我心里一个哆嗦，面上却是恶狠狠地瞪了他一眼，虚张声势：“凌什么影？！告诉你，夜路走多了总会遇见鬼！”然后一把抢过他的西装外套，披在惨不忍睹的小礼服外面，赶紧偷偷溜走了。

我对这件事印象颇深。

除了衣冠不整而被萧萧还有经纪人Tim嘲笑，那件品牌商赞助的小礼服也被扯坏了，不得不花了几十万买下也让我肉痛不已。那时我和萧萧所组成的YOUNGRIL已经是最受欢迎的少女组合了，人人都羡慕我们才十九岁就已经红遍亚洲，但我还是想多存些钱，等法定年龄一到，就跟叶子澈隐婚。

对，没错，即便我已是人气偶像，但恋爱大过天！

当时我把这件事告诉了叶子澈，他抚着我的头发，眼神温柔得如同五月和煦的风："都是小天后了，何必跟人一般计较。做明星要淡定。"

我靠在他的怀里，感受着他温暖的气息："我才不要，讽刺我无所谓，可我就是讨厌别人说你坏话。"

叶子澈是这么好，我无法容忍别人在背后中伤他。

那个时候的我觉得自己拥有全世界。身边有宠爱纵容着我们的经纪人，有跟我一起为梦想奋斗的搭档加好友萧萧，还有我喜欢也喜欢着我的男友。我们在最美好的时光里，拥有最美好的青春。梦想，友情，爱情，虽然一路崎岖，却还是被我们握在手心里。

星光再灿烂，但是跟全世界比起来其实如此渺小。

我真的以为我们会这样一直到天荒地老。

然而，所有的一切在YOUNGIRL的演唱会上被打破。

那是我和萧萧全国演唱会的最后一站，叶子澈也会作为特别嘉宾出现。我刚推开化妆间的门，就听到一道熟悉的温柔声音在询问："累不累？"

我的心先是一暖，但随后狠狠一震，映入眼帘的是全然不可置信的场景。

那道声音是如此温柔，如此熟悉，连里面的关切都听得清清楚楚。从以前到现在，只要听到这道声音对我说加油，我就会真的鼓起勇气，再努力一点，再坚持一点。

所以，怎能让我相信眼前所见到的一切是真的？

忘了是怎么退出化妆间，忘了叶子澈错愕羞愧地说了哪些话，忘了是怎么跟萧萧一起出现在舞台上，粉丝们则大声叫着"YOUNGIRL""YOUNGIRL"，大声叫着"萧萧""凌影"，大声叫着"萧萧凌影你们是最棒的，我会永远支持你们……"

这些少女们，将我们视为偶像，将我们视为榜样。

她们把所有的爱和狂热都给了我们，我甚至可以听见她们因欣喜而发出的哽咽声。

只是现在，看着她们，我的心却在滴血。

对不起，让你们失望了。对不起，你们看到的一切已经成为了假象。

动感的节奏响起，缤纷的光柱四处闪射。

大屏幕上投射出我和萧萧的身影，每一个表情都看得清清楚楚。上面的我，露出招牌式的甜美笑容——那个被媒体称为“看着就能让人感受到朝气与活力的笑容”；上面的我，跟刚刚与我的男友亲密搂在一起的萧萧一起手牵着手唱着歌。

必须笑着。

必须将最灿烂的笑容和歌声献给为我远道而来的无数歌迷们。

我和萧萧一起唱着：“因为有你，所以梦想都变得好接近。无论做什么，我都知道你会挺我……”

这是我们的成名作。

这是YOUNGIRL的代表作，是我们的青春，是我们的友情，是无论何时，只要萧萧站在我旁边，我就会唱得无比投入的一首歌。

只是，从这一刻起，再也不会了，再也不会了。

数万名观众犹如黑色的海水起起伏伏，全场的气氛high到了极点，观众们兴奋地尖叫着，为我们拼命摇着荧光棒，为我们激动地欢呼着！强烈的镁光灯照射过来，巨大的喧哗声充斥在我的耳畔，原本无比熟悉的场景，这一刻却刺目得让我想流泪。

明明被这么多爱我的粉丝包围。

这么多的爱……

演唱会完毕。

舞台上的灯一盏盏地熄灭，整个世界一瞬间被黑色的光影笼罩。经纪人Tim见情势不妙，不想插手我们几个人之间的感情纠葛，找了个机会走掉了。

只剩下我、萧萧、叶子澈三个人在演唱台上对峙。

后台堆满了粉丝们送的鲜花，红的、粉的、紫的，还有叶子澈特别送给我的玫瑰，号称英国殿堂级的David Austin Rose，其中有一捧郁金香却是特别从法国空运过来送给萧萧的，上面沾着露水，仿佛一朵含苞待放的爱情，价格只高不低。当时我还打趣地追问萧萧，到底是谁在这么用心地追求你？

现在看着叶子澈撇过去的侧脸，我全懂了。

一直觉得叶子澈是个细心而温柔的人，只是现在，他对萧萧显然比对我更温柔更用心。

“事情就是你看到的。我跟叶子澈在一起了。我不会放手。”萧萧以一个极其帅气的pose站着，干脆地说道。她脸上化着无懈可击的妆容，像是拍摄完成的时尚杂志封面一样，浑身上下充满着被锐化过的浓烈，就连她的恋情态度也是同样的咄咄逼人。

短短三句话，一切都交代清楚了。

我们俩都是十九岁，不过公司给萧萧的定位是中性帅气，跟我的定位形象刚好互补。平日她都作中性打扮，从形象到性格都我行我素，神秘中略带一点嚣张，仿佛一枚闪着低调光芒的黑钻，被她的粉丝们大叫好酷好有个性，连很多男明星都称赞过她神秘、冷傲。

如果这是她主演的偶像剧，我一定会像小粉丝一样，叫着好帅，叫着萧萧是最酷最有型的，也沉迷于她的这种魅力之中。

并不是花痴，并不是没有判断力。而是我是她的死党，是她的闺蜜，是跟她一起闯荡娱乐圈的战友——我比这个世上的任何一个人更懂得欣赏她的优点，比这个世上任何一个人更信任她！

可是现在，真相“啪”的一声，赤裸裸地甩了我一记耳光。

她劈腿的却是我的男友。

“你太搞笑了吧。你说在一起就在一起？”眼眶发涩，热滚滚的液体争先恐后地想要奔出，分不清痛的是我的尊严、充满背叛的爱情，还是破碎廉价的友情。

我想反唇相讥，我想讽刺鄙视他们，我想用尽一切言语谴责唾骂他们。到底有没有拿我当死党，到底有没有珍惜过我的付出和我同你的情谊？！

可是叶子澈和萧萧站在我对面，两人的影子浓浓地横拦在我跟他们之间，像是一道巨大的天堑不可逾越。他们俩的目光充满着戒备，那一刻我终于明白：我，才是他们需要对抗，需要严加防守的敌人。

喉咙像被一只手掐住，我张了张嘴，却是什么话语都堵在了喉间。

太难受了。

被这样的目光，这样的态度对待，真是太难受了。哪怕有一丝惭愧和内疚，我都会觉得你们并不是没有良心。

而在我启唇之前，萧萧就已经先开口，她的眉宇之间充斥着不耐与冷漠，像是没有耐心对待一个纠缠不清的人：“凌影，我们跟你在一起很累。你真的很做作，又喜欢扮清纯装甜。声线和唱功就那样，专辑里所有的高音部分都是我在唱，我真的不明白公司为什么要把我们弄成组合！就因为你长得漂亮？没有实力的人，不配得到我的尊重。”

如果之前的真相甩了我一记耳光，那么现在这些令人屈辱的话简直将我的心活活撕裂！

外面一道惊雷炸起，整个屋顶都被震得颤抖了起来。银白色的闪电划过天际，像一把锋芒毕露的匕首斩破一切，把萧萧的脸照得雪亮，照得如此陌生，如此冷酷。

世界在这一刻显得格外的真实，也格外的丑陋。

我只看着萧萧帅气的嘴唇一张一合，看着叶子澈沉默不语地站在她的旁边，他们冰冷的目光与言语像一支支有毒的利箭，向已经千疮百孔的我射过来。

这就是他们要说的吗？这就是他们给我的交代吗？这就是他们做这一切的理由吗？

我仿佛从未真正认识过他们。

从前的那些“YOUNGIRL FOREVER”“我爱你”“我会保护你”消失殆尽。那些欢笑与信任换来的友谊，那些亲昵与誓言换来的感情，从这一刻起，在血与泪的黑暗谎言中变成了被风化腐蚀的朽木白骨。

大雨倾盆。

经纪人已经回去，萧萧跟叶子澈一块坐着黑色的保姆车走了。我一个人走在路上，被瓢泼般的大雨淋得透湿，仿佛一个被挖走了心的孤魂野鬼。黑色雨水仿佛眼泪从天空落下，一滴滴顺着我的脖子滑进我的衣服，冻得我浑身直打颤，牙关咯咯作响。

一辆的士开过，“空车”两个亮红的字，在茫茫雨夜格外醒目。

我招手，车子刚停，正要打开车门进去，没想到从后面跑过来的人抢先一步打开车门。我一下子被撞倒在地，两手勉强撑着地面，跪坐在满是雨水和泥泞的地上。等我再抬起头时，的士已经开走了。

手腕擦破了皮，流出血，混着黑色寒冷的雨水。

雨水落进我的眼睛里，咸咸的，湿冷的衣服跟我的皮肤粘在一起。想从地上爬起来，脚踝却传来一阵锥心刺骨的痛，手腕也跟着痛了起来，到处都痛。

磅礴的大雨冲刷着我，像是冲刷着这个世上一片孤零零的树叶。

谁能认出这么狼狈的人是凌影？是刚刚开完全国演唱会的凌影，是时下最受欢迎的YOUNGIRL的凌影？

连我自己都快不认识自己了。

一直佯装坚强的我跌坐在地上，最后一丝力量也用尽，雨水凄厉地砸在我的脸上。

就这样吧。

把我淋湿，把我淋病，然后明天让我在温暖的被窝里醒来，发现这一切不过是我做过的最可怕的噩梦……

温热的液体溢出眼眶。

黑暗仿佛潘神的迷宫，整个城市被一片黑色的雨雾弥漫冲洗。不知道在雨中待了多久，也许几分钟，也许几个小时——突然，一只手拽住我的衣领！对方站在我背后，我看不到他的脸，不知道是谁。恐惧犹如海浪凶猛地打了过来，在这漆黑的夜里吓得我大叫起来。各种骇人听闻的传闻在脑海里回闪，惊恐从我心底滋生。对方似乎清楚我行动不便，改拽为抱，一只胳膊从我的膝盖处伸出，另外一只手揽过我的肩，一个公主抱强制性地把我从地上抱了起来。

“救命！救命……”我更加不安，使出吃奶的力气对对方拳打脚踢。

大幅度的挣扎一下子就将他的衣服弄湿了，大雨不断浇在我们身上，我们两人就像两只湿漉漉的落汤鸡，一挥手就能带起一条雨链，见我还在挣扎，对方恶狠狠道：“给我闭嘴，再叫我就把你丢下去！”

他的威胁一下子起了作用，我被震慑住了，这人到底是谁？！我抹掉眼帘上的雨水，定睛一看——竟是曾经被我推倒的那个男人，陆瑜。

“怎么是你？！”我万分不可思议。

“不叫了？”陆瑜没有回答，反而勾起嘴角。

霓虹灯的光线在雨帘里像是被浸湿的翡翠宝石，雨水落在陆瑜漆黑浓长的睫毛上，再顺着他的脸颊滑落下来。

对方如此恶劣，让我不得不服从。

我顺着他的意思，点了点头。没想到，陆瑜却作势将手一松，我完全没有防备，大叫一声，手忙脚乱像八爪鱼一样搂住他的脖子。

“你居然、你居然放手！”惊魂未定的我整个人都不好了，这到底是什么人啊？

陆瑜的脸上竟浮起一抹笑：“因为看见你一蹶不振的样子，就很讨厌。”

我现在的样子……连一个陌生人都觉得鄙夷么？

屈辱地咬了咬唇，我抬起头回应：“一蹶不振？你哪只眼睛看到我一蹶不振，本姑娘心情很好！”

“是吗？那是我看花眼了？”

“就是！就是你看花眼了！”佯装从眼眶里滑落的不是泪水，我超级嘴硬。

“好吧好吧，女人就是麻烦。”陆瑜投降般地摊摊手，一副不想跟我争的样子，在雨夜里很是嚣张。

真是个恶劣的男人啊，我心里评价道。

只是，这种恶劣奇异地把我刚才悲伤的情绪全部驱散了……

我被陆瑜抱进他车子的后座。

他并不怜香惜玉，几乎是把我扔进去的，但却一点不在意我把他的名车弄脏弄湿。不像叶子澈。叶子澈一向爱干净，不喜欢别人把他的车弄脏一点点。即便是我，在车里吃零食也会被他念叨。

陆瑜漫不经心地拂了拂衣服上的水珠，打开暖气，把外套脱了丢在副驾上：“每次见到你，我都要损失一件外套。”

我回想起第一次见面的时候，也是顺手“带”走了他的外套：“你也可以不损失。”

“那你现在就赔啊，在雨中痛哭失声的可怜少女？”

我被噎了一下。“可怜”两个字，像一座血字石碑，再一次戳到我的痛处。我慢慢撇过头，用力扯动已僵硬的嘴角，装出一副轻松的口吻：“可怜，什么可怜？我可是现在最受欢迎的YOUNGIRL成员，超红的，一场演唱会几万粉丝会来。再说了，这年头，不就是失个小恋，被劈个小腿，别说娱乐圈，就是正常生活中也司空见惯嘛。我才不会放在心上。我有什么可怜的？我才不可怜。”

说到最后，都不知道是在说给陆瑜听，还是自己。

是啊，不就是失恋么，不就是被劈腿么？想起第一次遇到陆瑜，还因为他冷嘲叶子澈是渣男，我气愤不已。回去还对叶子澈说，我不许别人那样说你……

我真是笨啊。想到这些，我的眼睛又开始发涩。

车里陡然寂静了一会儿，只有熏人的暖风无声地朝我吹来，陆瑜漆黑的眼睛从后视镜里望了我一眼，接着一只胳膊伸过去把半湿的外套扔了过来，砸在我头上：“不换衣服就披上！”

我被砸得一愣，抓着他半湿的衣服呆住了。

第二章◀

“那你恨你死党吗？”陆瑜倒了一杯威士忌。他的头发湿湿的，格外的黑，而更幽黑的是他的眼睛，他看着我，仿若安慰状，可我却觉得他不安好心。

我跟萧萧住在一起。我不想回去，于是被他带到他家。

陆瑜的家很大很豪华，欧式设计，黑色镂空花纹的铁门。我浑身湿漉漉的非常狼狈，可是他没提让我洗澡的事情，我也就没有说什么。

我坐在他对面的沙发上，双臂怀抱着自己。

我恨萧萧吗？

她抢走了我的叶子澈，这不仅仅是抢走我的男朋友这么简单。一直以来，我以为她是我的战友，是我的朋友，更是在这浮华凉薄的娱乐圈里唯一可以信任的人。跟她在一起，我不用担心勾心斗角，不用担心她踩着我上位，不用担心她抢我的歌抢我MV的制作经费抢我的录音棚……

如果是别的女人，我可以大骂她们，大骂叶子澈花心渣男，可是现在这个人是萧萧，所以我才会想，弄到这个地步，到底是不是我的问题。

是不是我哪里不够好?

他们的欺骗和背叛，让我有了一种自己被完全否定的感觉。

“恨又怎么样？”我难过地反问。

窗外大雨如瀑，整个世界沉浸在一片灰蒙之中。或许是因为夜晚的关系，连空气都显得特别伤感。而人类的孤独感可能更多的在于，某一刻，你发现自己与他人已然不是同类。

“想不想大红大紫，给他们点颜色看看？”陆瑜在室内吧台旁抿了一口巴黎之花。这款香槟是横跨两个世纪的优雅缩影，然而，他却丝毫跟优雅沾不上边。

我白了他一眼，没有理他。

任何好处都是有代价的。更何况，即便遇到这样的事情，我还是想对我的人生负责。

陆瑜眼中闪过一抹微光，他走过来，居高临下地看着我，然后微微俯身，用食指勾住我的下巴嘲弄道：“只要你陪我一晚，我就让你当我们公司下部电影的女主角。”

我刚刚被淋成落汤鸡，衣服湿了，妆也花了。在我化着最漂亮甜美的妆容时，他不提这个，现在我落魄成这样，他反而饶有兴趣。

我抬头望他：“你是被我揍傻了吗？”

一直有种他不安好心的错觉，到现在终于明白了。

在冷雨夜里抱我上车，把我带到这么漂亮的房子里，现在还一副安慰状地询问我究竟发生了什么事，可是自始至终，这个叫作陆瑜的男人，黑色的眼睛却像雨水一样的冰凉，而在这冰凉之下一直有着一种嘲弄。

他压根儿就看不起我，就像当初在别墅花园嘲讽着叶子澈一样。

或者，他根本就觉得所谓的演艺圈里发生这些事情实在是太平常不过了，娱乐圈就是这样，今天你跟这个好，明天你跟那个好。上位曝光、争名夺利，连台下的看客都对这些清清楚楚，在这种环境里，一个女孩子因为失恋背叛的痛苦只不过犹如蝼蚁般微小。

他像是没有听懂我的拒绝，反而更加靠近，嘴角泛着的微讽笑意则更加明显：“情情爱爱根本不靠谱。只要你比他们更有名，更有地位，你就可以随时随地鄙视轻蔑他们，把他们踩在脚下。”

陆瑜迷人带着一点邪气的眼睛凝视着我，仿佛湿漉漉的雨雾扑在我的脸上，有一种黑暗湖水般的蛊惑。我跟他对视了几秒，然后，一把推开他——就跟第一次把他推倒在花丛中一样："别傻了！我凌影不至于失个恋就走到这一步。"

是觉得伤心、屈辱、愤怒，但不至于走火入魔到背弃自己做人的准则。

我再次肯定陆瑜是变态，而且还是心理很扭曲的变态。要不怎么会在别人失恋的时候，拿这种魔鬼条件诱惑他人，挑唆他人报仇？分明就是想看这种相爱相杀，旧爱复仇雪恨的狗血故事。

陆瑜被我推得后退了几步。

我一把将他给我的西装外套丢回到他头上："娱乐圈的风气就是被你们这种人带坏的！"

我手上缠着纱布，一瘸一拐去了公司。今天要拍新专辑的封面照，虽然不知道要以什么面目什么心情去面对萧萧，但我也不想临阵脱逃。

经纪人Tim一看到我这样，连忙翘着兰花指，风风火火地走过来，关心地问道："宝贝，怎么搞的？"

我撒了一个小谎："不小心摔了一跤。"

他心疼地开口："以后走路小心点嘛。宝贝，你现在可是重要的偶像，受了伤大家都会心疼的。来，我看看，幸好没摔到脸，今天还可以拍照。"

我乖巧地冲他点点头笑笑，算是听进去了他的安慰。

Tim快三十岁，有点娘，没有大男人的霸气，但是从我们十六岁出道，他就一直带我们，整整三年，平日对我们很是关心体贴。

萧萧则在一旁摆着一张酷脸，戴着一副Gucci的墨镜，双手插在口袋里，好似什么事都与她无关。她一直没有说话，直到此时才冷冷哼道："一个歌手发生意外，被说幸好'脸'没事，呵。"

我知道她说的是什么意思。身为歌手，最重要的是声音，是对歌曲的理解，是对歌曲的演绎和诠释。可在受伤之后，经纪人恐怕还有公司关心在乎的，只是我这张脸，这张脸所能带来的广告代言和经济收入。

萧萧很酷，酷到说这种话的时候，没有人觉得她不对。

Tim拦在我们中间，笑得很假，打着圆场："今天拍专辑封面和海报，脸当然重要了。好了好了，去化妆吧，摄影师还等着呢。”

萧萧冷笑了一声，迈开细长笔直的双腿，帅气利落地走在我前面。她留给我一个背影，一个强势而冷酷的背影。

我不明白。

为什么明明是她的错，可是却能做出这种凛然的样子来？为什么受到伤害的人被鄙视，伤害别人的人却能如此理直气壮？

这次的专辑名叫《摇滚公主：Rock & Roll Princess》。

为了配合专辑名称，造型师给我们设计的造型也偏摇滚风格。萧萧一身黑色皮衣，黑色皮裤，脚踩一双高膝长筒靴，戴着露指手套，拿着一把火红色的吉他。她细长的脖颈间挂着一个皮质项链，上面钉着银色铆钉，跟胸前的银色十字架遥相呼应。

她的短发嚣张利落，口红是MAC经典大红，特地化了一个略微夸张的烟熏妆，整个人又朋克又神秘，尤其是仰着下巴的时候，举手投足绝对摇滚明星范儿。而为了跟萧萧互补，以及出于对摄影画面的考虑，造型师还是让我穿了一件粉色蕾丝蓬蓬裙，只在眼妆上做了修饰，很精致地扫了一圈金色眼影，粉嫩系的腮红，水淡色的唇彩。蕾丝蓬蓬裙一层一层翘起，有种梦幻小公主的感觉。跟萧萧站在一起，摇滚的嚣张，公主的梦幻，全部出来了。

摄影棚已经布好光，放着我们最新的单曲。

浓郁的摇滚曲风像是龙卷风一样奔涌在整个摄影棚，震撼饱满的鼓点，鲜明动感的节奏，主打歌《Rock & Roll Princess》非常有爆发力。我和萧萧先是每人单独一句，然后是合唱，接着再是高潮部分，萧萧狂飙高音华丽插入。这首歌请了音乐教父亲自操刀，当初在录音棚一句一句地录，录了很久，出来的效果显然很不错，极具感染力和煽动性，它充斥在所有人的耳中，充斥在所有人的血液里，好像整个灵魂都要跟血液一样兴奋燃烧起来。我看到在场工作人员都跟着亢奋了起来！

摄影师来自美国，是国际一线时尚杂志最受欢迎的摄影师，所拍摄的人物照片极具时尚美感，之前也为我们拍过封面，所以合作起来驾轻就熟。他朝我们招了招手：“来吧，你们摆好pose！跟以前一样，萧萧摆酷，凌影甜美。”

他招着手，让我们两人站在镜头前。

萧萧侧身而立，眼神冷漠，神秘而高傲。我双手在背后交叉，单腿翘起，摆出一个常见的可爱造型。摄影师举着单反，调着焦距，按了两下快门，接着有点疑惑地从相机后望向我们："靠近一点。哈哈，怎么搞得跟陌生人一样，一点都不亲密。"

说者无心，听者有意。

我和萧萧都有些僵硬地相互靠近了一些，只是双方的表情都是不自然的。

歌曲依旧极有节奏地响着，回荡在空气之中，那里面我和萧萧的和声非常完美，那时连音乐教父都称赞我们声音很有爆发力，更重要的是默契十足。

摄影师还是不满意，皱着眉，认真地指挥着："过去一点，萧萧，靠着凌影的背。亲密，亲密，平日那种亲密自然的样子就够了。"

萧萧不愿动。

我咬了咬牙，听从摄影师的安排，把背贴向萧萧。

在贴合上去的那一刻，我能明显地感觉到她的后背猛地一绷，防御排斥之意非常明显。这样的反应，其实让我的心情更糟糕。难道我愿意贴着她吗？事实上，跟萧萧在一起的每一分每一秒，都会让我想起她跟叶子澈紧紧相拥的那一幕，愤怒、伤心、耻辱像蠢蠢欲动的火山想要爆发。

"我依旧会佯装你是我最好的朋友。但是从这一刻起，我对你的每一次搂抱，都是我对你的憎恨；我对你的每一次微笑，都是我对你的讥讽。"以前看过这样一句话，没想到现在，正适合用在我和萧萧身上。

我们换了pose照了几张，美国摄影师看着回放，边看边摇头。

"今天怎么回事？状态这么差。这不是真正的你们。"

摄影师对我们的表现很不满意，再次示意我们相互搂住对方，相互凝视。

身为YOUNGIRL二人组合，这样的动作以前拍过很多次，即便不拍，日常生活中我跟萧萧也会相互嬉闹搂抱，但是这一次，我们却做得如此尴尬，如此僵硬。

明明内心讨厌着对方，又怎么能表现出一副喜欢的样子？

摄影师有些困惑，眨了眨湛蓝色迷雾般的眼眸："凌影你笑得太不真实了。萧萧，你的视线，视线飘到哪里去了？"

气氛有些尴尬，Tim见苗头不对，安抚道："好啦好啦，她们昨天开演唱会累得要死，到现在精气神还没恢复过来呢。要不歇会儿再拍？"

摄影师眼睛转了一圈，放下专业相机，做出一个“可以理解”的手势。就在他正要接受这个理由时，萧萧突然冷冷丢下一句：“老这样拍，真没意思。”

摄影师一下子愣了，Tim也愣了。

浓黑的睫毛衬得萧萧完美的妆容有种冰冷的金属质感：“不是吗？第一张专辑要相互搂抱，第二张专辑也要搂抱，第三张专辑依旧如此。这次主打摇滚，难道也要这样？太没创意了吧。”

我看得出摄影师对萧萧的出言不逊有些恼火，但是现在听了这番话后他却开始反思，摄影师思索了一下：“那你有什么好主意？”

“跳起来，拍我们跳起来的样子。跳起来，才符合摇滚的自由自在、无拘无束！”

摄影师蓝宝石般的眼睛一亮，击掌称赞：“不错！一跳起来，整个构图也灵活了，视觉上也更有冲击力。”

他们交谈甚欢，唯有Tim神情焦急地看看萧萧，又着急地看看我，小声道：“凌影摔着腿了，怎么跳嘛……”

不知道萧萧有没有听到Tim这句话，但她明显是打定了主意要这样。

我看了萧萧一眼，淡淡对Tim说：“没事。”

摄影棚的工作人员马上就把蹦床拖了过来，摄影师让我和萧萧站在上面，他数“一二三”，我们就开始跳，他以仰视的角度拍照。

蹦床本身富有弹性，我站在上面，更加没有平衡感，身体摇摇晃晃。萧萧看了我一眼，什么都没说，目光中反而有一丝挑衅的冷笑。

这种笑意让我浑身难受。

摄影师把镜头对准我们：“这次要好好完成啊！萧萧、凌影，看你们的了！来，一二三，跳！”

我和萧萧听命起跳。

萧萧跳得很高，一下子就越过了我，带来一种很强的压迫感，像是一团浓而厚重的阴影压在我头顶。而昨晚我崴了脚，导致起跳时一只脚无法用力。我心神一乱，还没有跳到最高点，平衡感就被破坏了。整个人陡然跌了下来，脚踝处传来一阵撕心裂肺的剧痛，后背上一下子满是冷汗。

Tim担忧不已，连忙跑过来扶我下来：“宝贝宝贝，你没事吧，你瞧瞧，你整张脸都白了。”

我虚弱地咬牙强撑，全身虚脱无力。

跟我的狼狈虚弱相反，那边的萧萧却以一个极酷极帅气的pose完成了刚才的拍摄，不知道是不是我的出丑让她信心十足，她神采奕奕，举手投足之间都是一个大明星所该有的气势。摄影师按下一连串快门之后，竖着大拇指叫好：“很好，萧萧你太棒了！眼神、气场非常到位！”

萧萧依旧什么也没说，只是微微勾唇，然而，当她扭过头望向我时，她的眼睛里是胜者的骄傲和轻蔑。

摄影师为难地看了看我：“凌影，你的脚没事吧？你这边怎么拍？我明天就要飞法国，只有今天这一天能有时间，否则就要等到两周以后了。”

Tim在我和摄影师之间协调：“可是凌影的脚扭伤了嘛，一定要跳起来拍吗，要不换个pose？就单独拍些个人的，然后合成在一起？”

Tim的这个主意不错，照片合成处理也是惯用的手法。

但可能萧萧之前的那几张照片拍得过于精彩，摄影师也想保证品质，不想错过这个难得的机会，犹豫了很久，最后才有些难办地说道：“萧萧是跳起来拍的，如果凌影拍静态的，视觉冲击力度就会削弱。”

摄影师说话的时候，萧萧一直双手环臂，看好戏般地站在一边。

Tim着急道：“那、那怎么办嘛？”他望向萧萧，向萧萧使着眼色，大有让萧萧帮忙开口的意思，可是萧萧并不看他，也不开口。

一时之间，整个拍摄停滞在这儿。

大家都没有出声，时间一点一点地过去，其实并不长，大概只有短短的十几秒，但是我的心却仿佛空旷的荒原被无尽夜风吹过。

萧萧，她在逼我，她要把我逼上绝境。

可我不会输给你——绝不会认输！

我抬起眼眸，先是丢给经纪人Tim一个安抚的眼神，接着再向摄影师笑道：“要视觉的冲击力其实也不一定要跳起来吧。”

摄影师有些疑惑。

萧萧高高在上，但眼神也流露出同样的疑问。

我让摄影师附耳过来，对他说了我的想法。摄影师听到最后，整个神情都变了，从刚才的一筹莫展变成欣赏兴奋：“不错，不错。就这样办，凌影，你真是总能给人惊喜的女孩！怪不得年纪轻轻就跟萧萧一起成了最受欢迎的少女组合！”

我笑了笑，在萧萧表面平静实则有些迷惑和不甘心的目光里，朝Tim道：“重新化妆。”

什么是摇滚？

自由自在，无拘无束，神秘嚣张。这是萧萧理解的摇滚风，所以她主张跳拍，以一种俯视的傲慢嚣张来鄙视一切。但是我理解的摇滚却跟她不同，在我心里，摇滚代表着桀骜不驯，代表着反叛精神，代表着自我释放——在坚持个性的嚣张之余，更有一种冲破传统束缚的无所畏惧！

一个亚洲时尚大师曾经说过，不同质地的服饰，不同款式的服饰，会表现出人的不同个性与精神，所以，服装是人类的另外一张面孔。

我一直记得这句话。

时尚潮流缺少不了开创精神，身在娱乐圈，我也一直在汲取国外那些时尚大帝的艺术嗅觉，从中提升自己的品味。

我挑了一条黑色蕾丝，故意凌乱且毫无章法地系在了腰间。黑色蕾丝跟温顺得毫无起伏的粉色形成了一种强烈的冲突。而在粉色蕾丝蓬蓬裙里，又加了一条黑色漆皮紧身皮裤。与之搭配的是，头上朋克风黑色镶嵌银色骷髅头帽，和重金属风黑色长靴。黑色神秘霸道，粉色柔美甜蜜，最柔软精致的蕾丝，碰上漆皮长裤与高筒靴，这样的时尚混搭，才是不羁，才是打破传统。原先的金色眼影保留，镜光釉面淡蔷薇的唇彩全部擦掉重涂。我没有选择萧萧那种丝绒烈焰红唇，而是哥特般的黑红色。犹如暗处血族的黑暗，犹如他们齿间流淌之鲜血的赤红。手掌间的白色纱布被我拉开一圈一圈，上面带着猩红色的斑斑血迹，顺着我的手腕凄厉垂落，仿佛一场与生俱来的优雅原罪。

当我提着最炫的电吉他走出化妆间时，所有人神情一震，齐齐看着我，目光又惊讶又惊艳，而萧萧则眉头一蹙，眼神有种无法言语的微妙。

Tim连忙走过来扶住我，他一脸惊喜地上上下下打量着我：“宝贝，你真是太……太赞了！以前只看你走甜美风还不觉得，没想到竟然还有这么酷的一面。”

摄影师也是吃了一惊，竖起大拇指大赞。他的笑容充满着美国人特有的热情奔放：“大突破！完全跟以往截然不同的造型！我本人非常期待一会儿的拍摄！”

我没有露出招牌甜美笑容，而是将眼睛微微眯起，以一种极酷的姿势斜睨他们，刻意营造一种放肆而邪气的眼神。

周围的工作人员见此，惊讶更甚。我知道，以前与现在的形象截然相反，以前是甜美得仿佛仲夏之夜的蔷薇，而现在则像是回声谷里的幽暗之风。跟萧萧在一起这么久，她装帅气摆酷的手法，我不是不清楚，只不过因为路线不同，不想起冲突，所以从来没有用过。但是今天，不必客气了！

重新布光，洒雪机、鼓风机就位，工作人员一一调试，似乎因为我重新换了妆容给人耳目一新感觉的关系，整个摄影棚的气氛都跟先前完全不同。

萧萧的眼神开始有所改变，明显有些紧张起来。我朝摄影师比了一个OK的手势。看着我吧，萧萧，看着我，我天生声线是没有你好，但是作为一个偶像，作为一名艺人，我也有我的优点，我的长处！艺人考验的是全面的综合素质，绝对不是只一个强项就可以打败其他人。你有你的优势，我也有我的底牌。

我也有在不断完善我自己。

我不会怕你。

“每一次无尽黑暗，我都会与你同在。每一次日暮黄昏，都是泣血的誓言……”

《Rock & Roll Princess》依旧回荡在摄影棚内，强烈而刺激的节奏，让人酣畅淋漓。我脚步稳健，一步一步，背着电吉他走到背景板前。鼓风机鼓起，黑色长发和粉红蕾丝一起在空中飞舞，犹如黑暗森林中的流光——只是还不够！

手一扬，洒雪机启动！

但纷纷扬扬落下的，不是圣洁的雪花，而是黑暗坠落的黑色羽毛。

堕落、鲜血，在黑暗的温柔里拥抱初生。

整个《Rock & Roll Princess》到了高潮部分，如同希腊神话中海妖的歌喉，华丽得像是黑色丝绒的高音贯穿而人，仿佛迷人而蛊惑的暗夜血族，从充满瑰丽蔷薇的香氛中推棺而出，踏着银色月光迷惑世人。

高高在上，斜睨众人，暧昧嗜血。

我踩着拍点节奏，在黑暗风的音乐里，调动最细腻的感情，朝着镜头做出各种表情。因为萧萧走的是冷酷路线，所以她一向面无表情，而我的情绪是要比她丰富充沛一些的。

以前拍摄MV和杂志封面的时候，就曾有导演总结过——“你的脸部表情很细腻，这样其实很有助于表演内心戏，唱而优则演，有机会可以试试。”

那时因为一心想着我和萧萧的专辑，更顾虑如果我用其他时间演戏，一定会对我们的组合有影响，所以一直以来谢绝了很多剧本。

但是现在，我毫无顾忌。

我要让萧萧看看，我内心并不输给她。我一直拿我们的友情平等对待，曾经，我是很欣赏她的优点，是承认她的高音真的很棒，但这并不代表我一直占用她的人气——我有我自己的尊严！

镁光灯闪烁，灯光明亮，强烈的白光在黑色纷飞的羽毛中穿梭。

摄影师没有叫停，只是不断地按下快门，蓝色的眼睛里满是兴奋，他激动地大叫：“Good！Good！”

就在这时，摄影棚里播放的歌曲到了最后一个高音，仿佛灵魂燃烧到了尽头！我抓住时机，在四处落尽的黑色羽毛之中——突然高举银色吉他，作势狠狠往地上砸去……

在随后给我们看的照片中，有这样的一张：漫天黑色坠落的羽毛之中，一个穿着黑色皮裤，套着粉色蕾丝蓬蓬裙的少女，用力砸着银色吉他。她身材娇小，但是眉眼之间，却散发着极其强大的气势。

粉色蕾丝与黑色皮裤，两种完全不同的质地和风格，就像她本人甜蜜中却满是桀骜不驯，矛盾冲突中又有一种奇异的融合感。而照片中的少女，妆容甜美，但是唇色却是惊世骇俗的黑红色。她的脸蛋柔嫩得如同花骨朵，可眼神却有一种藐视一切的冷酷，小小的身躯仿佛有着无限的爆发力。

事实上，当她砸下吉他的这一瞬间，粉色蕾丝裙，跟她手腕上斑斑血迹的白色长纱布一起飞扬，黑色长发神秘嚣张，仿佛以鲜血为养料将灵魂贡献给撒旦的神秘血族。只要看着这张照片就可以感受到——她身上那股肆意与狠劲，那是一种带着毁灭和颠覆世俗的震撼力！

照片的构图、色彩、视觉冲击力无懈可击。

Tim和摄影师赞不绝口："太棒了！太棒了，凌影你做得真好！"

话刚落音，萧萧就冷冷看了我一眼，冷漠地说道："你也就会这些旁门左道。"她的话太突然，以至于刚刚猛夸我的Tim望着萧萧不屑的脸色，声音尴尬地渐渐微弱下去了。

旁门左道？这就是她对我的评价？

我难以置信地看着萧萧。

不由得想起十四岁那年我和她一起被选为培训生，一起被送到国外培训的那些艰辛；想起当年回国正式出道，作为新人组合饱受冷遇和白眼；想起当年在录音棚录歌录到一半，一个资深老牌歌手突然过来强制让我们离开，任凭Tim怎么求都不行。

那时我们怎么熬过来的？

那个时候，萧萧维持着她的尊严不肯低头，而我，为了我们的专辑，说着好话苦苦哀求，几乎快要跪下，最后对方终于点头，同意让我们两个没资历没名气的小新人继续使用录音棚。要知道，那是最好的录音棚，几千万的设备，录出来的音质是最完美的。

萧萧不肯做的，我会去做。

她要颜面，难道我不要么？但是我心甘情愿做这些，只要是为了专辑好，只要是为了我们好。

我付出的方式是跟她的不一样，但是难道在她心里，我所做的一切，用心抓住每一个机会，都是旁门左道？

永远都记得十五岁的我们在异国他乡过的那个元旦。

没有成名的我和萧萧在合租的冰冷小屋里，吃着剩下的面包迎接新年。那个时候身在异地的我们，真的好想家。半夜十二点，新年的钟声响起，电视里和外面都传来一阵阵的欢呼声，可我和萧萧却忍不住相拥着哭了，并发誓以后一定要成为天后，要成为最棒的歌手。

当年那个哭泣的萧萧显然已跟现在这个冷漠帅气的萧萧重叠不到一起了。

名利场、娱乐圈，犹如黑色的墨汁，将我们原本的面目侵蚀，然后再涂抹上一层我们谁也认不出的美人浓妆。

我对着萧萧，终于扬起一抹挑衅的笑容。

“我向来就比你灵活多变，这么长时间了，被MV导演评价一个‘木’字的你难道不是比我更清楚？还有，之前你不是说，为什么我这样的人会跟你组合成YOUNGIRL？真不好意思，虽然我也不知道原因，但是你应该记得，从海选到培训生，从国外培训到公司高层最后选拔，他们最后只选中了两个人：一个是你，而另外一个，却是我！这是公司高层的决定！”

面对事实，萧萧没能反驳，只是漂亮的眼睛里满是阴沉。

第三章◂

据传闻，YOUNGIRL组合即将解散，成员单飞，原计划的新专辑将不会面市。

无数组合都遭遇过这样的情况，到了一定时候，成员可能因为各自发展方向不同，或是内部矛盾，最后不得不解散。有传闻，近日，凌影和萧萧在拍摄专辑封面时不和，大打出手……

“凌影，你们真的要解散组合，各自单飞吗？还是合同到期后，会另外跳槽其他公司？”

“单飞之后，你有什么计划，是自己出专辑，还是朝别的方向发展……”

这几日只要一露面，就有很多媒体记者来问我这些问题。虽然我们与皇冠荣耀娱乐公司的合同快到期了，但是这个谣言也传得太离谱了吧？这几年应对媒体的公关课也没少上，虽然如今每次见到萧萧我心里就有根刺，但是按照YOUNGIRL现在的人气和知名度，公司应该不会让组合解散，更不会让我们离开。何况，Tim之前也透露过，说替我们谈了一个比较好的续约条件，所以遇到这种情况，每次我都回答：“不太可能。公司对我们也很照顾，如果要续约的话，当然会优先考虑。暂时没有单飞的计划。”

虽然很疑惑为什么近日会传出这些新闻，但我并没有怎么放在心上。

皇冠荣耀依旧是一片忙碌不已的景象，我找Tim找了好久都没找到人。他连电话也不接，这实在太少见了。我坐在办公室等Tim，有个企划部的员工将专辑封面打样送来了，放在他桌上。

原本只是想看看那天的照片PS之后的效果会如何，然而我万万没有想到新专辑的封面竟然会是这样！面前的空气像是“砰”地一下在我跟前爆炸了。整个人仿佛被一桶冰水从头泼下，四肢百骸冒着寒气，片刻间的窒息几乎让我眼前发黑。

绚丽的封面打样从我微微颤抖的指尖滑落。

它像一片华美的秋叶缓缓地落到地面上，再慢慢铺展开来，只是上面的图案却异常刺目。

漫天黑色羽毛坠落，一个穿着紫色蓬蓬裙，腰间系着凌乱黑色蕾丝的短发少女，将银色吉他砸向地面。她目光冷冽，嘴唇是哥特版的暗红色——那样的搭配，那样的动作，那样的服饰和姿势，熟悉到令人不能再熟悉的地步，只是除了那人不是我！

——而是萧萧！

上面赫然印着几个闪亮的字体——

萧萧单飞曲目：《Rock & Roll Princess》

我不由自主地倒吸一口气，胸口似乎被重重敲打了一下。

一而再再而三被欺骗，被背叛，甚至夺走你的所有，愤怒、难受与耻辱的火焰像是汹涌的波涛拍打不息！

明明是我那天的创意，我那天的造型，然而这个海报上的人却不是我！明明是我和萧萧一起唱的歌，明明我和萧萧还是一个组合，然而这个海报上却分明写着“萧萧”、“单飞”的字眼！

无数片段仿佛暴风雨一样涌入我脑海，狂肆蹂躏成一片，狂乱不已。难怪这些天这么多媒体问我单飞的事情，难怪这么多媒体问我解散的事情，所有人都知道了，萧萧、Tim、记者，只我一个不知情，只我一个被蒙在鼓里，还傻笑着回答“不太可能”、“暂时没有单飞的计划”。

怎么这么笨？！怎么会有我这么笨的人？！

午后太阳的光线透过折页窗照进办公室，将一切照得亮堂堂的。四周墙壁上还悬挂着我和萧萧过去的海报，室内的绿色长叶植物舒展而碧翠。天气如此之好，阳光明媚，几乎可以把一切潮湿晒得无处可寻，把一切黑暗照得无处遁形，可我却只想找个最阴暗最不见光的地下钻进去躲进去。

现实太令人心凉。想逃避，不想面对这一切。

我抓起包包就走。Tim正好回来，看到我，他原本很高兴的表情一僵，犹豫了片刻后，还是关切地问道："宝贝，你怎么哭了？怎么哭得这么厉害……"

我噙着眼泪，一把将他狠狠推开："——骗、子！"

没有想要怎么样，然而等声音发出后，我才发现自己那两个字竟然含着浓浓的痛心。

待Tim的视线扫过地上的封面打样，他脸色大变，立即变得慌张无措，遮遮掩掩起来："宝贝宝贝，你等等，事情不是你想的那样，事情……"

我不想听，走得飞快。

Tim在后面左一个"宝贝"右一个"宝贝"地叫，拼命地追着我。

这群骗子，萧萧抢走了叶子澈，现在连Tim也站在萧萧那边，联合起来把我的创意我的造型甚至我的歌都抢走了。这群骗子！这群浑蛋！

视线越来越模糊，眼泪怎么也止不住。

我看不清眼前的人，看不清眼前的世界。无数人从眼前经过，无数声音从耳边呼啸而过，我一路跌跌撞撞，撞到不少人，撞得我心都碎了。

终于Tim从后一把抓住我："宝贝，宝贝……凌影！你听我解释！"

他紧紧地拉住我，不让我走。明明是个娘娘腔，可是此时此刻，他的力气却如此之大，我怎么甩都甩不掉。

阳光如此明亮而刺目，照得我几近眩晕。我头重脚轻，浑身感觉不到一丝暖意，反而一阵阵地发寒。

我狠狠抹掉眼泪，转过头望着他："啊哈，好啊，你解释啊，你要怎么解释？"

Tim忧心忡忡地看着我："宝贝，你别这样笑。我看得心里难受。"

我嘴角笑意渐冷："那就给我放手！"

Tim望着我，眼中有种心疼："好好，我说，我说。宝贝，是这样的。我也不知道怎么回事，萧萧、萧萧……唉，她突然自己跟公司接触，续约了十年，整整十年！”

我不太相信：“十年？她现在已经有名气有人气，这边开的条件虽然不算苛刻，但也不是那么优待艺人，为什么要签十年？一般我们这种级别的续约只会签三年吧。”

Tim跺跺脚，也跟着埋怨道：“就是嘛。她这样一弄，把我先前的续约谈判也搞乱了。可你也知道，我只是个经纪人，萧萧现在是大牌艺人，我管不了，她要不要签，要怎么签，我也没办法控制。”

我冷笑：“所以你干脆连她再次拍照，再次学着我的pose拍照，甚至重新把《Rock & Roll Princess》改成单飞唱片也不告诉我？”

Tim视线闪躲，支支吾吾起来：“这、这个……你知道，萧萧她不可能不提任何条件就跟公司续约十年的。”

不好的预感从心底扩散开来：“你的意思是？”

“萧萧跟总裁说，她续约十年，但是前提是她要单飞，这张专辑所有的歌都要给她！”

我的手不禁微微颤抖起来：“他们答应了？”

Tim沉默着，不敢看我的眼睛，却轻轻点了点头。

复杂的情绪在我的胸腔里翻滚，像炭火一样炙热而屈辱，又像冰块一样绝望而凄厉。艳阳高照，却比起前些时候那场透心凉的磅礴大雨还要让人刻骨。而我这辈子淋过最大的一场雨，就是萧萧毫不留情的背叛。

呼吸困难，连泪腺也失去了功能，只剩下痛苦的干涸。

剧烈的阳光晒得我头痛欲裂，头骨都好像难受得快要裂开了，我的声音在空气中一点一点碎裂：“那我呢？我怎么办？”

Tim很久都没作声，过了半天，才很担忧地看着我，眼神在烈日下透着怜悯：“宝贝，你相信我，我会帮你的。我看着你们出道，就算萧萧她单飞，我也会帮你……”

我伸出手，捂住他的唇，摇了摇头。

不用了。一切都不用了。

一般艺人续约只会签三年，同时提高自己的身价，可是萧萧这些全不要，反而以死签十年这种几乎可以算作卖身契的方式，威逼利诱公司捧她单飞，让

YOUNGIRL拆伙。

YOUNGIRL，这两个由英文单词叠加组成的词语，曾经对我们来说，是最初的梦想，是如今的荣耀，是我们以新人之姿捧起奖杯时的热泪盈眶，是我们被颁发金曲奖时的相爱相拥，是我们一路并肩同行的青春，是我们誓死奋斗的人生。

人的一生，可能只有一件事对你而言是最为重要的。但是现在，这个梦却被萧萧亲手粉碎。

这浮华盛世的演艺圈里，从今以后再无YOUNGIRL。

我坐在花坛上，低着头。阳光烤得我的头沉沉的，眼前的视野都有些扭曲了起来。

一个牵着气球的小姑娘走过来，用稚嫩的童音说："姐姐，你怎么哭得这么伤心呀？喏，我把气球给你，不要哭了。"

被软软的童音道出真相，还想要佯装坚强的我，心底的裂缝终于如冰谷般哗啦一下裂开一个悲伤的大口子。

我将眼泪憋回去，刚想说"谢谢，姐姐不需要，你拿着玩就好"，她妈妈已经一把将她抱开："叫你不要跟陌生人说话，小心他们把你骗走，现在外面坏人可多了！这孩子就是不让人省心……"

小姑娘被吓住了，似懂非懂地点点头，手里的气球飞向了无边无际的天空。

我抬头望去，光线太明亮，眼睛涩得难受。

被妈妈抱走的小孩子惊呼一声，大声叫着："妈妈，妈妈，快看，是YOUNGIRL的凌影。她是凌影，她哭得好惨哦。"

她妈妈一愣，转头回望着我。

我慌张地走开，匆忙找了一个非常偏僻的角落，刚才的事情发生得太急，我几乎都快忘了这里是户外，如果这副模样被某个狗仔拍到，肯定就是明天报纸杂志的头版头条。刚靠着树根坐下，我就听见远处传来争执声。

"这个还给你。"一道冷冷冰冰的女声。

"你就这么稀罕厉太太这个位置？"对方语气嘲讽而恶劣，"你明知道对方看重的不过是你们秦家的财富和地位，他根本就不爱你！"

虽然是恶劣的话语，可是到了最后竟流露出一丝心痛，就像一个无法得到真爱的男人的伤口。即便看惯了爱情电影的我，也听得出对方的心着实受了伤。我忍不住往声音传来的方向看了看，同是天涯沦落人，本来只是打算看看到底是谁在这里上演分手戏码，没想到那个男的竟然是——陆瑜！

居然是陆瑜？那个毒舌男也会有这种时候？！

我吃惊不已，随即想到：也是，这种嘲讽恶劣的语气不正是陆瑜的logo？

“你要不要？不要我就扔了。”陆瑜面无表情，做出一个投掷的姿势。

连这种时刻都这么高傲。

然而，恶人自有恶人磨，面对陆瑜这种让人恨得牙痒痒的恶劣态度，他对面的女人却波澜不惊。虽然我只看得到对方的背影，不过从她曼妙的身材，优雅的站姿，以及身上国内都没面市的Alexander McQueen春夏系列最新款，不难猜到一定是某位上流名媛。

陆瑜依旧面无表情，只是眼睛里有丝痛楚一闪而逝。

我肯定是看花眼了吧？

“干吗这么磨蹭？我认识的陆瑜可不是这种风格。”那位女士倒是冷笑了一声，雪白的纤手用力将陆瑜的胳膊一推，陆瑜来不及收回手，只见一道银色的闪光在空中划出优美的弧线朝湖泊的方向飞去。

饶是佯装冷漠的陆瑜也明显吃了一惊，他拼命伸出手臂抓了抓。然而任何人都知道这肯定是徒劳无功，他却不死心。

那道银光“啪”地一下落进湖中，只泛起一圈轻微的涟漪。

像一个残忍的句号，终结一切。

日暮西沉，天际中的火烧云层层叠叠，红得仿佛带血的西洋颜料，倒映在长满水草的湖泊里，一时之间给人一种无言而悲怆的沉重之感。

陆瑜眼中闪过一抹极大的波动，像有什么话要说，却说不出口。然而他连这个机会也没有，身旁那位身材曼妙的女士就在他去抓戒指的时候，早已直接掉头离开，连一声“再见”也没有说。

冷风吹来，吹皱一江春水。

我看到陆瑜站在那里，朝着湖泊的方向望了好久，好像一尊被无情宿命碾过的石雕，尽管外表完好，可是内在已碎掉，死寂如枯。他神情寥落地矗立在风里，像西方诗句里那样“浮泛在生与爱与死的川流上”。

“出来吧。”陆瑜目不斜视，冷冷说道。

没有想到被发现了，我手心冒汗，有点尴尬，一般人都不喜欢别人见到自己这样的一面吧。

“看到这种事情也没什么可得意的。”陆瑜侧过身，眼神却像一支有毒的利箭，“你可以说出去试试。”

说出去……我怎么敢?

他的社会地位比我高多了。我只是一个艺人罢了，他却是品优娱乐公司的总监。我看上去人气高，可他却能操控这个圈子的游戏规则。如果今天我将这些说出去，大概明天整个娱乐圈都没有我的立足之地了吧。萧萧排挤我要花那么大的代价，但这个叫作陆瑜的人，大概只需要一句话吧。

一想起萧萧这个名字，我的心又苦涩得仿佛泡在了黄连里。

“我已经被人踢出组合了，你大可放心。”我自嘲地笑了笑。

陆瑜墨色眉峰一挑，过了一两秒，露出一个讥笑：“你那个死党可真够意思。”

那天晚上我、萧萧还有叶子澈之间的事情他全部知道。不过，明知道我和萧萧已经决裂到彼此仇恨的地步了，还要称呼萧萧为我的“死党”，往伤口上撒盐的事情只有他这种变态才做得开心吧。

我有气无力地白了他一眼。

陆瑜双臂交叉横在胸前，几乎用下巴看着我：“真是可怜啊。”

虽然说着这样的话，但是口吻没有一点儿怜悯，刚刚那些罕见的失落早就从他脸上消失得无影无踪。有一类人非常善于隐藏自己，从不希望自己的脆弱与弱点被人发现，就算再难过再痛苦。

陆瑜又恢复成吊儿郎当有点邪气的模样，突然朝我靠了过来，身材高挑修长的他，仿佛电影镜头下强而有力的男性角色，带着光与影交织而成的分明轮廓。

“你、你要干什么？”不是没有离男人这么近过，但是被这种捉摸不定的毒舌男靠得这么近，我还真的很慌张啊。

陆瑜不说话，只是一步步朝我走来，狭长的眼睛里充满着玩味的光芒。微风吹过，树叶和阴影一起沙沙地响，湖面轻轻荡漾起一圈圈的细微涟漪，像是帕格尼尼小提琴作品中的《魔鬼的颤音》。

我连连后退，被抵到他跟古树之间。

参天古树的疏影笼罩在我们两人身上，仿佛一片静谧而暧昧的深海。陆瑜身体前倾，眼睛黑如点漆，仿佛神秘的黑钻。他一只胳膊圈住我，一只手佯装要挑起我的下巴，若有若无的男性气息在我的耳畔扫过："我那天说的话还有效哦……"

那、那天他说了什么？

记起来了。

——想不想大红大紫，给他们点颜色看看？只要你陪我一晚，我就让你当我们公司下部电影的女主角。

这种时候抛出这种诱饵可真是……

极力想抵抗诱惑，但是刚才跟经纪人的那番争吵，还有萧萧即将单飞的消息却在我的内心翻滚，被人欺骗，被人设计，不想报复回去的是圣母吧？！

眼前是陆瑜的脸，鼻尖是陆瑜的气息，Burberry男香混着他迷人低哑的嗓音……

"怎么样，yes or no？"

不敢抬头看他。

耳边只听得到他刻意压低过的声音，磁性、蛊惑。就在他修长而白皙的手指企图抬起我的下巴时，我以一个迅雷不及掩耳之势——狠狠咬了下去，牙印荡气回肠地出现在陆瑜修长好看的手指上！

让他这根手指身先士卒，哼！

刹那间，树静风止。

"女人，你……"陆瑜一脸不可置信的震惊，整个人犹如被惊雷击中，完完全全、彻彻底底地惊呆了，他盯着手上的齿痕看了半天，"你，你竟然做出这样令人发指的事，YOUNGIRL的凌影不是甜美教主吗？！"

"哈哈哈，那品优娱乐的总监陆瑜还是传说中神龙见首不见尾又神秘又优雅的人物呢！"

甜美教主，那算什么？把公司的定位当生活才是傻子呢！

几年前，业内有场著名的娱乐风暴——名声赫赫、能力超强的陆瑜协助品优娱乐公司当时的太子爷黄锦立，暗中联手ESE，打了一场漂亮的胜仗，弄得我如今的东家皇冠荣耀元气大伤，被业内称为"屠皇之战"。自此，黄锦立不学无术的花花公子形象被完全推翻，一跃成为娱乐圈中的精英总裁，被无数娱乐杂志和创业财经杂志报道，无人不知无人不晓，然而在最辉煌之时，当年的大功臣、品优娱乐的总监陆瑜却神秘消失，不再露面。多少知名杂志想要采访，都不见其踪影，多少人对他念念不忘，多少人对他敬佩倾慕不已，以至于陆瑜的人气指数甚至一路超过一些偶像男明星。毕竟，名校毕业，有真才实学，关键是，头脑够好，还讲兄弟义气，容貌、身材不输给男艺人，这样的形象简直比电影男主角更有魅力。

但是没有想到，传说中神秘而厉害，优雅而迷人的陆瑜，竟是眼前这个时而深沉时而恶劣的变态！虽然传说都会夸大其词，可这也太离谱了吧？

真是后悔。

亏我以前听到这场被皇冠荣耀视为耻辱的禁忌秘闻时，虽然跟着义愤填膺，但心底竟悄悄幻想过这样低调而英俊，极有头脑的人生活中到底是什么样子……

我昂首挺胸，双手叉腰："告诉你，我可是好人家的姑娘！以后少来这些花花肠子，死了这条心吧！哼。"

"难道好人家的姑娘会咬男人手指？"陆瑜话锋一转，唇角扬起那种令人想要揍他一顿的弧度，从他嘴里说出来的描述语句真是让人有点无地自容。

"咳，这、这是个案、个案！"我厚脸皮地否认，"不过好啦，我这个甜美教主今天就放过你。咱们青山不改，绿水长流，别再见面啦！"

我转身要走，却被陆瑜一手搭住肩膀。

日暮西沉。

橙红色的夕阳在这一刻将整个天际染得猩红而绮丽，金色的光丝勾勒出万物繁华的轮廓。陆瑜的眉骨和鼻梁投下深深的暗影，一如他眼里的深沉。

他嘴角撩起一个危险而冷漠的弧线。

"都是失意人，你就真的这么不想报仇……"

▸第四章

我再一次扯了扯身上的小礼服。虽然不露胸，不露背，不露大腿，可是我还是有点紧张，也不知道那个毒舌男说的话能不能相信。在第五十遍诅咒他时，一辆优雅奢华的白色玛莎拉蒂停在了我的面前……

这家伙的车真多。我内心吐槽。

星空仿佛从波西米亚风格的水瓶中泻出来一样，神秘而华丽，熠熠发光。驾驶座上的男人微微侧着头，一双眼睛透着让人捉摸不透的深邃，整个人像是从中世纪拉斐特城堡中走出的贵公子。这种模样只需放在任何一部电影中或者时尚杂志封面上，都是绝对会令无数女生脸红心跳的男神。

连我都差点看呆了。

我连忙拍拍自己的脸，不行不行，不要被他的外表给骗了，他的性格可恶劣了，你又不是不知道。不过即使如此，我也不得不承认，陆瑜对衣着的品位的确不错，即使只是D&G的经典款，却穿出了他自己的风格。他的锁骨之间有什么在闪烁，我定睛一看，原来是条细细的铂金链子，但上面串着的，却是一枚银色指环。

某个画面从我脑海里一闪而过，难道、难道这段时间陆瑜把戒指从湖里给捞出来了？虽然人工湖不深，但也要花不少时间力气吧……

“上车。”陆瑜酷酷地一声令下，将我的联想打断。

这种漫不经心像是召唤什么小动物一样的招手是怎么回事？“骚包。”我再次小小声吐槽了一句，这才上了他的车。

金碧辉煌的包厢，奢华而格调不凡的紫色沙发，黑色大理石纹镶金丝的圆桌，中间是一簇洁白绚烂的花束。陆瑜显然在这种地方混开了，同业界几个有资历的制片见面，谈事说话口吻都极其熟稔。同桌的还有其他几个女明星，有过气的一线，也有不温不火但是面熟的二线，见我是陆瑜带来的，她们眼中有惊讶，更有晦涩不明的流光。

唱片达到白金，或者摆庆功宴的时候，我也陪过boss吃饭，但是陪制片吃饭还是头一次。

在好莱坞，拍摄电影就是“制片中心制”，而在国内也是如此，比导演权利更大的就是制片，他们才是控制着一部电影投资资金的重要人物。

那几个女明星一边喝酒，一边夸对方电影拍得好，投资的电影票房大卖。虽然同在演艺圈，但唱片界跟电影界还真是隔了些山河，听她们这样吹捧了一通，我才把那些名气不小的电影跟这些制片人对上了号。那几部电影虽然不是那种暑假强档或者年底档抢占票房的巨作，但是也不乏获奖，或是票房过亿的作品，如果能搭上关系，在新片中演个重要的角色……

但是，这里面的水，太深。

隔行如隔山，在不在一个圈子，走得近不近，会有很大差别。就如同身为歌手的我对这些人不了解，同样的，或许有歌手可以演演什么小屏幕的偶像剧，但绝少有歌手在没有背景没有后台的情况下，一跃而成为大银幕的主角。

酒过三巡，聊着聊着就聊到新电影，几个女明星开始进入“主题”：“上次不是说好留给我这个角色吗？”“有没有合适我的嘛？”“谢芷演女二？她都三十多了，观众嫌她装嫩，娱乐周刊好像才刚爆过她的丑闻……”

我忍不住“看”了陆瑜一眼，又“看”了陆瑜一眼，但陆瑜直接忽略了我的暗示。

暖黄色的光线下，陆瑜只是优雅地轻摇着他手中的红酒杯，酒红色的液体在华丽的玻璃杯里轻轻晃荡着，在灯光照射下极具质感。

“你不是要凭自己的本事么？”见我神色不满，陆瑜无辜地朝我眨眨眼，潜台词就是：那你自己去敬酒，去要角色呀。

他他他、他肯定是故意的，绝对是故意的……

我眼睛都瞪圆了。

我不擅长这样拉关系，而且作为歌手，除了新片发片宣传外，也不需要这样应酬。

偏偏这时陆瑜还去外面接了一个电话，一时半会儿也没见他回来。而那边已经有人敲定了试镜的时间，再不行动说不定角色都定光了。我理了理衣服，举着酒杯走了过去：“您好，我是YOUNGRIL的凌影，以前拍MV时就对表演很感兴趣。”

死就死吧，反正就算被拒，这会儿陆瑜也看不到。

介绍词有点老套，但是身份明明白白地说清楚了。只是情况比我预想的还要糟糕，明明灭灭的灯光下，那些制片人摆着姿态，有的斜睨我，有的打着哈哈，一群人嘻嘻哈哈不把我当回事，还敷衍地调侃我：“演过什么？”“演技怎么样？”

那几个女明星更是拿我开涮，颇有些同仇敌忾的架势：“唱歌的就唱歌，都跑来演戏，还要我们演员干什么？”“人家组合要解散单飞嘛，自然是另谋出路。”

没打算跟她们置气。

我脸上挂着笑容，心里默默告诫自己：淡定，淡定。做人要拿得起，放得下，开得起涮。

“呵，那出路谋得还挺快，一下就抱上陆总的大腿了。”不知谁这么说了一句，顿时娇笑声一片。仿佛聊到了什么心照不宣的秘密，阴暗中那些女星眼睛里闪烁着不善意的微光。

包厢里的乐音靡靡，那些散漫暧昧的歌声犹如调节气氛的暗香，在光与影之中游走，将这场饭局一点一点边缘化。

这是危机，却也是时机。

我直觉这是考验自己把握机会的能力，处理好了，我才会从这一大堆想要角色的艺人中脱颖而出。

况且，尊严，是自己给自己的。这种时候还忍耐，就真成软弱了。

“你可以说说看，我是怎么抱陆瑜大腿的？”我正色直视对方，以一种跟这种玩乐气氛截然相反的严肃语气说道。一刹那，我几乎可以看到阴暗中，对方的眼睛明明不安却佯装镇定地微闪。

那个女明星盯着我，我也盯着她。尽管她比我年长，但我也丝毫不示弱。我望进她的眼睛，一寸一寸逼近。我倒要看看，我和她，YOUNGIRL的凌影和二线小女星，到底，谁的气场更强！

在场的人也意味不明地打量着我们。

那样的目光有试探，有玩味，有等着看好戏的不怀好意，一束一束投射过来，汇聚在一起形成一种让人如坐针毡的压力。

越到这个时候，才越考验人的内心是否强大。

相互对视了几十秒，终于，对手一颤，败下阵，有些尴尬地笑道：“……我、我只是开开玩笑而已。”虚弱的声音完全不同于刚才刁难讥讽的语调。

胜负，已分。

包房里的音乐如水般在空气里流动，一点一滴在众人耳边回旋。我一边缓缓扫过那些制片人，一边浅笑道：“没事，我也是开开玩笑而已。”接着，我话音一转，“我刚才的演技，如何？

那些制片人怔了怔，这才真正饶有兴趣地看了看我。

“你叫什么名字？”“有点儿意思，你，对，就是你，过来坐。”“想演戏，想演个什么角色……”比起先前不拿我当回事，如今这几个制片人不仅让我坐过去，还问了我不少问题，有事业方面的，也有生活方面的。

但是他们这种自来熟，一边聊天，一边拍着你的肩，变着法子灌你酒的行事风格，我也有点受不了了。“小凌，怎么不敬酒啊。”“该不会不乐意敬我们吧……”“人家小姑娘是害羞，来来来，再干一杯。”

原本只打算喝一杯，但是没有想到一来二去之间，被人架在架子上了。几个人轮流进攻，几个女星也纷纷围了过来，一副好姐妹的样子：“凌凌，来，我们喝一杯。”“很早就听过你跟萧萧的歌了，唱得真好，干杯。”“来来，我们俩一定要喝一杯。”

那几个制片人大概是觉得有趣，想捉弄捉弄我，但那几位女明星则明显是趁火打劫了。虽然我拼命挡酒，但是双拳难敌四手，还是被灌了不少。

“不行了不行了，我不能再喝了。”

我扶住脑袋，面红耳赤，脸颊发烫。

酒气像是潮水一波一波地自下往上涌来，每条神经都好像被香醇的美酒浸泡得酥软。

视线有些蒙眬，周围是无数举着酒杯的手，纷纷把酒杯往我面前推。金黄色的液体在灯光下明亮缤纷，散发着醇厚的果香和橡树的香味。

“喝不了了，喝不了了……”

酒是好酒，可我真的喝不下了。我艰难地摆着手，再喝下去就醉了。

那些制片人眼里带着笑，而那几位女明星眼中则是嘚瑟的奸笑，不管她们之前是否有心结，很明显，我现在成为了她们枪口一致对外的目标。我就一个人，而整张桌子的酒却恨不得都挤到我跟前了，几万块一瓶的名酒一次又一次往我杯子里面倒，好像不喝完就是罪人。

“再喝一杯，我们聊聊角色。我这儿有个片子刚好还缺一个重要的女配角……”“张制片这么看重你，说什么这杯酒都要喝下去。”“喝喝喝……”

纷纷扰扰的声音嗡嗡不停地环绕在我身边。

必须快刀斩乱麻了。

在她们再一次不怀好意地劝酒时，我突然起身，掷地有声：“行！那就请大家做个见证，刚才张制片说，喝下这杯，那个女配角就归我了。那就一言为定，我先干为敬。”

那些女艺人脸色顿时十分微妙。

原本想灌醉我看我出丑，但我现在却干脆让她们当个证人，把那个角色先抢到再说。我来赴宴又不是陪酒的，组合解散，萧萧单飞，我是一定要做出些成绩来的。

张制片迟疑了一下，却也笑着答应了：“这小姑娘有趣，就留给你吧。”

他话一说完，我整颗心都轻松了。

他可能根本不会知道，这个机会对我来说是多么的重要。

正要仰头一干而尽，一个娇滴滴的女声突然响起：“张制片这么大的恩情，就一杯酒怎么行，起码这瓶红酒都要干了。”

张制片道：“算了算了，人家小姑娘也喝了不少。”

“张制片，你也太偏心了吧。这瓶酒她要是不喝，我们所有人都会不服的，只要她喝完，我们就认了。以后电影上映，我们所有人都去捧场。”为首的那个目光灼灼地看着我，话虽然说得大气爽快，但是眼睛里却满是算计。

轻柔的音乐在空气里流泻，但是现在这里充斥的则是演艺圈最不缺乏的勾心斗角。

那个女星朝我一笑：“张制片给你这么好的机会，你不会……”

“我喝。”我打断她的话。

我盯着她的眼睛，放下酒杯，举起酒瓶。

上好的干红，色泽香气都是一流，只是如今不是品酒而是酷刑。

如果萧萧遇到这种情况，此时此刻肯定是摔了酒杯立刻走人，但是我不会。只要不是之前陆瑜说的那种条件，我什么都愿意做。就如同之前跟萧萧争执所说的，当我踏入演艺圈那一刻起，我就已经有了这种觉悟：既然获得了比其他人更多的光芒与荣耀，那我愿意承受比其他人更多的算计与诋毁。

在场的人都看着我。

酒瓶一点一点挨近，里面猩红色的液体却像是波涛暗涌的大海，刚才已经喝了不少，只是看着，就觉得体内翻涌一片，再加上这整整一瓶……

我深深吸了口气，闭上眼正要饮入，突然一个力道袭来，竟猛地一下抽走了酒瓶！我目瞪口呆，顺势望过去，陆瑜不知何时已经站在了我身边。

陆瑜姿态随意，粉色衬衣将他流畅的腰线勾勒得淋漓尽致。黑色的头发在灯光下闪着流丽的光，那双狭长的黑色眼睛微微眯起，他一只手握着从我手里抽走的红酒，另外一只则轻轻搭在我的肩头上。

“发生了什么事？”陆瑜淡淡问道。

他的手掌大而温热，掌心的热度像是游丝般一丝一丝渗进我的肌肤。我感觉有点不自在，好像全场的视线都凝聚在我身上以及陆瑜手搭着的我的肩膀上了。

在场的人目光闪动，看了看我，又打量了一下陆瑜的脸色。刚刚刁难我的女星现在连句话都不敢说，楚楚可怜地看了眼陆瑜后，漂亮的红唇张了又张，最后乖乖闭上了。而那几个制片人更是飞快就转了风向：“原来这个小姑娘是陆总你的人啊。”“难怪我瞧着这么有灵气，不错不错。”

陆瑜眯眼一笑：“我带来的人向来很不错，虽然这次这个笨点，连酒都不会敬。”

什么叫连酒都不会敬?

我瞪了他一眼，拿过酒杯就朝张制片诚心诚意地敬道：“谢谢张制片给我这个机会，我一定会好好珍惜，不会让你失望！”

虽然已经被灌了很多酒，但是这一杯我觉得值。

只是没想到张制片瞟了瞟陆瑜的脸色后，连忙笑呵呵道：“不用不用，心意到了就是，小姑娘家的喝太多酒不好。”

陆瑜斜睨了我一眼，唇角勾起一个微斜的弧度。

我：“……”

好吧，我有点儿震惊了。

这种前后截然不同的态度，我当然不会自作多情地以为是给我面子。只是，陆瑜的脸面竟然这么大?

我不由得重新审视起了陆瑜。

从这个角度看过去，陆瑜眼睛深邃，睫毛因为灯光的关系染上淡淡的金色，迷人到了极点。他就站在那里，在金色的光线下一时之间竟有种华丽的感觉，居然有点令人怦然心动。

之前我还气呼呼地骂他骚包，更早的时候觉得他恶劣，现在看来……我错怪他了？他其实只是毒舌了点，人还是很不错的？就在我无比感激地看着他时，陆瑜眼睛一转，开始恶劣地笑着。

“这样看着我也没用，该喝的还是要喝。”

“啊？什么？”他不是替我把那瓶酒挡掉了么?

只见陆瑜慢慢弯下腰，凑到我的耳边：“你是我带来的，只有我才可以灌你酒——三杯。”

他伸出三根修长而性感的手指，在我眼前晃了晃，比了个“三”，丢给我一个必须得喝的眼神。

我：“……”

亏我刚才还以为他是个大好人！可以再次咬他的手指吗?

白色玛莎拉蒂又炫又酷，在霓虹夜色下仿佛一道绚丽的流星在风中奔驰。夜风凉凉的，拂在脸上很舒服，只是……我还是很想吐。

“变态，坏蛋，臭男人……”我头晕晕的，一路小声咒骂着一旁正专心开车的陆瑜。

陆瑜望着前方，黑色短发在暗夜风中微微浮动，他的头并没有转过来，却说道："哦，骂我？很好，我这就给张制片打电话。"

喂，不带这样威胁人的！

"别别别，"我练就一脸狗腿的谄笑，"高尚的陆总监，伟大的陆总监，你是我的光，你是我的天，你是我的super star，我怎么会骂你呢？！"

"真的没骂变态、坏蛋外加臭男人？"

"真的……没。"我泪奔。

他一个凶狠的刹车，白色的玛莎拉蒂在黑色的柏油路上发出刺耳的声音，毫无防备的我往前一倾，喉咙管里一阵汹涌，我拍打着车窗："停车，停车，我……要吐了！"

我在路边吐得一塌糊涂。

那个可恶的，灌了我三杯酒，还突然间刹车的臭男人陆瑜一边递了瓶矿泉水给我漱口，彰显他的善心，一边举止帅气风流地扯了扯领口："这样幽怨地看着我干吗？"

我继续隐隐含泪地瞪着罪魁祸首。

"嫌我灌你酒？"

我暗暗猛点头。

"为了感谢制片人，你最后都能主动敬酒，我这个带你过来的大恩人，让你敬三杯……怎么，不乐意？"陆瑜眉梢一扬，斜睨着我。

哼，我扭头。

"那我打电话给张制片。"

"……乐意，"我眼角含着泪，连忙表示忠心，"我乐意的！"

——算你狠！

陆瑜瞧了瞧我，噗地一下笑出声来。他又递了一瓶矿泉水给我漱口，还动作温柔地拍了拍我的背，我被他的举动惊呆了，回过头很诧异地望向他。

最后只记得，满天繁星下，陆瑜唇角勾起的那一点点笑意，仿佛盛夏夜间温暖的萤火。

忘记是怎么到家，怎么睡着的，只记得最后有个怀抱异常温暖。

连日来我一直没有休息好。

尽管表面上佯装坚强，好像叶子澈和萧萧的事不过一抹浮云，对我的人生没有影响。可是每到夜晚，却无法自欺欺人。

在梦里，叶子澈还是一如既往的温柔，优雅弹着钢琴的他，穿着白色晚礼服邀请我跳舞的他，拍戏时一袭白衣君子如玉的他，永远温情的眉眼，永远对我露出宠溺的微笑，不管多少个黑夜来袭，这一幕幕还是会在午夜时分像黑色的旋涡一样席卷我的心底，盘旋不走。

全身好像散架一样，一寸一寸痛得荒芜。

从没想过连睡觉都这么花费力气，可是即使如此，我也不想醒来。

是那么刻意地想忘记叶子澈。

想将我和他之间的一切忘得干干净净，想一把火将最初的回忆烧得精光，从此山水不相逢，从此陌路永世不见，可是最后的最后，仍有时光的灰烬残留心底。

子澈，子澈。

很想问问，为什么要这样对我；很想问问，当初说着那些承诺的时候，是不是真心的。可梦里的叶子澈只是一边笑着，一边离我越来越远……

醒来的时候，感觉好像过了一辈子那么漫长。

阳光从窗户懒洋洋地照进来，洒在我的脸上，午后的光线并不强烈，反而多了一股慵懒的气息，只是枕上有依稀的泪痕。

那些今天失恋明天乐观得固若金汤的女孩子果然只有动漫里才有吧。脑袋有很长一段时间不能清醒运转，那是太久没有睡好的后遗症。看了看四周，深蓝色的床单，漂亮的吊顶，男性偏爱的色调与奢华风完美地融合在了一起，并不陌生，我记起来了，我以前来过。

咦？以前来过，那这里是？

一张俊朗的脸在我眼前放大，吓得我差点从床上跳起来。

“醒了？”穿着黑色睡袍，腰间系着一根带子的陆瑜不知什么时候走到了我的床前，他端了一杯咖啡，手指修长性感，姿态优雅，咖啡香气袅袅，“这样就醉倒，怎么这么柔弱啊？”

这人……有没搞错，昨晚灌我酒的是谁？

偏偏陆瑜还笑得一脸无辜，好像始作俑者不是他一样。见我不语，他喝了一口咖啡后，继续道：“而且睡姿可真差，又是磨牙又是一个劲儿地说梦话。”说完，还叹息般地摇摇头。

差点一口血喷了出来。刚才的打击才结束，现在又说我磨牙说梦话是怎么回事？这是在测试我的抗打击能力么？

“要、你、管？”化身哥斯拉，我一个枕头扔向他。

“你可以更准一些么？”陆瑜优雅一闪避开了，枕头掉在了地上，他挑高眉峰，以一种“我对你的精准度好失望呀”的口吻说道。

我被他气得牙痒痒，正待发作，陆瑜却话锋一转：“不错，就这样保持着旺盛的精力吧，相信在张制片那里也一定会表现得不错。”

好吧，这句还算人话。

“那是当然，我肯定会努力的。我可是凌影，这世上独一无二的凌影。”我摆出一副傲娇的样子，等着他的毒舌吐槽，没想到陆瑜只是一笑，眼中含着默默赞许。

“嗯，你记得就好。”

没有搞懂陆瑜最后怎么没反驳我，反而说出这样的话，不过这个早晨被陆瑜这个恶劣男一闹，昨晚滋生的那些寥落的确烟消云散了。

▸第五章

作为国内最有人气的少女组合，萧萧单飞这个消息一经皇冠荣耀公司正式发布，立刻就登上了头版头条，各种新闻标题都有：

合久必分，YOUNGIRL解散！

萧萧千万续约，凌影何去何从？

惊爆内幕——萧萧凌影水火不容！

相关新闻和小道消息目不暇接地出现在娱乐媒体杂志上，每天都有无数娱记追问我和萧萧，问着类似的问题：为什么YOUNGIRL要解散，各自单飞？是不是有什么原因，以后会怎么发展？

萧萧酷酷回答：“我不喜欢束缚。”“音乐的自我追求。”她对着镜头的模样，张扬中透着不羁，仍然是公司为她精心设计的中性风格，这样的回答引来大批粉丝为她叫好。

“萧萧好酷！果然是我喜欢的萧萧。”

“我家的萧萧对音乐好执着呢，早就应该跟凌影分开了，最讨厌凌影了，耽误我们的萧萧。”

“还是不要分开吧，我还是喜欢你跟凌影在一起，你们两个同在YOUNGIRL，才是这个世界上最棒的YOUNGIRL……”

报纸网络上这些日子以来几乎全是萧萧的照片和相关消息，她的一举一动都可以成为一条新闻，而绝大部分将她塑造成了为音乐自由而解散组合单飞的形象，这些通稿不用猜肯定是皇冠荣耀的宣传手笔。而其中绝大部分消息都会提及YOUNGIRL解散后——萧萧的首张单飞专辑《Rock & Roll Princess：摇滚公主》。

相比之下，我的采访和报道却只占着版面不怎么显眼的位置，还时不时有着一些负面报道。我当然知道是怎么回事，不过是皇冠荣耀趁着合同尚未到期再一次消费我的人气，大捧特捧萧萧，甚至利用组合解散的种种新闻大量曝光，宣传萧萧的新专辑。

不是没想过将叶子澈和萧萧的事情爆出来，不是没想过将我和萧萧的事情爆出来，但是萧萧还有公司显然很了解我，是的，我是绝对不会将自己最狼狈的一面赤裸裸地暴露在所有人面前——因为，除了成为那些媒体八卦的爆点之外，对我没有任何帮助。

镁光灯在闪，照相机在拍，无数黑色话筒前，我维持着笑容对媒体说：“是，这是不可避免的命运，毕竟我们有各自的音乐追求。”“对于是否会续约，暂时还没有什么想法。”

但我心里非常清楚：我是绝对，绝对不会续约的！

就算没有萧萧，没有叶子澈，没有YOUNGIRL，就算全部清零、重新来过，我也依旧是希望凭借自身能力创造辉煌与荣耀的凌影，是让所有喜欢我的粉丝和歌迷引以为豪的凌影。

萧萧新歌打榜，这是非常关键的时期。

这不仅仅是她单飞后的第一张专辑，更是她与皇冠荣耀十年合同的第一步。如果销量下降，新歌反响不好，那么就代表萧萧离开YOUNGIRL之后根本没有那么强大的号召力，人气受到影响，而未来音乐之路更是有待观察。

在萧萧和经纪人Tim紧张关注着销量的同时，我也异常关注着这件事。以前出新专辑，我们都无数次地祈祷，希望专辑大卖大卖大大卖，各种大榜TOP1！我是发自内心地希望萧萧唱歌越来越好，人气越来越高。每次得知专辑成绩很好，或者是登上了榜单第一的宝座，我和萧萧就会开心得不得了，甚至私下各种庆祝。

可是这一次，我们显然分道扬镳。

无论萧萧对这张专辑付出了多少的心血，多少的精力，无论皇冠荣耀对萧萧单飞专辑投入了多少资金多大期待，我却只卑劣地希望她的专辑卖得不好，反响不尽如人意，最好让所有歌迷认识到——没有YOUNGIRL的萧萧，什么都不行，什么都不是。

我知道这样私心很重，但先被伤害的，是我。

然而，事实跟我希翼的完全相反，萧萧丝毫没有受到YOUNGIRL解散，以及失去我这边歌迷的影响，她的单飞专辑《Rock & Roll Princess：摇滚公主》在皇冠荣耀大力宣传的情况下，打榜速度跟以前的专辑不分上下，销量更是没有跌落。

销量是用于衡量一个歌手商业价值的标准，而口碑则是评价一个歌手的形象、光环和附加值的准则。

这张专辑不仅销量好，甚至连作为第一波主打曲的《Rock & Roll Princess》都受到了歌迷们的一致好评，口碑非常不错。

音乐论坛和网站上有专业人士和忠实歌迷评价道：

皇冠荣耀作为唱片公司的起家领头羊，向来有一套包装自家歌手的独特手段。萧萧单飞专辑制作十分精良，虽然有六首是以摇滚风为主，剩下的五首却覆盖了时下所有流行的元素和曲风。在YOUNGIRL解散，没有了与凌影天籁般的和声之后，萧萧的嗓音却更加淋漓尽致地展现出其独特性，《Rock & Roll Princess》的高潮部分更是打下了具有萧式风格的烙印……

YOUNGIRL的荣耀与光芒已经熄灭，而萧萧却走在了一片新的星海之下。我得到过的，她仍拥有，我没有得到的，她已拥有。萧萧得到了全部的运气、事业和爱情。

现在萧萧走到哪儿，那些狂热的粉丝歌迷们就跟到哪儿，萧萧当之无愧地成为了超人气小天后。而合同结束离开皇冠荣耀的我，却没有新作，只有当提及萧萧曾经的搭档时，才被人顺带着点到。

这是更新换代奇快的娱乐圈，这是过往人气如浮云的娱乐圈。

每一天，都有无数艺人再创辉煌；每一天，都有无数新人崭露头角；每一天，都有无数艺人退出舞台；每一天，都有无数过气明星结束他们的时代。

拍摄基地。

大片大片巍峨的宫殿气势磅礴地矗立在青色石砖之上，金色的光线将这些飞檐重瓦照得威仪四射，庄严恢弘，只是触目而已，就让人联想到上下五千年源远浩瀚的历史。

地面上是剧组铺设好的摄影轨道，灯光师计算着距离打光，导演正在跟一身古装的女主角讲戏，其他工作人员有的在调试机器，有的正在摆弄道具。

进入《女皇》剧组已经有些日子，我也逐渐开始适应这种拍戏生活。趁他们还在进行着准备工作，我一边看着剧本，一边拿着笔在角色台词旁边涂涂写写。

当初合同一结束，不管经纪人Tim再怎么“宝贝”“宝贝”地叫着，再怎么挽留，我依旧固执地选择离开皇冠荣耀公司。

不想委曲求全，更不想给自己退路。

我发过誓，一定不能输给萧萧，这事关尊严。

在这个演艺圈，有三大声名赫赫的娱乐公司，以影视为主的ESE（东星娱乐公司）；以唱片起家的皇冠荣耀；以及两者都沾边但是两者资源都不是最丰富的品优娱乐。

不是没有考虑过其他公司，不是没有想过立刻出一张新专辑，跟萧萧打擂台。但是陆瑜一句话惊醒梦中人——现在音频自由下载，唱片业急剧萎缩，就算你是天后歌神级别的又如何？

衡量一个艺人的标准永远是他的身价。

想要比萧萧红，要想永久性地压过她一头，除了把持原有的乐坛地位之外，还应该开辟新的领域，提高自己的商业价值！

或许陆瑜平时表现得很恶劣，但是不得不承认，身为品优娱乐的总监，他的目光的确更加长远。因为他的关系，我低调签约品优娱乐。

《女皇》是一部大型古装戏，这部电影的制片人就是上次吃饭见到的张制片。

我一个歌手出道的艺人自然不会是女主角，女主角是这个圈子素有“绯闻女王”之称的宋微，她现在也是品优娱乐的“一姐”。自从出道以来，宋微负面新闻不计其数，虽然拍过一些电视剧，但是一直都没有真正大红大紫过，然而前年一场慈善晚会之后，她突然被这个圈子最传奇的影帝兼制片人看中，成功饰演了他电影中的一个角色，这部电影第一部和续集都创下了超高的票房，整个演艺圈都轰动不已，而宋微本人也凭此片最终荣获影后桂冠，从此星路加持，一跃成为一线巨星！

从此，她的生平事迹、绯闻花边，也离传说不远了。

当然，也有圈内传言，说宋微跟品有娱乐公司的总裁黄锦立有着暧昧不清的关系，所以才能青云直上。

宋微相当美艳，光是她的一双眼睛，就令人过目难忘，霸气中透着灵慧，仿佛落落大方的西府海棠。最开始进入剧组的时候，我还以为她不好相处，没有想到她私底下幽默又豪爽。

起初拍戏的时候，我完全不适应，虽然有些拍摄MV的经历，但是那些小打小闹跟拍摄电影完全不同，不停NG，导演颇有不耐，而我的压力越来越大，幸好得到了她的指点，才学会了一些走位和表演的技巧。

在这部电影里，宋微饰演的是名将之后，她假扮成她已死去的双生子哥哥，背负着整个家族的命运，这个国家的君主狠毒，民怨沸腾，怨声载道，最终她揭竿起义，斩杀了旧日君主，成为一代女皇！

而我饰演的，则是从小倾慕宋微双生子哥哥的小婢女。

大多数的时候挽着娟秀的流云髻，一袭迤逦石榴红纱裙，弹得一手好琵琶。这种甜美风的古装戏路，跟我过去在YOUNGIRL的定位没什么差别，因此掌握了一定的技巧之后，倒也很好上手。

陆瑜时不时地会过来，美其名曰是探探班，看看我有没有演戏天赋，实际上总是喜欢以打击我为乐。比如什么“扮相不错，你倒很适合演小丫鬟”、“你的演技跟宋微相比，还是稚嫩很多”。有时听得我哭笑不得，有时又让我有点不甘心，暗暗向宋微偷师，专心看她是怎么演的，学习模仿。

“在看什么呢？”陆瑜穿着一件灰色的西装，戴着大大的黑色墨镜，又踱到了我的身边，他投下的阴影把我包围了起来。

“没看什么。”我把剧本“啪”地一合，才不让他看。

“还挺神秘的，不看就不看。”陆瑜眼神在剧本上晃了一圈，斜睨了我一眼，朝我努努嘴，“场记叫你了。”

这一幕的场景已经布好，的确有我的戏份，久候多时的我赶紧过去，离开时不忘瞥了他一眼，告诫道：“不许乱翻我的东西啊。”

陆瑜眨了眨漆黑的眼睛，点点头，就是看上去有些敷衍。

摄影机启动，镜头对准我。这场戏是宋微负伤，敌人又追杀过来，马蹄声声，杏花如雨纷纷落下，化作点点春泥。

冷月，流云。

破旧的宅子，我扶住宋微躲在一处，前来刺杀宋微的杀手握着渗着冷光的刀剑，一处一处排查。

花木扶疏，花影重重，危机四伏。

原本色若春花、眉若远山的宋微因为受伤的关系，脸色苍白，但是即便如此，聪明如她还是利用地形优势干掉了好几个杀手，但是轮到最后一个杀手时，对方却无比敏锐地察觉出了一切！刀光一闪，竟是挡住了宋微的攻势，两人立刻打斗成一团，刀光剑影。

宋微功夫不弱，只是她已负伤。渐渐地，她的腰间渗透出斑斑血迹。而杀手见有机可乘，开始频频阴险地朝她受伤之处攻击。

宋微节节败退，一个不察，眼看对方剑光一闪，就要取她性命。

突然，嘭的一声巨响，向来甜美却胆小的我看准时机，将那把心爱的紫檀瑁嵌螺钿五弦琵琶，狠狠砸在了杀手的头上，对方应声倒地。

宋微长舒了一口气。

长夜寒风，梨花烟雨之中，宋微感动：“幸好你在我身边。”

还没从刚才的事中缓过神来的我，一边抚着胸口佯装镇定，一边后怕道：“应该的，公子。”

“Cut！”导演喊了一声，场记打板，这一幕顺利通过。导演的剧本已经卷成轴状，指了指我：“小丫头越来越进入状态了，表现不错。”

“嘿嘿，那是。”我打蛇随棍上，笑嘻嘻道，“以后要拍新戏再找我嘛，我喜欢跟着您拍戏。”

一回到座位，我就看到陆瑜优雅地翘着腿，坐在我原来的那个位置上，正拿着我的剧本看得津津有味。

我一把抢过剧本，跺了跺脚：“不是说了不准看吗！”

陆瑜一脸无辜，两根白皙的手指支着下巴："不过是剧本而已嘛，有什么看不得的。"

虽然是剧本，但是我在上面做了很多标记和注释的好不好。

这么幼稚的方法，被他看见了肯定会吐槽我。

"该不会是不准我看你在上面记的那些东西吧？什么之前要表现得温柔甜美，什么这里眼神要不经意地冷，什么这里要多练练气场，最好是那种御姐般的冷艳，跟之前的甜美形成鲜明对比？"陆瑜摸着下巴。

不想让他知道，他竟还故意挑出来说。

……可不可以就地杀人灭口？我心里盘算着。

"人物揣摩得不错。"陆瑜拍拍我的头，最后还仿佛安慰鼓励我一样总结了一句。

喂喂，谁要你的鼓励了啊？！

因为第一次演电影，非常想演好，所以除了被宋微指点和导演讲戏之外，我还在剧本上写了很多我对人物的理解，自己设计的一些小动作，例如刚刚杀人之后，怯怯抚胸口的动作——因为这个角色是个细作。

她是皇帝派来，一直潜伏在女主角身边的一枚暗棋。

直到最后要杀女主角那一刻前，她一直都是容貌甜美、胆小怕事的温柔少女……

我的戏份就快杀青。

陆瑜来得越来越频繁，似乎是想看看我怎么演凶相毕露后的一面。而这几个月当中，萧萧第二张单飞专辑再次上市，虽然销量也不错，但是引发了不少争议，因为萧萧一改之前的中性风开始尝试别的风格，比如我之前那种甜美风。

这样的改变，引发无数歌迷粉丝的议论，褒贬不一。有的称赞："这样的萧萧也不错，百变天后。"

但是更多的是反对：

"萧萧在干什么啊，现在这种风格完全不适合她！"

"难道是在转型么？不要啊萧萧，你原来的样子就很好，酷酷的，好帅喔。"

“我擦，真是越来越失望了！YOUNGIRL解散后，她就不行了，现在完全……”

萧萧如今是最受瞩目的天后，她的一举一动是所有人眼中的焦点，现在转型面临这样的非议，经纪人和公司宣传部自然有点着急了。

就在我关注着这件事情会怎么发展时，一个我从没想过会站出来的人站出来了。

同样是偶像派明星的叶子澈温和地对着记者说：“这样的萧萧也很不错，让人发现了她另外一面，很可爱。”

很、可、爱。

这是他以前形容我的词，然而，哪怕在我和他最甜蜜的时候，叶子澈也从没公开对媒体说过。

从来没有。

叶子澈这样一公开发言，很多嗅觉敏锐的娱乐记者察觉到了他和萧萧之间不同寻常的气氛。他们俩没有正式承认，否认又有些欲盖弥彰，但这种扑朔迷离的发展反而再次让叶子澈和萧萧的人气大涨，微博的粉丝涨得飞快，每次互动都有好几万的转发和评论，连剧组都开始有工作人员在茶余饭后八卦他们。

“他们到底是不是一对啊？还是在炒作？”

“凌影，你不是萧萧的好朋友吗，你知道吗？”他们问了一圈，最后问到我这里，目光好奇至极。

我嘴唇张了张，但是最后却发现，对着他们探究好奇的目光，我一个字都说不出来。

“当然不是。”前来探班的陆瑜却替我回答了这个问题，“这俩互相炒作。”

众人一片哗然，纷纷发出“真是想不到”“怎么是这样”的感叹。

“你怎么这样说。”我低着头看剧本。虽然话只说了一截，但是陆瑜应该明白我的意思。

“给我好好拍戏。”陆瑜只是这样命令道。

《女皇》拍到最后几场戏。

弹笑醉卧沙场间，大梦了无痕。女主角和男主角一起杀入皇宫，就在他们双双刺向君王的时候，一直跟随其后的我，突然眼神一变，身手变得利落至极，一把剑刃从琵琶中抽出，刺向男主角。

鲜血犹如雪中红梅，触目惊心。

宋微神情大变，眼神中有着极致的不可置信，但是下一秒，她的眼睛里迸发出深切的悲伤，手一挥，腰中软剑如蛇滑出，雪光一片。

我冷笑，琵琶一旋，五根长弦发出冷然的光，迎向了宋微的软剑。

春浓花艳。

曾经的小婢女和宋微，一个弹着五弦琵琶，一个挥剑起舞。

一席淡酒，一树落花，满架蔷薇一院香。

而今，挥剑相向，直取性命。

但是谁也没有料到，情势忽然急转直下，那个狠毒的君主手一扬，四周埋伏的弓箭手涌出，对着她们就是百箭齐发，利箭如雨。

细作到最后成了君主的弃棋！

……

"完成得不错。"等我最后一个中箭身亡的镜头拍完，导演朝我点点头。

我深吸一口气，第一次有种放下重担的感觉，这是我的第一部电影，现在终于杀青。但是没有想到，一直沉默地看着拍摄的陆瑜却突然出声："等等，这场戏，还能改一下吗？"

我和导演都有些惊讶，但是这个圈子里制片人和投资商的确有权利改戏，他们手里握着电影拍摄所需的资金，而一旦没有资金，什么事都不能做，因为这种制衡，只要不是明显跟自己追求的艺术性相违背，大多数情况下导演还是会同意的。

陆瑜跟导演在酒店的房间内聊了一个晚上，很晚才出来。事关自己的戏份，我自然很是关心，一听到动静就赶紧过去问陆瑜："你跟导演说了什么？你可别乱改啊，我觉得原来那样挺好的！"

陆瑜真的能改出什么更精彩的情节么？他又不是编剧。我很是狐疑。

五星级酒店的大理石地板光可鉴人，欧式壁灯散发出柔和的蜂蜜一般的色泽，照得壁灯下方的水晶饰物闪着透黄晶莹的微光。陆瑜的脸上好像被光线洒了一层细腻轻盈的金粉，他双手插在Dior Homme西服裤的口袋里，外套搭在他的手臂上，有种漫不经心的贵族风。

陆瑜眼尾一挑，黑色的眼睛眯了起来，长长的睫毛似乎也沾了点金色。

他没有回答我的问题，而是反问道："你那是什么眼神？怎么，怀疑我的能力？"他一边说，嗓音也一边低了下来，尤其是最后几个字，尾音更是放慢了速度。

"怎、怎么会？"我打着哈哈。

"真的？"陆瑜眯着眼看我。

我有种强烈的预感，只要我开口说"我真的很怀疑啊""你到底行不行"，他一定会把我蹂躏得很是凄惨。我几乎可以看到那种Q版漫画黑化的小陆瑜踩在我的身上，张狂大笑，而Q版的我被踩得惨绝人寰，大哭不已……

我连忙又是干笑又狗腿样地给他捏捏肩，讨好道："我们陆瑜大人最厉害最威武了！陆瑜大人提出的想法肯定与众不同！好期待喔。"

他斜睨了我一眼，我赶紧冲着他傻笑。没想到陆瑜完全不买账，修长的手指在我脑袋上一下就是一记爆栗："你的语调还可以更假一点。"

"……"你才做作你全家都做作，我这样还不是被你吓的，呜。

我捂着脑袋，眼角含泪地看着他。

我这个表情肯定难看死了，没想到陆瑜看了我几眼之后，却仿佛很受用一样，不仅笑了起来，还越笑越大声，笑声像是水纹一样在空中一圈一圈地蔓延开来。

"别笑了，很傻啊。"轮到我不耐烦了。

"哈哈，好好，不笑不笑，不过你刚才那样还真有点受气小媳妇的样子。"陆瑜又忍不住笑道。

"喂——"什么叫受气小媳妇嘛？！还有我是谁的媳妇啊，你的么？我叉着腰，声音重重拖长，装出一副再这样下去就跟他干架的架势，"快说啦，到底改了哪些地方，是重拍还是补拍还是怎样？"

陆瑜的表情这才正经了点，松了松领带："跟导演讨论了一下想法，之后会再让编剧重写一份剧情过来，到时会告诉你。"

这个过程……听起来还真有些复杂啊。

虽然我只是里面的一个小配角，却也知道这部电影有着超强的一线班底，随便一个灯光师摄影师在这个圈子里都有不凡名气。专门为了我一个小新人，让那些编剧再来修剧本，会不会……会不会显得我太大牌，弄得他们不愉快啊。

我犹豫了一会儿，有点担心地试探：“会不会太麻烦了？”

陆瑜没有马上回答我，他看了我一眼，好看的嘴角优雅翘起：“事关你初登大银幕，必须万无一失。”

我睁大眼睛望着陆瑜，他认真起来的神情跟往日真的很不一样。

我好像第一次体会到“认真的男人最有魅力”这句话的含义，陆瑜虽然很毒舌，可是关键时刻似乎真的是一个很靠谱、很靠得住的男人。对于我第一次演戏，陆瑜比我想象中更加重视。这种感动顿时让我整个人立在那儿，动弹不得。

金牌编剧们凑在一起，将我的戏份改了又改，修了又修，打印成文档的剧本一遍又一遍送到陆瑜那儿给他审核。传说中陆瑜是品优娱乐最神秘的总监，我没有见过他处理公事的模样，但是现在这样初晨的阳光下，他穿着干练的西装，漆黑的眼眸认真看着剧本，修长的手指一页一页翻动着那些雪白的纸张，侧脸的轮廓好似春山一样宁静而悠远，有种无法言语的气质。

我接触的大多是歌手和综艺艺人。当初叶子澈就是在星空下闭着眼，全身心投入演唱的模样打动了我。陆瑜没有偶像艺人浮夸的明星范儿，但不知道为什么，他现在这种商业精英般的沉着却有着另外一种可靠的男性气质。

虽然这是最后一场戏，但编剧却整整花了一周的时间修改，才终于让陆瑜拍板说OK。

接过新剧本的我连忙一看，先是一愣，有些吃惊，接着陷入思索中。剧情并没有改变很多，可结尾处却不大一样了。之前我所饰演的小婢女是忽然叛变，想要杀死宋微，结果没想到螳螂捕蝉黄雀在后，皇帝留有后手，竟连她也不放过，想把她和宋微两人一起剿灭。

可是现在，除了需要补拍一些前期铺垫的戏份之外，这个小婢女却不再是那么无缘无故地反转，说翻脸就翻脸去杀宋微，反而是知道宿命来袭不可避免般地沉默。

我一边读着剧本，一边开始想象，跟宋微公然背叛决裂后，她一定是微微垂下眼眸，尽管面沉如水，拨着琵琶弦的手也不曾抖动，然而，隐藏在她看似波澜不惊的眼神下的，又会是怎样的心情怎样的思绪？

真的要杀她吗?

那个放弃大好年华，代替着双生子哥哥，一寸山河一寸血战斗到了如今的女人……可如果不杀她，那自己这枚暗棋就是背叛自己以前的恩人！这样的矛盾的确让这个角色有了一种更深层的东西，而不仅仅只是一个脸谱化的人物。

就像是……画龙点睛之笔。

我看过《女皇》拍摄的一些回放，那时只觉得宋微的角色性格分明，极具感染力，内心很有层次。我原以为那是因为我的演技太青涩，远远没有她的收放自如，但是……现在看了这个剧本之后，我好像懂了一些什么。

闪光点。

电影篇幅有限，一秒一帧都必须是精髓，都必须最大化地展示出人物的特质。先前的小婢女有戏份，有反转，可是，却没有闪光点。

一个没有闪光点的角色，哪怕是有着绝妙的造型，也永远无法深刻。

无法深刻，就成不了经典。

我突然有种感觉，好像自己抓到了一些什么。虽然演戏和唱歌看似没有必然的联系，但是一首歌之所以传唱率高必定是因为旋律朗朗上口，让人觉得回味，可如果一首歌要成为经典，则必须要有更深的内涵。

演戏也是一样。

精美的定妆扮相和精彩的人物戏份，的确会让你在这部电影里面出彩，但是想要成为让人难以忘怀的角色，则需要更深刻的特质。而它们的共同之处就在于：无论是作为歌手的我，还是作为演员的我，都必须努力通过自己的演绎将那些歌、那些角色的情感内心，充分地诠释出来。

前面的戏份已经补拍完毕，这个新的剧情只把最后结尾那一场戏重新来过，让所有的爆发在最后一幕闪现。当摄影棚的灯光打到我前面，我第一次那么紧张——因为陆瑜让这个角色更加深刻更加完美，我真的真的有点害怕自己演不出来。

戏份重拍。

宋微手一挥，腰中软剑如蛇涌出，雪光一片。我琵琶一旋，五根长弦发出冷然的光，迎向了宋微的软剑。

春浓花艳。

曾经的小婢女和宋微，一个弹着五弦琵琶，一个挥剑起舞。

一席淡酒，一树落花，花开春满院。

而今，挥剑相向，直取性命。

这个世上，背叛是最令人痛苦的事情，昔日的情分和今日对峙的杀伐在宋微的眼眸中交织成一道复杂的光，她的眼眶并没有噙着泪水，可是那种纠结的眼神却让在场所有人感受到了她的不信与不忍。

兵戎相见，誓死方休。

我漾起往日那种微笑，然而，眼神和语气却波澜不惊。

大殿外的春光一缕一缕地黯淡了下去，那些从南开到北的粉紫色桐花从树上打着旋儿凋零颓靡了下来，仿佛一场绝望的挽歌。

“君上从小就收养了我，命令我去服侍你们。你们的一举一动，我早就密报给了君上，只是没想到，你们最后竟然会改变计划攻打到了这里。”毫无感情的语调，将那些昨日的生死与共变成一场虚情假意。

我没有动，可是她眼中像有什么情绪快要跳出来，隐隐作痛。

回忆犹如一幅蒙尘泛黄的旧日画卷，却不得不在斑驳的岁月中一一拉开。罪臣之后的她被当时年少的太子看中，免去了她跟她姐姐一样成为官妓的命运，却自此被训练成了一名冷酷无情的杀手。

她杀人，她当细作，她的最后一次任务就是……

殿宇阴森，密不透风的宫闱腐败老旧，即便是由绚烂黄金打造而成的龙椅，在这充满腐朽的气息里，也感觉不到一丝生机与灿然，可是，就算整个王朝即将覆灭，就算整个王朝不过是浩瀚历史上的一叶扁舟，即将被浪潮打翻，有些事却如同昨日那些被钉死在木板上的钉子一样，自始至终都无法磨灭。

“你要记得，你的命是我给的！从今以后，我就是你的主子。”

那个阴暗的光影里，周围是大片大片的污血，那些妄图染指她的人的污血。年少的太子背着光，彼时气宇轩昂，犹如一把开刃的利剑，他的脸上是一片看不清的阴影，但是，他的话却像是一滴浓墨深深滴入了她幼小的心灵。

残阳如血，殿外厮杀震天。

水墨青石砖上一片又一片的污血，依稀犹如当年那般触目惊心。

“君上对我有恩，我不能背叛他，所以……”我放慢速度，力图在一种极力冷酷之下的镇定里，缓慢地说出这番话。

尽管这话一旦说出口，就代表着——恩、断、义、绝！

冷光一闪，琵琶长长的细弦已跟我此刻的目光同样冰冷而麻木，化成一件夺命暗器“嗖”地攻向宋微，就像很多年前开始杀人的那个冷雨夜一样冰冷而嗜血……

最后一幕整整拍了一天一夜，导演喊了很多次“cut”。但是奇怪的是，我却并没有因为这些NG而心慌意乱，反而一次比一次镇定，一次比一次更懂得自己应该在什么时候流露出什么眼神，什么时候用什么样的语速去念出这些台词，用怎么样的细节去表现每一个细微的眼神变化，怎么样在适当的时候咬字断句……

烽火硝烟，断壁残垣。

暗红的夕阳将所有的一切披上一层血染的颜色，仿佛一种不祥的黑色预兆，大殿外两军对垒，互相残杀，血流成河，无数的悲鸣和惨叫犹如乌鸦一样久久盘旋在整个皇城上空。

几次交手，我皆打不赢宋微。

就在这时我故意漏了一个破绽，让宋微一掌击中我。鲜血从我嘴里喷出，在她念着旧情疏于防范的那一刹那，我一个近身贴近她，从中指的碧玺戒指中拉出一根极细极锋利的金丝，微光流转，利落狠毒地往她颈上一绕，对方雪白的脖子上立刻印出一圈猩红的血迹。

只要我再一勒紧，她就会——死。

宋微呼吸渐沉，脖颈上的血迹加深，不断从金丝处流下，她的眼中是对我刚才利用往昔情谊的浓浓失望。

“你应该庆幸，你是死在我手上。”我在她背后，拉住金丝，终究忍不住说了一句，如果是其他人，绝不会用如此干净利落的手法让她死去。

“要杀便杀。”

宋微毫不在意，几经战火，她的声音已变得嘶哑低沉，但是即便不在意，从最初的最初到现在最后的终结，她都不曾亏欠过我。

回想起那些颠沛流离的日子，她一直怜我、护我，别人若是欺负我，她定是十倍替我讨回。在下手的前一刻，我眼前一晃，还是忍不住恍惚了一下。

宋微趁机反击，身体灵活一转，逃出金丝范围，同时右臂手肘狠狠击向我的腹部。我腹部一痛，不由往后踉跄了一两步。就在我眯眼，企图再次杀死宋微时，早已不再年轻但是愈发狠毒的君主，站在高高的皇座上，手一扬：“杀！”

万箭齐发，利剑铺天盖地如雨般涌来。

即使早已知道杀手最后的结果不过如此，一股彻骨的寒意还是从心底蹿向四肢百骸，然而，来不及震惊，一支没有躲过的羽箭已急速朝我射来，鹰嘴般的箭头淬着幽蓝的毒！眼前一花，就在我以为自己必死无疑的时候，宋微却一剑将羽箭挡掉——从头到尾，她未发一言。

她看也没看我，就像她从不认识我。

我深深回看了她一眼，然后咬紧牙根，拨弄起琵琶弦挡住那些飞来的羽箭，跟宋微一道杀出重围。突然，背后传来一阵浓郁的杀意，我回头一看，只见皇位上的君主凶狠袭来，锋利无比的裂天剑眼看就要刺向宋微，我一个侧身飞扑，以身挡剑……

从没有想过被刺穿而死的滋味是这样。

真的很痛，眼前是我喷出的一片血雾。透过这片血雾，我看到君主怪我妨碍了他杀招的愤怒，更看到宋微颤抖着朝我奔来的悲恸。弥留之刻，我想起昔日缤纷桐花下，还未装扮成她哥哥模样的小姐在沉香中抚着琴，琴声悠悠，春光无限。那时我还梳着丫鬟髻，乖巧地端着茶托站在一旁。

旧时春光中，笑声与淡粉色的桐花一起随风纷飞。

背脊已经贴在了冰凉的地上，天旋地转，曾经无限威严的大殿看起来竟是这么的高这么的远，鲜血从我体内不断地流失。也许从那时起，我就做了决定。

如果有一天君主要杀他们的话，我情愿是我来动手，给他们一个最不痛苦的死法。

然后……再自尽。

忠于君主，忠于恩人，可是，你们对我是这样这样的好。

我渐渐阖上眼睛，嘴角无意识地露出最后一个微笑，喊了一声：“……小姐。”

大殿无声。

整个摄影棚都没有声音了，过了好一会儿才有人吸着鼻子问导演：“怎么样？要不要重来？”导演把剧本卷成一个卷，朝他挥了挥：“重来？重来你能演得有她这么好？”

导演就是整个电影的核心，他一开口，大家就哈哈大笑起来，一扫之前悲痛且凝重的气氛。

我从地上爬起来，刚刚那样摔在地上，背可真痛。

“没事吧？”陆瑜走了过来，把我从上到下，又从下到上地打量了一遍，然后眉峰一扬，“看不出啊。”

我身上还穿着染有“血迹”的古装：“看不出什么啊？”

陆瑜眼睛一眯，嘴角往右斜斜一勾：“看不出你还挺有牺牲精神的。”

我高兴坏了：“那是，我可是一遍又一遍地钻研过了。我演得怎么样，演得怎么样啊？”

改戏是他提出来的，我还真有点担心我演的没有达到陆瑜想要的效果。谁知道陆瑜只是慵懒地看了我一眼，就是不发表意见，故意吊我胃口。我心里万分忐忑，拉了拉他的袖子：“你快说嘛！”

他低头看了我一眼，嘴角的笑意好像更深了一些，却仍然笑而不语。

你个死鲈鱼！我心里碎碎念着我给他起的外号，作势要将身上的“血迹”往他身上蹭：“你说不说，不说小心我这个笑面杀手把你干掉……”

▶第六章

等我再次翻开报纸，萧萧在歌坛的地位依旧不可动摇，人气爆棚。她的销量和声势甚至已经远远超过了一些资深天后，成为新一代超人气偶像，引领着歌坛和时尚的潮流，代言无数。皇冠荣耀公司已经开始给她筹备“LOVE萧萧”全球巡回演唱会，而她所演唱的皆是YOUNGIRL曾经炙手可热的曲目。

对于这些，我已不像当初那样愤恨了。

萧萧的唱功在那里，皇冠荣耀雄厚的实力在那里，就算伤心、难受，觉得被背叛了，理智地客观分析，我也不得不承认，萧萧的确如日中天。比起这些，依旧像块沉重的磐石压在我胸口，挪也挪不走的是——如今叶子澈是萧萧的男友这件事已经是娱乐圈公开的秘密，只除了他们俩没有正式承认过而已。

可这有什么关系？萧萧去领金曲奖走红地毯，陪伴在她身边的就是叶子澈；萧萧跟人手牵手，无数次被偷拍到的那个人也还是叶子澈。从前叶子澈不想我们的关系被曝光，一方面是我们的事业人气未稳，曝光会引来歌迷粉丝的反弹，公司不乐意；另外一方面是因为他说，他担心会有一些女歌迷会对我做出过激行为，伤害我……

而如今，被偷拍的照片上，叶子澈和萧萧笑得那样幸福，他就不怕那些女歌迷报复他们？还是说，如今的叶子澈已经觉得自己有能力……保护他所爱的那个人？

陆瑜走过来，大概是见我面色不佳，问了一句："在看什么？"

我赶紧把报纸一收，装作没事："没看什么。"

陆瑜想从我手中抽出报纸，我不放，他稍微用了点力，我发脾气吼道："干什么啊！要看报纸自己不会买啊！"话一出口，我才发现我的声音极不耐烦。

陆瑜眼中闪过一阵错愕。

我心里顿时有些不安，你不爽就不爽，朝着无辜的人发火干什么？陆瑜虽然有时恶劣了点，但现在他不但是你的上司、你们公司的总监，更是在你最低谷时伸出援手的恩人。

"我、我……"不是故意的。

我想开口道歉，然而陆瑜扫了一眼被我拽在掌心中的报纸的边角，就径自离开了。之后，附近的报刊亭里再也看不到有关萧萧和叶子澈的报纸。

抬头不见低头见。

演艺圈有时很大，一个名声赫赫的天王巨星跟一个三线小艺人的地位差别无限，前者何等风光潇洒，被各大一线品牌看中相邀，后者就有可能落魄不堪，饱受欺凌。但有时演艺圈也很小，小到即使我和萧萧各自schedule繁忙，通告采访不断，依旧会在一个小小的roof party上遇见。

这是一个国际时尚杂志主编开的party。

每回年前或者年末最重要的档期，很多大牌艺人为了争抢上他家的封面都会不择手段，我和萧萧还是YOUNGIRL的时候上过几次，据说那几期的销量挺不错。这一年，我一次都没上过，但组合解散萧萧单飞那个月，还有金曲奖后的那个月，他家的封面人物都是萧萧。一年中两个月份成为这本杂志的封面人物，也从侧面证明了萧萧的人气和身价。

屋顶上面精心修建了一个不规则椭圆形的游泳池，一池蔚蓝色的水，仿佛一块切割漂亮的蓝色宝石，夜空中碎钻般的星辰倒映在水面上，更加显得波光粼粼，银丝流动。一些穿着比基尼的妙龄女郎正三三两两地坐在池边，有些则在泳池内戏水。棕榈树巧妙地沿着泳池摆放了一圈，将整个Roof切分成几个不同的区域。树上挂着圆形的日式白色纸灯，上面风雅地写上了一些毛笔字，画了一些写意的梅兰竹菊，颇有意境。一眼望去，仿佛一盏盏明亮的圆月，洒下银辉。

一些角落刻意摆放上照明灯，投射出或紫或青的光线，将整个屋顶照射得更有气氛。一些上流社会的名流淑女穿着各式各样的名牌晚礼裙，拿着手袋或是拎着爱马仕的包包，相互交谈，衣香鬓影，觥筹交错。

只是，我没有想到萧萧会来，而且是以这样的妆容服饰出场。

在YOUNGIRL中万年摆酷的萧萧，今天竟然穿了一条红色露肩晚礼服，乌黑的头发烫卷了，慵懒地垂在精细的锁骨上，经典的红，耀目的黑，将她整个人衬托得气色极好，我从没见过萧萧这么有女人味的一面！她是彻底转型了么？

如果说这个造型让我吃惊不已，那她身边那个一袭白色燕尾服，笑得清雅动人的护花使者叶子澈，则让人……叶子澈轻轻环着萧萧的纤腰，端着香槟高脚杯，跟熟悉的人聊着天。他体贴地帮萧萧拿小甜点，温柔地对着她笑，在场的人都纷纷夸他们感情好。

不知道是谁眼尖，突然有人叫了一声："萧萧，你过去的partner凌影也来了！"

我定眼一看，是个颇有名气的嫩模，对方一边说，还一边摇着手臂，示意我过去。原本想装作没看见，那个嫩模却在这种场合向我高呼："凌影过来呀，萧萧在这儿呢。"不少人已经听到，纷纷朝我望了过来，就算是想装傻也装不成了。

我只好挤出招牌笑容，从侍者的银色托盘中取过一杯香槟，走了过去。

萧萧的目光一下子就变得带些防御意味了。叶子澈看着我，目光闪动，像是有些尴尬，又像是有话要说。

我故意微微侧开脸，轻啜香槟，不去看他们二人。

"凌影，你们YOUNGIRL组合当时也是红翻了天，结果解散了好可惜。"那个嫩模不知内情，还以为我跟萧萧的感情一如既往的好。

萧萧露出一个安抚性质的笑，没有解释。

我虽厌烦了一味粉饰太平，却也只是笑笑，不发一言。

那个嫩模将我喊来，但是我们之间的气氛却是如此不和谐，四个人中只有她一个叽叽喳喳讲个不停，剩下三个都没怎么作声，即便出声也是敷衍的“嗯，啊，你说的是。”“我也觉得。”而她竟然一直都没察觉出来。

“凌影，好好的你拍戏干什么？你看萧萧现在就是越唱越好，金曲奖得了四个，是四个吧？”她望了萧萧一眼，在得到一个肯定的眼神后，仿佛是她的殊荣般夸赞道，“得了四个奖项！我真喜欢那首《Rock & Roll Princess》！真是太棒了！”

我垂着眼，原本只是无聊地看着手中的香槟随着灯光变化成不同的颜色，顺便听她絮絮叨叨，但听到《Rock & Roll Princess》这里，终于忍不住哂笑了一声。

声音不大，但萧萧的视线立刻犹如刀子一样扎来，明亮又刺眼。

那个嫩模还在继续说：“听说你演的那个电影宋微也参演啦！她人怎么样？是不是跟媒体报道的那样？是不是对男人特别有一手啊？”不愧是绯闻女王，连不沾边的嫩模都对她的小八卦感兴趣。

我晃了一下手里的香槟：“她人不错。媒体的话怎么能信？黑白颠倒多着呢。”

我并没有含沙射影，但萧萧的目光却有些闪，唇角讥诮般地勾起。

嫩模笑道：“也是。现在那些狗仔太讨厌了，一件事给他们写出来就变了味道。明明我跟阿宇是真感情，偏偏写我是想嫁入豪门，你们说可气不可气？这一点，我可羡慕死叶子澈和萧萧了，被报纸大赞，说般配的只有你们了吧？”

她的口吻不自觉地透着酸意，尽管佯装得很好。她的男朋友阿宇大她二十岁，的确容易令旁人想偏。

叶子澈的表情更加不自然，找了个借口要去其他地方。萧萧却把叶子澈一拉，然后头靠在他的肩膀上，笑了笑。月光下，红裙乌发的萧萧靠在一身白衣的叶子澈身上，极是醒目动人。

她什么都没说，却什么都说了。

嫩模表情一变，先是有些惊讶，接着眼睛放光：“你们的感情也太好了吧，真是甜蜜得令人嫉妒！”

在萧萧故意倚靠在叶子澈身上的那一刻，我的手情不自禁地抖了一下，杯子里的香槟差一点泼了出来，下意识地瞥了他们一眼，迎来的却是萧萧胜利般的眼神。

那边的嫩模还在讲："你的全球演唱会快要开始了吧？送我一张票嘛，到时我要去看你的演出。"

萧萧喝了一口香槟："那有什么问题！待会儿我让Tim给你两张VIP的，你可以带着你男友一起来，子澈到时会是神秘嘉宾。"

嫩模眼睛发亮，声音激动："真的吗？萧萧你人真是太好了！"

我听得气血翻涌，再也忍不住，端着酒杯就要离开。那边的嫩模回过神后还在叫："凌影你要去哪儿？怎么走了？"随后传来萧萧的一阵低笑。

我停住脚步。

这个party极热闹，但是此刻这份热闹却全然与我无关。金曲奖，演唱会，光明正大地跟叶子澈结伴而来，光明正大地让叶子澈担任演唱会的嘉宾……

我不明白，我已经忍让到了这个地步，萧萧是哪里来的信心，哪里来的优越感，觉得我就是个loser，觉得她此时此刻已经是个完全的胜利者？！

舒缓的音乐在夜空中流淌，却抚平不了我现在这颗躁动的心。

刹那间，我什么都不顾了，什么都不愿再顾忌了。

我转过头，重新走到他们三人面前，走出一种杀伐决断的气势。萧萧刚才不是笑么，那我现在也扬起嘴角对着他们笑。

"恭喜你得了金曲奖。《Rock & Roll Princess》的曲子是怎么来的，你我都清楚。拿奖拿得这么理直气壮，真是非一般的'勇、气'可嘉！"

我目光一转，望向叶子澈，月光下的他眉眼依稀如当年。

从不曾想过他会骗我、瞒我，更不曾想到如今他会任由萧萧在这种情况下刺激我，显摆他们的恩爱。

"叶子澈，"只是刚开口，就觉得眼眶发热，但嘴里说出来的却是咄咄逼人的话，"你喜欢萧萧就说出来，我又不是不会成全你们，何必一直偷偷摸摸，让萧萧当那么长时间的小三呢？不过，你们果然擅长博版面炒作，手段倒是越来越高明了。"

那个嫩模完全不知道为什么事态会急转直下，整张脸像看大戏似的，一愣一愣的。

不过萧萧的反应十分迅速。

萧萧猛地将叶子澈一拽，做出比之前更加亲昵的动作，将叶子澈的手环绕在她的腰间。她昂起下巴，雾面丝绒红唇在夜色下分外妖娆："你说错了，凌影。当初偷偷摸摸在一起，从不敢公开的——是你们！我们才是光明正大的！"

叶子澈拉了拉她的胳膊，眼睛里闪过一丝哀求，小声道："别说了，萧萧，别说了……"

但萧萧不理他，她火红色的性感长裙在夜风中飞舞，锐利的目光直直看向我："你知道为什么吗，凌影？因为，你没法让他做这样的事情。你没有让他有足够公开的勇气和爱，但是——我有！你一向圆滑，没有原则，委曲求全都可以，为了录音棚你可以去讨好一个你讨厌的人，为了《Rock & Roll Princess》这首歌，你甚至可以死缠烂打求音乐人把歌给你。你太没骨气，所以无论是事业还是感情，你只会失败！"

——只、会、失、败。

这是萧萧最后下的结论，如同最恶毒的诅咒响彻我耳边。

她觉得她是实力派歌手，所以不需要委曲求全，所以人人都要让着她！但如果争取，就会有更好的结果，如果争取，就能拿到更好更适合的歌，那为什么不争取，为什么不能以此获得更多更好的机会？！难道就是因为我向那些人低头，难道就是因为不像她那样自视清高，所以最后到了这一步，就全是我一个人的问题吗？！

我无语还击，只是看着叶子澈。

很想问问他，是不是他也觉得如此？所以他喜欢上了更有骨气的萧萧，所以他当初才不公开我和他之间的恋情，所以他这么有勇气地在公众面前承认跟萧萧的恋情，跟我在一起却是躲躲藏藏！

这个世上，最痛苦的事真的不是失恋，而是曾经的满腔情谊，却换不回来对方同等的重视。

被夹在这场争执之中的嫩模，惊讶地捂着嘴，一副听到了不该听到的秘密的表情，而萧萧，始终犹如一个不屈的女王，高昂着下巴，目光带着一丝不屑。

情势完全呈现出一边倒的架势，从前我就没能在萧萧面前占过上风，无论是唱歌、感情，还是口头争执，而现在更是如此，我已经做好了被奚落的准备，可是没有想到——

“当艺人，要的就是能屈能伸。台上做得了偶像，台下下得了功夫，圈子里搞得好人际关系。就算是潜规则，也是上位手法的一种，只是凌影从来不屑用这一套。她灵活，却有底线；懂得把握机会，却有原则，比起一些冷艳高贵的艺人好太多。”

一道低沉好听的男声突然从身后传来，像是划破天际的天籁之音。他的话并不是那种气势逼人的铿锵有力，可点出的却是这个圈子最普通的常态。因为太过常态，所以反而比萧萧刚才那番骨气之类的陈词，更加难以反驳。

真正的艺人并不是一味的拿腔拿调。

人是社会性动物，在任何有人的地方，都有默认的规则。遵守一些默认规则，并不是没有骨气，只是为了能更圆融地达到目的。

萧萧和叶子澈望向我身后，眼中划过一抹狐疑，好像在疑惑这个人到底是谁，为什么会帮我讲话。

我站着没有动，也没往后回望，只有指尖微微发颤。

太清楚这是谁的声音了，也太清楚这种暗含恶劣的口吻了。没有想到当这种恶劣的态度不是对准我之后，竟会意外地变得如此动听亲切！

原本被萧萧和叶子澈弄得已经残破的自尊心，在陆瑜开口之后，奇迹般地被重新黏合起来。

陆瑜不知什么时候已经站到了我身后。我看不到他，却知道有座坚固的堡垒挡在了我的身前，无懈可击，不怕任何枪林弹雨。

萧萧目光一闪，正准备说些什么。

可陆瑜丝毫不给她这个机会，语气微讽：“这个就是抢了好友男友仍觉得自己超有骨气的萧萧？我们公司的凌影再怎么没骨气，却也是干不出这事的。真是值得好好学习啊。”

萧萧气极了，脸色顿时又白又青。

看着萧萧现在这副快要气得说不出话来的模样，尽管心里还有悲哀，可我依旧觉得好解气，好解恨……

陆瑜，你不愧是天下第一的恶劣毒舌男！你的嘴简直是太毒太毒了，但我好爱！

“你不了解我们之间的事情，就请你不要这样中伤萧萧。”另外一道男声加入战局，叶子澈站到了萧萧身前，以一种保护者的姿态，他的眼神温柔而坚定。

萧萧拉着他站在我面前秀恩爱故意刺伤我的时候，他一句话都没有说；萧萧刚才刻薄地打击我说我只会失败时，他仍然一句话都没说；但是现在，当陆瑜为我说话后，叶子澈却挺身而出……

解气的快感瞬间消失，像是徒然间被最亲密的人在心口划出一道伤口。

只剩下一种心碎般的难过流淌。

整个气氛顿时沉寂得像暗涌的海，处处暗礁。

叶子澈站在萧萧前面，为她遮挡一身风雨，而陆瑜站在我的背后，成为最坚固的磐石。我们泾渭分明，分庭对抗，像是越走越远的仇人，尽管大半年前我们还亲密得仿佛一生一世也不会分开。

面对叶子澈的反驳，陆瑜却只是将手轻搭在我的肩头上，然后以一种保护式的姿态环住我。他的体温透过肌肤让我彻底冷下去的身体渐渐回暖。

我看不到背后陆瑜的表情，却看到了面前叶子澈的变化——他刚刚那种从容、淡定像被一拳打碎。

陆瑜依旧在笑，却笑得万分可恶而轻蔑，他的气息扫过我的耳畔："你就是叶子澈？呵呵，不好意思，我对你和萧萧之间的事情压根就没兴趣。我只对凌影感兴趣。"

等等，什么？什么叫只对我感兴趣……

我心里诧异极了，却又不好现在开口问他。而陆瑜也没有给我这个机会，只是径自脱下西服外套，绅士地披在我的肩头，侧过头看着我："有点凉了，我们先回去，嗯？"月光下，陆瑜的脸更显英俊，语气更是可靠体贴极了。

我没再理睬叶子澈和萧萧，只是轻轻握住陆瑜伸来的手。

叶子澈的神情一滞，有点不敢置信。

直到走了好几步，身后才传来那个嫩模如梦初醒般的声音，她又兴奋又惊讶地尖叫："那个人是陆瑜耶！品优娱乐最神秘的总监！最神龙见首不见尾的陆瑜！我的天，凌影竟然攀上他了……"

▶第七章

萧萧全球演唱会举行得如火如荼，每天铺天盖地的都是这方面的宣传消息。而与此同时，《女皇》也即将上映，品优娱乐公司也投入了大笔资金，大手笔地进行轰炸般的宣传。

那晚party之后，我的心情其实一直不怎么好。

宣传的相关活动和采访我都有参加，却提不起什么劲来。陆瑜见我这样，将一份报纸摊开在我面前。我有些疑惑，这阵子我又没交男朋友，又没什么绯闻，还有什么消息搞得这样神秘兮兮的。

结果一翻开报纸，我彻底愣了。

头版头条也就算了，居然占了整整半版版面——几个触目惊心的粗体字，雷劈般地出现在报头——

萧萧PK凌影：YOUNGIRL解散后，谁主沉浮！

简直就像打擂台一般，整个版面左边是萧萧，右边是我。

先是将我们的生日、个人兴趣爱好，一一列出来，紧接着是我们的照片，再接着是我们各自的获奖经历和奖项，以及迄今为止的绯闻对象。原本双方不相上下，但是直至半年前，萧萧突然有了大动作——单飞，专辑大卖，获得金曲奖四项奖项，人气越来越高，而我，跟风头正劲的萧萧相比，完全是销声匿迹，不再续约，低调签约品优娱乐，大半年来来除了参加《女皇》这部电影外，只有几个新的广告和代言。最后，专版重点画出一个PK示意图——萧萧第一次个人全球演唱会PK凌影首次银幕处女秀！

报纸结尾煽动性地留了一个悬念：

YOUNGIRL解散，萧萧和凌影有了各自不同的发展。演唱会对于单飞后的萧萧来说，是一个极其重要的里程碑，能真正证明自己的地位和商业价值，而凌影首次挑战大银幕，更是意义巨大。这两个同样年轻，同样具有超人气的女歌手在组合解散之后，已各自通往了完全不同的方向，到底是坚持追求音乐自由的萧萧更胜一筹，还是逆向而行、另辟蹊径的凌影会大显身手？

虽然不知道一个是演唱会，一个是电影，两个性质不同的东西到底是怎么PK到一块去的，但是这个专题我看明白了，演唱会和电影对于萧萧和我来说，就是转折点过后的第一块试金石，如果演唱会爆满那就证明萧萧的商业价值更高，如果电影票房大卖，那就说明我现在选择的这条路是对的。

不得不承认陆瑜在这个时候将报纸递到我面前是对的，立刻就让我原地满血复活。我离开皇冠荣耀是为了什么，我在品优娱乐这么拼又是为了什么？不就是为了站在这个娱乐圈更高的地方，拿出更亮眼的成绩，将萧萧和叶子澈踩在脚下吗？那晚萧萧和叶子澈一同刺伤了我，不也是意料之中的事情吗？叶子澈……本来就不是我的男朋友了。

——绝对不能输！

自此我重新拿出十二分的干劲来参加一系列的电影宣传，从一个城市飞到另外一个城市，参加各种访问访谈聊天节目以及各个重要院线的首映礼，非常忙碌却又非常充实。

萧萧那边捷报传来，演唱会的票卖得相当好。

皇冠荣耀一方面更加为她大肆宣传，另外一方面高调地对她进行肯定，一会儿宣传演唱会的舞台会多么多么华美，采用全新的3D全息技术，一会儿暗示嘉宾有多么重量级，除了叶子澈外，还有皇冠荣耀旗下的小天王也会到场，一时之间风头无两，粉丝万分期待。

反观我这边，虽然曾经身为YOUNGIRL一员，也曾是各路媒体追逐的对象，但不知道是因为我大半年都在拍戏，在乐坛没有动静，人气严重下跌，还是因为从歌手转道演员，跑影视的娱记对我没有太大兴趣，亦或是素有绯闻女王称号的宋微在这个剧组，所有记者都将焦点汇聚在了她的身上，只想从宋微身上挖猛料，媒体对我的报道平平。

《女皇》的宣传是绝对盖过萧萧的演唱会的，但萧萧的曝光率远胜于在《女皇》中只饰演一个小角色的我。萧萧单飞成功后，她的专辑大卖已经给我很大压力，万一萧萧的演唱会异常成功，而我这边《女皇》票房惨败，或是《女皇》票房大卖，但观众却对我没什么印象的话，我该怎么办?

陆瑜不知道什么时候来到我的身边，慵懒地斜倚在一旁："吹夜风，这么文艺范儿？由你这个甜美教主做出来，可真别扭啊。"

"……"我顿时就黑线了，"我什么时候说过自己是甜美教主？"

这个头衔我一直觉得很傻，我本来也不是什么性格甜美的女孩，是公司让我走这样的路线好不好？想到这个，我又想起萧萧那时的话，从海选到终选的时候，她的性格虽然不是那么酷，但是的确一直很独立。反观我，公司让我走甜美风，明明不是这个性格的我却还是照做了。

我叹了口气："我是不是真的……很没个性？"

那些日系韩系的甜美少女明星，真的是一数一大把，就算在国内被公司捧成什么甜美教主，我也并没有什么信心。或许就是因为没个性，所以叶子澈到最后就选择了……萧萧。

陆瑜深深看了我一眼，我等着听他对我的看法。可看法没等到，却等来陆瑜忽然将我头发乱揉一通。我震惊得几乎跳脚："啊啊啊，陆瑜！你这个变态、毒舌、臭鲈鱼！"就算现在没有做发型，但把我脑袋当作鸟窝乱揉一团是怎么回事!

"啊哈，骂法改进了嘛。"陆瑜看着我气鼓鼓的样子居然笑得分外开心，"之前还是毫无创意的'臭男人'。"

"……"我、我没法吐槽了我!

问他我是不是没个性，他却吐槽我骂法改进了，这是我脑袋坏掉了，还是他脑袋坏掉了，我想扶额!

"我回去了。"我放弃沟通。

刚离开不远，陆瑜突然从身后叫了一声我的名字："——凌影！"

我回过头。

月光下，陆瑜斜倚着栏杆，黑色的头发被夜风轻轻拂动，银色的月辉倾洒在他俊美的脸上，他的眉骨和鼻梁投下浅浅的阴影，像是湖泊旁的黑色草原，有种说不出的迷人。

花园里蔷薇开得正好，有花香在安静的午夜传来。

陆瑜黑色的眼睛像钻石一样璀璨，只见他轻轻勾起唇角："整部电影，你是全身心投入去拍的。你要相信自己。"

相信自己。

其实陆瑜只说了一句很简单的话，却不知为什么充满了令人安心的力量。

是的，相信自己。

相信自己曾经的付出与能力，这个世界会温柔待你。

淡淡的花香和午夜陆瑜的笑容似乎迷惑了我的心神，本该辗转反侧彻夜不眠的电影上映前夜，我却睡得无比安稳。

《女皇》正式上映。

"LOVE萧萧"全国巡回演唱会正式开唱。

之前种种担心，担心《女皇》票房不好，或是观众对我的反响平平，亦或是，演唱会口碑太好，我和萧萧之间那样众人瞩目的PK差异极大，但陆瑜那句"整部电影，你是全身心投入去拍的。你要相信自己"像一颗定心丸一样，让我淡定下来。

那个角色，那部电影，我真的投入了十二分心神去拍。

如果观众反响好，那是我的运气和荣幸；如果观众反响不好，那证明我演技青涩，需要继续去努力。毕竟，一个刚刚从歌手转道影视的艺人，也不可能一步登天。

唯有积累再积累，沉淀再沉淀，才会厚积薄发。

对于萧萧那边，我也不像刚开始那样，密切关注她的一举一动，甚至每一个小道消息。那样的小心翼翼、紧张兮兮，我已经不需要了。

我已经有自己的坚定。

《女皇》首映第一天，萧萧全球演唱会第一天，就这样在我平淡的心情中度过了。第二天，报纸上出现了两个重大消息，一是《女皇》票房口碑超赞，我惊喜不已；一是萧萧演唱会上观众席倒塌，发生踩踏事件，被迫中断，我极其错愕。

《女皇》票房有如此亮眼的成绩，这样好的开端我自是万分高兴，但是听闻萧萧演唱会变成这样，我还是有点吃惊和担心。毕竟YOUNGIRL里面也有很多是我的歌迷，我也很担忧他们的安全。虽然不知道具体伤亡如何，但这个时候我已顾不上萧萧演唱会是好是坏，只希望大家最终平安无事。

后续变化惊人，《女皇》节节攀升，口碑和票房轰炸一般，席卷了二、三线城市，微博上论坛上到处讨论着这部电影，各大媒体更是不断发布着它的相关新闻和消息。我则跟着剧组进行一轮又一轮的后期宣传、采访，讲述拍戏的感想心得。在万众的呼声中，《女皇》的票房以极快的速度迅速突破一个亿，两个亿，三个亿……向着五个亿迈进，不少资深人士分析，这部电影有望突破六个亿！而那些电影评论网站上，大家最先是对影后兼绯闻女王宋微的演技很感兴趣，几乎每条评论都有提到她，但是渐渐地，也开始有越来越多的人开始提到我。

“那个小婢女是谁，长得挺不错，演得也还行。”

“那是YOUNGIRL的凌影啊啊啊，LZ没有看出来么？”

“竟然是她！古装扮相真不错，之前总是扮甜美太刻意了，电影中的样子好好看！”

“最后一场好虐，我都看哭了，她死得真是惨……”

除了一些anti-fans之外，基本上大家对我的表现反响都还不错，甚至一些以前的歌迷还专门为我包场去看这部电影，得知这个消息之后，我感动得都快说不出话来了。一直以为，只有萧萧那样有个性的人才有这么热情死忠的粉丝。没有想到，就算我沉寂了这么长的日子，依旧有如此爱我的歌迷粉丝默默地支持着我。

失去YOUNGIRL，离开皇冠荣耀。尽管从没说过，但那段时间真是我最低潮最低落的日子。

不知是否能赢过萧萧，不知她和叶子澈以后是否会后悔，我看不清自己，更看不见未来。

但陆瑜那句话却逐渐将我的底气一点一点找了回来。是啊，走到这个地步，只要是认真、投入去做的事，就无须担心结果，这个世界自会回报你。

繁忙的宣传以及人气骤增而接的一系列商业活动，让我无暇留意萧萧的演唱会到底进行得怎么样了，事实上，除了知道她的第一站演唱会被迫中断，发生意外事故，后面几场演唱会的消息我一无所知。

直到将手头上的杂志封面、国外广告全部拍摄结束以后，我才听说萧萧全球巡回演唱会毁誉参半。有专业乐迷这样评价道：

“萧萧是成也萧何败也萧何。独特的萧式唱腔，让她的高音亮丽饱满，成为她最具有辨识力的标志。但过去双人合唱的曲目并没有进行适度的改编，一些用这样的高音去诠释凌影甜美声线的歌曲，反而显得不伦不类。特别是整场演唱会下来，所有歌曲都只有高音，令人乏味。原先两人组成的演唱会，因有同伴所以有足够的休息时间，而这一次只有萧萧一人，到了最后体力明显不够，声线难以为继，简直成了一场灾难……”

我默默看着这些评价，将萧萧的优缺点分析得很中肯。不过不知道为什么，看到她的演唱会不成功，我心中的喜悦却没有想象中那么强烈。

我怀念的，是我们曾经的YOUNGILR组合；我怀念的，是以前跟她一起训练储存体能备战演唱会的那些日子；我怀念的，是我们并肩站在万人演唱会上大声歌唱的时光。

只是，这样的日子再也不会有。

从今以后，绝无可能再和萧萧在同一舞台上演唱，那种手牵着手完美合唱，那种被歌迷们兴奋如海般包围呼喊着“YOUNGIRL”“YOUNGIRL”的日子……再也不会有。

再也不会有。

萧萧，很想问问你，你是否知道。

你失去的，不仅仅是曾经诚心对你的我，更是一段荣耀，一段传奇，一群曾坚信你我友谊会天长地久的歌迷。

你，骗了我，更骗了他们。

《女皇》的工作刚刚告一段落，萧萧的全国演唱会也落幕，原以为可以好好放几天假了，然而谁也没有想到，一条消息竟将整个圈子再次弄得风起云涌，所有媒体记者闻风而动，天天跑到品优娱乐公司和我的公寓下面堵我。

公司电话、我的手机几乎被打爆了，相识的不相识的记者纷纷追问：

“萧萧是小三，插足你和叶子澈之间的感情是真的吗？”

“叶子澈是不是劈腿男，跟你交往的同时，还在跟萧萧交往？”

“我们很好奇这个消息为什么会在这么敏感的时间爆出，YOUNGIRL已经解散将近一年了，有工作人员说这是你爆的料，不排除采用法律手段，对于经纪人Tim的这个声明，凌影你有什么要回应的吗……”

当初的事情之所以没有闹出来，一方面是那时组合还没有解散，如果我因为私人事情爆料这个，那么不管是组合还是皇冠荣耀公司利益都会受损，同一个组合的两个成员为一个男人翻脸反目，一个被劈腿，一个当小三，传出去怎么可能好听？而YOUNGIRL的公众形象和人气也必定受到极大的打击，所以我只能一路隐忍。

但是现在，不知道是谁爆的料……

这件事现在每天都出现在各个网站的头版头条，成为最热点的话题和网络搜索词。萧萧和我的歌迷几乎已经到了水火不容的地步，双方都以各种难听的词语怒斥对方的偶像，官网、贴吧，以及后援会不是被爆吧就是被“黑”。

这种情况让黑暗中的我蠢蠢欲动。

这似乎是上天给我的好机会，让我有机会把过去受到的一切伤害报复回去？那么，我要趁此机会开记者会承认这个消息吗？从此让萧萧和叶子澈永远背负抢人男友和劈腿花心男的头衔？

一直以来被压抑的怨念、委屈，还有很长一段时间糟糕的心情，此时此刻就像是潘多拉之盒引诱着我。

反正，我已经离开了皇冠荣耀，反正，我已经有了新的东家。

两所娱乐公司之间的关系本来就不好，而皇冠荣耀也再无可能冷藏我、封杀我，尤其是现在，《女皇》这部电影拥有极高的票房和口碑，也算顺利地为我之后的演艺之路铺垫了方向。

似乎，这个时机正正好。

越想到叶子澈和萧萧那些亲昵的动作，越想到萧萧说我只会失败，越想到叶子澈维护萧萧的模样，心酸和难过就像一条在黑暗中吐着鲜红信子的毒蛇，告诉我，抓住这个机会，狠狠打击他们!

公司电话和常用手机都关机了，但是我的私人电话还是响起。

这个电话只有三个人知道号码：萧萧，叶子澈，Tim。因为知道的人少，以至于离开皇冠荣耀的很长一段时间之后，我都差点忘了它还会响。

电话那一端传来Tim焦急的声音：“宝贝，宝贝，我知道你心中肯定很恨萧萧，很讨厌她，但是我们大人不计小人过好不好？这段时间的情况你知道，若是事情一坐实，萧萧的形象肯定全毁了。你们也是一起进的公司，这么多年，你就念在以前的情分上放过她这一次好不好……”

我面无表情地挂断电话。

放过她？她跟叶子澈在一起的时候，怎么不念以前的旧情，怎么不想想她是我最好的朋友？！

电话再次响起。

我直接开口：“Tim，你不必说了，我不会答应你的。”

电话那端过了一两秒才出声：“凌凌，是我，叶子澈。”

即使过了那么久，即使我这么恨他，可是一听到他温柔的嗓音伴随电流滋滋的声音，在夜晚从电话的那一头传来时，还是立刻让我想哭。

我狠狠噙住泪水：“怎么？你也是来替萧萧求情的？！”

预想过各种情况，想过叶子澈对我道歉；想过叶子澈告诉我这一切不是真的，那只是他跟萧萧联手开的一个玩笑；更想过他最后对我说，他喜欢的人……还是我。

从此我们和好，之前的种种仿佛从未发生，人生依旧犹如初见。

可是，这个寒冷的深夜，他一个“是”字，就凉薄了我所有的妄想。

叶子澈，叶子澈。

为什么你说着这么残忍的话时声音依旧如此好听？

很久很久以前，我就为你着迷。跟你在一起的每一天，我都变得好像不是自己，你开心我也跟着开心，你难过我会比你更难过。而现在，经久未见，你一出声，仍然可以在我的心上拉出一道刻骨铭心的伤口。

泪水无声淌落。

“你有什么资格。”刺向寂静永夜的树桠在窗户上投下冷漠的黑影，我再一次恨声重复，“叶子澈，你有什么资格？！”

把绝望的我推开的，是你们；把我的心踩踏成碎片的，是你们；在我面前笑得一脸幸福的也是你们……现在，你还有什么资格替萧萧求情？！

泪水越滑越快，烫得惊人，在脸颊上留下两道灼热而耻辱的轨迹。

“是我对不起你。你骂我也好，打我也好，这都是我应得的惩罚，但是我们对事不对人，好吗？”

“不好。”我用力抹了一把眼泪，恨声拒绝，不给他任何机会。

“凌凌，我知道你不是这样的女孩子，你心地善良，你不会落井下石……”叶子澈语速加快，声音变得有些焦急起来。

我森然冷笑，心却一阵一阵在抽搐。难道你以为这样说，我就会放过你们吗？

“凌凌，凌凌！”叶子澈一连喊了我两声，这样亲昵的称呼让我握着手机的手不由得微抖，叶子澈的语调突然一沉，我仿佛看见他对着我苦苦哀求的样子，“就当……是我求你，好不好？无论你有什么条件，我都答应。”

无论什么条件，都答应……他竟可以为萧萧做到这种程度？！

这句话像一把利刃噌噌噌将我脑袋里面的理智齐齐割断，无数碎片像雪花一般奔涌席卷。天翻地覆，眼泪飙得更加汹涌，不知在哀悼萧萧的幸运，还是我的不幸。

——不会这么简单就放过他！

“若我要你退出娱乐圈呢？！”我丢下一个重磅炸弹。

接触这些年，我知道叶子澈很上进，对自己的演艺事业很看重，并且付出了很多的努力。之前我们隐瞒恋情也是为了这一点。那么现在，爱情和事业，如果这两样让他选，他会选什么？

那一端的电流瞬间像被钳子掐断了一般，听不到一点儿声响，窗外的风呼呼地刮着，如沉闷的鼓点击打在人的心里，有那么片刻，我希望这通电话就此断线。那些爱情电影里面的坚贞不屈、海枯石烂都见鬼去吧！我宁愿叶子澈只是一个俗人，只是一个人渣贱男，爱自己胜过他人！

可是——

“我愿意。”轻轻的，但是坚定的声音，“我已经对不起你了，所以现在我不可以再对不起她……”

如果之前那些绝望和愤怒，像怒涛一阵一阵猛烈拍打着礁石，那么现在，叶子澈的这句话，彻底将我的心击碎成那些白色泡沫。

我再也忍不住，完全崩溃，失声痛哭。

冰冷的空气犹如水银狠狠灌进我的嘴里，难受得我无法呼吸，空寂的屋子四处回荡着我的哭声。即便拼命在告诉自己，凌影，你要忍住要忍住！即便不停地告诫自己，凌影，你不可以在电话里哭，不可以在他面前哭！可还是控制不住自己，在黑暗中嚎啕不止。

其实是知道的，叶子澈会答应。

但是亲耳听到他宁愿放弃事业，宁愿低声下气地求我也要维护萧萧，这种感觉还是令我心如刀割。

过了很久，眼前一片朦胧的薄雾，而心却裹上了一层冷锐的坚冰。

我在黑暗中一字一字道："如果我要你跟她分手呢？只要你跟萧萧分手，我就不说出去。只要——你跟她分手！"

那端猛地传来一阵抽气声，大概从未想过我竟会提出这个条件吧。窗外的夜风犹如一只恐怖丑陋的怪兽，无声地冲着我狞笑。

"凌凌……"

"你有一周的时间考虑，一周后我就会正式回应媒体！"我的语气很平静，最愤怒的时刻已过去了。但取而代之的却并不是希望，而是更加沉郁的黑暗。

并没有被他们两人的爱情所感动，我的心反而愈发冰冷，冒着丝丝寒气。

悲伤，难过，心碎，这些悲剧性的情绪就像上帝之手，而那些被反复传颂的伟大和牺牲并不能平复愤怒，只会让它们变成更绝望更黑暗的复仇之火……

▸第八章

我就是一个残酷的刽子手，等着叶子澈最后的决定。无论他是点头，还是摇头，那把大刀总会砍下去，总有一个人会血溅三尺。

在漠然等待的第一天，《上海谍迷》开机。这是《女皇》票房大卖后趁热打铁接的一部戏。原本导演已相中了几个女演员，但因为《女皇》实在太热，投资方临时安排我进行女主角试镜，最后我获得了这个角色。

演这种旧上海的戏十分麻烦。除了前期要跟着那些老上海名伶学说上海话、琵琶弹唱，以及如何将旗袍走出一番摇曳风情，开机后每次上妆还要抹上厚厚的发油，将头发凹成那种老上海时髦的波浪卷。

化妆师在我脸上扫上粉底，勾出浓黑的眼线。

镜中的我，卷发微散，红唇魅惑，雪白的瓜子脸，头上夹着一个露卡卡镶钻发夹。黑色牡丹旗袍，精致的盘扣一直细密地扣到了脖子，有种民国奢华而落寞的情调，只是眼睛看上去有点青涩，毕竟旗袍还是熟女穿起来更有风韵。

这次的导演据说脾气不太好，若是演员表现不好，还会当场发飙。今天要拍两幕戏，一幕是百乐门歌舞，请的是舞蹈学院的女孩子，她们穿着西洋紧身裙，头上是羽毛钻石的黑色纱网小帽子，露出大腿跳着康康舞。音乐改良过，有点儿jazz的味道，蜜色的光线照在她们明媚青春的脸上，闪闪动人。

但是导演不满意，坐在导演凳上喊："动作再整齐点！拿出劲儿来，怎么一个两个都好像没有吃饱饭一样！左边第二个，你怎么老是比别人慢一拍。"

音乐关掉又重来，那些女孩子跳得大汗淋漓，还得挤出饱满鲜活的笑脸。她们反复跳了好几次，导演还是摇头，最后失去耐心直接开骂，骂她们不认真，事先不好好准备简直浪费他的胶片，甚至把一些女孩子骂哭了。

"再去练练！这是电影开场的第一支舞，一定要整齐，要精彩！"导演皱眉命令着，那些女孩子低耸着肩抽泣着，像一群瘦小的鸟儿沮丧地相互依偎取暖。

第二场是我和唐雨仪的对手戏。

唐雨仪是另外一家娱乐公司ESE旗下的女艺人，介于一线到二线之间，有过不少代表作，不过人气没有特别高。她饰演的白玫瑰是百乐门的老台柱，原本在这群宾客之间游刃有余、八面玲珑，结果我所饰演的任露露来了以后，以极快的速度蹿红成为新台柱，无数达官贵人、军阀大佬前来捧场，成为白玫瑰最大的威胁。而这一幕，要表现的是一老一新两大台柱，女人和女人之间，女人和男人面前的明争暗斗。

唐雨仪穿着一袭红色刻金丝的旗袍，也是斜斜的波浪卷，灯光照得她的唇彩闪闪发亮，唇间流溢着光彩。她靠了过来，眼睛笑着眯起："待会儿我跟你之间有场对手戏，戏里的情绪可能会激烈点，你不要介意啊。"

我没有想到她这么客气，看来很好相处。

灯光师打光，这一幕布置在舞台下方。军阀富商占据了百乐门的一角，上面悬挂着西洋树枝型水晶吊灯，他们坐在半月形紫色缎绒沙发上，玻璃茶几上放着法国洋酒、雪茄等等，声势浩大，地位卓然。

我和唐雨仪要在他们之间穿梭，一边讨好他们，一边暗中较劲，看谁吸引的目光更多。

导演一声"action"，唐雨仪就开始行动了。刚才还是一副亲和的神色，现在眼角眉梢之间却多了一抹妩媚，她提臀摆胯，流水肩，水蛇腰，仿佛京城西山层层火红枫叶，炫目得让人挪不开眼，一颦一笑，皆是风情。

"你们男人啊，都是有了新欢就忘了旧爱……"唐雨仪吐气如兰，将原本埋怨的话说得暧昧缠绵。只见她走进那群大老爷们之间，目光却并没有对上任何一个人，而是弯身向前去拿玻璃茶几上的酒。她整个动作过程中没有说一句话，可流畅迷人的身体曲线却将一切都说了。唐雨仪风情一笑，独自侧坐，扬起下巴，轻轻抿了一口，雪白莹润的大腿从高开叉的旗袍下露出，搁在另一条腿上……

我心里“咔嗒”一下，顿时觉得有点不妙。即便是同样身为女人，我也不得不承认成熟女人的风情被唐雨仪表现得淋漓尽致。

坐在男主角和黑社会大佬中间的我，只好对着白玫瑰含笑不语。

“Cut！”导演叫了暂停，“凌影，笑得妩媚一点，霸气一点！你现在是台柱，不是清纯小姑娘。”

果然被NG了。

旁边饰演男主角的楚息朝我笑了笑，叫我别紧张。楚息是去年才出道的新人，今年就已经担纲大银幕的男主角了，他蹿红得很快，人气很高，就是绯闻有点多。跟所有的偶像男演员一样，楚息长得高高帅帅，随意一个微笑就可以令无数女生尖叫。

唐雨仪也看了过来，让我放松点。我点点头，努力摆出一个高傲的微笑。导演示意继续。

看到我高傲不屑的微笑，唐雨仪饰演的白玫瑰不着痕迹地皱了皱眉头。她突然站了起来，换了一边，顺势坐在了男主角的大腿上，纤长的手指挑了挑他俊美的下巴，几乎是贴着对方的耳垂说：“这位小哥……你说，我说得对吗？”

我看见楚息的耳朵都有点红了，这不是剧本里的反应，不过从摄影机的角度是看不到这点的。

这是白玫瑰对任露露的挑衅和宣战。

按照剧本，我此时应该是微微侧过头，仅用眼角的余光轻瞥男主角一眼。然后，摄影师会有一个特写，将我眼梢微挑的一幕拍下来，形成一种人面桃花，无声胜有声的效果。

但是，一声“cut”，导演又叫了暂停。

“娇柔一点！”

“艳丽点，不要这么甜！”

“凌影，你那是什么眼神，跟男主角有仇？”

原本一个简单的镜头，却花了一个下午的时间来拍，其他演员都在等我，等着我能够流露出百乐门台柱那种浑然天成的媚笑。但是我笑了上百次上千次，笑得脸皮都僵掉了，笑到最后连笑都不会笑了。

很努力地想笑出妩媚的样子，可我之前所擅长的，要么是甜美无辜的笑容，要么是耳濡目染之下萧萧那样的酷劲，再或者是面对叶子澈那种充满恨意的笑。所以我完全没有经验，也不知道如何才能笑得风情万种。

唐雨仪美艳媚色的笑意让我更感压力。每每看她笑得那么动人，笑得那么撩拨人心，我就已经产生一种完全比不上她的感觉。

心越来越慌，我越来越急。

到底要怎么笑？怎么笑才能压倒唐雨仪的艳色？怎么笑才符合这个角色的个性和魅力？

周围的演员还有工作人员都在等待，唐雨仪一遍又一遍温柔地对我说：“不要着急，你放轻松点。你是新人，出错在所难免……”

他们越这样等我，越安慰我，我心里就越不舒服，觉得自己拖累大家。我瞥向四周，尽管大家都没有说什么，但神情已渐渐不耐。

空气里有种浮躁的焦灼。

助理端了茶水过来。温热的茶水冒着热气，我默默喝着，有点儿难过。不知道什么时候，身旁多了一些议论，有人小声说：“啊，原来是这么回事。”“你还不知道啊，女主角原本是唐雨仪的，谁叫别人背后有人呐。”“啧啧，演技这么差，还敢演女主，连笑都不会笑，雨仪真是甩她几条街……”

见我瞥了过来，他们停止了议论，但嘴角却有点不屑地扬起。那是一种轻蔑，一种对潜规则上位者的轻蔑，一种知道这个世界不公平，虽然接受可心底依旧对无实力者的轻蔑。

我没有出声，装作没有看到这些不善意的目光。

其实当初我是听从安排定妆试镜过的，在导演他们面前试演了几个片段，然后才接到了通知……

休息过后继续拍。

导演越拍越生气，最后把剧本猛地一扔："凌影！你好好看看唐雨仪！你要是有她一半的演技，我就心满意足了！"

全场鸦雀无声。

我狠狠一震，脸颊一瞬间因为羞耻烫得惊人。

这句话严重地伤害了我的自尊，这种严厉的批评令我羞愧，原来我的实力这么差劲，令导演发火到这种程度！

好恨自己的演技不够好。

周围的空气像是凝结了一样，四周的目光沉甸甸地压在我身上。

头上精致卷起的发型，闪亮亮的露卡卡发夹，还有紧身旗袍，此时都像是在齐齐嘲笑我虚有其表。

我的脸上火辣辣地烧，我现在的一举一动都被大家看在眼底。

强忍着眼泪，我站了起来。

凳子被带得在地上滑动了一下，响声在这个安静沉闷的片场格外清晰。

大家都无声地看着我，大概是想看我到底会有什么反应，是跟那几个小舞女一样大哭出来，还是跟一些大牌明星一样气急败坏地跟导演大吵大闹？

但是，鸦雀无声中，我只是说道："对不起，非常抱歉耽误了大家的时间。我一定会好好琢磨，一定不会让你们失望。请再给我一次机会！"

我深深地，朝全体成员鞠了一个躬。

这是出道以来，我最正式最慎重的一次道歉。

外面乌云笼罩，沉闷得好似世界末日。昨晚我在寂静阴森的夜晚逼叶子澈选择，今天我就在片场被导演狂批。萧萧抢了叶子澈，而我抢了唐雨仪的女主角，一切仿佛以等量交换的方式向我们预示：命运是一场轮回。

导演晚上还有一组戏要拍，相关的演员和工作人员正在做准备，我在化妆间摸了摸手机。原本是等叶子澈的电话才专门带在身边，可是不知道什么时候却不小心拨通了陆瑜的电话。

他在那端"喂"了一声。

我张了张嘴，喉咙却发不出声音，只是鼻子发酸，等陆瑜再次"喂"了一声时，我的眼泪顺势掉了下来。有点惊讶，没有想到自己竟然会这么脆弱。

可能真的想拼命做出些成绩来。

自己也不想让导演觉得我没有实力，拖他后腿。被否定的感觉，非常糟糕。

真的很自责。

“怎么了？”我的抽泣声顺着电话传了过去，陆瑜的声音明显提高了一些。

“我没演好……”说出这几个字的时候，我的心里更加难受。从没在事业上有过这种失败，这样的挫折。

“你在哪儿？我去接你。”陆瑜简洁利落地回应，我犹豫了一下，最终还是报出地址，他的声音一下子远了很多，只能隐约听到，“今天的会议就到这里……”

化妆镜里，我的眼妆被泪水冲花了，黑色的眼线像是小丑的泪滴。我卸了妆，又用热毛巾敷了十多分钟，昨天痛哭一场，今天又哭了一场，只希望眼睛看起来肿得不那么厉害。

楚息敲了敲门，走了进来。

他递了一瓶水给我，我接了过来：“谢谢。”

“别沮丧，导演是很严厉，多练练就好了。”楚息安慰我，还吐了吐舌头，“我第一次拍广告的时候，导演还一直说演得太差劲了太差劲了，我擦，可我当时演的是一只母鸡啊，老母鸡啊！我的演技还没到那种出神入化的地步哇。”

我被楚息讲话的方式逗笑了，他清爽俊秀的面容在灯光下看上去温暖极了。

“以后，如果对演技不够自信的话，可以来找我当陪练。”他笑嘻嘻道，“别小看你楚哥哥哦！”

“我去，还楚哥哥？姐比你大好吗？”

“真的，你多大？大的人可是要请客吃饭的。”楚息漆黑的眼睛里充满了笑意，有种说不出的“萌”感，只不过说着说着，楚息的声音忽然一变，惊讶中透着不安，“陆，陆总？”

只见陆瑜正站在门边，穿着一套Armani西装，他双手抱臂，身体微微斜倾，黑色的眼睛里一片冷漠，如同我最初刚刚认识他的那副样子。陆瑜对陌生人从来都不假辞色，疏离而毒舌。

楚息的眼神慌乱了一阵，不过很快，他就缓过劲来，虽然笑容没之前那么舒畅：“呵呵，陆、陆总，您来探班啊？”

陆瑜从头到尾都没有说一句话，径自穿过他，拉过我的手就离开了。

这并不是一场对峙。

但是陆瑜从头到尾散发的气场真的好强大。我都差点被他的气势闪瞎了眼。

陆瑜没有马上开口问我是怎么回事，而是带着我去了一家意大利餐厅，漂亮的水墙在夜晚有种温柔的味道。我点了米兰小牛肘、鲜虾布鲁奇塔和奶油贝壳意大利面，美味的食物放在精致的盘子上，在暖暖的烛光下更加动人。

吃着吃着，我的心情渐渐好转了一些。抬头看了看陆瑜，这才发现他盘子里面的东西并没有动多少，好像是专门为了让我吃一些才点了单。

“怎么不吃？”刚才的冷漠疏离从陆瑜的脸上消失，取而代之的是一点点柔和，他勾了勾唇角，“不是说美食最能让女人缓解压力吗？如果你那盘不够，我的给你。”

我有点感激，又不好意思承认，咕哝道：“你想肥死我啊。”

灯光照射过来，陆瑜的眼睛被照得流光溢彩：“大不了到时候养你。”

“哗啦”一声，我手中的红酒不小心泼了出来。

陆瑜斜睨了我一眼，波澜不惊：“不过，不是用我的钱，是用公司支付给你的片酬。”

我羞赧不已，一叉子狠狠插在意大利面上。

陆瑜大笑出声。

饭后，我们散了一会儿步。天空开始下起毛毛细雨，陆瑜便开车送我回去。细雨安静地滴落在车窗上，像是情人在喃喃低语。想起最初碰到他时也是在一个下雨天，他抱着崴了脚的我，我却被他吓得大叫……

“在笑什么？”陆瑜瞥了我一眼。

“没什么。”我摇了摇头，又想起下午片场发生的事情，有点迟疑道，“我是不是很没女人味？”

陆瑜挑了挑眉：“为什么这么觉得？”

我沮丧地把下午发生的事说了一遍：“怎么都笑不出那种感觉，也没法呈现出那种妩媚风情。我比不上唐雨仪……连导演都说我要是有她这个女配演技的一半好就好了。

外面的霓光、车光飞快在陆瑜眼睛里扫过，流光过后他的眼睛显得更加浓黑："有时你见到的不一定是真的，听到的也不一定就是真的。"

我不太明白："什么意思？"

陆瑜手握方向盘："我记得宋微曾经说过，要演好一个角色，内心胜过表面。如何抓住一个角色内心的层次感才是重要的，才能演出这个角色的灵魂，否则表演只会流于表面，太容易被模仿超越。想学如何卖弄风情？这个很简单，参考站街女就是了，她们个个都是挑逗的好手。"

就在我快要为他前半句富有内涵的话而鼓掌时，陆瑜后半句的吐槽就迅速让我将抬起来的手放下了。

"你要不要这么邪恶？！"

"难道说得不对？那些旧上海的舞女歌女，难道不是干这行的？"

想了想，好像……说得也对。

但是再想一想，还是觉得怪怪的，要是这样来类比的话，那下午的唐雨仪……

"编剧塑造一个角色肯定不是这么肤浅，它的存在一定有它的意义，所以……"陆瑜侧过脸，看了我一眼，"怎么笑，不是最重要的。如何表现一个人物的灵魂，才是最重要的。唯有灵魂，才能让这个角色鲜活而生动，无法超越。"

陆瑜的话犹如醍醐灌顶，立刻让我恍然大悟。

在下午的对手戏里，我完全被唐雨仪压制住了，一直陷在到底如何才能超越她的框框里，却忘了对整部电影来说，宏观的人物性格意义更重大！

现在仔细想想，这个角色的确多面。既有众人面前身为台柱的风光，又有众人看不到时舞女共有的落寞与悲伤，还有最后卧底身份被揭穿，被日本人打死的无怨无悔。

陆瑜的一番话，迅速帮我把这个角色的几条感情线捋顺了，由点及面，我大概知道怎么演了。但最困扰我的问题还是没有解决，我还是不知道如何才能拥有台柱那种笑容，那种能够压过唐雨仪的艳光四射的笑。

我的公寓到了，陆瑜停车。

一排排的路灯好似深海里的珍珠，在细雨中散发出柔和朦胧的光，美得好似一个梦境。陆瑜将头靠了过来，微光在他好看的眼睛里流动："要是让你引诱我，你会怎么笑？"

他在乱说什么啊？

我的心怦怦直跳，电影剧本里面又不是让我去引诱男主角。虽然知道有点不大对劲，但脑袋里却不由得开始乱想。一刹那，我和陆瑜好像不是坐在车里，而是在纸醉金迷、歌舞漫天的百乐门里。

暗金色的光线将西洋桌椅照得亮晶晶的，舞台上舞女们跳着康康舞，低沉而性感的《卡门》响起，大提琴的低音撩拨着人们的心弦。

衣香鬓影，美人如虹。

穿着紧身旗袍，玲珑有致的舞女们在舞池徜徉，她们的卷发在灯光下闪闪发亮，红唇勾出一个又一个妩媚的笑容。

拨开层层的人群，最漂亮的台柱白玫瑰正偎着一个男人。

男人背向众人，宽阔的肩膀和后背线条流畅坚毅，将一身军服衬得精神而帅气。笔直修长的青色长裤利落地扎进漆黑发亮的高筒军靴中。黑色的大裘披在他身后，威严和庄重并存，明明看不到他的脸，可他一道背影所散发出来的气场就将全场男人压了下去！

周围的舞女纷纷向白玫瑰投来嫉妒羡慕的目光。

目光如针，但白玫瑰却在这种嫉恨的视线中彰显着她的得意与地位。

在一片喧哗还有舞女和客人的调笑声中，那个男人渐渐转过身来，先是俊美浓黑的眉，再是一点点侧脸，灯光中，他的轮廓仿佛落日一样深邃而辉煌，等整张脸完全转过来时，在场的所有女人几乎都屏住了呼吸，太帅了！实在太帅了！

朦胧的光晕中，我亦不由得惊诧——竟是陆瑜！竟然是陆瑜！

此时的他，脸上不是那种传统的帅气与温柔，而是满脸的冷漠与不耐。

他眯着好看的眼睛，长长的睫毛在眼睑下投下阴影，陆瑜微微讥讽地看着这一切，黑色大裘让这种感觉更加明显，但就是这种冷漠、毫无亲和力的气质让他分外与众不同，受人瞩目。

虽然他让白玫瑰偎在他身边，可就连白玫瑰也无法再做出更亲昵的举动。

等暖黄色的灯光照在我的脸上时，我才发现自己换上了一件红色舞裙，肩膀上围了条雪白的貂皮披肩，乌黑的头发上镶钻横条发夹熠熠流彩。

隔着层层人群，陆瑜的目光与我的相撞。

如果是其他舞女，可能此时已经脸上发热，眼里满是兴奋激动，然而对上他略微嘲弄的视线，我只是同样眯了眯眼，扯了扯嘴角，牵出一个更加高傲的笑。

陆瑜不动声色，一把将白玫瑰拉到身前。

白玫瑰踉跄了一小步，有点儿狼狈，她看了看我，又看了看陆瑜，夹在我们中间不自觉地皱了皱眉，却又在转瞬之间勾起一个风情无限、艳色无端的笑容。而这个男人——陆瑜，唇角绽放出一个恶劣的黑暗微笑，仿佛一个高高在上的帝王，俯视着一副黑白西洋棋盘，看两方皇后如何厮杀。

《卡门》的音乐缭绕耳边，慵懒的唱腔及有节奏的鼓点越来越强，性感地撩动着众人。当管弦再一次加强时，我的手，精准地搭在身边男人的肩上，他明显一愣，不过下一秒，那种诧异就变成了所有男人都懂的热情。

在场的人都看清楚了我的动作。

左膝弯曲，右腿滑步伸出，脚尖划出一道优美的弧线，再用力一勾，烈火般的舞裙绚烂绽放，我带领对方在这个舞池翩然起舞，张扬的舞步犹如怒放的迷迭香。在《卡门》最富动感的旋律中，我和他舞出致命诱惑的舞姿。舞池里的那些舞女和客人已经全部停下了动作，退到池边成为最忠诚的观赏者，就连我的舞伴也恍若丧失心魂，完全沉醉在这场狂放的舞蹈中……

整个舞池，唯独一人依旧清醒地抿着香槟。他肩披黑色大衮，黄青色军装笔挺有型，漆黑的眼睛只是漫不经心地看着我们，除此之外并没有其他任何一个动作，但是在这场狂乱的舞曲之中不减半分威势。

小号和鼓点再一次交织出迷人的重音，我甩开舞伴的手转了几个圈，火红色的舞裙像花朵一般一层层在空中旋舞，灯光氤氲出来的金光沿着裙边流闪。突然，有人丢掉手里的香槟，有力地将我往怀里一揽——我落入陆瑜的怀中，那一刹那仿佛一个定格。

陆瑜俊美的脸对着我的脸，陆瑜深邃的目光对视着我的目光。

只见他手一放，我又转了几个圈，仿佛一只想要飞离他的鸟儿。

嘴角扬起一个挑衅的笑意，眼看我又要落回原来的舞伴怀中，陆瑜锋利的眼睛眯了眯，终于还是一把拉住了我的手，将我猛地一带！我身体前倾，他默契一搂，音乐正好停顿在一个重音鼓点上——我和他双双倾斜，手臂一扬，摆出一个完美的ending pose。

周围人群激赞，掌声如雷，纷纷投来羡慕的视线。

不用说一句话，这个全场最耀眼的男人就已经臣服在了任露露的石榴裙下。任凭白玫瑰再怎么不服气，也只能眼睁睁地看着他们跳得火热。京都西山的红叶再美，又怎么敌得过绚丽魅惑的曼陀罗？

第九章◀

没想到才过两天，报纸上就有了新的绯闻。助理把这个消息告诉我时，我还有点纳闷，难道真的是近期被卷入萧萧叶子澈的事件，所以才有这么多狗仔盯梢？

报纸上有两个醒目的标题，占据着不小的版面，一个是“L女星演技烂到爆，被导演现场狂骂”，一个是“凌影楚息情定《上海谍迷》”。第一篇报道几乎是前天现场的翻版，把NG了多少次，导演怎么训我，周围的人怎么感叹我演技差劲，说得清清楚楚，最后总结道：娱乐圈靠潜规则上位的人一向不少，L女星唱歌时就不怎么样，导致被前公司踢出组合，但现有金主力捧，抢走实力女星的角色，堂而皇之成为女一号，只是群众的眼睛是雪亮的，演技如此之烂，被导演在片场狂骂不已。

虽然从头到尾都是匿名，只以“L”为称呼，可结合所点明的经历，明眼人一看就知道说的是我。难道这是皇冠荣耀见我对萧萧的事情不肯放手，转而对我采取的攻击，暗示萧萧不好过，也不会让我好过？

第二条绯闻是关于我和楚息的，电影开拍，传男女主角恋情来进行炒作的手段司空见惯。据说《上海谍迷》的前身是《上海风云》，之前男女主角的恋情也是被炒得轰轰烈烈，结果没想到两人双双被拍到吸毒，双方背后的公司相互攻击，拼命抹黑对方，导致男女主角公众形象大跌，最后整部剧也不得不搁浅。

如果前天没有跟陆瑜见面，可能第一条消息就会成为压垮骆驼的最后一根稻草，我会气愤又自责，更加没有信心。但是现在，我看了看镜子中的自己，民国的扮相虽没有唐雨仪成熟艳丽，却有着我自己的独特味道。

不需要跟人比。

也不需要笑得比唐雨仪更有风情。

我只要演出这个角色的灵魂之所在，人性之精髓就够了。镜子中的我，镇定自信地露出一抹笑容，不艳俗，反而有种端庄高贵的气质。

我跟导演讨论了一下剧本，大概是前天的表现太令人失望，他并没有什么特别的反应，只是点点头，算是认同了我对人物角色的理解。我们几个演员走了走位，对了对台词，排练了几次之后，就正式开机了。

唐雨仪在边上朝我笑得很是妩媚，口吻却十分的温和体贴："不要慌，你是新人，多练几次就好了。"

她的戏份完成得很顺利，一路按照设定的剧情，最后坐在了男主角楚息的大腿上，贴着对方的耳垂说："这位小哥……你说，我说得对吗？"

这是戏中白玫瑰对任露露的挑衅。

现在轮到我了。

此时的任露露应该露出一个更妩媚的笑容，从而东风压倒西风，但事实上，我却没有这样做，而是不紧不慢地起身，向着白玫瑰的方向微微笑了一下。

饰演白玫瑰的唐雨仪明显一怔，不仅对我的表现惊讶，对导演没有喊"cut"也同样惊讶。而这时的我，已经走上了百乐门的舞台。背后是大红色闪缎帘幕，圆柱形的灯光打在了我的头项上。

这个感觉我最熟悉不过，每次站在舞台上拿起话筒时，我就无比自信——那是超受欢迎的歌坛小天后的自信。

我在怀旧的旋律中开口，具有穿透力的歌声迅速弥漫整个片场。

那种慵懒的、性感的唱腔仿佛一滩阳光下的春水，更仿佛一张民国时期的旧照片，将众人推入了那个奢华却没落的时光……

所有人都惊呆了。

这首歌之后被导演盛赞很有腔调，并收录在电影的原声大碟里。

但在当时，此首歌毕后，导演却并没有做出很明显的反应，整张脸上看不出任何神色。在场的工作人员，包括我，都忐忑不安，担心导演又会像前几天那样大骂狂批。只是，任谁都没有想到，导演突然一把从导演椅上站起来，朝我竖起大拇指，声音洪亮："非常精彩！凌影，你演得很棒！"

周围的人也跟着笑了起来，不约而同地为我鼓起了掌。

在随后导演剪辑的一小段片段中，我看到这样的画面——一个穿着黑色绣牡丹的旗袍女子，在话筒面前浅笑吟唱。她戴着齐臂长的白色手套，时而举起手里的黑色蕾丝小扇子，时而低垂眼眸，蕾丝小扇遮住半边脸。她目光流转，仿佛秋日波光粼粼的湖泊，只是轻轻一瞥，台下的人就激动不已，她露齿一笑，将一只手套随意脱下一扔，下面的客人争得头破血流……

她根本不用跟白玫瑰比到底谁的笑容更明艳。

她只是慵懒地唱着歌，眯着眼向白玫瑰的方向勾了勾手指，原本被白玫瑰吸引的那些男人们就情不自禁地站起朝她走来，全然忘掉了白玫瑰的存在……

——这就是百乐门新台柱，任露露。

不用跟其他女人为了男人而争风吃醋，她的魅力早就足够让所有人成为她的裙下之臣……

小助理送了矿泉水过来，我抿了一口，吐了吐舌头："不错吧？"

台上一分钟，台下十年功。练了这么久的声乐，从层层海选杀出，再从层层歌手中厮杀而出成为小天后，并不是光凭一张脸而已。经纪人Jolie也跟着称赞："嗯，很不错。连陆总监都说好听。"

"陆瑜？"我惊讶不已，"他怎么来了？"

我唱歌的样子他全都看到了么？我四下眺望，不由自主地寻找着他的身影，虽然回想起前天晚上，又有点不好意思。

"陆总已经回公司了。"

"哦。"我微微有点失望。

“陆总是看了报纸上的消息特地过来的，见你没受什么影响，他也就放心了。他还让我转告你，表现得很不错，不愧是新台柱。”

我听后，心情竟微微有些甜蜜，嘴角也情不自禁地扬起。

一天的戏拍下来，我完全进入了状态。事实上，那天幻想我跟陆瑜在这种民国氛围下跳舞之后，我就好像已经入戏了。只要闭上眼睛想到对方是陆瑜，我就知道应该怎么样笑，怎么样说话。有对手戏的楚息也称赞我演得很好，夸我怎么一下子提升这么多，还说我的演技提高也刺激了他的表演发挥，以后有机会要请我吃饭。

就在我准备收工的这一刻，一道声音从背后传来：“——凌影！

我顺着方向望去。

对方穿着黑色皮衣皮裤，气势逼人地朝我走来。她戴着大大的Gucci墨镜，脖子上挂着银色十字架链子，手腕上一只Hermes黑色手镯，戴着露指皮手套，酷得仿佛从时尚老佛爷的T台走出来的人物。

跟在后面的Tim想要阻挡又不敢，直急得满头大汗：“哎哟，宝贝，你不要这么冲动嘛！你现在被狗仔队盯着，这样很容易被偷拍的。”

萧萧冷着一张脸，毫无表情地一挥手：“让开！”

即便只戴着一副墨镜，即便身后只跟着一个经纪人，在场的工作人员也不敢主动上前，因为她的气场实在太强大了，堪比天王巨星。

有这个本事的，只有萧萧。

她来意不善，而我则面无表情地吩咐了助理一声：“把化妆间清出来，不要让任何人靠近。”

我、萧萧、Tim待在化妆间里。

这一幕跟一年前有些相似，只不过那次是演唱会的后台，在我亲眼目睹了她跟叶子澈的奸情后，却还要佯装默契欢乐，跟萧萧手牵手在前台合唱。而现在，我已经不是当年的我了。我有大把的时间来面对萧萧，折磨萧萧。

她和叶子澈的事业星途就掌握在我的手里，我不再是那个被背叛被伤害的人！我占据着主动权！

门一关，萧萧冷眉相对，大声斥责：“你居然让叶子澈做那样的选择？！”

“不要说得好像你们很无辜。”我反唇相讥。

萧萧一把将墨镜摘掉，一双英气的眉毛之间满是火气：“你这个不择手段的人！难怪子澈不要你！”

“那也是你们逼的！”我心里一痛。

“我知道，我就知道！你从来都是这样——只要对你有利，只要你想得到，你就会用尽一切办法。你根本就是恨子澈爱的人是我，你根本不想挽回叶子澈，你只是想拆散我们！”萧萧以一种看透了我的目光看着我，目光中混着气愤、轻视，还有恼怒！

她到现在还摆出一副自己清白高贵的架子。

“这就是叶子澈对你说的？”我冷笑不止。

这个男人，自己解决不了、无法决定的事情，就丢给我和萧萧？

是啊，只要他跟萧萧分手，我就不会对媒体痛诉他们劈腿的事。可是一旦他选择跟萧萧分手，这个行为本身就证明他是个懦夫，是个没有担当的男人！到时萧萧也会看清他是怎样的一个人。

想起前天晚上叶子澈在树下等我，当时他全身上下被雨淋湿，眼中含着隐隐的伤心。我原以为他做好决定了，没有想到他说的第一句话却是：“……那个人是陆瑜？你们是那种关系？”

不想跟他扯这些有的没的，于是我只回了一句：“我的事跟你没有任何关系！你到底做好决定没？只剩最后六天。”

淡淡的路灯将叶子澈的脸色照得惨白，仿佛一个虚弱的病人，冰凉的雨丝则将我的声音显得更加冷酷无情。在他面前，YOUNGRIL甜美的凌影我已经扮演得太多，多到让我几乎快要忘记，有时我也会非常狠心。

任何人都有非常狠心的时刻，只要你尝过骄傲和尊严被踩在地上，只要你尝过被最爱的人和最好的朋友联手背叛。

雨静静地下着。

叶子澈被淋得透彻，他的发梢和衣服上不停往下滴水。

我几乎可以看到他的身体在微微打颤。我知道这种感觉，我知道淋雨的寒冷，因为我永远不会忘记那个雨夜，他转身跟萧萧一起离开，只把我留在黑暗冷雨中的感受。

——那是我有生以来淋过的最大的一场雨。

而现在，我的头顶上有陆瑜的外套遮着。他的外套很名贵，却故意漫不经心地留给我，说免得我这个笨蛋生病了无法为他工作赚钱。

叶子澈以往温柔的眼睛里忽然崩裂出一种伤心，他定定看着我，好像哭了：“你再也不会原谅我了，是吗……”

他的声音哑得仿佛粗粝的沙子，磨在我的心尖上。

我不说话。

“你不会放过我和她了，对吧？”

我冷笑。

叶子澈突然“咚”的一声跪了下来，地上脏兮兮的泥水一下子溅在了他的身上。

我彻底愣住了。叶子澈一向有洁癖，却跪在了这么脏的泥水里。男儿膝下有黄金，可叶子澈却跪在了我的面前！他抬起通红的眼睛，痛苦地说道：“不求你原谅我。你让我做什么事都可以，但是，求你放过萧萧，放过萧萧吧！”

那一刹那，我已不知道要怎么形容我的心情。

不是不恨他，但交往这么久，我也知道叶子澈是多么骄傲的一个人。

可是现在，叶子澈，人气偶像叶子澈，温柔骄傲的叶子澈，我曾经喜欢过的叶子澈，就这样在冰冷的雨中，生生地跪在了我面前，为了另外一个女人恳求着。两年前，我们三个人还在阳光和煦的练舞室一起欢笑歌唱，而现在在黑色的雨夜里，我们三个人却相互仇恨不共戴天！

愤怒是最坚硬的石头，而这块石头此刻却被悲哀的洪流包裹。

为什么我们三个人会变成这样？为什么我们的友情、爱情、事业会变成这样？为什么如今的我们会相互憎恨着对方？！

我没有答应他，也没有原谅他。

那一晚，我只是任由叶子澈跪在那里……

听到我的反问，萧萧顿时就气炸了：“你到底有没有爱过叶子澈？你竟然眼睁睁看着他在雨里待了那么长时间！他本来就忙得连睡觉的时间都没有了！在雨里待了那么久，他第二天一回去就高烧四十度，却还要继续演戏，差点就从悬崖上摔了下去！要不是我逼问，我根本不知道你居然逼他做这样的选择！”

萧萧说着说着，一向冷酷的神情里多了几分心疼。

她以一种不可思议的语气指责道："凌影，你真的变了！你变得真可怕……难怪外面传你为了上位什么都愿意做。听说你和品优娱乐总监还有不干不净的关系？"

我脸色一变。

Tim连忙拉了拉她的袖子："哎哟，那些八卦周刊做不得真的啦。凌凌有今天这样的成绩，都是她自己努力换来的。"

我突然想笑。

连前任经纪人都知道我不会出卖我自己，可是曾经一直被我视为最珍贵的好友萧萧却相信那些八卦周刊，竟然还以一种失望和感叹的语气说出这种话来。

这就是我一直信任的好姐妹？我以前的眼睛到底长到哪里去了？！

我大笑，笑得眼泪都快流出来。

"好，好啊。"我狠狠一擦泪水，朝着她狠笑着，"萧萧，那我就给你一个机会！你不是从来都不求人吗？那么，只要你像叶子澈一样跪下来求我，我就放过你们两个！"

萧萧立刻像哑巴了一样。

我盯着她的眼睛。

"求我啊，只要你跪下来求我，我就不对媒体记者们回应！就让我看看，你到底能够为所谓的爱情牺牲到什么程度；就让我看看，一向说着尊严尊严的你，到底有没有跪下来求人的时候！"

萧萧那张酷劲十足的脸色变了又变，一会儿变白，一会儿变红。

"叶子澈都能为你下跪，你呢？难道你连这点事都不能为他做？你不是说你对他是真爱吗，那就让我看看！"我看着她挣扎不已，看着她犹豫不决，更加冰冷道，"你一向看不起我求别人，那你现在就亲自尝尝这种滋味！"

萧萧眉头狠狠一皱，像是作了一个重大的决定。

只见她的双膝弯了下去，慢慢地，慢慢地，她的表情也越来越痛苦，就在快要跪下来的时候，萧萧忽然一咬牙，声音里透着一丝哭腔："不行，我做不到！"

萧萧捂着脸，狂奔而出……

不到最紧要的关头，人永远无法看清自己的真面目。

我曾以为叶子澈爱自己胜过他人，可最后他竟跪下来，求我放过萧萧；我曾以为萧萧一定比我更爱叶子澈，可是，在爱情和尊严面前，她还是选择了尊严。

萧萧狂奔而去的时候，Tim看着我，对我说了一番话："宝贝，我不想你对他们步步紧逼，是因为我更不想你把自己逼得太紧。你越不放过他们，是因为你越放不下这事。感情的事，我不好说，但是，宝贝，你现在发展得很好，我希望你还能做回以前那个处事张弛有度，天天开心快乐的凌影。"

离约定的时间又近了一天，报纸上波澜不惊，只有一些关于我和楚息的小道消息继续流出。因为最近这些绯闻，楚息的人气提升了不少，有大量我的歌迷秉着爱屋及乌的心情变成了他的粉丝，毕竟跟他比起来，我的资历要深得多，当然，也有一些粉丝反对我和他在一起。

只是谁也无法预料，有时寂静无声，却是狂风暴雨即将来临的前兆！

一天的时间，仅仅只是一天而已。

原本毫无迹象的报纸上轰然出现标题名为"凌影萧萧彻底翻脸，怒斥对方横刀夺爱"的文章，旁边还有一张我和萧萧那天见面的照片为证，文章内容更是令人震惊：

据相关人士称，凌影萧萧大打出手，相互怒斥对方插足，横刀夺爱。一年前，YOUNGRIL解散时就有消息传出，两人翻脸，凌影一直不满皇冠荣耀力捧萧萧，人气高于自己，而萧萧亦不满跟没有实力的凌影搭档，限制自己的发展，相关代言费专辑版税还要一分为二。如今萧萧单飞，凌影跳槽品优娱乐，随着萧萧演唱会失利，凌影凭借转道影视成功咸鱼翻身，两人的矛盾更是到了白热化阶段！前不久疯传的叶子澈萧萧凌影三人的感情问题已被证实！据悉，当日凌影萧萧相互怒斥对方是小三，相互掴掌，在化妆间争吵了将近两个小时……

我看得几乎快要爆粗口。

我什么时候跟萧萧互打对方耳光？这到底是谁在乱写！在这个时候发布这种消息到底有什么目的？

我有一种不祥的预感。

我之前答应过叶子澈，一周后才会正式回应媒体。现在还有两天，报纸上却刊登了这样的新闻。就算正文把我跟萧萧各打了五十大板，但萧萧他们恐怕还是会认定就是我做的吧！毕竟写的确有其事，而且连照片都是萧萧那天找我的样子，很难推说是巧合！

另一方面，这篇报道深谙其道，背后公司、两人人气、目前近况，各个方面都从中比较挑拨，不但我和萧萧的形象全面受损，更挑动粉丝敌对的情绪，那些容易被煽动的粉丝会做出什么样的事情，可想而知。

果不其然，这份报道一出，原本就疯传的三人绯闻，像是被泼了一桶油，轰地一下烧得更烈！

我的粉丝和萧萧的粉丝变成了极端的对立团体，相互在论坛贴吧微博上大骂对方，将过往的丑闻全部贴了上去，才一个小时就成了点击率最高的事件。

我的助理和经纪人Jolie的手机再次被打爆了。

我还在剧组，透过窗帘往下看，黑色保姆车外满满一堆记者，个个都拿着相机，做好了蹲守的准备，完全可以想象一旦我们出现……

我们不敢走出片场，这个阵势实在太吓人了。

我让Jolie赶紧打电话给公司宣传部，把这个消息压下去，但是没有想到宣传部那边传来的情况更加严峻："这个消息是通稿！专门发布的通稿！现在平面纸媒还有网络全部都转载了这个新闻，撤都没办法撤掉！我们正在查到底是谁爆的料……"

没有想到事态会这样发展，我原以为只是一个独家报道，不料对方早就做好了准备，竟大手笔地发布通稿。这明显就是一个精心设计的局！

我背后突然升起一股寒意。

在我跟萧萧争执的时候，到底还有谁在外面？他们到底是出于什么目的？难道真的是螳螂捕蝉黄雀在后？

不知谁喊了一声"凌影"，我下意识朝外看过去。

"哗啦哗啦"一阵银光乱闪，是狗仔们在用最专业的长镜头偷拍。

Jolie一把紧紧拉上窗帘。

萧萧来电，我刚接起来，里面就传来一阵嘈杂的声音，有Tim在拼命粉饰太平："宝贝，你不要生气，别气了。"也有叶子澈的声音："这个消息有点奇怪，我们先冷静一下，凌凌答应过我，一周后才会回应媒体……"但更多的是萧萧的怒斥，她几乎暴跳如雷："凌影，你这个疯子！我没有下跪求你，你居然用这种方法整我们。我们起码是真心相爱，不像你，和陆瑜做的都是见不得人的事……”

手里的手机突然被人抽走，紧接着，“啪”的一声，电池被卸了出来，萧萧愤怒的声音被彻底切断。

对方把我往后一拉，我缓缓抬起头，看见的是陆瑜浓黑镇定的眼眸。

我瞥了一眼桌子上的报纸，正是上面的粗体字引发了这场闹剧，不知道陆瑜有没有看过。但是三人争风吃醋这种事被他看见……似乎也不太好，我刚想不动声色地用身体将报纸挡住，陆瑜修长的手指就将报纸抽了出来。

“他们说的事都是真的？”他居高临下，连睫毛都散着傲人的气势。

我连忙解释：“这些是报纸乱写的，不是这样的。你不要相信上面写的。”

“谁跟你说报纸上刊登的事了？”陆瑜只是挑了挑眉，黑色的眼瞳闪动着一种挑剔的光芒，只见他随手一扔，刚刚我还心怀鬼胎想遮挡的报纸就仿佛一片破树叶被抛弃了。

“我要你好好跟我解释一下，关于萧萧说的我们两人之间见不得人的关系……”陆瑜勾起嘴角。

第十章◂

关于那天的情景，只要一回想起来，我的脸还会发烫。而随后引发的事件，就像蝴蝶效应一般，将我的世界弄得天翻地覆！而陆瑜——他就是那只罪魁祸首花蝴蝶！

“凌影，你心中的男朋友是什么类型？是类似幕后的精英高管吗？”综艺节目主持人含蓄地八卦。

“现在还没有目标，到时候再考虑吧。”我微笑。

“有人拍到你跟某位成功男士深夜相拥的照片了！你还要瞒着广大粉丝多久？”媒体记者编出一套莫须有的照片，眼睛闪闪发亮得好似他们手中单反的闪光灯。

“那应该是他拍错了吧，我从没跟什么成功男士相拥过。”想套我的话，哼。

“凌影，你是不是真的跟陆总监在一起啊？我很看好你们哦！”公司其他艺人虚虚实实地问我，想要一探究竟。

“那都是媒体八卦乱说的啦。”随便敷衍。

“死丫头，你什么时候交新男友了？！都不给你妈汇报一声！”老妈在电话里面一顿噼里啪啦粗暴地问候。

……这下，没法敷衍了。

“哎呀，老妈，难道你的女儿你还不清楚吗？而且……叶子澈之后，我近期也不想谈恋爱。好了好了啦，我现在每天工作超忙的，上次我让人给你带的补品你吃了没，你要好好照顾自己知道吗？我周末回去看你。”

“死丫头，你别想打混过去……喂喂……”

“嘟嘟……”挂断，搞定！偷笑。

几天下来，我面临的就是这样可怕的轮番轰炸。公司、剧组、身边所有相关的人就像探照灯一样，强力的瓦数炙热地照过来，想从我这里照出蛛丝马迹，看看我是不是被潜规则，勾搭上了高富帅。

而这一切都是因为陆瑜那日接受采访所说的话！

虽然从前我和叶子澈秘密交往的时候，也被一些媒体抓包八卦过，但完全没有这种无法控制的情绪，说不出来究竟是懊恼多一点，还是一种不知名的羞赧多一点。

我一整晚翻来覆去，脑海里都回响着陆瑜低声笑着问我的话——“你好好跟我解释一下，关于萧萧说的我们两人之间见不得人的关系……”

他的眼睛看上去漆黑而邪气，像是黑色森林的雾气。

我用被子蒙住头，又把被子掀开，最后几乎快在床上打滚。

这种情绪实在太愁人了，我决定快刀斩乱麻，鼓起勇气冲到陆瑜的办公室，闭着眼睛就是一阵乱吼：“都怪你！你要负责！”

你要负责澄清你那日所说的话！更要负责澄清我们两人之间的关系！

我原话是这个意思，但是……当我睁开眼睛时，却发现情况完全在意料之外！我的话还没说完，办公室里面的两个人就已面露诧异地望着我……

咦，为、为什么还会有其他人？他的助理不是说我可以进来么？

陆瑜穿着一件银灰色的西装，正背靠在黑色的老板椅上，双手交叉搁在简洁的深色办公桌上，看上去完全就是精英中的精英，只是他俊美的脸上却渐渐露出一抹不怀好意的笑意。

而这抹笑容冲着我越扩越大，最后陆瑜竟忍不住拍桌笑出声来。

我去……我甜美少女的形象啊。

而站在他面前汇报的艺人主管，脸上先是浮现出惊讶，接着流露出一丝探究，再接着露出“噢……噢……原来如此”的神色，目光在我和陆瑜之间一转，散发出一股洞悉一切的气息。

我急忙摆手：“不是你想的那个样子，不是你想的那样！”

艺人主管老奸巨猾地笑了笑：“你放心，我什么都不知道，我们什么都不知道。”

喂……就是你们什么都不知道，你才想错了啊！

他们相互交换了一个只有男人们才懂的眼神，而陆瑜竟还煞有其事地点了点头。

我去！陆瑜你的下限……我撤退还不行么！

然而陆瑜却优哉优哉用钢笔点点桌面，像一只用爪子按住想逃跑的兔子的狡猾的狐狸，还用着一种漫不经心的语调：“继续说，别羞涩，你想要我负责什么？”

羞涩你个头！

“就是、就是……”就是你上次对着记者回应“我和凌影就是你们所看到的那样”这句不清不楚的话啊。

上次的报道一出来后，萧萧的东家皇冠荣耀立刻着手进行处理。一方面让公司危机公关花大价钱撤掉新闻，删除帖子，一方面主动给媒体发消息，澄清一切都是“谣言”，而他们的最后一招，就是烟雾弹——用一件更大的事转移公众的注意力，比如我和陆瑜之间不可告人的关系。

想必这又是萧萧告诉皇冠荣耀的，想想有点苦涩，但、但陆瑜你当着那些记者的面这样回应我和你的关系算什么，啊！

当然，这样一番复杂的心情，我是不敢对陆瑜吼的。毕竟他是我的上司，我的衣食父母……

没有想到，陆瑜自己却接了话：“就是什么？就是我们之间的关系？”他朝我挑了挑英俊的眉峰，将手中的施华洛世奇钢笔放在桌上，慢慢地朝我走来，带着一种不经意的优雅。

“对，对。”我小鸡啄米似的点着头。

看来陆瑜也感受到了这个困扰，这样一来就好办多了，只要陆瑜肯配合，这个绯闻马上就可以被扑灭的。

虽然不知道为什么听他主动说出来，我并不是那么开心。

陆瑜一副懒洋洋的样子，手指交叉往前伸了伸，像打高尔夫之前的放松动作：“这个难道不是按照你的意思行事吗？”

整件事情又回到那一天。

一周之约已过，当时的那个爆料就像烈火烹油，把我和萧萧、叶子澈的关系彻底推上绝路。萧萧的怨恨，叶子澈无声的指责，媒体想尽办法捏造事实和新闻头条，将我们三个人描述成超级低俗的两女争一男，而贱男脚踏两只船，整个一勾心斗角、金枝玉孽的后宫戏，无数记者蜂拥而至，双方粉丝相互谩骂，彻底影响了剧组的工作。

我终于答应了陆瑜的提议，开记者会说明这件事。

这个记者会主要有两个任务，一是重新树立我的形象，借此机会把我从甜美花瓶的偶像艺人塑造成真性情的女明星，另外一个，就是放任我——复仇。

陆瑜特地请了公关公司帮我写陈述词，力图把我塑造成一名积极乐观的女艺人，撇清我和萧萧、叶子澈的关系，含蓄默认之前媒体报道我被最好的朋友抢走男友的事情是事实，但我内心坦荡，依旧凭实力做事，之前电影票房大卖、转型成功就是我认真努力的证明，最后再大度地表示，我不会怨恨他们，我依旧对爱情充满期待。

我知道这有点落井下石。

可我之前全是独自一人承受他们共同带给我的伤害，现在，让他们尝尝同样的滋味难道有错吗？

我还记得那天天气特别不好，天阴沉沉的，像是所有悲伤凝结而成的颜色。我坐在黑色的轿车里，奔向记者会现场。沿路上一切都是灰蒙蒙的，即使是那些色彩鲜艳的招牌和广告灯也显得了无生气。无数乌云涌动，它们被这座钢筋水泥建成的城市切割成一道道残缺的苍白，跟那些悲伤流淌的河水一同流动。世界万象之中，友情不长存，爱情不长存，唯有它们才是永恒。

萧萧代言的饮料海报从我眼前一闪而过，我看见上面的她拿着一把电吉他，那么帅那么酷，她的眼里始终有种酷劲，好像被人崇拜是件理所当然的事。

但是萧萧你知道吗？

这次记者会过后，你的演艺生涯将永远伴有这个污点！你的竞争对手，你的anti-fans，会不断重复着这些黑暗历史，它们会像梦魇会像影子一样缠绕着你，你再也不是零丑闻的完美艺人，你的粉丝们会对你很失望，会抨击你的道德，不看好你的爱情……

同样坐在后座的陆瑜好像意识到我的情绪有点不对，第一次担心地看了我一眼："劈腿和背叛的人不是你。不用内疚。"

陆瑜说得没有错。

是的，在道德上有罪的是他们，并不是我。

我没有回头，只是淡淡说道："我知道，我没说要放过他们。"我的脸倒映在车窗上，眼中的情绪被车外婆娑的灰色树影划得支离破碎。

车内的电台无意中播到一首歌，"因为有你，所以梦想都变得好接近。无论做什么，我知道你都会挺我……"

熟悉的旋律，熟悉的歌词。

即便好久都没有唱这首歌，但它和演唱它的情景却下意识地闪现在脑海中。我整个人像一下子被电流击到了，歌声把我拽入回忆的深海，连眼眶都不由得酸了起来。

我记得的，这是YOUNGIRL的代表作。

我记得的，这是我们友情的最开始……

到达记者会现场，两旁的记者们拿着长枪短炮，仿佛黑色的潮水向我们涌来。我、Jolie、陆瑜等人从保安开辟的一条VIP通道中快速钻了进去，经纪人对外安抚道："记者会马上就要开始，有什么问题大家进去再问，进去再问。"

我坐在前排，红色的长桌挡在我面前，上面白色的牌座上写着"凌影"两个字。

会场吊顶上的射灯星盘般地密布着，射出明亮的光线，四周排满了象征着庄重气氛的香水百合，只是这些例行公事般的布置，并不能掩饰这场记者会的意图。

下面黑压压的一片记者，他们举起照相机，哗啦哗啦快门声响个不停。

他们的眼神，他们的目光闪动着对这场记者会的志在必得，我甚至可以预见一旦我发言完毕，他们马上就会向杂志社、网站第一时间传回这些消息，然后按照他们的意图将我的陈述夸大一千倍一万倍撰文成稿，甚至面目全非也不无可能。

出道四年，这样的情形我一点儿都不陌生。

之前还是YOUNGIRL成员时，我们被其他艺人诽谤抹黑，就曾在这样的记者会上反击，甚至还按照经纪人的意思，佯装落泪加大力度博得新闻点。

冷漠的人情，名利的演艺圈。

艺人和记者，不就是这样相互利用，相互炒作的吗？艺人们被他们爆料，艺人们被他们宣传，艺人们借着他们的手杀人……

早应该习惯了不是吗？可是，这一次，为什么我的心情这么沉重。

主持人“啪啪”拍了一下话筒试了试音。电流受到干扰，话筒发出“吱”的尖锐叫声，像一场悲剧最后的惨叫。

主持人的声音响起：“欢迎各位记者的到来，此次记者会由我主持。下面凌影会就日前一些不实报道发表一个澄清。之后是相关的提问环节，大家有什么问题，只要不涉及隐私，都可以提问……”

全场一片安静，所有记者严阵以待，目光统统集中在我脸上。

手机不断地震动，上面是叶子澈、Tim拼命打来的电话和发来的短信，随便一条都是求我不要这样——他们仍然做着最后的困兽之斗。

坐在一旁的陆瑜冷冷看了一眼，拿过我的手机，按下关机键，一把丢给了Jolie。

我拿出陈述稿，透过话筒看了看台下，原以为这并不是什么困难的事，毕竟我已经做过了那么多心理准备和演练。可当第一句话说出口时，才发现我的声音再也不复往日的甜美，反而干涸得像是沙漠里的沙子。

“感谢大家的到来，下面我将就不久前的一些不实消息发表一个声明……”

陆瑜瞥了我一眼，暗含“冷静”的意思。

我深呼吸了一下，企图稳定心神：“第一，本人从未对前公司不满。单飞，是因为对音乐的理念不同。且当时我的合约已到，也理所当然会有新的选择。”

我的声音回响在整个会场，我力图做到条理分明，字字清晰。

“第二，之后萧萧继续唱歌，而我亦转型成为演员。不同的方向，不同的公司，虽然以前是同一组合，但现在对我们各自的事业没有影响。”

下面的记者安静地听着，只是望着我的目光有些不耐，所有人都耐着性子在听，但是所有人都知道，这些不是记者会的重心，这种客套的官方陈词，更不是他们想要的。

“第三，第三……”

我顿了一下，握着A4文件纸的手突然有点抖。

有记者敏锐地发现了这一点，镜头立刻对焦，朝我“啪啪”拍了几张。我知道我不能停得太久。事实上，这张纸上的每一个字我都非常熟悉，之前的两天我反复朗读背诵了不下数十次。

那上面写着——“关于日前报道我和萧萧在化妆间内大打出手的消息并不属实。虽萧萧现已正式跟叶子澈在一起，但对于他们二人感情的来龙去脉，我并不适合在公开场合发表任何意见。因为，对一名专业的艺人来说，工作和感情是分开的。之前，我的心血在《女皇》这部电影里已经获得了观众的认可，对此我非常感恩，无须用过去的感情来炒作。而我也会继续奋斗下去，我并不仅仅想当偶像，我会认真朝着实力派的女艺人方向努力。”

虽然是轻描淡写的几句话，但那些玩转娱乐圈玩转文字的记者们绝对可以嗅出足够的猛料。

为什么我对他们的感情不适合在任何公开场合发表意见？为什么我要说工作和感情是分开的？为什么我会说无须用过去的感情来炒作？

不公开的承认就等于默认。

就等于坐实之前萧萧插足这件事不是空穴来风。我澄清了之前所有的相关新闻点，却唯独对这个不澄清，不发表意见，更是表明这件事确有其事！而一旦确定了我的态度，记者们就可以再次掀起一番娱乐圈的腥风血雨来，之后肯定会有更多相关人员的“爆料”。

到时我必然像陆瑜之前说的，自始至终占据着道德的制高点，因此到时像过街老鼠逃窜的——只有叶子澈和萧萧。

只是，我要这样做吗？我真的要这样做吗……

稿纸几乎被我抓皱。

“第三是什么，怎么不说了，我们等着呢！”下面有记者开口催促，等不及看我们这些艺人们披着鲜丽的华装，却在黑暗中相互血腥厮杀。

主持人示意他不要着急，同时也用眼神暗示我继续。

“第三、第三……关于日前报道我和萧萧在化妆间内大打出手的消息并不属实，我们也从未大打出手。”

我再次停顿了一下，我张了张唇，可又再次紧闭。

会议厅坐满了记者，可我的心却空荡荡的一片。凌影，你要这样做吗，你真的要这样做吗？用你失败的感情去报复他们？是的，你当然有资格这样做，你当然有资格用这种方式打败他们，把他们踩在脚底！

可是，难道这样你就满足了？

你是可以埋葬你和萧萧的友谊，你和叶子澈的爱情，可通过这种途径就真的会让你的心得到救赎？

我回想起，雨夜里，叶子澈眼角发红，“咚”的一声跪在泥泞中；我回想起，把我从小新人带成小天后的Tim不断地向我求情；我回想起，我和萧萧这些年一同训练，一同站在演唱会上高声歌唱，一同在领奖台上喜极而泣的场景……

我的手在颤抖。而我的心，颤抖得更加严重。

陈述稿后面还有长长的，长长的一段，但是我却再也没看——而是直接将它们揉成了一团。

我闭上眼，深深吸了一口气：“我的发言完了。谢谢大家。”

下面顿时一片嘘声，仿佛躁动的象群突然间动了起来。所有记者开始交头接耳，纷纷表示不信，他们交换着质疑的目光，像是被捅穿的蚁穴，密密麻麻逃窜而出。

台上的主持人试了几遍，都无法控制局面，只得向陆瑜猛使眼色，拼命用眼神询问接下来要怎么办，到底是让我继续“澄清”，还是安排记者进行下面一个提问环节？

陆瑜没先回他，而是转过头来，漆黑的眼睛无声地看了我一眼。

我避开他的视线，不敢看他。

因为我知道，按照陆瑜的做事风格，他一定不会中途改变主意，他一定不会允许旁人这样中断计划。

可是……真的要彻底毁掉萧萧和叶子澈吗？

一想到我曾发烧到快四十度，嗓子都说不出话时，是萧萧不眠不休地守着我；一想到我曾经对音乐的那些领悟和技巧，全是叶子澈毫不藏私手把手地教给我，一想到曾经的叶子澈对我那么温柔，宽容我的坏脾气……

我就真的，无法对他们下狠手。

即便是最坏的人，也有最好的一面。即便他们背叛了我，他们也曾有真心对待过我的时刻。他们的爱，他们的背叛，就像两根拧紧的绳从我的生命贯穿而过，我根本无法只单独剪断其中一根。

我们所有的回忆都跟我们的过去相连。我们人生的喜怒哀乐，都细细密密地与其他人交织在一起。没有简单的一刀两断，没有绝对的一拍两散，即便我们真的自以为绝情，自以为冷酷，在某个时刻，我们过去的爱和过去的欢笑，也会重新回旋在我们心底。

眼睛里渐渐覆盖了一层薄薄的液体。

我抬起头望着陆瑜。

“对不起，让你失望了。”我无声地对他说道。

一定对我很失望吧。

为我准备了这样一个盛大的复仇舞台，可我却……我愧对陆瑜，愧对他为我精心组织策划的这个记者会，愧对他亲自为我准备的这个复仇的机会。

好害怕陆瑜会对我失望。

陆瑜没有看我，只是招了招手。

主持人立刻快步过来，我听到陆瑜对主持人命令道：“马上进行下一个环节，所有跟萧萧有关的问题都禁止问。”主持人非常震惊地看了他一眼，随后又看了看我，目光里浮现出一种非常复杂的神色。

陆瑜又做了个手势，助理连忙靠近，耳语了几句之后，助理离去了，等她再次出现时，竟递给了我一包纸巾。

主持人焦头烂额但仍然尽全力安抚着那些记者，我趁机小声地问着助理：“是陆总叫你给我的吗？”

助理只是笑了笑：“陆总说，你要是想哭就哭吧。”

一瞬间我明白刚刚主持人为什么会那么震惊了，而我也用同样的目光，迅速望了陆瑜一眼。陆瑜只是清咳了一声，不甚在意地将目光转向其他方向。

谢谢你，陆瑜。谢谢。

我鼻子发酸，握着那包小小的纸巾，像是握着小小的温暖。

记者一个接一个提问，反反复复问的都是之前声明过的问题。尽管主持人一再强调，所提的问题不得跟萧萧有关，但他们还是有意无意地试探，企图知道底线在哪儿。

“你和萧萧的音乐理念到底有什么区别呢？这些分歧是否会影响你们的工作和生活？”

“既然你说从未大打出手，那么是否有争执？据可靠消息人士称，当时你和萧萧见面时动静不小，整个剧组都知道！”

“为什么你要放弃唱歌，选择演戏？从这方面看，萧萧似乎比你更执着，更有毅力……”

这些记者带着侦探般审视的目光，所提出的问题个个都有针对性，比逼供还要让人难以回答。每个问题我都需要好好思考，否则一旦出现漏洞，就会被他们抓住不放。所幸的是，我的回答都比较官方，暂时没有什么问题。

终于，一个男记者再也忍不住了。他突然站起来，一把抢过话筒。他的动作很大，立刻就引起其他记者的注意。他朝主持人看去，目光带着挑衅：“我有两个问题。”

主持人皱了皱眉头，不过提问环节还没结束，他也不能把对方怎么样，只能暗暗告诫道：“请说。重申一下，这场记者会只针对凌影刚刚发布的声明，我们暂时不回答跟萧萧有关的问题。”

那位男记者露出一种了然的微讽目光。

他笑了笑，鼻梁上的玻璃镜片反射出一道光：“听说，《上海谍迷》的女主角原本另有其人，是因为品优娱乐公司投资了这部电影，所以才让表演经验欠缺的你——凌影，来担纲女主演，是吗？歌手就本本分分当歌手好了，又不是专科出身，为什么一定要秀自己青涩的演技？你难道不觉得这样对其他优秀的演员们非常不公平吗？！”

这个问题问得又快又尖锐，且跟前段时间传出我在片场被导演大骂的消息相互呼应。如果在这个点上做文章，那么到时的爆点效果大概只会排在我和萧萧、叶子澈三人混乱的关系之后，因为大众对这种幕后潜规则的事最感兴趣。而其他记者一见有这样的出头鸟，个个面露喜色，纷纷将手中的录音笔照相机对准了我。

这个问题真的相当棘手。

与其说这是锐利的提问，不如说这是尖锐的指责。

我一时之间不知如何回答，额头渗出冷汗，有记者趁机打着强光对着我现在的样子拍照，刺眼的镁光灯照得我一阵眩晕……

而那个男记者依旧叫嚣着，嘴角露出一抹嗤笑。

“我这个问题跟萧萧无关吧。那么，凌影，请你正面回答我，你是否觉得这样因为投资方而抢到女主角，对其他的演员非常不公平？！”

“我、我……”我正要开口。

就在这时，一道冷静的、同样带着微讽语气的男声响亮地回荡在全场。

“是谁告诉你凌影是因为投资商的关系而拿到女主角的？”陆瑜修长的手指交叉，优雅地搁在桌面上。他的眼睛是冰雪雕琢出来的笑意，带着一种高高在上的威压。

男记者眨了眨眼睛，企图“据理力争”：“我自有我的消息来源渠道。”

“哦。那你的渠道来自哪儿？”陆瑜飞快反问，他声音清澈，只是那种不经意间显露的姿态带着一种轻盈的锋芒，“投资商告诉你的？导演告诉你的？还是那些试镜时被刷下来的女演员？”当陆瑜说到“试镜时被刷下来的女演员”时，有些记者心照不宣，不厚道地笑了起来。

“这不劳你关心！”男记者有些冲动地回道。

“呵呵，既然是在试镜中被刷下来的女演员，你凭什么肯定导演要选的就是她？就因为她被刷下来了？”全场又是一阵哄笑，“所以，这是你的主观判断，还是她自己的主观臆测？”

陆瑜眼中闪过一丝冷然的笑意：“在错误的消息基础上进行错误的揣测，这是一个记者最大的不合格。”

在座的记者没有人敢当面反驳陆瑜的说辞，因为他说话有种与生俱来的威慑力。

“一部电影是多方面运作的结果，投资方、导演、演员、发行方、幕后工作人员缺一不可。没有哪一方单方面就能决定一部电影的命运。凌影是通过导演的正式试镜，然后经过慎重考虑才被选中，被选中即代表被认可——认可她的形象，她的名气，她的票房号召力，她的表演潜力，她的综合实力。每年的福布斯大牌明星排行榜也是这样，并不单单从演技上来评价一个女艺人，而是根据她的社会价值、广告代言、电影票房等多个项目进行综合评定。国内、国外皆是如此。难道你认为这是一种不公平？只要你有这个能力，只要你被综合认可，你就可以胜任，这，就是公平。”

陆瑜的神情淡淡的，目光带着一种不经意的傲慢俯视着男记者，冷漠地击毁了对方的防御。直到这个时候，我才第一次近距离地感受到，陆瑜真正漠然无情对付他人的样子。

“最后，这位消息来源错误的先生，我正好借此机会告诉你，凌影在《女皇》中所饰演的角色，已经正式获得金柏奖的最佳女配角提名，她的表演实力无须我们两个外行鉴定。此外，《上海谍迷》片尾曲作词作曲由凌影一手包办，等电影上映后，会同步推出同名EP。她的音乐才能并没有止步不前，而是有着更大的发展空间。”

陆瑜一直优雅而冷漠，连手指都带着寒气，说辞有理有据，环环相扣。

叫嚣的男记者则整张脸从红变青，又从青变红。周围的记者们摇了摇头，他们就像看戏似的，一边看着这场好戏，一边八卦评论。

“陆总当年可是品优娱乐最神秘的人物啊，被称为‘银白色杀手’，他这次可真是撞枪口上了。”

“跟陆总完全不是一个段数。”

“呵呵，我还以为他手上有什么料呢？原来线人就是试镜刷下来的女演员啊……”

那名男记者有些耻辱地咬了咬唇，眼神凶恶地盯着我和陆瑜。他被陆瑜击得一败涂地，连为自己辩解的余地都没有，可是，他又心有不甘，终于，他神情一变，使出最后的杀手锏，目光阴狠而歹毒地看着我。

我被他这样充满戾气的目光弄得一惊。

对方一副重新掌握主动权的样子，只见他举着黑色的话筒，视线死死盯着我，阴恻恻道：“凌影，按照你的说法，你跟萧萧之间没有矛盾，是吗？”

周围的人一时之间也弄不清他葫芦里卖的什么药，目光齐齐地望着台上坐着的我和台下站着的他。

我明白了他的意思。

就在刚才，我已经放弃了最好的复仇时机。可能我以后的一生，都会为错失这个机会而后悔，后悔今天放过了萧萧和叶子澈。

但现在，我却并不后悔我此刻的决定。

我点了点头。

男记者的音量却再一次扬高："——是、吗？"似乎一定要得到我正面的回应才肯罢休。他的目光像一条盯着猎物的毒蛇，蛇身盘旋，吐着蛇信。

我感受到了潜在的危险，却不知该如何避免。

我迟疑地，轻轻地说了声："是。"

对方诡谲一笑，像是看到我一步一步走入他设好的圈套："既然你说你跟萧萧之间没有问题，你们还是好朋友，那你——敢不敢现在当着摄像机的面，祝他们幸福？"

他的声音突兀而尖锐，还故意非常大声，在座的所有人都听得一清二楚。

我像是被雷劈了一下，嘴唇颤抖得完全说不出话来，这种恶意太明显了，简直像是拿刀子戳在我的伤口上！

内心最黑暗的一面，都快被他激发出来。

真想飙脏话，有种你去祝福你的劈腿女友和背叛你的好友看看！

我胸口起伏不定，目光几乎想要杀人。

而那个男记者笑得好不得意，甚至得意洋洋地继续挑衅："凌影，你和萧萧不是很好很好的朋友吗？难道你连祝福的话都舍不得说一句？难道你就这么小气，还是……别有隐情？！"

几乎所有的记者都用一种幸灾乐祸的表情看着我。他们来这个记者会，就是为了获得第一手爆料，而我只丢给他们几个官方的回答，把萧萧和叶子澈的事压了下去。他们现在这种作态，就是最直接地回击刚才对我的不满。

为什么要紧抓着我不放，为什么要逼我回答这个问题？！

为什么有的人明知道别人的痛处在哪儿，却就是想看对方痛不欲生是什么样子？他们没有爱过吗？他们没有受过伤吗？

主持人硬着头皮去阻止，强行提前结束今天的记者会："……今天到此为止，以后我们有时间再聊。"但那个男记者根本不听，煽动其他记者跟他一起嚷着，推挤着大喊："凌影你为什么不肯祝福萧萧和叶子澈，难道你跟他们有仇吗？"其他记者也推波助澜："难道这里面还有别的内幕吗？""凌影，之前传言叶子澈其实是喜欢你的，结果被萧萧插足，这件事是不是真的……"

整个会场的秩序顿时失控，哗然声、提问声交杂在一起，整个形势混乱成一片，都快无法控制了。陆瑜看到台下崩溃的一切，也微微蹙了蹙眉。开过几次记者会，但这绝对是个最糟糕的记者会。

这一切的根源都是因为我。

那个记者是恶毒，可推翻计划的人是我。看着陆瑜，我心里非常愧疚。主持人声嘶力竭地让大家遵守秩序，不断重复着记者会已结束。

在一片喧哗中，陆瑜站起来走到我身边："不想说就不要说，我们走。"

我惊讶极了。

他竟完全不在意，这场记者会对品优娱乐来说是多么的难堪；他竟完全不在意，我在这场记者会中犯了多么严重的错误。助理和经纪人Jolie纷纷来到我的身边，拿着我的水，帮我拎着包，同样准备离开。

我默默地跟在他们后面。

不公开说出萧萧和叶子澈的关系已是非常不易，所以我不会打落牙齿和血吞，还在公开场合去祝他们美满幸福。

我做不到，也绝对不愿意！

可是，当我一步一步走出会场，当我看见那些被保安拦着的记者，他们的眼里闪着不甘心的光芒，他们挣扎着，像野兽一样想要吞噬一切，当我看到陆瑜挺拔的后背……这个男人一直在背后支撑着我，放弃复仇计划也好，搞砸了记者会也罢，最后甚至把他这个完美的安排弄成一个烂摊子，他自始至终都没有说我一句。

——不能这样临阵脱逃！不是为了萧萧和叶子澈！

我猛地转过身，快步重新回到台上，一把拿起话筒，电流再次发出"吱"的一声刺耳的响声。

"你不是要让我公开向萧萧和叶子澈祝福吗？"

我突兀的声音响彻整个会场，原本嚷嚷的人群立刻安静了下来。整个会场只听得到我一个人被麦克风加强的声音。记者们纷纷扭头，齐刷刷地看着我，用探究的眼神看着我，而陆瑜更是回头，以一种不可置信的目光望向我。

我微微一笑，脸上带着艺人最完美的笑容。

"不就是给他们祝福吗？有什么难的？"

那些嗅觉灵敏的记者已经知道我要干什么了，连忙重新举起照相机对着我就是一阵狂拍。亮如白昼的闪光灯在我眼前闪成了一片耀眼却冰冷的光海。我看到经纪人Jolie诧异的眼神，更看到我的小助理捂住了嘴，不忍心地看着我……

亲手撕开血淋淋的伤口，亲手往上面洒盐给他们看。

我维持着毫无破绽的微笑："你说得没错，我和萧萧之间，没有什么不和。所以借用陆总的那一句，我要向你这个消息来源错误的记者再次声明，我比你更早，甚至比所有媒体更早就知道他们的恋情，而且……我当时就送上了一份'大礼'。"

送上了原本属于我的专辑，送上了原本属于我的荣耀和未来。

全场的人屏气凝神，生怕听漏了我任何一个字，他们的目光胶着在我的脸上，怕看漏了我任何一个表情。众目睽睽之下，我镇定地对着台下那些记者笑着："当然，如果你们想听，我现在再祝福一次也没有关系。"

"现在，我公开祝福他们——天生一对，幸福圆满！同样也祝福你们，永远跟你们现在的恋人们在一起，修成正果。"

我的声音回响在整个会场。

再也没有记者敢嚷嚷，再也没有记者敢挑衅，他们安静地看着我，像是看着一件最不可能的事却真实地发生在眼前。

我放下黑色话筒，再次在记者们的视线中，朝VIP通道走去。

这一次，我不慌不忙，沉着无比。就算撕开一层已经结痂的伤口，就算内心不停滴血，我也要露出最镇定、最优雅的一面。

艺人就应该有艺人的风光。

哪怕只能在台上。

▸第十一章

所有的报复就像蛊毒，如果不能施展在对方身上，那么自己就会被反噬，深受其害。在刚刚那名男记者身上，我就已经深深感受到了这一点。

我以为这件事已经就此结束。

然而，没有想到的是，在我进入VIP通道之后，叶子澈和Tim竟已经站在了那里。Tim捏着兰花指，一见到我就嚷嚷道："宝贝，我们总算等到你了！你不回我们电话短信，不知道我们有多么着急，我们只好亲自来找你。但你总是好心的，刚刚那个记者会，我们全部都听到了。宝贝，你人总是这么好，叶子澈和萧萧能躲过这次，都是因为你……"

叶子澈一身白色西服就站在Tim的旁边，他向来温柔的脸憔悴了很多，平日干净的下巴上多了一圈青青的胡茬，看得出他这段时间饱受折磨。但现在，这层憔悴之中多了一分隐隐的舒展。他一把抓过我的双臂，几乎快要把我搂在了他的怀里。叶子澈喃喃道："谢谢你，凌凌。谢谢你，我就知道……"

他的话才说了一半，我整个人就被一股力量往后拉去。陆瑜把我拉到他的身边，漂亮的眼睛有些不耐地看着叶子澈："别靠这么近，叶先生。"

叶子澈微微错愕，随后一脸敌意地看着陆瑜，上次他们两人在roof party的时候，就相互看不顺眼。

“我跟凌影说话，跟你没有关系。”

陆瑜轻蔑地笑了笑：“可有女友的人，再对着我们旗下的女艺人这样拉拉扯扯，关系就很大了。还是说，你们公司就是这样教你的？”

叶子澈脸上闪现一层绯红的薄怒：“但作为娱乐公司高管，对旗下女艺人居心不轨，才会更让她饱受媒体的猜疑吧。如果我没听错的话，那个男记者的第一个问题，难道不就是因为你才引起的吗？”

我默默看了陆瑜一眼。

陆瑜帮了我很大的忙，但也因为这样，现在有很多风言风语，都传我被陆瑜潜规则了。

陆瑜脸上依旧带笑，只是眼睛里一片冷漠，而站在他对面的叶子澈，脸上带着怒意，神情更是充满厌恶。这两个男人相互打量着对方，像在试探对方实力究竟如何，什么时机才是最好的攻击时刻。

白色VIP通道明明只站了我们几个人，但这两个男人身上所散发出来的气势就仿佛把这条通道给填满了一样。

整个气氛异常紧绷，一触即发。

陆瑜冷笑了两声：“我倒是很好奇你来此地的用意。如果凌影在记者会上说出你和萧萧的关系，你究竟是站在这儿坐以待毙呢，还是冲进记者会，纠正凌影的说法？”

没有想过叶子澈和Tim来这儿还有这种可能。

我听得脸色一变，连忙望向叶子澈。

Tim刚才所谓的担忧，叶子澈这样的防守底牌，如果真的是这样，叶子澈到时进场反驳，甚至反咬我一口的话……

我情不自禁后退一步，防备地盯着叶子澈，站在了陆瑜身后。

叶子澈听后，气得整张脸都红了：“你不要小人之心度君子之腹。我根本没有那样想！”他话一说完，就着急地看着我：“凌凌，你别听他瞎说，我根本没有打算这样做。”

Tim也在一旁帮腔，急急忙忙地反驳：“宝贝，是啊。我们的为人你还不清楚吗？我们怎么可能这么坏，我们就是担心，才偷偷过来的。”

我低头想了一阵，朝他们歉意地笑了笑。

只是依旧站在陆瑜身后。

我、叶子澈、萧萧、Tim四个人真的是认识了几年的老交情，共同经历了不少大风大浪。不是我要把他们想得这么坏，然而叶子澈和萧萧瞒着我交往大半年，Tim难道一点都不知道？当初宣传海报和萧萧单飞那件事，Tim也选择……

当然，他们并不是罪无可赦的坏人，只是在利益与私心面前有自己的选择罢了。我理解，但让我不难过，是不可能的。

如今，从头到尾，没有欺骗过我的，只有陆瑜一个人。

对不起，比起你们，我更信陆瑜。

见我依旧以这种防御的姿态对着他们，叶子澈眼中流淌着伤心，他轻轻念了一声我的名字："凌凌……"声音沉痛而悔恨，像在渴求我的原谅，原谅他曾经做的那些事，原谅他曾经对我的伤害。

我别过脸去。

就在这时，通道里传来一阵急促的高跟鞋声，噔噔噔，沾染着极大的愤怒，仿佛沉闷的鼓点一下一下敲在我们心头。我们一行人不由自主地顺着声音的方向望去——只见白色通道的入口，萧萧一身黑色紧身衣，穿着水磨牛仔热裤，踩着一双铆钉高跟鞋，气势汹汹朝我们走来，玫红色窄版领带嚣张而冷峻地在她胸前晃动。

人未至，语先到。

利落的短发将萧萧的下巴衬得更尖，她的眼中含着一层即将喷薄而发的讥笑："凌影，你好样的，你真是好样的。"言语里是毫不留情的讥讽和愤怒。

她这样的怒火，让我们一群人都惊呆了。

Tim愕然地看了看我，又看了看萧萧，连忙打着圆场："宝贝，事情都解决了。你放心，凌凌什么都没说……"

萧萧冷声喝道："给我闭嘴。"Tim就再也不敢说话了。

萧萧走到我面前，一双眼睛锐利地盯着我，像是看着最不知廉耻的女人一样："你别以为我不知道你打的什么算盘？！我太了解你了，你的一举一动，我都清楚你是什么用意！"

我也被她这样的目光和不善的语气弄得愤怒了。

为了压制心里的火苗，我直接朝陆瑜喊道："我们走。"

"站住！"萧萧冷声命令道，一把拽住我的手腕。

"你干什么啊！放手！"我想甩开她的手，她却更加用力，五根手指死死箍住我的手腕。她那张充满怒意的脸贴了过来，眼睛里满是不甘心的怨气。

陆瑜、Tim、叶子澈见势不对，立刻拉住萧箫。

陆瑜挡在我面前，Tim和叶子澈一人架住萧萧一边的胳膊，将她往后拉。

叶子澈安抚着萧萧："有什么话回去再说。今天，今天……毕竟是凌凌放过了我们。"他的声音透着一丝惭愧。

Tim也附和着，想息事宁人："是啊是啊，今天凌凌帮了大忙，有什么话回公司再说。"

然而，这两句话像是点燃了导火索，让萧萧变得更加愤怒了，她扭过头朝叶子澈吼道："什么放过我们！你被她骗了！骗了！"

萧萧非常生气地看着Tim、叶子澈和陆瑜。

她的手臂在空中挥舞着，狠狠指向我："你们都被她骗了！你难道忘了她是怎么对付我们的吗？她让你在雨中苦苦等了一整夜！她让你跟我分手！她让我给她下跪！她根本不会真心原谅我们，她所做的一切都是为了复仇！都是为了报复我们！你别以为她在记者会上不说出来就是好心。她那是为了自己的面子，为了自己的形象。你们也听到了啊，她现在金柏奖最佳女配角提名，又在拍《上海谍迷》，又马上要推出同名EP，她不在记者会上宣布，是怕这些影响了她的事业！我最了解她了，为了事业，她什么都做得出来……"

萧萧语速极快，话语随着她的愤怒噼里啪啦一口气全部倒出。

没想到她也有看这场记者会，更没想到她竟这么在意我的一举一动，我事业的发展。

叶子澈和Tim双双摇头："你误会凌凌了，她不是这个意思。"

"好，好。"萧萧更加气愤，声音更加阴沉，她冷冷望着我笑了，"凌影，我真是要恭喜你！你看，你来这么一手，现在所有人就都站在了你这一边。你现在得意了，你成功把自己塑造成宽容大度的好女孩，明明在挑拨我和叶子澈的关系，到头来我们还要感谢你，哈……"

站在我前面的陆瑜冷漠地看着她，一针见血道："别说得你不是插足的第三者一样。"

萧萧一下气得脸色通红。

“我们之间的事轮不到你来管！你根本不了解她，别被她那张甜美的脸给骗了！她最喜欢装可爱，迷惑男人了！以前利用叶子澈教她唱歌技巧，现在又利用你获得重要的角色。她就是这样功利的人，每做一件事，都有自己的目的！”

“是！我是装甜，但这个难道不是公司给YOUNGIRL制定的路线吗？”

在记者会上犹豫了那么久，顶着那么大的压力，就是因为最后一点旧情，就是因为我记得她的好，不忍心给她付出心血的事业和名誉带来灾难性的打击。但没有想到，我的心情却被她扭曲成这样。

从来没有这样难过。

原来曾经视为好友的人，是这样在看待我。原来自己记忆里最珍贵的部分，在别人眼中却是这样。

我盯着萧萧的眼睛冷冷笑道，将心狠狠裹上一层冷意。

“你难道不是照样装酷？难道你当初进来的性格是这样？不过我跟你不同，我装也只是在台上装而已。而你呢？从台上装到台下！你真的是什么都不在乎，冷静又清高的形象吗？如果是，为什么你这么在意我演戏取得怎样的成功？如果是，为什么你这么害怕我在演艺道路上会比你走得更远走得更好？！你愤怒，并不是害怕叶子澈因此重新喜欢上我，你愤怒，是因为你嫉妒！”

“不，不，我才不嫉妒你！可笑，你有什么好让我嫉妒的，你唱歌不如我，你人气不如我，甚至连叶子澈都选择了我……”

萧萧被我盯着，有些慌乱地反驳。她已经无所不用其极，甚至将叶子澈爱上她抛弃我这件事当作攻击我的利器。

叶子澈在旁边张了张唇：“萧萧，不要再提这些，我们回去把。”

Tim则安慰着我：“宝贝，你不要听萧萧乱讲，她现在情绪不太对劲……”

是吗？她情绪不太对劲，所以就可以这样肆无忌惮地攻击我吗？

陆瑜看着萧萧正要开口，却被我摇摇头阻止了。我们女人之间的事情，就由我们女人自己来解决。

我走向萧萧：“你能拿来当优势的，就只有这点了？”我看着萧萧的眼睛，“你每次不断地强调这些，是因为你知道，你也只有这点优势了吧？你歌是比我唱得好，可是你的发展方向也只能这样了。过去那些专辑，哪次不是我提出来的想法，我提出来的创意？就连现在，我可以破釜沉舟，背水一战，在新的领域取得成绩，但你——你能么？你有这个潜力吗？”

“萧萧。”我喊着她的名字。

曾有段时间，萧萧凭借着《摇滚公主》席卷整个东南亚，红得一发不可收拾，那段时间我完全被她压得暗淡无光。

我沉着地看着她的眼睛。

“你知道，我在记者会上为什么不说你跟叶子澈的事情吗？不是为了成全我的面子，也不是耍什么心机。”

叶子澈、Tim和陆瑜三个人齐齐看着我。

“真正的原因是——我意识到，我根本用不着用这种私人小事来打倒你。因为我会用真正的实力，彻、底、击、败、你！”

从没向萧萧说过这么硬气的话。

因为从没想过，我们有一天会决裂至此。现在的我们就像是两列背道而驰的火车，彼此在轰隆隆的灰色铁轨上越行越远，疯狂驶向无尽迷茫的黑色雪夜。

整个白色VIP通道一下子鸦雀无声，气氛冷到了冰点。原本气势汹汹的萧萧，突然之间像是被人狠狠揍了一拳。她有些耻辱地咬了咬唇，却什么话都说不出来了。大概她从未想过，有一天一向被她压制的我，会向她发出这种“我会用真正的实力，彻底击败你”的宣言吧！

她死死盯着我，长长的黑色睫毛下，凌厉的眼神像是要把我吃掉一样。过了半晌，萧萧才神情一变，轻轻笑了笑，那是一种我从没听过的、集齐了一切虚伪与恨意的笑声。她的声音如同一片淬着毒的刀刃。

“好！那我就拭目以待，你究竟能走到哪一步。”

萧萧一边吐出这句话，一边不屑地瞟了陆瑜一眼。只是此时，我和她都明白——那种争夺男人的戏码过去了。叶子澈也好，“潜规则”的陆瑜也罢，通通都被丢到了一边。现在，她压上全部要跟我比拼的，是骄傲，是事业，是我们各自的未来！

——到底谁、王、谁、寇？！

我目不斜视。

萧萧继续放话。

“不过，我告诉你——凌影，不管你走到哪一步，我绝对会比你走得更远！绝对不会输给你！不管是从前，现在，亦或是将来。”

我和萧萧挨得很近。

她唇上Chanel的经典红，像是战场上最艳丽的火与血，在我眼中烈烈地燃烧。冷酷帅气的萧萧，我素我行的萧萧，怀着恨意放不下尊严的萧萧，在狭窄的VIP通道与我四目相对。

波涛般汹涌的目光在我们之间胶着。

气氛如同一根紧绷的弦，拉扯着我们的爱恨情仇，拉扯着我们的事业星途，拉扯着我们的过去未来。

我字字清晰，缓缓开口。

“那我也要告诉你：时间会证明你这些话全部都是错的！”

“是吗？”萧萧动手整理了一下她玫红色的领带，扬起秀气的眉毛。她眯了眯眼，眉宇之间浮现出一丝轻蔑，重新恢复到往日胜利者的面容。空气陡然静到了极点，像是狂风暴雨欲来前死亡般的寂静。

最恶毒的诅咒也好，最难听的谩骂也好，全部比不过萧萧随后这句轻轻的耳语。

她微微牵动嘴角：“无所谓，反正……我也从没把你当作朋友。”

我以为我已无坚不摧。

我以为我再也不会被任何事物伤害，可是这一刻，真的有什么东西“啪啦”一声完全粉碎掉了。

那些过往的爱与恨，梦想和背叛，好似百年岁月凝聚成的云絮，此时此刻在整个城市夜幕上空无声流动，而我和萧萧就仿佛站在快速变迁的时光之中，阴影在我们脸上一块一块扫过，像是真实之镜破裂后的千疮百孔。

陆瑜、叶子澈和Tim十分担忧地看着我们俩，齐齐担心我和萧萧一言不合又大打出手。而萧萧再一次以胜利者的姿态等待着我的回应。

她……真的了解我啊。

了解我曾经多么喜欢叶子澈，更了解……除了爱情之外，我最致命的弱点。萧萧，你是不是很开心，因为除了叶子澈，我的弱点就是我们之间的友谊。

我垂下眼帘，强忍着稳了稳心神。如同一个被万箭穿心的女战士，明明已经濒临死亡，脸上却必须逞强微笑。

我大概用出了我这一生最好的演技。

我抬起头，镇定地，面带笑容地，对萧萧耸耸肩，同样语气轻松地道：“无所谓。你以为……我就把你当过朋友么？”

同样几个字落下，整个通道再次死寂一片。

陆瑜、叶子澈表情皆是一怔，Tim更是不忍心般地别过脸去。我和萧萧两人，对视着，仿佛两座交战后的残破城池，黑色硝烟弥漫，哀鸿遍野，昔日荣光过去，只剩下沉重的相互残杀。

这是我第一次知道，自己的话竟也有这么强的杀伤力。

因为下一秒，我就看到一直冷酷傲慢的萧萧，黑色瞳仁猛地一缩，不可置信地看着我。她像是被至亲之人响亮地甩了一个耳光，再也发不出一丝声响。不是因为扇得太过用力，而是从没想过那个扇她耳光的人会是我。

不清楚为什么这样的反讽可以如此轻易地脱口而出。

也许我们撕破脸的时间实在太长，长到彼此双方的憎恨就像决堤的洪水早已积压得无法抑制，于是“轰隆”一声随着黑色闪电崩溃而泻，肆无忌惮地用着最残酷的方式刺伤对方……

我也终于沉重打击了萧萧不是么？

可是，为什么看着萧萧一瞬间沉默下来的神色，看着她眼里一闪而逝的心碎目光，看着萧萧被伤害的神情，我也觉得自己同样受到了伤害，同样的难过。

友情是一把双刃剑。

在刺伤对方的同时，它也刺向了你的心窝。

如果，在萧萧心里，我们还是朋友的话。

我的手微微一动，一刹那间甚至有种冲动，我想抓住萧萧的胳膊摇晃她、质问她，其实从头到尾她都不是真的要伤害我，其实名利、人气、单飞根本就不是最重要的，其实她是很看重我们之间的友谊的……

但萧萧再也没有说话，她只是深深看了我一眼，然后重新戴上往日镁光灯下的面具，那种被粉丝疯狂迷恋的偶像形象，一挥手：“走！”

萧萧一声令下，以一种挥手斩断过去的冷漠姿势，带着Tim和叶子澈离去。

我知道，她是做给我看的。

因为萧萧从不认输。

即便那时我以叶子澈威胁她，她也从不曾朝我低过头。她在做给我看，过去的一切她都可以毫不留情地斩断和抛弃。

她不在乎。

他们三人一走，我就像一个快要被打落悬崖的游侠，刚刚逞强地用光了最后一丝内力，现在浑身虚脱摇摇欲坠。如果说先前的叶子澈一刀下去，伤痕累累，但起码血还是热的，还会痛，还有恨，而萧萧临别前的那个手势，则让所有热血流淌过的地方，被一种麻木的坚冰覆盖冻结。

我们向往美好的爱情，是因为它会让你觉得自己是对方眼中最漂亮，最迷人的女孩。可我们更需要友情，因为它让我们在这个世上变得强大，变得不再孤独，变得更有勇气追逐自己的目标和梦想。

无论什么时候，它都会鼓励你，不要放弃。

就算失败了，丢脸了，它都会一直在你的背后支持你。哪怕爱情背叛你，命运击垮你，只要友情还在，你便知道，自己还是可以忘记过去，继续勇敢前行的。

这就是友情。

可是……

一旁的陆瑜靠了过来，他看了看我，俊美的脸上没有了以往的玩世不恭和漫不经心，那双狭长漆黑的眼睛里不再有从前的犀利和刻薄。

他望着我的眼神好像有点柔软。

“不要再为萧萧难过了。”

一向毒舌的陆瑜，竟然说出了这样的话。

我刚想开口，却发现自己的声音有点哽咽。

越这样就越觉得可笑。时至今日，结局至此，我怎么还在为这些事情伤神伤心？

眼睛里涩涩的，我扭过头，不想让陆瑜看我现在的模样，故意以微微嘲讽的语气回应："我？为她难过？呵，我才不会。她对我做了什么你也看到了。我求之不得！"

尽管说"求之不得"这四个字时，我的嗓子已经暗哑了。

陆瑜长而浓密的睫毛微微闪了闪，深邃的脸庞在逆光下有着浅浅的阴影："……如果三天内改口风，我们依旧有胜算。"

过了好一会儿，我才明白陆瑜的话。

他的意思是，如果我后悔了，他还是可以帮我利用叶子澈打击萧萧，让她名声尽毁。

丢脸地说，我曾很没用地对萧萧抱有过最后一点点幻想。

幻想最后她看到了今天的记者会，明白我并不是真的要置她于死地，明白我还是念着旧情放了她一马，于是诚心诚意前来向我道歉朝我认错。

这是她欠我的。

虽然事实却是，我们一起将我们曾经共有的时光否定诋毁了。

我想起最后那一刻萧萧像是被人扇了一耳光的情形，想起我们一个说"反正我也从没你把你当作朋友"，一个回击"你以为我就把你当过朋友么"，越发觉得我们竟然是这样的面目可憎可怜可悲。我低头，顿了顿，最终还是摇了摇头，拒绝："不需要……"

不需要再在伤口上撒盐。

我和萧萧今后的战场不再是这些，不再是这里，而是在演艺圈中真正用实力用鲜血的拼杀。

陆瑜若有所思地看着我。

他站在阴影里，不知是不是光线明暗的关系，显得异常高挑修长。先前我把他的记者会给搞砸了，现在我又拒绝了他的提议，如果他因此对我不满想对我发脾气也是应该的。可是，他却只是拧着墨黑的眉，问："既然你恨她，为什么不彻底弄垮她？"

我望着她刚刚离去的方向，有点恍惚。那道门口仿佛成了我人生之中一个模模糊糊的岔道口。

我想了想，轻声答道："大概是……比起弄垮她，我更想做的，是打败她。"

“打败她，证明她是错的。证明她失去我的友情、背叛我这个朋友是错的……”

“只是这样？”

“只是这样。”

陆瑜的眼睛里显露出一丝意外的情绪，像现在才真正了解我一样。

我让陆瑜先走，自己来到洗手间。

会场下班时间早已过了，洗手间里只剩下我一个，我把门反锁上。现在的我，一丝力气都没有了。

我就像是一个在沙漠中长途跋涉的人，干涸，无力，曾因看不到出路而深深绝望过，现在终于走出这片荒芜，却只想一个人静静地呆着。

任何人都不想理，任何人都不想见。

我打开水龙头，洗了把脸。晶莹剔透的水流哗啦啦冲向雪白的水池。冷水拍在脸上的时候有种刺痛的冰凉，这种冰凉让人清醒，但当我一看到金黄色西方复古镜子里满脸是水的自己时，又觉得自己这个样子好像在悲伤地哭泣。

暖黄色的灯光好像在人的心底铺上一层叹息的沙。

我朝镜子笑笑，镜中的凌影却扯出一个难看的笑容。我又回想起萧萧的那句“反正我也从没把你当作朋友”……

“笨蛋！”我皱起眉向镜子里的自己骂道，“萧萧那种人你还有什么好留恋的！那么趾高气扬不顾别人感受的人简直就是极品！你以为跟她做朋友是什么好事么？！”

话虽这样说，可是我的脑海里却浮现出以前我们接受艺人训练的那段日子。

那时我们每天都要学两个小时的舞，再进行3000米长跑的体能训练。无论哪一种都可以让人累死。尤其是冬天，冷空气灌入肺里，整个人难受得要命。有时我真的不想跑了，萧萧就在一旁鼓励我。我仗着我们是朋友不把这话放心上，最后萧萧越来越生气，冷冷道：“你到底跑不跑？不跑我们就绝交。你好不容易从海选中脱颖而出，比很多音乐学院的学生都要幸运一百倍一千倍，如果现在不狂补基本功和体力，你以后拿什么在这个圈子混，拿什么体力做live型的歌手？你总不会想一辈子被人称为偶像花瓶吧……”

我最终还是被萧萧拖着去跑步，那么寒冷的冬天，就我们两人一左一右一红一白拼命跑着。有几次我都差点哭了，但是却硬是被萧萧逼着跑完。成效确实是在日后渐渐显现出来了，无论是我们最初做通告，在综艺节目里边跳边唱，还是成名后开大型演唱会，一口气唱十二首中间只有紧张的两三分钟换衣服的时间，我们两人劲歌快舞，气都不带喘一点儿，上一刻激烈的电子音快歌唱完，下一秒就可以伴随着如水的钢琴曲，来首很显功底的慢节奏抒情歌……

也因为这样，在其他一些艺人不服，觉得我们不过是海选出来的草根偶像时，公司和粉丝还是坚定地认为我们是有实力的。而我的实力……其实都是被萧萧磨出来的。

水龙头里的水哗啦啦地流出，像是那时冬天冷冽的寒风，又像是那时萧萧严厉逼着我训练的话语。

我狠狠摇了摇头，好像这样就能把这些记忆甩出我的脑海。

似乎为了说服自己，似乎是为了看清萧萧的真面目，我继续对着镜子说道。

“她只是为了她自己而已，毕竟我们是一个组合的，如果我功底不行，同样也会拖累到她。”

可是，真的是这样吗？

想起曾经Tim依靠公司渠道，帮我们接了一个大型战争电影的片尾曲。那段时间的演唱界，谁接名导电影的片尾曲，谁就会立刻青云直上，已经成为一条隐形惯例。因为那些名导在国内外的影响极大，因为他们导演的电影票房不是过亿就是口碑极好，会拥有非常不错的排档期和极大的宣传。

被他们挑中唱片尾曲，就跟被他们选中当女主角一样幸运。

萧萧的音域广，高音超强，非常适合这种典型的大片风，但是我的音色过甜，显得不够大气，不够豪迈。那位名导听了几次demo都皱眉不已，最后直接当着我和萧萧的面，指了指萧萧：“要不，就你唱吧。”

我顿时感觉脸上火辣辣的，有种被人否定和抛弃的屈辱和羞愧。

当时的我都不知道是应该悄悄退下，还是故作大方当场恭喜萧萧赞同导演的提议，这个时候旁边的萧萧却认真地开口：“我们是一个组合，没有道理我唱她不唱。其实我们的和声才是最棒的，真的。”

这就是萧萧的帅气和硬气。

她那番话的潜台词就是，如果我不唱她也不会接这首歌——即便唱了就会更红，即便对方是国内数一数二的名导。

水哗啦哗啦越流越快，我一次又一次往脸上泼冷水。泼得越快，那些过往的回忆就像被人按下快播键的电影，在我脑海不停回闪，我都不晓得原来自己记得这么清楚……

冰凉的水珠顺着我的脸不断往下淌。

那些过往的回忆越多，萧萧那句“反正我也从没把你当作朋友”就在我耳边声音越来越高，把我所记得的一切都变成反讽，变成了自作多情。

我咒骂着萧萧，只是骂着骂着眼泪就和着水珠一起滚了下来。

以前没发挥好现场，嗓子嘶哑没法录音，因此被嘲笑，因此被责骂，在我难过地哭得一塌糊涂时，萧萧总是会在旁边递纸巾给我，冷静地让我镇定，让我继续努力。

可是现在，我的这些泪水是因萧萧而流，而她却成了我的仇人。

“你还在为萧萧难过？”门外不知道什么时候传来一道男声。

“怎么会？我恨死她了！恨死她了！”我哭着，下意识地回答。

我恨她。

恨她以后再也不会逼着我锻炼体能，恨以后有人冤枉我再也不会有人为我打抱不平，更恨以后再也没有人说我们的和声才是最好的。

“可你在为她哭。”

“那是水流的声音，水流的声音你懂不懂啊！”我一边哭嚎着猛擦眼泪，一边把水流开到最大，“我才不会为她哭！她抢了我最爱的男友啊！最爱的男友！”

我啊，是这么喜欢她，这么高兴她是我最好的朋友，她怎么可以做这种事！

只是在恨的同时，其实是深深的害怕。

害怕能成为朋友太好了只是单方面的想当然，害怕我的友情她从来都不看重。因为不看重，所以抢好友男朋友这种事也就无所谓，也就不会担心友情会因此破裂，两人从此决裂……

泪水落得更快了。

对叶子澈是恨，是难过是酸楚，对萧萧……则是比单纯憎恨更复杂的感情。

终于冷静下来的时候，我看着镜子里眼眶发红的自己，才后知后觉地想到一件事：刚刚在洗手间外跟我说话的是谁？！

我吓了一跳，赶紧开门。

门外陆瑜冷着一张脸，漂亮的黑色眼珠定定看着我，好像已经习惯了我的后知后觉，所以默默在外面站了很长时间也没有抱怨。

我有点不好意思。

他倒是没什么反应，只是掏出手机看了看："四十五分又二十三秒。"

我被他这句话呛得差点吐血。

他的毒舌……更加含蓄了。我刚刚怎么还会以为他是个好人呢？

不过，原来我哭了这么久。原来……他等了这么久。

见我没事了，陆瑜好像又恢复成往日那个吊儿郎当的银色恶魔，斜飞的眼睛瞥了我一眼，鄙视地摇了摇头："跟个兔子似的。"

"我、我又没有要你等我！不对，我不是让你先回去了吗？你怎么还在这儿？"我一边佯装理直气壮，一边慌慌张张地再次用手背擦了擦眼角。

陆瑜眯了眯眼睛，仿佛叹了口气，重重敲了我一记。

"喂！"我正抱着头怒视他，一只修长的手递了包纸巾给我："之前离开是买纸巾去了，你最讨厌在我面前哭吧？"

他的手和那包纸巾就停留在半空中。

一瞬间，我思绪有点混乱。

难道，是因为担心我出事，亦或者知道我不想被他看到这么狼狈的样子，所以装作离开，实际上早已决定在门外陪着我？

我抬头看了他一眼，不知为什么眼眶又有点发酸。

"谢谢。"我吸了吸鼻子，努力不再哽咽。

"不过，"大概是见我心情平静了点，陆瑜也就淡淡开口道，"你刚刚是在为谁哭？"

"嗯？"我有些不懂他的问题。

今天发生的事情太多，我的脑袋反应很慢。过了好半天才回想起，好像刚刚在极力否认自己是为了萧萧而哭时，说了这样一句话——"我才不会为她哭！她抢了我最爱的男友啊！最爱的男友！"

"到底是萧萧，还是叶子澈？"陆瑜似乎有点不耐烦，直接问道。

其实，叶子澈早已不是我所爱之人了。

或许是发现他跟萧萧交往的那一刻，我对他的感情就已蒙尘；或许是他在我家外面等了一整晚的时候，我对他惩罚更多的，是他的背叛和隐瞒。

“这很重要吗？”我顾左右而言他，拉不下脸说这些，“好啦，我们回去吧。”

我正要出来，没想到站在门旁的陆瑜却突然伸手一挡，冷冷挑了挑眉：“对我很重要。”

他这几个字在空气里响起，却像是一圈一圈涟漪回荡在我的心里，泛起一种微妙的情绪。

我的心突然跳慢了半拍，直觉这句话有些……有些奇怪。

忍不住开始胡思乱想，对他重要？为什么对他重要？但是又觉得今天所经历的事情实在太多，我的脑袋已经明显不够用，应该、应该不是我想的那样吧……

我摇了摇头，决定还是直接问出来好了。

“如果是萧萧，会怎样？”

陆瑜长长睫毛覆盖下的眼睛眨了一下：“以后我不会再让她欺负你，除了我之外，不再让其他人欺负你。”

他的语气很平静，可却如同一股暖流把我刚刚哭得惨不忍睹的心温暖地包裹住了。

我破涕而笑。

眼角的泪水也带上了一点淡淡的感动。

“……那如果是叶子澈呢？”我低着头说出这个名字。

陆瑜半天没有反应，就像是之前我说了萧萧抢了我最爱的人之后，跟那时一样再也没有说话。

我的心一凉，有点惴惴不安地抬起头。

而下一秒——陆瑜那张俊美的脸迅速在我面前放大。

他好像故意等着此刻一样，迅速靠近，伸出胳膊一把把我搂住，我立刻就落入一个宽厚迷人的怀抱，陆瑜身上那种说不出来的迷人气息填满了我周身。

我脸红心跳。

这、这这……

“这跟叶子澈有什么关系啊。”

我挣扎开来，情不自禁地瞪大眼睛，又想直视又不好意思看着他。

“忘记他了吗？”陆瑜问道，像个狡猾的恶魔，声音低沉醉人得犹如波尔多红酒。

我整个人都呆了。

陆瑜胸膛的温度，透过单薄的衣服慢慢渗入我的肌肤。

“忘记了吗？”陆瑜再问。

就在我差点要说“够了够了，我忘记了！真的忘记了”的时候，突然“啊——”的一个又是惊讶又含着喜悦的声音在这个空间响起。

“凌影SAMA！我是你的粉！他他他……他是你男友么？！”

“Oh，shit！”陆瑜低低咒骂了一声。

▸第十二章

那天的情形被我的一个超级粉丝看到。这导致陆瑜正在进行的事被打断不说，还惹来了一些奇怪的传言，什么“凌影在女厕被人猥亵”“厕所之狼出现，当红女星疑被染指”，当经纪人将网络上看到的这些小道传言告诉我时，我一边强忍着笑意努力平静说“没这回事没这回事”，让公司宣传部去反驳，一边用眼角斜睨陆瑜。

正在白色沙发上看着杂志周刊的陆瑜，好像跟平日没什么两样，依旧是一副恶劣而懒洋洋的样子。

只是我的经纪人一走，陆瑜就立刻将杂志摔在了地上，帅气的脸上一片乌云。

“厕所之狼……”我再也忍不住哈哈大笑起来。

一向神龙见首不见尾，被无数娱乐财经媒体夸赞得不行的陆总监，却是网上小道消息中流传的厕所之狼。一想到这个反差，我就笑得肚子发痛。

陆瑜眼睛眯了眯，来到我面前俯身弯腰，雪白的西装衬得他有种气质非凡的俊美。

黑色的发丝顺着他的额头滑下，那双眼睛像是性感得快要滴出水来，陆瑜挑了挑眉峰："笑得很开心，嗯？"

他的那声"嗯"有种让人神魂颠倒的味道。

我感觉有点不妙，一边悄悄寻找着逃跑的路线，一边躲开陆瑜的眼神。

"你以为这个'称号'是因为谁？"可是陆瑜却看穿了我的意图，再次靠近，额头都快要贴上我的额头了。他的声音低低的，我脸红耳赤，别过脸去。

结果——脸颊一阵痛，睁眼一看，陆瑜双手正捏着我的脸。

我觉得我受到了侮辱！

"放开，放开！"我的脸被他捏得像个小猪似的，脸蛋鼓鼓的，嘴巴都嘟了起来。

但是可恶的陆瑜却直接忽略了我的抗议，还自得其乐地又捏了一会儿，把我的脸嘟成各种样子才恋恋不舍地放开手："这个样子还蛮可爱的。嗯，拿手机拍一张好了。"

"……"喂喂，这又不是"艳照"有什么好拍的！

没想到他还真的掏出黑色手机，不仅照了一张我最囧的样子，还侧过身来贴着我的"小猪脸"拍了一张合照。

——我连死的心都有了！！！

被誉为超人气甜美小天后的我，宣传照海报杂志封面上，从来都是甜美可爱的形象啊！什么半眯着眨眼啦，什么公主照啦……被拍这种挫到家的"小猪照"，我以后还怎么当偶像，怎么当小天后啊……

一种名为偶像形象的警钟在耳边嗡嗡作响，我赶紧伸手去抢他的手机，没想到陆瑜马上就将手机放进西服内衬贴着胸口的位置，然后漫不经心翘起二郎腿："哦？想看？可以。自己来拿。"

自己拿？

我一副贴在陆瑜身上，双腿分开，双手在他胸口乱摸的样子，抬起头就能看到他性感的唇线……立刻就联想起一些儿童不宜的画面。

我耳朵一红，双手合掌，严肃抗议："俊美的伟大的陆瑜SAMA，我只是想看看你拍得怎么样而已。"

陆瑜挑起一边的眉毛，不为所动，仿佛在衡量我还能拿出怎么样令他心动的诚意来。

妈的！我眼睛一闭，视死如归，把这十几年的撒娇功力都使了出来，我拉着他雪白的袖子摇晃：“给我看看嘛！我只是想看看我们两人的合照，说不定……很般配？”

陆瑜瞥了我一眼，英俊迷人的脸上终于出现一丝松动的迹象，尤其是听完最后一句话后。

我心里盘算着一拿到就通通删除，于是再接再厉，更加甜蜜地说道：“而且以后再也不说你是厕所之狼了！”

陆瑜脸一黑……走了。

两天后，我为国外某名表在T城的新品发布会站台。造型师给我挑了套白色垂质长裙，中间黑色复古蕾丝束腰，配水晶凉鞋。一般这种活动最后都会以图片新闻的形式发布到各个网站上，所以是否上相非常重要，所幸的是这套效果不错，看上去清新甜美但是又没有以前那么刻意矫情。

当然，更重要的是，手臂上方刚好可以贴上品牌的logo胶纸，露出来的光裸手腕也能更好展示这次代言的钻石名表。

主办方不是白付代言费给你的。

我站在新品发布会的品牌板前，跟司仪互动了一下，又将手腕放在胸前，将今晚的新款名表亮出来，摆了几个pose给记者们拍。

记者们让我发表对新品名表的感言。

我夸赞了一下这次的新设计，优雅、华丽、别出心裁。

他们觉得不够，问我自身对手表是什么感受。并说，像我们这种女明星平时应该更多的是带着手机，而不是戴着手表吧。

我立刻将手腕晃了晃。银色盘龙状的表身，中间的表盘用细碎的红宝石镶嵌，比一些名贵的珠宝首饰还要璀璨夺目：“你看，这么美的夜晚，这么美的华服，可能你没法随身携带手机，但是只要你手腕上有这支极富个性的手表，就可以让所有镁光积聚在你身上。”

我一语双关，镁光齐聚的原因，不光是因为我，更是因为这支名表的发布。

“不过当然，时光的意义更在于，过去是经典，是成长，而未来，则是开创，是崭新。所以这也是LAVCEF名表不断推出令人耳目一新的新品的原因。”

有记者趁机问道："这是在暗示你和萧萧的关系吗？"

前几天的记者会以我的发言稿奠定了基调，尽管有些人坚称此事还有内幕，事情不是这样的，但是最后被品优娱乐和皇冠荣耀联手以雷霆般的力量镇压了下去。皇冠荣耀更是借力使力，统一口径，将所有有关萧萧的丑闻说成是胡乱散布的谣言。不管是出于哪方面的考虑，这两家娱乐公司都不会让自家旗下的艺人在这种腥风血雨中被越描越黑。经纪人Jolie告诉我，曾有主编想以我和萧萧专门做成一个专题，结果迫于压力被报社社长给毙了。所以现在，无论是哪方来路的记者，都只敢暗示性地提问。

我的脑海里浮现出萧萧最后离开时，那一脸生动却不真实的偶像面具。

所以我也以艺人身份，甜美一笑："YOUNGIRL是经典，凌影是崭新。"

一系列例行采访拍照活动后，是品牌方的私人party。

我作为代言人之一自然到场，没想到陆瑜也来了。那些娱乐圈的老鸟知道了后异常激动，因为据说当初品优娱乐跟ESE联手后，陆瑜公开露脸的次数就少得可怜，直到最近才有慢慢复苏的迹象。

这个私人party布置得很别致。

虽然场地不是很大，但是四周都挂上了紫色天鹅绒帘幔，质感很好，非常具有欧式风情。

几条白色长形自助餐桌上更是铺了一层带有繁复华丽蕾丝花边的桌巾，上面摆满了水晶蜡烛台，每座璀璨的烛台上面有三支白色蜡烛，跟彩绘吊顶下的树枝型水晶大吊灯遥相呼应。

田园风白色小盘子，线条优美的银色刀叉，还有层层叠起泛着白沫的香槟塔在皇室般柔黄色的色调下闪闪发亮，餐桌上更是放满了各式各样精美的食物，龙虾、甜点、水果沙拉等，让人心情非常愉快。

今晚到场的少数媒体也很有分寸，没有携带相机，也没有要抓新闻的意思。

于是我乖乖端了一杯香槟朝陆瑜走去，想为上次公然说出"厕所之狼"这四个字道歉。

一身黑色混蚕丝地质燕尾服的陆瑜，像是欧洲中世纪的贵公子，站在这大厅之中就有种迷人的油画般的气质。他没有佩戴其他东西，只是在袖口上别了一对低调的古董翡翠袖扣。围绕在他身边的美人如云，千娇百媚。水钻，眼影，浮光奢华。

我以前只觉得陆瑜长得还行，今晚才发现，这个毒舌的恶魔竟还挺有女人缘的。

意识到这个结论之后，我有点不高兴。

等走到他身边后，就直接动作粗鲁地把香槟杯往他手里一塞。周围穿着华丽晚礼服的美女们被我突如其来的动作吓了一跳，像漂亮鱼缸里被惊扰的金鱼一样纷纷退后了一些。

陆瑜挑了挑眉，看了我一眼。

我直直盯着他，用眼神恶狠狠地对他说：你不给我喝下去小心我让你好看，要是你喝下去了上次我说你是厕所之狼的事情就这样算了。

不知道是他领悟得太慢，还是我“传达”得不够清楚。

陆瑜摇晃着手中的香槟好几秒，等我瞪得眼睛都快酸了时，他才轻笑一声喝了两口香槟，表示他看懂我的含义了。

不过围绕在他身边的美女们都有点怔住，不清楚我们之间在打什么哑谜。

“那就这样了，不许再生气，嗯，照片还是要还给我的。”

趁陆瑜的心情好像不错，我赶紧说道。

陆瑜斜睨了我一眼，有点挑剔地扬了扬下巴。在油画般的光线下，他的轮廓更有一种时尚大片般的质感，显得异常深邃性感。他嘴角浅浅浮出一点笑意，用眼神往自助餐桌那儿示意了一下，不但不回应我，反而吩咐道：“我喜欢三文鱼……”

我呆了几秒，这才反应过来，他这是把我当什么……女仆么？

恶魔少爷VS制服女仆？！

我脑海里立刻浮现出类似场景，我去，我肯定是偶像剧剧本看多了！

我额头三条黑线，默默翻了个白眼，用眼神射出“没、门”两个字。

而在美女之中的陆瑜却不为所动，波澜不惊，一边优雅地朝众人笑着，一边恶劣地抚摸了一下西服胸口的口袋。趁其他人都没注意到的时候，向我投来一个微妙的坏笑。

之前手机就装在那个胸口内衬的口袋里，而手机里面就是我的“小猪照”……

我瞬间……明白了他的暗示。

“算你狠！”我气呼呼地转身离开，向自助餐桌走去。

我前脚刚走，后脚那些女人们就纷纷向陆瑜提意见。

“凌影怎么这个态度嘛？只不过让她端点东西过来，就一副生气委屈的样子。”

啊咧，我在生气委屈吗？

“陆总才不会把她放在心上呢。没看到刚才她求陆总不要生气时，陆总一句话都没说么？这就是大人不计小人过……”

对，他没把我放心上，他只是强行拍下我的照片还不让我删除而已！

“除了三文鱼之外，还喜欢什么？我去帮你拿点吧。”

刚刚在一片女声之中保持沉默的陆瑜，终于开口了，我听见他绅士般有礼地回应道：“还喜欢小猪。”

“啊，那是什么？”“自助餐上有这个吗？”“陆总你真会开玩笑。”在一石激起千层浪，惹得那些美女不知所措后，陆瑜再一次保持了神秘的缄默。

但是不知道怎么的，我的心情却有些轻快起来了，连帮他去取三文鱼这种事都变得愉悦了。

等我回来时，刚才的美人潮已经散去，现在围在他身边的是记者圈几个知名度很高的老鸟。跟一般新人狗仔嚷着要挖隐私挖爆炸性新闻不同，他们十分懂得如何跟这些幕后大boss和天王巨星打交道，平日聊天聊地，好像随意的朋友一样，但就是这样保持了长久的联系和交情后，那些大牌明星们也更信任他们，如果真有什么独家和爆料，也是非常乐意先给他们的。

当我端着小盘子靠近时，他们正在闲聊。

“终于舍得露脸了？我们还以为你要将神秘进行到底了。”其中一个说着，剩下几个跟着大笑。

“这就叫不鸣则已，一鸣惊人。我可是听‘线人’说了，《女皇》这个电影就是你在幕后推动的吧，票房真是不错，这次的金柏奖有希望吧？”说这话的人，看着其他人因这条消息而微微震惊的样子，有些得意地笑了。

我脚步一顿，事实上连我也只知道《女皇》是品优娱乐投资的，没有想到宣传发行里面还有陆瑜在运作。

而此时的陆瑜，正端着我刚刚递给他的那杯香槟，有点懒洋洋地站着，任凭他们胡天胡地地调侃着，偶尔笑笑插两句，不过比之前被那些美女包围的时候神情要更轻松一些。

“连这都打听得到？老黄，你真是狗鼻子。”其他人又夸又损。

“去，你就是嫉妒我手上线人多吧！”被叫作老黄的那个久经沙场，看来脸皮早就老厚了，“这就叫‘谍报’。‘谍、报’两个字懂吗，不懂的话最近有部《上海谍迷》，好好琢磨琢磨。”

咦？《上海谍迷》？

那不是我正在拍的电影么？

连正轻抿了一口香槟的陆瑜都微微一顿，半眯着漂亮的眼睛打量了他们一眼。不知道是我最近留意陆瑜的举动渐渐多起来的缘故，还是其他什么原因，我总觉得，总觉得……陆瑜有些动作怎么做起来那么的迷人？

陆瑜嘴角向左勾了勾：“别在我面前演群戏了，你们到底想问什么？”

那几个老记者这才哈哈一笑，朝他挤挤眉：“最近动作闹得蛮大嘛。又是组合单飞反目成仇，又是轰轰烈烈的记者会……对那个小歌手是认真的？”

陆瑜的视线悠悠然扫了他们一圈。

那些人的眉眼之间纷纷露出几分“我很好奇”的神色。

“其实……告诉你们也不是不可以。”陆琪微微一笑，翡翠流金般的光线下他的眼睛很是深邃，“其实我对她……”

那几个人的耳朵立刻竖得跟兔子一样。他们的行为好像感染到了我，原本悄悄端着盘子躲起来的我，连带着心也跟着慌慌张张地直跳。

“这届的金柏奖评审都有谁？”就在我们都万分想知道陆瑜下一句的内容是什么时，他却突然将话题一转！

几个老鸟立刻露出“我擦，被你给涮了”“你也太吊人胃口了吧”“有你这么腹黑的吗”的眼神，而陆瑜只是勾了勾唇，慵懒地挑了挑眉，眉目之间明目张胆地宣告着——“我就是这样，难道你们还不了解吗？”

他这模样真的好欠揍喔。

我回想起第一次在蔷薇后花园见到他的情景，怪不得我那时顺手就是一推——简直就是替天行道！这种恶劣的性格除了我还有谁敢怒敢言？同样觉得“被涮了”的我，摇摇头，一把抓起盘子里的三文鱼吞了下去……

那些老记者虽然嚷嚷着“这种事我们知道的也不多”“金柏奖的规矩你知道的，不要为难我们啦”，但是之后好像还是说了一些，可惜我离得太远，并没有听清楚。

交代完毕后，他们再次围攻陆瑜：“我们都说了，你也应该告诉我们了吧。”“对啊，再不说也太不够意思了……”

陆瑜双手抱臂，好像丝毫不觉得愧疚，狭长的眼睛扫了他们一圈，淡淡道：“就是你们看到的那样啊。”

“……”几个老鸟顿时呆住了。

“……”我也呆住了。

我端着小盘子，傻站在这儿半天，就只等到这句话？

这算什么回答？就是他们看到的那样？我身为别人看到的主角之一，都不知道别人看到的是哪样！

大家面面相觑，你看看我我看看你。

而陆瑜一副“我给了你们答案，你们自己心领神会，说出来就没意思了”的可恶奸滑的表情。

我从柱子后面走出，端着小盘子，在那些老记者的视线中，一步一步朝着陆瑜走去。

陆瑜扶了扶漂亮的领结，黑色燕尾服将他的气质展现得淋漓尽致，仿佛一个又优雅又蛊惑人心的黑色恶魔，姿态迷人地站在这悠扬的小提琴声，这不知名的香氛，以及璀璨灯光之中。

我面带微笑地将手中的盘子递了过去。

陆瑜一愣：“三文鱼呢？”

“就是你看到的这样。”被我吃光了！

我原以为这样就算是打击报复了，结果没想到没过几天，我就从平时关系不错的记者朋友那儿听到了这样的消息。

“凌影跟陆瑜那事好像是真的。”

“是啊是啊，据说凌影把陆瑜的三文鱼都吃光了，陆瑜还一脸宠溺的表情。”

“何止宠溺，明明就是陆瑜亲手喂凌影吃的。凌影那长相，你们又不是不知道，只要她一撒娇，哪个男人抵挡得住……”

“也是，《上海谍迷》的男主角楚息好像就被凌影迷得团团转……”

流言简直比洪水过境更可怕，瞬间就卷席了所有地方。

我知道后整个人都“囧”了。

我抱着印有粉色小桃心的抱枕，对Jolie说道：“有没有必要这么夸张，只不过是几片三文鱼而已。”我继续解释，“我只是因为被抓住了‘把柄’，所以那次才替他拿东西而已。”

Jolie是我到了品优娱乐公司后的新经纪人。

跟娘娘腔但是心地还是不错的Tim不同，Jolie处事极其冷静，没有一点儿人情味，也因此我一般只跟她聊公事和工作，以及偶尔聊这种小八卦。

正在白色电脑屏幕前处理公事的Jolie，扶了扶鼻梁上的黑框眼镜，继续噼里啪啦敲打键盘：“你跟陆总监暗中交往没有坏处，只要不被记者抓包就行。”

啥？暗中交往没有坏处，所以不被抓包就行？她的思维方式，真是……

我扶额：“我刚刚那句话的重点不在这里吧？而且、而且谁跟他暗中交往了啊？”

Jolie一身银色西服西裤，利落的黑色短发通通向后梳理着，她的表情没有一丝波澜：“这些还算好，公司现在传你的谣言更凶。”

“什么？我的谣言？”

我怎么完全不知道啊。

Jolie好像也没当个大事，一边审视着代言合同模板，一边一本正经道：“楼夕之的经纪人Mimi，公司新签约的女艺人曾子琪，企划部的David，已经全都向陆瑜打过你的小报告了。”

“……”我无语。这些人平时要么完全没有打过招呼，要么看上去人好像还不错的样子，怎么背后一个个……

“一个说你私生活混乱，一个说你想借着陆瑜上位，还有一个说你在片场跟楚息不清不楚，脚踩两只船……”Jolie犹如一把冷静的机枪，一个字一个字匀速清晰地吐出。

“我去！我什么时候私生活混乱借着他上位还跟楚息勾搭脚踩两只船……”他们有必要这样无中生有这么夸张吗！

难怪自从三文鱼事件后，陆瑜就没有怎么联系过我了。

而我这段时间也光顾着拍《上海谍迷》，基本上都在拍摄基地，也没有注意到这些变化。难不成、难不成他真的听信了这些谣言，认为我是那种借机上位的女孩？

一想到这里，我就有点闷闷不乐。

想起以前他似乎还让我解释“关于我们两人之间见不得人的关系”，我还一直什么都没说……

Jolie按下print键，跟电脑相连的红色激光打印机传出沙沙的声音，不一会儿就吐出几十张白纸黑字的合同页。她动作熟练地将它们按照页码装订成册，又翻到最后一页放在我面前，把黑色签字笔递到我手里。

“不过不用担心，陆总不会把他们的话放在心上的。”Jolie冷静地安慰，“这是化妆品的代言，签字。”

我一边熟练地签下我的名字，一边有些紧张兮兮地问：“你怎么知道他不放在心上？说不定他就是听进去了，所以、所以这段日子都没来找我……”

我越说声音越低，说到最后发现Jolie扶了扶眼镜，镜片后微光一闪：“所以你是希望陆总来探班？”

“哪、哪有？我忙得连睡觉的时间都没有，才不会在意这些。不找我我清闲着呢！”我连忙望了望天花板，表示一点都不在意，并偷偷转换话题，“不过David怎么也跟那些女的凑热闹啊，他不是男的么？说我的坏话对他有什么好处？”

Jolie微妙地叹息一声：“陆总的魅力，男女通杀。”

“……”

▶第十三章

虽然中途出现了这么多风风雨雨，闹得片场也跟着受影响，但是《上海谍迷》还是在稳定拍摄中。导演对演员要求很严，我曾一度担心他会因为萧萧事件对我有看法，于是表演更加卖力，有些枪战爆炸戏都是自己亲身上场。有一次爆破师没有调好，我还没跑远建筑就爆炸了。幸好我跑得快直接扑倒，这才侥幸逃脱，只是头发被火舌烧焦了而已，在场所有人都心有余悸。这种事可大可小，拿来被经纪人告之媒体夸自家演员敬业的也不是没有，但我秉着多一事不如少一事的心态一句话都没说，大抵是这样的态度让导演也觉得省心吧，戏照拍，什么都没过问。

不过今天这场戏还没拍，好像气氛就有些不同。

工作人员一丝不苟，现场十分安静。唐雨仪看着我似笑非笑，又像是同情，又带点儿看好戏的感觉。我正狐疑到底是怎么回事，接着便在导演身边看到了一个熟悉的身影。

我顿时整个人都愣了……

他、他怎么来了……

只见陆瑜一身英伦格子衬衫，鸭舌帽，长筒马靴，戴着一副超大的蛤蟆镜，朝我懒洋洋地挥了挥手。他就坐在屏幕监视器旁一个普普通通的导演凳上，但是浑身上下就散发出一种英伦贵族般又高贵又禁欲的范儿。我注意到，跟我摇手打招呼的时候，陆瑜的唇线抿成了一条优雅好看的弧度，仿佛见到我是一件开心的事。

意识到这一点，我的心情也跟着好了起来，不由自主朝他挥挥手，表示看到他了。

我一边小声嘀咕“探什么班啊”，一边瞥了Jolie一眼。

Jolie丝毫不受影响，把剧本递给我：“既然有人来探班，那就好好表现，下场戏的台词全部用黄色记号笔标了出来。”

我捧着剧本温习了几遍。

这场戏我还蛮熟悉的，楚息因为谍报任务负伤，被白玫瑰所救，两人在日本人面前演了一场恩爱缠绵的戏。骗过日本人的同时，也成功骗过百乐门众人，自然包括我所饰演的任露露。她误会之下，想起之前种种，伤心不已。但身为竞争对手的白玫瑰又怎会放过这么一个打击任露露的好机会，还故意炫耀般地伸出手向她展示自己手中的钻戒，说是楚息所送，此情不言而喻。

场记一声“准备”，我连忙从椅子上站起来。

剧本啪嗒一声掉在了地上，我正准备去捡，一双漂亮的手已经先替我捡起来了，我抬头一看，正是楚息。他帅气的脸上有种年轻偶像常有的活力，墨黑的眉毛生气勃勃，完全不同于陆瑜那种恶劣中带着点慵懒和冰冷的特质。

“不要因为我的关系，就这么生气地对待剧本啦。虽然为我吃醋，我很开心。”楚息指尖一挑，做了一个类似NBA篮球队员换手的动作，将剧本放在了我的椅子上。他显然也是刚刚温习过剧情，所以在拿马上要演的一幕开玩笑。

“No！”我双手抱着肩，做了一个高傲的姿态，“我吃醋，可不仅仅是拿剧本出气。拿什么小皮鞭抽抽，才是正常的手段。”任露露饰演的是个双面间谍，后来发现了楚息的真实身份后，有一场严刑逼供的戏。

“我好怕啊，请凌影大人小心责罚……”楚息装作害怕般地抖了抖肩，只是脸上依旧是玩笑般的神情。

突然，我觉察到一股微妙的视线扫了扫我和楚息两人。

顺着方向望去，看到坐在导演旁边的陆瑜只是漫不经心地翻着这部戏的计划表，蛤蟆镜遮住了他的眼睛，好像从头到尾都没朝这边看过一样。

我有点狐疑，但是场记在招手，我也就放下疑问赶紧过去了。

白色刻金色雕花的门。

西洋床上，帘幔内传来两个人的呻吟，随着镜头中一地被扯坏的旗袍、丝袜和西服马甲，更显春意浓浓。

“举起手来。”一队穿着军服的日本人轰隆一下闯了进来，齐齐举枪对准了床上的人影。

百乐门众位歌女随后而到，伴随着女子特有的聒噪的嚷嚷声：“哎呀，你们认错人了，我们百乐门怎么会藏共党啊？”“玫瑰姐正在休息呢，你、你们……”“民治桑，这是怎么回事呀……”

歌女们墨色的黛眉，鲜红的唇，风情的旗袍，挤在一起叽叽喳喳像是一堆金丝笼内的百灵。

这些人里，唯有任露露一言不发地尾随其后。

“闭嘴！再出声就一枪崩了你们！”为首的日本人操着别扭的中文恐吓道。

歌女们立刻紧张地缩了缩肩，漂亮的脸上流露出一丝惊恐，再也不敢出声了。而任露露的表情自始至终没有什么变化。

华丽的帘幔猛地被刺刀挑开，两具半裸的躯体显露在众人面前，有人“啊”地惊呼一声，而更多的歌女则是惊讶地看着床上那个沉迷在白玫瑰身上的男人，以及……她们旁边面无表情的任露露。

空气中除了这两人的喘息声，安静得仿佛再也感觉不到一点波纹。

任露露目光平静地望着床上的那对男女，她像看到了他们的亲昵，又像什么也没有看到，她像听到了曾经说爱她的那个人的背叛，又像什么也没有听到……

周围已经有平日交好的姐妹为她感到不值，为她感到不公，为她感到愤怒。

“怎么是他？！”有人率先开口。

“他不是露露姐的恋人么？怎么在白玫瑰的床上……不要脸！”有人骂道。

“哟！什么不要脸，这是我们玫瑰姐魅力大，哼！”

“还魅力，骚货才对吧！”

日本人还没开始后续动作，歌女们内部就已分成了两派，一派替任露露愤怒，一派维护着白玫瑰。两边尖声争吵着，最后不知谁先动了手，演变成泼妇般的厮打。一时之间，房间里的花瓶、西洋咖啡壶、油画全部成了牺牲品，稀里哗啦碎了一地，尖叫声、争吵声，动静比日本人搜屋还要大！

在后期的处理中，导演还故意将这一场景剪辑得更加利落，并配上西班牙雄壮激情的斗牛曲，强有力的鼓点和节奏将这些歌女打群架的一幕变得更加戏剧性和喜剧性。

“——都给我住手！”领头的日本人气急败坏地喊道，“砰”的一声朝屋顶开了一枪。

威慑性的枪声立刻将所有声音盖过。

歌女们齐齐打了个激灵，这才想起目前的处境，全部停下了手上的动作，料是她们胆子再大也不敢不为小命着想。只是此时，她们再也不复先前进门时的靓丽，此刻要么披头散发，要么衣衫不整，不是眼睛青了一块，就是鼻子流血……

在一片狼藉之中，只有任露露始终淡淡地看着一切。

而在这一群披头散发的歌女之中，只有白玫瑰照样美丽从容，她仿佛刚刚才发现她们一样，这才嫣然一笑。

白玫瑰半倚在床头，慢条斯理地从柔滑的丝巾被里伸出一只雪白的玉臂，涂着丹蔻的纤长手指拿起旁边细长的金色烟斗，斜斜含进红唇，浓黑如云的卷发在她漂亮的肩膀上弹跳了几下。

任何人都无法抗拒这种美人斜卧的场景。

就连楚息所饰演的男主角也是如此，他宠溺地看着白玫瑰笑，在她将下巴微微一扬的时候，更加宠溺地拿起打火机为她打火，他的一举一动都仿若将她视作女神。

白玫瑰是百乐门的台柱。

她的每一首歌每一支舞，她和每一位恋人的传闻都传遍整个欢场。

可是，那是在任露露到来之前！

在任露露来到百乐门成为新的台柱之后，白玫瑰再也不像以前那般风光。无论是军阀、巨擘，还是其他富豪都纷纷被任露露迷倒。白玫瑰不是没有生气过，不是没有妄图利用资历和大姐大的威名给她点颜色看看，但是任露露还是凭借自己的手段夺去了她的半壁江山，甚至隐隐有将她白玫瑰压在底下的势头。

但是，在这一刻，白玫瑰清清楚楚地明白：她赢了！

两个女人之间的魅力之战不仅源于她们自身的才华美貌，更源于她们在男人心目中的地位！

白玫瑰扬起了眉，涂得浓密的睫毛弯成一道妩媚的弧线。

黑色的睫毛下，她的眼睛跟她鲜艳的红唇直直指向离她有一段距离的任露露。

她当然清楚自己是在帮楚息躲避这场搜捕，但她更清楚，在这一刻——任露露喜欢的男人就在她的床畔！

她美得张扬的眼睛、嘴唇，无一不在向任露露挑衅，无一不在向任露露宣告，她赢了！她不仅赢得了这个男人，还会用她的聪明智慧帮这个男人逃过这场严厉的搜捕！

——而任露露，在任何一方面，都将低她一等，输她一筹！

即便大家已经熟悉白玫瑰这种放浪的举动，即便大家对白玫瑰的风流韵事已经司空见惯，可此时此刻，其他歌女眼中还是闪过或不屑或羡慕或嫉妒的目光……

不屑白玫瑰的风骚，却又嫉妒她的魅力——连新台柱任露露喜欢的男人都能抢过来的魅力！

在所有人要么明目张胆，要么暗地悄悄观察着任露露的表情，想看她到底是难过，是伤心，是愤怒，还是仇恨的时候……她的神色还是淡淡的。

整张脸维持着一如既往的平静，好像一座休眠的火山，死寂无声。

似乎从头到尾，都跟她无关。

白玫瑰与她无关，楚息与她无关，他们两人勾勾搭搭的动作也与她无关。甚至即使楚息手中的那个金色打火机是她送给他的，而他却在用这份礼物这份心意向另外一个女人献着殷勤……也跟她无关。

“你——是不是刺客？！”日本兵的刺刀突然刺向楚息，几乎所有的歌女都“啊”的一声害怕地尖叫起来，害怕下一刻就看见一场鲜血淋漓的屠杀。

但是，闪着寒光的刺刀仅停在胸前一厘米的位置——白玫瑰胸前一厘米的位置！

只要力道再往前一点，锋利的刀尖就会刺进她的胸口。

可是白玫瑰只是在笑，微笑，就如同刚刚千钧一发之际，她突然挡在楚息胸前那样，噙着一模一样的微笑。

她微笑着，眼梢上挑，墨黑的眼线有种别样的风情。

她嘴角轻扬，鲜红欲滴的嘴唇轻启，望向眼前手握刺刀的日本军官，张口就是一口流利的日语。那是她从一个日本客人那里学到的，那是她的底牌之一——从来没有用过。

不过现在，为了跟任露露一争高下，为了跟任露露比一比——到底谁才有足够的智慧和手段救下这个男人，她打出了这张底牌。

现在，她只指望这张底牌能够奏效！

“军官大人，您误会了。他整晚都与我在一起。我向您保证，他绝对没有离开过这个房间。”

果然，她流利的日语立刻就让眼前这名穿着高筒军靴，青黄色军服的日本军官神情一松。

在异国他乡，面对说着母语的人，任何人都会懈掉一些防备，白玫瑰的日语博取了他的一些信任。如果是通常情况，比如入境或是其他什么事，他都会放松对这名会说日语的女人的限制。只是……犹豫了片刻，他怀疑的目光依旧在两人身上扫过一遍又一遍。

嫌疑犯刺杀的可是军方高层……

白玫瑰暗中咬了咬唇，脸上的神色有点绷了起来。

居然没有奏效。

她眼角飞快地瞟了任露露一眼，担心看到对方嘲笑自己开口却还是没有达到目的的眼神，但是任露露却并没有看她，一点儿也没有在意她的举动，而是脸色凝重地注视着那位日本军官，好像在算计着什么……

整个房间静可闻针，气氛紧绷到了极点。

墙壁上西洋钟的吊摆来回摇摆，时间一分一秒地过去，日本军人们依旧紧握步枪，严阵以待，歌女们紧紧地挨在一起，不知道日本军人们下一秒到底是撤退，还是突然刺刀一挥，血溅当场！

终于，披着军服披风的日本军官眼睛一眯，满脸杀气，戴着白手套的手从半空中往下一挥："拿下——"宁可错杀一千，不可放过一个！

所有歌女猛地瞪大眼睛，就连白玫瑰也不复之前媚态，满脸惊骇！

日本兵凶神恶煞，杀气腾腾冲来，就在楚息放在被子下的手已经做好开枪死拼的准备时，一道曼妙的身影突然以极快的速度冲到楚息面前，纤细的手臂猛地一扬，"啪"的一声就是一记响亮至极的耳光！

这记耳光扇得又急又快，又凶又猛！

——整个房间的人都听得清清楚楚，感觉好像是扇在自己脸上一样火辣辣的痛！

瞬间，楚息原来英俊潇洒的右脸就浮起五根手指印！瞬间，就镇住了所有在场的歌女！镇住了白玫瑰！甚至镇住了原来要上前的日本兵！

"这就是你说的今晚有事？！"一道几乎撕心裂肺的声音响起！

刚刚被其他歌女以同情、活该、失败、怜悯的目光注视着的任露露一下子爆发了！就像是休眠的火山，当她真正爆发时，也是有无穷的岩浆和浓烟的。

"这就是你说的今晚有事？！这就是你说的今晚没法来找我？！这就是你今晚的事情——跟她，跟这个女人厮混！"一连串爆如雷雨的话脱口而出，含着悲愤到了极点的情绪，含着愤怒到了极点的情绪，含着心碎到了极点的情绪，"我那么相信你！我等你等了整整一晚！可你却这样对我！可你却这样对我……"

眼眶发红的任露露狠狠摇着楚息的肩膀，一遍又一遍地问："你说啊你说啊你说话啊！"

可是对方却始终低着头，没有回答她一句。

她疯狂地摇着他，好像这样眼前的一切就不是真的，她摇着，摇着，好像这样眼前的这个男人就还是爱她的……

她没有大哭，甚至从头至尾她都只是在狠狠地压抑着抽泣，可是从她喉咙里流露出来的那一丁点儿细碎的哽咽却泄露出她更沉重的心情……

因为猛烈摇晃，她发丝凌乱，因为刻意压抑，她的眼眶红得像在滴血。

在这一刻，不管是先前站在她这边，还是站在白玫瑰那边的歌女，都感到了一种浓浓的悲伤，这种被心爱的恋人背叛、抛弃的感觉，她们懂；这种痛到心底最深处的伤，她们懂……

有的歌女已经开始在呜咽，有的在轻声哭泣，有的上前两步开始劝她，有的开始将她往回拉……

在这一刻，尽管有些日本兵根本不懂中文，可是他们同样感受到了这个女子的悲愤，这个女子的心碎，看到了这个女子伤心欲绝的眼神，听到了这个女子悲伤到了极点的声音，这一切都狠狠冲击着他们的情绪，冲击着他们的听觉……

刚刚要执行的命令也因此缓了下来。

这样的爱恨情仇他们虽然听不太懂，但是这个女人的悲愤却如此的真实。

他们甚至开始在想：会不会真的是弄错了？

时间好像在这一刻停住。

短暂的一秒却有可能将所有事情改变。

之前杀气腾腾的日本兵此时回视着他们的军官，用眼神询问现在该怎么办？这一切好像不是装出来的吧？

日本军官又一次犹豫了，再一次陷入思考之中。

而就在这一瞬间，原本妩媚动人的白玫瑰和眼眶发红的任露露，两人的视线在空中交汇——谁也没有发现，在她们或得意或伤心的情绪波动下是极其冷静的一瞥。

这一瞥，就仿佛一个接头的暗号！

仅仅只是电光石火之间，赶在日本军官再次下令之前，只见白玫瑰仰头一笑，一声娇叱："真好笑！他今晚有事就是跟我之间有事不行吗？"白玫瑰娇媚地歪着头，黑色的卷发衬得她更加婀娜美艳，"你以为这是哪儿？这儿是百乐门，百乐门的规矩还要我教你吗？男女之间的那点事还要我教你吗？"

"要是真不懂……"白玫瑰眼神轻蔑地看着任露露，伸出手冷漠地羞辱般地拍了拍对方的脸，"姐姐我、教、你。"

任露露侧身而立，猛地望向白玫瑰。

她穿着黑色旗袍，不像白玫瑰那样露出嚣张的雪肤；她只涂了一层淡淡的口红，不像白玫瑰那样红得鲜艳欲滴。

但是这一眼。

——雪亮如匕，仇恨如刃！

在漆黑的眉毛和漆黑的旗袍映衬下，却像一朵午夜时分绽放的妖花，生生多出一股令人胆颤心惊、无比妖狠的味道！生生多出一股令人慌不择路、无比凌人的气势！

任露露手一扬，一把打翻白玫瑰之前拿着的黄金长烟斗！烟斗里的烟丝和烟灰啪嗒落在白俄罗斯手工编织的地毯上，立刻烧出一个黑乎乎的小洞。

白玫瑰反手就是一巴掌，眼睛里却是一片慌乱。

任露露先是一愣，接着眼中燃烧起更加幽深的怒火，她双臂用力往旁边白色欧式梳妆台上一扫，上面花花绿绿的瓶瓶罐罐立刻挥向白玫瑰！下一秒，所有的胭脂水粉香水眉黛全部哐啷砸在了白玫瑰脸上……

粉饼从盒子里掉出来撞在白玫瑰头上，腾起一阵阵的白色粉雾，没有盖好的胭脂滚落在她的身上……

"啊——"白玫瑰尖叫连连，拼命抹着自己的脸，她的脸上身上头发上沾满了粉末。一直以妩媚姿态示人的她从没想到自己居然会有这么狼狈的一天，像个马戏团里被众人围观嘲笑的小丑。

整个场面一下子又无比混乱起来！

白玫瑰的跟班立刻涌上去，纷纷帮她擦掉头发上的粉末，七手八脚地扯着她的头发拍打着她的脸，只听见白玫瑰不断在呼喊"轻点轻点""你这是在趁机报复老娘么"，而站在任露露这边的歌女顶着之前鼻青脸肿的脸，一边叉腰哈哈高笑，一边故意尖酸讽刺道："活该！""真是丑死了！""你白玫瑰也有今天！"

三个女人一台戏。

现在是十几个水火不容的歌女一起登台，整个场面简直就是一场可怕的灾难！高跟鞋踩在原本就满地器皿碎片的地上，发出更加焦躁刺耳的声音，和着两边不断咒骂的尖锐女声，几乎要把所有男人的耳膜刺破，整个房子都快被她们掀翻了天！不知道谁又动了手，一方马上喊道"打人！她们故意打人！""就是打你这个小贱人怎样！""妈的，姐妹们上！"双方再次拉扯在一起相互推挤着揪起对方的头发抓对方的脸……

一群日本兵你看看我我看看你，只觉得眼前混乱嘈杂的场面简直堪比战场。

大概所有男人都不想再见到这群平日温柔软语，真面目却是如此鬼哭狼嚎的歌女了。此时不知谁喊了一声“他们到底是抓刺客还是看我们打架啊？都不劝一下，平时还想让我们陪酒，真他娘的见鬼！”

领头的日本军官脸上顿时抽搐了一下，高喊一声：“走！”

日本士兵们穿着黑色高筒军靴的脚一蹬，整整齐齐背起步枪，飞快撤出了百乐门……

我们和导演一起看完整个回放。

这场戏拍得一气呵成，极其精彩，极有张力，看得我们几乎目不转睛，一动不动。在场的人都被这剧情勾住了心，最后一条放完，所有参与表演的演员和工作人员竟然像谢幕一样都不自觉地鼓了掌，整个布景房掌声雷动！

我也被这种气氛感染了，脸上一直带着笑容和自豪，持续地鼓掌，巴掌拍得啪啪响。无论旁边的楚息说什么，都一个劲儿地直点头，就算我有时根本没听明白他到底在说什么。

一回头就看到了陆瑜，不知道是什么时候，他居然站在了我后面。

难怪楚息刚刚跟我说话的时候我感觉有点不对劲……唔，这好像跟我后面的陆瑜没什么关系啊。

此时夜幕已经降临，今天的拍戏时间长达十二个小时，拍戏的时候我全身心都投入在戏里，完全没有关注其他事情。

“你不会一直都在吧？”我有些惊讶。

单在旁边看我们一拍就这么长时间，走位，反复NG什么的，其实很枯燥吧。

“不行么？”陆瑜却挑了挑眉峰反问。

陆瑜修长的身体映在溶溶月色之中，英俊的脸一半在阴影之中，一半在月光之下。夜风轻拂着他的发丝，我觉得他的一双眼睛格外的亮。

反问就是承认。

难、难道是因为我才待这么长时间么？

前些日子我心里还有点抱怨他怎么不探班，结果现在他一来就待到这么晚……

我的脸有点红红的。

不知道是不是我的错觉，我总觉得站在我身后的陆瑜好像越靠越近，近得我都能感觉到他的体温，仿佛他一伸手就可以把我搂住。

“也不是不行……就是……”就是看着他那张越来越近的俊脸，那双越来越近的迷人的眼睛，我的心越跳越快，脱口就冒出，“就是中午吃的是盒饭，你不是最讨厌这么简单的料理么？”

哦，天，我这是在说什么啊……

我最近是怎么了！我可是连Tim都夸赞以聪明伶俐见长的小天后啊！怎么现在一靠近陆瑜就好像在说胡话变得又呆又二了……

陆瑜也跟着一愣，大概完全没有想到我居然会这么说，不过他好像完全不觉得这问题跳脱，反而露出一抹性感的微笑接过我的话题：“你这是在关心我？”

“怎么会！”谁、谁要关心他？！

我连忙别过脸，脸上有点发烫，肯定是今天拍戏拍糊涂了，感觉好怪。但是过不了几秒，我又忍不住回过头。结果正撞上陆瑜的视线，被他逮了个正着。

陆瑜的眼神似笑非笑像是有魔法一样，深邃蛊惑得让我几乎移不开眼睛。

我呼吸急促起来，胸口也微微发热。

我有点招架不住，急忙随便扯了个理由：“怎么不鼓掌？”

基本上在场的人都在鼓掌，都在称赞我们今天拍得好，可陆瑜则一股子少爷做派，黑色狭长的眼睛眯着，双臂慵懒地环抱着。

我故意表现得严肃，双手更故意抬高，在他耳边拍得啪啪响。

不知道陆瑜是否看破了我的小心思，他不但没有动，反而还继续似笑非笑地看着我。

我装作生气地瞪了他一眼，暗示他：快拍，你没看到我们演得多精彩么？

大概是我的示范动作太完美了，眼中蕴含的深刻威胁也太有震慑力了，陆瑜终于被我的诚意感动，放下原本环臂的双手，漫不经心地将双掌合了几下。虽然这掌鼓得简直跟没吃饭一样，一点力道都没有，但是起码有行动比没行动好吧。

我佯装认可地点点头，重新转过身去，偷偷地长吁了一口气。

一旁的楚息看了陆瑜一眼，又看了看我，悄声道：“看样子陆总监还是挺听你的话。”

楚息顿了顿，接着说：“陆总监可不比品优娱乐的总裁黄锦立。他一向独来独往，脾气无常。别说为这种事鼓掌，就是探班，都少之又少……”

这边导演又回放了一遍，开始一一点评。

导演肯亲自如此细致地指导，对于所有演员都是个难得的机会，大家围得更紧了，谁也不想错过。

“楚息这个动作不错。”导演指了指显示器，屏幕里正放到日本兵用刺刀挑开帘幔，他一边假装跟白玫瑰厮混，一边敏锐地趁机估量了一下形势，动中带静，有勇有谋。

楚息帅气地比了个V的手势，大伙会意地笑了笑。

肯努力，时下正当红，容貌和性格又都不错的帅气偶像，谁会不喜欢？

“这里，以后力度可以再大一点。这次还行。”导演在半空做了一个从刀鞘中抽武士刀的动作，颇带凌厉之气。他向其中一个饰演日本兵的演员示意了一下，对方马上感激得快要鞠躬了。

导演一个个分析，从剧情到每个人物的性格，从每个演员的动作到每个演员的眼神，一边点评一边给我们讲戏。

当屏幕里放到白玫瑰在歌女们打过群架后的一片凌乱之中优雅妩媚地一笑时，导演不由得赞道：“雨仪演得不错。”

大家也跟着看了唐雨仪一眼，有点另眼相看的味道。

随着剧情越往后走，导演盯着屏幕的眼神越发认真，唐雨仪饰演的白玫瑰时而露出娇艳的笑容，时而朝我饰演的任露露嚣张地挑衅，时而又想方设法让日本军官放过楚息，几个镜头切换，白玫瑰脸部的表情眼神变了又变，到了白玫瑰突然挡在楚息面前迎向刺刀拿命去堵一把时，导演瞬间扭头望向唐雨仪，脸上浮现出一抹浓浓的欣赏：“非常细腻！雨仪有个相当突出的优势，整个脸部表情相当有‘戏’——轻而易举地就能带人入戏！”

此时的唐雨仪已经卸了妆，不再是电影里面那种咄咄逼人的造型，反而长发披肩，显得非常的恬静温柔。听到导演毫不掩饰的夸赞后，唐雨仪谦虚地笑道：“都是导演导得好，我才能发挥出这样的演技。”

导演继续称赞：“你的功底很好。”

这么多演员里，到现在为止只有唐雨仪获得导演如此之高的评价！

周围的演员、工作人员也纷纷称赞起她来："我说怎么一跟雨仪对戏，我就特别有感觉呢！""是啊是啊，雨仪姐人很好，平时还教过我……"

唐雨仪在这些称赞的视线和话语中更加谦虚温柔了。

导演继续看片，就在其他人还在小声夸赞唐雨仪的演技人品时，他突然大喊一声："停——"声音在整个摄影棚中极其响亮。

所有的声音一下静了下来。

从开始到现在，导演都是一边看显示屏一边点评的，从来没有如此大张旗鼓地叫停。

在场的人都是一愣，不清楚是喜是忧，不清楚导演想到了什么。

大家的注意力一下从唐雨仪身上回到了监视器的屏幕上，而暂停的屏幕上是：唐雨仪冷漠地拍了拍我的脸后，我耻辱而狠戾地回视她的镜头。

这个表情摄影师用了特写。

镜头一步一步往上推，直到我的一双眼睛——也正是导演现在凝视不动的地方，然后停住。

所有人都在观察导演的脸色，揣摩着导演的心思，他这样没有点评演技，反而破天荒地叫停到底是什么意思？就连跟他合作多年的副导演等人也频频将目光投向他，但是他只是摸着下巴，看了看我，又看了看屏幕，若有所思。

我当下就有些慌张了：怎么这样看我？难道我演得很有问题？

不是科班出身一直让我很没底气。

我一直很担心因为我的演技拖累了整个电影。

我回想了一下当时表演的心境：我跟白玫瑰秘而不宣，在看似剑拔弩张之中，我们都知道这是在逢场作戏，是在帮楚息摆脱日本人的追捕，但是那一刻，她的手冷冷拍在我脸上的那种耻辱，那种挑衅，让我想起了萧萧……

我代入当时跟萧萧激烈对峙的心情，狠狠瞥了她一眼。

就像是吐着红色信子的毒蛇VS翘起尾后针的蝎子！就算我们是当着外人演戏，也有真实的情绪在里面。我所想表现的，一层是女人和女人之间尊严、地位和骄傲的较量；一层是当一个女人的恋人被另外一个女人抢走时，她的不甘她的伤心她几乎燃烧起来的狠戾！

不过我从没想到，回头再看这个静止的慢镜头时，我的眼睛里——仿佛有把妖艳的狠戾的火在熊熊燃烧。

导演问身边的人："你感觉到了什么？"

对方有点不知所措，而楚息、唐雨仪等，包括我，都有点着急地想知道他的答案，导演的答案。

那人用眼神偷偷求助了一下四周，见没人吭声后，终于踟蹰了一下道："特别……惊心，特别……有穿透力。对，力量，非常有穿透力的力量。好像越过屏幕，直接穿透到了我心底，摄魂夺魄！"

四周安静一片。

导演没有接话。

而之前回答的那个人神情也更加紧张，有点手足无措了起来，就在我们大气都不敢喘的时候，导演仿佛想通了什么似的，"噌"地从导演椅上站了起来，一拍大腿，喃喃自语道："对，就是穿透力！"他的目光一下子转向我，眼神带着点探究带着点审视，"之前你的表演虽有闪光的地方，但是还有点流于形式，怎么这场戏会有这样的眼神？"

原来我之前的表演……流于形式……

我的心有点被伤到了……那、那现在问我为什么有这样的眼神到底是好事还是坏事？

我觉得我脸上原本维持的微笑都有点僵了，可导演的问题又不能不回答。我没有系统地学过表演，更没有参加过那种解放天性的表演培训，到底怎么才是闪光，哪些才是流于形式，要是我自己就能分辨就好了。但是此时最紧要的问题不是这些，我花了几秒钟的时间想了想，理清我的思路，这才开口回答。

"唔，我是觉得……这里，这个场景，是个比较复杂的、应该用眼神强调的点。虽然当时迫于情势，两人反应迅速立刻统一了战线，但是白玫瑰和任露露故意争吵引开日军注意力的时候，也会因为平日宿怨反而让情绪更加真实地爆发出来。而且，这样强调之后，正好跟前面两人在日军犹豫时目光冷静地交汇相呼应。我说不出具体的原因，但是在最初白玫瑰任露露目光交汇之后，我的脑海里就形成了一个画面：觉得在这里，在这场戏一定要这样演，一定要把内心复杂的情绪通过这样的眼神更清晰精准地表达出来……"

或者说，在跟唐雨仪合作了这些日子之后，我对她会如何表演如何表达她的情绪有种清楚的判断。

所以在平日对着镜子练习眼神、各种姿态时，我就会自动构想出剧本上的场景，她到时会做什么动作，而我要如何应变，如何跟她构成更激烈的场景张力，又如何跟我所饰演的角色戏份前后相互呼应，更加顺理成章。

月色下，显示屏前，导演的侧脸隐藏在阴影之中。

我的话说完后，空气里只有电流滋滋滋的声音，整个现场又一下陷入了沉默之中。唐雨仪神色有些复杂地瞟了我一眼，而我的心则七上八下。这些都是我自己琢磨出来的，糅合了我以前诠释歌曲的方法，我对萧萧的情绪，以及我自己对角色的分析和观察。

To feel it, to act it.这是我喜欢的一位好莱坞著名影星说的。就是不知道我这种表演思路到底是对是错……

“小张，”导演终于开口，我的耳朵立刻竖得跟兔子一样，紧张地看着他，结果他只是指了指身边的助理，“这个画面切下来，到时放进预告片中。”助理小张立刻点头记下。

……就这样？对我演技的评价呢？对我刚才回答的看法呢？

我目瞪口呆。

但导演好像再也没有表示什么的意思了，我顿时“囧”了。而一旁原本神色有点复杂的唐雨仪重新恢复成温柔谦虚的样子，亲切地拍了拍我的肩膀，小声说道：“新人嘛，是这样的。”

新人吗……

那到底还要过多久我才能达到那些演技精湛的演员们的程度？

就在我觉得有点失望，更多的是失落的时候，一道低沉的声音从我身后响起：“你还没点评吧。”

我回头一看。

陆瑜歪着头，表情淡淡的，对导演的态度也是淡淡的，唯独看向我时，他狭长的眼睛里才显露出一种信心，一种对我演技的信心……

“怎么，不能说？”没听见导演的回答，陆瑜眯起眼睛再次问道，这一次语气竟透着点挑衅。

呃，陆瑜，这个导演是很资深的导演，而且他脾气火爆为人严厉你又不是不知道，以后我还要在演艺界混，再这样下去我真的不会被导演讨厌么……我真有种冲动想过去捂住陆瑜的嘴，让他不要问好了。

可是，为时已晚。

导演和陆瑜的目光在空中交汇。

陆瑜年轻性感的眼睛里是浓浓的信心，导演成熟睿智的眼睛里则是自成一派的老成，夜色中，他们两人的目光像是两把剑气纵横的名剑兵戎相见。

终于，导演一挑眉，双手背在背后：“还不错。”

“就这样？”陆瑜口吻不满，摆明了不信。

导演看了眼陆瑜，又看了看我，过了半晌才沉吟道：“天赋不错，表现力与生俱来。”

他话音未落，唐雨仪楚息等周围的人的目光唰地直直射向我。导演表扬过楚息，称赞过唐雨仪，但、但是现在竟然对我的评价是“天赋不错”“表现力与生俱来”？

我顿时不可置信地倒吸一口冷气。

在这岁月流金、百年银幕上。

红极一时才华横溢的演员数不胜数，但这其中却只有寥寥数人穷极一生才获得过影帝影后的殊荣，而这寥寥数人的影帝影后中能被冠以“灵气”、“天赋”这种字眼的更是少之又少，极其罕见！

跟包装出来的偶像不同，跟凭着资历锻炼出来的演技不同。

“天赋”两个字，简直万中无一，不可求。

——绝对会被所有演员嫉妒到死。

唐雨仪的“好功底”，楚息的“好表现”，已经不算什么了。

我就像是被陨石砸中的人，完全愣住了，虽然以前在拍MV拍专辑封面时，我是有过不错的idea甚至被国外那些摄影师称赞过，但是萧萧一直觉得那只是我的小聪明而已，我自己也完全没有想到竟然跟天赋有关……

难怪导演开始一直不说……

是怕我听了会骄傲不再努力，还是顾及到其他演员的情绪？我明显察觉到，刚才还搭在我肩头上的唐雨仪的手已经有些僵硬了，即便是近在咫尺的楚息也微妙地和我拉开了点距离。

唐雨仪终于清咳了两声：“她？天赋？导演，你先前还说她有些流于形式……”

“思考方式，她的思考方式很有天赋。”导演不等她问完就直接答道。

就在这一片安静中，有人突然两掌相击鼓起掌来！这种掌声响起的情况只有刚刚大家被爆发的剧情感染才会出现。现在只有一个人在鼓掌，可是一下两下三下，啪啪啪的鼓掌声却清晰地在片场响起，那么有力，那么响亮！

——是陆瑜，是刚刚连手都懒得抬起的陆瑜在鼓掌！

他微微仰着下巴，迷人的脸上洒着皎洁的银色月辉，连鼓掌这种事都能做得又优雅又高傲，即便只有他一人在鼓掌，也完全不突兀反而理所当然的样子！好像为我鼓掌是件再荣耀不过的事情了！大家看了看我，又看了看陆瑜，好像终于认同起来，围着我纷纷使劲鼓起掌来……

掌声响在我的耳畔，那种震撼力是那么的真实。

我有那么一瞬间无比感动："谢谢，谢谢，我还需要你们的指点，努力变得更好。"

陆瑜就站在我的旁边，凝视着我，漂亮的手用力鼓着掌。

他面容英俊，双腿修长，嘴角有点慵懒地向左勾起，背后一轮银白色的月亮让他整个人散发出一种又优雅又温暖的光晕……

第十四章

经过艰苦的拍摄，《上海谍迷》终于杀青！

庆功宴上一群人吃喝玩乐相互敬酒，导演大赞我的表演很有进步："开窍了，越演越好。"我恭敬地敬了他一杯。我还清楚地记得，刚开始演这部戏的时候，我可是差点连笑都不会笑了，没想到最后竟然听到了导演的亲口认可。虽然我私底下更喜欢《女皇》那个班底，但是这次拍戏导演对我真的提携良多，我超感激的。而且我自己好像也因这部电影对表演有了一种更加深刻的认识。

表演，并不是简单地基于剧本的情绪流露。

它的一切，其实在现实生活中都有迹可查，你需要更仔细地观察生活，体会生活，才能在电影这种特殊的表现载体中更精准更细腻地放大这种情绪。

我曾以为YOUNGIRL那种模式化的甜美，跟叶子澈分手后的那种痛心，会让我在表演中更好地驾驭角色。

因为一个是我多年擅长的，一个是我的真实感受。

但是直到那场记者招待会后，跟萧萧真正决裂成为死敌的刻骨铭心，才让我在现在的表演里有了一种更强大的穿透性的力量。

任何越痛越深刻的东西，都会让你更有力量。

这是失去，也是得到。

导演要继续进行《上海谍迷》的后期剪辑、调色，还有爆破战争场面等特效，全部完成时才能上映。如果时间卡得好，还能赶在金柏奖截止之前。品优娱乐公司和我的经纪人Jolie都认为，《上海谍迷》有可能成为我今年入围金柏奖的第二部影片。媒体显然也留意到了这个情况，在我们几个主要演员后期去配音的时候，报纸上再次报道了一些新闻，若有若无地暗示我和楚息关系亲密，还放了一张我们两人素颜在配音室里面的照片……

这段期间，Jolie通过公司渠道替我接了一些代言。

YOUNGIRL解散后，我曾一度担心一些一线品牌会放弃我，因为萧萧那时的人气和地位明显更红更高。既然组合都解散了，只要皇冠荣耀力荐，他们有什么理由不只选萧萧一人？

毕竟，一线的品牌只选最一线的明星。

那段时间我的代言的确少了不少，而萧萧最红的鼎盛时期，有份权威报纸曾统计过：她手上一共有57个商业代言，其中4个国际一线品牌，11个国内一线品牌……达到了一个歌手艺人最高的商业价值。

只是随后发生的一些事情，尤其是我们三人之间的绯闻，虽然没有让她身败名裂，但是的确害得她够呛，形象大跌，不仅国内的几个品牌商要求换人，一些国际一线品牌也取消了她全球代言人的身份，另找其他女星顶替她的位置……

而我，好像在《女皇》超高票房之后，时来运转。

曾经合作过的厂商再次找到我，品优娱乐也通过自己的资源，为我洽谈了一些新的代言。特别是记者会之后，公众和粉丝好像开始接受认可我的转型，不再视我为浮夸的偶像，而是实力派艺人了。这是好的迹象，毕竟偶像更多的是因为青春，容颜只能获得短暂认可，而只有实力才能获得长久的尊重。

随后，品优娱乐不仅帮我接了名表的代言，还接了一些科技最前沿的数码产品的代言。

拍摄产品广告的时候，经纪人Jolie维持着她一贯干练的风格，告诫道：

“对方没有发布任何关于新产品的消息前，千万不要在任何媒体面前提及，更不要在微博透露。”

我随意地点点头。

“不要不放在心上。有个女星拍广告，将自拍照擅自发布到微博，结果无意中泄露了新产品，被厂商视为违约。不仅全数收回数百万的代言费，还另赔违约金200万。”

Jolie有个本事，就是可以将任何事说得严重无比。经她这么一转述，我对这个女星的印象只有一个“惨”字！

她话锋一转：“这一点你体会应该很深。”

“什么，我？我又没有违约过。”我惊讶极了，怎么突然转到了我身上？

“正是因为她的out，所以你成了这个产品新的代言人。”Jolie耸耸肩，示意我看了看背景板前的产品，一副“目的达成”的神情。

“……我、我不怎么玩微博。”

Jolie这才露出一抹胜利的笑意，满意地点点头，镜片光芒一闪：“有个纤体代言的女艺人因为怀孕也被撤销了代言……”

我正要喝进去的一口水差点喷了出来：“Jolie，你这一下也跳跃得太大了吧！从自拍到怀孕，我现在连恋爱都还没谈呢！”

Jolie不信任地看了我一眼：“谁叫公司跟你的合同没签禁止恋爱这一项。”

我：“……所以老板比你仁慈！”

《上海谍迷》后期制作终于完成，即将上映。

制片方和宣传方将我们几个主演和导演聚在一起，又是上节目采访，又是轮番宣传上头条，积极为首映礼造势。海报一款一款地发布，预告片花一款一款地发行。我经历过《女皇》那时的宣传阵势，原以为最多也就那样了。那时我毕竟只是个女配，女主角是有绯闻女王之称的宋微。她天生就是个事故体质，每次飞往各个城市院线宣传时所有媒体记者都盯着她问八卦，所以基本上没我什么事。

而现在，作为女主角，不断被问及“是如何获得这个角色的”“觉得导演为人如何”“预估一下这部电影的票房，能否破三亿五亿？”“这次你们将上映日期又往后推迟了一周，是不是担心跟引进的好莱坞大片撞档期？”，答案重复了一次又一次之后，我才开始深感另外一种压力——主角必须扛票房！

我之前努力想提高演技时，竟忘了这个才是最重要的。

唱得再好听的歌手，唱片无法大卖也是不行的；演技再精湛的演员，票房毒药也是不行的。

第一部电影《女皇》的高票房，让我忘记了我只是坐顺风车而已，真正扛票房的并不是自己。我瞬间压力骤增，现在正是转型初期，又向萧萧放话我一定会赢过她，更加不能有任何闪失！拍戏经验稍微比我多一点的楚息，得知我的顾虑之后，安慰我：“压力不用太大。以后我们俩在媒体面前多互动一下，这样他们有料可写，《上海谍迷》的曝光率自然就上去了。”

之后的宣传活动上，记者问道：“你们现场合作如何？觉得对方怎么样？”

楚息回答：“导演认为凌影很有天分，我也这样认为，跟她在一起经常会碰出一些火花。”

被楚息这样带着赞赏地评价，我也同等礼貌地回应道：“他很认真很努力，有很多打斗戏都是亲自上场，跟大家都处得很好，经常被导演表扬。”

记者们笑笑：“那是什么样的火花？”“跟你处得好吗？”“你们在电影中感情是不是很纠葛，戏外会不会延续这种感觉？”

楚息朝着那个女记者帅气地笑了笑：“默契的火花。”

我则回答：“我们所有人都处得不错。”

楚息接过那个比较棘手的问题：“戏中两人背负的责任、命运太沉重，所以彼此之间的感情是会更激烈一些。戏外我们比较轻松，不用考虑这些……”

记者们又让我们站在电影的宣传板前照相，让我们挨得近点，再近点。楚息手臂虚环着我的肩，在被要求更搞怪点的时候，他彻底发挥出他青春活泼的魅力，故意用两只食指在我脸上两侧虚指，做了一些很可爱很搞怪的表情。甚至在电影宣传板前，让我跟他一起模仿布拉德·皮特和安吉丽娜·朱莉的经典之作《Mr & Mrs Smith》的海报，用手摆出枪的姿势，做出朝对方射击的动作……

我有点担心这些动作是不是有点亲昵，楚息则说没事的，一切为了电影宣传。

果然采访稿一出来，立刻就力压所有的娱乐稿件，成为重点头条。

楚息凌影：戏内纠葛激烈，戏外轻松甜蜜

上海谍迷，又一对史密斯夫妇?

楚息：经常碰出火花 凌影：我们处得很好

电影开拍前期，我和萧萧闹得不可开交，吸引了众多媒体的注意力。但随后记者会的澄清加上两边公司的手段，整件事情被压了下去，变得无声无息，但也连带着《上海谍迷》的关注度日渐下降。

如今上映前期，我和楚息之间被这样捕风捉影，迅速成为《上海谍迷》的助燃剂。投资方似乎也看到了这种情况带来的好处，对这种新闻既不默认也不反驳，甚至让媒体多写点我和楚息之间的互动。这样的情形导致我们两人之间的每一次对话，以及跟对方相关的话语，都会被媒体以另一种方式解读。如果一起宣传，则被传越发默契甜蜜；如果楚息缺席，则是疑似感情生变。

我和楚息的传言越演越烈。

我的曝光率增加，楚息和他的新戏关注度居高不下，成为男明星搜索排行榜第一名。

在渐渐被问到“楚息是不是你的恋人？”“叶子澈跟你是什么关系？”“据说你其实跟幕后的人走得更近？”之类的问题后，我开始对这种方式不喜欢了，因为出席任何活动都会被问到这些与举办方无关的问题，甚至抢走了其他一起出席嘉宾的风头，弄得举办方和嘉宾都不是很高兴。我的微博和facebook更被楚息的一些粉丝痛骂，跟萧萧之前的旧账也被翻了出来。我的确有点不开心，不过想到这毕竟只是为了《上海谍迷》电影票房的一种宣传手段，等电影上映这些绯闻就会烟消云散时，我又只好坚持，结果Jolie那边传来一个令我错愕不已的消息——“据说陆总很生气。”

陆总很生气，后果很可怕。

几天之后我立刻就认识到了这个事实。我以为自己跟陆瑜的关系还可以的，碰到面解释一下就行了。隔天在公司遇到后，我跟往常一样摇手跟他打了个招呼，以往这种时候，陆瑜要么扬眉笑笑问我“拍完戏了”，要么停下来跟我聊个一两句。但现在，陆瑜仍是一脸有点恶劣的俊美笑容，可他的目光却直直穿过了我，仿佛完全没有看到我一样。

我颇为惊讶。

我以为这只是个意外，于是给陆瑜发了条短信，口吻也比较随意：“只是为了电影宣传，记者乱写的。”

这样一说，陆瑜应该就很明白了吧。等他看到，回复我，这个误会就消除了。

我以为他的短信很快就会来，结果到了午饭时间，手机还没有提示。难道是在开会，还是没有收到？我有点疑惑地又发了一遍，还在后面加上了“收到请回复”。但是直到下午时尚杂志封面要拍摄了，我还是没有等到任何讯息。

在我的想法中，陆瑜回复我短信是件理所当然的事情。

可是如今先被忽略，再是不回短信，我才发现，那似乎只是我的想当然……

整个杂志封面拍摄过程，即便我想提起精神，全身心地投入，但总有点儿不在状态。无论摄影棚放的音乐有多high，化妆师把我画得多漂亮，服装多高端多大牌多昂贵，我还是时不时就忍不住往我的休息位望去。我的手机就在包包上，一有短信就有提示。就算铃声被室内的音乐盖住，还有震动提醒，就算震动提醒没有察觉到，我还是可以通过屏幕上的光来判断……

可是那个被我贴了小熊猫形状水钻的手机，却安静地一动也不动。

它落寞地待在包包上，一如我落寞的心情。

我不由回想起，陆瑜的目光穿过我，整个人直直从我身边走开的样子。我总以为，我只要转个身就能找到他。就如拍摄《上海谍迷》时，只要我转个身就能看到他在我的后方鼓着掌，可是……

我突然发现，我其实有点受不了这样的情形。

我知道，陆瑜将我的“小猪照”设置成来电照片，所以我总是不愿打电话给他。但是现在，我却有点急于听到他的声音。想听他用那低沉好听的声线说“你想多了。我开了一整天的会，现在才开机”，或者有些恶劣地说“你这是在关心我吗”。

拍摄一结束，我还没有卸妆，就跑到洗手间打了个电话给他。

但是，没有人接。再打，还是没人接。再打……

难道他真的相信了我和楚息的绯闻？难道他真的因此而非常生气？

我胡思乱想着，一下子想到楚息不是我们公司的，是不是因此公司上层不待见？一下子又想到Jolie那天说的，自拍怀孕都会让艺人代言受到影响，难道这些绯闻影响到了代言？就像萧萧那时那样公众形象下跌，被厂商收回了代言费，撤掉了代言人，还令品优娱乐损失了不少赔偿金？

我心烦意乱地冲回公司，只想快点见到陆瑜问个清楚。

到了公司大厦，我这才发现，我把杂志那边几十万的最新款裙子穿回来了。

这条珠光粉色裙子真是超美超仙，国际知名设计师设计，运用了大量的蕾丝、闪缎和珠片，营造出一种星光熠熠的仙境般的气质，每一个细节都十分精致，既有低调的璀璨奢华，又透着诗一般轻盈的优雅……

当时拍摄换装时，杂志的美编和服装师像捧着珍珠一样捧着下摆，生怕一不小心就勾丝划到了，后来不知怎么掉了一个小珠片都心疼得跟什么似的。而我现在却踩着高跟鞋，双手提着裙摆，一见到陆瑜走进了电梯，更是什么都不顾地往电梯里面冲。

“你怎么不接我电话？”赶在银色电梯门关闭的最后一刻，我成功冲了进来，立刻就气喘吁吁地问。

等我话说完后，才发现其他几个艺人也在电梯里，连之前在背后跟陆瑜说过我坏话的David也在。

那些女艺人看了看陆瑜，又看了看我。

估计她们也从陆瑜一脸淡淡的神色，和我喘得不行的糟糕模样，看出了些什么来。毕竟但凡所有豪门狗血偶像剧，一般发生这种对话，几乎都是一方要抛弃另外一方的前兆吧。

我的这种想法似乎被她们洞察到了，不一会儿，她们便在旁边发出笑声。

我一下子满脸通红，耳尖发烫。

电梯升得很快，可是里面的时间却好像过得很慢。

不用想我都清楚，待会儿这个电梯门一开，她们走出去以后整个品优娱乐公司内会传出什么样的流言来。

就在这时，陆瑜蹙着眉头冷冷地扫了她们一眼，几个人立刻像被噎住一样，笑声戛然而止。陆瑜手臂一揽，一把把我往他身边一带，一下子将我从电梯门那儿拉到了离他最近的距离，接着在所有人不能置信的抽气中，他嘴角勾起，漆黑的眼睛看着我，有点温柔又有点恶劣地道：“如果不这样，你怎么会主动来找我？”

“叮当”一声，电梯门开了。

在所有人的注视之下，身材高挑的陆瑜拉着我的手，把我带向他的办公室。那些女艺人的目光立刻从嘲笑变成了嫉妒，David更是一副快要哭出来的样子。

整个过程我一直呆呆地张着嘴。

怎、怎么一回事？因为不这样，我就不会主动来找他？难道就是因为这个原因陆瑜才不接我电话吗？可是，好像有哪里不对……就在我迷迷糊糊的时候，陆瑜已经将我的手放下。陡然失去陆瑜的温度，我这才清醒过来，心里有点失落。而陆瑜已径自坐入黑色真皮老板椅中，打开办公桌上的苹果电脑，看都没再看我一眼。

我这才明白，陆瑜刚刚只是不想让其他人看笑话而已，他本身的确如Jolie说的那样，对我很生气。

办公室安静极了，偶尔才传来他敲键盘的声音。陆瑜修长的手指在白色的键盘上异常漂亮。跟陆瑜在一起的大多数时候，都是陆瑜主动开口说话，他聊起来我才有话题，从没遇到现在这种他一个字也不愿多说的情况。我走上前，弯下腰跟他视线齐平，有些委屈地开口：“我跟楚息真的没什么，真的只是电影宣传而已。”

陆瑜继续神情淡淡地看着电脑，充耳不闻。

“我们平时连电话都没怎么通过，更没有吃饭牵过手，根本没有像记者写的那样啊！而且这些八卦小周刊你又不是不清楚，以前还写过我们两人关系不清不楚，什么我在你公寓过夜，什么平时还以你的女友身份自居，对跟你暧昧的女艺人大吃飞醋……”

陆瑜好像被呛了一下，清咳一声，似乎喃喃低语了一句“……也不错”。

我急切解释着，一下子没注意，直到他清咳了一声才捕捉到他后半句，不由狐疑地问：“什么也不错？”

陆瑜的表情又恢复成淡淡的样子，眼皮都没抬一下，自顾自地敲着键盘。

我又观察了他半晌，又是道歉又是解释，但陆瑜还是一副刀枪不入的样子。

“要是影响到了公司，那我以后不再跟楚息一起宣传《上海谍迷》了。有什么损失，我一个人承担。”

电脑显示屏突然朝我面前一转，我吓了一跳。

只见屏幕上是一张非常清晰的我跟楚息的合影。那是上次电影宣传会上拍的，记者让我和楚息拍个“卖萌”的姿势，结果楚息让我嘟起脸，而他两只手虚握成拳摆在我脸颊处。乍一看，的确有点亲昵，而且跟“小猪照”有点相似……

我立刻有点心虚了，偷偷瞄了瞄陆瑜，只见他神情冷淡，很有几分公事公办的态度。

“我对公司旗下艺人的恋情一向管得很少，也不阻止艺人们谈恋爱。但是这样的照片，就算电影上映绯闻淡了，也对你个人形象不好，对公司为你制订的策略影响很大。”

我低下头，很是内疚：“是是是，我没有想到会拍成这样……”

陆瑜依旧一副淡淡的模样，不同于往常的玩世不恭，表现出商人精干的一面：“我说的有没有道理？”

“有有有。”我像小鸡啄米一样点着头。

陆瑜不开口则已，一开口我就觉得自己好像真的犯了很大错误。

就在我猛点头的时候，手机响了，我一按接听键那边就传来楚息的声音：“凌凌今晚有没有空，我们一起去silver……”

楚息话还没说完，陆瑜就从办公桌那一端站了起来，一把从我手中抽掉手机，挂断。

我目瞪口呆地看着他。

陆瑜扬起漆黑漂亮的眉毛，居高临下地看着我，眼睛里有一种“怎么，我做得不对？”的不容置喙的神色。

我连忙哆哆嗦嗦地道：“挂得好，挂得太好了。”

陆瑜把眼睛弯成性感的形状，露出线条完美的下巴，轻哼了一声，一坐下便在雪白的键盘上按下delete键，屏幕上我嘟着脸楚息笑嘻嘻的合照瞬间消失。

这时，办公桌上我的手机又不合时宜地响了起来。

陆瑜的视线再次危险地朝我袭来，即便没说一句话，我都能感觉到他在想什么。我伸过头战战兢兢地看了一眼：“不、不是楚息的。”

陆瑜根本没有让我接听的打算，自己按下接听键，电话那端响起一道女声：“你好，凌小姐吗？不好意思你将我们杂志的服装穿走了，这套服装非常贵，现在国内还没有上市……”

陆瑜简单利落地丢过一句话：“我买了。”

我再次目瞪口呆地看着他。

陆瑜挑了挑眉，目光在我身上扫了一遍，自言自语道：“挺漂亮的。”我不自觉扬起笑脸，每个女孩都喜欢别人称赞自己漂亮，只是陆瑜又加了一句，“衣服比身材漂亮。”

切，这次轮到我翻白眼轻哼一声。

因为心中总有点愧疚，所以这个晚上我哪儿也没去，就在公司陪着陆瑜加班。

他开电话会议，我就下去买晚餐，上来摆好，等他讲完电话就一起吃；他处理公事，我就帮他磨咖啡豆煮咖啡；他检阅合同，我就坐在沙发上看时尚杂志。时间一点点过去，本来还是夕阳余晖，现在已经半夜了，从落地窗望出去，上面漫天星河，下面车水马龙。

陆瑜有些疲倦地伸了个懒腰，我一看时间，都快十二点了。

他就这样不声不响，一下子工作了快六个小时。不是国内合作，就是海外业务的拓展，还要处理一些相当棘手的官司和竞争对手下的绊子。我一直只看到他恶劣精干的样子，从没有见过他如此辛苦疲惫的一面。

我竟有点心疼起来。

不知不觉中就走到了陆瑜的身后，隔着椅背给他按摩起来，他黑色的头发就在我眼前，指尖感觉到的是他因为长时间不动而有些僵硬的肩膀，他身上BLV蓝茶的味道扫过我的鼻尖。

陆瑜一怔，转过头诧异地看了看我。

安静的办公室中，只有我和他两个人，我们离得近极了，好像连对方心跳的声音都能听到。

我连忙停下，不敢去看他的眼睛，有些慌乱道：“……我就是、就是……”

陆瑜一向恶劣的脸部线条好像柔和了很多，漆黑的眼睛很温柔地看着我：“我喜欢你这样。”

第十五章

《上海谍迷》上映，我和楚息的绯闻终于消停下去了。

这部电影的票房没有《女皇》好，但也算不错，获得了金柏奖最佳配乐、最佳服装等好几项提名，其中我和唐雨仪更是分别获得了最佳女主角和女配角的提名！如果能斩获一两个奖项的话，那么《上海谍迷》就属于典型的口碑、奖项好过票房的电影了。

一年一度的金柏奖终于来临。

金柏奖属于国内A类电影奖，每年不少新人在这里崭露头角，继而名声大噪。当年堪称传奇的双影帝就诞生在这里，绯闻女王宋微也是在这儿荣获影后的桂冠，继而从二线艺人跻身国内一姐。无数娱乐公司、影评人、观众都相当看重它，每年直播都有极高的收视率！

今年我刚转型，就一下获得了最佳女主角和最佳女配角的双项提名。据说品优娱乐高层相当重视，即便是一直干练严肃的Jolie也忍不住为我高兴，让我早早写好演讲稿背好感谢词。我有些激动但也同样担心。虽然在歌坛，我每年拿奖拿到手软，甚至曾经还有过包揽最佳专辑、最佳歌曲、最佳作词作曲等七项大奖的记录，但是作为演员，这还是我第一次参加金柏奖。

我万分期待，但也更担心，万一我没有得奖，转型不被真正认同怎么办?

毕竟被导演认可是一回事，能不能真正被评委认同，是否获奖又是另一回事。而这个念头，比我当日同萧萧表示要一决胜负的时候更加强烈。

我又紧张又忐忑地备战金柏奖红毯，只有每晚收到陆瑜的微信时，听到他让我不用担心的声音，这种紧张感才会舒缓一点。Jolie变得比以前更加忙碌，专门请了专业的造型师，联系了很多知名品牌，我们从他们送来的服装图册里选出比较适合我的十套，再一一对着镜子试过，最终才选出了金柏奖当晚的礼服。

这是一套珍珠银质地偏绿的晚礼服。

整个裙面看上去光滑如缎，闪着莹莹银光。胸前是一道简单优雅的弧线，沿着弧线镶嵌了大概三厘米宽的璀璨水钻，裙尾有些拖地，因此显得更加庄重而华美。

这条裙子被外国T台上的名模穿出了皇妃般的端庄，但是很奇异的，造型师却说我穿出一种精灵公主般的典雅轻盈。因此，他并没有像模特那样使用棕色眼影，把头发盘成一个发髻，而是用了非常漂亮的撞色，梳了一个更清爽的发型，更给我佩戴了一条银光闪闪的钻石项链和同系列的钻石耳坠，它们都设计得灵巧又不失高贵。

我看着化妆镜里被灯光照射着的自己。

拥有少女的活泼甜美，也拥有少女的坚韧勇敢。我喜欢自己现在有力的眼神。

我自拍了一张穿着礼服的样子发给陆瑜，发完后又有点害羞。正觉得不好意思的时候，陆瑜的微信传来：“女神。”

直到轿车开到现场，Jolie提醒我下车时，我还红着脸拿着手机看了又看。

在后来的红毯直播中，Jolie说因为镁光太强，红毯又有200米长，好多艺人走到最后，笑容都有点僵住了。而我一路走来，不仅珍珠银的晚礼服在镁光灯下宛若银河，而且脸上居然一直挂着超级甜蜜的笑容。有著名的毒舌时尚专栏点评：“凌影将这套晚礼服穿出跟名模完全不同的效果，像是仙女撒下的星辉披满了她的全身，有种小溪涧涧的轻快灵气以及仙气袅袅。她那青春无敌甜美无敌的笑容早已逼得其他人无路可走。”

我顺着工作人员的指引，找到了贴有我名字的椅子。

金柏奖的座位布置是按照剧组划分的，如果有哪部电影获奖，那么前后左右都会是当时合作过的艺人，这样会更突显团队精神的重要性。因此，我的左边是《女皇》的女主角宋微，她黑发红唇，如果借用那个时尚专栏说的我是青春甜美无敌的话，那宋微就是女皇般的美艳无敌，光凭气场就能秒杀一切。之前公司动荡，在原来的一姐突然跳槽之后，是宋微留下来稳定军心。但是如今陆瑜回归，品优娱乐更加稳定后，她却不再续约，也没有要跟其他娱乐公司签约的意向。有传言说，宋微是总裁的秘密情人，但无论黄锦立怎么挽留她，她都没有同意。

我的右边是《上海谍迷》的唐雨仪，她穿着一件白色鱼尾裙，露出大片的裸背，从前面看是极度温柔，从背后看是极度诱惑。唐雨仪看了我一眼，扭动了一下脖子，戴着的钻石项链更加夺目。据说光这套首饰就价值八百万，看来她为了这次的金柏奖真的下了不少血本……

随着音乐响起，颁奖典礼正式开始。

主持人是熟悉的那几位，毕竟也只有他们足够老道，懂得如何在这争名夺利的夜晚hold住全场。提名一次一次被念出，大屏幕上一次又一次地放出精彩的片段，每次颁奖都引发无数的悬念——因为即便如何笃定，不到最后一刻，谁也不知道自己到底是失之交臂，还是手捧金杯。

音乐时而激昂，时而舒缓。

而得奖人捧着万丈荣光的奖杯在领奖台上的发言总是那么的热血，那么的令人感动。

——终于轮到最佳女主角！

当我听到自己的名字被主持人念到时，当我看到自己所饰演的任露露展露出那妖狠的眼神时，我立刻就被带入当时拍戏的情景，在那一刻我脑袋一片模糊，几乎快要流出眼泪，可能是因为自己终于交上了一份人生的答卷，本身就已觉得万分自豪和幸运，所以连祈祷自己得奖都忘了，只是不断拼命地鼓掌……

当颁奖人宣布，宋微凭借《女皇》获得影后时，我甚至比自己得奖还要激动，泪流满面地扑过去，激动地祝贺："微姐你太棒了！你太棒了！"宋微御姐样地同我深深拥抱了一下："你以后也会得到的。"

我拼命点头，再点头。

等最佳女主角颁奖结束后，我激动的心情才平静了下来，脑袋也清醒了一些。

我这才意识到，我获奖的机会已经只剩最后一次了！所以随后颁发最佳女配角奖时，我已克制住自己的心情，一边默念希望能够得奖，一边牢牢地盯着大屏幕。

五个提名者，五个电影片段。

看着看着，我突然发现，我在《女皇》中的角色正跟唐雨仪在《上海谍迷》中的角色激烈角逐着这个奖项，其他人并没有什么太高的胜算，但我和唐雨仪则有点不分上下！意识到这一点，我的脑海里仿佛有条闪电划过，立刻往唐雨仪的方向望去，而唐雨仪也正用同样的目光锐利地向我看来。

我一下子紧张到了极点，心跳犹如擂鼓。

虽然我在《上海谍迷》中的表演应该不输唐雨仪，但是《女皇》那会儿，我自以为自己懂了不少，实际上却还青涩得很。如果用那时的演技跟唐雨仪饰演的白玫瑰比，我真是心里一点儿底都没有。

不知道评委究竟会怎么判，怎么考虑……

颁奖人同主持人开着玩笑，颁奖人拆开了信封，颁奖人拿起了卡片……

那一刻我原本犹如擂鼓的心，突然，不跳了。

此时耳边安静到了极点，我恨不得伸长脖子，伸到对方那里看一眼就好，这样就不用这么折磨，这么煎熬地等待！

"最佳女配角——凌影！"

"啊！"巨大的欢呼声犹如海水从侧面的席位传出，举着荧光棒和我的海报以及印有我名字灯牌的粉丝们激动地欢呼着，尖叫着，他们比我还要高兴开心！

喜悦的泪水不自觉地从眼眶流下。

宋微他们纷纷朝我祝贺，我一边拭干眼泪，一边笑着往颁奖台走去。我没有想到，我的演技真的被评委们认可了；我没有想到，我真的转型成功，做出了成绩……

在这一刻，我觉得过去的那些日子是那样长，那样难熬，可又觉得过去的那些日子是那么短，那么的可贵。你以为自己不行了，可能转个方向，却是巅峰的开始。

我紧紧握住奖杯，眼含泪水，望着镜头发表感谢词。

“我曾经以为，唱歌就是我的一切，是我的青春，我的幸福。但是人永远不会知道，人生的分叉口在哪儿；永远不会知道，自己还有没有其他的可能性。但是你们现在看到了——我有！我没有辜负你们的期望，我也不曾让你们失望！！！”

欢呼声，鼓掌声，甚至一些隐隐的抽泣声海啸般地响起，许多歌迷已经激动地站了起来！

感动的眼泪再次凝结于我的眼眶之中。

“刚才有人说，为什么宋微姐获得影后，你哭得比她还凶？我说，我哭是因为我羡慕嫉妒她的演技。但事实上，《女皇》是我的第一部电影，宋微姐是第一个指导我如何表演的人。所以你们看，有了影后的指导，我也获奖了。所以，我万分感谢她，感谢所有帮助我支持我的人。无论给我伤害，还是给我爱的人——你们都成为了我的力量！”

掌声再一次响起。

就像那时监视器前，月光下，我一转头，陆瑜带头用力鼓掌一样，所有人都为我鼓起了掌！

正当我泪洒颁奖台，捧着奖杯往回走时，主持人的声音清晰地传入我的耳中：“下面——就有请萧萧为我们带来一首《致我最亲爱的你》！”

我刚刚激动狂跳的心狠狠一震，随即警戒了起来。

我收敛了笑容，一步一步往台下的通道走去，面无表情地望着正从后台同样向我迎面走来的那个女孩。

是的，每个颁奖之后都有歌舞表演。竟然是她，真的是她！

萧萧一身黑色蕾丝的镂空短裙，头发做成折线般的造型，烟熏妆，MAC Full Speed的口红，眼睛、脖子上涂着Chanel的慕斯，整个锁骨闪闪发亮。她已经不像之前那样，无法平衡女性和中性的比重，她已经知道，该如何聪明地糅合女性的妩媚和帅气的酷劲。

"萧萧和凌影曾经创造过人气奇迹般的YOUNGIRL，现在两人都有了更好的发展，就让昔日的好姐妹送上最好的祝福——致我最亲爱的你……"主持人煽情地说道。

在温柔熟悉的旋律里，我和萧萧两人都极其冷静地擦肩而过，我们像是两只敏锐的兽，理智地分析判断着对方的意图和心思。再碰面，就是敌人；再碰面，就是战场！我们握着斗兽场的入场券，等待着后半生决一胜负！

"我不会输给你。"萧萧冷冷说着，眼睛却带笑看向观众席。

"我已先赢一筹。"我谦虚回应，脸上则维持着感动和甜美的笑容。

萧萧一步跨过，越过了我。我一步跨过，将萧萧撇在身后。我们的演艺生涯还在继续，我们的战斗才刚刚开始！

颁奖典礼结束，人流向着出口的方向涌去。

我没有马上离开，而是捧着金柏奖的奖杯，准备朝陆瑜的方向走去。他跟我们这种艺人不同，没有坐在中间，而被安排在了最前方。我幻想了一下，自己拿着奖杯在他面前炫耀，说"你看，签到我赚了吧，第一年就给你拿下一座奖杯"时，陆瑜会是怎么样子。是双手抱臂，一脸玩世不恭地眯着眼笑，说"我看中的，当然没话说"，还是恶劣地一笑，说"奖杯果然长得比你好看"？

就在我起身时，一句"不要脸"从我耳旁传来。

我极其惊讶地转头一看，正是右边的唐雨仪发出的。她的眼睛狠狠地盯着我，完全没有之前的温柔。唐雨仪虽然穿着一身白色长裙，但黑色长发下的那双眼睛却红得不行。她双手放在膝盖上，但是整个人却因为抑制着激动的情绪而微微颤抖……

她像要哭，但是又因为场合和身份的限制，只能强撑着抑制住。

周围的艺人们都从座位上站起来，纷纷往门口走去，他们高声谈笑着，相互恭喜祝贺着，即便没有得奖，也在鼓励安慰对方，而退场的音乐有种让人治愈的舒心，所以在会场晕黄的灯光下，谁也没有注意到唐雨仪这个样子。

我瞥了她一眼，不在意地往前走。

这种嫉妒的恨意的目光，我从海选出道以来，就见过无数次。因为怀恨为什么别人能得到，自己得不到；因为在意为什么别人的优点，自己却没有；因为想不通为什么别人就能被命运青睐，而自己不行。

可是当你本身就怀着轻蔑鄙视去看另一个人的成绩时，你就永远无法真正学到她的长处。

我不想跟唐雨仪计较，可她却将我的手腕猛地一拉。

力道大得我差点叫出声来，她随即逼近我，压低的声音里有着一种豹子般的凶狠：“你以为你是凭实力拿到这个奖项的吗？！你以为你能赢得过我吗？！如果不是陆瑜，你什么都不是！”

“放手。”我顾忌着她的面子低声呵斥，用力甩开她的钳制。

“从电影一开拍，我就讨厌你。明明这个女主角是我的，却被你这种人抢走！”她的唇贴在我的耳边飞快说着，“我在演艺圈待了十年！十年！十年的演技你有吗？连导演都说我功底好！可是你，因为你们这种潜规则的贱人，把真正认真演戏的人都逼得没法生存了！”

唐雨仪眼眶含泪，胸口起伏不停，脖子上的钻石项链在这阴暗的光影中仿佛大颗大颗的眼泪。周围的人成了这片昏黄之中的浮光掠影，完全游离在这个时空外。

“我没有！我没有潜规则交易。”

“没有？哼！”唐雨仪撇下往日的谦虚温柔，不再是一副姐姐般的模样，而是不屑地眨着眼，“没有？没有陆瑜会一直护着你？我让人发的那些稿件全部被他处理掉，那个记者也被迫辞职了；没有？没有陆瑜那晚为什么发声让导演评价你？甚至说出你有天赋这种鬼话！还有楚息……他以为借着你炒作，就能变得更红更火？呵呵，现在都快被陆瑜整惨了吧？你，楚息，就是你们这些投机取巧的人，玷污了这个金柏奖！”

她语速极快，信息量极大。

我一瞬间甚至被她所透露出来的事情震惊了。

原来她在背后做过这些动作，原来楚息有这样的目的，原来陆瑜……我突然觉得他们有点陌生。就像眼前的唐雨仪，一直以来都扮演着大姐姐般谦逊的角色，但是实际上冷眼旁观着所有人，对我，对楚息是这么的轻蔑。

“被我说中了吧。”唐雨仪眼眶发红，冷哼一声，她的目光随之移向我手中的金柏奖的奖杯，“我等了十年。五次被提名，终于熬到了今年——这个奖本应该是我的！”

金柏奖的奖杯沉甸甸的，在光线下泛着一种冷静的金属质感。

我紧紧握着这个奖杯，不由自主地反驳道："你的想法太偏激了。并不是每个演员都靠潜规则上位。就算你看不惯我一来就能当女主角，但在我演戏之前，我就已经在这个圈子积累了不错的知名度吧。这个娱乐圈你应该比我更懂，从来都不是按时间来排序。"

唐雨仪不说话，只是半扬着脸冷冷地笑。

我看她的状态越来越不对，也放弃了在这人来人往的地方继续同她争辩的想法。我转身朝陆瑜的方向走去，而陆瑜，也已经来到了离我不远的地方。

我朝他微微一笑，我们的眼神在人流中交汇，陆瑜更是回我一抹性感的笑容。

可是——就在我抬脚下阶梯时，我的裙子后摆突然被人重重一踩，整个人狠狠一滞。向前巨大的惯性和身后的拉扯力立刻就让我失去重心，猛地一头向前栽去！

我的前方，是与我逆行的其他艺人。

我脸色大变，双手在半空中狼狈划着，整个人像匹即将跌入陷阱的马，完全不受自己控制。我不想自己狼狈摔倒的样子被所有人看见！台下那些摄影师和记者都还没走完啊！我清楚地听到"刺啦"一声，那是晚礼服布料撕裂的声音，我感觉整块后背都凉飕飕的，裹胸的设计一下子松了好多，我瞥见周围的人纷纷投来诧异吃惊的目光。

——以及唐雨仪镇定的冷冷的微笑，和陆瑜担忧着急的眼神！

我的眼前是一片深红色阶梯状的地毯。

巨大的地心引力像是一只手狠狠把我往下拉。就在这千钧一发之际，陆瑜一个箭步冲到了我跟前，用力搀住了我。惯性太大，我重重撞在了他身上，连我自己都觉得疼，但他什么也没说。还没等我看清怎么回事，陆瑜已将银白色西服外套披在了我身上。

"有没有受伤？"陆瑜护住我，用身体挡住了人流和其他人好奇的目光。

突如其来的意外让我有点惊魂未定，可是仰头看到陆瑜这样的姿态，我也随即跟着镇定了下来。他像是深海里坚硬的贝类，用温暖的胸膛把我紧紧守护在他的世界里。

在大庭广众之下整理礼服肯定是尴尬的，但陆瑜用大大的西装外套将我裹住，反而形成了一个隐蔽的空间。我伸手往后背一探，后面的蕾丝带子断了，这也就意味着，我必须提住前面才能不让整个礼服往下坠。

现在的晚礼服都以飘逸优雅华丽取胜，要么非常的贴身以便勾勒出身体的曲线，要么料子非常轻薄，营造出一种梦幻的感觉。曾有个女星被人踩住了裙角，结果裹胸礼服当场脱落，整段录像被疯传到各个视频网站，弄得那个女星羞愤不已，大半年时间都闭门不出。

“后面带子断了，可能走路有些麻烦……”我今晚才获得金柏奖的最佳女配角，如果被记者们拍到这种样子，肯定会造成不良的影响，不说闭门半年，起码手上的工作会被迫暂停掉。

陆瑜目光冰冷地朝着某一方向看去。

只见原本眼眶红红的唐雨仪，如今脸上浮现着一种泄恨后的得意，白色的鱼尾晚礼服衬得她像是长相甜美却满面恶毒的妖精。她的视线跟陆瑜的视线碰触后，眼神一颤，立刻变得惊慌失措起来。她吸了一口气，有些耻辱地咬了咬唇，等再想逞强地回瞪过来时，陆瑜早已不屑地别过脸……

前后不过短短的一两分钟，然而这个动静实在闹得太大。

不仅尚未散场的记者蜂拥而至，就连已出场的记者都听到了风声，重新折了回来。富丽堂皇的金色会场里，穿着黑色西服的记者们仿佛一群乌鸦往我们这边跑来。我见势不妙，想拉着陆瑜赶紧走人，但是每走一步裙子就往下掉，非常艰难。

不到一会儿，我和陆瑜就被重重包围。

镁光灯闪烁，亮如鱼鳞，咔嚓的响声不绝于耳，黑色镜头都快伸到我脸上去了。记者们像是发现了什么新大陆，骨子里有种按耐不住的兴奋。

“竟然是陆总！陆总，你不是从来不参加这种颁奖典礼吗？为什么今晚会参加，是因为凌影吗？”

“传闻你跟黄总有隔阂是真的吗？是不是因为这个原因，所以近年来你都没有露面……”

“为什么你会跟凌影在一起？凌影是你的女朋友吗？你的外套为什么会披在凌影身上！”

“你外面一直流传的幕后情人就是陆总吗？那楚息跟你是什么关系，还有之前的叶子澈？你们之间到底是三角恋，还是他们是你的前男友？凌影，凌影请你回答一下，回答一下，你不说话是代表默认么……”

这些嘈杂的声音像是可怕的轰炸，提问仿佛机关枪一样啪啪啪扫射而出，问题一个比一个犀利，一个比一个八卦。我开始还在反驳“不是这样的”“不是外界传言的那样，谢谢”，但是到了后来局面一片混乱完全不受控制，越来越多的娱记不断朝这边涌来，我的声音根本就淹没在了他们的提问中。

站在不远处的唐雨仪，艳丽的脸上流露着一种嘲讽。

就在此时，不知道是谁一推，离我最近的记者一个踉跄，竟抓住了陆瑜的外套！我惊呼一声。一直冷着脸，看都不看这些记者一眼的陆瑜则眉头一皱，弯臂一个动作，全场随即“哇”的一声沸腾起来，比刚才叽叽喳喳的提问声不知高了多少分贝！

而我，陡然感觉身体一轻。

等再看时，我已悬空而起，被陆瑜一个公主抱抱了起来！抬头是高高的金色哥特式吊顶，下方是深红色的地毯。我赶紧一手牢牢按住胸口防止走光，一手搂住陆瑜的脖子以免掉下来。陆瑜温热的体温透过肌肤朝我传来，我脸一热，这不是我第一次碰到他，但我的心还是砰砰直跳。其他记者先是哗然，接着一愣，如今双眼更像是冒着金光一般，冲到跟前就是一连串地提问。

“陆总你为什么要抱凌影？你们已经是这么亲密的关系了吗？”

“凌影，被陆总抱的感觉怎么样……”

“你们肯定是恋人吧！先前就传言陆总有位非常深爱的女友！你们近况如何，能否透露一下……”

所有的问题比刚才更大声，更升级。

我都不知道怎么回答了，可记者们还是不肯放过。他们知道陆瑜比我更难攻陷，于是纷纷把摄像机对准了我。没有保安开道，根本走不出被围得水泄不通的会场。我被他们弄得无处可逃，只能把头埋在陆瑜怀里，但有的话筒还是戳到了我脸上、身上。我忍着痛，皱了皱眉头。

一直没说话的陆瑜察觉到了，英俊的脸上有些怒气，修长的双腿一顿。

“让开。让开一条路，你们问，我答。任何问题，直接问我。”

陆瑜的声音冷冷的，他好像无所谓全场的人是否都能听到。

但是，他的话语一出，一瞬间，原来嘈杂的声音突然像是被踩灭了一样，大家纷纷做出一个嘘声的手势，打着商量“让吧，让了大家还有的问”“不让的话，半个字都没法从陆总的嘴里撬出来”，结果不到一分钟，所有的记者自动站成两排，让出一条通道。

黑压压的记者站在两边，中间是一条铺着深红地毯的通道。

金色的光线充满了整个会场，陆瑜半边脸融进了阴影里，半边脸染着金色的光晕，眉宇俊美，唇角有种海盗般的恶劣与坚毅。他侧身护住我，飞快往前走，一边挡住那些伸上前的话筒镜头，一边答着那些问题。

“为什么会来颁奖典礼？”

“想来就来。”

“跟凌影是约好了的吗，为什么外套会在她身上？”

“没。摔倒了。”

“楚息跟你是什么关系？他是你的恋人吗？”

“……不认识。”

随着会场侧门出口越来越近，记者们也跟着紧张起来，可能是害怕错过了这次机会再也没法提问，于是问的问题也越来越刁钻八卦了。

“陆总，陆总，麻烦你再回答一下，当年你和黄总因ESE的事情闹翻，现在看来是和好了吧？”

陆瑜黑色的眼珠扫了对方一眼，步伐缓了一下，脸上却波澜不惊。

不细看，根本观察不到。

“没有不和。”

终于到了出口，眼看就要成功冲了出去，一个万分着急的记者突然扯着嗓子大喊：“凌影是你的女友是吗？是吗？”连我都被他激动的口吻吓了一大跳。

陆瑜脚步顿了顿，但是没有要回答的意思。

“陆总你刚才说了，只要不为难凌影不问她问题，任何事情你都会回答的！！！”

陆瑜的步伐停住了，他低下头看了看我，幽黑性感的眼睛有种说不出的感觉。

“你说，我要回答吗？”

我心跳加速。

想起最初见面的夜晚，我的裙子被他扯坏，而我一把把他推入蔷薇园，再后来演唱会的那个雨夜，我惨跌在地上，他把我抱上车我却当他是坏人对他拳打脚踢……难道这就是缘分吗？

时光流逝得这么快，而对一个人的感情却与日俱增。

“你、你想回答就回答呀……”

“你这样也太狡猾了吧？”

陆瑜的气息喷在我的耳边，酥酥麻麻的，他压低了嗓音，下巴的线条异常优美。

记者见我们相互低谈，却没有理睬他，哭丧着脸再三喊着“陆总回答我啊”“陆总回答我”，简直搞得像是求婚一样，不回答誓不罢休。

其实，我也忍不住想知道陆瑜的答案。

这一路，陆瑜面对任何问题都镇定不已，回答得无比简洁。既兑现了他的承诺，又没有什么实质性的内容。只有这个问题，陆瑜俊美的脸上才没有了之前的冷静疏离，反而停顿了这么久。显然，其他人也非常关心这个问题，纷纷堵在出口处啪啪啪一排闪光灯照个不停。

陆瑜张了张唇，眼看就要回答。我的心也跟着快要跳到嗓子眼了。

——就在这个时候，得知消息的经纪人Jolie带着一队身穿黑色制服戴着白色手套的保安进来了。

她一见陆瑜抱着我，一副下巴都快脱臼的样子，过了好几秒才恢复成日常精明干练的样子，一边指挥着保安把我和陆瑜同记者们隔离开，一边安抚着记者：“谢谢大家的关心！凌影先前摔了一跤，现在已经没事了，谢谢关心。”

那个记者则不罢休地继续问：“那到底凌影是不是陆总的新女友啊！”

Jolie以女强人的姿态挡在陆瑜和我面前，扔出四个字：“无可奉告。”

虽然早已被Jolie提醒，也知道这种事肯定会见报，但是隔天打开电脑，一点到娱乐版，我还是倒吸一口冷气。

昨晚的金柏奖是万众瞩目的颁奖典礼，宋微更是被狗仔队称为绯闻女王，颁奖典礼上还有其他人气很高的天王巨星，可我跟陆瑜两人的照片却力压所有新闻，不仅占据着头版头条，甚至还配了一系列的高清图片……

凌影陆瑜交往 事业爱情两得意！

楚息凌影陆瑜三角恋 陆瑜霸气外露

品优娱乐高管情人 凌影荣获金柏奖是因为潜规则?

网站上写得天花乱坠，褒贬不一，胡编乱造处处皆是。

Jolie打通我的私人电话，声音一如既往的冷静：“登录一下微博。”

我很少玩微博，微博人气也就那样。平日一条微博大概两三千的转发，一两千的评论，在同等资历的女星中不算高也不算低。结果如今一登录，我立刻被满屏的转发和评论提示闪瞎了眼——几十万的提醒！

“不要被提示吓到，今早我还登过一次，帮你消除过。你看看右边的话题栏。”

如果说刚才这些还不算什么，等我瞥见右边的话题栏后，恨不得立马一头撞死在电脑屏幕上，今日热门话题榜的TOP1竟然是我——

#凌影幕后神秘恋人浮现#

@凌影，@萧萧，@叶子澈 三人恋情曾引发无数猜疑，尽管萧萧矢口否认，凌影也曾发布记者会澄清，但是仍有娱乐记者坚称此消息并非捕风捉影。昨晚金柏奖结束后，凌影不小心摔倒，幕后神秘恋人英雄救美终于曝光。被无数财经杂志称为神龙见首不见尾的品优娱乐总监陆瑜，昨晚英雄救美，并亲密将凌影抱出会场的高清视频见下。

“那个视频被转了三十五万次，点击率超过一亿。”

我深吸了一口气。

“陆瑜抱着你的全程都被拍下来了，对外你要想好说辞。”

我颤悠悠地点开视频，发现原来昨晚我摔倒的那一幕有人拍到了。

陆瑜一脸担心地冲到我跟前的样子被拍得一清二楚。陆瑜脱掉银白色的外套，动作轻柔地披在我肩头，我们两人被记者团团围住，最后陆瑜一下把我抱起来，从黑压压的记者中走过。陆瑜一身白色衬衫，在镜头中有种说不出的俊美，丝毫不输给那些名模。

“陆总对你真是不错。我先前看这个视频时，也被吓了一跳。陆总向来低调，从来不爱出风头。”

我没有接话，只是默默点开下面的评论。

麦兜知我心：“我去，这个男的是谁！好帅好帅好帅！救凌影的样子太帅了！不去当明星太可惜了！”

呆萌凶猛的御姐："花痴真可怕。人家就是大名鼎鼎的娱乐公司总监好吗？当年品优娱乐被皇冠荣耀打压的时候，就是他力挺黄锦立到底，要不是因为ESE的事，也不会避而出国。"

挽月："什么？凌影居然有幕后神秘情人？！亏我一直觉得她很清纯呢！好累，再也不相信爱情了。"

再刷微博就砍手："哈哈哈，笑死我了。竟有记者问他跟楚息是不是一对？其实也很配嘛……"

青罗扇子：好像新郎抱着新娘子。

青罗扇子的那条看得我有点小害羞。

很奇怪，如果是平日的绯闻丑闻，我会担心舆论的影响，品牌代言商的意见。但是跟陆瑜有关的消息，我却不管那些，只想看看大家对我和他的看法……

Jolie的声音再次从话筒传来："相信我，你在公司比你在网络上更红，公司其他女艺人都嫉妒疯了！当然，我们也可以当成一次免费的宣传，今早除了各家记者的来电打到爆，采访通告在线访谈各个邀请也爆满，我待会儿把名单发你。"

"我不去。"我拒绝。

Jolie万分诧异："你昨晚刚获得金柏奖最佳女配角，现在又这么火，正是宣传炒作的好时机。"

我摇摇头："我不想借着陆瑜炒作。"

越是珍惜的东西，就越舍不得拿出来炫耀。

Jolie素来干练，不想放过这种机会。

只是她奈何不了我，任凭她怎么威逼利诱，我就是不答应，甚至对她说出"要是你强来，别怪我到时不配合"的话来。Jolie最后一个劲地说我笨，最适合宣传的时机，却不懂得乘势出击。

第十六章

躲得了初一，躲不过十五，品优娱乐内部的庆功宴是必须去的。

作为娱乐圈实力前三的娱乐公司，品优娱乐今年发展得不错。投资的影片获利不少，刚刚结束的金柏奖中，十一个奖项，公司签约的导演艺人拿了四项。有传言这是因为陆瑜今年重返公司的关系。黄总一开心就把这次庆功宴订在了他的别墅，并且不是一般的party，而是主题为动物的变装party。

典雅的白色珠光印花邀请函上特别提示：服装随意，但是请戴上任意一副跟动物有关的面具。

简而言之，就是一场化装舞会。

我赶紧跟Jolie商量，最后让人帮忙做了一个小兔子面具。

兔子形状的图案上，粘了一层白茸茸的细毛，上面竖着两只长耳朵，雪白精致。还有一根细长的白色手柄，可以撑起面具，不用戴着这么累。对着镜子照了照，小兔子面具刚好遮住一半的脸，露出鼻梁和嘴唇。我选了一件白色束腰雪纺裙，觉得整体颜色有点淡，于是又找来一些玫红色小水钻，一颗一颗粘在了耳朵底下，做成了一个超可爱的蝴蝶结。

我这才对着镜子点了点头。

一旁的手机响了，是陆瑜的微信："公主殿下，准备扮成什么？"

我不自觉地有些开心，却故意卖了个关子："本宫才不要告诉你。"打完这几个字，有些好奇他会扮成什么，于是加了句，"不过我费了很多很多心思，你呢？不要告诉我你对这没什么兴趣吧。"

想了想陆瑜的性格，连颁奖典礼都不太愿意参加，还真的很有可能。

过了好一会儿，陆瑜才回："虽然本王很想告诉公主殿下，奈何担心唐突了佳人，所以还是月上柳梢头，人约黄昏后吧。明晚见。"后面还有一连串龇着牙开心的小表情。

故意的吧，亏我等了这么久。

这个陆瑜，真是比我更会卖关子。

黄锦立的别墅在半山腰最豪华的地段。

四周都是富贵逼人的豪宅，但是他的别墅却比那些还要大些。乳白色的别墅在青山环绕之中有种不凡的气势。金色雕花大门是红外线感应式的，车开进来时会自动开启。两边竖立着两座金色缩小版的狮身人面像，弥漫着一种埃及的异国情调。

整个party场地，也被布置成埃及风情。

小小的金字塔，画着埃及艳后般眼线的女仆，裸着上半身、头戴古埃及发饰的男服务生。金蓝色的灯光从游泳池底部射出，将池水照出一种漂亮的颜色，仿佛金子融进了尼罗河。

公司的艺人们到了不少，个个都遵照黄锦立的意思，戴着动物面具。有的跟我一样，在面具上下了一番功夫，装扮成狡黠的猫女、纯情的小天鹅等，还有的连衣服都配合上了，有人化装成了狂野的小豹子，身上是紧身豹纹装，后面还有一条毛茸茸的尾巴。

他们三三两两围在一起，有的端着鸡尾酒在闲聊，有的在一旁猜着面具下面的人是谁。平日在公司，随随便便就是一副俊男美女的场景，如今却是各种性感可爱的野猫小天鹅斑马狮子王在一起，显得格外有趣。

我举着小白兔面具低调进来，暗暗观察着戴着动物面具的男士，猜想哪一个是陆瑜。

大概是大家都戴着面具，不清楚周围有谁，所以说话也比较没有顾忌。还没转两圈，我就听到一些女艺人议论：“你们看了那个视频没？陆总竟然在大庭广众之下做出这种动作。”

“听说视频一发出去，唐雨仪就丢了两个代言一个电影，不知道是不是真的。”

“你说的是那个女的吧。哼，去年刚进公司时，我就觉得她心机深沉，果然立刻就勾搭上了陆总……”

“人家甜美路线嘛，还‘我不会让你们失望’，呵呵……”

那个女星学着我在颁奖典礼上的答谢词，却故意把口吻弄得肉麻兮兮的。虽说谁人背后不说人，但这也太可怕了吧。难怪先前Jolie在电话里说，我在公司比在网络上更红。

旁边戴着白狼面具的男艺人则有些好奇地打量着我：“嫩生生的小白兔，跟我这只白狼倒是一对。如果我猜中了你是谁，你待会儿要陪我跳一支舞……华颖？还是霍心兰？蒙宁宁？”他一连猜了几个。

能够当上艺人，自然容颜嗓音都不错，一开口声音就低沉而磁性。

但是，不是陆瑜。

不是陆瑜，所以没有闲聊的兴趣。我也不想开口暴露自己，笑着摇了摇手。

我正准备离去，突然，一场金色旋风袭来，刹那间全场人的注意力都被夺走了。

只见一双雪白纤细的长腿踩着CL最新款高跟鞋，噔噔噔地走在泳池边，Dior金色亮片低胸短裙更是勾勒出她姣好的身段，蓝色的池水倒映出金光粼粼的缩影。她的脸上戴着一副似笑非笑的狐狸面具，上面镶满了香槟金、珍珠银等色水钻，异常奢华。两只狐狸眼眯着斜挑向上，除去眼睛的部分，其他全部用橄榄绿宝石填满。金黄色狐狸形的面具下，是高挺秀气的鼻梁和漂亮的红唇，透着一种说不出的聪颖和蛊惑。

她气场惊人，所到之处，周围的小猫小松鼠都被比下去了。

“这个金狐狸是谁？”

“不是我们公司的吧，我们公司怎么会有气场这么强大的女艺人？”

“凌影？不可能。难道是……但是，她不是跟黄锦立闹翻了，所以才出去自立门户的吗？”

一时之间大家议论纷纷，但“金狐狸”就像一阵旋风，来得快去得也快，直直朝着后面的花园走去，丝毫不在意她刚刚引起的这场风暴。

我有些好奇，也跟着走去。

没走多远，就见一棵大树下，摆放着一个埃及风情的奢侈王座。上面侧躺着一个俊美的男人，他头戴法老王发饰，镶嵌着红宝石的眼镜蛇造型王冠盘旋在他的额头上。“法老王”上半身赤裸，肌理分明的胸前挂着黄金打造的金色项圈。一双桃花眼用青色的石黛描得长长的，有着王者的庄重又有着说不出的风流。几只妖娆的黑猫侍女围在他身边，眼神妩媚，戴着毛茸茸的猫耳和猫尾巴，递着香醇的酒水和紫葡萄。

不用说，能够装扮成这种帝王眼镜蛇的，只有黄锦立一人。

一见到“金狐狸”，“法老王”就甩开周围的黑猫侍女，声音充满了惊喜：“微微，你真的来了！”

微微，难道是……宋微？

我饶有兴趣，宋微不是已经出去自立门户，独自开了一个工作室吗？怎么还会被黄锦立邀请？

此时，一道墨绿色身影一闪。

我脑海里有个念头一闪而过，赶紧匆匆跟了上去。

在场的艺人们服饰都比较寻常，都是些中规中矩的名牌，当然也有黄锦立这种例外。但是这个人却穿着一件由官员朝服改装的青金色锦袍。头发束得一丝不苟，整整齐齐地绾在紫金冠中，三根孔雀翎插入其中。他修长的脖子上挂着两串长长的碧玺，锦袍上绣满了漂亮的纹案，越到下摆越清晰——竟是一尾尾青而艳的孔雀尾羽。

刚刚的眼镜蛇法老王和金狐狸让人目不转睛，可是此人身上则有一种非常妖冶诡谲的神秘感，其他人都无法匹敌。仿佛那些漂亮的雄孔雀，舒展开一根根形如眼状如屏的孔雀尾羽，冷漠、疏离却又漂亮得惊心。

有的人，就算蒙着你的眼，捂住你的耳朵，但是只凭他的气息，你就会知道他是谁。

我从没想过他会打扮成这副模样。

月光下，他淡淡的影子投射到草地上，十分好看。

我悄悄跟着他。只见陆瑜拿着手机，走到一个比较僻静的地方才停下来。

因为偏僻，所以陆瑜并没有戴上面具。银色的月辉轻轻地洒在他的眉眼上，有种不真切的美感。他的头微微偏着，有种说不出的迷人，除去平日的冷漠和隐隐的恶劣外，此时他的脸被艳丽的青金色朝服衬着，更多了一份妖冶……

我着迷地看着他，突然能够明白，为什么雄孔雀求偶一定要开屏了。

因为任何雌孔雀都无法抗拒这种迷人妖诡的美丽吧。

他好像跟谁通着电话，声音一直压得很低，突然音量一下子变大："她是不是我的女友，跟你无关。"

我微微一愣。

陆瑜的声音再次响起，一贯的冷漠中又夹杂着几分恼怒："为了让你嫉妒？我陆瑜还不至于会做出这种事！"即使是当日被记者们包围逼问，陆瑜都不曾恼怒过，但现在只是一通电话就……

我还没来得及藏好，陆瑜就已经挂了电话，转身返回。

我一下子暴露在了他面前。

陆瑜明显一怔，似乎完全没有料到会有人在这里。

我紧张地抿了抿嘴唇，心里却在打鼓。

如果知道我是故意跟着他，他会不会不高兴？转念一想，我现在戴着小兔子面具，只要不出声不说话装作不认识，他应该不会发现是我吧……

之前那些艺人就没有一个猜出我是谁。

可是陆瑜却脱口而出："凌影。"没有任何的不确定。

原来是想等他打完电话跳出来故意吓吓他，顺便给他一个惊喜，但是现在我反而不知说什么了，呆呆地站在那儿，进也不是，退也不是……

月光下，陆瑜头上的孔雀翎毛折射出一层浅浅的微光。

他的神情半遮在阴影里，过了一两秒，他开口说道："刚刚是一个熟人的电话。"

像是随意说说，又像是解释，语气平淡听不出什么含义。

熟人？那就是连朋友都算不上，是这样吗……

陆瑜不再提这事，一面向我走来，墨色的眼睛一面打量着我，他修长的手指恶劣地扯了扯我的小兔子耳朵："没想到你会装成小兔子，要叫你玉兔

你的世界星光如初

[You Deserve a Brighter World]

青罗扇子 著

QINGLUOSHANZI WORKS

精吗？”

我连忙捂住兔子耳朵，以免被他扯掉：“你还孔雀妖呢！骚包的孔雀公子。”

陆瑜哈哈大笑，之前通电话时的怒气不见了，整个脸部的线条都变得柔和起来。他低着头，眼睛里有种迷人的光芒：“如果说我是因为你而装扮的，你信吗？”

他靠得很近，夜风吹来，好像闻到了花香，还有陆瑜身上的好闻味道。

我的心也一下子跟着柔软了起来，但脸上却逞强装出一副不信的样子：“我才不信，哪有男的装扮得比女的还漂亮的？”根本不敢告诉他，之前那种惊艳的感觉差点让我看呆了。

陆瑜又故意扯了扯我的小兔子耳朵：“雄孔雀求偶就是这样，否则怎么能吸引到喜欢的人。你真的没有看呆吗？”说完，还认真看了看我的眼睛，像是要检查我说的是否属实。

陆瑜英俊的脸越贴越近。

我心跳加速，耳根发烫，紧张得半个身子都快僵硬了，一动也不敢动。

陆瑜的手指抚过我的脸。

性感瘦削的手指有着男人特有的粗糙感，但是摩挲在脸上却传来一阵阵电流般的酥麻。他黑色的眼睛微微眯着，在静谧的月色下仿佛快要把人的魂魄吸进去一样。

我仿佛被施了魔法，整个人都动不了了。

只是看着陆瑜拉下我举着小兔子面具的手，轻轻抬起我的下巴……

我的心跳得越来越快，越来越响。

咚咚咚，好像快要跳出胸口。

我紧张地呼吸着，不知道这样的心跳声陆瑜是否会听见，是否会笑话我。

我闭上眼睛。

“啪”的一声，很明显有人被扇了一记耳光。

我诧异地睁开眼，跟陆瑜不约而同一愣。我们双双朝着声音的方向看去。我是奇怪，而陆瑜脸上则好像浮起了一丝被打断的不悦。

只见十几米开外，戴着金狐狸面具的宋微冷艳一笑：“法老王还是跟猫女最配，我这种狐狸算得了什么。”

她的态度不卑不亢，丝毫没有因为对方是品优娱乐的总裁而有所改变。

但是一向高高在上的黄锦立神情却与平日里的风流有所不同，他的眼睛里盛满了罕见的深情和难过：“宋微，在你心中，我就是这样的人吗？”

宋微恢复了往日的姿态，好像把自己重新掩藏在面具后一样，淡淡笑道：“你是什么样的人，黄总自然比我更清楚。”

她不再纠缠，转身走了。

张扬的金色亮片短裙依旧亮丽，最后变成一个远远的金色的点。

法老王黄锦立静静矗立着，目不转睛地盯着宋微的背影，眼镜蛇王冠上镶嵌的红宝石却慢慢黯淡了。

我和陆瑜都没有作声。

我心情有些复杂地看着宋微。她指点过我的演技，我很清楚她的为人。我知道她根本不像八卦报纸上写的那样喜欢故意制造爆点制造新闻，可她和黄锦立之间却偏偏有着一种其他人难以理解的关系。她曾是品优娱乐的一姐，在对手公司挖走品优娱乐最重要的艺人，以十倍近乎天价的签约金想挖她时，她依旧坚定地站在黄锦立这边，从未背弃，黄锦立更是自此对她刮目相看。他们两人的恋情是公开的秘密，可是就在品优娱乐走出低谷，旗下艺人成绩不俗后继有人时，宋微却又离开了品优娱乐，离开了黄锦立。

所有人都猜测是黄锦立厌倦了宋微，可是现在看来，似乎不是……

我看了陆瑜一眼。

他冷冷地看着黄锦立，好像对他哥们的恋情丝毫无所谓。我有些奇怪，不是说陆瑜和黄锦立不光是合作无间的搭档，更是一起长大的发小么……

派对正式开场。

艺人们都聚集在游泳池边。我和陆瑜也赶紧跟着过去，走了几步，突然一只手牵住了我，温柔的大手轻轻握着我的手，有种被人妥帖呵护的感觉。

我一愣，在我的身边，只、只有陆瑜。

我的心咚地一下跳得飞快，指尖微颤，感觉热气直往脸上冲。如果不是小白兔面具遮住了脸，我现在肯定满脸通红。我大气也不敢出，偷偷瞟了陆瑜一眼。

漂亮的孔雀翎毛下，他的脸被孔雀石色的面具遮去一半，只露出高挺如山的鼻梁，以及线条迷人的下巴。

陆瑜丝毫没有觉得不对劲，神情十分自然，好像本该如此一样……

他好像十分清楚我的一举一动，还侧过脸来眨了眨他漂亮的眼睛："怎么了？"

腹黑！太腹黑了！

明明知道怎么了，还故意问我……

我刚要开口。

青色的孔雀翎毛下陆瑜一张俊脸不动声色，私底下却捏了捏我的手："爪子软软的。"

爪子……软软的。

他抱着我的视频已经被传得天下皆知了，如果再被人看到我们牵手……我仿佛看到了微博几十万的转发评论，仿佛看到了Jolie发疯般地拨打我的手机，女强人般开始算计"现在是高调宣传的大好时机"，但是幸好今晚是化装舞会，Jolie不在，其他艺人都戴着动物面具，我和陆瑜也掩藏在兔子和孔雀面具下，众人只看到我们牵着手，却不知道我们是谁。

但是陆瑜的打扮实在太惊艳了，不止我被迷倒，现在就连其他女艺人也纷纷露出爱慕的眼神，小心耳语："那个男的是谁啊？""身材真好。""是我们公司的艺人么？""我今晚一定要搞定他……"

甚至有个头顶着纯白羽毛扮小天鹅的女艺人，当着我的面，主动走到陆瑜面前，姿态可爱地拿下面具。

——竟是最近大热的宅男女神。

萝莉般的长相，超级火辣的身材，却裹在跟我类似的雪白裹胸裙中。她双手合十，可爱的脸上是一双无辜的眼睛："我可以请你做我今晚的男伴吗？"整个样子像动漫中的日系萌妹子一样，"萌"得要命。

如果是其他男人听到这种嗲嗲的询问，大概腿都软了吧。

可陆瑜看都没看她一眼，只是握紧我的手，声音冷漠地拒绝："我有女伴了。"

宅男女神瞥了我一眼，又"萌萌"地开口："我把电话留给你，有时间了记得打给我喔。"

陆瑜这次更冷淡了：“不需要，你不是我的菜。”竟是一点面子都不留给她。

宅男女神脸白了又红，红了又白。

原本我们几个人就被大家围观着，在她一而再再而三被陆瑜拒绝后，现在整个人都羞红了脸。宅男女神大概拉不下面子，有些恼羞成怒地说：“那我要看看，你的菜长什么样”，接着手飞快地一挥。我还没来得及反应，小兔子面具一下子被掀飞，落在了泳池里。

费了一下午时间才粘好水钻的小白兔面具，现在漂浮在金蓝色的池水中，随着涟漪慢慢荡漾着。

面具势必不可能捞上来了，我的身份也暴露了。

我皱了皱眉。

周围议论声骤然响起。

“是凌影！竟然是凌影！”

“天啊，如果她是凌影，那她旁边那人是谁？难道是陆瑜？”

“不可能！陆总从不参加这种无聊的party，以前公司有那么多庆功宴，你们谁看到他参加过？更不可能还有闲情逸致打扮成这种样子。”

“这倒也是……这的确不太像陆总的风格。莫非是别的男演员，最近有谁演过宫廷戏……”

“可是，声音真的好像陆总……”

这些讨论听得我压力巨大。

陆瑜明明不是明星，为什么在品优娱乐人气这么高，这么多女艺人对他心存好感？他不是向来很恶劣么？你看，面对这么萌的宅男女神都这副态度……我好想告诉这些人，陆瑜有时是多么恶劣，最好其他人都不要再对他感兴趣了。

陆瑜则无视其他人的讨论，只是冷冷地盯着宅男女神。

对方开始还有点得意，直到察觉到陆瑜的视线后，渐渐开始发抖。陆瑜上前一步，她像只惊恐的兔子一般吓得一缩。“拿来。”陆瑜吐出两个字，伸手便掠走了她的小天鹅面具，然后在她目瞪口呆之下，动作温柔地戴在了我的脸上。

“这……”不太好吧，我推辞。

“算她赔给你的。”陆瑜完全没觉得有什么不妥。

宅男女神从头到尾呆呆地看着我们，张开的嘴巴都可以塞进一个鸭蛋了。

“那是我的面具。”她小声抗议着，“让人做了三天才做好。”

“自己下水去捞。”

这时，一阵更大的喧哗声由远及近传来。

只见四个裸着上半身、头戴埃及发饰的男子扛着一个金黄色刻满了古埃及符号和楔形文字的王座。王座上面坐着一双桃花眼，戴着红宝石眼镜蛇王冠的黄锦立，他一身金青色法老王的装扮，手持古埃及权杖，立刻就让许多艺人惊呼了起来……

因为之前见过，我倒没有那么惊奇。

只是发现，原先围在他周围的埃及猫女们都不在了，而且如果观察得更仔细的话，还是能看出他的右脸有点红，那是宋微之前扇过的痕迹。

黄锦立摆足了法老王的架势，直到被抬到泳池正前方的台上，才赤足从王座上走了下来。

漫天繁星下，他胸前的金色项圈和祭石闪闪发亮。

从黄锦立现在的表情来看，丝毫看不出刚才宋微离去时他眼中的落寞。此时，他就像一个高高在上，享受着热闹与繁华的埃及帝王。他端起颜色漂亮的鸡尾酒，走到麦克风面前，星光在他眼镜蛇王冠的边角闪烁。

“虽然每年这个时候我们都会聚一聚，但是今年，我发现大家更漂亮更俊美了！”黄锦立轻松幽默地调侃道，虽然明明是睁眼说瞎话，大家都戴着面具，怎么可能会有更美之说。

“不信？”黄锦立像是听得到众人心底的吐槽，反问着，“你们可以自己看。狐狸的性感有了，野猫的傲娇有了，连狮子的帅气也有了，往年哪里能比得上？”

听明白了他的意思，池边的艺人们大笑一通。

“当然，大家更靓，事业更成功，我觉得要感谢一个人——”开场白之后，黄锦立说出这句话，并且刻意顿了顿。

感谢一个人？那会是谁？

刚刚谢幕的金柏奖上，大家都是感谢导演，感谢幕后工作人员，感谢一直支持自己的粉丝。如今黄锦立说要感谢一个人，谁能猜出？兄弟？情人？合作伙伴？还是父母？大家相互看了看，小声议论着，但都不敢肯定。

黄锦立桃花眼扫了一圈，见已调动起大家的好奇心后，才清咳了一声，狡黠地接着说道：“那就是品优娱乐玉树临风风流潇洒任劳任怨的……大boss，我！”

一句话说得器宇轩昂，热血豪情。

大家微微一怔，才晓得自己被黄锦立涮了一下，纷纷笑了起来，整个party的气氛越来越活跃了。

“难道我不是功不可没么？”下面笑声连连，黄锦立笑眯眯地看着众人。

“是啊，是啊。”

“黄总千秋万代，一统江湖。”

“吾皇万岁万岁万万岁！”

在黄锦立这么明显这么嘚瑟的暗示下，品优娱乐的艺人们一起笑着应和，抛出平日里演戏演惯了的台词。

“朕，龙心大悦，凡赞同者赐美人一名，俊男一打。”黄锦立戏谑地做了一个平身的手势。

下面有男艺人抗议：“黄总，你不能这么偏心啊，给女艺人的赏赐这么优渥。”“就是就是，我们也要美人一打。”

黄锦立挑了挑眉：“那你变成美人，我自然也就对你优渥了。”

惹得大家又是一阵笑。

“好了，赏赐完毕。接下来，我首先要祝贺获得金柏奖的四位！”黄锦立眼角含笑，神情微微认真了一点，“这次金柏奖我们品优娱乐获得了四个奖项，非常了不起。让我们再次鼓掌对他们表示祝贺！截止到目前，公司一共上映电影十二部，票房累计共达……我可以负责地说，品优娱乐已经占到了国内45%的市场份额！今年取得了这样的成绩，还有一个主要因素——就是我的老搭档陆瑜终于从美国归来，带来了不少的改革，让品优娱乐更加的国际化，赢得了更多的海外合作……”

黄锦立在台上侃侃而谈。

我看了看台下。虽然戴着面具，大家都一副玩玩闹闹的样子，但没有艺人不关心自己的事业自己的公司，所以黄锦立说话的时候大家还是听得颇为专心。

黄锦立夸奖陆瑜的时候，我也跟着一喜，像是比自己被赞扬还高兴。

我单知道他性格恶劣，能力不俗，但没有想到黄锦立竟如此看重他。我瞥了陆瑜一眼，陆瑜依旧戴着孔雀石色的面具，下巴弧线迷人。想起黄锦立刚刚说的话，真是好厉害的样子，我有些崇拜地看着他。不过瞧着瞧着，就瞧出一点不对劲来。连我这个外人都这么开心，但是陆瑜……好像一点感觉都没有。我还算了解他的，他开心的样子不是现在这样，不会如此淡然而冷静，好像黄锦立的话跟他没什么关系。

难道这其中有什么我不知道的事？刚刚为他高兴的心情仿佛一下子被浇了一瓢冷水。

太奇怪了。

黄锦立不是说他是他的好搭档吗？公司里不是传言他们俩是一起长大的发小吗……

"……我的话就到这里。祝大家今晚玩得开心！"一身金黄色埃及法老王装扮的黄锦立风流一笑，举起手中的鸡尾酒做出一个干杯的姿势，"Cheers！"

"Cheers。"大家也纷纷举起手中的酒杯，在空中虚碰了一下。

黄锦立发言结束，顶着眼镜蛇王冠来到池边。原本戴着面具的艺人们纷纷摘下面具，连忙同他聊聊笑笑，仿佛古代皇帝亲临般颇感荣幸。黄锦立也十分擅长拉近与艺人们的关系，一句赞扬一句肯定的话语，就让他们很有成就感……

我也从古埃及男仆手中端过两杯香槟，递了一杯给陆瑜。

赤裸着精悍胸肌，戴着橄榄石项圈的埃及男仆朝我眨了眨右眼，这个笑容映衬在他蜂蜜色的肌肤上，电力十足。

我不小心多看了一秒，回头就瞧见陆瑜眯着一双眼望着我。

我支支吾吾："那、那个……"

陆瑜孔雀蓝的面具靠近，细长的孔雀翎毛艳丽极了。但是更让人心神摇曳的是他浓密的长长睫毛，我都不知道原来陆瑜的睫毛像把优雅的小扇子。

他的语气淡淡的："那个什么？"一副轻描淡写"你说，我不生气"的口吻。

我一下子上了当："他身材……不错。"

话音一落，我就感觉周围气温唰唰唰骤降十度。

陆瑜不怒反笑，抿了一口香槟，声音却冷了好几度：“我的身材也不错。”

“……”我差点被刚含进去的一口香槟呛到。

“这个我可以作证，阿瑜身材一流，六块腹肌，啧啧，真是超级养眼，手感也十分不错……”我还没想好怎么回话，一道熟悉的男声传来，只见法老王黄锦立从热闹的池边走到陆瑜身旁，一只手臂朝陆瑜脖子上一圈，亲热地搭在了他的肩头，一副哥俩好的样子，风流的桃花眼透着一股亲密的暧昧。

我和陆瑜先前站的位置比较隐秘。可是即便这样，即便陆瑜自始至终都没摘下面具，还是被黄锦立发现了，难道这就是多年的默契么？

璀璨的星光下，金光闪闪的法老王跟孔雀公子陆瑜并肩站在一起，一个浑身散发着浓浓的埃及风情，贵气风流；一个充满着古代聊斋般的神秘，妖冶俊美，两个人像是天然的发光体，不远处很多男女艺人都偷偷注意着这里。

一个帅哥已经将人迷得不行了，现在两个帅哥还这么亲密地搂在一起，说着什么“超级养眼”“手感不错”的话……

听得我整个人都不好了。黄总，你这是逼得女艺人们不活了吗？

可惜，黄总很热情，陆总很冷淡。

陆瑜变了变姿势，黄锦立只得将放在对方肩头的手臂拿了下来，故作委屈道：“阿瑜，你对我好冷淡。”

陆瑜眼神淡淡的，嘴角往上翘了翘。

黄锦立从刚才哥俩好的姿态，重新恢复成法老王般的样子。他慵懒地点了根烟，漫不经心地吐了个烟圈，半晌没有说话，过了好一会儿，才心不在焉地斜睨了我一眼：“怎么，最近看上了只小天鹅？”

夜风习习，吹在人身上有点冷。

这个语气让我一愣。

除去品优娱乐总裁这个身份，我一直当黄锦立是陆瑜的好哥们。

但是显然，我天真了。

我虽然存着爱屋及乌的心，没有用对外人的那一套对待他，但黄锦立却根本没拿我当回事，一副男人之间聊着最近有没有女人上手的口吻。

在圈里待了四年，不至于连这个都听不出来。

我有点动怒。

难道我们这些女艺人在他眼中就是这个作用吗？他甚至连掩饰都不掩饰。

我收起先前脸上那点熟稔的劲儿，冷淡地看着他。

黄锦立瞧见我的反应，眉眼一转，倒是乐了，伸手就要勾过我的下巴：“瞧这样子，对我不满？”

我侧头躲开。

而陆瑜早已赶在我之前将手一挥，将他的手碰偏了方向：“别逗她。她跟你的那些女人不一样。”

黄锦立笑嘻嘻地望着陆瑜：“好久没看你这么认真过了，有什么不一样？更会哄男人开心？”

陆瑜皱了皱眉头：“别乱开玩笑。”

我冷冷插嘴：“就跟宋微的那一耳光不一样。”

话音一落，黄锦立脸色立刻就变了，从刚才的嬉皮笑脸变得难看起来，神情更加复杂了。虽然一双桃花眼依旧，眉宇之间却泛着一丝冰冷。陆瑜也诧异地瞥了我一眼，似乎没有料到我竟会在这个时刻这样揭黄锦立的短，踩他的痛脚。

但我没有什么好后悔的。

第一次见面就贬低自己，如此还不反击的人才是自己作践自己。

黄锦立定定看了我几秒，脸色阴晴不定。

陆瑜什么话也没说，只是将我拉到他的身后。

几分钟的沉默之后，黄锦立才扬眉朝着陆瑜一笑：“哈哈，我倒是很欣赏她的性格。看在你的面子上，我就不追究了。现在公司正在筹备一部新戏，跟以前完全不一样，是国内最新的3D形式，采用最前沿的拍摄技术，更是今年的重中之重，你让她去试试镜。”

黄锦立的语气有几分认真。

我反而不好猜测他现在是什么心情，是要报复我，还是真的要安排角色给我？一般自家公司的投资，说是试试镜，那么基本上就是可以敲定了。但是，这可是3D电影，在好莱坞3D视觉大片狙击国产片的现在，要拍摄一部3D电影要承担多少压力，耗费多少资金，这样的角色……真的能给我？在我刚刚说出那样的话后？

我狐疑地看着黄锦立。

一旁的陆瑜淡淡地拒绝："你不是要把这个角色留给宋微吗？"

黄锦立又抽了两口烟，嘴角泛起一抹苦笑，漫不经心地开口："恐怕我把最好的给她……她都不会要了。"

虽然我对这个男人的好感已经降到负分，可是现在听到这句话，也感到一种压抑的悲伤。

气氛又沉闷了一些。

"怎么样，小丫头？"黄锦立桃花眼眯了眯，"要不要试试？宋微不愿意，你才有了这机会。"

"这……"我有些犹豫了。

我原以为他是逛我的，可是现在看来，似乎这是个极好的角色，而且是个大项目。他原本是准备将这个角色留给宋微的，宋微不要，于是才问我。

"导演是谁，什么类型的？"

"杜慕，古装大戏，暂定的名字叫《大唐风云》。"

我隐隐吃惊。

竟是杜慕！杜慕原本也是歌坛红极一时的偶像组合成员之一，专辑张张大卖，甚至创下过全球演唱会最多场次记录。组合解散后，他转到幕后，开始拍起了电影。最初所有媒体都不看好，大家宁愿相信一些学院派的导演，也不相信一个偶像歌手有本事将电影拍得好看。因为这样的偏见，拉投资都很艰难。但是杜慕的确有着常人难以想象的决心，据说他将名下的七处楼盘和所有限量跑车全部抵押换取了资金，破釜沉舟背水一战，最终不仅票房大卖，还在国外获得了几个奖项，一跃成为了新生代新锐导演！

媒体一度认为这不过是他的运气而已。

没有想到接下来的三年时间，杜慕一口气拍了四部电影，每部票房都很不错。这时一些娱乐公司才想着签下他当导演，但是据说杜慕心里也憋着一口气，这些娱乐公司之前不看好他，如今成名之后才想签，结果他哪一家都没接受，反而跟一家实力雄厚的电影院线公司签约了。

这是近些年来新崛起的一种方式。

电影院线公司在上映电影同娱乐公司获分票房后，渐渐不满足这种合作方式，希望能向电影业扩张，于是产生了这种签约导演的方式。虽然无法提供与娱乐公司合作紧密的媒体宣传等支持，但是他们却控制着所有影片的命脉——排挡时间、上映次数、电影厅座。只要院线公司愿意，就能延长看好的电影的上档期，为其争取更多的票房。

而杜慕所签约的就是国内最大的院线公司——星银影业。

黄锦立这么一说，那么十有八九是真的了，而且的确是重点影片！

虽然3D影片耗费的资金比一般2D更多，但是杜慕在歌坛的时候就极其喜欢尝试新技术。他行动力和执行力很强，如果对3D电影动心，想拍摄一部这样的电影，完全有可能。难怪几个月前就陆陆续续地传出星银影业要跟几家娱乐公司进一步地合作，现在看来谈的就是这部《大唐风云》吧。

我有些动心了，正想问得再详细点。陆瑜却面无表情，先我一步开口："这部电影不适合她，以后再说吧。"

我一愣，陆瑜竟拒绝了。

陆瑜居然拒绝这样的国内首部3D古装大片……

"你怎么知道不适合她？"黄锦立倒是一点儿都不恼怒，继续笑着道，"她之前不是演过一个古装片么？口碑还不错。这次再演古装大片，应该更有经验了吧。这部电影光投资就有一亿，而且国内都还没有哪家公司拍过3D，如果她能得到一个角色，那就相当于影视圈中一部里程碑式的作品，意义非凡，肯定对演艺生涯更有助益！"

黄锦立花名在外，可是不得不承认，他洞悉能力很强，一眼就看穿我想要什么。

我的确刚刚获得了金柏奖的最佳女配角，所以希望后续作品能够跟得上，能够接到更好的电影，将演艺事业推上最巅峰而不是昙花一现。

我都想马上答应了，可陆瑜不为所动，一双黑色的眼睛冷静到极致，反而拒绝得更干脆："不用多说，我会另外替她接戏。"

我吃惊极了。

如果不是平日里了解陆瑜，我几乎快要以为他是故意跟我对着干，想阻碍我的发展。

我内心挣扎了很久，默默望着陆瑜欲言又止。

杜慕导演，国内首部3D古装大片，投资一亿，星银院线……无论是哪一个关键词，都极富吸引力，陆瑜怎么能眼睛都不眨一下就拒绝呢？

但是，陆瑜既然拒绝，那么就一定有他的考量。

那么……我还是放弃算了。

我低垂着头，附和陆瑜："还是算了吧。"

黄锦立眉尾一挑，桃花眼亮得诡异，劝诱的口吻带着一点点挑衅："难怪刚才那些女艺人都说，你不过是踩着陆瑜上位，陆瑜给你安排什么，你就接什么，连金柏奖都是陆瑜……"

我听得疑惑，陆瑜眼中却寒光一闪，黄锦立闭上嘴又嘻嘻笑了笑。

"如果你不想被这样说三道四，不想被人说是潜规则，不想被人说是利用陆瑜，那你有本事就接下《大唐风云》再创个票房纪录给他们看看！"

我越听越气，我什么时候利用陆瑜上位，听到最后一句更像是忍辱负重力证清白一样。

黄锦立的话语一落，我的话语也跟着铿锵掷地。

"——我接！"

"凌凌……"戴着孔雀蓝面具的陆瑜一脸"你上当了"的神情，眼神有些复杂。

而黄锦立则是一副得逞的样子，重重拍了拍陆瑜的肩："她答应有什么不好呢？这难道不是一部重点影片？你难道不想她更好？"

黄锦立又转过头看了看我，目光带着点威胁："答应了就不许反悔。"

我有种不祥的预感，好像踩进了一个圈套。

"你还真是一点没变。"陆瑜似乎有点恼怒，对黄锦立态度更加冷淡。

"我这不是为你着想嘛。"黄锦立脸皮倒是极厚，一点儿也不在意陆瑜的冷漠，"你好不容易快要忘记那个女人，开展一段新的恋情，作为哥们儿，我自然要帮她……"

▸第十七章

我提前进入《大唐风云》剧组。

这部戏以当初武则天掐死自己亲生女儿嫁祸王皇后的故事为蓝本，剧本改编为武则天掐死的是其他女婴，真正的公主实则被武则天换掉，不料孩子半途被劫，并被专门培养成对付武则天的棋子。因为是国内首部3D大制作，一切消息都非常保密，要到全部准备完毕，才会对外统一发布宣传通稿。

我也只在试镜时跟杜慕聊了一下午，得知自己要饰演的就是武则天这个失踪的女儿，有很多打戏和3D特效。然后我就被他安排给了武指，天天练习基本的拳脚功夫和骑术射箭。我每天都练得汗流浃背，身上不是青了就是肿了。但训练是封闭式的，外界不知道我的消息，以为我得了金柏奖就沾沾自喜什么动作也没有了。

其实我并不在意他们说的这些，只是一想到陆瑜这段时间只来看了我几次，就有些丧气。

不知道是不是接了这个电影惹他不高兴，陆瑜似乎一直对我欲言又止，有时甚至问："你真的很想演这部戏？"

我原先并不知道投资一亿的电影是个什么概念。但是这些天接触下来，我发现除去庞大的投资外，这真的是一支非常有效率、训练有素的团队。

美术指导请的是鼎鼎大名的纪汝，多次获得过金柏奖最佳服饰奖。这次《大唐风云》，他查找了不少大唐衣冠资料并加以改良，画出的人物造型非常漂亮，并设计了一百多套不同的男女服饰，有着盛唐时代的雍容大气，又有着令人耳目一新的惊艳。道具师更是以黑金二色为底色，森森玄木描金边，搭建起唐代繁华的建筑街市，酒肆马坊庙宇楼阁岿然大佛等等。音乐指导则敲定的是日本知名音乐人福山润二，他的音乐激烈如澎湃海潮，宁静高远如一湾碧水春山含黛。导演杜慕更是不眠不休与从好莱坞请来的3D特效制作团队交流，看哪些场景值得做特效，又需要做成什么样的特效，并亲自监督剧本分镜，用了很长一段时间制作电脑3D渲染效果预览，效果非常不错。不久前试镜的时候，他面容还算俊雅，结果才过半个月，他就胡子拉碴了，丝毫看不出这是曾经红极一时的偶像歌手。

也许在这之前，在那场party上，陆瑜让我拒绝，我真的会当场就拒绝。

因为对这支拍摄团队没有一点儿感情。

但是这些日子，当我看到这支拍摄团队齐心协力，誓将此电影打造成可与好莱坞3D大片抗衡的国产电影，这种决心和气魄深深打动了我！

“我觉得这是部非常值得期待的电影。”我脑海里回想起美工为了达到精益求精的地步，一次又一次修改着人设的服装，回想起道具师打造着一幢又一幢有着唐代风格的歌舞楼台，不自觉地说出，“杜慕非常有诚意，非常的认真，他从来不是在混。一些名导不做3D，并不是他们做不来，而是他们已经有了自己的一套方式，不愿意再去突破，不愿意再去花心思钻研新的技术，但是不这样，又怎么能跟好莱坞最尖端的技术接轨呢？又怎么能怪进口好莱坞大片太多摧毁了整个国产电影？但杜慕是实实在在地想拍一部国内特有的、不逊色于好莱坞的3D大片！我看到，这些人真的是非常用心怀着斗志地在准备这部电影，从这一点，我真的觉得接这部电影非常有意义。”

陆瑜黑色的眼睛静静看着我，神情有些复杂。

“你花了那么大代价签我，我肯定要做出些成绩给大家看吧。我一定会努力的！”

陆瑜终于叹了一口气：“你能这么想就好。那么，无论发生什么事，我都希望你能坚持下去。”

“嗯！”

《大唐风云》前期准备终于结束，开始正式放出开机消息了。

星银影业和品优娱乐强强联手，一招定乾坤，不过一晚上，“国内首部3D古装大片即将开拍 杜慕里程碑之作”的消息便唰唰唰犹如雨后春笋般出现在传统的纸媒和网络平台上！声势极其浩大，牢牢抓住了影迷们的视线！

杜慕，国内首部3D古装大片，大唐风云……这些字眼引爆了互联网的热点词汇，搜索率骤然升到TOP1！

“终于有一部国产的3D大片了，牛X！”

“啊啊啊，这个消息是真的吗？！支持国产！！！支持杜慕！！！”

“求演员阵容……”

据说《大唐风云》的宣传团队是一支打过硬仗、以实力著称的团队。曾经在竞争激烈的黄金档，对手实力超强的情况下，为所签约的低成本影片厮杀出一条血路，最后乘风破浪一骑绝尘！如今他们抛出如此罕见的噱头，勾起大众的好奇心后，立刻有计划地发布着相关消息，先是电影的大概剧情，再是关键人物造型，一个一个有技巧地抛出引子，将观众的好奇心一步一步引到最高点！等观众自以为了解得已足够时，这支宣传团队又变换了方式，不再是直接公布，而是改走烟雾弹悬念加讨论的形式。

日本著名音乐人福山润二可能无法加盟《大唐风云》

《大唐风云》主角即将揭开神秘面纱 最可能饰演女主角的三位人选

女主角竞争激烈 到底花落谁家

福山润二确定加盟《大唐风云》

金柏奖最佳女配角凌影 担任《大唐风云》女主角之无双公主

先爆出一个不利的消息，吊起观众的担忧，隔几天再爆出一个好消息。在影片基本资料和导演人气带动过后，便让影迷们猜到底有哪些演员主演……时间拿捏得非常微妙，新闻技巧运用得炉火纯青，连我都暗暗咋舌。但是连我都没想到的是——就在热潮再一次快要褪去时，一个极大的爆料从天而降！

《大唐风云》女主角之太平公主 超人气天后首次触电！

据爆料，《大唐风云》除了金柏奖最佳女配奖得主凌影饰演无双公主，好莱坞归来的影帝顾羽饰演名将顾守城外，更有超人气小天后神秘加入！在9月10日前转发此消息并猜出正确答案的前十位，都将会获得她的亲笔签名海报一张！

此消息的传播速度丝毫不亚于最初影片开机的那条新闻，更被幕后人有意识地炒作，噌噌噌转眼便登上了各个网站的头条，连热门话题榜也不例外。

我微微一怔。

为了防止剧本泄露，之前我只看过自己这部分的剧本和简要大纲，但如今看来似乎这位太平公主戏份也不轻。也是，武则天最宠爱的不就是太平公主吗？那么，这个超人气天后到底是谁？能够担当如此重任，并且投资方还这么不惜血本在各个平台为她造势宣传？

这到底是星银影业的主意，还是品优娱乐？可这两家手上都没有签约过什么超人气小天后吧。

轰轰烈烈的有奖竞猜活动进行了整整一个星期。

无数粉丝纷纷猜测是他们自己心中的偶像艺人，网站上只要是跟这个话题有关的新闻点击都高得一塌糊涂，连带的，《大唐风云》再一次被加深印象，期待值升得更高！直到这时，宣传团队才在众人的瞩目下姗姗来迟地宣布——超人气小天后就是萧萧，萧萧将首次触电，饰演《大唐风云》女主角之太平公主！

皇冠荣耀出资加盟《大唐风云》 支持国产首部3D古装大片

皇冠荣耀一姐萧萧 正式进入《大唐风云》剧组

当我在网站上看到醒目的粗体标题时，整个人倒吸一口冷气。一个字一个字扫视了十几遍，最终才确认无误……

萧萧？怎么会是萧萧！

她不是瞧不起演戏吗？她不是要霸占歌坛天后的地位吗？她怎么会……

电光火石之间，我的脑海里想起金柏奖颁奖典礼的那一幕。金色的灯光下，熟悉的音乐旋律里，我和萧萧两人都极其冷静地擦肩而过，那时萧萧眼睛带着笑看向观众席，声音却冷冷地对我说“——我不会输给你”。

我不会输给你。原来她早有伏笔。

算算时间，那时《大唐风云》正在筹备之中，难道那个时候萧萧就已经决定要拍电影？！

不，我眯了眯眼，或者说，早在更早的时候，早在那个记者会VIP通道里，当她说出“你永远也赢不了我”时，她就已经决定这样干了。

我咬着牙，有点想笑。

还真是萧萧的风格啊，我跟叶子澈在一起，她就抢走了叶子澈；我在皇冠荣耀等着出专辑，她就联合Tim抢走了我的新歌；而现在，我好不容易转型成功，刚刚获得了一个金柏奖，她就再次……

我第一部影片还只能当个小小的侍女，一个小小的女配角，可萧萧第一部电影却是这么精良的制作班底，投资一亿的国内首部3D古装巨作，并且角色的戏份跟我差不多，不，角色甚至是在历史上比我名气大得多的太平公主……

想着想着，百般滋味涌上心头。

我连见都不想见她一面，怎么可能还跟她在同一剧组拍这么久的电影？！

我握住剧本的手有点发颤，恨不得现在就去辞演！一瞬间，我明白为什么之前陆瑜不对劲了。无论是那个庆功宴上，还是这些日子的训练期，他都是直接反对我出演这部电影的。难道、难道他早就知道了这件事，早就知道萧萧会加入这部电影，所以才不让我接吗……

我一直以为，他应该觉得幸运。

因为我是这么地信赖他，毫无保留地信赖他。

可是这一刻，我才发现，其实碰到陆瑜才是我的幸运。

我的手机响起，是陆瑜。

只要我有什么事，第一个打电话过来的总是陆瑜。

“喂？”我的嗓子有点哑，听起来有点像哭过。其实没有，只是因为刚才心里有一丝内疚和更多的感动。

“怎么了？”但是陆瑜的声音却比平日多了一分担忧，他顿了顿才开口，“你，看到了那个消息？”

“嗯。”我吸了一口气，眼角有点湿湿的。我本来是想叫他放心的，但陆瑜却误会了，以为我正在伤心。

“皇冠荣耀那时就传出风声要跟投这部电影，毕竟3D的影片很耗钱，并且有消息说萧萧会参演，所以……”

我在电话这端苦笑了一下，所以他才明示暗示我不要接，怕我心里不好受。可惜，我就是没明白陆瑜的心思，被黄锦立激将法一激，就上了套。难怪他会送这么一份“大礼”给我，只怕是早就听闻我和萧萧不和。

“你不用担心。”陆瑜的声音很冷静，听起来有种无比可靠的安全感，“如果不想演，我会去那边跟杜慕说。”

“可合同已经签了，是要付违约金的。”

“这个责任我来负。”

我的眼眶发热，其实我心底已经打定了主意。但是听到陆瑜这么说后，我的心像是游荡在一泉温水里，暖得快要化掉了。我摇了摇头：“不用，我已经成长了。即便再不和，我也不会放弃。就像你那时说的，无论发生什么事，我都会努力坚持下去。”

努力拍戏，努力不让你担心。

虽然私底下给自己做好了心理建设，但是真正看到萧萧进入剧组的那一刻，我还是觉得很不舒服。

萧萧戴着一副大大的墨镜，穿着最新款最潮的白色休闲装，配黑色皮裤、朋克造型的骷髅高筒长靴，腰上围了几圈闪亮亮的银色YSL链子。擦了蓬蓬粉的酒红色头发，刻意做过造型。她的下巴高傲地扬起，配上原本就巴掌大点的脸蛋，显得五官更加精致。萧萧的身后跟着经纪人Tim，两名助理，两名保镖，一共五个人跟在后面，却没有让人觉得有丝毫不妥的地方。因为她身上的气场比以前更强大了，已经强大到能够独占一方的地步，所以即便五个人伺候她，大家也觉得理所应当。

——因为，她就是天后，她就是super star！

萧萧直接进入剧组，犹如一阵旋风经过我的身边。

我不自觉地退后了一小步，有些防备地盯着她。

大抵是前几日宣传效果很好，很多粉丝都期待萧萧在电影中的表演，所以萧萧的气势也跟着水涨船高，很是凌厉！她慢悠悠地摘下墨镜，咬着墨镜柄，涂了黑色睫毛膏的眼睛向我挑衅一笑。

“我说过，我不会输给你的。”

不等我反击，她已高傲走过，身后的五个人跟着她的背影鱼贯而过……

我皱了皱眉。

此时已快十二月，天气一天比一天冷。

在萧瑟的寒风中，拍摄基地内搭建的玄黑色实木歌舞水榭多了一股冰凉之意。但是《大唐风云》最先的几幕戏，却偏偏要拍出夏季的感觉。我们已在前几天定好妆，试好角色所需的服装，夏天的裙衫比较薄，看来挨冻是不可避免的，只能祈祷中途不要下雪。

导演杜慕在摄影机前给我们讲着角色性格，我、萧萧、顾羽都围成一圈。

一拿到《大唐风云》的正式剧本全稿后，我就快速翻了一遍。虽然太平公主是正史里记载的，无双公主是虚拟出来的，但是从剧本来看，两人的戏份差不多，甚至无双公主可能还要更多一些。这一点我很满意。戏份多，才有更多的挑战空间。我饰演的无双，被王皇后的遗族训练长大，诡计多端能歌善舞，企图利用顾羽所饰演的大将顾守城进宫刺杀武则天。而萧萧所饰演的太平公主擅用长鞭，聪明过人，曾隐隐对顾守城心存爱慕，是以，最后发生了母女姐妹骨肉相残的宫廷惨剧……

“所以，凌影的无双，要更有女人味一点，更有风情一点。”导演杜慕看了看我，“不过我看过你在《上海谍迷》中的表现，其实我认为那部的表现比《女皇》中要好，哈哈，总之保持住任露露的部分感觉就行了。不过年龄段要调低一些，十六岁的少女，可以做到吗？”

没想到我的戏杜慕全部都看过，还能一一说出来。我有些受宠若惊，连连点头。

萧萧趁着导演没有转过来，不屑地瞥了我一眼，冷冷勾了勾唇角。

我立即白了她一眼。

刚刚从剧本中抬起头的顾羽，正好看到了这一幕，帅气的脸上表情有些无语，于是又低下头，埋头看剧本了。

导演杜慕继续说道：“萧萧的太平公主呢，我们这里是改良版。以前电视剧版的那个，演员很有灵气，如果角色性格重复，很容易被比较。所以我们就正好根据萧萧的本身性格改了下设定，设定为单纯，武艺不错，稍微争强好胜一点的个性，萧萧没有意见吧？”

萧萧维持着她的酷劲："没有。"

导演点了点头，似乎对她的态度比较满意。

我却在心里吐槽：单纯，呵，她现在这个样子跟单纯差十万八千里吧。待会儿拍戏，她真的能把单纯这两个字表现出来么？别表现得一副冷艳高贵……

杜慕又指导了一下顾羽的角色，这才挥了挥话筒："大家准备一下，待会儿拍萧萧的第一场第一幕戏！"

导演一声令下，所有人都严阵以待。

反光板，摄影机，轨道，灯光，全部就位。萧萧已脱了羽绒服，里面是件大唐盛夏的服饰，飞天髻，半面妆，点绛唇，琼花花钿，只见萧萧活动了一下筋骨，然后拾起一张黑长弓。

"咔嚓"场记打板，正式开始。

奇山异石的花园里，几个穿着盛唐侍女服装的婢女伺候着萧萧："公主殿下今日赏花吗？"

"无聊。"在窗棂旁支着下巴的萧萧一撇嘴，皱了皱鼻子，摆了摆手。半扇薄光透过华庭，映得她的小脸精致高傲，色如春花，仿佛压弯枝头的番石榴露出的一粒粒艳丽的籽。

我的心里咯噔一声。

我原以为她会演得老气阴沉，毕竟是一点儿经验都没有的人，没想到这样倒是将太平公主的年少芳华表现出来了。

"太闷了。"太平公主撅起嘴，一个翻身从窗台上跳下，拍了拍嫩白的双手，"拿弓来！"

婢女们立即顺从地递过一张黑色的漂亮长弓，萧萧眯着右眼，试了试张力，然后从箭筒中抽出一根羽箭，"嗖"地正中靶心。

"哇，中了中了！公主好棒。"有个婢女将黑色靶子拿了过来，其他婢女一看箭射在了最中心，也纷纷开心起来。

萧萧一扬下巴，嫩滑的脸上青春动人："那还用说。涟漪，你把这苹果放在头上。"

那个叫涟漪的婢女都快哭了，大概是没有想到公主玩箭玩得开心之下，竟做出这样的事，但是公主却不给她机会，从果盘里丢出一个苹果："快，把苹果放在脑袋上。"

正当对方刚转过身，将苹果置于头顶上时，萧萧微微一笑，眯起右眼，拉弓、弦满、射箭。

箭嗖地一下再次正中红心，笔直地穿过苹果中心！

对方啪的一声吓趴在地上了，嘤嘤哭泣：“公主、公主你太坏了……”

萧萧眼睛一眨，露出惯有的中性酷劲，低下头捏了捏婢女的下巴，随手将头上的金步摇摘了下来，动作潇洒地丢进小婢女的怀里：“别哭了，我的好妹妹，当爷送你的。”

“Cut！”一个场景拍完，导演杜慕立刻赞扬道，“不错，不错。比我想的要好得多。”

萧萧一句话没说，只是朝导演投去一个笑容。

她一下场，身边的两个助理保姆就赶紧拿着羽绒服和热水递给她，萧萧披着厚厚的羽绒服，戴上帽子，捂住水杯喝了一口水，又恢复成以往那张冷酷的跩跩的神情，根本没有之前演戏时的那种少女的直率与可爱……

真不知道怎么演出来的。

明明是首次触电，可萧萧却演得比我想象中的还要好。小公主的傲气和直爽，全都演出来了。

萧萧坐在专用椅子上，喝了一口水，察觉到了我的视线，朝着我冷冷一笑。漂亮的太平公主装扮下，一双眼睛却能挑起人的怒火……

“凌影，准备，第二场第三幕，胡旋舞！”场记打着板子。

我站起来，穿着薄薄的胡璇窄袖舞服，在萧萧带着敌意的视线下，不怒反笑。

这是一个室内搭景。

跟中土大唐雍容精致的风格不同，这个酒肆粗犷豪放，别具一格。黑色的木桌木椅简练沉厚，地上铺着从波斯运来的白色手工编织羊毯。大唐酒肆内往往藏有文人骚客的真迹，而这家墙壁上则挂着白色羚羊骷髅头，光洁的羊角似乎还闻得到大漠黄沙的炙热与爽朗，拳头大的驼铃挂在屋檐四角，在碧天冷月下泛着古铜色的光。

酒肆内布局也十分奇特，不分雅座隔厅。所有的黑色桌椅从内到外围成几个圈，正中央是一堆熊熊燃烧的篝火。柴火堆起来的架子上架着几只烤全羊，撒着胡人特有的作料，水亮的油豪爽地刷在上面，滴在篝火上滋滋作响，热情的火舌舔着焦嫩的羊腿，烤得香气四溢野味十足，完全有别于中土大唐那种中规中矩的绵细手法，一如胡人野而烈的性子。篝火附近，贴了红纸的褐色酒坛一层一层垒得错落有致，最下方是百年老树树根般粗的大酒缸，中间是双臂抱宽的中等酒坛，最上方是巴掌大小的小酒坛。整个空气中荡漾着羊肉的烧烤香和烈酒的芳醇，简直勾得肚子里的馋虫都要流口水。

一些胡人就围坐在这里，喝着酒，吃着烤羊腿。

流浪的乐人打着拍子，弹着胡琴，异族的语调透出一种不同的风情。

天色渐暗。

火红的篝火上方腾起淡青色的轻烟。

“听说维妮儿今晚会出现，是真的吗？”有人开始询问起来。

“我就是听说了这个消息才赶来的！骑了三天三夜的马！”

“哈哈，那你们来对了，维妮儿是我们的第一舞姬，舞艺非凡，亲眼见识过的人都说好。”其中一位穿着胡服戴着头巾的大汉自豪地拍拍胸膛，证明他说的话对得起草原上的真主。

“第一舞姬？”一群胡人中，一身大唐衣衫的瘦弱文人轻蔑地扬起了眉毛，“没跟我们大唐的名伶舞娘比试过，就敢自封为‘天下第一’？不过是偏远之地的小舞姬罢了，待尔等见识过我们大唐歌舞，才能真正知道什么叫衣佩环带，明眸若月，流风回雪，身姿若仙……”

“他奶奶的，捏死这个小文人。”胡服大汉气得猛地一拍桌子。

“把他扔出去！扔出去！”“胖揍一顿，替维妮儿姑娘出气！”其他胡人更是纷纷怒视小文人，装着烈酒的碗“啪”地往木桌上一磕，一伙人重重围了过去，如山般高大的阴影几乎快要将小文人淹没。

“尔等、尔等仗着人多，以多欺少！”弱鸡般的小文人现在才知后怕，抖得跟筛糠一样。

胡人壮汉鄙夷地看着小文人，撸起袖子，提拳就要揍上一顿。

忽然，火光轻轻一闪，黑影一掠。

只是须臾，胡人大汉们顿觉手腕处传来火辣辣的剧痛，纷纷啊地叫了起来，低头一看，竟是几片碧莹莹的柳叶！

刚刚犹如银针暗器般的叶子，打中他们的手腕后，就像羽毛一样柔软地缓缓飘落在地。

这么明显的对比，更衬出对方内力的可怕。

“谁！”“是谁？！”“哪个杂种竟敢暗算老子！”几个胡人捂住手腕，立刻警惕地打量着四周。

一阵轻笑从不远处的树上传出。

淡月下，一张俊美如雪山浮云的脸。

浓密的枝桠刺向天空，茂盛的树冠抖落一地银辉。俊俏的男人侧倚枝头，风姿绰约，目光戏谑。白玉般的手指捻着一片碧玉般的柳叶。夜风徐徐，玄色锦袍荡起了一角，透着一种天生的贵气。

他只是似笑非笑地看了众人一眼，但整个酒肆却似乎因他高高在上的一瞥变得鸦雀无声。

唯独那名瘦弱的文人一见，立刻惊喜地跪下叫道：“啊！常胜王！是常胜王——顾大将军！哈哈哈，看你们还敢不敢以多欺少！”

众人猛地一惊。

——常胜王！

这个称号名满江湖，无人不知无人不晓！他年纪轻轻，却已身经百战，攻无不克，战无不胜！即便是最粗鲁最野蛮的人听到这个名号也要退避三舍！小文人才刚刚叫出他的名号，所有胡人立即警戒得犹如拱起刺的刺猬，一片剑拔弩张之象。

即便是太平盛世，依旧是非我族类，其心必异。

玄衣常胜王眯了眯眼，胡人大汉后颈流下一抹冷汗。

整个酒肆的气氛仿佛一根紧绷的弦，被越拉越紧，越拉越紧，只消再稍稍用力一下，就会唰地崩断！可就在此时，一阵叮铃铃清音脆响，仿佛柔软的笑声由远及近传来……

冷月长空嗖地一暗。

一地银辉忽然暗淡无光。

众人微微一怔，不由自主地抬头望天——只见一条缀着无数小铃铛的金黄头纱从空中落下，华丽而巨大的影子仿佛将月亮也给遮住了一样。

叮铃铃的小铃铛，一个一个清越响个不停，仿佛女童们无忧无虑的笑声，瞬间冲淡了原本紧张的气氛。

疏星朗月，篝火熊熊。

有人突然惊喜地叫了一声："是维妮儿！一定是维妮儿！"语气中的兴奋与期待，丝毫不亚于不久前的小文人见到常胜王的情景。

"啊！真的吗？"

"维妮儿来了？！"人群中开始爆发出一阵阵议论。

碎银般的铃铛声齐齐一震。

仿佛一个暗示。

众人赶紧望去，只见金黄色头纱由外及内旋转了起来！大家正诧异万分，眼前突地一闪，等定睛再看，只见一名妙龄少女，头戴金黄面纱，穿着胡服舞裙，右腿微微弯起，左腿盘旋如莲，竟俏生生地立在酒缸之上！

缀满银色小铃铛的金黄头纱戴在她的头上，遮着她的面容，像是草原上灿烂的锦霞。

她的脸庞被遮住，只看得到一双水波般的眼睛。

黑色的，神秘的。

有着舞者的灵动，又有着黑夜的不羁。

"维妮儿！真的是维妮儿！"

"维妮儿！"

胡人们兴奋大叫，大声喊着维妮儿的名字，已经完全不顾刚才常胜王和小文人的威胁。

清风浮动，金黄色的头纱涟漪般拂动了一下。

维妮儿的眼神似笑非笑，越过众人直直投向威名赫赫的常胜王！

"嘎——"的一声，胡琴拉出第一个音，维妮儿眼神一变，双手交叉放在肩上，做出一个美妙的舞姬开场仪。胡琴拉出一连串豪放的舞乐，维妮儿双手合掌，身形一舒，众人还没看清她是如何动的，她纤细的腰身已摆动了好几个来回，变幻出漂亮的幻影，缀着亮片的胡服衬得她像草原上最美丽的鲜花……

常胜王倚着树干，微微挑起了俊眉，深邃的眼睛同样望向了维妮儿。

胡琴拉出一个饱满有力的高音，维妮儿手指姿势一变，拇指与食指合成一个美丽的半圈，再一个高音，双臂交叉，手势相对，短短几个音节，便如千手佛般演变出各种美妙的姿态，手势之繁复之精妙之准确竟没有人见到其他舞娘做过！

众人大声鼓掌。

维妮儿一个转身，侧脸转向常胜王。

金黄色遮面的头纱下，黑色睫毛像浓密的扇子，而眼神却如篝火般充满着神秘的魅力。

仿佛在问：如何？

头纱上银色的小铃铛和着胡琴叮当叮当地响，像是漫不经心撒下的宝石与月光。

乐师拉出一道悦耳长音，维妮儿双手向上翻旋起，脚尖儿立在酒坛上，另外一条腿就着舞乐往后一翘，像一只开屏的漂亮孔雀。

众人激动叫好！

而常胜王手指拈着柳叶，放到唇边轻轻一吹，一片碧叶掉落在黑暗中。

他面带笑容，年轻俊逸的眉宇却在向维妮儿摇头：不，这还不够，还不够让我承认你是天下第一舞姬。

他产生些许兴趣，想看看这少女到底能做到什么地步。

篝火烧得更旺，舞乐更加激烈。

烈火映着维妮儿的胡服舞裙，好像在她裙边绽放一朵朵燃烧着的舞花。常胜王的不认可丝毫没有打消她的志气，面纱遮住了她的脸，但是她的眼睛却如火般明亮！

——那你就好好看看。

看看我这个天下第一舞姬是不是白当的。

维妮儿身姿猛然一顿，左手勾起舞裙，右手朝天摆出一个姿势。

一轮弯月之下，她动人的身姿成为世间最美的剪影。

“来了！要来了！”看过维妮儿跳舞的胡人狠狠一震，目光更加炽热地看着她，整个身体都颤抖得有些癫狂起来了。

“是的，维妮儿的独门舞技要来了！”旁边的胡人眼睛发光，用肯定的语气回答着。

“难道，难道……是那个有千古绝舞之称的——烈焰旋舞！”

一群胡人们跟着激动不已，仿佛金子从天空掉下来一样！

从刚才到现在，胡人们都没有像现在这样激动，到底是什么值得他们突然变成这副样子？常胜王顾守城和小文人对视了一眼，小文人面露诧异迷茫，常胜王则是不动声色下有些不解。

“嗒嗒嗒”，零碎的铃声突然整齐有序起来。

众人定睛一看，只见这些铃声竟是从维妮儿手腕处传来，她的手腕处缠绕着好几串银铃手链，如今双腕相互撞击，迸发出整齐的清越铃响，而随着这些银铃声传出，原本的胡琴声却渐渐低了下来……

就在大家越来越屏气凝神，呼吸都快没了的时候。

一阵急促的琴声再次响起，仿佛滔滔江水滚滚东逝，胡琴越拉越快，越拉越快，快得几乎让人喘不过气来！在这急促的琴声中，维妮儿手上的铃铛也急雨般啪啪响个不停。她的手和腰部动得更快，更加精妙，突然，一个挑音，维妮儿轻盈一跳，黄色的胡服犹如花瓣般绽放！众人还没有捕捉到她的身影，她的脚尖儿已从先前的大酒缸跳到了小酒坛上！琴声再次一变，仿佛草原上万马奔腾，众人的耳朵刚被这激越的舞乐震撼，紧接着眼睛就跟着再次被震撼！只见维妮儿黄色的胡服舞裙依旧像朵花般高速旋转着，而她的脚尖却立在小酒坛上——从一个巴掌大小的酒坛旋转到了另外一个巴掌大的酒坛上！她越旋越美，越旋越快，与此同时，她的手指姿势还在不停地变化，拇指扣成凤眼，中指捻成兰花，食指比成孔雀……

整整三十二圈！幻影！真正的旋舞幻影！高速的旋转让黄色舞裙在空中留下一道道黄色的幻影，不停变化着的手势又让这些幻影一个个看起来美妙而不同！顺着一个个幻影望去，竟围着篝火形成了一个圆，仿佛每个小酒坛之上都立着一个穿着黄色胡服的维妮儿，每一个维妮儿都手戴银链摆出不同的舞姿，每一个漂亮的舞姿都像一张蛊惑人心的网，像要把人拉进这场舞曲之中……

已经有些胡人被维妮儿带动起来，开始跟着调子，在篝火旁击掌起舞起来。

舞乐越来越欢乐，大家的情绪越来越高昂。

铃铛再次一震。

弱鸡般的小文人猛地一惊，还以为自己黄粱一梦，陷入了敦煌壁画的仙女舞曲中。但下一刻，他就发现戴着面纱的维妮儿正看着他，他看不清她的表情，却看得到她的舞姿，她伸出手臂，又收回，金黄色的头纱和灵动的身姿在夜风中飘动……

好像在邀请自己一同跳舞。

可是，他不会跳啊。

对方再一次重复着刚才的美丽舞姿，伸出手臂再收回，仿佛是最香醇的陈酒等着他醉饮，最野性的骏马等着他驯服，最美丽的姑娘等着他牵手，小文人心中突然有种挥斥方遒的壮愿！虽然不会跳，但是只要跟着维妮儿的节奏，就一定没有错吧！因为——对方是天下第一舞姬！

小文人心跳加速，从没有觉得自己如此伟岸，如此像个男人！

他嗖地站起，正要牵过维妮儿的手，豪爽地踏进舞圈，旁边突然传来一阵大笑，所有的胡人都笑看着他：“又一个被维妮儿的舞迷住的呆瓜！”“这就是维妮儿舞蹈的魅力！”“哈哈，只有她的烈舞，才能让人想起心中所有的豪情壮志吧！”“小文人，我们的维妮儿跳得怎么样……”

小文人这才惊醒，又羞又愧，忿忿自己枉读了这么多的圣贤书，怎么会生出与女子共舞的心思，又忍不住还想看看维妮儿。

常胜王若有所思地看着维妮儿。

没有想到，连刚刚不屑她的人都能臣服在她的舞裙之下。有的舞姬妩媚柔情，有的舞姬缠绵哀怨，但是这个舞姿如同最烈的火焰般的女孩，却好像的确如这些胡人大汉所说——跳起了每个男人心中的豪情壮志！即便他征战许久，定力已经磨砺得十分顽强，方才看到她与众人一起欢乐跳舞时，依旧有种跟随上去的冲动！

她的舞，有种魔力。

清脆的铃铛再次一响，那双明亮清丽的眼睛看向了他，似乎带着隐隐的笑意。

仿佛在问：怎么样？我的舞技如何？

有那么一瞬间，常胜王顾守城有种想要拉下她面纱的冲动，看看到底是什么样的女子能够跳得如此让人如痴如醉！

然而，他的手才微微一动。对方便像知晓他的意图似的，忽然一旋，立即与他拉开了好长一段距离。他突然想追上去，直到他似乎在对方的眼睛里瞥到了一丝笑意。

陷阱？他的眼睛里划过一丝戒备。

对方眼中的笑意却更盛。

胡琴“噔——”地一响，她翻身，黄色舞裙画出一道漂亮的弧线，戴着小银铃的手腕一旋，酒坛的封泥啪地碎了，胡琴再次一响，旋转翻身踢腿，酒坛封泥又碎了一个，再一圈再一翻再一个，直到所有酒坛的封泥全部碎掉了……就在常胜王猜测她到底是要干什么时，维妮儿最后朝着他望了一眼……左脚脚尖一挑，一根燃起的柴火被踢到空中，凌空一划，“轰——”的一声，只见无数腾腾烈火从褐色酒坛冲向黑色天际！巨大的土地上，褐色酒坛摆成了一个圈，所有的火焰燃烧成一个圆形，每一束跳动的火舌变化成无数的幻影，而在这些幻影之中似乎还有一个女子在不断旋转……

——烈焰旋舞！这才是名副其实的烈焰旋舞！

在烈火中，旋转出幻影般的传说之舞！只有天下第一舞姬维妮儿才做得到！

其他人脸上都露出叹为观止的神色，唯独常胜王眼里划过一抹焦急，紧张地盯着层层火焰之中维妮儿的身影，担心她出了什么意外，即便他知道她应该不可能葬身于火海……“嘭”的一声，仿佛有什么爆炸的声音，一束火光从最中央爆裂而出，仿佛一只浴火的凤凰拖着璀璨的凤尾冲向九天，华丽到了极点……

所有人都仰头发出一阵感慨。

没有受伤吧？常胜王惊觉自己的第一反应居然是这个。

真奇怪，对方不过是连话也未曾说过连容貌也未曾见过的异族舞姬而已。

而下一刻，一面金黄色缀满小银铃的头纱从空中缓缓落下，他可以伸手拂开，可是他没有，反而顺势抱住了对方。金黄色的头纱从两人之间缓缓落下，时光好像慢得成了定格，他一点一点看清她的容貌。

她的杏眼大而黑，没有一般舞姬的妩媚，也没有一般舞姬的妖娆，只是像一潭沉静而神秘的湖水。

她的眼睛微微带着笑意，嗓音略微低哑：“你在担心我吗？”

篝火的余烬犹如星辰，从西面八方缓缓坠下。

原来她的声音是这样的。

有一点点内敛，却有种独特的回味。

这似乎是舞姬们通常引起男人注意的法子，但是听到她的声音，他却不觉得她是这样的人。

常胜王想了想，难得地点了点头。虽然他并不喜欢表露自己的真实想法。

她的嘴唇抿了抿，笑意稍微浓了点，似乎愉悦了一些。

“那好。这个给你。”

并没有卖弄舞姬特有的娇媚，只是仿若一同喝着佳酿般的随意，但忍不住让人随着她的调子行事。

他伸出手来，大而温暖的手掌。

一个小小的银铃铛落入他的掌心，就像她刚才跳舞的样子，在月光下泛着银色的光……

他对上她的眼睛。

沉黑的，透着灵气，却看不出是否含着笑意。

“Cut！非常好！凌影、顾羽演得非常好！”杜慕从导演椅上站起，一连说了几个好字。工作人员一听到指示，连忙过去收场，收光的收光，拍照存档的拍照。与我演对手戏的顾羽一拍完，跟我说了声“很不错”后，就朝着他的经纪人走去。而在旁久候的Jolie则赶紧将羽绒服递给我，我感觉自己都冻僵了。

已是冬天，空气又干燥又冷。

男人们的着装还好点，比较厚，我穿的这件胡服舞裙实在太吃亏了。披上厚厚的羽绒服后，胸口立刻回暖，我瞧了眼不远处的萧萧，她似乎在专心致志玩着手机，并没有听到导演说什么。我哈了口气搓了搓手，一边哆嗦着，一边答着杜慕的话：“谢谢导演的夸奖，哈哈，我也觉得自己很赞！”

杜慕是那种一进入工作状态就完全废寝忘食的类型，明明有着偶像帅哥的颜，每天却忙得连形象都不顾，胡子拉碴到底。他的神情还有些兴奋：“你给我的惊喜实在太大了！凌影，我完全没想到你会发挥得这么出色！保持这个状态，这样无双公主的角色才会更神秘更有魅力……”

没有想到杜慕对我刚才的诠释方式这么赞同。

其实在开拍之前，杜慕就对我讲过无双公主的角色，他想要的应该是少女版的任露露，风情的，诱人的，双面间谍般的，所以才会被王皇后的遗族派去用美色勾引顾守城，然后在献舞之际暗杀武则天！

但是这些天以来，我拿着剧本无数次跟陆瑜讨论。

“是不是沦落到民间，被训练的公主就要跟歌女一样？”

“一般的电影都是这样吧，养女杀手靠美色复仇。”陆瑜用着男人惯有的思路回答我。

“只要是个女的，然后有姿色，男人就会被迷住？那你们男人也太不靠谱了吧。既然这样，为什么顾守城不爱太平公主，不爱其他歌姬舞姬呢，偏偏就爱上了无双？”

“因为相遇很美好。”陆瑜摸了摸下巴，漂亮的眼睛看了我一下，“男人总是容易被某个场景打动。”

被他的话一提醒，我不由得回想起最初跟陆瑜相遇的场景：不是他拉扯我的礼服，我把他推到蔷薇丛里，就是我在雨夜摔得惨不忍睹，然后他高高在上犹如恶劣的恶魔把我抱到车里……

貌似两次都很丢人，这样的场景也会打动……男人？

我偷偷瞄了陆瑜一下。

如果真如他所说，那到底是陆瑜的“品味”好可怕，还是我的“品味”好可怕……

“当然，有些女人是特例。”就在我狐疑地打量陆瑜时，陆瑜双手交叉放在脑后，仿佛自言自语状，“反正你都看到了她最差最糟糕的一面，那么以后看到的应该都是不错的吧。”

“我哪有那么差那么糟糕！”我脸一红，立即矢口否认。

陆瑜不回答，只是摆出一副“什么，原来你还有更差更糟糕的一面？”的表情，我一个抱枕砸过去，欠虐，哼！

经过一番艰苦卓绝的讨论后，我们最终得到的结果是：

男人一般的心态都是喜欢得不到的女人。

因为他们属于捕猎者一方，拥有着猎人的心态。越是神秘，越是有着悲剧气质的，越有着强大的吸引力。

剧中，顾守城是声名赫赫的常胜王，见过美人无数，见过舞姬无数，如果用二流舞姬的妩媚和妖娆吸引他，那么也只有二流舞姬的吸引力。所以无双的独特之处，不在这儿。

我反复思考了很久，像拼图一样，一点点拼接捕捉无双这个角色的性格特点。

首先，她是反派手上最完美的棋子。而要做到“最完美”这三个字，本身也一定是极聪明的。

其次，她被训练成第一舞姬，身上必定会沾有舞姬的媚态，但是同时，她原本就是大唐公主，天生尊贵，所以妍入骨髓，气质由内而外，不需要靠娇笑和媚眼这种廉价的东西去吸引一个男人的注意力。

那么，如何展现她的不同？

我在纸上写下所有我能想到的：舞姿，眼神，嗓音，形态。

第一舞姬，必须有第一舞姬的功底。

从小被训练，眼神必定比同龄人要沉，要稳，不容易被看透。

这段期间，我看遍所有跟唐代相关的电影电视剧，一点点去找我想要的感觉，将那些实力派演员的镜头看了一遍又一遍，每天对着镜子无数遍地练习。一个跳舞的姿势，颔首的角度，锁骨是否显露，腿部的侧度，仅仅几个细微的不同，整个特写镜头出来的效果就不同。嗓音方面，声线甜美，会显得没有阅历，说话轻佻，显得太风尘。读台词的时候，我几乎试了几百种语音语调，最后将嗓音刻意地压低了很多，才有了如今的效果。

低沉，才更有韵味与故事，才更能引发男人的好奇心。

不过，就如同我没想到萧萧会在第一次电影拍摄时表现得如此沉着一样，估计一般人也不会想到在这部电影的准备期我做了什么样的功课吧。

我厚着脸皮接受导演的赞扬："嘻嘻，没问题，没问题！我会一直hold住这个状态。"

杜慕沉浸在他的电影里，所谈论的全部跟《大唐风云》相关："嗯，刚才你跳舞的这段，这里会加特效，看起来更炫一些！跳舞时的幻影，尤其是你勾手的这个动作，我们全部会做成3D效果，让观众在影院就能有身临其境、亲眼看你跳舞的感觉。还有后面这儿的火焰，剪片的时候会加强效果，最后那个火焰爆发，也可以直'冲'到观众眼里……"

"虽然好莱坞大片里面的很多先进武器、灾难爆炸做成3D很有视觉冲击力，但是我们古装大片也有很多可以深挖的地方啊。"杜慕滔滔不绝，似乎灵感闪现，讲着讲着就喊道："小周，你过来一下，这里的3D我又有一个新的想法！"

从好莱坞归来的3D技术年轻小主管立刻答应着："好，来了！老大又有什么妙招？"

这样的情形已经见怪不怪。在前期准备时，他们就一直不断推翻重来，人物妆容设定图改了又改，服饰道具修了又修，3D动态效果调整了又调整，随时随地进入状态，简直到了废寝忘食的地步。你完全看不出他们有丝毫的敷衍，丝毫的争名夺利，他们每一次讨论每一次设计都只是为了让这部电影更好，制作更精良！

娱乐圈是个大染缸，形形色色的人都有，我见过很多人只是为了拿到酬劳从而把工作当任务完成，也见过很多人根本就是将投资商的资金中饱私囊。但是杜慕他们，真的是为了国内电影的创新，真的是将电影当作一种最高的艺术。

看着他们一边商量一边往回走的样子，我心里不由得泛起一种自豪。

他们的背影，就像一颗冉冉升起的新星。虽然不大，却闪耀着最耀眼的光芒。这部电影就是有着这样敢赌上一切的导演，还有一支状态爆满的热血团队，所以才敢挑战制作国内首部3D大片！

为了他们的梦想，我也一定要将这个角色演好。

我跟Jolie从萧萧旁边走过。

萧萧终于一改“尊口难开”的模样，仿佛点评般地说了一句：“舞跳得不错。”

对曾经亲近的人太了解的悲哀就是——你可以轻易捕捉到她想表达的重点。

就像很久以前，我摔倒的第二天去拍封面时，她的那句“脸没受伤”，就是嘲笑我作为歌手却被公司认为容貌比声音更重要。而现在她这句“舞跳得不错”，其含义就是作为演员，我的演技只不过是会跳舞罢了。

只是，我已不是昔日的凌影了。

不是那个因为珍惜着曾经的感情，而不敢碎裂共同回忆的凌影。

我无所谓地笑了笑：“那是自然。从以前开始，所有的舞曲就只靠我撑场，能跳得不好吗？”

萧萧的高音独一无二，而其缺点也很明显：除去从不肯低头外，就是天生没有跳舞细胞。皇冠荣耀培训时，公司给我们请的是最好的舞蹈教练，我练得如鱼得水，而萧萧则浑身僵硬……所以之后的专辑里，她极其痛恨舞曲，因为这就意味着，我们的MV和演唱会可能要跳舞。而只要是跟跳舞有关的歌曲，那MV里一定是我在前面，动作更多，她则是做做样子，被后期巧妙的剪辑隐藏劣势。

这场胡旋舞，虽然只会被剪辑成两到三分钟的时长，但是为了精益求精，我练习了大半个月，摔倒了很多次，双脚磨得都快出血。每一个身体翻旋，每一处手部的姿势，都对着练舞房的墙镜练习再练习，力图完全展现出这支舞蹈的魅力，力图在这个角色一出场就牢牢抓住观众们的注意力！

而这些，是萧萧所不知道的。

冰冷的空气呼入体内，带着一股冰淬般的凉意。

萧萧对上我的眼睛，仿佛也想起从前这些事，目光有些不屑地闪了闪。

“不管舞蹈跳得再好，我是女一，你是女二，这点是永远改变不了的。”她的声音透着一丝优越感。

我直直回视着她。

自从萧萧加盟这部电影后，陆瑜就跟我透露过相关情况。为了一炮捧红萧萧，皇冠荣耀这次手笔巨大。萧萧相当于是带着大笔资金入组，其投资额甚至超过了品优娱乐。从目前的宣传攻势也看得出来，皇冠荣耀非常重视，处处以萧萧为第一女主角进行相关宣传，四处发布通稿。如果当初是宋微接了这个角色，以宋微的知名度和地位，即便是投资金额再多，她的名字也一定会排在萧萧前面，这点毋庸置疑。但是现在接演这个角色的是我，虽然看上去戏份跟萧萧没有太大差别，但是萧萧在YOUNGIRL时的影响力实在太大了，就算我刚刚获得了最佳女配角，院线方和投资方也不会认为我的演技就会高出萧萧一大截。

“长得漂亮、唱而优则演的女歌手都是花瓶。”“谁演都差不多，反正都没演技。”这是我最经常听到的内部的人的说法。

不过，不知道是不是一开始，我就跟宋微还有一些实力派演员合作的缘故，所以我对萧萧刚才那句完全持有相反的意见。

演员跟歌手相似，但也有很大不同。

虽然女一女二的地位改变不了，但是在演艺圈里，演技才是至关重要的！

演技差，即便第一女主角也可能是毫无存在感的“活动背景”，而演技好，即便是分量不多的小龙套也会让观众印象深刻。曾经有一位影帝被雪藏时，一度从原本的男主角跌到只能演演反派小喽啰，但是就算这个角色再单薄再脸谱化，他都能演得人眼前一亮，入木三分，硬是从毫不显眼的小龙套，演成观众们一眼就能发现的角色——这就是演技带来的强大存在感！

就算皇冠荣耀为萧萧投入大笔资金，这些演戏的经验却并不是光靠金钱就能获得的。

我以前的那些付出，没有白费。

拍摄地面凝着一层薄薄的霜，我拢了拢羽绒服，对着萧萧道："那我们就拭目以待。"

▶第十八章

拍完夜戏，天气更冷了。

导演还在监督另外一场戏，是顾羽跟武则天的对手戏。暖黄色的灯光也丝毫抵挡不了寒夜浓冬。而演员们还佯装盛夏时节，侍女们甚至给武则天打着扇子，光是看着就让人冷到牙根打颤，不得不让人佩服他们的敬业程度。

没有我的戏份，但是扮演武则天的演员是老戏骨，顾羽更是好莱坞归来的巨星，演技都很精湛。所以我心甘情愿地搬着板凳，在寒风中一边看他们表演一边偷师，观察他们是如何演绎角色、刻画人物内心的。

也许是受不住这种天气，萧萧不知道什么时候离开了。

又是一个多小时的拍摄，终于，导演满意地点了点头，一声“cut”，结束了今晚所有的戏份。

“很好！你们做得很棒！非常好！我有预感，这次《大唐风云》一定会成为最棒的电影！”

导演看完回放后，越发满意，一番话说得豪情壮志，但是没有人觉得他在说大话。

我跟过两个剧组，都很专业，但是杜慕这个团队却是让我觉得最热血的一个！因为你时时刻刻都会被导演那种投入的精神所感染！果然其他人也纷纷认可鼓舞道："一定的！""杜导付出了那么多，一定会成功的！"

杜慕眉宇之间有点疲惫，但是兴致不减，哈哈笑了两声照单全收："今天第一天拍摄，大家都辛苦了，我请大家吃火锅！"

现在已经凌晨两点，但在拍摄基地这是常有的事，很多店铺知晓情况专门做晚上的生意，并未关门。

众人一听，立刻高兴地欢呼了一声。

"导演真是大好人！"

"就是！这天气太冷了，手脚都快冻麻了，正想搞点热乎乎的东西吃呢……"

一个工作人员扬着笑脸，小跑到我跟前，礼貌地询问："凌小姐也去吧？"

我跟Jolie对视了一眼，虽然有些困乏，但还是点了点头。

刚入组还是随大流比较好，否则很容易给导演和其他人造成爱耍大牌的印象。

大家都有车，跟着导演的车尾行。

奇怪的是，我和Jolie一路上没有看到萧萧……难道她不去？

拍摄基地的餐厅自然不可能跟市中心那些豪华酒店相比，但是这一家口碑不错，比较卫生，火锅也很正宗，时常听到圈内人推荐。我们十几号人浩浩荡荡地进来了，整个店一下子热闹起来。其他桌子上还有一些客人，都是同行。我们相互笑着点点头，算是打过招呼了。

导演和我们几个主演一桌，其他工作人员分了几桌。导演催着老板娘："赶紧的！我们快饿死了！"不过一会儿，服务生就端上了热气腾腾的火锅，火辣辣的红椒浮满了锅面，火锅独特的香辣气味飘荡在寒冬的夜里，光是看着，就让人感觉热乎不少。服务生又端上一堆涮羊肉、雪花肥牛、啤酒、生蔬等。

导演笑着道："你们都要保持身材，我知道的，今晚这桌便宜我了。"

我们几个主演纷纷笑了起来。

"大家先吃，萧萧待会儿就来。"导演解释道，又朝老板娘挥了挥手，

“加两把椅子两套餐具。”

怎么是两套？

我有点疑惑，即便是经纪人，也是跟其他工作人员一桌的。其他人心照不宣地不问原因，只是活跃着气氛，高高兴兴地谈笑着，小饮了几轮后，店门啪嗒一响，一阵寒风溜了进来，不少人打了个哆嗦。我抬起眼帘，正有些诧异地望去，就听见其他人喊道：

“萧萧到了！”

“男友真体贴，才第一天就来探班啊。”其他桌子的人吃得正在劲头上，个个精神不错，连口气都活络了许多。

我的心突然像被一只手拧了一下。

萧萧还是保持着以往酷酷的样子，但是面对大家的问候，却难得地笑了笑。更难得见到的是，一向中性打扮的她现在却紧紧偎依着身边的这个男人。这个男人干净而高挑，眉宇之间溢满着温柔，他穿得很少，因为外面的那件青色大衣裹在了萧萧身上……

我抬起头，怔怔地看着他。

曾以为，这会是这世上我最熟悉的容貌。

然而大半年未见，却发现自己竟然开始觉得陌生，甚至对过去的记忆产生了一种模糊的错觉。

这真的是……我曾经爱到不可自拔，想与之结婚的那个人吗？这真的是……我曾经恨到一看到他的名字就想落泪，一看到他的脸就心如刀割的那个人吗？

如果是，为何我现在的心情平淡得犹如一条直线。

没有大爱大恨，没有痛彻心扉。只剩下对过去的时光、过去的自己，一种淡淡的唏嘘。

拼命想遗忘的时候，记忆却清晰得让人辗转反侧；以为自己还记得的时候，有些事却早已被时光的洪流冲淡。

“都是我的缘故。不好意思，让大家久等了。”叶子澈微笑着道歉，视线巡视了一圈，碰到我目光一顿，过了半秒，最后落到导演身上。

“大家不要跟我抢，今晚一定我请客。”他浅浅牵起嘴角，半开着玩笑，“否则萧萧会生气……”

那些工作人员会心一笑，再次夸道："瞧瞧，这才叫恩爱！""果然是模范情侣……"

越来越会说话了。

又树立了自己的形象，又替萧萧拉拢了人缘。嗯，模范情侣，真的是名副其实……

我低下头，用筷子夹了一片烫好的羊肉。

火锅里的汤水发出嘟嘟的声音，气泡升起再破掉，变成白色的袅袅的烟气。他们两人来到我们这桌，叶子澈正要替萧萧拉开椅子。

"就坐这儿吧。"我的耳旁传来萧萧的声音，她把叶子澈摁到离我最近的位子上。

羊肉"啪嗒"掉在了地上。

叶子澈刚刚温柔的神情，此刻像是被定格住了一样，他望了一眼萧萧，没有当面反驳，却迟迟不肯落座，而萧萧显然没有改变主意的意思，率先坐在了另外一张椅子上："大家不用管我们，吃，继续吃。"

叶子澈微微尴尬地站着。

他站立的时间有点长，这种不合时宜的动作自然引起了一些人的注目。大家看了看他，又看了看萧萧，萧萧一副不知情的样子自顾自地夹了一个鱼丸，于是目光又落到了我的身上。

我垂下眼帘，过了一两秒，脸上已经浮现一抹浅笑："怎么还不坐，是不是我挡住了你的位置？"

"没，没有。"叶子澈眼神闪了闪，话音却愈发轻了。

直到他道谢慢慢坐下来，我才有一瞬间回到过去的恍惚。原来我们也有挨得如此之近的时刻……真是久远得好像上辈子的事情了。

一直以为，非他不可。

可是，所有的爱恨，却在日复一日的自我挣扎自我唾弃之中，渐渐消失殆尽……

桌上的气氛还是很热闹，而我竟也像没事人一样，跟大家一起聊聊笑笑，吃着羊肉，碰着酒杯预祝电影顺利拍完。酒杯相碰的声音，火锅沸腾的声音，人们交谈的声音……组成了一支夜之交响曲。这种场面是如此的不真实，明明一切看上去是如此的热闹，而我也明明身在其中，却又觉得自己像另外一个世界的陌生人，看着桌子上的自己镇定应付着这一切，镇定地看着萧萧让叶子澈夹菜给她吃，镇定地看着萧萧回夹给他，镇定地看着不知情的导演笑赞萧萧和叶子澈：“你们感情真好……”

“不能跟凌影的男友相比。”萧萧用纸巾擦了一下嘴巴，仿佛没有其他用意。

一旁的叶子澈看了她一眼，目光有些疲惫，还有一些复杂和无奈。

萧萧挑起这个话题，现在整张桌子上的人自然都将注意力投掷到了我身上。

我顿了顿，放下筷子，淡淡道：“你说的是前男友吧。虽然劈腿，不过有些方面的确不错。”

我夹了一些金针菇给叶子澈，叶子澈是个细心的人，从头到尾他夹的都是萧萧最喜欢吃的，而萧萧回夹时却没有夹过他最爱的金针菇：“但是，再次看到他时，心里却奇异地没有任何情绪，只剩下平静……”

我回视萧萧：“祝你们幸福。”

萧萧一怔。

而叶子澈的神情一瞬间好像无比悲哀，脸上更是浮现一抹自嘲的苦笑。

其他人打着圆场接过话题：“那你肯定已经不爱他了，无爱无恨，所以只剩下了平静。”

“也好。过去了就过去吧，人总不能靠着回忆过日子。”

“是啊是啊，你这么漂亮，难道还怕没人追，肯定还有更好的……”

我一边吃一边笑，故意活跃气氛：“那当然，等姐事业有成的那天，想要什么样的男人就有什么样的男人，是不是啊导演？”

杜慕笑出声：“那是，我最看好的就是你。小姑娘有灵气又有毅力，以后有机会再合作。”

没想到杜慕这么赏识我，我也超高兴：“这可是杜大导演说的，大家都听见了哦。以后我投靠杜导你的时候，可不许赶我走。”

杜慕笑出声：“你呀！欢迎之至可以了吧？”

桌上又恢复成一片欢歌笑语，吃火锅真是一件热闹的事。我甚至打破了以往的节食自律，不仅吃了好多肉，连面饼汤都没有放过。

我没有再理萧萧，也没有再看一眼叶子澈。

但是不知道是不是我的错觉，我总觉得这一整晚，叶子澈都在用一种悲伤的眼神看着我。

外面夜寒露重，室内热闹不已。

我们一起聊以前的拍摄趣事，一起聊导演对这部电影的愿景想法。

吃到最后，所有的肉和菜都被消灭光后，我站了起来，举起手中的啤酒："干了！杜导，我相信您一定会拍出最震撼最具里程碑的3D古装大片！因为您是最用心的！无论发生什么事，我们一定会挺您！"

杜慕也跟着站起来："这部片子很艰难，但是真的很有意义，而我最幸运的就是，有你们这样一群热爱电影的同伴！干了！"

我们双双一饮而尽，周围一片叫好。

其他人也被感染，纷纷举杯相碰，喝了不少。

整顿饭吃到凌晨三点多才结束。

明明喝得不多，只不过是几瓶啤酒而已，最后的记忆却好像是我一边唱着以前的歌，一边被无奈的Jolie塞进车内，她嘀咕着"怎么今晚兴奋成这样"，而我却在车里牛头不对马嘴地对着她喊："竟然第一天不过来探班，气死我了！还不把大衣披在我身上，过分！还不给我夹菜，太坏了……"

Jolie听得一头雾水："你在说谁？难道是陆总？他有要紧事，还在T城出差……"

我却不理她，赌气地按下一个电话号码，带着醉意冲着电话那端大嚷大叫："本宫要休了你，本宫要写休书休了你……"

Jolie："……"

这一觉睡得很熟。冬日的阳光照了进来，我揉了揉眼睛，都有点不想起来了。

好像有什么扛了很久的事从心里卸了下来，很久都没觉得这么轻松过了。

我刷了牙，哼着小调，心情一直很不错。上午没有我的戏，所以直到快要中午，我才去了剧组。天气越来越冷，冷冽的风吹着枯叶沙沙地响，我不由自主地缩了缩脖子。

打光的大哥见了我："冬天很容易感冒，凌姐要注意身体啊。"我笑着点点头。

没走几步，怀里抱着一堆衣服的服装助理冲着我道：“凌姐，你的剧服又做好了五套，好漂亮，什么时候来试试？你送的那些点心，真好吃。”

“好，待会儿就去。”

几个饰演小角色的女演员刚刚拍完戏，一看到我便满脸笑容：“凌姐凌姐，谢谢你让人送来的暖暖贴，真是太有用了……”

“你们觉得有用就好啦。”我挠了挠头，打着哈哈。

又被好几个人这样问候后，我再搞不清状况，也有些奇怪了起来。

怎么回事……见到我居然恭恭敬敬地喊我“凌姐”？

我的年纪肯定不适合被称作“凌姐”。但在圈子里被这样称呼，是一种尊敬，一种对你的名气与地位的肯定。

一下子对我这么尊敬本身就有点让我不敢当，尤其是其他人还谢我买的点心和暖暖贴……什么点心？我自己都还没吃到呢。难道是Jolie今早买的？我迷惑地给她发了一条短信：“东西是你买的？怎么不给我留个暖暖贴，快冷死了……”

结果对方回我一条：“来三生桥。”

“三生桥”是拍摄基地最有人气的场景之一，雕栏玉砌，莲花桥墩，十二拱洞，一座石亭。早晨有雾之时，淡紫色的雾气缠绵其中，看上去仿佛不在凡间。也许是许多仙侠大戏都在这里拍过的缘故，三生桥不知道怎么就被赋予了另外一个意义，说是只要情侣们在这桥上走过，将名字刻在桥上，就会长长久久，三生三世。

据说很多观光游人慕名而来，偷偷将自己的名字刻下。

我站在石亭处，等着Jolie。

冬日的三生桥显得越发清冷。我等得有点无聊，低头随意看了看。石桥是浅灰色的，有着特有的粗糙感，细看之下才会看到真的有很多情侣将自己的名字刻在了上面。白色的刻痕经历了日日夜夜的风吹日晒，虽然不怎么起眼，却还是非常清晰。有的刻了一把爱的小伞，下面写了情侣双方的名字；有的刻着XX和XX要永远在一起；有的刻着我们要幸福一辈子……

爱的誓言，即使只是旁观，都会让人心生甜蜜。

有那么一刹那，我想起了陆瑜，如果这座石桥铭记着终成眷属的有情人，不知道我和他的名字，会不会有一天也被刻在上面……

这个念头一闪而过。

一个温暖而熟悉的怀抱从后面贴了上来。

对方修长的手指捂住我的眼睛，高挑的身材像座坚固的堡垒，在这个寒冬充满着一种莫名的安全感，让人觉得自己不会再因为形单影只而孤独寂寞。

我微微一怔，随即觉得不可能——Jolie不是说，他正在别的城市出差有要紧事要办吗?

“猜对了有奖，猜错了要被惩罚。”对方戏谑的声音从耳畔传来，气息掠过我的耳朵，像是被热气烫了一下。

明明只是几天没见，我却突然发现，自己是如此地思念他。

被他拥住，就觉得好温暖，听到他的声音，就觉得好开心……

真想被他这么拥到天长地久。

“啊，我猜，一定是某个毒舌恶劣总爱欺负人的大坏蛋。”我故意唱反调。

“……”

我几乎可以想象得到对方想要扶额的样子，不由自主地笑出声。

“这个世界上啊，也只有像我这么俊美的大坏蛋才会一听到你的呼唤，就连夜坐飞机赶回来。”陆瑜的双手从我眼睛移到我的肩膀上，将我转了一个圈，点了点我的鼻子。我反射性地望向他，在他含笑的瞳仁里，看到了自己傻傻笑着的模样。

桥上的风有点大，吹乱了我的头发。

陆瑜穿着一件D&G英伦风修身单排扣长风衣，脖颈上围着一条灰色围巾，他将围巾解了下来，温柔地围到了我的脖子上。

我低头摸了摸，质地很好，带着陆瑜的气息，将寒风抵挡在外。

“把手放进来。”陆瑜又不知道从哪儿变出一个粉红色Hello Kitty的暖手宝，在我眼前晃了晃。我把双手放进去试了试，白绒绒的细毛立刻将我的手捂住，像羽毛一样轻柔，又舒服又暖和。

“好可爱。”我有点爱不释手，举到陆瑜面前给他看。

陆瑜见到我这样子也跟着笑了起来。

他抬起漂亮的手指，拨了一下我脸颊上的发丝。我的脸微微发烫，却又有些依恋他碰触我的感觉。

陆瑜这才开始显露出毒舌的本性："第一天没有来探班，听说某人非常生气，嗯？"

我的脸一红。

那、那是昨晚的醉话。

他深邃有力的眼睛看着我："没有将大衣披在你身上，真是太过分了，那么用围巾和暖手宝代替可以吗？"

糟糕，他怎么都知道？！

我支支吾吾，面红耳赤，像只被猫捉住的小老鼠，什么都说不出来。

陆瑜得寸进尺，故意居高临下地看了我一眼，风流轻佻地捏了捏我的脸："这么好的夫君，公主殿下真的想写一纸休书，休掉？"

昨晚那通电话……天，我想扶额，我这算是自己挖坑自己跳吗？

"没有，没有。你最好了啦，只有傻瓜才会想要把你休掉。"我赶紧讨好着这个难伺候的主，又是作势给他捏肩又是给他捶背，"而且这个暖手宝太可爱了，我好喜欢！"

"真的？"

"真的。喜欢喜欢最喜欢了！"

"不会再写休书？"

"休书那东西是什么我都不知道。"

"再也不会多看别的男人一眼，不会对别的男人微笑，不会为别的男人伤心，死心塌地至死不渝也要跟夫君在一起？"

"这……"太霸道了吧。

"怎么，不愿意？"陆瑜板着脸挑了挑眉峰。

"愿意，愿意。"我连忙用力点头，如小狗狗般表忠心。

点完头之后，我才发现，咦，好像有什么不对劲。

陆瑜脸上的笑意加深，像是听到了什么最美妙的誓言，露出我从没见过的迷人笑容。他低头看着我，眼眸颜色越来越深，视线越来越炙热。

风吹过三生桥，白玉般的石桥仿佛在低低吟唱。

桥身上镌刻的"三生"二字愈发清晰。

"喂，等等……"我弱弱地推拒着他压过来的胸膛，"我刚才的意思是……"

但陆瑜的眼睛闪着勾魂夺魄的光，只是盯着他的眼睛，整个人就沉醉在了他迷人的眼神里。大脑晕乎乎的，还没等我想好要怎么解释刚才那个回答，陆瑜性感的唇已经印了下来。

“既然说了愿意，就不准反悔。”陆瑜低沉的嗓音像一根羽毛划过我的心尖。

作弊！完全不给我机会反驳……

我迷迷糊糊地想着，心里却甜得仿佛泡在蜜糖里一样。

要是能永远跟眼前这个人在一起就好了……

“你们感情很不错嘛！”一道略微尖锐的女声响起，但是听不出任何恭喜的意思。

“嗯？”微微拉开距离，没想到被这样打断，我有些晕乎乎地顺着声音的方向望去。刚刚完全被陆瑜迷住了，现在有些腿软，还好他担了我大部分的重量。陆瑜理了理身上的大衣，扶住我，一双俊秀的眉微微蹙了起来，不悦地看着对面。

两个人的温暖被冷风吹散，我这才清醒了点。

只见萧萧和叶子澈手挽着手从桥的另一头走来。萧萧不怕冷地穿着一件黑色短裙，外面披着一件男式白色羽绒服。萧萧应该不冷，不过叶子澈却被风吹得有点脸色发白。

……没有想到会这样被撞见。

即使心对这个人已没有什么波动了，但还是觉得有点尴尬。

不远处的叶子澈只穿着一件单薄的米色羊绒衫，他清秀细长的眼睛里微微有些挣扎，有点欲言又止地看着我，最后将轻轻握成拳形的手又插回口袋中。

从没有见过叶子澈露出这样的神情。

跟我在一起的时候，他向来都是从容的、优雅的、细致的。

我的目光才在叶子澈身上停留了一秒，旁边两道视线就犹如利刃般迅速插在我与他之间，像是最敏锐的侦查仪。

我无奈地望了一眼陆瑜，用眼神传达着：拜托，只是看一眼，用得着这样吗？

陆瑜漂亮的眼睛鄙视地看了看我，扬起线条完美的下巴，同样用眼神高傲地回击：是谁刚刚答应再也不要看别的男人一眼？

“……用得着这么认真吗？”只不过是随口答应啊。

“什么？！”陆瑜猛地扭过头，额头上几乎快要呈现出一个“井”字，一副恨不得要将我吃掉的样子。

“要秀恩爱请另外找地方。”萧萧冷漠的声音从对面传来，夹杂着一丝不屑。而与此同时，她握住叶子澈的手也更加用力，仿佛自言自语般地说道，“只有一个男人不想对另外一个女人负责时，他才不会对外正式公开两人之间的关系。”

冬日的风将她的声音吹到我这边，愈发的寒意四射。

我看着她黑色如冰的眼睛，不禁打了一个寒颤。

同陆瑜嬉闹的心情也没有了。

我的视线停留在萧萧和叶子澈紧紧相握的手上。在年轻的男女之间，这样的姿势似乎只属于恋人。可是恋人，却不单单只是拥有亲密牵手的权利。

萧萧一针见血地点破我一直自欺欺人的假象。

无论是因为当初想低调恋爱担心影响了对方的星途也好，还是因为对方的身份太敏感时机总是不对也罢。不管是叶子澈，还是陆瑜，他们从没有公开地、正式地承认过我跟他们之间的关系。

明明关系如此亲密，却得不到任何承认。

所以就连当初被人抢走男友，也没有办法诉说……

我不自觉地看了一眼陆瑜，不知道为什么，往后退了一步，好像这样就能把我跟他之间的距离拉远一点。

似乎完全没想到我会有刚才那样的举动，陆瑜眉峰挑得更高，眼睛里满是惊讶与不可置信。倒是萧萧见我无法反驳，脸上挂着酷劲十足的笑，自信满满地牵住叶子澈的手往回走。寒风将她对叶子澈说的那句“你应该把我们的名字刻在这儿”吹到四面八方……

陆瑜伸出手臂一把把我拉回他的怀抱，我重重撞在了他的胸口上。

他先是万分吓人兼鄙视地瞪了我一眼，接着细长有力的眼睛泛出凌厉的光芒，朝着萧萧与叶子澈的背影大喊，声音在寒风中更是带着讥笑：“别把我跟你那个爱劈腿没担当的男人比。就算公开关系，爱劈腿的男人永远爱劈腿，没责任感的男人永远没责任感，不爱你的男人也永远不爱你。”

萧萧猛地扭头，勃然大怒：“——你也就只会口头说说而已！”

陆瑜眯着黑色的眼睛，毫无惧意地迎向她的目光。

“是吗？那就管好你身边的男人，别老是用一种后悔求原谅的眼神看着我家凌凌，我家凌凌心软，禁不起这种看。”

萧萧一听，针刺般的视线立刻射向叶子澈。

叶子澈优雅的嘴唇张了张，脸色更白了一些。

萧萧气得将叶子澈的白色羽绒服一把摔在地上就走了。叶子澈在原地停了一会儿，看了我一眼，最后捡起衣服快步追了过去，他的身影在苍茫冬日显得更加黯淡……

“别看了，又没有我帅。”陆瑜毒舌地自卖自夸。

“……”

“怎么，我说错了吗？”

我斜睨了他一眼：“我才没有心软，也不会心软的。”

我也学着萧萧，率先扬长而去，只不过戴着陆瑜的围巾，手也伸进他给我的暖手宝里。陆瑜跟在我身后，小声的嘀咕被风吹来。

“那么多把他俩置于死地的机会都放过了，还不心软？不过，我就喜欢你这点。”

▸第十九章

陆瑜停留的时间很短。上午才飞来，晚上就又要飞走。

我们俩总是这么忙，时间短暂得连多待一会儿都这么难。我想去机场送他，可是晚上还有戏要拍，Jolie在一旁安慰：“以后见面的时间多得是，陆总多来探班吧。”

陆瑜捏了捏我的脸，难得温柔：“听Jolie的，过几天我再来看你。”

我知道自己没有任性的权利，只能看着他风尘仆仆的背影消失在夜幕繁星之下，不知道怎么就有点心酸。我呆呆地站在原地，半晌都没有动。

冷风冻得我的脸颊有点失去知觉。

旁边的Jolie道：“明明这么赶这么忙，还考虑得这么细致周到。暖暖贴和点心都是他让人打理的，不让你的阵势输给萧萧。”

虽然有些猜到，可是从旁人口中证实时，我的心头还是一暖。

快要冻僵的脸颊也不由自主地浮现出一抹笑意。

回到摄影剧组，萧萧正在拍摄跟顾羽的对手戏。她的妆容上得极为精致，乌黑如云的发髻里插了十几支金钗，凤头钗衔着光泽饱满的东珠，黑色镶嵌金边的唐朝盛装衬得她姿态贵气，雍容典雅。

在室内布景那边，顾羽所扮演的顾大将军已班师回朝，凯旋而归。大将亲王们坐在玄木矮几之后，相互进酒，觥筹交错。盛唐人杰地灵，个个腹有诗书气自华，但是在一群翩翩君子之中，坐在武后旁边上位的太平公主却唯独看中了顾守城，她眼波流转，有些意动，特地命侍女将他叫了出来……

月色溶溶，清风拂柳。

顾大将军一身金黄软甲，身姿挺拔，犹如泼墨山水画中的一株青松。浓浓的眉毛斜飞入鬓，俊俏的眉宇下一双眼睛熠熠生辉，亮如星辰。

折枝梨花，宫灯柔和，静得只听得到一些虫鸣和鸟啼。

突然，唰的一声利箭破空！顾守城眉峰警惕一挑，利落地避过。对方见此失败，一个分花拂柳作势要逃，顾守城脚尖点地，紧追不舍，双方在空中过了十几招，顾守城一掌击向对方右肩。身着夜行服之人眼看就要重重摔落在地，不由得“啊”地惊呼了起来——竟是女子之声！

顾守城察觉有异，一个大步上前，横抱住了对方。

两人在空中旋转而下，惊落一树梨花。

雪白的花瓣悠悠扬扬，从天而落，好似一场绵细的花雨，落到了女子黑色的长发之上，落到了宫廷青石的细缝之中，暗香浮动。

黑色的面纱悄然滑落，正是萧萧那张略带英气的脸。

娇白的面容，率性的墨眉，嫣红的唇瓣，平日里率真胆大的太平公主，此时此刻却全神贯注地凝视着她眼前的这个男人——这个天地之间的常胜王！

太平公主第一次显露出一丝小女儿家的羞赧。

细白的梨花花瓣停留在她的发梢上，将她的容貌衬托得愈发柔和动人：“你、你武艺不错。”向来不肯认输的她第一次主动去夸赞一个男人。

而对方将她放下后，却规规矩矩往后退了三步：“多谢公主谬赞，臣先行告退。”

金色软甲逐渐消失在花木疏影之下。

高贵的太平公主抿着红唇，眼中流露出怅然若失的神情……

导演一喊停，萧萧就恢复成平日里冷酷寡言的样子，跟刚才判若两人。导演惊讶地看了看她，又看了看监视器里的回放：“真是难以想象，你是怎么以平日的性格演成这个样子的？”

萧萧将唇抿成一条自信的弧线。

看来在三生桥被陆瑜讥笑后，萧萧的志气并没有受损，反而更有斗志了。

没过两天，Jolie突然对我说道：“快看这条新闻！”我诧异地点开她发过来的链接，竟是陆瑜的，标题是“陆瑜探班《大唐风云》 女友凌影饰演无双公主”……

陆瑜跟我的关系，在金柏奖颁奖晚会时有记者问过，但是陆瑜正要回答时就被Jolie阻挡了。

然而现在……我的视线牢牢盯着“女友”两个字，我的名字前什么时候冠上了这两个字？最近根本就没有记者来问我恋情相关的事情啊。但是不得不承认，这样的称呼却让我觉得有些甜蜜。

好像有种专属权一样。

以前只要跟自己喜欢的人在一起，我就心满意足，现在却发现，有没有正式公布对这段关系好像真的不太一样。虽然并不能就此赶走其他对陆瑜虎视眈眈的女星们，也不能保证以后我们一定会白头到老，但是在这个阶段，却会让这段感情中的自己活得更自重、更认真一些。

“怎么回事？你和陆瑜对外公布恋情？怎么不先告诉我这个经纪人？要不是今天看到这个消息，我还被你们俩蒙在鼓里。”Jolie有些生气。

手下艺人对外公布恋情对经纪人来说是件极大的事，因为稍微弄不好就会有损艺人的公众形象。

最近有些明星情侣在网络微博上公开晒恋情，结果没有等来祝福，反而被网友们纷纷议论不相配而不看好，甚至捏造一些明星情侣们不堪的往事，给原本恋情顺利的明星情侣们带来重重压力。

恋情不顺，形象下跌，连带整个演艺事业也会受到影响。这是经纪人非常不愿意看到的。

“我没对外公布，也没有接受这样的采访。”在我的印象里，那天也没有人拍到陆瑜，到底是哪个记者，竟然会知道这件事？我将那天萧萧在三生桥说的话，还有陆瑜的反应原原本本地说给了Jolie听。她沉吟了片刻：“如果像你所说……那十有八九这个料是陆总自己爆的。”

“他自己爆的？”我一时没有反应过来。

“嗯，为了让你放宽心，又不希望媒体去打扰你，所以他自己先对记者爆出这个料。一来侧面公开你们两人的恋情，这种事由男方公开也的确会更尊重女方一些；二来你人在拍摄基地大家很难进来，到时相关的媒体采访就会落在他身上，不会影响你的拍摄……”Jolie成熟老道地分析着。

我一字一句地听着。

明明是再普通不过的话语，可是听着听着就好像可以看到那个男人毒舌恶劣下温柔周到的心。

这的确是陆瑜的风格。

他从来不会主动告诉你，他会为你做什么，他为你做过什么，可是等你回头看时，才会发现，原来他已经为你默默付出了这么多。

我不知道剧组其他人是怎么知道这个消息的。

但是自从陆瑜公开，媒体打电话给我我也承认后，大家对我的态度好像有些不一样了。在这个圈子里，有些女星爱上不太好的人，大家看她的目光都会变得有些挑剔，而现在，大家看我的目光却多了一分尊重。

我私下与跟我对戏的“武则天”聊过：“为什么会这样？陆瑜他好像跟这个圈子没有什么关系吧？”

饰演武则天的女艺人四十多岁，虽然最美的年华不再，但是风韵犹存，一个眼神一个动作都充满着“戏”味。她在这行待了很多年，知晓的事情比我多多了。听我问出疑惑后，她笑道：“陆总在这个圈子混得风生水起的时候，恐怕你当时还没出道，也就更不可能知道了。如今的品优娱乐，准确说来，是黄锦立和陆瑜联手打下来的江山。原本这个圈子的领头羊是ESE和皇冠荣耀，一个为了事业利益联姻抛弃了挚爱的恋人，一个是黑道漂白的老牌资历，但是近几年品优娱乐却隐隐出现了可以与之抗衡，甚至凌驾于他们之上的实力。如果不是当年……嗯，总之，陆总虽然很少公开露面，但是圈内人十分认可他的才干。他交往过的女友很少，你是他这两年唯一一个亲口认定的女朋友，肯定是你身上有什么特别的闪光点，我们大家就算看不出来也会相信陆瑜的眼光……”

原来是这样的情况——我被“爱屋及乌”了。

没有想到做陆瑜的女友，还有这样的优待。“武则天”说的话我都同意，唯独对她说的陆瑜很少公开露面这点不赞同，在我的印象里，基本上只要是我出席的场合，都能看到他。就像最近拍戏，虽然他很忙没法来探班，但是每隔几天就会有很漂亮的花空运过来，盛放着长茎玫瑰Trendy Fregrance的玫红花盒，装有伯利恒之星和白色贝壳的丝绸方盒，鲜嫩David Austin配紫色风信子的奶油色圆盒……还有各式各样的美味小吃。

冬季的拍摄基地经常是干冷一片，放眼望去十分萧条，但是因为有了陆瑜送来的这些花，连干燥的天气都像被花朵优雅的颜色滋润了一般。与此同时，叶子澈最近也来得很勤，多次探班，时常能够看到他跟萧萧一起手牵着手，在众人面前恩爱散步，亦或者是在我收到漂亮鲜花的第二天，叶子澈就会当众送上很漂亮的珠宝给萧萧，羡煞众人。

我倒是没有多在意。但是的确因为陆瑜的鼓舞打气，对电影的拍摄更加投入。

这一日，残阳如血，暮色凝重，像是一匹被鲜血染红的苏锦，巍峨的宫殿在壮美夕阳的照射下，有种悲壮的美感。导演对着取景框比划了一下，最后一拍大腿，决定将我跟武则天对峙的最终场提前。这一幕，我饰演的维妮儿终于知道了自己的身世，而此时她和武则天被齐齐困在宫里，王皇后的遗族端来一杯毒酒……

朱色宫门紧闭，上面的铜钉仿佛一颗颗眼珠，阴森地盯着宫内的一切。

武则天已下旨让顾守城迎娶太平公主。

我第一次凝视着这个唐朝最有权势的女人，这个设计杀死自己孩子嫁祸皇后自己取而代之的女人，这个自己从小就被灌输有朝一日一定要杀死的女人。

宫灯油尽，日暮西沉。

这个最雍容最华丽的盛唐皇后，一半身体被巨大的阴影厚重地笼罩着，一半身体被鲜血般的夕阳染红。她的眼神依旧精明，里面有种豹子般的力量，但是发鬓却已经有了怎么也遮不住的白丝。

皇室的辉煌与沧桑好像就凝固在了她的身上。

外面厮杀声震天，鲜血四溅，宫内静可闻针，龙涎香袅袅。

我手指抵在日影里的窗格上，内心却犹如惊涛骇浪，强压下刚刚得知的消息。

我缓缓地开口，声音低沉而涩哑：“我说，只要你取消顾守城和太平的婚事，我就放了你。”

她保持着最雍容最端庄的坐姿，苍老的眼睛平静地望了我一眼，姿态高贵无比。好像即便现在用刀抵在她的脖颈前，她都不会眨一下眼，绝对不会有失皇后的尊贵。

我威逼利诱，目光却悄悄地、饥渴般地盯着她的一举一动：“不过是你女儿的婚事而已，跟你的性命比起来，孰轻孰重？”

从小，我就羡慕着其他人拥有母爱，每每想要一个拥抱，得到的却是一顿鞭抽，或者一道“你必须要做到最好”的指令。整整二十余载，你以为你再也得不到的东西，到来头却发现是你一直努力摧毁的。

武则天缓缓转向我，带着一种天生的威仪，语调像流水一样优雅：“她是我们大唐的公主，是我最疼爱的女儿，婚事岂是你们威胁我就会收回的。”

我看着她：“可是我喜欢顾守城。”

她目光一顿，显露出一丝怜悯：“不要跟我的女儿争，我一定会把全天下最好的都送到她面前。”

我咬着唇，眼眶发热：“就因为她是您的女儿吗？”

“我曾听说，太平八岁的时候想要一匹汗血宝马，您派人不远万里到最西的西域给她找了回来；太平十岁的时候生了重病，您衣不解带地照顾了三天三夜不假于他人之手。那么，您还记得您的另外一个女儿吗？”

“另外一个？”

“就是被掐死嫁祸王皇后的那个。”

武则天一惊，头上原本整整齐齐的金钗有些凌乱地摇晃了起来，她展现出与之前的雍容华贵截然不同的一面，目光如刀地盯着我，似乎想要看穿我到底怀有什么目的。

“如果、如果她活着，你会待她像待太平一样吗？”

她死死地盯着我，嘴唇紧闭。这是大唐最黑暗的后宫秘史，这是最不能知道的事情，否则必诛九族！

整个宫殿顿时陷入了死寂。

夕阳坠入山谷，最后一丝猩红的光湮灭在了窗格上，黑暗里，只剩下她头上的凤钗与眼睛反射出来的微光，像是冬季波光平静的湖面。

"回答我！回答我——如果那个女儿还在，你会待她像待太平一样吗？如果她跟太平爱上同一个人，你还会坚持太平与他的婚事吗？如果那个女儿身染重病，你也会三天三夜衣不解带地照顾她吗？"

"我会。"长久的沉默之后，屋内传来这个女人的声音，"我会。我会待她像待太平一样好。如果她跟太平爱上同一个人，我会取消顾守城与太平的婚事，让顾守城自己选择。如果她身染重病，我会好好照顾她不管几天几夜。她是我的女儿啊，是我在最艰难最艰难的时候生下的女儿。我对太平倾注了多少的爱，就是对她倾注了多少的爱。我将所有能够给予她的爱，全部投入到了太平身上，你懂吗？这是一个母亲的悔恨，因为无法再疼爱这个女儿，所以只能加倍地疼爱另外一个，好像这样，那个女儿就一样能享受着世间的一切，感受到我对她的爱……"

泪水啪嗒啪嗒顺着我的脸颊跌碎在了地面上。

外面血流成河，但是反贼寡不敌众，前来救驾的御林军已经开始攻克宫殿大门，"冲啊！""救驾！"响成一片！

武则天在昏暗中拧紧眉头。

"为什么你要这样问我？你是不是知道什么？"她往前走了两步，放下皇后的架子，"你是不是知道什么？！告诉本宫，说！"

我拭去脸上的泪，咬牙否认："我不知道！我什么都不知道！"

"哐——"的一声巨响，我们俩俱是一惊！来人却不是前来救驾的亲兵，而是从小把我养大培养成杀手的王皇后遗族。他嗓子尖尖的，眉宇之间带着一丝疯狂。长久以来的虐待，令我看到他就害怕不已。

他端着一个金色的托盘，上面放着两个酒杯："咱家向武昭仪请安。"

武昭仪，这是王皇后在世时武则天的封号。

在他心里，王皇后才是真正的皇后，而武则天只不过是一个小小的昭仪。他是绝不肯承认武则天现在的地位的。

"这两杯酒，一杯无毒，一杯有毒。"幽暗的大殿里，他的眼睛里闪动着阴谲的光，"听闻当日，武昭仪您就是这样与长子李弘共饮一杯，谁喝了有毒的那杯，谁才是有错的那方。今日咱家也想一试，看看当年的事情，老天究竟认为是武昭仪有错，还是王皇后有错！"

男人微笑着，黑色的手指拨了一下金色托盘。盛着两只酒杯的托盘一下转得飞快，丝毫不能辨别到底哪一杯有毒，哪一杯无毒。但是武则天必须选一杯。

托盘越转越缓，终于慢慢停了下来。对方目光阴狠，强迫着武则天上前选择。

武则天面容镇定，我知道她一路走来，经历了不计其数的风风雨雨，不计其数的生死攸关。可是这一次，却是我带给她的。是我，跟这个男人联手布置了一切。

我对不起她，对不起顾守城。

她上前一步，缓缓伸向右边这杯，男人嘴角露出一个不被察觉的笑。武则天眯了眯眼，手腕一转，直直伸向左边，男人嘴边的笑意更加明显。

眼看武则天就要握住酒杯，我一个箭步冲上前，抢过她手里的酒杯一饮而尽："如果我喝的是毒酒，那剩下那杯无毒的就是她的！如果她的是无毒的，你就不能杀死她，否则老天连王皇后死后魂魄都不会放过！"

男人勃然大怒，气得眼睛都快要从眼眶中脱出："——你！你竟然威胁我！你竟然认贼作母！"

"是你自己刚刚以王皇后的名义下的赌注，难道你想背主，让王皇后九泉之下也要任人唾骂吗？"我咬着牙努力说出，五脏六腑却已感受到一种被绞碎般的剧痛，我望了武则天一眼，还想再喊她一声，却吐出一滩黑色的血。

我痛苦倒地，浑身都在痉挛，吐出一口又一口的血。

武则天像是意识到了什么，拼命将我抱住，像是一个终于找到自己孩子的母亲："你是不是无双，是不是无双？"

一直以来，都很想知道自己的母亲是谁。

可是现在已经不能再相认了，她失去过我一次，所以不能让她因我的死再伤心一次。

"不、不是……我不是……"我摇头否认，声音越来越虚弱，泪水却不断顺着眼角滑落。

"无双，无双……"滚烫的泪从上方滴落到我的脸上，她抱着我不断地喊着我的名字，原来这个大唐最有威仪的女人也会哭成这样啊。

"不要告诉顾守城……我爱过他。"意识已经模糊，可是值得，真的值得。在人生的最后，终于如愿以偿地感受到一次母爱。“抱着我……抱着我就好……”

导演说我越演越好，连这些老戏骨都称赞我在细节的拿捏上更有火候了。但是在我越来越投入的时候，萧萧的状态却不怎么好了。不仅开始迟到早退，台词走位也不如以前那么认真。叶子澈还是经常来探班，导演有时会点到即止地提醒两句，甚至让叶子澈也去劝劝。

这一日，我刚从导演那儿拿到新剧本，结果在转角处听到一阵争吵。

“你好不容易得到了这个机会，怎么不好好演？”叶子澈的声音一如既往的温柔，虽然已经不能再在我的心底掀起波澜。

“我怎么没好好演。我不是让你每天过来陪我对台词，设计动作吗？”萧萧依旧冷酷而凌厉，“你前天怎么又没来，你知不知道我在这里压力多大？这么大的剧组，都是经验丰富的老演员，就我一个新手，每天还要被人跟凌影的演技作对比。”

我微微一怔，准备迈开的脚又收了回来。

“我这边也有公司安排的通告，日程非常紧张，不可能天天陪着你。陆瑜也没天天陪着凌影，来的次数比我少多了。”

“你倒是很关注陆瑜。”萧萧的声音带上了一丝讥讽，“因为太在乎凌影了吧，所以总想着跟陆瑜比较一番？难怪每次看到凌影，眼睛都黏上去了。”

“我没有。”

“没有？没有上次凌影拍喝毒酒的那场戏，我拉你你都不走？”

“萧萧，你不要无理取闹。”

“我无理取闹？”萧萧像是被一根锐利的针刺了一下，过了几秒，她收敛起刚才烦躁的样子，脸上浮现出常见的锐气逼人的神情，直视着叶子澈的眼睛，“呵呵，叶子澈，你以为我是凌影那种女人吗？你以为我会为了你跟她之间的眉来眼去纠结万分，死死痛哭？我告诉你，我根本不会！就算我们现在分手，我也根本不会为你掉一滴泪！这就是我跟凌影最大的不同！”

“至于探班，你爱来不来，我再也不会过问！”

萧萧冷冷一转身，冲了出来，我无处可藏，结果尴尬地跟她撞了个正着。她显然也是吃了一惊，黑色的瞳仁猛地一缩，下一秒像是意识到什么似的，唇狠狠抿起，声音从牙缝里轻蔑地发出：“怎么？就这么迫不及待等着看我和叶子澈的好戏？！”

我还没来得及回应，她就像个嚣张而寂寞的女王扬长而去，带着从不肯认输的背影。

叶子澈随后出来，见到我也是明显愣了一下，他没有追萧萧，反而是对着我苦笑了一下：“对不起，让你看笑话了。”他柔软的发丝落在他干净而俊美的脸上，冷风微微拂动他脖颈上的白色围巾，就像偶像剧里任何一个深情的男二号，有着一张令人心疼的脸。

或许一般人会说：“没事，这跟你无关。”或者说：“是萧萧太霸道了。”

但是我却往后退开一大步，拉开与他的距离。

我认真地看着他的眼睛：“叶子澈，如果你足够清醒的话，你就应该明白，现在不是对我说抱歉的时候。萧萧如今是你的女朋友，转型压力非常大。整个剧组这么大的投入，这样的演员阵容，这又是她演艺生涯的第一步，如果你想知道一个女孩什么时候最需要支持和鼓励，那么一定就是现在。就是现在，在最重要的人的支持下，她才不会觉得前进的路上只有她一个人孤军奋战。”

在被抛下的时候，在最骄傲的歌唱事业被迫中断的时候，在一个人面对毫无根基的演艺事业的时候，只有我才知道，担心导演的叹气，担心拖了剧组的后腿，担心浪费了唯一可以翻身的机会，担心已经用尽全力的自己仍然不会被大家认可……是什么样的一种滋味。

我是如此深刻地知道这种感觉。

所以我非常了解萧萧现在的烦躁与脆弱。

叶子澈眼睛里有波光闪动，他伸出手想要抓住我的手，好看的唇张了张：“凌凌……”

“不要叫我凌凌。叶子澈，这是陆瑜才能叫的名字。”

这是一路陪着我走过最艰难时光的陆瑜才能叫的名字。

这是只有他才能叫的名字。

▶第二十章

萧萧的情况并没有好转。在被我撞到她跟叶子澈吵架的那件事后，她就像是刻意跟剧组作对似的，以前只是演戏不够用心，迟到早退，而现在则变本加厉。定好的拍摄计划，前一天才让经纪人Tim通知剧组要去录专辑无法赶来参加，走位让助理来完成，自己根本不参加，连台词也不认真背，一场戏总要NG好几次，让导演和跟她有对手戏的演员非常头疼。但是她又是皇冠荣耀这个投资方力荐过来的，想骂骂不得，想打打不得，简直像一尊难以供奉的菩萨。

饰演武则天的老戏骨跟她的对手戏最多，因为出错太多，所以需要补拍的戏份也就更多。

天寒地冻，萧萧不按时到场，她就得跟着剧组其他的工作人员一起跟着等，工作人员都不停搓着手，捂住被冻红的耳朵。她的助理让她坐在椅子里，身上、腿上各盖着一件很厚的绿色军用大衣，这种军用大衣非常保暖，比什么奢侈品牌都好用。助理对着我们友好地笑了笑："邓老师的腿有点风湿。"

我了然地点点头，让人送了电暖气过来，同时让助理熬些姜汤，给每个人都盛上一碗。

“还是凌姐对咱们好，这冬天必须喝姜汤才能不感冒。”有人道。

“一个知道给我们送姜汤，一个只会让我们在风里苦苦地等，呵呵。”

虽然这样说我的好话，但是我并没有很高兴。

因为我现在最关注的，是这部电影，是杜慕费心准备了几年，将全身家当都压上的电影。

如果萧萧不好好演，整个电影的质量也会跟着大打折扣。

萧萧终于姗姗来迟，经纪人Tim见大家脸色难看，立刻说道：“这鬼天气真是太讨厌了，我们在机场等了好几个小时，才被允许登机！一路上萧萧都快急死了，就是怕大家等，唉，这该死的天气！”

尽管大家都心知肚明，萧萧不按时到场已经是常有的事，但是天气恶劣影响起飞这样的理由听上去的确比什么都不解释来得强。大家的火气消了一些，场记强压着不悦的神情，喊道：“各就各位，马上开拍！第一百二十三场第四幕！”

武则天和萧萧换上了轻薄的夏季宫纱，在华丽大气的宫殿里，墙角里八角宫灯温润地亮着。

这是太平公主即将及笄的前夕。

温暖的火烛将整个宫殿照出琥珀色一样的光影，大殿的地上摆满了绫罗绸缎做成的华服，霜色、茶白、胭脂、牙色、竹青、黛色、驼色、秋香、靛青，像是一片片好看的菱花铜镜，将整个大殿衬得耀眼无端。武则天看着在地上踮脚挑选衣服的太平公主，一向威严得仿佛玄武石般刚硬的眼睛里露出天下母亲皆有的温柔。她招了招手，太平公主像是一只灵巧的黄雀，跳到了她的身边。

美丽的眼睛在烛光下闪着灵动的光，嫣红的嘴唇仿佛整个盛唐最娇嫩的花朵。

武则天笑了起来。

她已经成为这个盛唐权利无双的女人，所有王侯将相的生杀大权都掌握在她的手上。她有至高的权利至高的富足让她的女儿成为这个大唐最幸福最受宠爱的人。

烛影一闪，铜镜里的人影微微晃动。

只是眼前这张白嫩得仿佛花骨朵儿般的脸，突然变成十几年前，摇篮里那嗷嗷待哺的女婴。她的眼睛也是这样黑白分明，清澈无瑕，咯咯笑着，小手握成粉拳要抱抱……

武则天一阵晕眩，天旋地转，几乎快要倒下。

正脱了罗袜，试穿宫装的太平公主看到这一幕，立刻飞奔过来，惊恐地叫道：“母后——”

这是这幕最关键的一场戏。

可当萧萧飞奔过去时，我看到摄影师开始皱起眉来，嘴里念着，走位完全不对。武则天缓缓倒下，原本应该由萧萧接住，但是——两人的配合出了问题！饰演武则天的老戏骨倒下了，萧萧却没有扶住！倒下的惯性太大，对方恐怕也没想到会出现这个问题，只得慌张地想抓住就近的东西，结果梳妆台上的铜镜“砰”的一声巨响，砸在了演员的脑袋上！

巨大的回音回荡在整个冰冷阴寒的室内。

所有人都惊呆了，完全没有想到会发生这个变故！萧萧更是脸色一白！导演随即才反应过来，立刻对着手里的对讲机道：“赶紧过去看看！看有没有受伤！”

全体工作人员一窝蜂地围了上去，将穿着单衣的萧萧狠狠挤出圈外。我看了她一眼，也跟着赶了过去。邓老师年纪偏大，又是在这么春寒料峭的寒夜，在冷风里等了这么长时间，现在又是一摔一砸……铜镜已被大家合力抬起，只见邓老师紧闭双眼，额头被砸伤，冒出一小团血迹。

杜导立刻指挥：“赶紧打120！送到医院，看有没有脑震荡，大家挪动邓老师的时候轻点，小心点！”

前一秒还在拍着母女情深的古装戏份，这一秒整个现场就一片忙乱，所有人都在担心，所有人都在祈祷，可千万别发生什么事，否则，对演员，对剧组来说都是重大的损失。导演焦急地踱着步，自始至终，萧萧都白着一张脸，像是一座没有知觉的石像，直挺挺地站立在那儿。她衣着单薄，被冻得牙齿直打颤，但是她狠狠地咬着牙。

经纪人Tim一脸心疼，想把她那件红色长羽绒服披在她身上：“宝贝，你别这样，万一冻病了怎么办？明天还有专辑的通告要上……”

“啪”，一个玻璃杯被摔碎，邓老师的助理指着萧萧，火冒三丈地吼道：“就你他妈知道冻病，我们等了你们三四个小时，你们怎么不担心我们冻没冻病！还要上什么通告，这么忙还来演什么戏，唱你的歌去吧！我们所有人都围着你一个人打转，要不是你，我们用得着迁就你的时间苦苦在这儿等吗？要不是你天天不来走位，这场戏会出错？邓老师会因为你才会摔倒被砸伤！都是你！全都是你！现在邓老师伤势未知，你他妈的还在担心会不会被冻病能不能参加明天的通告！真是忙啊！我们不耽误你们了，你们好走不送！”

“我们不是这个意思，你误会了，邓老师摔倒我们也很难过，我们这不是在想办法补救吗，消消气，消消气，兄弟……”经纪人Tim连忙道歉，好声好气，好话说了一大箩筐。只是对方脸色极其难看，一点儿都不领情。

“Tim，别说了，我们走！”萧萧突然命令道，眼睛里闪过一抹倔强的光，连羽绒服也不要，直接穿着单薄的宫装走进了寒风刺骨的冬夜。

萧萧的话和行为顿时让整个摄影棚一片哗然。

在饰演武则天的演员伤势未明的情况下，居然又发生这种事。在害得其他演员受伤后竟然不但不赔礼道歉，不陪在对方身边，反而直接命令经纪人跟着自己离开这里，隐隐透出罢演的意思，气得连衣服都不穿了。杜导急得快要凌乱，一边看护着受伤的演员，一边频频望向离去的萧萧。

北风呼呼地刮着，巨大的寒气笼罩在我们上方，救护车的鸣叫声和红色的闪光终于从遥远的夜色里传来。

诊断结果出来了，饰演武则天的演员只是轻微脑震荡，休息一周就没有大碍了。导演长吁了一口气，接着又为萧萧那边着急起来。3D制作的后期本来就非常麻烦，现在演员受伤，冬季拍摄进度严重减慢，如果萧萧那边再发生变故，可能会连累到整个剧组的资金问题，要是万一萧萧狠了心不拍，还会导致戏份全部需要重拍！

杜慕跟萧萧联系了好几次，结果Tim都犹犹豫豫地找借口，要么说萧萧正忙，要么说萧萧也病了，就是不肯回剧组。整个拍摄完全停止了，摄影棚的气氛低迷得像是冬日的风雪。

等我再次找到杜导时，他已经跟特效师在剪辑室里累得睡着了。

我看到杜慕因为想把进度赶上去，跟后期的人天天待在剪辑室不停地剪着片子，吃的全部是节省时间的快餐垃圾食品。有时我看他们实在太拼命，叫了外卖过来，结果东西送进去，杜慕当下忘了吃。等我去看时，食物都冷了，我想为他们重叫一份热的，结果杜慕摆摆手，就着冷的就这样吃了……

我想杜慕的成功是必然的。有些导演的商业票房很高，而有些导演生来就是为了艺术。后者更值得尊敬。

他们本来不用受这样的苦，他们任何一个人，名导，好莱坞的华裔特效团队，音响师，随便哪一个人的名字说出来都是一连串荣光万丈的光环，随便哪一个接拍一部电影，都可以赚得无数片酬，怎么需要窝在一个小小的剪辑室，吃着最廉价的食品？——只是因为，想做一部国内3D电影。

在最前期的筹备中，很多投资方都持着观望的态度，就是因为国内从没有做过，所以担心投入太大收不回成本，担心国内做不好3D技术，达不到好莱坞3D的那种效果，担心收不回票房，担心被圈内人骂得狗血淋头。他们做了很多努力，一次次地试图说服投资商，一次次地失败，再一次次地努力和尝试……忍受了无数次的失望、郁闷、希望、再失望，但是他们想做国内首部3D电影的心从来没有放弃过！

我以为我已经够努力，够拼命。

但是跟他们比起来，我却是如此的渺小。我只是为了我一个人的演艺生涯哭天喊地，恨命运待我不公，但是他们身上却背负着无数的理想、信念、艺术，他们背负的是一群年轻人的电影梦想，整个电影史的光荣抱负！

我看到杜导醒了过来，他揉了揉额头，又重新看向显示屏，手指敲击着键盘，进行着下一组的剪辑。黑暗的剪辑室里，只有那些小小的屏幕闪闪发亮。杜慕发型凌乱，胡子拉碴，放在任何一个曾经最注重仪表的偶像艺人身上都受不了，但他完全没有在意这些。

厚重的黑暗在他脸上头上投下浓浓的阴影。他的鼻梁挺拔而高直，像是他坚韧不拔的毅力。而笔挺的鼻梁上，是一双这个世上最专心致志的眼睛，那双黑色的眼睛认真而专注地盯着眼前的显示屏——那里是跟随他的一整个团队的梦想。

天空开始下雪，无数细碎的雪花从上空快速下落。

我缩了缩脖子。寒风像是一只婴儿的手哪儿冷就专门往哪儿钻，半个小时前，我拿起手机拨通了Tim的号码。曾经，从我离开皇冠荣耀那一刻，我就在心里对自己发誓，再也不要联系他们。再也不要联系这群欺骗我、背叛我的人，包括Tim。

但是看到杜慕在剪辑室的那一刻，我觉得当初这个誓言已经不重要了。Tim显然没有想到我会打电话给他，声音有些惊喜："宝贝，是你吗？凌凌。"

我知道他心慈手软，他培养了我三年，对我还是有感情的，只是当初在公司和利益面前，摆了我一道而已。时光荏苒，经过了这么多事后，我发现当初那些事简直连人生的坑洼都不能算。

只是因为当时太在乎，所以最亲近的人给的伤害，才显得那么巨大，那么难以接受。

而现在的我，居然可以心态平和地先跟他寒暄了两句，然后才开始套他的话："听说萧萧在医院？"

Tim的防备显然放了下来："没。她就在公司，心情很不好。上次那件事啊，其实萧萧她心里很……"Tim话还没说完，背景声里便有企宣部的人在叫他，Tim应了一声，然后用着以往熟悉的语调对我说道，"待会儿我再给你电话好吗，宝贝？我现在有点事。"

"去吧，我知道你就是忙死的命。"我也老友似的回道，仿佛从来就没有隔阂。

但是等Tim电话一挂断，我就立刻开着车子直接飞快驶向皇冠荣耀的大厦。洁白的雪花像是失重的纸片簌簌地落到我的车窗上，仿佛遥远的记忆，而记忆里皇冠荣耀大厦上时尚灰的镜片玻璃，像是一片片钢铁盔甲，在这个城市森然矗立着，将天空分割成几何形状。

已经离开了一年多，但是这里的一切还是那么的熟悉。

我将车停在地下车库，就着以前对此的印象，跟在几个员工后面顺利地进入了大厦，按下19楼——从前我跟萧萧所在的楼层。

电梯飞速上升，我踏上内部通道的红色地毯。

简约白色的墙壁上，跟所有娱乐公司一样，挂满了自家艺人的照片、海报、封面，曾经这里挂了整整一排我和萧萧的专辑封面，如今已经全部拿掉，挂上了萧萧一个人的海报，冷酷的，妩媚的，甜美的，穿着晚礼服的，手拿最受欢迎女歌手水晶奖杯的……

有一丝苦涩的陌生。

但是至少有一点可以肯定，我没有来错地方。

我推开萧萧的门，她正趴在白色办公桌上，面前是一台苹果电脑。她戴着白绒绒的帽子，穿着白色披肩式的大衣，袖口和衣摆有着漂亮繁复的蕾丝花纹，衬得她既纯洁又神秘。萧萧大概以为是熟人进来，抬起眼睛，模糊地喊了一声：“Tim，我头还在痛……”

见到是我后，她立刻露出戒备的眼神。

那双微微有些发红的眼睛里，充满着我熟悉的冷酷与高傲。

“你什么时候回去拍戏？”我直来直往，开门见山，已经没有心思跟她兜什么圈子了。

“我为什么要回去？”萧萧眯起眼睛打量了我一下，透过后面的落地窗可以看到无数雪花迅速疯狂地下坠，“你一个人留在那里不好吗？呵呵，其实你现在心里一定很开心。毫无礼貌又难搞的萧萧走了，剩下的就是又送众人暖暖贴，又送众人姜汤的凌影，还是神秘能干的陆瑜的女朋友……”

她笑得像条傲慢的毒蛇：“这不正是如你所愿？”

“你以为演戏是儿戏吗，是你想停就停想开始就开始想结束就结束的游戏？”我冷冷地盯着她，“我不想跟你扯那些私人恩怨。快点跟我回去，进度已经被你拖得太多了。”

“被我拖太多？”萧萧的目光突然一冷，声音像是屋外世界的风雪，“那正好，心地善良的你就快去救剧组于水火之中啊。反正你演得那么出色，所有的工作人员导演摄影师都喜欢你，干脆你连我的角色也一起演好了，一人分饰两角，说不定还能拿个什么金柏奖的影后！正好提前恭喜你。”

“你够了吧！”我双手狠狠拍向桌面，一声钝响，桌上的笔记本、名片盒和文件狠狠一震，“你知道吗？我最讨厌的就是你这点！你的人生里从来都只想着要变强，要赢，要成为最厉害的人，但是你到底有没有想过，在这个演艺圈所有的工作不是你一个人就能完成的。你有梦想，其他的人也有梦想，你以为演戏只是你一个人的事？你有没有想过那些幕后人员为此付出了多少，你有没有想过因为你的任性会连累多少人？你有没有想过，因为你，导演、特效师、音响师只能吃着冰冷的快餐在小小的剪辑室里疯狂地赶进度？你有没有想过，因为你，他们想要制作国内3D电影的梦想可能会就此破灭！不，你没有，你从不！你只要自己高兴，只顾及自己的感受自己的骄傲——你从来都不顾及别人的感受，包括……你曾经的朋友！你为什么不想回去？让我来告诉你，因为你觉得你输了。因为你觉得你在表演方面已经输给了我，所以你才借口要制作专辑逃避演戏，想要利用这个借口回避自己的失败、自己的懦弱，回避所谓的懦弱的毫无骨气的凌影都可以做到，但是坚强的厉害的萧萧却做不到这个事实——你就是在逃避这一点！”

“我没有——”萧萧被我激怒，双眼通红，唰地一下猛地从椅子里站了起来。她的速度太快，竟然有点摇摇欲坠的错觉，白色的衣服显得她有些虚弱，但是她的双颊却通红无比，“我没有逃避，我也不会逃避。我只是——”

“是吗？既然如此，那就跟我回去。”我打断她的话，看着她逞强的眼神，字字清晰地说，“让我见识一下你的不会逃避，让我看看不会逃避的你的演技！让我看看你的演技是否能够让整个幕后团队达到他们想要达到的效果！”

“激将法！不过，我接受！”萧萧狠狠盯着我，大笑出声，接着猛地大咳一阵。

门被推开，Tim手里拿着一堆药片进来了，他见到我时明显地吃了一惊：“凌凌你怎么来了？”接着整张脸大惊失色，直冲向萧萧的位置。我放眼望去，只见原本满脸潮红的萧萧，倒在了办公室柔软的地毯上。

Tim失声大叫：“你干了什么？萧萧正在发高烧你知不知道！自从那天回来，她就一直烧到现在……”

原来，Tim说她生病是真的。

窗外的雪花重重下坠，我看着她烧得泛红的脸，险些站不稳。

整个摄影基地被厚重的大雪覆盖。

天空仿佛一大块洁白的冰，透着一种隐隐的沉重和空洞。我一个人走在空旷的雪地里，留下两行深深浅浅的脚印，点点雪花飞落在我的发梢，我围着陆瑜前些时候留在我这儿的灰色围巾，把鼻子埋在里面轻轻地吸了吸，好像这样就能感受到他残留下来的味道。

外面的站牌、广告牌，顺眼望去都可以看到最新影片的宣传海报和预告片，正是深冬腊月，年尾最忙碌的时候，也是各种贺岁片抢占黄金档期的时期。前面两部影片的顺利，让我以为只要演好自己的戏份就够了，我从没想到拍摄一部电影也会经历这么多的磕磕绊绊。我想要帮助杜慕他们，可是看到倒在地上的萧萧，又觉得我太自以为是。

我拿出手机，直到那端传来陆瑜熟悉的声音，我才发现不知什么时候起，他已经成了无论快乐还是悲伤时我第一个想要联系的人。

只要听到他的声音，我好像就能获得一种更坚韧的力量。

陆瑜低沉磁性的声线在那端响起，我甚至还能听到他的助理、属下忙碌的交谈声，电话声，打印机的声音响成一片。

“还好吧？”他说。

我甚至能感受到陆瑜语气里温柔的笑意。我紧紧握着手机，似乎这样就能离他近点再近点。我吸了口气，只是想听听他的声音，并不想因为我的事让他分心。他也非常忙，每个人都有自己的事要忙。我佯装平静地说：“没事，就是突然想听你说话。”

陆瑜在电话那端轻笑了一声，我的心像是浸在一片温暖的河水里。就连刚才在皇冠荣耀被Tim指责的难过也缓解了一些，我的眼角缓缓溢出眼泪。我以为很小心，可是陆瑜还是听出了异常：“怎么回事？肯定有什么事发生了，告诉我，凌凌。”

他的声音非常肯定。

寒冷的天气里，我呵出一口白气，在陆瑜沉稳而低缓的声音下，忍不住说出了全部，说到杜慕的认真，演员的受伤，萧萧的高烧：“其实萧萧那晚坚持要走，是她已经觉察到她自己不舒服了，她一出来就晕倒了。Tim说她只是不想让大家为她担心，而且那天也真的是飞机晚点，他们也同样很着急……我觉得自己好像刽子手，对萧萧很狠心。”

陆瑜静静地听着，一直听到我说完，听到我的情绪稍稍平复才开口。

“作为经纪人，自然要关心手下艺人的健康。萧萧高烧，Tim会担心很正常。但是Tim有没有想过为什么萧萧会高烧不止？在寒冬腊月演戏本身就非常辛苦，何况还是拍摄夏天的戏份。平时不好好保暖，还摄影基地专辑录制两边跑。诚然，你质问一个发烧的病人似乎显得有些苛刻，但是身为她的经纪人为什么首先不在一开始就劝她小心不要生病，其次在高烧这种严重影响影视进度的事情发生后，为什么对着导演支支吾吾，如果Tim先就‘武则天’那件事道歉，再来沟通萧萧也同样发烧，需要时间休息，杜慕也不可能不理解，毕竟只有整个剧组演员团结有力，摄影任务才能顺利进行。

“你的做法很聪明。要到了萧萧的准确位置，直接跟她摊牌，一边刺激她的好胜心一边让她许诺好好拍戏，达到导演的要求。如果不是她正在高烧中，我相信她回到摄影基地后，肯定不会像前段时间一样，说不定会恢复到比最初还要认真的态度。因为你完全戳中了她的死穴。比起Tim没有原则的纵容，你的做法才是保障一切进度回归正轨的根本。”

我很少见到陆瑜如此逻辑缜密，公事公办的精英一面。

这样的陆瑜，在其他场合也一定是优异的吧。好像对他的了解又多了一点。

“怎么听你这样一说，我好像不仅觉得责任不在我，还觉得我好像很厉害的样子……”

“因为我的小女友本身就很厉害。”

我破涕为笑：“其实，我说那些真的只是想让她快点回来演戏。”

陆瑜在手机那端狡黠一笑：“不回来也没有关系，你也的确可以像萧萧说的那样，一人饰两角，说不定演技会更有突破，到时金柏奖提名的几率也就更大。现在只要你提议，凭着这些天你的表现和对这部电影的支持热爱，导演肯定会同意。”

我：“……”

刚刚还觉得一向腹黑刁毒的陆瑜能够正经地说出那么一长串逻辑严密的话，真是出人意料，现在就看到他的本性暴露出来了，难怪当初能和黄锦立将品优娱乐管理得蒸蒸日上。

“我并没有想要取代她。”

“但她在的时候，你不是一直跟她比拼演技，竞争得非常激烈吗？”

“我只是不想输给她而已，不想让她觉得离开了叶子澈，离开了YOUNGIRL，我就是个一事无成的loser。当然，这里面的确也有让我觉得背叛愤怒的一面。但我只想告诉他们，我也有能力，我也能一个人将演艺事业开拓得很好。跟萧萧竞争或许对我来说是最大的挑战，但我一直觉得，在我们的人生中，没有人是永远的竞争者，最大的竞争者只有自己。即便我一直对她说，我绝不会输给她，绝对会赢，但是在我心底，我更大的竞争目标是我自己。不停地超越自己，不停地做到离开任何人都可以活得更精彩的自己。”

“即便……她抢走了叶子澈？”

“即便她抢走了叶子澈，我也只想在剩余的人生里，比他们过得更幸福，仅此而已。”

陆瑜似乎有点失神，半晌没有说话，我有些紧张地喊了两声：“喂，喂，陆瑜你在吗？”

他这才回过神来，笑得贱兮兮的，如果他此刻在我身边，我一定会看到他俊美的眉毛邪恶地扬起，双臂坏坏地环住我：“所以说，我的女友很厉害……不过，我不想要你离开我。我希望待在我身边，你就能过上最精彩的人生，做回最精彩的自己。”

大雪还在簌簌地下着，只是突然间好像变得温柔起来。

我的脸上带着笑意，对着手机轻轻低语：“因为有你，我已经过得很快乐了……”

陆瑜，你知道吗？

因为有你，我才能变得如此的从容。

陆瑜不在我身边，可是从他的声音里汲取力量之后，我知道该怎么办了。天空放晴，阳光仿佛破冰而出，有万丈的祥光在上空漂浮，看上去异常神圣。

我重新冷静地跟Tim沟通，让他告诉我一个萧萧可以复工的大概日子。告诉他如果萧萧不干，对双方都没有好处。我甚至学会了陆瑜的一点道行，告诉Tim，请他以后重新安排萧萧的日程，不要再跟拍摄进度冲突，我们的拍摄也是非常重要的，否则如有报刊媒体报道萧萧耍大牌，不按时上工，我们一律不负责任。Tim不愧是有几年资历的经纪人，很快就衡量出了利弊。在给出一个确切日期之后，他有些惆怅地说：“凌凌，你变了。”

我说：“那是因为我成长了，我从没有像现在这样明确过我的演艺目标。”

不再是需要伪装自己走什么甜美路线的偶像歌手，在以后的日子里，即使逆行在波涛汹涌之中，我也要用自己的实力在演艺圈闯下一片天空。

剩下的几天里，我每天都去医院看望饰演武则天的邓老师，她在之前的对手戏中就相当照顾我，如今受伤住院，即便没有萧萧的原因，我也应该来看望她。每一次我都带上鲜花和自己亲自煲的汤，我每天用文火和陶制的瓦罐煲汤，炖到里面的排骨骨松肉散，汤汁入味。邓老师很喜欢，我对她说，这是萧萧拜托我的，她非常愧疚非常抱歉，但是她本身高烧不退，也在医院挂着吊瓶，所以无法亲自来照顾您。

这件事被陆瑜和萧萧知道后，两个人的反应截然不同。

最后一天，陆瑜赶到拍摄基地来看我，等我意识到似乎有点不对劲后，他已经偷偷溜到了厨房，从炉子上的瓦罐汤里盛了一勺，吹了吹一饮而尽。正想盛第二勺时，被我发现了，我晃动着锅铲吓唬他："快放下，这是给邓老师喝的，你把别人的汤都喝光了。"

陆瑜漆黑的眉头拧起，一向恶劣不堪的他神情竟然有点委屈，这种落差让我有种我在欺负可怜的小动物的感觉。

"你煨汤给别人喝，可是从来没有给我煨过汤……"

被他这样一说，我内心的愧疚感好像真的加重了一点。

陆瑜一边说一边向我走来，浓黑的眉毛下，他的一双眼睛也渐渐变得危险起来，像是剔透的散发着危险光芒的宝石。

"嗯？你说是不是？"他的声音像夜风一样暧昧地灌进我的耳朵。

我的脸迅速红了，仔细想一想，好像的确没有给他做过什么。

"这样可不行呢，"陆瑜微挑着眉，伸出食指在我眼前摇了摇，露出一个好看迷人的微笑，"看来，我得使用一下我身为男友的权利才行。"

"什么权利？"我正纳闷。

陆瑜性感的唇落在了我的唇上……

外面一片白雪皑皑，冬日的阳光难得温柔地照在上面，仿佛一片温暖的琥珀，封印着这一刻的美好。

最终，那一天没有带汤给邓老师，她倒是不介意，可是我却有点不好意思。不过家里那只喝汤的样子怎么能那么好看？以后有空还是多煨点汤给他喝好了。

萧萧高烧退了清醒后，得知我对邓老师说的话后，先是亲自前去深深道歉，接着冷冷地对我说："别以为这样，我就会感激。"

我回了一句："你的感激又不值钱。"

我好像受陆瑜的影响越来越深，连说话都可以把萧萧气死。萧萧在病床上，难得脆弱地瞪着我，黑色的头发贴在她的脸颊上，少了一股平日的冷酷，多了一丝病气的柔弱。叶子澈在一旁照顾着她。

我瞥了他们一眼：“我等着打败你，正大光明地打败你。”

萧萧一瞬间又恢复成往日酷劲十足的模样：“那你还早了五百年。”

我回击：“连拍戏都会晕倒的人，没资格说这种话。”

所有的演员再一次到齐，连天气都难得地放晴，剧组全体一鼓作气将剩下的戏份全部补拍完毕，萧萧再也没有出现先前那种状况，非常的认真，即便有叶子澈劝阻，仍然亲自演了很多动作难度很高的打戏，身上青一块紫一块，那种不做到誓不罢休的干劲，甚至让原本对她消极怠工的态度严重不满的导演和工作人员也日渐改观。

陆瑜曾挑眉问道：“她这个样子，你怕吗？”

他指我们两人都铆足了劲，拼命地吸收各种演戏技巧，揣摩人物，然后再在拍摄时全部释放出来，完全投入到拍摄的过程中，不留任何余力。

我说：“我怕什么？她做得好，我才会有动力做得更好。”

陆瑜当着旁边前来探班的叶子澈的面，有些挑衅地搂住我的肩膀：“越来越喜欢你这种嚣张的劲头呢。”我无奈地白了他一眼。

《大唐风云》终于杀青，杜慕在杀青宴上主动敬了我一杯，称赞我很灵活，很有协调能力。我知道他指的是什么事，很干脆地同他碰了一杯：“我知道那不是我的职责，但是我喜欢你的电影，喜欢《大唐风云》，我希望我们的进度能赶上，希望你的后期制作能赶上，希望你有充裕的时间做成国内最棒的首部3D电影！”

杜慕用力拍了一下我的肩膀：“下部片子，只要角色适合，欢迎加入，我还要同你合作。”

陆瑜端着酒杯在一旁抿了一口酒，发挥他恶劣又精英的本色：“下部片子给她涨片酬才是真。”

杜慕微微一怔，笑道：“那是自然。”

记忆坊出品

【You Deserve a Brighter World】

很多东西你以为一旦失去就再也找不回来，
但其实它们一直都在，
一直都在过去的时光轴上等着你，等着你回头……

光与影永远都是并行存在，
背后的影越深，台前鲜亮的光才越亮。

【You Deserve a Brighter World】

【You Deserve a Brighter World】

相信自己曾经的付出，这个世界会温柔待你。

你的世界，星光如初

【You Deserve a Brighter World】

下

青罗扇子 著
QINGLUOSHANZI
WORKS

新世界出版社

图书在版编目（CIP）数据

你的世界，星光如初 / 青罗扇子著. -- 北京 ：新世界出版社，
2013.11
ISBN 978-7-5104-4083-0

Ⅰ. ①你… Ⅱ. ①青… Ⅲ. ①都市小说－中国－当代
Ⅳ. ①I247.5

中国版本图书馆CIP数据核字(2013)第269080号

你的世界，星光如初

策　　划：北京记忆坊文化
作　　者：青罗扇子
特约编辑：钮珂珂　张才曰　暖　暖
责任编辑：杨雪春
封面摄影：灵牵手
插图摄影：朵　拉
封面设计：80零 · 小贾
责任印制：李一鸣　冯宏霞
出版发行：新世界出版社
社址：北京市西城区百万庄路24号（100037）
发行部：（010）6899 5968　（010）6899 8733（传真）
总编室：（010）6899 5424　（010）6832 6679（传真）
http://www.nwp.cn
http://www.newworld-press.com
版权部：+8610 6899 6306
版权部电子信箱：frank@nwp.com.cn
印刷：三河市汇鑫印务有限公司
经销：新华书店
开本：670*970　1/16
字数：540千　印张：32
版次：2013年12月第1版　2013年12月河北第1次印刷
书号：ISBN 978-7-5104-4083-0
定价：56.00元（全二册）

目录
Contents

▶第一章

为期半年的拍摄就这样结束了，但是对于整部电影的宣传项目来说，却只是刚刚开始而已。这部电影的宣传方是打过票房硬仗的最厉害的营销宣传队伍之一，跟一般电影前三个月才开始预热不同，他们在电影处理后期时就开始为票房预热，整整提前了六个月！

六个月，这是很多宣传团队都不敢敲定的时间。

因为担心时间战线拉得太长，不仅整个宣传团队的精力容易分散，重心容易分散，可宣传的资料太少，更重要的是，担心观众的期待时间太漫长，反而会起到反效果。但是那边的宣传团队却说：不，根据他们的推广经验与数据分析，其实六个月才是最好的时长。

国内城市太多，从东到西，从南到北，需要大量的时间来传播讯息。讯息虽然从网络流传得异常迅速，但是对于生活中不上网看新闻的人确实是非常缓慢，对于这类人则需要不断用实地的宣传手段来刺激他们。很多宣传团队往往只用三个月，但是其实这样的时长只能刚刚够观影者接收到讯息而已，在跟其他同档期上映的电影相互争夺票房时，并不会一定将此部影片作为观影时的首选项。

但是六个月，比其他三个月的宣传期多了足足三个月的时间。

漫长的期待感会形成一种动力，让影片一上市，观影者们就迫不及待地想看看整整六个月都在宣传的影片到底是什么样的。

海报，剧照，采访，巨大的专题，明确的宣传口号定位，每一个步骤都在有条不紊地进行。他们刻意避免了饰演武则天的演员和饰演太平公主的萧萧不和的消息，也没有利用我和萧萧不和的旧闻炒作。尽管在新闻发布会上，仍然有记者故意问道：“听说叶子澈和陆瑜都有来探班，谁更体贴一些？”，又故意问萧萧：“同样身为公主，据说凌影的无双公主比你饰演的太平公主更有戏，是这样的吗？”

萧萧停顿了两秒，冷冷地望着镜头：“无双是不错，但是太平也不差。”

当然，更多的观众们对“国内首部3D电影”这个概念异常感兴趣。杜慕做好其中的一个预告片放了出来。

暮鼓晨钟，古老的山寺上，一根巨大的钟柱狠狠撞向青铜大钟。

大钟发出沉厚的声音，在钟声里似乎可以看到盛唐巍峨古朴的佛像。辉煌的宫殿，万里无边的江山，巨钟突然崩裂，无数飞箭犹如火把直射你的眼睛，迅疾如飞，锐利无比——整个人有种被射穿的恐怖感。箭雨刚刚过去，火苗一簇一簇晃动成最耀眼的光芒，一名金纱女子赤裸着脚与手腕跳着最热烈的舞蹈，最后她纤手一抛，金黄色的纱铃冲向天际，宫殿朱门砰地一下被铁甲士兵撞翻在地，无数墙瓦纷纷下落，仿佛一张大网，最后裂成四个苍劲有力的水墨大字——大唐风云。

虽然这个宣传视频上依旧是2D，但是人们好像从中看出了有别于好莱坞3D视觉大片的苗头，开始意识到国内的古装做起3D来也是很有优势的。古建筑群的磅礴大气，兵戎相交时的锐利杀气，骏马嘶吼腾空的有力跳跃，漫天的火把箭雨，宫殿倒塌时的巨大阴影……

随着大家想要了解的念头加深，宣传团队更是特别发布了国内电影界如何攻克3D这一技术难关的消息，介绍他们在好莱坞的技术背景，介绍基本的流明度是怎么回事，呈现立体空间感的纵宽纵深是怎么回事，《大唐风云》又是怎么制作的，数据与简述非常专业。

就是在这样的宣传周期中，《大唐风云》又被爆出即将以参赛单元影片参加咔隆举行的世界殿堂级的电影节，剧组主演全部受邀！听到这个消息后，我们一行人心里激动极了。

国内的电影产业虽然发展迅速，但是规模和海外交易一直上不去。每年能够参加国外A类电影节的电影少之又少，简直凤毛麟角。在我的印象里，除了早逝的影后林萱曾经在咔隆封后外，只有离开品优娱乐的宋微参加过两次，而这两次就已经奠定了她在国内影坛的影响力与地位，领先其他一线女星一大截。

国内的媒体得知我们整个剧组的主演要去参加咔隆国际电影节，早早地就与我们签订了媒体协议，有的时尚杂志约我们在那边做视频专访，有的化妆品品牌约我们做那边的大使，有的新闻网站想要我们的独家，而更多的是奢侈品品牌的商家，他们提供一套又一套精美的服装名册，里面是今年全球最时尚最新款的晚礼服，有的庄重，有的华丽，有的轻盈，希望能被我们选中成为我们在咔隆走红地毯时的亮相服装……

陆瑜和我的造型师这两周几乎忙得像我的专属佣人，天天从大量的名牌服饰里为我选取最适合我的款式，不停地对着镜子从各个角度衡量以及命人记录需要修改的地方，企图达到三百六十度无死角，以便我在国际电影节能有最精致最得体的亮相。我换裙子换得都快累死了，最后整整塞了八个箱子，还不包括珠宝首饰，那些真的太昂贵，随便一套就是上千万，海外的珠宝商安排我到他们的咔隆店去选……

我简直累瘫在沙发上，陆瑜坐到旁边，把我的头扶到他的大腿上。

我抬起眼睛就能看到陆瑜深邃的眼睛，长长的睫毛浓密地环绕着他的眼睛，他的衬衫第一颗纽扣没有扣上，露出线条清晰的锁骨，上面链子上挂着的银色戒指晃来晃去。他迷人而温暖的气息包围着我，修长的手指轻轻插入我的发间，用指尖按摩着我的头皮，为我舒缓这些天的疲劳。我觉得，如果这个圈子的其他女星看到陆瑜这样为我服务，我肯定要被她们嫉妒得将我打死。

“在笑什么？”陆瑜低沉得犹如梵克雅宝香水的嗓音轻轻落在我的耳畔，他挑了挑漆黑的眉，眼睛里一片笑意，“是要去咔隆太高兴了？”

我想了想，觉得还是不要透露自己刚才的花痴想法比较好。

“虽然这么快就能去咔隆，我觉得自己很幸运，但是一想到要去两个星期，不能见到你，我又觉得好失落……”我看着陆瑜的眼睛，轻轻摇了摇他的手臂，“你就不能跟我一起去吗？虽然我知道你有工作，但我也想你能看着我走红地毯。”

陆瑜没有说话，只是脸上维持着一贯的坏坏的笑容，看起来像个邪恶的绅士。

“如果你主动亲我一下的话，我会考虑考虑。”

“……”这人……

他深邃迷人的眼睛在水晶吊灯下闪闪发光，像是一张最诱惑人心的请帖。

我小小挣扎了一下，然后红着脸，在他脸颊上飞快地亲了一下，陆瑜仍然坏笑着看着我：“你知道的，不是这儿。”

“……”被耍了，坏蛋！

但是为了陆瑜能陪我去咔隆，我瞪了他一眼，还是乖乖把脸凑过去……每一次亲吻，我都觉得自己快要融化了一样。

“现在答应陪我了吧？”我用眼神要挟他。

“我刚刚只说考虑考虑，”陆瑜从沙发上跳了起来，像个海盗王子从容地落跑，“可是没答应一定会去。”

我一个抱枕丢过去。

飞机飞上三万英尺的高空，在蔚蓝色的天际划过一条长长的白色痕迹，我从机窗望向下面一望无垠的田野，还是微微觉得有些遗憾。身边的Jolie安慰道：“陆总工作忙你又不是不知道，他在网络上看你的直播也是一样。”

咔隆是个临海的小城市。

碧海，银沙，蓝瓦，白墙，到处都是绿色的棕榈树，它们漂亮的样子像是咔隆最美的笑容，令人的心情都会变好。咸咸的海风从东面吹来，整个空气里好像都含着水分子，湿漉漉的，脸上有一种清凉的水汽。站在阳台上，风呼啦啦地从身旁穿过，整个人都轻盈得好像快要飞起来。

我自拍了一张，想要传给陆瑜看，但是一想到临走前，他那样戏弄我，又赌气地删掉了。

Jolie一边在房间整理行李，一边说：“不愧是殿堂级的国际电影节，市中心所有的房间都订满了。上一届有个女星订在城外，结果红地毯首日堵车堵得厉害，她提着高跟鞋赤脚跑了快半个小时才没有错过。”

我想了想那个场景，穿着礼服赤脚跑步，那女星还真的蛮可怜的：“我们这儿呢？”

Jolie自豪一笑：“最多步行十分钟就到了。”

那我不用跑步了，我不禁对她竖起大拇指：“Jolie你真是太棒了！我崇拜你！”

她有点惊讶：“哎，你难道不知道吗？这个酒店是陆总托海外的朋友帮我们订的，就连萧萧也没订到。”

我愣了一下，然后走回阳台，对着外面蔚蓝色的海，给陆瑜发送了一张凭海临风的照片，在上面写上：“原谅你了。哼>o<”

没过多久，陆瑜只回了一个做鬼脸的表情。

有点郁闷。

休息完后，晚上Jolie带着我去那家珠宝商店挑选红毯首日的首饰。这家店的老板据说跟黄锦立关系很铁，甚至会拿出很罕见的私人珍品给我们试戴，即便是VIP客户都难得一见。Jolie说这些的时候一直眼睛发亮，果然是女强人都喜欢珠宝，我的兴致倒是一般，反正陆瑜也看不到……

走在温柔的柏油路上，我们在一条拥有百年历史的老街上，找到了那家欧式装潢的珠宝店。

黑铁的店牌上，上面的英文花体字就已经带来了一种高贵不凡的气质。推开门，里面更是弥漫着一种中世纪皇室的气派，仿佛可以看到那些扇着紧致蕾丝扇，穿着繁复宫廷装的女伯爵，在西洋乐里优雅地挑着珍贵的珠宝。

四处都是闪闪发亮的抽屉和柜橱，漂亮昂贵的钻石以完美的切割、璀璨的色泽，仿佛皇室贵妇一样优雅雍容地躺在深红色的天鹅绒上，每一款都有着独特的设计与高贵的品味，是令人惊叹的艺术品。

但是我的眼睛，只被前方那个高挑的穿着黑色西服的背影吸引。

我脸上的笑意一层一层加深，最后冲过去从他背后抱住他。

他在钻石的光芒中优雅地转过身，黑色的发丝轻轻落在他的额头上，他俊美的脸上还是微漾着痞子般的轻笑，每一次看向他的眼睛都有一种灵魂被吸进去的感觉……

“还说不来。”我想故意板着脸，却没有成功。

“我没有答应说一定会来，但是也没有说一定不会来。”陆瑜眯起性感的眼睛，温柔地摸了摸我的头，“但是，我的确想在现场看到你走红地毯的样子。一路辛苦吗？”

“还好。你呢？”

“昨天陪着黄总先来的，这次电影节我们会跟海外一些电影公司商谈，争取做成更多的电影交易，把公司一些电影的海外版权输出去。”陆瑜简单地介绍了一下，“你有看中的吗？先挑吧。除了待会儿黄总要来外，这家店已经专门封店了，只接待我们。”

“我想请一位俊美、有品位的绅士一起帮我挑。”我笑盈盈地看着他。

“荣幸之至。”陆瑜戴着白手套的手轻轻放在黑色西装的右口袋上，像是礼遇公主的骑士，微微朝我鞠了一躬。

一旁的Jolie插嘴道：“刚刚还一脸意兴阑珊，有某人在果然不一样了。女人真是翻脸比翻书还快。”

我瞪了她一眼，陆瑜倒是笑得很贱。

头发雪白的店主像一个慈祥的男爵，为我们介绍着这些珠宝的历史和背后的故事，我们一路挑挑看看，遇到一些非常喜欢的钻石项链，陆瑜就会建议我把头发撩到一边，轻轻为我戴上，让我在镜子里看看效果。银色镶边的镜子里，我的脖子上戴着璀璨无比的钻石，身后是眼中噙着深情的男子。我的心像是泡在蜂蜜里，真想把这一刻记录下来。

门口的风铃响了两声。

又有人进来了，我转头一看，竟是宋微。她充满魅力的波浪卷一边撩起，红色的唇衬得她的肌肤极其雪白，她开朗地跟店主来了一个拥抱：“Hi，Frank！”

店主似乎与她相识已久，极其高兴，笑容满面，甚至蹦出一两句中文：“微微，你好！我真是太想念你了。”

我也跟她拥抱了一下，打了个招呼：“微姐！”

她同样热情地回抱了一下我：“我看了你们《大唐风云》的预告，看上去非常不错。”

就在谈话之际，一个穿着浅灰色西装，戴着礼帽，拿着绅士手杖的男人进来了。他的脸很俊美，但是最引人注目的是他那双暧昧无比的桃花眼，他也跟Frank打了声招呼。

“你跟黄总一块来的啊。”我下意识这么想着，却被陆瑜轻轻碰了一下，我不由疑惑地看着他。

“不，”珠宝店的空气似乎微微一凝，宋微脸上笑意依旧，“他跟我没有关系。”

一个穿着白色裙子，气质清冷的女人从黄锦立身后走进店里，原本风流的黄锦立却像是对待女神一样温文有礼地对待她。我猛地望向宋微，每一个了解黄锦立和宋微关系的人看到这一幕，都一定会感受得到宋微的心必定如同针扎。

当年品优娱乐一姐被挖走跳槽时，是宋微坚定地站在黄锦立身边，为他支撑着整个品优娱乐。

当年品优娱乐旗下艺人规模形成时，是宋微主动要求离开，为公司腾出一姐的位置。

他们两人似乎从来没有相互承诺过，但是所有有眼睛的人都知道，一个女人不可能毫无缘由就为一个男人如此牺牲。但是现在，黄锦立收敛起他的风流成性，收敛起他的用情不专，像是对待着这个世上最珍贵的珠宝一样对待着他身旁那位女士。

陆瑜轻轻地握住我的手，我也回握住他的，又看了看他，跳动不已的心才觉得安稳了一下。

这个变化实在是……太让人难以接受了。

如果是我被这样对待，我一定会痛苦不已。但是，宋微如此尴尬地遇到曾经的情人及其新女友，却像一个看不出悲伤的陌生人。

我再次看了看黄锦立身边的女孩，对方竟然长得那么像……

——难道她就是外界盛传的、唯一在咔隆被封后的影后林萱的接班人？我又仔仔细细地观察了一下，这个女孩每一个面部表情，每一处表情变化，几乎真的跟少女时代的林萱一模一样！

我回望宋微。

——成为实力派影后的另外一层含义，就是干掉现任影后。

宋微扬着下巴，似乎并不知道我们的目光，似乎并不知道黄锦立对那个女人是多么的温柔，她只是维持着从一进门到现在的笑容，指了指一串海蓝色宝石项链："我想试试这个。"

"我喜欢这个。"一只纤细的手指向同一款珠宝。

店主愣了愣，随即笑道："这是微微挑中的，抱歉，小姐。"

"Frank，她们两人明明是同时选中的。"黄锦立笑着开口，"你不能厚此薄彼。我觉得这条项链，配……"他的视线在宋微和那个女孩两人之间来回转动了几圈，最后停在他新女友的脖颈上，"还是更配她。"

宋微目不斜视，只是嘴唇颤抖了一下，虽然几乎微不可查。

"既然这样，那我就让给这位小姐。"

她明艳一笑，眼睛里几乎一点痕迹都没有，笑容完美得体。

但是那一瞬间，整个珠宝店都像被巨大的悲伤冲入，所有的钻石上都披上了一层伤感到极点的光泽。宋微走了几步，然后重新挑了一枚戒指："Frank，请把这个拿出来给我看看。"

"我也想试试这个。"同样地，那个清冷的女孩再次开口，她人没有过去，但是目光却看向了宋微手里的那枚戒指。

宋微拿着戒指的手一顿。

"抱歉小姐，你不能总是抢别人的东西。"Frank也同样生气道。

"Frank，你太严肃了，她不是只是试戴而已吗？"黄锦立薄薄的嘴唇轻启，"我现在就把那款戒指买了，给我包起来。"

我不敢置信地看着黄锦立。真不敢相信他居然这样对待宋微！他居然能够做出这样的事！

我看到侧立的宋微依旧仰着下巴，唇角完美地扬起，但是胸口的起伏却有些大。

"黄锦立——"你怎么能这么做？我正要生气地质问他。

身边的陆瑜意识到了我的举动，将我一把拉向他的身后，他英俊的脸上流露出一些不耐，语气甚至不算友好地对黄锦立道："你闹够了没？这么为难一个女人有什么意思？"

"我乐意，怎么？"黄锦立争锋相对，眼中浮起一抹嘲笑，简直是一副死猪不怕开水烫的样子。

我听着听着，觉得有点儿不对劲。

不是说陆瑜跟黄锦立是最好的王牌搭档吗？不是说陆瑜帮了黄锦立大忙，在他的帮助下，品优娱乐才有如今的规模气势吗？可是这两人生硬的接触，以及说话的方式，怎么给人一种很不和谐的感觉，不像是默契无比的朋友，反而像是隔阂重重？灯光的阴影下，陆瑜的轮廓沉浸在一片黑暗里。他的身上散发出一阵又一阵的黑暗气息，像是我第一次见到他时那种恶劣的样子，不，比那时更加扭曲。

“既然你这么喜欢你旁边这个女人，”陆瑜黑色的眼睛里闪动着一抹光，阴冷地笑道，“那就干脆当着我们的面，拿着这枚戒指向她求婚算了。”

黄锦立顿时一滞。

我、宋微、Frank静静地站在这个冰冷的珠宝店里，看着眼前的这两个男人，突然有种他们都疯了的感觉。

陆瑜非常挑衅地看着黄锦立，不像是看着老友，反而像看着最仇恨的死敌。

黄锦立静静地看着陆瑜。

一秒，两秒，三秒……不知道过了多久，寂静的店里突然响起他的声音。

“好！”

“陆瑜，你这是在干什么！”我是让你制止他，你怎么把局面搞成这个样子。

而另一边的宋微，甚至连明天红地毯的珠宝都没有来得及挑，就仿佛逃跑一样快速离开了，只留给我们一个无声的背影。尽管她的脸上还带着笑，背脊依旧挺拔。

可是我看得出来，看得出来。那是一个女人所能承受的最大的无法言语的悲恸。

我以为这已经是今晚最令人难受的事。但是没有想到，巨大的阴影就像是这个城市幽暗处的幽灵，早已深深地笼罩在了我的头顶上方。我听到黄锦立冷冷地笑了笑，他的笑容里充满着戾气，以及说不清的情绪。

他跟陆瑜像是两只兽类在黑暗里发出粗重的喘息。

“你不是因为那件事一直恨我吗！那我现在就还给你，全部还给你！”黄锦立狠狠往门外一指，“她现在已经回国，就要离婚，你可以再去找她，重新去找她——”

我像是被一道雷狠狠劈中，耳边出现幻听。

“你以为所有人都像你一样，留在过去走不出来，到最后蠢得连自己的真爱都分不清吗！”陆瑜一瞬间神色剧变，最后却恨恨一声，紧紧牵着我的手离开。

我们一路无话。

第一次两个人在一起不知道说什么。

无数片段，仿佛电影一样，从我脑海里掠过，可是快得抓不住重心。

陆瑜送我回到酒店，我沉默地回到房间，外面突然暴雨倾盆，暴躁的雷声和深海的怒涛在整个咔隆蛰伏……

大雨夹杂着巨大的雷声轰隆轰隆下了一夜，无数道银亮锐利的闪电在深夜划破酒店厚重的欧式窗帘。我躺在十七楼的床上，却觉得整个人漂浮在一片黑色的大海之上。梦境里漂亮的钻石射出迷人而虚幻的光芒，一会儿是宋微逞强笔直却令人无比难过的背影，她火红色的长裙像是一团绝望凄冷的焰火，一会儿是陆瑜与黄锦立激烈地争执，陆瑜愤怒的眼睛比咔隆午夜时分的海还要漆黑。我拉住他的手，想劝他不要吵了，你们不是最好的兄弟最好的搭档吗？人的一生之中，知己与挚爱何其难求。但是陆瑜却无情地甩开我，他俊美而冰冷的脸上是第一次见面时的冷漠与刻薄，他双眼弯起嘲讽地看着我，仿佛看着一个毫无感情的陌生人。黄锦立的手搭上了陆瑜的肩膀，不怀好意地对着我笑：你真的了解过他吗？你觉得你对他了解多少？你真的相信，他对你是认真的，而不是玩玩而已？

黄锦立的话像一把锋利的匕首，缓缓地推入我的胸口。

我捂住胸口，疼痛感太真实了。

怎么会不真实呢？

昨晚陆瑜那冷淡的眼神是那么的陌生。黄锦立的话或许可以伤到我，但是陆瑜只用一个眼神就可以将我毙命。

就像他所说，我对陆瑜究竟了解多少呢？我真的了解过他吗？当初所有人都觉得黄锦立跟宋微订婚是一个奇迹时，黄锦立不照样一眨眼就勾搭上了别的女艺人了吗？即便陆瑜公开过我和他的关系，可是在这之前和在这之后，想尽办法接近他靠近他的女性永远前仆后继。

这是艺术、荣耀与诱惑交织而成的娱乐圈，这是最迷人也是最堕落的娱乐圈。

在这里，可能有的艺人从未担纲主演过一部电视剧、一部大制作，但是见识过各色各样的潜规则与交易之后，大家都俨然已是最好的演员，都俨然已拥有最好的演技。

戏里戏外，大家都是戏子！

即便流着泪，说着爱，背后也只不过是踩人上位，傍人而红。即便谈着情，许着诺，也只不过是喜欢你容貌姣好，青春动人。

这一行，永远没有先来后到，谁都可以被谁替代。

真爱是什么？——是比“鸽子蛋”还贵重，比八克拉红钻更罕见的东西。所以，凭什么认为你跟他才是真爱，凭什么认为他不会爱上别人，凭什么认为……他爱过你？只是，就算大家都清楚这一点，这个圈子却总是还有人想再试试会不会发生奇迹。

无数沉重的黑色雨点从数万米高的天空疯狂落下，将整个咔隆化为一片绝望之海。我在巨大的雨雾里拼命地喊着陆瑜的名字，明明已经那么用力那么努力了，可是陆瑜的身影却始终呈现出一片飘渺的灰，与我隔着狂怒泛着雪白泡沫的海浪……

凌晨五点。

墙壁上精致的灯塔型壁灯发出微弱的晕黄的光，仿佛这个世界仅存的一点点温暖。我裹紧了丝被，盯着圆形的天花板睡不着了。再过一个小时就要开始化妆，再过三个小时就要登上这个世界级的电影圣堂，可是内心却已经没有了最初的兴奋感。雨声渐小，偶尔有细长的雨丝在灰色的玻璃窗上凝成一根线……

在咔隆这个永远充满着阳光与海风的小城，暴雨是不会长久的。

但雨水和水汽残留下的那抹伤感，却随着冰凉的海风灌进心底。

已经很久，没有因为一个小小的梦境而难过了。

是太在乎了吗？所以即便是这么微小的一个梦，也会让情绪陷入低谷。还是……其实在叶子澈之后，我就一直没有安全感？

我苦笑了一下。

信任，是受伤之后在这个世上最难付出的东西啊。

房门外似乎有什么动静，很轻微的响声，大概是早起的服务生从外面走过。

我在薄薄的丝被下蜷缩着身体，听着时间与雨水一点一滴从夹杂着海浪的风声中流逝。窗外的光线一束一束亮了起来，像是胶片暗房的显影液逐渐显效，变成一片濛濛的青，最后在白色海鸥的鸣叫下，恢复成咔隆特有的充满生命力的清晨。

Jolie已经起来，帮我整理着待会儿要穿的礼服。再过不久，随行的化妆师、发型师、造型师会从另外一套房间过来集合。但是等门打开时，除了他们三个，竟看到了另一个意想不到的人。

——陆瑜。

“你怎么……”怎么这么早就在？刚刚梦见他的我，一时之间有点儿回不过神来。

陆瑜依旧穿着昨天的黑色礼服，头发有点湿漉漉的，带着清晨特有的凉意。黑色头发下，他的眼睛其实并没有梦里那么冰冷，神情也没有昨晚那么凝重。陆瑜嘴角翘了一下，伸出右臂想搂搂我，却被我躲了过去。他的胳膊尴尬地停滞在空中，他明显有点意外，过了两秒，他只是随手拨了拨刘海，俊美的脸上无所谓地笑了笑。

我苦笑了一下。也是，个性恶劣的他，怎么会在意这个。

一旁的化妆师们却并没有注意到这个细节，他们一边拎着黑色的化妆箱进门，一边打趣道：“这是罗密欧在等朱丽叶吗？我们刚过来，就看到陆总早就等在门外了。”

早就等在门外？

等等，一个念头一闪而过，难道我五点多时以为是服务生经过走道的声音，其实是……

“你不会是……”

“别听他们瞎说，我才没有起得这么早。”陆瑜脸上挂着一副不正经的笑意，一边将手掌虚握成拳朝对方肩膀上捶了一下，像是验证他们俩只是瞎说。

我盯着他的眼睛，陆瑜察觉到了，不着痕迹地往后退了一步，却还是被我一把抓住了他的西服。

他的眼神闪了闪。

西服布料是黑色的，所以肉眼看不出来，可是指腹贴上去后很容易就能感受到里面浓厚的湿意。五点前下着大雨，所以布料才会吸进去这么足的水汽，到现在也无法蒸发，也就是说他一直穿着淋湿的衣服……

意识到这一点，指尖却像是触电般地缩了回来。

陆瑜注意到这个动作，却什么都不说穿，只是笑得同往常一样恶劣："该不会是被清晨的我迷住了吧？"

这才是我熟悉的样子，而不是昨晚那阴气沉沉的一面。

但是或许，那一面才是真实。

我挤出一个笑。

"昨晚没让你有足够的时间挑到珠宝……"陆瑜眼睛低垂了一下，随即又飞快抬起，长长的睫毛覆在上面有种好看的形状，他说得轻描淡写，带着一贯的玩世不恭和一点点的漫不经心，却将左手提着的灰色手提保险箱认真地递到我面前，"我去Frank那里挑了一些，你看看有没合适的。"

五点。特地去找Frank外借珠宝，再一个人匆匆赶回？

因为担心我尚在休息，贸然敲门会影响到我，所以一直站到六点半化妆师他们来了？

尽管他想掩饰，但是所有的事情还是被我串了起来。一瞬间我无法想象出他是怎么把熟睡中的Frank叫起来的，无法想象出他是怎么说服Frank外借这么重要的珠宝，无法想象出他是如何淋雨出去淋雨回来然后沉默地在这个孤寂的走道一直站到我起床……

"你不需要做到这种程度……"

我刚想婉拒，陆瑜却猝不及防地猛咳了起来。他的手虚握成拳放在唇前，因为用力眼角有点发红，一向挺拔的背部也跟着微微弯起。还没等我询问，陆瑜就一边咳着，一边想像平日那样对外显示出一种一切尽在掌控的强势："没事，只是初到咔隆，有点水土不服。"

他一贯低沉迷人的声音变得沙哑干涩起来。如果不是对他如此熟悉，大概一般人都会相信他的理由被他骗过去吧。我终是叹息了一声，心像是泡在了酸涩的柠檬水里，上前抱住了他。我将脸埋在他湿气弥漫的脖颈处，残留的水汽扑在脸上，不知怎的就升起一抹怜惜："别说了。"

他微微一愣。

"别说了，我信你。真的。"

梦境那么真实。

可是，还是想相信你。

陆瑜的身体僵了一下，眼中明显地闪过一抹诧异，而后，锁着珍贵珠宝的灰色手提箱"哐当"一下落在了地毯上。他伸出双臂用力地回搂住我，像是要把我揉进他的体内一样，西服蕴着的湿气沁入我的睡袍，我倒吸一口冷气，陆瑜迷人的眼睛顿时显露出一抹歉意，他正要开口，我已将食指竖在他唇前。

不用说，什么都不用说。

眼前的这个人，有着这个世上最恶劣最挑剔的性格，他最擅长保持距离，具有最强大的洞察力，一眼就能够看出对方的破绽却会将自己的死穴藏得好好的，他像海风一样锋利，也像海风一样让人捉摸不透，非常的危险，非常的难以驾驭……

多害怕你并不是认真的，多害怕自己跟不上你的脚步。

可是就算有一天，你真的像梦境里那样对我如此冷漠，但至少现在，我会记住这一刻……

我踮起脚，在他眼睛上轻轻地落下一个吻。

直到穿着白色套装的Jolie跳着脚，尖叫一声，仿佛被人偷了她心爱的爱马仕包包："你们居然把珠宝箱随地乱扔，Frank真的不会举刀满咔隆追杀你们么！"我们才摸摸鼻子分开，意识到我们刚才的举动的确有点对不起Frank。

陆瑜重新提起保险箱，歪着嘴角，左边挑高，坏笑了一下："别那么紧张，Jolie，放松，放松。这又不是你要带男友回家见父母。"

"你们拥抱时间再长一点，倒是可以带着baby一起见父母了。"女强人Jolie平时最恨的三件事之一，就是别人暗示她还是剩女。她听到陆瑜此番

“调戏”后，英勇还击，一把抢过灰色珠宝箱，对着自己的顶头上司冷静地下起逐客令：“珠宝首饰我们自己会挑，你可以走了。”

“这才几分钟，让他多待一会儿啊。”我连忙抗议。

Jolie立刻伸出食指指向我：“赶紧给我去梳妆台，你不想咔隆红地毯首日就迟到吧。”

训斥有理，我只好乖乖过去。

陆瑜看了我一眼，又咳了几声，眼睛闪过一抹留恋：“那我先回房，红地毯见。”

Jolie冷笑一声：“不送！”

我坐在梳妆台前，发型师已经开始打理我的头发，化妆师也在上底妆，我从镜子中看了陆瑜一眼，正好看到他最后一个眼神，更加心疼了：“快回去吃药。”直到陆瑜离去，房门关好，Jolie正准备对保险箱“下手”，我才开始提醒她：“亲爱的Jolie，你忘了一件最重要的事，但是如果你现在跑过去还是赶得及的。”

Jolie挑眉，用疑惑的眼神询问我。

我从镜子里对着她笑：“箱子的密码还在陆瑜手上，你忘了找他要。”

“……你是故意的，你是在报复我赶他走，你完全被他带坏了。”Jolie当下就气愤地下了定论，“奸夫淫妇！”

真粗俗呢。我冲她露出一个经典的凌式无辜笑容。

第二章

尽管在国内的时候已经选定了妆容，也有特别试过妆，但是咔隆电影节这种意义重大的典礼似乎还是对我们有些影响，化妆师和造型师更加仔细，足足花了一个半小时，才将发型、妆面、首饰、礼服、高跟鞋全部搞定。

我站在三面长方形穿衣镜前，透过镜子可以看到阳台后面波光粼粼的大海，金点般的波光温暖地洒在蓝色的海面上。圣洁的阳光穿过白色窗栏，像是拥有透明翅膀的精灵轻盈地在我身上跳舞，金色灵动的礼服像是阿波罗的光芒……

“太美了！”“一定会一鸣惊人！”Jolie和造型师化妆师纷纷赞叹，尽管如此，他们还是前前后后三百六十度认真审视了几遍，确保各个小细节都完美到极致后，我们才乘坐黑色轿车驶向红毯。

我们已经提前了将近一个小时，但是红地毯外显然已被全世界的镁光所聚集。跟国内穿着随便的狗仔队不同，这里的娱乐记者和摄影师每一个都穿着极其正式的黑礼服，甚至领带领结都系得整整齐齐，手里是专业的长镜头单反和高清摄像机，而再旁边一些，则挤满了崭新的黑色轿车，里面是跟我们一样准备走红毯的各国明星。

我已经看到，有的女星从车内出来透风。即便我的礼服是从今年各大奢侈品牌最新款的服饰图册选出一百多件再筛选出来的，但是在这里已经没有压倒性的优势了。因为能够站在这里的艺人都跟我一样精心备战过，他们都是在自己国家最出名最有人气的天王巨星、影帝影后，没有哪一个不具有鲜明的个性，没有哪个不曾经历大风大浪的洗礼，练就独特的魅力与气场。他们太擅长太了解自己的优势，一举一动都营造着自己独有的气场与影响力。

鲜红色的方形地毯周围，挤满了黑压压的摄影师，挤满了黑压压的粉丝影迷，欢呼声、激动的叫嚷声，和着气势恢宏的进场交响曲，像是咔隆波澜起伏的海浪在我们的耳边萦绕飞旋。进场正式开始，一个个影星在自己的名字被念到时从容出场。他们五官深邃，魅力十足，有着好莱坞最动人的风范，有着艺术家最独特的风骨。

这里是咔隆世界级电影殿堂。

这里铭记着全球伟大的电影历史，全球最著名的影星，全球最前沿的伟大艺术。

一个个明星带着已经在镜子面前练习过无数次的笑容与举止，走上这鲜艳方形的红地毯。他们不仅代表着各自参演的电影，更代表着各自的国家，每一个人都深知——从这一天开始，所有的图像和视频都会疯狂地传回国内。

宏伟的交响曲中，亮白色的镁光灯闪烁不停，像是一枚荣耀与使命的徽章挂在了我们胸前。

尽管各国明星都被邀请，但是我也细心地观察到，那些曾在好莱坞崭露头角的明星明显更受欢呼与镁光灯的青睐，而在亚洲艺人登场的时候，有时主持人甚至叫错了名字。

这也难怪，尽管电影艺术是全球的，但是亚洲的艺术形态在咔隆以及其他西方电影节的受众范围却更小一些。就在这时，突然红地毯前一阵喧哗，好像有什么不得了的明星即将出现，虽然范围不大，但是在平稳进行的红毯环节中还是异常显眼。

“VIVI！”“Here，here, VIVI！”“VIVI，here！”跟其他亚洲艺人进场时的气氛大不一样，那些国外媒体像是疯了，拼命地叫着这个名字，拼命地挥手让她站到他们面前以便拍照，更多的国外影迷也是用着同样激动的神情喊着她的名字，呼唤声仿佛海浪一波一波地传来……

——竟是宋微！

宋微竟然在国外有了这么响亮的名气！虽然在国内她已经蝉联了三届金柏奖最佳女主角的奖项，但是大家更关注的是她的绯闻，即便是我们，也不曾想过她在国外的人气居然已经这么高了！

一双桃花眼一闪，我好像看到黄总隔着层层的人群，也凝视着宋微。但是想想又似乎不可能，他的新女友林雪待会儿也要跟我们一起走红毯，他应该陪着她还来不及吧。

“她已经成了国外媒体的新宠，就连国际名导詹姆斯都在邀请她参演他的《追击者4》。”萧萧不知道什么时候站到了我身边，插了一句。虽然她的声音平静，但我还是隐隐听出了一丝羡慕。自从那天我与她大吵一顿，用激将法让她认真表演后，我们之间的关系就变得更加微妙起来。

她这样主动朝我开口，并非这段日子以来的第一次。

我看了萧萧一眼，她的身边只有打扮得时尚阴柔的Tim和两个保镖，叶子澈没有来。

当初萧萧备战咔隆，媒体也是放出过风声的，说皇冠荣耀往她那里送了一批又一批极其昂贵罕见的珠宝钻石供她挑选，请了好几个国际有名的设计师专门为她量身定做礼服。现在她身上穿着的这件礼服果然是各大国际品牌图册上不曾有过的，身上佩戴的钻石项链更是切割得极其完美，衬得萧萧仿佛冬日神话里神秘、冰冷而高贵的雪之女王。

“那也是她努力拼搏得到的。”我继续看向宋微。

“即便是被黄锦立潜规则？”萧萧同样看向她，只是眼睛里露出一些嘲讽，“就是因为这些潜规则，这个圈子才永远充满着不正之风。”

萧萧所说的，的确是大部分人的看法。

就像现在的林雪之于黄锦立。不论宋微是否蝉联三届影后，不论宋微为何在国外如此受欢迎，大家都还是认定她跟黄锦立的那段感情并不是两情相悦，只不过是出于利益交换。

我突然觉得有点悲哀。

仅仅因为黄锦立是一个有地位有权利的男人，仅仅因为宋微是一个女人，于是她所有的努力都只能得到这样的评价？我想起昨晚渐渐消失在珠宝店外那道脆弱而倔强的绝美背影，根本无法与现在这个每一步每个举手投足都展现着优雅高贵魅力的女人联系起来。

或者，任谁都想不到，她绝对的强大背后，所埋藏的其实是深入骨髓的心碎。

宋微走在红地毯上，咔隆高耸的圆形古堡在天光之下成为她的背景，几百年吹拂的海风轻轻托起她波浪般的长发，秀美洁白的耳垂上若隐若现地露出一对菱形钻石耳坠。浅紫色的优雅雪纺轻轻裹住她的雪肩，然后从腰处以亚麻形卷成一道，细腻柔软的垂直褶皱一直沿着她线条姣美的腿型散开……

惊、为、天、人。

赞叹声，尖叫声，充满了深深的喜爱与崇拜，在这里，只有单纯的艺术与美。

她微微一笑，朝着那些叫喊着她名字的人挥着手。

我这才注意到，除了那一双钻石耳坠，她全身竟再无一枚首饰。没有钻石项链，没有钻石手链，没有戒指……什么都没有。

是啊，昨晚她根本就没来得及挑选首饰。

黄锦立真是把给予她的一切都收走了，什么也没有留下。

交响曲一下变得激昂，宋微登上铺着红毯的最后一级台阶。

海风飞扬，几百年历史的云层快速掠过，浅紫色的纱裙衬得她仿佛飞舞的古希腊神祇。在最后一个剪影里，宋微侧过脸，突然以居高临下的眼神，朝着包括我们在内的众人傲视一笑，仿佛法国卢浮宫里的《萨莫德拉克的胜利女神》，英勇，飘逸，高贵，无可战胜！

那一刻，我相信整个咔隆城都为之倾倒；那一刻，我相信整片咔隆之海都臣服在了她的裙下。

他收走了她的一切，唯独收不走她的骄傲。

“她才是真正的女神。”我目视着宋微转身进入场内的背影，那是昨日脆弱却坚强的背影，更是今日高贵并永恒的背影，“我想要成为她。”

萧萧一怔，化着完美眼妆的眼睛眯了起来：“她的名声太糟糕了，根本不值得。”

我摇了摇头。

萧萧不懂。萧萧身上固然有很傲气的一部分，但是看似特立独行的她，其实一直最是中规中矩，因为她永远稳妥地走着公司安排的路线。真正具有改变自己命运力量的人，其实并不会标榜自己，他们只会去做，然后有时光为他们作证。

吹尽狂沙始到金。数十年，数百年后，当初的我们都会灰飞烟灭，只有真正坚定不移的人，才会像那些永远经典的电影一样在人类历史上永垂不朽。我想成为宋微——是因为我更想成为，即便有一天，一切都被夺走，我依旧是能在自己所拥有的星海里，傲然而独立地笑着的凌影。

“Next，Xue Lin，Xiao Xiao，Angle Ling……”女主持人用英文念起我们的名字，轮到我们上场了！

“排名都跑到我们前面去了，你们的黄总可真是对她不薄。”萧萧语气透着讥讽，眼中满是不屑，嘴唇更是冰冷地抿了一下。

宋微就算是潜规则，却还有演技撑着。而林雪呢，除了那张很像传奇影后林萱的脸，还有什么？我顺势望去，就在萧萧说着这话的同时，戴着跟萧萧同样罕见名贵的钻石项链的林雪，朝着慵懒的黄锦立嫣然一笑，踏上了红地毯。

她身上的珠宝首饰可真多，像是把宋微没有戴上的，都戴在了自己身上。

黄锦立身边还站着一个人，陆瑜。在红毯首日，他似乎有什么工作任务在身。他换下了那套湿透了的黑色西服，穿着一套优雅的白色骑士服，简洁的金边从两边延展，内侧钉了两排金色的扣子，像是欧洲中世纪的贵族一样迷人。陆瑜弯起黑色的眼睛，天光之下，他的眼睛很亮，他也一直在看我。陆瑜将修长性感的食指和中指并拢贴了贴唇，然后隔着层层人海，对我做了一个飞吻的手势。

我脸微微一红，用口型做出“记得吃药”四个字，不知道他能否辨认出来。

一旁的黄锦立似乎很惊讶于陆瑜和我还有这样的互动，一双桃花眼十分复杂地看了陆瑜一下，又看了我一眼，我翻了个白眼回送给他。陆瑜一边弯着腰咳，一边很恶劣地笑。黄锦立脸都绿了，陆瑜朝我摆摆手，意思是他来摆平，让我不要担心。

我点点头，吸了一口气，郑重地走上咔隆的红地毯，迈出第一步。

柔软，庄重，干净。

跟其他的红地毯似乎没什么不同，但是又的的确确跟国内许多红地毯不同了。我清楚地知道，这是我迈入咔隆的一小步，却是我整个演艺生涯的一大步。

“Here！”“Here！”“凌影看过来！”“我们是XX日报的，凌影！”无数闪亮的白光，无数媒体记者以各国语言叫唤着，各种声音回荡在我的耳畔。我踩着十二公分的裸色镶钻高跟鞋，纵使已经得到过宋微的指点，知道这个正方形的红毯跟国内长形红毯不同，纵使已经在房间进行过无数次的演练，但是在这隆重的世界级别的电影圣堂，我的心还是不由自主地打鼓。

不要害怕，凌影。

就算做不到，你也要拿出你最好的演技，装出一副自信满满的样子。我不断地给自己打气，不断地摆出最适合拍照的pose，以及一脸“我能hold住”的模样，尽管耳边凌乱的叫喊声已经让我恍惚得不知道究竟该望向哪里了。

为了保证咔隆红地毯的顺畅，每个艺人只有十五秒的停留时间，但是为了在如此盛大的场合增加自己的曝光率，以便被这个世界多看一眼，每个女星都会使出自己的心机，比如停在那儿不走，比如走得比蜗牛还慢，比如走三步，再退五步……但是电影节也有电影节的章程和制度，如果时间拖得太久，就会被工作人员驱赶。

一开始我还对自己说，要记得只能停留十五秒，但是到了后来，我脑海里一片空白，连开始暗自计的数也全部忘光，整个人只记得不断地微笑，其他的什么节奏、对场面的控制力完全降为零。

真不知道宋微是如何做到那么游刃有余的，甚至在最后一刻，也能引起无数镁光的追逐。我用眼角的余光瞧了瞧萧萧，尽管她摆出她最擅长的冷酷动人的模样，但是从她几乎微不可查的绷紧的嘴角，我便知道，她应该是跟我一样处在有些紧张的状态中。

经验还是太少了啊。

萧萧也望向了我，我们在彼此的眼中看到了相同的感叹，不清楚十五秒是否过去，也不清楚自己究竟被拍得如何，但是我们一致决定不再滞留在这儿，继续往前走。我们一起走上台阶，这样的熟悉感突然让我有些恍惚，好像又回到了十六岁时跟萧萧一起走上音乐颁奖典礼的台阶，一起拿到最佳新人奖的那个时候，那时我们也是肩并着肩，心里是满满的激动、兴奋与紧张。走到最后一阶，萧萧直接走进场内，而我想起了宋微的最后一个动作，脑海里忽然闪过一个念头——那一刻，她看见的是什么？那一刻，她又想起了什么？

微微一顿，与萧萧同步的身形便错了开来。我停下脚步，转过身，学着宋微的姿势同样往后方望了一眼，虽然已没有闪光灯追逐我，像拍宋微一样拍下这一刻的我。

蔚蓝空旷得仿佛可以看到百年历史的天空，厚重绵延得仿佛承载着一切希腊神话的海洋。

黑压压的一片人海，又近又远的镁光灯，被工作人员驱赶的林雪，一袭白色金扣骑士服凝视着我的陆瑜……

一切那么的近在咫尺，一切又似乎那么的遥远。

很久以后，当我再次以截然不同的身份与心情踏上咔隆的红毯，站在最高一层的阶梯往后回望时，所有的镁光灯都对准了我，有位摄影师捕捉到了这样一幅画面：在沉静阴霾的苍穹之下，闪亮的镁光仿佛黑暗中静谧的落雪，穿着黑色鱼尾礼服的我，站在这红毯的最巅峰，巨大的逆光的阴影投射过来，我整个人一半溶于绝对的光明，一半溶于绝对的黑暗。没有人能够真正看清我的神情。

在那一刻，我才明白了当年宋微心底想的究竟是什么……

尽管咔隆与国内时差十一个小时，但是红地毯首日，所有红毯照立刻以光速传回了国内。此时国内已快深夜凌晨，各大正统的网媒纸媒无法更新，不过一些活跃的网络微博平台上，已有无数杂志微博、前方特约大使、记者、时尚专栏作者飞快地发布着消息，各自或客观或毒舌地点评着。

Mr Brandy：毫无疑问，宋微是今日红地毯上最为出色的女神，她将浅紫色长裙穿出希腊女神的风范，仿佛从奥林波斯山上下来的神祇，宙斯，冥王、波塞冬，大概要再次掀起一场诸神之战，仅仅因为这个女神的美貌。

毒舌大王：虽然说穿上雪纺就是女神，但宋徽是离开品优娱乐后已经穷得快揭不开锅了吗？整个首饰搭配除了一双耳坠，竟然舍不得给自己添加一丁点的钻石首饰。

Mr Brandy：鹅黄色小亮片系配同色系极细皮质腰带束腰褶皱长裙，不像一般的晚礼服采用大片同色雪纺柔纱，中间深蓝色细长线条反而大胆地将整个长裙分割得灵动而不失端庄，优雅而不失轻盈，凌影非常懂得如何突出自己的特色，在保持跟整个红毯仪式的气氛一致之下，穿出了只有少女才有的轻快与灵巧。

毒舌大王：一只黄色的小雏鸟。

Mr Brandy：萧萧的服饰是为了此次咔隆电影节，特地邀请国际著名设计师设计的。银白色的曳地长裙，肩膀处高高挑起，V形领口镶嵌着水流般的渐变水钻，从银白色渐变成水银蓝，再从水银蓝渐变为银白色，再一次验证：钻石昂贵的确是有价值的。

毒舌大王：夏天还没过完，一条冷得冻死人的裙子配上一张冷得冻死人的脸，真是和谐啊。

Mr Brandy：影后林萱穿过的礼服样式，影后林萱戴过的钻石项链，呵呵，下一步她应该是把名字从林雪改成林萱吧。

毒舌大王：顶着一张跟传奇影后相似的脸，身上的首饰却戴得像个暴发户，我要是林萱，是会从坟墓里跳出来找你拼命的好吗？

除此之外，一些长期有粉丝活跃的论坛，也将各自喜欢或者仇视的明星图像传到网络，对此进行赞扬或吐槽，粉丝们相互攻击，争得你死我活。

“萧萧真好看！”

“据说花了几百万请设计师做的，也没什么特别。”

“宋徽真是很有气场。”

“真是不顾一切捧你家主子，名声那么差，也难怪幕后金主不敢要她，另外找了新宠……”

“看来看去还是凌影最得体，手臂上的那个黄金蛇臂环很特别。”

“据说也是傍上了一个幕后人物，没看到她这两年上升得这么快吗？以前宋徽的几个代言，现在品优娱乐都给了她，很明显是在重点捧她，她也算转型很成功的一个了……”

国内所有人都关注着咔隆，只要是关于咔隆的消息，转发、点击率和回帖数就会飚得最高，才短短数小时就已经在热门话题榜上居高不下。我有时也会匆匆扫一眼，但是更多的精力已被此次行程给占满。时尚杂志的特约拍摄，国外网站的采访，彩妆代言品牌的小短片，电影节的单元影片仪式，《大唐风云》电影在咔隆的首映，中国电影在咔隆的电影专题夜，其他国外电影的开幕式，无数party，无数需要认识结交的国外导演和杂志主编……

每一天都忙得天昏地暗，除了保证所选服装和妆容处在最完美的状态外，脑子更是像个陀螺般飞速旋转，在短短几天内被塞入大量的信息。我想这里被称为世界级电影殿堂的确是有道理的，因为你的确会接触到海量的不同风格的电影，每一次都会给你带来极大的深刻的震撼，在国内保护式的环境下待久了，这次出行让人有了一种更新的视野更新的国际观。

据说陆瑜也是工作极忙，除了红地毯首日，我也就只有在中国电影专题夜和《大唐风云》之夜这两个地方见过他。他又穿回黑色西服，显得庄重、沉稳，更有魅力。他额前的黑发让他看上去像是得体的电影交易人，转过身，后面的头发却不羁地扎起，仿佛一个艺术家，他熟练地跟各国电影版权引进者交流，跟世界名导侃侃而谈，你很难想象精明的商人和不羁的艺术家这两个不同的面就这样在他身上完美地结合了。

“对，这部影片是一部3D制作，由好莱坞最好的3D团队操刀，特技效果非常有保障。”

“如果想熟悉中国的历史和武功，那么影迷们一定会选择这部电影，里面的大唐服饰全部可以追溯到史实资料，外加负有盛名的Mr Hong做的武指……”

“已经有好几个海外版权签约了，北美那边也在紧张洽谈中。对，大家都很看好这部影片，口碑也非常高。”

陆瑜对这部电影真的是做了大量的准备，虽然我全程投入这部电影的拍摄，但是听他这么一介绍，还是非常地感兴趣。而他恶劣的笑容仿佛成了他最耀眼的名片，他运用着高超的手腕，迷人的个人魅力，让那些导演和交易人无不觉得兴致盎然，就连很多路过的女明星都惊叹地打量着他，目光明显透着一点儿迷恋，纷纷问“Who is he? ” “Is he an Asian actor or a director? ”

参加《大唐风云》之夜的我，只是站在远处，就能感受到他深深的魅力。被众人层层包围的陆瑜，明明正在极其用心地介绍着电影，却突然目光敏锐地扫了一眼我所在之处，他暂停了介绍，周围的人们都诧异地望着他，只见陆瑜牵起嘴角坏坏一笑，暗示我过去。

那一瞬，我感到不少羡慕而复杂的目光投在了我身上。

我穿着一件设计简约的白色抹胸小礼裙，没有白天那么繁复华丽，仅仅只是为《大唐风云》站台，因为其实在这样的交易派对上，作为演员的我们能起到的作用很小。我在原地待了几秒，但是陆瑜的目光实在是令人无法抗拒，迷人的睫毛带着一种难以言喻的蛊惑。

我走上前，用英语向他们打了一声招呼，陆瑜将手轻轻环在我的肩膀上。

“She is my girlfriend.”陆瑜重新开始介绍，却是以这句话开头，语气隐隐透着一种自豪。那一瞬间，似乎不少女士的心都碎了，但是男性交易人则发出“啊，恭喜”的感叹。

我望向陆瑜，陆瑜也同时弯起黑色的眼睛看向我，眼中流淌着一抹微妙的光芒。

“我以她为荣。”陆瑜嘴角微微向上翘起，“我必须介绍一下，她不仅是最棒的女朋友，同时唱片也达到白金销量，在现在这部《大唐风云》里面表现更加出色，获得过我国含金量最高的表演奖。”

“她一定是个天才。”有同陆瑜关系较好的国外交易人顺势夸赞道。其他人的表情也变得更加尊重和温柔了，纷纷朝着我点头示意。

“可惜你已经没机会了。”陆瑜微笑的声音里带着几分占有欲，他朝着那个有着一双湛蓝色眼睛的交易人道，“不过，如果以后有导演需要合适的演员，我不介意你推荐她……”

明明是求人将我推荐给国外名导，可是陆瑜说出来却是不卑不亢，让人会心一笑。

我这个晚上都陪在他身边，如果是平日，踩在10cm的高跟鞋上，我一定会觉得脚酸，可是在陆瑜身边，看着他灯光之下的俊美侧脸，看着他聪敏高超的手腕，我一点儿都不觉得累。在他进行《大唐风云》海外版权交易的同时，我也认识了更多的投资商和海外电影公司的高管，而陆瑜的言传身教，更是让我学习到了不少的技巧……

忙碌了一夜，版权交易进行得非常成功，直到午夜凌晨，整个《大唐之夜》的专题才结束。

“累吗？”陆瑜的声音含着一丝疲倦，刚才精神饱满的样子已经散去。我们离开快要透不过气的大厅，躲到咔隆清爽的海滩，像是突然把所有责任放下私奔的小情侣。我和陆瑜手牵着手，走在细腻的白沙上。

没有狗仔队，也没有忙不完的电影版权交易。

“还好。”我将头微微靠在他的肩膀上，难得能享受这么安静的二人世界。漫天繁星之下，海浪一阵一阵扑打在沙滩上，似乎连声音都显得格外的深沉温柔。

“本想陪你久一点，结果没想到又忙到这么晚。”

“那就在未来多多陪我。”话音一落，陆瑜望着我坏笑了一阵，我也很快就发现这句脱口而出的话语还有其他的解读方式，我干咳了一声，故意别过头去，“哼，不乐意啊？”

“怎么会？美人的要求，我荣幸之至。”陆瑜也故意摆出一副花花公子调戏纯情小姑娘的口吻，我挠向他腰部的痒痒肉，陆瑜怪叫着往前跑，我拎起高跟鞋，赤脚在后面追。

“你这是强抢美男啊！”陆瑜语调贱兮兮的。

“嘁，我还抢回去做压寨小相公呢！不听话的时候就用小皮鞭抽两顿。”我的厚脸皮功力也不比他差。

我们在海边一边追一边跑，完全不顾身上刻板的西服和小礼裙，笑声叫声一直在辽阔的海风和海浪声中回荡，要是被人看见肯定觉得这是两个疯子。不过还好，现在是人少海静的午夜，不知道跑了多久，我们俩都有点累了，一起躺在海边的沙滩上，夜风有点凉，陆瑜的身体倒是很温暖，我把头枕在他的胳膊上……

我一边看着星星，一边听着陆瑜的心跳。

海风拂过我们的脸，像是把体内聚集的喧嚣也卷走了一样，只剩下满身心的空灵。这么晚了，还有人牵着一只硕大的金毛在跑步，那只金毛憨憨的，特别忠厚，主人在前面跑，它就在后面乖乖跟着，沙滩上留下一人一狗的六个脚印。

“快看。”我指着金毛让陆瑜看，“多可爱。”

他眼睛一亮，原本有些疲倦的声音也跟着清亮起来：“你也喜欢狗？”

我点点头。

陆瑜把我搂紧了一些，黑色的眼睛看着我的脸：“也许，我们以后可以一起养只狗。”

“好呀。”我的脑海里自动浮现出狗狗的样子，“你是喜欢大一点儿的，还是小一点儿的？”

“你喜欢的就好。”微亮的星光下，他的嘴角噙着一抹温柔，声音一点点地轻了。

我仔细想了想：“雪白的爱斯基摩犬不错，据说是一种很深情的伴侣犬。萨摩耶也很美貌，连睫毛都是白色的，就是好动，不过我们可以一起带着它跑步。或者养只大的，再养只小的，养两只也很好……”

我想了想，心里都快给它们取好名字了，到时一只叫陆陆，一只叫凌凌。叫凌凌的那只最好大点，好动点，可以时不时地欺负一下那只叫陆陆的，然后我就可以当着陆瑜的面说：“凌凌啊凌凌，你老这样对陆陆上下其手，小心人家以身相许，这是很麻烦的……”到时陆瑜的表情一定很好玩，而且肯定又会说出一些让我恨得牙痒痒的话，一想到这儿，我的心就仿佛浸在了一杯糖水里。

陆瑜眼睛闭上了，没有作声，我轻轻推了推他。

他还是没有说话，只是愈发显得灼热的气息喷在我的颈间，我笑了笑：“别闹了，你该不会是睡着了吧……”他还是没有动静，我突然意识到不对，双手使劲地摇晃着他，整颗心紧张得差点都不会跳了，“陆瑜，陆瑜——”

高烧，三十九度四。

除了那天淋雨穿了太久的湿衣服引发重感冒，这几天高强度高密集的工作加上深夜吹海风可能都是罪魁祸首。那一刻真是吓得我差点连魂都没了。等反应过来时，我已经几乎把手机上所有人都“骚扰”了一遍，满脸都是冰凉惊慌的液体。国外急诊手续太复杂，流程太慢，黄锦立立刻利用自己的人脉请来一位家庭医生，给陆瑜打了一针退烧针。宋微也被我叫了过来，她匆匆赶来，见到黄锦立脸色一变，然后又视而不见。她拥了我一下，给我不少安慰："没事的，没事的，烧退了就好。"

我点点头。

黄锦立哼了一声，一双桃花眼透着一点锐利和一点无情："你们这些女人可真是能折腾人啊。"

"这才是真正深情的好男人。"

黄锦立脸色阴沉："你是说他比我好？"

宋微面无表情："凌凌，我先走了，有什么事就给我打电话。"这段时间她与黄锦立水火不容是谁都看得出来的事，让两人站在同一屋檐下，实在太勉强了。我点点头，送她出去。

陆瑜躺在我的床上，月光下他安静地闭着眼，那张恶劣的脸似乎因为生病变得有点脆弱，却比平日更令我疼惜。他一直都做得太好了，太强大了。强大而恶劣的样子总是让人觉得无坚不摧，甚至让人已经忘记他并非钢铁做的，他也会生病会发烧。我试了试他额头的冰袋，又摸了摸他的手，他的手仍在发烫，摸上去像是燃着一团火。

不舒服就不要陪我啊……怎么这么爱逞强……

我将他的手抚在我的脸上，掌心的热度烫得我眼泪几乎又要掉下来了。

"收起你这种假兮兮的眼泪吧。如果不是你，他根本不会这样。"

房间里突然传来一道男声，我惊得一跳，回头一看，黄锦立并没有走，他倚靠在门框上，黑色浓烈的阴影流淌在他的脸上，遮住了背后大片的光。他的脸上没有平日那种浪荡子般的风流，反而多了一抹冰冷的锋利。

不知道是不是我的错觉，我一直觉得他很针对我。

"如果不是为你的品优娱乐卖命，他才根本不会这样。"

"你根本配不上他，他喜欢的人不是你。"

陆瑜的高烧已经快要让我自责得半死，黄锦立又在这时一波又一波地攻击，简直让我的心又难受又痛苦又愤怒，如果不是看在家庭医生是他请来的分上，我真的想要把他彻底轰走！

"你凭什么认为……"我努力抑住快要冒出喉间的愤怒。

"你这样的女孩我见得太多了。"黄锦立打断我的话，语气里夹杂着几分不屑和轻蔑，“你们自命不凡，觉得与众不同，粉丝喜欢你们的容貌，你们就飘飘欲仙得不知道自己几斤几两。事实上，你们所有的一切都是公司给你们的，只要不再捧你们，你们将会迅速被市场忘记。像你们这样做着明星梦，又因为运气不错成为偶像的小女孩，我每年都可以碰到一大把。平庸、无知、爱慕虚荣，虽然口里说着是在为梦想为事业奋斗，但是实际上不过是留恋被镁光照耀、万人喜欢的感觉。我实在想不出，像你们这种人有什么配得上陆瑜的地方。”

黄锦立就像是条不断吐着信子的毒蛇，所到之处涎下恶毒的毒液。

我眼眶发红，气得手都在发抖了。

一个娱乐公司的总裁居然是这样看待手下的艺人！一个在娱乐圈浸淫这么多年的人，明明应该最了解艺人的辛苦，但是他对偶像艺人的评价居然是这么的低劣！

“我跟陆瑜一块儿长大，在国外最好的商学院一块学习。”黄锦立那双桃花眼眯了起来，声音一下子飘渺了一两分，像是在回忆什么，“我们的导师曾说，我将会是最成功的商人，而陆瑜却是他最得意的弟子。现在看来……真的是这样。整个品优娱乐因为我们两人而改变，他那种肆意纵横的犀利，以及投资眼光，总是让人恨得牙痒痒，可是却又非常成功。”

说到这儿，黄锦立脸上的神情柔了一分，可是下一秒，整个眼神又在阴影中冷漠得像把锋利的瑞士军刀。

“算起来，我真正做错的，大概只有那一件事吧……不过，我会为了我的错误进行补偿。”他的语气更加坚决而残忍，仿佛一头狰狞的巨兽站在我面前，“如果还有自知之明的话，趁早跟他分手。他爱的人不是你。他爱的人，无论是修养还是家境都比你高贵太多。他也不可能爱上你们这种卖弄长相和身材的浅薄女人。”

“你够了吧！”我终于控制不住，满腔都是愤怒的火焰，“你以为你是谁！你到底是有什么优越感对人指手画脚！我完全看不到你有一丝说这些话的资格！你说我们这种偶像艺人平庸、爱慕虚荣，那么你呢？除了一身赚钱的本领，唯利是图，冷血残忍，到底还剩下什么？我想，你们的导师说的真是一点儿都没有错。他说你只会是最成功的商人，因为除了商业技能，你根本就是一个彻底失败的人！你没有朋友，连唯一把你当过兄弟的陆瑜都对你恶言相向；你没有爱人，连那么爱你的宋微都对你失望透顶。即便其他人讨好你奉承你，也不过因为你的身份是品优娱乐的总裁；即便其他女人对你要死要活，也只不过是因为你为她们花钱，你捧她们上位……或许你能打赢这战场上的每一次战役，可是却无法感动任何一个人，最终连一个真心对你的人都没有，彻头彻尾的loser！”

黄锦立从黑暗中投射过来的目光冰冷锐利：“你之所以这么反驳，只不过是在虚张声势，自我安慰。”

我也豪不服输地狠狠对视回去：“你之所以不敢反驳我，是因为清楚我句句属实，正中核心。”

“反正到时你就会明白，从陆瑜身边自动退出不过是早晚的事。”

“你应该先关心关心你自己，兄弟和恋人为什么一个一个离你而去，从不肯回头。”

直到黄锦立啪地将门关上，冷静离开，我整个人才像浑身虚脱般地瘫在了陆瑜身边的凳子上，手脚都在发软。这个男人太可怕了，完全是一针见血，即便我全力攻击他显露出来的弱点，他也丝毫没有被我激怒，自始至终保持冷静。而被他攻击过后的我，看似完整无缺，可整片心却像是战火后千疮百孔的废墟，他说的没有错，我不过是在虚张声势，自我安慰。

可是所有在爱情面前的自我安慰，都是因为不愿失去那一个人。

所以才故作坚强，自欺欺人。

我摸了摸陆瑜黑色的头发，他的发质有些硬，跟他恶劣的个性一样扎手：“你当初怎么会选这么难搞的人当兄弟？”

脸色潮红的陆瑜不说话。

“以后他再说我配不上你，让我跟你分手，我们就一起给他套个麻袋，狠狠揍他一顿吧？”

陆瑜依旧不说话，沉默的样子像是在表示赞同。

我整个晚上都守在他身边，盯着他的脸，仿佛这样，就可以回到他那些我未曾参与到的过去，仿佛这样，就可以把他的样子记住一辈子。

陆瑜的温度终于降下来了，他在清晨的阳光中睁开眼睛，微微一怔后，接着朝我绽开一个性感的笑：“我发烧的样子是不是看上去也很迷人……”

“……挫死了！”

一醒来就不安分，真想用枕头拍他，又担心一枕头把他拍死。

“再睡会儿，多休息一下。”虽然想法恶劣，但是最终却只是亲了亲他的脸。

“嗯。”陆瑜的声音不像以往那么充满力量，但是精神已经好了不少，他扫视了房间一圈，眉峰一挑，语气突然多了一分紧张，“锦立来过？他没有说什么吧？”

“是他给你找的家庭医生。”迟疑了一下，我浅淡地一笑，“没说什么。”

Jolie已经过来催了无数次，我急急忙忙地化完妆，急急忙忙穿上礼服，走在已经熟悉了一些的红毯上，摆着pose给摄影师们照相。结果却被国内时尚点评人毒舌大王说：眼下的黑眼圈是因为一整晚都在打麻将吗？连咔隆的海鸥看上去都比她精神百倍。

第三章

咔隆一行终于结束。

在《大唐风云》国外宣传高调结束的同时，国内的宣传战役也到了最紧张的关头。我和萧萧、叶子澈三人之间的旧事又被重提，因为工作档期和交通情况，有时我缺席，有时她缺席，这些突然事件也被一些媒体看作是“两人面和心不和”的证据。

虽然事实也是如此，只不过现在的平衡停在一个微妙的点上。我们两人或许是“王不见王，后不见后”，但是如果一起出席，比起先前完全的针锋相对，表面上已经要缓和很多。不过每一次导演赞叹我演技有进步时，皇冠荣耀那边就会大发通稿，称赞萧萧的表演是有多么的精彩，多么的出人意料。我背后的品优娱乐却没有像皇冠荣耀之于萧萧那样挺我。因为咔隆之事，我跟黄锦立的关系已经降到了冰点；每次见面只要他不开口我根本不会主动打招呼，我知道这样跟大老板对立，容易被封杀雪藏，但是如果我后退，我失去的将不止是事业，还有另一个人。

不清楚陆瑜是否了解到这一点，因为他什么都没有说，我总是不知道他心里到底是怎么想的。这时常让我心底有种隐隐的不安全感。可是在这样的情境下，我手上的代言、剧本和背后的宣传资源依旧不少，我相信这里面绝对是有陆瑜的操纵。

而更令人紧绷的是，除了内忧之外，重大的“外患”也纷至沓来——宋微领衔主演的文艺片《林萱》，从好莱坞引进的灾难动作片《末日大战》，将与《大唐风云》同期上映！被国内电影人称为“三分天下，鹿死谁手”“首部国产3D大片是否能扛得住好莱坞的重击”。与此同时，《大唐风云》又面临着一个更严峻的窘境——不到两个月便是金柏奖！金柏奖一向偏爱文艺影片，那么即使《大唐风云》取得了高票房，又是否能够在纯文艺之作《林萱》的夹击下，取得更多的电影奖项和提名？一切悬而未决……

所有人摩拳擦掌，所有人虎视眈眈。所有的影迷激动不已，所有的影评人跃跃欲试。

在最后一次宣传仪式上，《大唐风云》导演、演员全部汇聚在一起，一名娱乐记者犀利地问萧萧和我：“昔日的YOUNGIRL分崩离析，你们各自单飞，感情传闻更是变化莫测，现在你们两人又在同一部电影碰见，会不会担心粉丝对你们的表演进行比较？那么，萧萧，凌影，如果有机会提名金柏奖，担不担心与对方竞争？会希望对方拿到奖杯吗？”

当时的现场一片寂静。

无数摄像机对准了萧萧，更对准了我。

萧萧缓缓拿起话筒，侧脸看了我一眼，涂得漆黑的睫毛下，一双眼睛雪亮，又酷又显锋芒：“从没有担心过被比较，因为在YOUNGIRL的时候已经被比较了很多年。”

现场的记者和粉丝们会意地一笑。我想起往日那些时光，虽然心知肚明是假话，却也同样承认萧萧这个问题答得很妙。我接着她的话，继续往下回答：“如果真的同时有机会提名金柏奖，我想最高兴的，除了我们，一定是导演，因为到时杜导就可以说，你们看，因为演了我的片子，凌影和萧萧都提名了。”

记者们和导演大笑。

“那得到提名的话，你们会希望是自己，还是对方拿到金柏奖？”女记者紧追不舍，直指核心。

“你怎么看，凌凌？”萧萧抿了一下红唇，把问题丢给我。

“这个有点难倒我了，说不希望自己得奖似乎太做作了，说希望对方得奖那自己又怎么办呢？”台下的粉丝和记者都竖起耳朵，想知道我的最终答案，“啊，我记起来了，有一年金柏奖好像是双影帝吧，这样的话，那我就祈祷好运，为我们一起加油，希望能够一起得奖。”

“如果不能一起得奖，奖杯只有一个呢？”女记者含笑追问。

“那就把奖杯一分为二，这样应该不算损坏公物吧？”全场大笑，我正了正脸色，终于认真说道，“说不想自己得奖，肯定是假的，因为从《大唐风云》一开拍，我们就为这部电影投入了全身心的努力，不想诉说我们吃了多少苦，但这绝对是一部具有百分之百诚意的作品，所有幕后工作人员都值得被金柏奖肯定！我们不知道评审对表演的评选标准，所以无法宽泛地说是想，还是不想，因为能不能得奖不是我们能做主的，这是评审的事情。但是我们能够做到的——却是演好每一部电影，做好每一件事，既然已经付出了全部的努力和心血，那么无论是我还是萧萧获得这个奖，我都觉得是公平的。”

“就如同凌凌所说，”萧萧的声音突然加入，“我完全同意她的看法。只要是公平的竞争，无论是谁得奖，我都会祝福！”

台下掌声雷动！

——《大唐风云》正式上映！三部电影的票房之战正式拉开帷幕！

《大唐风云》的宣传板摆满了所有电影院的入口，出票口的台子上放着无数《大唐风云》的宣传小海报任人取拿，迈进电影院，电梯口全部是《大唐风云》的喷绘展板……出票口的电子计数器不断闪动，红色电子提示板是一排一排《大唐风云》的上映时间和放映影厅……

十二点。零点。

电影一上映，不光是杜慕率领的整个《大唐风云》剧组，品优娱乐和皇冠荣耀的一些负责人睡不着觉，支持看好这部电影的粉丝影评人更是万分关注，不停地在贴吧、微博上更新着一切得知的信息：

“开头的龙头和祥云3D效果太真实了，嗷嗷嗷，古色古香的开幕真的是超赞，非常有美感有创意，没有想到古代的东西做成特效，3D效果也这么惊人！”

“午夜零点的影厅就已全部坐满，杜慕顾羽凌影萧萧他们的号召力好强啊。”

“整个画面太美了，宫殿上方几次云层涌动的那个长镜头，好像就在你头顶上一样，非常的大气……”

“凌晨两点，票房就已过2000万。”

“我们家的小羽毛帅死了！~\(≧▽≦)/~”

“票房还在不断上升中……”

“火焰中跳舞的那个3D做得好好，火苗都快舔到脸上了。”

“早上八点，票房已经超过3500万。”

“是啊是啊，那个千军万马的气势，万箭齐发，嗖嗖对你射来那种金戈铁马的压迫感，太锋利了……”

“中午十二点，票房达到5700万，还有下午场，重中之重的晚间场，按照这样的速度下去，很可能第一天就会突破一亿大关。”

“下午五点，《大唐风云》就已经成了话题榜的TOP1，口碑不断飙升之中！受到这种影响，很可能很多上班族下班之后也会被影响去观影，票房很有可能比预估成绩还要好。”

所有的娱乐公司、影界同行，竞争影片的发行方宣传方，每一双眼睛都狠狠盯着打头战的《大唐风云》，这既是评估竞争影片的潜力，更是预估自己即将面临的冲击！

作为这部电影的主演，我们更是希望有一个漂亮的开门红，且走势能越来越坚挺，这样才可能在随后《林萱》和《末日大战》的狙击之中，成功地存活下来！我们的粉丝们也极其给力！全国影迷会自发自动组织在微博上晒票根、写影评repo、讨论电影人物……经常会看到一大把雪白的票根照片，然后上面写着“凌影中文网影迷会成员”“萧萧上海粉丝团”……

时间一分一分地过去。

票房一个数字一个数字跳动。

我从来没有一刻像现在这么期待，像现在这么期盼，像现在这么在意大家对这部电影的看法！午夜十二点的时间一到，公司立刻传来最新的票房统计数字——一亿三千万！这是今年整个国内第一部第一天票房就超过一亿的电影！这是投资了实实在在一整亿的大手笔但是第一天就已经全部收回成本的电影！这是国内第一部3D电影却几乎得到所有观影影迷认可的电影！

当这个捷报传来时，所有人都兴奋得快疯了！我抱住陆瑜又叫又跳！

而其他各方也迅速作出反应：

“这不可能！怎么会这么高，肯定票房作假！”

“呸！就是很好看好不好，整个影厅全满了，简直是座无虚席！”

“他们上档的时间非常巧妙，安排周四零点，这样只要周四周五制造出极好的口碑，那么受到口碑影响的影迷也会趋之若鹜，整个周末的票房还会更上一层楼，毕竟周末休息的时候才是看电影的主流。而能够与之抗衡的《末日大战》下周六才上档，正好给了他们一个攻占市场的时间……”

各方各界都在下着自己的判断，有人认为票房作假，有人认为战略战策布局完美，有人认为找了五毛党花钱请了影评人才制造出这么一致的好评，但是就在这虎视眈眈的观察评判之下，《大唐风云》的票房一涨再涨，才仅仅三天，票房就冲到了四亿，等到周末过后就已经保五冲六了！

支持方都觉得无比兴奋，无比荣耀，反对方拼命觉得成绩虚假，口碑虚假，竞争方压力极大，已经开始在一些论坛做负面的评价和打分，同时期待着好莱坞《末日大战》能够成功狙击它，赢得比它更高的票房，而国产的文艺片《林萱》已隐隐有要推后上映时间的走势了……

我们心情激动，却又紧张万分，非常担心下周六上映的《末日大战》会抢占《大唐风云》的排片次数和影迷，时间一点一点地临近，《大唐风云》的票房已经成功达到五亿七千万……

《末日大战》果然以爆炸般的速度炸开了整个战役。第一天票房成绩的确不俗，整整八千万，引进方赢回了一些信心，坚信好莱坞的灾难巨片必定能够打下《大唐风云》这匹战马，在网络上处处叫嚣着“《末日大战》必将是一批档期竞争影片的末日，势必继续高开高走。”

而在陆瑜他们的指挥下，《大唐风云》临危不乱，除了保持稳定前进，争取不要减少现有排片次数之外，更是在一些媒体上打出“支持国产3D影片”“国产特效技术并不比好莱坞的差”这种感情牌，稳定影迷军心，气得《末日大战》的宣传方直骂娘，说是太狡猾了……

最后结果证明，除了最初的惊喜，《末日大战》并没有赢来想象中的对手末日，成长趋势虽然不俗，但是经过两周之后，在三亿五千万这个大关口已经开始疲软掉队，而蛰伏已久，足足推迟了三周之久再不上映就赶不上金柏奖的《林萱》终于开始出击，最后也取得了一亿的票房，作为国产文艺片真的算不错了……

而受到《大唐风云》俨然已经成为今年票房冠军的影响，我和萧萧在电影界一下连续三级跳，迅速成为准一线女影星。因为《大唐风云》票房已过七亿，我们在主演票房总榜上分别排名第八和第十七位，更是成为时下杂志代言的宠儿，剧本像是雪花一样飞来，天天是跑不完的采访，拍不完的拍摄，品优娱乐已决定给我投入巨资，安排制作我进入公司后的第一张专辑，据说皇冠荣耀也正准备借助《大唐风云》的影响力，给萧萧制作专辑安排演唱会……

当初因为组合单飞，人气下跌，即便品优娱乐有自己的唱片销售渠道，他们也不想贸然给我出单张专辑。虽然我很喜欢演戏，可是唱歌始终是这么多年的感情，现在终于能再次出专辑，突然有种小小的喜极而泣，以及心酸的幸福感……

在这一行，真的是——红，什么都是你的；不红，连最想做的事都没有人会让你做。

随着电影的大卖，地位人气的上涨，专辑的敲定，尽管外界对我一片赞扬看好，但是公司里反对和挑剔的声音也越来越多。

“她有什么演技，不就是靠着陆瑜捧吗？”

“她们这种人就是会来事，又会撒娇，拉拢黄总陆总，又会哄人，跟那些记者关系好得不得了，还会迎合那些厂商，呵呵，一个两个都将代言给她，产品是不是真的卖得那么好？总之，人家就是会投机取巧，不像我们这些规规矩矩的……”

“被人捧的能有几个好结果。当初黄锦立捧宋微，现在呢，转眼就踢了她，你以为陆瑜真的喜欢她啊，陆瑜真正喜欢的是……你们当初是没有见过陆瑜对她多好。”

无数讥讽和嘲笑像是密密麻麻的蚂蚁，开始还是背着你说，到后来，故意当着你的面针对影射，脸上摆着的是友好恭敬，嘴角挂着的却是不甘心不服气……

又一次在化妆间，几个女明星在我面前一边笑一边说：

“陆总对你可真是好啊，每天都来探班。”

“就是就是，从头到尾，陆总也没对几个人上心过，除了你，我最羡慕的就是以前那个女人了，当时陆总对她好得……啧啧，真是恨不得把心都给她……”

“你真是，怎么在凌影面前说这种事？”

“哦哦，你别往心里去，那是早些年前的事了，虽然现在对方回国，但是你才是陆总的女朋友嘛……”

几个人叽叽喳喳，眼角眉梢是女人与生俱来的看戏、嘲笑、暗示、嫉妒，折射在白炽灯照耀下的化妆镜中，有一种扭曲的错觉，我扑粉的动作渐渐慢下来。

“又在嚼什么舌根？”来探班的陆瑜朝着她们不耐烦地皱了皱眉，眼中满是厌烦之色。他手里提着的是昨日我在短信里说想要吃的红宝石蛋糕。提着这种精致女气的蛋糕，往往会让男人显得不那么英气，但是眉峰俊美、鼻梁高挺的陆瑜却能显露出一种欧洲贵族般的美感，让任何女人看了都会嫉妒地猜想，这个小蛋糕到底是送给哪个女孩子的啊。

那些二线的女星有的朝陆瑜抛着媚眼，有的一边说“不打扰了，我们离开好了”一边观察着陆瑜的反应，有的畏畏缩缩担心自己刚才的话被他听到……

我冷冷看着她们，手指转着那只粉色的粉刷：“别走啊，再坐下来聊聊嘛。你们说的故事，可真有趣。”

她们笑得亲切：“以后再说，以后再说，不打扰你们的二人世界了。”

我含笑不语，只是高傲地轻佻地对陆瑜勾勾手指。

大家被我的动作搞得有点愣了，因为在整个公司没有人敢对个性脾气都很差劲的陆瑜这么做。陆瑜打开蛋糕盒，拿出小叉子叉在雪白的奶油上后，见到我这个动作时也微微一怔，眉峰挑了挑，仿佛在说：真的要我过来？

我噙着有点邪气的傲慢的笑，像是作恶多端的女魔头，暗示他：当然，别废话，快来老娘身边。

陆瑜摇头笑了笑，笑得有些恶质，却还是听话地走到我面前，抛开以往在众人面前疏冷轻蔑的一面，展现出一种几乎罕见的优雅与不羁。他修长的手指握起我的手，用唇轻轻地吻了一下，漆黑深邃的眼睛看着我，仿佛温暖的夜风。

我扬起下巴，双眼眯起，拍开他的手，故意用指尖挑着他的下巴："听说，你还对其他女人念念不忘？"

陆瑜长长的睫毛覆盖在他的眼睛上，闪了闪："当然没有。"

我直视着他黑色的眼睛，半晌，勾起唇角，在那几个女星面前，深深吻了陆瑜一下："很好。要是再听到其他人说你最爱的是别人，我就……杀了你。"

陆瑜目光锐利地瞥了那几个女星一眼，看得她们瑟瑟发抖。他转过脸，眼睛里冰气消散，多了一抹宠溺："遵命，我的女王陛下。"

那些女人瞬间逃得影子都没有了，从此我再也没有在品优娱乐听到那些人在我面前讥讽影射。

这一年，注定是不平凡的一年。

除了《大唐风云》票房长红，不可一世，以坚挺之姿进入国内票房总榜排行榜，并且拿到金柏奖众多提名之外，轰轰烈烈的娱乐圈，又闹出两个极大的吸引众人眼球的新闻。

一是，蝉联三届影后但同时绯闻缠身的宋微，据说即将退出娱乐圈，正式息影。

她才三十岁不到，正如日中天。

很多人猜测她是嫁入豪门，洗手做羹汤，从此相夫教子。

二是，曾经娱乐圈的领头羊ESE（东星娱乐公司）总裁即将离婚。当初他放弃情人，转而联姻，这场婚姻曾带给ESE一片新的盛世，却在几年后几乎令夫妻二人反目成仇。

但是ESE总裁对外不做任何解释，也没有通过正式渠道承认两人正在办理离婚手续。

风雨摇曳，我从十七楼望去，窗外乌云过境，风雨欲来。

突然想起曾经在陆瑜手机上看到的一个陌生号码，陆瑜没有将它存入手机，更没有注明姓名，却一直存着那条。

“我要回来了，阿瑜。”

▶第四章

这是风雨欲来的时期，也是我最忙碌的一段时期。

票房大好加上最佳女主角提名，以及即将推出最新专辑的消息，像一束束闪亮璀璨的烟花升至夜空砰然绽放。繁忙的通告，繁忙的专辑制作，繁忙的广告封面拍摄几乎占满我的每一天，连居住的公寓都只像一个忙碌的中转站，丝毫没有停留的归属感。

某个国际知名时尚杂志主编采访我之后曾写到这样的几段文字：

凌影——熠熠发光的奇迹

这是一个少女的奇迹，谁也无法想到一个十六岁的少女刚入歌坛，就迅速成为超人气组合一员，仰慕崇拜她的少男少女遍布整个亚洲。这是一个天后的奇迹，即便组合解散将近三年没有再出专辑，逆而行之，从不起眼的银幕小配角做起，她也能将自己的位置再次展现在镁光灯下的正中心。

拿不尽的最佳专辑奖、最佳组合奖、最佳歌曲奖、最受欢迎女歌手奖……分量极重的最佳女配角奖、最佳女主角提名，仅仅参演三部电影，总票房加起来就已超过10亿……

在旁人看来，她简直被上帝厚爱，被粉丝偏爱。

而她的粉丝们则说，我们见证了她的辉煌，也见证了她的低谷，我们见证过她发着高烧也要唱完最后一首歌一下台就晕倒，也见证过那些电影拍摄花絮里她被武术指导强行压腿，痛得眼泪刹那飙出仍然咬牙坚持的那一刻……

尽管如此，就像没有人相信长得漂亮的演员会演戏，也没有人相信一个偶像派的艺人能拥有真正的实力。

她熠熠发光，却又遭受实力的质疑。

或许，就像凌影自己所说，就算被看作是空有美貌的偶像，也会不断充实自己，坚持自己的信念，在这个圈子继续前行。也许就是怀着这样的一颗初心，所以她才能在这容易迷失的娱乐圈，在咔隆世界级电影圣殿的红地毯上，站得如此坚定而骄傲吧。

时尚杂志的编辑文字水平异常高超，看完后我既被粉丝们的支持感动得不行，又觉得这样的描述真有点不像我自己……这简直就是无可挑剔人人都要爱死的偶像嘛！到底是他们的文字犹如PS，把我柔光美化了，还是根本就是神技能，将一个人液化涂抹成另外一个人？

我抬头望向陆瑜和Jolie，想含蓄地求认可和赞扬："咳……你们觉得这上面写得怎么样？好像对我分析得……比较准，是吧？"

Jolie的目光只盯着那几页大片质感的彩插："这家的摄影师的确不错，光线构图都很新颖，修片也恰到好处，不知道有没有跟杂志独签，以后我们可以找她跟拍。但是负责服装的那个是怎么回事，明明唐雨仪穿过这套还想借给我们，到底是想借撞衫炒销量还是根本就是个二缺？"

"……"

好吧，我承认Jolie的脑电波频率始终跟我不怎么在一个频道。在她眼里就只有工作专业与否，能力如何，以后演艺事业如何规划。

想要跟人探讨心灵什么的……我有些期待地悄悄将目光移向了陆瑜。

可能是上一次撞见我被人欺负的缘故，陆瑜现在一有空就过来探班，他认为自己的工作并不需要经常待在公司，而我的工作性质却是流动的，需要迁就我。其实我觉得那次我已经很好地反击了，但是他始终不觉得我有能力处理好这些事情，用他的话来说就是：“你要是会保护自己，当初还会被萧萧欺负得那么惨吗？哭得那么难看让我想忘都忘不掉的女艺人你绝对是第一个好吗？”

我当时只能：“……”

陆瑜注意到我向他投去的目光，挑了挑俊美的眉峰。

他穿着一件V领衬衫，优雅的站姿仿佛希腊古典的宫廷柱。虽然在平日这个挑眉的小动作总是意味着疏离、恶质与不耐，可是在我面前却往往是另外一层含义。明明没有什么特别的神情，我却觉得简直要被他电晕了，恨不得让人在他额头上打上“祸害”这个标签！

陆瑜浓黑修长的睫毛在眼眶周围布满一圈，鼻梁挺拔完美，仿佛欧洲中世纪的贵公子，他轻笑着勾起嘴角：“哪一点写得很准？”

“你觉得呢？”我翻着杂志，装作不怎么在意地说，其实耳朵都恨不得竖起来。

平心而论，其实我不喜欢“奇迹”这个词，因为它可以轻易地抹杀你所有的努力。每个人都渴望自己战无不胜，得天独厚，但即便是天赋过人的成功者也深知，必须全力以赴，才能在外人面前做出一副轻松的样子。

很多在屏幕上光鲜开朗的明星，背后都很悲观易怒，甚至患有严重的抑郁症。台上台下的不对等，看上去耀眼无比，却时时饱受流言蜚语的陷害，那种强烈的周而复始的落差简直就是一种极刑。比起装作自己很坚强的样子，我宁愿用执着和坚定一步一步将自己修炼成充满正能量和内心坚定的人。

粉丝们迷恋我们，崇拜我们，除了喜欢我们的歌，我们的容貌外，其实更想从我们身上汲取的，是坚持到底、决不放弃的人格魅力吧。我不希望他们幻想崇拜的一切只是假象，因此我希望有一天，他们所能看到的，不是伪装出来的东西，而是真正的力量。

“难道是‘奇迹’这个词？”陆瑜目光有点慵懒，他伸出修长的手指摸了摸下巴，像是在自言自语，“综合商业价值，表演，歌唱，以及日后潜力，你的确比同代艺人创造出了更多的奇迹。用这个词来形容，似乎也不为过。”

“哦……”我拉长了声音应道。

但是心里却有些失望。

纵然我们已经认识了这么长时间，难道在他眼中，我依然是个卖颜为主实力浮夸的偶像少女吗？其他什么自诩学院派的“高深”影评人制片人怎么看，我都不会太在意。可是如果陆瑜依旧这么看我的话，比失望更深的担忧则是……他真的了解过我吗？

喜欢他的心情已经一日深过一日，所以才害怕，我们被彼此吸引的根基只是一种错误的假象。

一旦哪天这些假象犹如海市蜃楼般消散了，我们的爱也就不复往昔。

我伪装走甜美路线，我懂得取舍亦懂得灵活变通，我看上去没有个性，但是在内心，我却深知自己的目标。我一直都很清楚自己想要什么，一直朝着一流艺人的方向努力。我希望能有一个人，不是像粉丝那样以喜爱的心情看高我，也不像那些商业巨擘娱乐总裁以轻视的目光看低我，我希望有那么一个人，在他的眼里，看到的永远只是一个真实的我，有优点，也有缺点，不那么有个性，却深知自己为什么而坚持。

“不过，比起‘奇迹’这两个字，”光影照在陆瑜俊美的脸庞上，光与暗分割得非常鲜明，他深邃的眼眸似乎有种撑起整个世界的力量，“坚持……似乎更贴切。”

我的眼眶突然有些发酸，整颗心就像泡在了一杯温水里。

“看上去笨手笨脚，不会牙尖嘴利地报复那些伤害过自己的人，也没有什么张扬的显性优点……可是，只要是你想坚持的事情总会以奇奇怪怪的方式达成。老实说，这一点还真令人捉摸不透啊。所以从结果来看的话，奇迹只是坚持努力的另一种形式吧。”

“阿瑜，你知道你最让人无法忍受的是什么吗？就是你出类拔萃的刻薄和毒舌。”被感动的我回应道，“但是这一次，我必须承认这种毒舌还真是少见的可爱！”

西装革履的精英陆瑜听到我的称赞后高兴得脸都黑了。

即便很开心陆瑜竟然真的能够捕捉到我的内在，但是马上一个极端的抉择就出现在我面前。

毫无疑问，我这次复出歌坛是品优娱乐的重点项目。

他们甚至真的如新专辑的宣传通稿所言，决定斥资百万——以这种重量级的大手笔来打造我的新专辑。萧萧背后的皇冠荣耀为她邀请韩国舞曲教父，他们就会为我重金聘请格莱美获奖天王；萧萧那边再次飞往咔隆巴黎取景拍摄MV，他们就邀请天王巨星饰演我MV中的男主角。皇冠荣耀和品优娱乐，这两个公司就像古代那些分分合合的邻邦大国，时而携手抗敌，时而针锋相对。而这一次，显然双方又杠上了！

这种毫不相让的气氛更是让嗅觉灵敏的娱乐记者们欣喜不已，纷纷大作文章。

本年度最令人期待的专辑非超人气天后萧萧莫属

歌迷们呼声最高制作最用心的专辑 久违三年凌影天后驾到

萧萧凌影，新仇旧恨：金柏奖大PK 新专辑大PK

品优娱乐连同新专辑的负责人制定了一系列发挥我优势的路线，誓言一定要让我力压萧萧一筹。他们所选择的歌曲也简直是为我量身打造的，甜美的曲风、小清新伤感的歌曲、电子舞曲，配合各种水手服、空姐制服，又可爱又萌的舞蹈动作，完全是一套将我打造成亚洲版布兰妮的方案……

然而或许是拍摄电影的缘故，我见过了更广阔更宏伟的电影配乐，并且从那些伟大的世界级别的音乐大师身上吸取到了更多更深刻的音乐理念，我听了更多的爵士专辑，听了更多的古典交响曲，听了更多更经典的音乐，我认为，音乐就如同我的人生，不应该给自己设定一个框，用其他人的喜好来决定自己应该做什么，不做什么。

我可以创造更多。

但如果只是走升级版的甜美路线，也不过是继续重复以前在皇冠荣耀时所做过的事情，音乐理念根本没有深度挖掘。我不应该被定型，只演一种类型的电影，只唱一种风格的歌曲，我应该有更自我的风格。

可是这个想法一提出，就立刻遭到了专辑负责人的强烈反对。

“什么，你要转型？”专辑负责人是一个四十多岁的男人，戴着一顶彰显个性的牛仔帽，留着两撇小胡子。虽然我跟他只是第一次合作，但是也在这个圈子听过他的鼎鼎大名。曾有娱乐杂志专访过他，称赞他是极具商业眼光的专辑制作人，能够深度挖掘歌手身上的价值，并且为他们制作出奠定他们地位的白金销量唱片，也正是因为这个原因，他这次被品优娱乐委以重任，全权负责我的最新专辑。

“我只是想尝试一些新的歌曲。”没有想到才一开口就被看穿，我只好更加委婉，“一些英文歌曲，还有一些伤感的情歌也不错。”

专辑负责人精明地扫了我一眼，他的目光里没有可以协商的意思，只有一种在这个圈子浸淫已久的大男子主义的自大。

“凌影，我在这个圈子纵横了十几年，你得相信我的专业。你的音色动听，但是功底说实话并不算十分出色，你挑的那些歌对你来说难度太高，重新练的话要下大功夫，何必呢？”

“难道因为一首歌的难度太大，就放弃转而挑一些简单的口水歌？”

“传唱率高的口水歌又有何不可？你和萧萧当初出道，不就是因为这些歌而成为人气最高的组合？”他的眼睛似笑非笑，熟悉对方的弱点，一句话就差点让人难以反驳。

我定了定心神：“你说得没错。当初我们是新人，没有挑歌的权利和自由，也没有那么高的音乐素养，所以非常被动。但是现在有了基础，我也在不断进修，实力已经增强了很多。既然如此，就没有必要停留在最初的阶段止步不前。”

“哈哈哈，凌影，你很可爱。”我说得很认真，但是这种认真却让他几乎大笑起来，“但是你对市场对歌迷又了解多少？市场接受你，粉丝们爱你，是因为你是甜美教主、偶像天后，一旦你打破了他们心中这种固定形象、固定风格，他们就会感到陌生和失落，那么你就会流失掉大量的人气和歌迷基础，新的偶像很快就会取代你。那些显功底的歌就让那些实力唱将来吧。做偶像艺人也没什么不好，起码有个漂亮的销量数字。”

他得意洋洋的样子，像是在空中轻蔑地写下“你太嫩了”这四个字。

我心底腾起一把火，连手指都在发颤，但是语气依旧努力保持冷静：“我并不这样觉得。我已经有快三年没有出专辑，这三年我经历过很多事，我在成长，我相信我的歌迷也在成长。十六岁出道时他们喜欢的或许是偶像的外形，唱歌什么的只要可爱就可以了，但是现在他们肯定也有了更成熟的想法，更高的音乐鉴赏水平。如果歌曲本身是经典的，那么不管我是什么形象，我相信歌迷们都会看到我的努力。因为将所有事情做到经典，这才是音乐的本质，也是一切的本质。”

负责人不耐烦地挥了挥手，又不愿直接得罪我，推诿道：“你有想法，我也不阻拦你，你去跟上面讲，他们同意我就同意。”

说得再多，他也不会了解。

很多人根本就不了解你在坚持什么，他们也没有想要了解。

我打消了跟这位音乐制作人继续沟通的念头，让Jolie帮我向上面传达我的意思。我一日一日地等待，但是一次两次下来，等到的结果不是还要开会讨论讨论，就是已出差要等他们回来。送来的demo、歌词歌曲却依旧是甜美的曲风，根本一点儿都没有改变，我又急又气。

即便我看似咸鱼大翻身，被杂志媒体如此看好，可是很多东西还是根本无法自己做主。

艺术和现实就是这么矛盾。

陆瑜来看我，我有时在化妆，没时间搭理他，他自己无聊就翻了翻小样，听完后随口称赞道：“不错，很适合你。”

我知道他只是随口说说，却还是忍不住对他发脾气。

“什么还不错！你们只会让我唱这种歌，根本就不给我一点自由！”

积攒下来的怒气，让我下意识地朝陆瑜全部发泄过去。或许在我潜意识里，我是被陆瑜签到品优娱乐的，我不能自由创作，上面的高管层不顾我的心声，他要负全部责任。

陆瑜俊美的脸上明显一怔，墨黑的眼睛看着我，拿着demo的手顿时就停在了空中。

我看着他这个举动，瞬间就后悔了。

因为我心里明白，这根本不关他的事情，是我太心急了。我早就明白，娱乐圈并不是由着自己的性子，想做什么就可以做什么的地方，不是吗?

我很少朝人发火，因为要维持偶像的形象，可是我现在却朝着陆瑜发火了。

陆瑜将手上的demo放了回去，又安慰了我一下，对我的抱怨没有任何怨言……

萧萧那边的宣传攻势风生水起，铺天盖地，整个歌坛都知道她的动静，我极为着急，又深深感到了压力。Jolie同我一样，但是她作为经纪人有一点十分出色，只要是我提出的要求，她就会尽力为我办到。

终于有一天，Jolie神采飞扬地通知我：“上面批准了！”

我眼睛一亮：“真的吗？！”

秋风日渐萧瑟，城市的天空充满阴霾。

因为盗版下载，整个唱片产业受到沉重打击，昔日繁荣蓬勃的音乐创作更是遭受了致命的重创。以前只要歌手新专辑一面市，各大商场街头都会抢先播放最受欢迎的主打歌，而今过了这些年，所播放的依旧是过去耳熟能详的老歌以及极少的新歌。但是正因为这些新歌，才让人在枯黄的秋季里更清晰地感受到这些音乐人的坚持。

它们就像一簇在萧瑟寒风之中不愿熄灭的火苗，告诉大家：

原创音乐还没有灭亡。

我日夜穿梭在练舞室、练声室和摄影棚之间，并紧锣密鼓地备战着金柏奖，比前阵子更忙，几乎是天昏地暗。每天倒床上就睡着了，动都不想动。

这张专辑我挑了十首歌，有的歌曲特别的难，像那首《我不能这样悲伤地思念你》，不仅高音假声需要很自然地转换，还要保持音色、音准、气息以及流畅度的全面稳定。虽然录音房可以走后期，可以一句一句地录再通过数字处理，但是我不想一旦唱现场就暴露“真相”。

训练非常辛苦，可是对音乐的喜欢却似乎是天生的。

只要戴着耳麦，在声乐老师的教导之下，我的内心就充满着欢喜与快乐。一训练起来，连陆瑜的电话都忘了接，而陆瑜也很体谅我，不停地为我打气。有时我很想他，会主动打电话给他，但他这段日子好像也特别忙，电话时常占线，往往如此之后，他隔天就会加倍地送花跟礼物过来。似乎因为专辑和金柏奖的关系，这段时间狗仔队也特别的多，我经常能感觉到长镜头咔嚓咔嚓的偷拍。

提及金柏奖，我隐隐有些踌躇满志。

虽然第一年拿到最佳女配角，第二年再拿最佳女主角似乎有些一步登天，但是在金柏奖历史上也不是没有过这样的艺人。对方当时简直是扶摇直上，后来却又一蹶不振，迅速沉寂下去。我不想步她的后尘，但是对于影后这个宝座，谁不想上去坐坐呢？

不久后，黄锦立的助理难得地打电话给我，让我过去见黄锦立。

接到这个电话，我隐隐有些吃惊，我跟黄锦立一点关系都没有，甚至相互有点瞧不起对方，既然如此他找我干吗？是为了新专辑，还是其他什么……

我走进公司大楼，秋日夕阳惨烈地染满整个天际，悲郁的金色光芒看上去分外的沉重。

临近金柏奖，虽然金柏奖委员会一再宣称，他们没有内幕，所有投选都极其公平，可是有人的地方就永远不会存在绝对的公平。每个人都有自己的偏好，自己的考量。

公司最近的小道消息也多了起来，走在走廊上就能听到企宣部的议论，有些员工和艺人还会率先向我恭喜，不管有没有得奖，起码拉近了彼此之间的关系。

黄锦立的办公室在最高层，跟所有喜欢俯视着一切的帝王一样。

助理不在，我刚准备敲门，却发现门似乎并未关紧，里面传来高跟鞋踏在大理石地面上的清脆响声，夹杂着女人和男人的谈话声，听上去不怎么愉快甚至有些剑拔弩张。这种事我见得多了，准备先下楼等等，这样待会儿开门撞见也不会尴尬。

“……所以你是什么意思？你让她回来是想做什么？”

“我的用意，你不会不明白。”

“黄锦立，我告诉你，这根本不可能，你不能指望每件事都按照你的意愿来进行。”熟悉的女声语调突然拔高，像是含着浓浓的隐忍和失望。

“为什么不可能？！”一向玩世不恭的黄锦立这次的语气却是十分严肃，他像是一个为了证明自己的誓言宁愿将心剖出来给人看的绝望之人，“我知道我错了。我不应该气你，不应该把你跟她比较。你回来好不好，回到我身边好不好？”

房间内一下子陷入死亡般的安静，连在门外的我都似乎可以感受到里面沉重的压抑气氛，另外一道女声轻轻地插了进来：“你就答应他吧。不是人人都有后悔的机会。即便现在逞强，可是有一天，你便会发现年轻时以为不重要的事，原来对漫长的一生来说，是这么残忍。”

她的声音清丽，却带着一点外国人的腔调，是长期住在国外，说多了英文的结果。

但也正是这种不纯正的普通话，给人的第一印象竟是对方谈吐不凡。

“……不可能，太晚了。”宋微的声音听上去有一种让人心痛的疲惫，“已经太晚了。”

她像是一个长久以来走在聚光灯焦点之下的女王，尊贵雍容，光彩夺目，任何人看到的只有她戴着皇冠、满身珠宝的样子，却不知一路的坎坷和背后的黑暗早就将她的身心全数掏空。她更像是华丽城堡中的一幅油画，看上去珍贵奢侈，出自名家手笔，但是曾经支起整个感情的灵魂却早已消失。

她人还在那儿，可是心已经空了。

“怎么会晚！只要你愿意，又怎么会晚？！”哗啦一下重物狠狠落地的声音，黄锦立似乎将办公桌上的一切全部扫落在地，他就像一头悲愤的发怒的狮子，明知会伤害对方，却又无法止住自己挥向对方的利爪。

“你是不是要嫁给那个大款？是不是这样？！钱的话，你要多少我可以给你多少，还是他给的更多？他答应给你多少，还是婚前协议对你更有利？啊？你告诉我啊！我可以给你更多，我可以给双倍，不，比他多更多……”

“黄锦立，你根本不懂！”

“是，我是不懂。我根本不懂到底怎么样才能挽留你，也根本不懂你到底想要什么。”黄锦立惨淡一笑，那么风流帅气的男人笑的声音却是那么的痛苦，仿佛一场悲剧的电影即将落幕，他明知道这点，用尽全力想要改变结局却只能眼睁睁地看着一切发生，再怎么努力也无法挽回，“你到底想要什么？就算是这届金柏奖的影后，我也可以给你弄来……”

然而，宋微一句话都没有说。

她只是轻轻地、悲悯般地朝他摇了摇头。

那个处在帝王般高度的男人放下男性的尊严臣服在她的脚下，带着最后一丝迫切的希望向她祈求，而她则将这些光芒全数按灭……

她没有说一句话，然而却否定了他的全部。

我还没来得及躲开，宋微已推门而出。

宋微只是素颜淡服，却依旧有种独特的气场。她在黄锦立面前犹如一个冷漠而残忍的女神，可是一转身，即使美丽的眼睛用力闭紧，眼泪还是一下子就涌了出来。

见我站在门外，她陡然一惊，眼中慌乱了一下，似乎不曾想过会被人看见这种模样，可她还是逞强着朝我一笑，佯装什么事情都没发生过，尽管这笑容看上去悲伤到了极点。

办公室白色而华丽的门半敞。

黄锦立神情憔悴而颓废地坐在椅子上，以往神采飞扬的桃花眼溶在秋季的阴影之下。他像是被人抽走体内所有的力量，只剩下一个落寞绝望的空壳。他仿佛一个在战场上战无不胜的将军，可是却被下了最恶毒的诅咒——永远无法得到最心爱女人的真心……

而比起无法挽留对方更绝望的是——他即便放弃了一个男人所有的尊严，也挽留不住她。

一个穿着Elie Saab秋冬系列亮片长裙的女人正半弯着腰，乌黑的长发保养得根根亮丽，像是一片黑色的瀑布从精致的肩头倾泻了下来。她的手轻轻搭在黄锦立的肩膀上，在他的耳边说着什么。她温柔地拍了拍他的肩膀，黄锦立心不在焉地点点头。

……这是黄锦立的新欢吗?

之前长得像影后林萱的那个少女又去哪儿了呢?

我预感他今天是不会再找我了。

突然，黄锦立身边的那个漂亮女人抬起头，黑色柔顺的发丝轻轻流泻分开，露出一张令所有男人女人都会惊艳不已的脸。这种美，不是天生丽质的璞玉，也不是各种奢侈高档化妆品堆积出来的美貌，而像一本最昂贵的典藏版的书，用着最昂贵的纸张，包着最细密最古老的棕色牛皮，上面绘着最繁复的图文，四周边角都小心翼翼地包着一层金子打造的护边，有着最深厚的内涵和最有价值的历史。

她高贵美丽的脸上一双漂亮的眼睛透着冷静与狡黠，好似一只冷漠而高傲的猫。

她眯着眼睛冲我一笑，然后整个神情一点一点隐匿在浓黑的阴影之中……

夕阳渐渐沉入地平线。

天空好似一张揉碎的水彩纸，淡紫、草黄、浅蓝、青墨一层一层地晕染开来，带着微微刺骨的凉意。巨大的高楼仿佛森林逆影，矗立在昏暗的天幕下。世界如此之大，而人类是如此的卑微。

可是对于再微小的人类，爱却是他们一切存在的意义。

黄锦立和宋微之间又浓烈又虚幻的关系，让我想起我跟陆瑜的爱情，我的心浮起一层淡淡的伤感。我和他似乎没有那么多分分合合，没有那么多的纠葛爱恨。他只有在最初的那段时间刁难过我，甚至挑唆我为了报仇不择手段，然而后来，他却对我越来越温柔，保护着我，从未让我伤心难过。我不知道，到底爱得如此汹涌澎湃才是真正的爱情，还是像我和陆瑜这样温馨得似乎没有风雨波澜才是真爱？

可是，若我与他之间真的如此深爱，为什么却总是有种踩在北极薄冰上的错觉？仿佛不知道什么时候，就会坠入最寒冷的深渊。

回到练声室，我再次练习着新专辑的歌曲。

钢琴声在深沉的暮色中叮咚叮咚缓缓响起，空气里带着悲瑟的凉意，我想到宋微，想到自己，想到那些沉重又伤感的爱，它们曾经轰轰烈烈却又伤痕累累，被永恒的时间悲伤地见证着……缓缓唱起那首《我不能这样悲伤地思念你》，光线一束一束地消失，整个天际在几分钟里完全暗淡下来，到了最后，所有的感情都尘封于黑暗。

一旁弹着钢琴的声乐老师微微叹息了一声，在歌曲结束后，留下一张便签就轻声离开了。

情绪平复后，我走过去一看，只见上面写着：

技巧有进步，感情更加投入，唱出了浓浓的悲伤，不过里面没有思念。

因为宋微即将息影这个重磅炸弹的抛出，于是今年的娱乐圈也就显得格外风风雨雨。

一年一度的金柏奖再次来临！

所有媒体都聚焦于此，所有导演都怀着期待，所有男女艺人都换上了最昂贵的华服，所有时尚专栏作者都准备了最尖刻最毒舌的笔调等待着这一刻！

金柏奖颁奖典礼紧张地布置着，娱乐公司也纷纷出动人脉公关，各种消息犹如出穴的毒蛇四处游走，一会儿有人说萧萧将摘取最佳女主角、最佳新人提名，一会儿传出我才是真正的黑马，隔天又有人说宋微依旧是这届影后的不二人选！

跟这些传得疯狂的消息相比，秋季的寒风也更加肆无忌惮，恨不得将严冬就此吹来。

枯黄的树叶似乎一夜之间就衰败了下来，落满整个街道，只剩下光秃秃的褐色树干将凌厉的枝桠伸向昏沉的天际。

陆瑜时常忙得不见人影，不是在开会，就是在谈影片投资。

我更少见到他，即使每次见面，也察觉到他的脾气似乎很不稳定，虽然在我面前还是以前的样子，可是有时约会中却无意中发现他背着我打电话的语气非常暴躁。

“……我说的话你听不懂？事情一旦过去，就再也没有意义。不会再有第二次。”

“……是，那又怎么样？你以为我陆瑜可以被你呼之即来挥之即去？我给过你时间，给过你机会，是你自己拒绝了。就算在商言商，既然我有更好的选择，为什么还要迁就你？”

“……呵呵，你的想象力未免太好……”

他的恶劣脾气我不是不知道，可是他也不会随随便便就对人如此。

“谁的电话，怎么发这么大的脾气？”

陆瑜微微一怔，黑色的眼睛在秋风中显得有些疲态，他停顿了一下，伸手揉了揉我的头发，笑道：“一个过去的客户。”

我轻轻点点头，隔着大衣，更加用力地抱紧他，害怕一松手就会从此失去他。

“这次金柏奖你会跟我一起吗？”虽然走红毯的时候，我得跟着剧组，但是进场之后说不定可以坐在一块。上一届时，我们还不是恋人，只能隔着远远的人群坐着。

“当然，这一次我想亲眼看着你起身上台领奖的样子。”他笑得极其自信，说出的话却令我吓了一跳。

“要是没有得奖呢？”我可没这种信心。这次金柏奖最佳女主角的五项提名人选，我、萧萧、宋微就占了三个名额，怎么看竞争都很激烈。

“到时你就知道了。”陆瑜却翘起唇角，不再说什么了。

▶第五章

金柏奖当晚，黑色高清的摄影机黑压压地聚集在一处，闪亮如海的镁光灯照得会场一片星光璀璨，两百米的红毯展现出了惊人的气势，粉丝歌迷们在两旁激动地叫着自己喜爱的偶像的名字，那种狂热的倾慕几乎快要冲破苍穹。这种场景，即便已经见过多次，依旧让人觉得满心震撼。

我随着《大唐风云》剧组的主要成员，一起走在红毯上。

导演杜慕终于用心地收拾了一下自己，穿上了黑色带着蚕丝质感的西服，外面套着一件双排金扣大衣，手腕的腕表显得率性十足。他的头发被发型师定型得精神奕奕，露出一张令人尖叫的脸，即便他已不做偶像十多年，但是年轻时那种震撼的英俊容貌，如今已经完全转化为成熟迷人的大叔气质。岁月的酝酿与沉淀，产生出一种惊心动魄的魅力。

我穿着一件白色抹胸曳地晚礼服，贝壳状的胸托上缀满了一百多颗红宝石、水钻，下摆有一些雪白的羽毛，晚风一吹轻轻飘动，很轻灵的样子，Jolie说这种红宝石很衬我的肤色，我听完笑了笑，不知道陆瑜是否也如此认为。

虽然他答应过会跟我坐在一起，可是直到现在我却连他的人都联系不上……

萧萧难得地将头发烫成了妩媚的波浪卷，身上的紫色亮片闪光长裙更是充满着十足的女人味，尤其是胸部中间的开叉一直落到腰际，露出姣好的“事业线”。她以往都是以酷劲、青春的形象示人，今晚则是铆足了劲儿转型，不过看看她身边陪伴的人，也就不难理解这一点了。

叶子澈一袭优雅的银灰色西服，正亲密地挽着萧萧的手，陪她一起走着红毯。

我们一起走在红地毯上，他看到我时，眼神闪了闪，温柔的脸庞上闪过一丝不自在，但是终究什么也没说。

有记者在旁边高喊：“萧萧，我们是易视网的，你今天的形象非常动人，可谓是事业爱情两得意，你有没有信心拿下今天的影后呢？”

萧萧妩媚一笑，看了一眼叶子澈，黑色的波浪卷往右滑下，露出大片裸背：“只能说，一切尽人事，听天命。”

“那么凌影呢，陆总有没有祝福过你，如果获奖你们有什么安排吗？”

萧萧眼角的余光掠了过来，我低头看见她和叶子澈的手牵得更紧了，最终只是朝那个记者微微一笑。

欧式圆形吊顶上绘满了圣母颂歌的彩绘，充满着艺术的圣洁，雪白的墙壁上用玻璃框镶满了每一届金柏奖得主的得奖海报，排列了长长的两条，黑白两色的巨幅照片上承载着灯光、金像、感动、喜极而泣，以及一颗颗为艺术梦想而奋斗的心，它们在优雅的时光中，将一个个银幕时代给定格了下来。

每一次奖项颁发都是最激动人心的时刻，同时也是最令人沮丧失落的时刻，太多的人为了影片投入了全部的身心，但是得奖者只有一位！随着一个又一个的奖项揭晓，无数次掌声响起，无数次掌声落下，无数次激动兴奋的神情流露在得奖者的面容上，无数次失落的黯然悄悄浮现在失意者的眼角。

主持人是那么诙谐幽默，提名的片段是那么精彩，得奖者的感言是那么深刻而令人感动。

幸福、激动、喜悦在整个金柏奖颁奖大厅上空盘旋。

然而，我身边的红色座位却自始至终都是空的。跟满场热烈的气氛相比，它的空旷显得那么冰冷而孤寂。暗红色的座背上贴着一张白色的座位名单，上面印刷着两个冰冷的黑色字：陆瑜。

从他答应的那一天到今天。

从今晚走红地毯的那一刻到颁奖典礼正式开幕。

他始终都没有来，也没有一个电话。

前排的萧萧和叶子澈依偎在一起，扫向观众席的3号摄影机时常将特写拉向他们，偶尔会拍到后面的我，以及右后侧的宋微。今日的宋微穿着一件Valentino的vintage黑色长裙，剪裁大方简洁，不低胸，也不束腰，正面看有点平淡无奇，但是背后却有优雅的白缎成射线形相交，将整个黑色长裙进行了一次迷人而经典的黄金分割。

跟往日绯闻无数的样子比起来，现在的她，就像是一位坐在王座上庄重而寂寞的女王。

“……下面，是大家期待已久的最佳女主角提名！”女主持人中气十足地宣布着，“这一次提名可谓是齐聚了最有人气最受欢迎的女星，让我们一起来看大屏幕！”

超炫的影片片段，随着浑厚好听的男声，一起出现在大屏幕上。

“金柏奖最佳女主角提名，萧萧，《大唐风云》。”

一段萧萧在电影里的表演被呈现在银幕之上，她扮演的太平公主帅气而活泼，跟现在这种妩媚迷人的样子截然不同，但正是这种反差，可能会在观众和影评人眼里更有加分。

萧萧的神情很是自豪。

“金柏奖最佳女主角提名，凌影，《大唐风云》。”

我跟武则天那段最戳泪点的母女情片段再度重现，《大唐风云》的票房实在太高，所以即便截取的只有几秒钟的剧情，但是许多看过的人还是立刻就陷入那时的情绪之中。这是一个从未享受过公主身份的女孩，在最后一刻，明明找到了渴望已久的亲生母亲，却咬牙道：“不是，我不是你的女儿。”

全场顿时陷入一片压抑之中。

大屏幕又播放了两个女演员的提名作品，只剩下最后一位——宋微。

她所主演的根据真人故事改编的影片《林萱》，虽然在《大唐风云》和好莱坞大片的夹击之下延迟上映，但是依旧取得了不俗的票房。

灯光师将巨大的圆形光束打在了她身上。

宋微朝着镜头优雅一笑，这些年的风风雨雨在她身上酿成了一抹极其大气的气场，她整个人就像是一部华美大片，架构完美，细枝末节处都充满了韵味。跟这样的她一比，身边坐着的那些影星们顿时星光黯淡。

所有被提名的女演员几乎都是整颗心提到了嗓子眼。

宋微演技超强，并且连续三年蝉联金柏奖影后，而今又传出即将息影的重大消息，那么评委会不会因此而将这一座金柏奖的奖杯也留给她，让她不留遗憾呢?

整场的灯光陡然一暗。

大屏幕透出一种灰色的光线，无数鹅毛大雪从上空簌簌落下，周围挤满了穿着华服的艺人，他们眼角眉梢在充满胶质感的画面中流露出羡慕、嫉妒、心口不一，而在这仿佛华丽的人偶布景之中，宋微所饰演的林萱在风雪之中与他们逆向而行……

她穿着一件黑色晚礼服，没有束腰，因为这个时候她已有身孕。

尽管孩子的父亲根本不承认这点。

但是她不能说，什么都不能说。在这一群漂亮而满是虚伪的人群中，她只有影后这一种身份，尽管这个身份像是一个沉重而束缚的十字架，将她牢牢地钉在上面。所有人都仰望她，在她身上赋予各种定义与假想。她享誉盛名，众人嫉妒，这是被公认的影后时代，这是被公认的林萱时代，这是她最巅峰最鼎盛的时刻，可谁也不知道这同样也是她最痛苦最崩溃的时刻。

她向他们一一点头微笑。

她的脸上是影后式的得体笑容，可是镜头外的人却可以从那微笑的脸上看出一种逞强却崩溃的感情。这种感觉仿佛一股巨大的悲伤，将她层层包围，拖进命运的悲剧。她的眼睛大而迷人，比雪光还要美丽，比深夜还要深邃，任何人都可以模仿她的妆容，模仿她的发型，模仿她的衣着，甚至模仿她的言行举止，可是没有一个人能够精准地模仿出她的眼神——优雅之下，没有人知晓为什么她会有这样忧郁的气质。但就是这种忧郁，却成了她最迷人的符号。

她匆匆走出颁奖大厅，就在这时——一名艺人忽然狠狠拽了她裙角一下！

一片尖叫之中，黑色身影重重跌下楼梯，最后滚了几下，倒在沁着冰雪的地上一动不动……

乌黑浸湿的发丝凌乱地沾在她的脸庞上，她美丽的眼睛痛苦地闭紧，唇色惨白，整个人颤抖地蜷缩着，一双纤细的手却拼命捂住腹部。雪花在夜空中狂乱飞舞，像是素白的冥纸冷冰冰地落在她的脸上。苍茫的雪地上，黑色的人影身下有一滩滩鲜红的血水流出……

幸灾乐祸的眼神，拼命闪烁的镁光灯。

宏大的交响乐仿佛无情的命运向她驶去，从她身上狠狠碾过……

——整个片段戛然而止。

可是几乎在场的艺人们都已噙着眼泪，尤其是有过类似感情经历的女艺人甚至已在拼命憋着哭声。这是一部极其文艺的影片，它的整体票房还不足《大唐风云》的七分之一。可在这短短十几秒的片段中，宋微那细致入微的眼神，就像是一只手将你狠狠拽入她的体内，同她饰演的林萱结合成了一体，共同感受着她跌宕起伏、辉煌而又悲剧的一生……

萧萧先前听到宋微提名时，用力抿了一下唇，露出一副警戒的样子，然而片段一放完，她整个人好像陷入了沉默……

其实我也有同样的感觉。

我们根本没有宋微如此有层次的内心表演，只是想一想，都知道自己无法体会那种又在鼎盛巅峰时期又在崩溃失意低谷的巨大的矛盾状态，更无法做到明明在对周围人得体微笑，却依旧能从那完美的妆容之下感受到一种不可抑制的痛苦，让人情不自禁地想要为她痛哭……

她所有的情绪是那么的内敛，可是却又强有力地散发到每一个人心底。

她就是影后。无谓林萱，还是宋微。

输了。不用等到结果，几乎所有的最佳女主角提名者都这样想。输了，这次的金柏奖肯定是宋微的。有些男影星甚至说道，幸好男女提名是分开的，否则遇到这样的对手，你就只能认命。

面对强大的演技，不认都不行。

女主持人再次拿出装有得奖人名单的信封，邀请颁奖嘉宾宣读，但是整个会场都已经非常安静，因为已经毫无悬念——这届影后，必定还是宋微。

“本届的金柏奖最佳女主角就是——”嘉宾念着名单，像每个获奖名单揭晓时一样，一阵急促的鼓点声响起，“就是——凌影！”

没有响起热烈的掌声，而是全场一片哗然，像是突然掀起的海浪。

萧萧突然扭头。

她妩媚的脸上，一双黑色的眼睛像是箭一样凌厉地射向我，里面装满了与所有人一样的震惊和不能置信。其他座位上的艺人们也纷纷向我投来质疑的目光。

我惊呆了。

不，这不可能！这根本不可能！

我急忙望向主持人，用眼神表示询问，但对方却朝我轻轻点头。我又连忙望向宋微，我不知道该怎么面对她，不知道该怎么解释，可她整个人却很镇定，就算被其他人惋惜、不平的眼神淹没，她也依旧大方地回应。她感受到了我的目光，也只是淡淡一笑，做出“恭喜”两个字的口型。

我的眼前顿时被眼泪冲得一片模糊。

不，不要这样……

那是将我带入电影之门的宋微啊，那是演技比我好千倍万倍的宋微啊，如果她愤怒，她不甘，我的内心还会好过一些，可她完全只是平静地接受着这样不公的事实……

泪如雨下。

一点开心的感觉都没有，只剩茫然、浓浓的愧疚和手足无措。

没有人比我更清楚，这奖绝不是我的。我觉得自己就像是一个小偷，从宋微那里偷来这个奖。这样的结果并不是奖励，而是一个可悲的笑话。谁来告诉，现在应该怎么做？陆瑜，告诉我，我现在应该怎么处理……

然而，身边的座位依旧空荡而冰冷。

它冰冷地嘲笑着我。

我浑浑噩噩地走上颁奖台，我忘了自己的感谢辞是怎么说的，全然没有第一次的兴奋和开心，而台下更是一片沉默，没有期待，没有掌声，每个人都用一种含着敌意的眼光看着我，手中沉甸甸的奖杯更像是一个火辣辣的耳光甩在我的脸上……

完全记不清后来的颁奖典礼是怎么进行的，又是怎么结束的。

记忆和情绪一直很混乱。

巨大的内疚和自责像是不祥的阴影一直笼罩着我。

最后的记忆是，宋微如同一个即将下台，但是备受尊重的女王，优雅地卸任了。从此，这个影视圈将再没有她的身影。她没有得到最后一届的影后桂冠，没有完美地结束她的影视人生，可是，她却在所有人万分尊敬的目光下，从容地离开了这个承载着艺术与梦想的世界。

这是我人生中最悔恨的一座金柏奖。

这种悔恨，就像是身边一直空缺而嘲讽的那个座位的影子，在随后的几年里一直持续着。

金柏奖黑马——凌影杀出重围

无冕之后：宋微正式息影

金柏奖大爆冷门，最佳女主角奖项被严重质疑

凌影陆瑜疑似分手，影后宝座实为“分手费”

铺天盖地的新闻报道，宋微息影和我是否有资格获得影后桂冠两则消息，立即引爆整个网络，成为话题榜上讨论不休的焦点，甚至还有粉丝发起“宋微凌影：谁才是这届金柏奖真正影后”的投票帖。大家的眼睛都是雪亮的，谁的演技更精湛，谁更应该获奖，所有人心中都清清楚楚。

所有人都看得出，我又怎么会没有自知之明?

这是我迄今为止所遭受的最大的一场批判，除了替息影的宋微不值以外，我以前的一些影像、照片也被拿出来大做文章，“做作”“虚伪”“装腔作势”，各种词语被安在我头上……品优娱乐公司的企宣部则努力压制着这种风潮，淡化这件事的影响。这倒不是黄锦立突然大发慈悲，而是因为随后不久我的新专辑就会面市，如果一旦提前被市场厌恶，销量必定会遭受最大的冲击。

整整一个星期，我过得浑浑噩噩，饿了只吃点饼干。

窗户被遮光窗帘挡得密不透风，屋子里的空气压抑而浑浊。Jolie在电话那头叮嘱：“千万别拉开窗帘，别下楼，外面一堆记者等着拍你！也别上网！千万别想不开去上网，一定要记得啊！任何事情，只要熬过当下，就一定能收场。”

我坐在地上，背靠着沙发，点点头。

没有说话的心情，也没有说话的力气，只是觉得累，像是一个在沙漠穿行已久的人，身心疲惫。金柏奖的奖杯垃圾般躺在地上，它像怪物一样嘲笑讥讽着我，同那些谩骂一起撕扯着我……

一周之后，Jolie再次来电，说陆瑜已重回公司主持大局。

我在电话这头听着，没有什么反应。

就像那个童话故事中被关了三千年的妖怪，如果第一千年有人来，它会非常非常感谢他，第二千年也会，可是第三千年就不一定了。

任何事情都是这样。

一旦过了某个期限，连最初的渴望都被磨灭后，那就真的没什么可期待的了。

他可以就这么突然消失，一句话都没有留下。

我又能说什么，又要说什么呢？

不知道公司是怎么摆平这件事的，楼下蹲守已久的记者终于离去。新专辑只剩下最后几首歌，终于可以去录音棚完成最后的录音了。Jolie说，陆瑜一回来就到她那儿打听我的消息，打听了好几次，她问我和他之间怎么了。我说我也不知道，录完专辑再说。

录完歌后，已经是深夜。

街道安静得近乎凄凉，浅褐色的树枝狰狞地刺破初冬的寒夜，夜晚的空气冰得透心。我深呼吸了一下，整个胸肺浸入冷空气，好像人生也会跟着变得清醒冷静一点。走着走着，突然瞥见楼下有个高挑的身影。他站在车边，烟头已经落了一地。他风尘仆仆的，头发上是薄薄的霜。现在是凌晨两点，整个小区万籁俱寂，只剩下他独自一人在冬夜里站着。

“我不是在等你，只是随便过来看看。”

陆瑜才一开口，我刚刚积蓄的冷静与清醒就崩然瓦解，眼眶发酸，可是双脚却又像被钉子钉在地上，走不到他跟前。没有这么容易的，没有可能他就这样一说，我就原谅他的。

他的脸一半溶于浓浓的月色里，一半显露在冰冷的夜空里，他的嘴角还是照常翘起，但是看上去却似乎有些苍白无力：“没什么事了，我这就回去。金柏奖那边……是我没处理好。我会解决的，不用担心。”

陆瑜说完，脸上照例是一副运筹帷幄的神情，仿佛什么事对他来说都不是大事。他又看了我几秒，见我没有反应，最后才顿了一顿，又重复道：“那我回去了。”

我站在那儿，看着陆瑜打开车门，夜晚的气温实在太低了，他打了一个寒颤，猛地咳了几声，弯腰进去之前，又回头望了我一眼……

“你就这样走了？！”我终是开口。

他背对着我，声音似乎透着一点苦涩：“专辑那边不用担心，销量不会受影响，你会赢过萧萧的。”

“我要听的不是这个！”我红着眼眶，悲愤地冲着他的背影嚷道，“你到底把我当什么！一回来不是谈金柏奖就是谈专辑，难道除此之外，你就没有其他什么要对我说的吗？！”

陆瑜依旧没有回头。

“你要是不想参加金柏奖，不想跟我坐在一起，那你说啊，我不会勉强你！我给你打了那么多电话，你一个都不接，一句话都没说就消失，现在回来又什么解释都没有，到底是什么意思？！你让我觉得自己简直像个傻瓜……如果不想跟我在一起，我不会那么不知趣！只要你暗示一声，我凌影绝对不会缠着你！”

陆瑜一下子转身，突然一把狠狠搂住我，俊美的面孔在月影里显得有些吓人：“不准离开！”

“可你根本就不在意我！你要是在意，你会一句话不说就不见踪影？你要是在意，为什么一回来不是说奖项就是提专辑，根本就不问我心里怎么想？你根本就不在意我……你根本就不知道，你不在的这些天，就算我晓得你应该不会有事，可是一想到你是突然没有音讯，我还是成日成夜地担心，担心你是不是出了什么意外，是不是突然发生了什么状况……我担心又焦急，好怕你真出了什么事，明明我应该察觉到，可最后却什么都没做……只要一想想会出现这种情况，我就担心得不得了，这种担心比宋微得不得金柏奖，别人骂不骂我，新专辑销量好不好还要严重，严重一百倍一千倍！你知道吗？！”

他紧紧地搂住我，搂得很紧，像是担心一放手，我就会真的离开他。

“对不起，对不起。”陆瑜眼中闪过一丝心痛，带着极大的歉意，赎罪般地亲吻着我的额头，“让你担心这么久是我不对，是我不好。一回来我就给你打了几十个电话，也去Jolie那儿找过你……可你没接，Jolie也说你在专心录专辑……我以为，对你最重要的是你的事业。”

“我没看到你的号码。”金柏奖后的那一整个星期，几乎全是记者的轮番轰炸，我通通没接，只看看有没有熟人的号码，然后再打过去。

“我的手机掉到水里坏了，换了一个新的，后来又发烧了几天……这次突然出差，没有来得及通知你，但这种情况以后绝不会再发生。”

陆瑜不停地道着歉。

他高烧刚退，却在楼下等我等到凌晨两三点，他被初冬寒气沁入的发丝贴在我的脸颊上，有种湿漉漉的疲倦。金柏奖颁奖典礼时他不在我身边的失落，跟这种悲伤的触感比起来，突然就变得十分微小了。

我的额头贴着他的：“以后不要再这样了。我不想什么都不知道。你手机掉了，我不知道；你发烧了，我也不知道。我是很在意跟萧萧的输赢，可是，你比她重要得多啊……”

“对不起，对不起……”陆瑜不断地抚着我的背，像是许下了一个郑重的承诺。

第六章

生活重新步入正轨。

金柏奖那件事的感觉实在太糟，纵然我和陆瑜已经和解，但是也会小心地避而不谈。陆瑜依旧忙碌，我也忙着完成新专辑最重要的那首歌。不知道是不是这段时间心境大涨大跌，大起大落，声乐老师竟然说我的感情更加细腻，也更加成熟了。先前那几首难度很大的歌，她曾担心我驾驭不了，然而现在，每来录一次，感觉就更到位一些。

我也不清楚，为什么心态会发生这样的转变。

好像每一次我都以为自己很坚强了，可是时间慢慢过去，我才发现过去的自己其实很幼稚，而未来的我还可以更坚强。

不知道是什么缘故，上一次在黄锦立办公室出现的那个高贵而精致的女人，现在频频出现在品优娱乐公司，不，更准确地说，是常常被我碰到，在电梯里，在洗手间里，甚至有时在陆瑜的办公室里。黄锦立明明说他爱宋微爱得要死要活，可现在对这个女人这么纵容是怎么回事？只差登堂入室了。

我有时将我的想法说给陆瑜听，替宋微不值，陆瑜只是摇摇头，让我不要多管。

我开玩笑说，你们男人都一样，虽然觉得得不到的那个才是最好的，可是如果有其他女人出现，却也不会不动心是吧。

陆瑜则说："反正我是不会动心的。"

我一直以为那是他对我的爱，直到不久以后我才发现自己错得有多离谱。

我对那个女人没有什么好感，因为一看到她，我就会想起没能完美息影的宋微，虽然这件事有一部分责任在我，但是对方似乎很有来头，不仅越来越多地出现在各种高端人士的私人party上，甚至跟萧萧也有互动。有一次观看国外时装周秋冬发布秀，在某个时尚界老佛爷的晚宴party上，我亲眼看到一向骄傲的萧萧在她面前也变得谦恭起来。两人穿着最新款的礼服，一人一杯高脚香槟，聊得不胜愉快。她手腕高超，即便跟黄锦立关系暧昧，当晚仍有不少英俊的国外男士朝她大献殷勤。他们叫她Mrs Li。香槟金色在水晶灯下闪着虚幻的光，似乎是我的错觉，但我总有种她一直透过酒杯打量我的感觉……

而与此同时，萧萧对我的态度似乎又开始变得恶劣了。

自从金柏奖当晚，她挽着叶子澈一起走红毯，并在我获得最佳女主角时朝我投来那质疑且不满的目光后，如今她更是时常在媒体面前有意无意地放话和爆料……

"凌影的新专辑？我会期待她唱那些甜美小情歌，她一向最擅长这种不是吗？难道让她唱更高难度的？那品优娱乐会亏死吧，哈哈，我是开玩笑的，你们不要当真。"还有什么"凌影和宋微，我当然毫无疑问地支持宋微，但是得奖这种事，大家都清楚，也不仅仅只是靠实力，说不定男朋友也很重要……"

最初我以为只是报纸乱编，但是有次看到视频采访时，她竟也这样损我，我气愤极了。

我在公司打电话给她："你说那些话是什么意思！"

萧萧反唇相讥："就是字面上的意思。恭喜你有个好男友，连宋微都能顶掉，你还有什么办不到的？就算哪天专辑销量超过我，有这样一个男友，也没有什么奇怪。”

我听得又气又怒：“那是当然！如果不是你勾引叶子澈，当小三夺人所爱，我又哪里会有这样好的男友了！还真是要感谢你！”

萧萧一口气没提上来，在那头一连说了几个“好”字，冷冷道：“那你就把你的好男友看紧一点，以后好好利用他在影视圈、歌坛里混！怕只怕人家根本不爱你……”

听到最后一句，我内心紧绷的神经突然被挑断了，从咔隆那夜就持续的不安让我口不择言地打断她的话：“——就算不爱我又有什么关系！反正我的目的达到了！我就是赢过你了！我爱怎么利用他就怎么利用他！”

“你、你……你以后等着哭吧！”萧萧诅咒道。

“我是绝对不会哭的，要哭的话，那个人也是你！”我用力挂断电话，只觉得出了一口恶气。

办公室的门像是被风吹了一下，自动关上了，好像有什么人来过一样。

因为跟萧萧这场交恶，我又一次全身心投入到新专辑的制作中。每一首歌都恨不得录到极致，每天累得精疲力尽，有时连陆瑜约我，我都推掉了。他还是那么俊美，有时故意说：“这么认真干吗？该不会是等着再当上歌坛小天后，就一脚把我踹掉吧。”我笑嘻嘻地说：“是，是，等我一成为天后，干掉萧萧，就马上把你踹掉。”陆瑜依旧挑着眉，吊儿郎当地笑着，却不知道为什么有一种悲伤的感觉。

很久之后，再回忆起他那时说的话，才发现很多征兆早已显现。

是我自己太粗心。

又一次录完歌后，我累瘫在录音室的沙发上，连手指都不想抬一下。其他的录音人员出去吃饭了，我让他们给我带杯咖啡。不过没过多久就有人敲门，我以为是他们回来了，却发现来人竟是之前频频碰面的Mrs Li。

她穿着一件Christian Dior的灰白色硬纱时装，优雅高贵的设计，完全符合她精致的妆容和发型。她绝对是比一些女星更高贵时尚的名媛贵妇。

而我只戴着一顶灰色鸭舌帽，套着一件宽大的黑色Tee，不仅没有化妆，反而因为录音折腾得像根腌菜，简直就是女神和女屌丝的区别了。

“你找谁？这里是录音室。”我伸了个懒腰，潜台词是黄锦立不会在这儿，她找错地方了。

但她漂亮得过分的眼睛眨了眨，脸上露出一种微妙的笑容。她环视了一下四周，最后走到整间屋子最好的那张椅子旁，用指尖擦拭了一下，见没有灰尘之后，才优雅地坐下。她的坐姿一看就是特别训练过，只坐在椅子的前三分之一处，这样的坐姿不仅腰背挺得笔直，而且露在外面的那双长腿弧线显得更加迷人，隐隐有种高贵逼人的气势。

反观我，大大咧咧地躺在沙发上，没有一点形象。

说实话，我在外面装偶像的样子已经太多，平时基本上都是能懒则懒。

“我找你。”Mrs Li刷得浓密的睫毛翘了起来，黑色的眼线线条很完美。

“我？”我摸不着头脑，她该不会是以为黄锦立跟我有什么暧昧吧？

“呵呵，我观察了你这么久，难道你一点也没有发觉？”她黑色的眼睛直直盯着我笑，像是一个旗开得胜的皇后。平心而论，她的美一点也不输给宋微，两人一个美貌惊艳，一个精致完美，但宋微是女王，她会自己开疆拓土，成立自己的帝国，而她，更像是一个谋算后宫，身为六宫之首的皇后。

我一下子警戒了起来。她这话是什么意思？

然而，Mrs Li却不再说什么了，反而不动声色地一笑。这明明是非常好看的笑容，但是此时此刻却显得那么刺眼，她从Chanel的手袋里拿出一个封起来的塑料袋，望着我又笑了。

她将塑料袋向我的方向举了举。

她纤长的手指做了很好的护理，指甲修得十分精致，色泽更是剔透莹润。

接触的时间越长，越是觉得她全身上上下下都完美无缺。

我皱着眉看了她一眼，非常不喜欢她这种故作高深的样子，但是基于礼貌，也只能防备地走过去拿过来看了看。透明的塑料袋里其实没有别的，只有一支黑色的手机，看上去有些眼熟。

我挑了挑眉，狐疑地看着她。

“你挑眉的样子可真像阿瑜，不过他就是有这种影响人的能力，”Mrs Li灿然一笑，仿佛正看着猎物一步一步掉入她设好的陷阱，“虽然觉得你怎么能迟钝成这样，让我以为阿瑜品味下降，但是也许就是你这种粗心的性格，他才能毫不费力地掌控住你吧。”

“别一口一个阿瑜地叫，能够这样叫他的只有我。”我的心底隐隐有种不好的预感，但是还是嘴硬地还击。

“呵呵。”她意味深长地眯眼一笑，似乎我的话对她根本没有丝毫影响，她径自拆开那个塑料袋，一层一层地撕掉，“既然你还没认出来，那只好我来了。”

随着透明塑料袋的撕落，黑色手机显露出来。

这显然不是一支新手机，款式看上去也有些熟悉……

她纤长的手指一滑，手机解锁，屏幕亮起，上面赫然是我那张曾被陆瑜挤成“小猪脸”的照片。不管什么时候看到，它都让我想起我和陆瑜那次发生的事，我情不自禁地笑了一下。

Mrs Li也看到了，眼神反而冷了几分。

不过，我也忽然意识到，这不是陆瑜的手机么！但那次陆瑜等我等到凌晨两点的时候不是说，他的手机落水掉了吗……这到底是怎么回事！

Mrs Li显然察觉到我的脸色变化，嘴角的弧度重新扬起。

她像是对这个手机十分熟悉，纤长的手指仅仅只是轻轻地按了几个键，就在里面翻到了一条短信。她再次将手机展露在我的面前，手机屏幕亮着光，上面的短信字字分明：我要回来了，阿瑜。

这不稀奇。

我自己也见过，可是没有想到这条短信依旧被保存到现在，而且连她也知道。

“你有句话说错了。”Mrs Li精致的眉眼像是最敏锐的扫描仪，将我上上下下扫视了一番，用着一种不容置疑的声音纠正道，“能够叫他阿瑜的只有我，你才是真正没有资格的那个人。”

“对了，不知道阿瑜跟你解释过没有。那次阿瑜不能去金柏奖，害你被众人围攻，是因为他要陪着我去法国签离婚协议，所以连个电话都没来得及打给你。毕竟只要是我的事，他总是会放在一切之上，真不好意思。后来我们在法国散步的时候，阿瑜以前送我的戒指不小心掉到了河里，那个戒指你一定有印象吧，据说他从不离身。陆瑜为了去捡，连带的手机也落水，十月的法国，天真的很冷，为此他还发烧了好几天，一直都睡在我家，是我在照顾他。”

她笑得很温柔，像是不觉得自己说了什么大不了的事情，还拿着手机在我面前晃了晃：“还好，还能用。果然用习惯的东西就是这么值得，毕竟是我送他的，衣不如新，人不如旧，是不是这个意思？”

她一句又一句地说着，脸上的笑容是那么完美，却像是一把匕首狠狠地推入我的胸口。

“重新自我介绍一下，我是秦楚，之前也被人称为Mrs Li。”

秦楚。Mrs Li。

这两个符号性的象征，顿时犹如一场狂乱的龙卷风席卷我整个脑海。我脑袋里嗡嗡作响，一时之间混乱起来。

Mrs Li，是近日圈内社交最受欢迎的人物，是所有艺人高管追逐攀附的对象；而秦楚，秦氏千金，这个名字如今像一抹淡淡的影子，一直淡化在娱乐圈的边缘，但它曾经所代表的却是当年与ESE总裁联姻闹得轰轰烈烈的女主角，曾经所代表的……是陆瑜心中唯一深爱过的女人。而现在，这两个原本暧昧模糊的符号，却渐渐在我脑海里对等起来，变成一种更深层的意义。

无数碎片般的片段一幕幕在我脑海里飞快涌现，像是黑暗中的光点快速亮起又快速熄灭，散发着一种逼人寒气。难怪黄锦立的办公室里，她会突然在黑暗中对着我明亮一笑；难怪在品优娱乐的洗手间，她会与我共用一面镜子；难怪在时尚圈老佛爷的私人party上，她会跟萧萧亲昵交谈同时透过香槟朝我投来一瞥……

那时的我是多么粗心，多么愚蠢啊。

我竟然会以为她是黄锦立的新女友，我竟然还在陆瑜面前为宋微忿忿不平。那时的我以为自己被幸福环绕着，以为自己有资格去评判其他人爱情的不公，却不知道原来，最狼狈最愚蠢的那个人就是自己。

当时的陆瑜还淡淡地对我说，让我不要多管。

不要多管。

……怎么能说出这样的话？怎么能明知我误会了秦楚的身份，还让我不要多管？到底是觉得我没有身份立场知道这件事，还是、还是……根本就在担心我会伤害到秦楚？如果爱情是需要两个人共同维护，那么明知道现任女友连情敌的真正身份都不清楚，身为恋人却依旧做出错误的引导，那么，这场爱情中的我，到底扮演着什么样的角色？那么……这场爱情到底存不存在？！

陆瑜昔日恶劣却温柔的笑声还回荡在我的脑海里，我甚至还能清楚地记得被他搂在怀里听着他强而有力的心跳，我甚至还能依稀回忆起他身上那种好闻的男性气息，我甚至还清晰记得他手指拂过我黑色发梢的感觉……那些碰触、呼吸、声音、味道，如此深刻而特别的感觉，只有陆瑜能带给我。

只有陆瑜。

然而现在，我不敢再往下深想，连想一想的勇气都没有。

无数微小的细枝末节，像灰蒙蒙的阴雨猝不及防地迎面扑来，更像是草蛇灰线，伏笔千里，如今轰然一声炸得粉碎。我就像一个靠近悬崖边缘的人，已经快要被无数残忍的真相压垮，明知道自己即将摔落深渊，却根本不想弄清始作俑者是谁。

可是现实却将我的违心一点一点残酷地摁灭。

眼前的秦楚依旧高高在上，面带得体的笑容，每一个动作，每一种姿态，都带着深深的秦式风格。她怜悯地看着我，纤长的手指重新把玩起陆瑜的那部黑色手机，脸上露出一种陷入回忆的温暖神色。

“阿瑜从高中起就开始喜欢我，可我没那么好追。他整整追了我四年。向他表白的女生很多，进入娱乐圈这种行业后，想勾引他的女艺人更多，很多女人都在他面前抹黑我，说我的坏话……”

她平静而从容地陈述着。

我知道她并不是想高调炫耀什么，只是在陈述这个事实，可是在我面前，这实在太残忍。

“过去只能是过去。他现在的女友，是我。”我痛苦地反驳。

“不过，我依旧没答应他。”秦楚像是丝毫听不见我在说什么，只是自顾自地说着，仿佛根本不用考虑我的感受，仿佛在这场爱情里，我根本就不是她的对手，“因为，为了家族利益的最大化，我得嫁给厉睿。呵呵，陆瑜看似恶劣，可是会心软，而厉睿才是真正强大到连自己唯一弱点都会消灭的人，我一度认为这个决定很正确。”

是的，她说的这些我知道。我都知道。

如果不是因为她，我怎么可能看到陆瑜神情寥落地望着一个女人离去的背影；如果不是因为她，我怎么可能看见陆瑜眼神黯淡地站在河岸边……

那是精明能干的陆瑜，那是做什么事都信心满满的陆瑜，那是一向毒舌玩世不恭的陆瑜啊。我自以为碰上了一场关于爱的救赎，却不曾想到，原来从故事一开始，就已经见证了一个如此优秀的男人将他的骄傲与忠诚通通献给了另外一个女人。

那么优秀的陆瑜，她却不要。

其他人想要都得不到的东西，然而她却如此不珍惜。

“那又怎么样……”我知道她说的都是事实，都是真相，可那又怎么样，即便如此，我还是喜欢着陆瑜，我还是不想放弃这份爱情，“就算他曾经喜欢过你，可是陆瑜也为我做过很多事，他在我最低谷的时候帮我，他经常探我的班，甚至还以我的名义给片场的工作人员发礼物，他还在萧萧叶子澈为难我的时候保护我……”

如果不是他，我怎么可能成为现在的凌影。

如果不是他，可能我在两年多前被背叛的那一刻就会一蹶不振。

如果不是他，可能我的事业早就已经毁于一旦……

一直以为他对我来说，是守护者，是坚固的堡垒。

可是在我不知道的时候，他给予我的，已经不仅仅是机会和力量，而是改变自己，让自己变得更坚强的动力。

如果是爱让一个人变成更好更优秀的自己，那么没有谁能比陆瑜带给我的改变更大更深。

这样的陆瑜，已经让我不想离开他。

哪怕知道我在他心底可能永远都无法是那个最重要的人；哪怕知道他在咔隆的时候，会因为黄锦立提到秦楚而黑脸；哪怕知道他在金柏奖的时候，因为秦楚的一句话就不告而别，完全忘掉对我的承诺……

然而，在秦楚漂亮而悲怜的眼神下，我的声音却越来越微弱。

是的，她的眼神，已经不再是怜悯，而是悲悯。

像是看着一个不自知的小丑，可怜地炫耀着自己所拥有的一切，却不知道有些东西根本无须用言语炫耀。任何会被炫耀的东西，才是你真正缺乏的。

“退出吧。”

终于，秦楚弧线完美的唇形再次启开，轻轻吐出了这三个字。心像是被人狠狠一揪，我几乎是不可置信地、悲愤地直视向她。

凭什么这样命令我，凭什么让我退出！

然而，秦楚的下一句话就击溃了我所有的防御。

“别再自欺欺人。”

别再自欺欺人，这句话犹如最悲哀的诅咒回荡在整个录音房，我以为那是秦楚来过的痕迹，可是当我看着空空如也的房间，我才发现，这句话其实如同一张悲剧符咒，永久地贴在了我的心底。秦楚不知道什么时候已经离开。她的离开就像她的到来一样，猝不及防又极具伤害性。只不过是一个晚上，只不过一场短暂的碰面，我的整个人生就已被她弄成断壁残垣……

录音房被外面巨大的夜色包围，深蓝色的夜幕仿佛海底悲凉的眼泪，我从未觉得哪个晚上会过得如此艰难。陆瑜黑色的手机被遗留在桌子上，我伸出手拿起了它。平板，黑色金属漆，指尖一滑就可以解锁，上面的屏幕还是我那时开心却佯怒的“小猪脸”，穿着黑色西装的陆瑜在一旁笑得俊美又奸诈。我的指尖滑过陆瑜的眉眼、鼻梁、薄薄的唇，在这个世上，我觉得只有陆瑜才能笑得这么恶劣又迷人，只有陆瑜才能把黑色西装穿得这么时尚精英又不沉闷，可是这样的一个人却不属于我……

当时陆瑜要把我的照片设置为屏保，我曾故作不允许说自己的样子好丑，但其实心里却因为那张有着我的笑容的屏保而雀跃不已，因为那是陆瑜拍的我，因为那是我们的合照，我真的以为这部手机是用来见证我们甜蜜的。可是，如今我才知道，这部手机竟是秦楚送他的。难怪陆瑜这么爱用最新款奢侈品的人，却一直都舍不得换掉这部手机，甚至永远将它贴在离胸口最近的地方。他删了通讯记录里她的名字，她的手机号，她的一切，可是却不会在人生里将她删除。就像那条简单的短信，他并不是没有能力删除，而是不想删除。

我闭紧眼睛，将小小的手机贴在胸口处，猜想每次陆瑜看到这个手机时，第一个想起的，到底是我……还是秦楚？

眼泪瞬间就滑了下来。

陆瑜，陆瑜。

今晚秦楚说了那么多，可是你知道吗？能够伤到我的，不是她口中所谓的真相，而是你。

因为这个世上，能让一个女人这么笃定，只可能是源于一个男人对她的爱。

可如果爱是一瓶用自欺欺人的虚幻所酿出的美酒，那么只要不是由你亲自揭穿，这一次我情愿卑微地长醉不醒。

录音师和其他工作人员回来了，我赶紧将鸭舌帽用力往下拉，装出一副什么都没发生的样子。

“那个，我嗓子状态有点不好，今天就录到这里吧。”声音还是有点沙哑。

尽管已尽力掩饰，可录音师是老熟人了，对方半开玩笑地走近：“怎么突然就不好了，该不会是想偷懒吧？”接着一把把我的帽子拉了下来，我动作没他快，完全来不及抓回来，整个脸顿时就暴露在了录音室的灯光之下。录音室一下子陷入安静之中，其他人惊讶地看着我，大概都没想到，他们才出去了一会儿，我就变成这样了。刚刚拉下我帽子的录音师也震惊极了，眼睛都瞪大了，像是拿着一块烫手的山芋，有些结巴道：“怎么回事，有谁欺负你了？”

我努力挤出一个笑，摇摇头：“没，没事，是歌曲太悲伤了……抱歉，我自己控制不了。”

我说着连我自己也无法相信的理由。可是不管这个理由再怎么烂，总比大家知道真相开始八卦要好。录音师像是真的相信了我的话，点点头：“那、那今天就到这吧，你先回去，路上注意安全啊。”

我再也说不出一句话，压着帽子快速离开。

背后传来大家的窃窃私语。

“凌影怎么了？”

“说歌曲太悲伤，谁信……”

“是不是要跟萧萧拼销量，压力太大？”

我将车开得飞快，红色宝马像是一道光冲进这个城市的夜色中。这个城市的夜晚很是繁华，流光像是翡翠琉璃，绚烂不已，却温暖不了夜行人的心。副驾上的手机不停震动，不知道电话是谁打来的，但无论是Jolie，还是陆瑜，我现在都不想接。

一回到家，我就将自己扔进大床。整个人陷入柔软的床中，如同失重一般，黑暗温柔而沉默地将我包围。脑袋里天旋地转，一下子是这些天准备新专辑的疲惫，一下子是金柏奖时宋微那优雅而哀伤的微笑，一下子是陆瑜吊儿郎当地对我说“该不会是等着再当上歌坛小天后，就一脚把我踹掉吧”，然后这些画面支离破碎，逐渐拼成秦楚的脸——她说：“陆瑜，他根本不爱你。”

悲伤犹如大雨侵袭整个梦境，陆瑜出现在我们两人第一次相遇的那个后花园。那时我拎着裙摆穿过漂亮的庭院，风吹过矮矮的蔷薇丛，晚风里有花的香味，而陆瑜沐浴在一片月光之中，迷人的眼睛含着桀骜与不屑，在喧闹的舞会背景音中悠然自得。

他依旧毒舌地嘲笑着叶子澈。

而我则穿着当时嫩黄色的晚礼服，缓缓地走到他面前，这一次我没有维护叶子澈，没有推他，只是端详着那张其实早已十分熟悉的脸道：“你嘲笑的那个是我男朋友，你知道吗？”

陆瑜在梦境里眯起好看的眼睛，嘴角的不屑更甚，以一种我熟悉的模样说道：“那又怎样？”

我说：“你以后也会这么干，也会对着另外一个女人念念不忘。”

陆瑜双手抱臂，身形修长完美，他墨色的眼睛看着我，露出高傲的讥笑：“怎么可能？我只喜欢一个女人，那个女人就是……”

我心如擂鼓。

“就是你。”

我瞬间泪如雨下。多么希望，这才是真实。

第七章

我戴着一个大大的墨镜，坐在餐厅最低调的位置。这家餐厅并不十分出名，不过装潢还可以，金黄的色调，复古的欧式灯具，仿原木的台阶。恐怕谁也不会想到，我现在等的人不是Jolie，也不是陆瑜，而是——叶子澈。说实话，我并不想跟他出来。不管是现在这种糟到极点的心情，还是从任何方面来看，跟他出来碰面都十分不妥。但昨晚叶子澈打了那么多个电话，又在电话里对我说必须当面谈，希望我不要记恨过去的事，我才终于答应了他。

叶子澈穿得也很低调，不过遮掩不住他好看的眉眼——曾经我深深着迷过的眉眼。

“什么事？”我冷淡问道。

“凌凌，”他温柔的脸上浮现出一抹愧疚，浓密黑长的睫毛低垂，“我一直欠你一个正式的道歉。”

我低下头用小勺子搅动了一下咖啡，咖啡的热气熏着我的眼睛。

有些回忆汹涌而来，像是旧时伤感的细雨。

“如果你要说的是这句话……那么不用。我们已经没有任何关系了。”

“我不应该那样对你。”然而，叶子澈依旧认真地道着歉，声音中充满着浓浓的自责，他的眼睛带着悲伤凝视着我。

我和叶子澈相恋三年，而后分手了两年多，期间纠纠缠缠，这固然令人心酸，可是，面对曾经喜欢过的人，如今的心情却很是麻木，这不能不说是一件悲哀的事。

平心而论，分开的这两年多，他一度伤我很深，而我也做出过一些反击和报复。最恨他的时候，恨不得他永远消失在这个世界上，这样我就不必每天醒来都要面对镜子里狼狈、失败、满是泪痕的自己。可是，在这些伤害和反伤害中，磨损掉的，却是我和他之间那些曾经美好的回忆。于是，到了后来，连复仇的胜利滋味都变得寡淡。

第一次他为了萧萧跪下来求我，发泄过后还是浓浓的恨意。

第二次他只身挡在萧萧面前，心里是满满的委屈与悲愤。

第三次他跟萧萧公然出现在剧组，只剩下淡淡的唏嘘和尴尬。

再后来，无论是他来找我，还是金柏奖走红毯时那些让人不自在的小举动，我不是没有注意到，但是，这些对现在的我而言，已经没有什么意义了……

没有意义。

因为如今我全心在意的，是另外一个人——那个将我从低谷中拉出来的男人，那个让我顺利从歌手转型为演员的男人，那个在任何时候都让我猜不透他的心思却可以依靠的男人。

尽管那个人真正喜欢的另有其人。

如果是两年多以前，叶子澈如此对我道歉，我最终肯定还是会选择原谅他，可是如今，面对叶子澈，我的心却空荡荡的，没有半分波动，说不出来是什么感觉。

“其实你很好，心地善良，可爱……不好的那个人是我。”冬日的阳光有一种寒冷的明亮，叶子澈在这种圣洁的光线下继续忏悔，显得如此的虔诚。

很久没有听到这样的说辞，微微有点恍惚。

我很好吗，我善良吗……如果是这样，为什么当初你和萧萧联手背叛我后，却一直说我做作，说我任性，说我多么多么不好？当时我本就已经陷入被背叛和抛弃的双重痛苦中，再被这样指责，知道我是什么感受吗?

“那个时候我们的感情太好，好到一点波澜都没有，好到让我觉得好像少了些什么。”叶子澈垂下眼帘，浓密的睫毛遮住他的眼睛，像是无法面对我一般，他的声音断断续续，极其晦涩，“虽然不想承认，但那时我的确是被神秘高傲的萧萧迷住了。我很清楚，那只是一种偶像形象营造出来的感觉，可是却无法阻止自己想要更了解她的欲望。也许这就是男人的劣根性。很抱歉，我最终也没能战胜它。”叶子澈顿了顿，仿佛攒够了勇气般，这才重新将视线凝聚在我脸上，“但我从来都没有想过要伤害你。真的，从来没有。”

我从恍惚之中渐渐回过神，手中的小勺子在咖啡杯里搅了搅。白色的热气从褐色的咖啡里冒出，像是被融化的眼泪。

原来是这样。

原来是这么一回事。

大概是这两三年已经想通和看开的缘故，我甚至可以理解叶子澈了。是啊，这个时代，粉丝们可以因为一首歌而喜欢一个歌手，可以因为一个银幕角色疯狂地迷恋一个演员，那么，为什么其他人不可以？在这个娱乐圈里混的人，本身就犹如扑火的飞蛾，会更容易被闪耀有个性的事物吸引。谁的名气更大，谁的人气更高，谁就像更强烈的镁光灯一样，令其他人趋之若鹜。这就是娱乐圈的定律。萧萧比我更有个性，更闪耀，叶子澈觉得我乏味，那么见异思迁喜欢上更有魅力的人，现在看来也不是不可以理解。

虽然，在我的爱情里，我绝对不允许出现这种事。

“我不怪你了。”平静地说出这句孕育了两年多的话。

不怪你。

过去的那些伤害，过去你带给我的那些美好回忆以及残忍毁灭的那些记忆，都不怪你了。

叶子澈听完后，黑色的眼睛立刻睁大，一贯温柔的脸上浮现出深深的震惊，他吃惊地看着我，连嘴都忘了合上，像是没有料到我会这么平静。

“可是……”叶子澈的眼神突然难过起来，他的嘴唇动了动，最后一咬牙像是下定了什么决心，突然伸出手一下子覆在我的手背上。哪怕曾经我们无数次地牵过手，这一次我却下意识想抽出，能够这样牵住我的，已经不是他了，不再是叶子澈了。

但是我的手却被叶子澈牢牢握紧，而且一点都没有要放开的意思。

叶子澈好看的眼睛纠结地望着我，连嘴唇都有点发白。

“可是我无法不责怪我自己。这两年多以来，我一直在自责，为什么我要违背对你许下的诺言；这两年多以来，我一直在悔恨，如果不曾跟萧萧认识就好了；这两年多以来，我没有一次能够真正忘记你，没有一次能够真正不在乎你。看着你在大雨中大哭着离去，那天晚上我难受地在楼梯口坐了整整一夜。你是我爱了三年的人啊，我怎么会舍得看着你痛苦而不自知，我怎么会面对你的难过而一点都不心痛，只是当时……再后来，我看着你离开皇冠荣耀，看着你进入品优娱乐，看着你在萧萧的光彩下一点点变得黯淡，又看着你一点点重新发光，我既内疚又自责，我既欣慰又不舒服——因为在你身边的那个男人，已经不是我。因为我曾经的位置，已经被另外一个人取代。”

“凌凌，你是一个好女孩，看似柔弱，最后却总能以自己独特的方式发光，我应该知道这点，我从来都知道这点。只是我没有料到，会有人能更快地挖掘到你美好的内在，看到你的本质。虽然我也曾清楚地看到过，可是我后来却……我已经走错了路，结果只能硬着头皮继续走下去。所以我强迫自己，我对自己说，你应该下定决心，她已经跟另外一个很好的男人在一起了，但是……”叶子澈痛苦地抬起头，长长的睫毛流露出一种难以言喻的忧郁，“萧萧神秘、张扬，像一颗流星，刹那划破天际的时候极其璀璨，可是你……你是一颗小小的恒星，没有那么炫目，却是永恒。我试过放下，可是、可是……”

“别说了，别说了。”我意识到苗头不对，飞快打断他的话。

再说下去只会更尴尬，将局面变得更复杂。现在的局面已经够混乱了，再继续下去，更不可收拾。我不想让情势失控。

但是叶子澈却丝毫不理会我的警示，反而沉默了一下，以往温柔的脸上显现出一丝果决，接着像是鼓起了所有勇气，准备为即将说出口的事情负上全责一样。他又悲伤又偏执地看着我：“如果、如果我说我后悔了，你愿意原谅我吗？凌凌，我知道我犯了一个很严重的错误，可是我真的放不下你，这样的我还能得到一次机会吗？”

叶子澈一动不动地盯着我，眼中布满了水雾，声音像是最伤感的潮汐。那是一个男人最软弱，也是最内疚的眼神。那张温柔的脸在冬日的柔光中，更有一种让人无法拒绝的错觉。

但我只觉得：疯了，疯了，这个世界简直疯了。

昨天秦楚才过来对我示威，今天叶子澈就过来对我说要求复合。秦楚有想过我会怎么想吗？叶子澈有想过如果这件事被萧萧知道，萧萧会怎么想我，会怎么想他吗？为什么大家都喜欢不计后果，只要自己一时高兴就好？抛下真心追求自己的男人，为了家族利益结婚，一个后悔就想重新抢回已是别人男友的那个男人。被更有个性魅力的女友的好友所吸引，根本不考虑爱情和友情的意义是什么，根本不考虑到底哪些事可以做，哪些事不能做，现在两三年过去了觉得跟当初想要的激情不一样了又想重新来过。

但是，这不可能。破镜难圆，覆水难收。

既然知道每个人都必须为自己的选择付出代价，那么为什么不一开始就想清楚？利益、诱惑，是你们自己选择了这些，那么凭什么让别人帮你们埋单？

并不是想看着他们为过去的选择付出代价，但是真的不喜欢这种不断伤害周边人给别人带来困扰的人。

“我接受你的道歉。但除此之外，今天我什么都没听到。”

我拿起手袋起身就走。

再说下去已经毫无意义，我不想陷入这种纠缠不清的关系里。

但叶子澈比我的动作更快，他也紧跟着起身，一把抓住了我的手腕。我错愕地看了他一眼，叶子澈也同样有些错愕，像是没有意识到自己居然会做出这样激动的事情来。下一秒，他的脸上闪过一丝复杂的神色。他的轮廓依旧可以看出往昔温柔的影子，也依旧清雅隽永，但是却流露出沧桑、疲惫和一些说不出的情绪。

“为什么……为什么你现在变得这么冷淡？”叶子澈的声音隐隐透着伤心，“真的连一个机会都不能给我吗？”

我沉默了一下，最终冷冷说道：“冷淡的那个人不是我，而是有人不知道自己在做什么。你已经有女友了，而我也有男友。说什么样的话，做什么样的事，都应该好好想想，已经不能再那么任性了。”

叶子澈皱了皱眉头，抓住我手腕的手力量也微微减弱，像是在犹豫和挣扎着。他微微低垂着头，神色阴晴不定，就在我几乎以为他只是一时发蒙，总会回归理智的时候，叶子澈却突然抬起眼皮，眼睛里划过一种我从未见过的光芒。

“萧萧……”他几乎是艰难地开了头，像是在披露一个巨大的秘密，“我和她已经几个月没在一起了。现在在外面做出亲密的样子，只是为了应付媒体，以及帮助她炒热最新的专辑。”

我眼睛都瞪大了，几乎是倒吸一口冷气。

的确会有明星情侣会在镜头前秀恩爱，博人气。可是就在前不久的金柏奖上，我还看着他们两人一起亲昵地走红毯，当时萧萧还对我做出一些示威的眼神和举动，没有想到……

难道这就是萧萧最近又迁怒于我，甚至在电视节目和采访中毫不掩饰对我的挑衅的真正缘故?

“原谅我，再给我一次机会……”叶子澈明显不想多谈，他的神情又恢复成对我的内疚和自责，连声音也哀哀的。他好看的眉毛几乎是绞在了一起，眉心都深深地皱起，黑色的眼睛里是挣扎是不舍。

“叶子澈，我真的已经原谅你了。可是，我们也真的已经错过了。我已经有男友了，而且我很爱他。”我再一次重复道。

“……就算那个男人不爱你？”叶子澈牢牢抓住我的手腕，脱口而出。

你什么意思？！我几乎快要下意识发飙。但是随即昨晚秦楚对我说的那句“别再自欺欺人”就闪现在我脑海里，这句话顿时让我整个人连反驳的力气都没有了。

“——放开！”最后只能这么命令道。

但叶子澈依旧扣住我的手腕，就是不松手，他是那样用力，抓得我的手腕都在发痛。

“难道你没有看出来吗？难道你不知道吗？陆瑜爱的人不是你，他爱的是秦楚！”他大声说道。

我手一颤，接着只是冷着脸挣扎，试图将手腕从他手中抽出。但我从不知道向来温柔的叶子澈，居然会有这么大的力气。

他见我似乎不信，飞快地在我耳边说道，像是要把这些话烙在我身上：

“他很早的时候就喜欢秦楚，这是整个娱乐圈都知道的事，只有你们新人才不晓得这其中发生了什么。”

我死命地抠着他的手指，想一根根掰开，从这里逃脱。但是叶子澈丝毫不给我这个机会，声音依旧不断地传入我耳朵里。

“……他爱秦楚，是整个娱乐圈都知道的事。他曾经说，他这辈子最大的愿望就是秦楚能过得幸福，只要这点能实现，他可以用一切来交换。”

这么自信而大言不惭，的确是陆瑜说得出来的话。

可是我一点儿都不想知道!

“只要是秦楚想要的，陆瑜就一定会为她搞到手，谁对秦楚不好，陆瑜就一定会为她教训那个人。你看他现在的做事风格，强势又不屑，这全部是因为秦楚的影响。”

我掰着叶子澈的手指，却不知道竟需要这么大的力气，掰得我的眼眶都在发酸。

“陆瑜跟黄锦立是什么交情，你应该知道得很清楚，他们被称为整个娱乐圈的最佳搭档，连曾经突显败势的品优娱乐在他俩手上都能被重新盘活，变成如今一手遮天的地位。黄锦立给了陆瑜很大的权利，很多的股份，可是面对这样的条件，陆瑜却还是整整消失了好几年，你知道为什么吗？”

我不知道。

我什么都不知道，我也根本不想知道!

我抓住叶子澈的手指，狠狠往外一扯，叶子澈痛到整个脸都皱起，却依旧不肯终止：“——因为秦楚嫁的那个人是ESE的总裁厉睿，而黄锦立却曾经不顾陆瑜的反对执意要跟ESE合作！这其实是两个男人之间的面子问题，而黄锦立一直以为一个女人不会对男人的事业有什么影响，更不觉得一个秦楚就能将他跟陆瑜这十多年来铁哥们的交情怎么样，但是你看到了——陆瑜因为这事跟黄锦立闹翻了，到现在也没有和好！他有多么爱秦楚，就有多不会原谅黄锦立！”

“你够了！”我终于忍不住，浑身发抖，几乎是崩溃失控地吼出，“你为什么要告诉我这些？你为什么要告诉我这些！难道告诉我陆瑜爱的人是秦楚，就是为我好吗？难道告诉我陆瑜可以为了秦楚牺牲这些，就是为我好吗？！我根本不想知道，我根本不想知道，你懂不懂！不想！”

根本不想听这些，根本不想知道这些。

不想知道陆瑜有多爱秦楚，不想知道陆瑜为她做过多少事，只要陆瑜在我的世界爱过我就好了。为什么要告诉我这些，为什么连我想假装不知道都不行！

叶子澈不可置信地看着我："可是他爱的人是秦楚！是秦楚啊！"

是啊，那又怎么样？你以为我不知道这点吗？你以为昨晚秦楚在我面前耀武扬威得还不够吗？你以为昨晚秦楚没有强调过陆瑜是有多么爱她吗？

你以为……以为我不曾考虑过这些，不曾想过这些事吗……

昨晚我反驳秦楚时，说陆瑜为我做了多少事，为我探班，为我创造机会，难怪秦楚会露出那种悲悯的眼神。那时的我不懂，现在我懂了。因为与过去陆瑜为她做过的事情相比，他为我所做的简直就不值一提。也只有我傻傻地以为那是特别的，是独一无二的，也只有我傻傻地以为那些可以当成陆瑜爱过我的证据，可以当作守护我和陆瑜之间爱情的力量。

可是，就算是这些也很好，也够了。

对我而言，他能为我做到这些已经足够了啊。

如果爱情是一场付出与牺牲，那么我其实并不需要他以牺牲什么来让我幸福。因为我爱他，我舍不得让他付出更多。

可是，为什么要告诉我这些，为什么要不断地不断地强调陆瑜是爱着秦楚的？难道他爱的人不是我，你们就会比较开心吗？

我恨恨地盯着叶子澈。

我知道我这是在迁怒，我知道这对叶子澈不公平，可是我已经顾不了那么多。

"——我的事不用你多管！陆瑜爱不爱我，也跟你一点关系都没有！不管他爱过谁，还在爱谁，对我而言，只要我爱他就够了！"

跟当时的情况不一样，发现叶子澈背叛的时候，我第一反应就是：分手，报复。

而如今得知陆瑜另有所爱，我却发现我一点都不想知道，一点都不想分手，连想一想跟陆瑜分手情景的勇气都没有……

秦楚说得没错，我是在自欺欺人。

可是自欺欺人有什么不好呢？这样的自欺欺人从没有伤过谁，害过谁，除了我自己。

除了自己误以为的幸福感觉。

叶子澈先是一怔，接着以一种我已病入膏肓无可救药的眼神望着我，到了最后连握住我手腕的手都因为我这番话而失望地放开了。

是啊，失望，呵呵。

“我所认识的凌影，是一个会勇敢面对现实，哪怕跌入低谷，都会正视一切问题的人，绝对不会如此自欺欺人，明知道对方不爱你，还苦苦纠缠。凌影，陆瑜明明不爱你，你不要再这样执迷不悟了。否则，再这样下去，你真的是一点尊严都没有了。”

连一点尊严都没有……

佯装的冷静已经完全崩裂，我的手指都在发颤，原来我在其他人眼中已经是这么可怜的形象了。是啊，我一直追求的就是骄傲与尊严，但是现在却被人说，连一点尊严都没有了……

我有自知之明，我也知道这份爱情已经千疮百孔，甚至没有我想象中的美好。

可是……

连吼叶子澈的力气都没有了，接连着两场被人指责被人告诉这么惨痛的真相后，我整颗心都一点一点在冬日里萎缩了，我失去了力量，唯独对陆瑜的那点爱还在强撑。在清冷的空气中，我对叶子澈露出一个最后的、惨淡的微笑。

“我不需要你来提醒我怎么做，你也没有资格。你说得没错，我就是喜欢他……而且已经喜欢到，连自己的尊严都可以放弃的地步。只要他不主动提分手，我愿意一直这样自欺欺人。”

▶第八章

我从没和陆瑜提过这些事。

这段日子我与他一直若即若离。我心里还是想跟他恢复成以前那样，还是想装作什么事都没发生过一样。然而，我发现，我做不到。只是看着陆瑜俊美的脸孔，我就会想起精致完美得无可挑剔的秦楚，只是看着陆瑜投向我的恶劣中透着一些宠溺的眼神，我就不由猜想他以前看向秦楚是什么眼神……

之前我一直都埋头在专辑的准备工作中，可是现在，我却像只小狗一样想一直待在陆瑜的身边，一步也不想离开他。有时陆瑜会挑着墨黑的眉毛，似笑非笑地道："怎么不去工作，该不会想我来养你吧？"

我不需要你养。只是待在你身边，我就已经很满足。

可是这样的话，我却不敢跟他讲。

我已不知道，他如今的这些话是不是另有所指，是暗示我太缠人了，还是其他……

我仰着头，故作镇定地说："养我难道不是你的荣幸？"

我假装不在意，可是实际上却仔细地留意着陆瑜的神色，想看看他对这话是什么反应。然而，令我失望的是，他只是笑笑，像是把我这句话当成小孩子的玩笑。

因为小孩子的话，从不用认真在意。

说不出心里是什么感觉，在觉得失落的同时，也只能故作坚强。我很清楚，我的爱就像是海边建起的沙堡，自以为建得好看而美丽，以为可以永恒，然而实际上只要海水一涨潮，它就会全数毁掉。我知道这一天总会来临，我知道自己只能看它滑下悲剧的深渊，却一点办法也没有……

我还是推了很多通告，推了很多活动，只想静静地跟陆瑜在一起。

不打扰他，只是静静跟他在一起，像是珍惜着最后的时光。

有时陆瑜也会从公务中抬起头，等我发现时，他的目光已经落在我身上许久，带着一种我从未见过的情绪，像是思考，又像是莫名的迷茫。每每被我发现时，陆瑜总会扬起眉毛，拿起一支钢笔像是做着什么决定，唇线抿成一种让我陌生的弧度。

“你现在正当红，其实应该多接点工作。”

“如果现在拼一拼，说不定一两年之内就可以接到国外好莱坞的角色，对你的发展更有利。只要有了这个基石，萧萧很难再赢过你。”

他分析的方法总是很见成效，他对我的规划从没有出过差错，可是为什么，我现在只觉得陆瑜是想把我推得更远，更远……

我悲伤地摇了摇头。

陆瑜看向我的目光有诧异，也有更多的不解，而我却什么都不想解释。我不想问他，也害怕他再问我什么。就这样，像个逃避的蜗牛，和陆瑜一起，缩在自以为安稳的壳中，就是我现在最想要的。

总之，这段时间，他办公，我就在一旁的沙发上看剧本，他要出席什么商业晚宴，我就要求一起去。那些晚宴华丽而闪耀，水晶灯，漂亮的餐具，美丽的鲜花，金色的流光……每次看上去都是那么的不真实。

有时连我都开始恍惚，我跟陆瑜在一起的这段时间，到底是真实的，还是虚幻的。

那些在晚宴中纷纷投向我的目光，像是被高斯模糊过一样，形成一片虚焦的光影。我分不清他们在窃窃私语和无声打量中，究竟是把我当成陆瑜的正牌女友，还是等着看我在不久的将来成为一场笑话。而陆瑜就在这片光影之中，游刃有余地朝他们打着招呼，寒暄，或者微微地讥讽。

“那个大佬，外面情人一大堆，还在跟别人炫耀自己跟妻子的感情坚不可摧。”

“圈中的模范情侣？上次花了一百多万从狗仔队手中买回跟人去酒店的照片。”

我默默地听着。

陆瑜这种作风我并不陌生，从一开始我就是因为听到他吐槽叶子澈才认识他的。只是现在，我才明白，他之所以会吐槽娱乐圈这种光怪陆离的畸形爱情，是源自另外一个女人的婚姻。

终于有一次，我忍不住开口：“你总是吐槽他们的爱情，那么你呢？你还相信爱情吗？”

这个问题的暗示实在太明显，陆瑜收回望向别处的目光，墨黑的眼睛静静地凝视着我，像是要从我脸上端详出些什么，最后在一片虚幻的光影之中，他扯动嘴角：“不。但是我会守护她。”

我已经分不清猜不出，这个“不”和“但是我会守护她”到底是针对谁，又指向谁。

不相信爱情么？不相信我跟他之间的爱情，还是不相信所有的爱情？

而守护她，到底是指的秦楚，还是指的我……

从各种迹象来看，是后者的几率真的很小。我发现自己已经自欺欺人到一定的程度了，居然连这些话都可以开始不放在心上。虽然，推掉那些商演，也没有见陆瑜为此更高兴，陪他那么久，也没有见到他因此更开心，或许，不是这些行为不能打动他，不是这些不能更促进我们之间的关系，只是因为我不是那个对的人？

想握住不属于自己的东西，真的很累，但是很快，我连这种很累的权利也没有了。

——因为，就在年底，萧萧正式掀起了专辑销量之战！

年底是市场最好的时候，更是冲销量的最好时机！萧萧此番动作来势汹汹，更是从不同渠道传出她一定会打败我的消息。品优娱乐严防死守，密切关注着萧萧的动向，整个对战状态一触即发。萧萧新专辑面市时气势非凡，如同一场狂躁的龙卷风，所到之处引起强烈反响，惊天动地！十几款不同风格的海报铺天盖地地涌来，各个网站不断地被皇冠荣耀的通稿刷新头条，就连公交车的车身都印着萧萧和她的新专辑，凡是触目可及的地方，都有萧萧的影子。

“The Queen is back！”——这就是萧萧最新专辑的slogan。

绝对霸气，绝对震撼，绝对具有攻击性！

仅仅在第一首MV里，萧萧就带来了绝对的视觉盛宴。整个MV都是金属质感的光泽，像是一颗在银河系独自发光的外星球，充满着未来的科幻感和后现代主义的美感，给人一种华丽深邃到极点的感觉。无数荧光的浅蓝色像是科幻电影中的扫描系统，一圈一圈在闪烁的星空上出现，旁边不断跳动着各种电子数字。紧接着，大型太空船落地，银白色金属质地的舱门“唰”地一下打开，一双高贵、充满着禁欲感的军筒靴踏出舱外，落在满是红黄色小碎石的星球表面。

“滴滴滴——Are you ready？”三声人造声般的电子音出现，“The queen is back！”

气体被释放出来的巨大声音，混乱的星球颠簸的视觉感，整个电子音突然变得铿锵有力。在剧烈的颤动中，忽然几声警报鸣响后，金属质感的电子乐直冲星空，带来一种整个星空都会被震动的感觉，好像所有星辰被旋进一种急促激动的光华之中，所有人的注意力都被它狠狠拽住，一同陷入它强烈的节奏旋涡。这就是电子音最迷人而强势的地方，你可能从未听过它的旋律，但是那种喧嚣的劲头却可以激发你骨子里的酣畅淋漓。

而在陡然飙升的电子乐之中，最先混入的却是“啊——”一长串令人惊叹到极致的海豚音。飙长深邃的女声之中，隐隐透着极端的大气和神秘的未来感，这道海豚音声线流畅完美，高昂绚烂，随着电子乐的起伏而上下，显露出极有层次的音色……

这是萧萧最拿手的高音，这是萧萧罕见的绝招！

只不过这一个开场，就给人一种耳目一新和无法超越的压力，而这首歌曲的MV才刚刚开始！

镜头飞快地捕捉着刚刚从太空舱下来的那双银色军筒靴。在银色星球的光环中，发亮的靴面和长靴靴身呈现出一种不羁的姿态。就在整个海豚音一结束，镜头像是扫描系统定位一样，突然闪现出萧萧的形象。

萧萧穿着黑色修身的军装，肩膀上是特别设计的印着萧萧西方英文字母的银白色徽章。

她头发极短，戴着黑色镶金边军帽，手上一双雪白到极点的白手套，双手优雅地交叉摆在胸前，黑色禁欲感的军服和雪白手套呈现出一种极大的迷人的反差。

而下一秒，镜头飞快拉近。

萧萧银灰色的瞳仁微微一眯，露出一抹亦正亦邪的中性笑容，所有看到这个特写的人绝对会被迷死！太酷了！太邪恶了！她不仅回归到她以前最擅长最酷的中性风格，而且还完全是以前风格的升级加强版！飞碟、太空舱、黑色军服、有力的舞曲、未来感的电子音，伴随着萧萧酷得令人心跳加速的面容，简直就像是外星来客在众人的心头狠狠一击。所有爆炸性、喧闹的外星场景，竟然跟萧萧的歌声配合得相得益彰，完美无缺！她单飞的第二张专辑，最遭人诟病的地方就是高音太出挑，让人听得费力，毫无感情，可是这样一个激烈的、未来大片般的MV一出来，却将她的优点强势地锁定在每个人的脑海里——华丽的高音，空灵的海豚音，酣畅淋漓的曲风，这就是萧萧！The Queen Xiao Xiao is back！

我和陆瑜也透过电视看着萧萧第一波主打MV。

我们两人在乐坛的经验不少，什么样的歌曲能红，什么样的MV能红，只消一眼，我们心底就有一个大概的准数。而此时，我们纷纷从对方眼中看到——萧萧这首MV绝对会刷新所有排行榜的记录！

事实也正如我们所料，她新歌才一天，一天而已，就霸气地占领了几乎所有排行榜的TOP1！

这是什么概念？

即便在我和萧萧的YOUNGIRL最红的时候，我们也需要三天才能爬到这么高的位置。而且越是年底，有实力的歌手就越是更多，爬榜也就越难！在以往的历史记录上，能够做到这些的只有一个人——那就是歌神裴清！但“裴清”这两个字代表着什么，代表着几百场世界级别的演唱会，代表着演唱会完售的最快记录，代表着整整一代歌坛的巅峰实力！萧萧如何跟他比，萧萧怎么能跟他比？！但是萧萧仿佛完全无视了这种规定，牢牢地霸占着

TOP1的宝座，整整三天丝毫未降，甚至还有越来越坚挺的趋势！

这首歌的歌迷越来越多，喜欢这首MV的歌迷粉丝们越来越多！他们完全疯狂了，网络论坛、街头巷尾都可以听到他们兴奋地议论着萧萧和这首歌，简直像是华语乐坛的全盛时期再度来临！

“萧萧回来了！”

“我们最爱的萧萧回来了！”

“啊啊啊啊，萧萧真是太帅了！她新专辑什么时候面市，我一定要买！我一定要买一打！爱死萧萧了！”

才一首歌就已经引爆如此巨大的反响，她新专辑的预热势头空前高涨，话题榜指数居高不下，这一点简直让品优娱乐高管们压力倍增，如临大敌。而萧萧在接受采访时，更是毫不客气地说道：“我跟凌影的专辑之战，从实力上来说，我当然看好我自己”“对，你猜得没错，我不觉得自己会输给她——嗯，就是我会赢的意思！”“为什么这么笃定？答案就在我最新的MV里，喜欢的话请支持我的新专辑！”

她的眼神和话语就跟她如今利落的短发一样，咄咄逼人。

最后一个镜头里，她的脸部表情有一个特写。

黑色流丽的短发将她的中性风格展现得淋漓尽致。萧萧白皙的脸上，一双眼睛跟最新MV中一样，戴着银灰色的美瞳。那双银灰色瞳仁里面射出来的光芒，有挑衅，有桀骜，有不屑，有复仇的火焰在熊熊燃烧——一抹锋利无比的光芒从她眼中划过，她在透过所有的屏幕对我说：“凌影，你必输无疑！”

我的新专辑其实根本还没完全制作完毕，由于后期减慢速度的缘故，如今只完成了大部分。但是萧萧跟我的专辑之战，实则还暗暗透着两大娱乐公司的实力之战，所以品优娱乐的高层紧急开会后，决定立刻猛烈宣传主打歌，绝对不能让萧萧的士气继续高涨，否则一旦被她强势抢占了市场，那么我们这边的新专辑就不可能再有翻身的机会。

因为萧萧走的是她最擅长的路线，品优娱乐这边也一致决定用《Sweet Sweet》来做我的第一波主打歌曲，打算同样用我最擅长的甜美路线来对抗萧萧！《Sweet Sweet》是一支甜美中透着些“小嗲”，清纯里伴随着可爱的

MV，甜美轻快的节奏，朗朗上口的歌词，很容易提高它的传播率和KTV的点唱率，MV试播和无数张宣传海报同样如这个冬季的雪花一样四处飘散。

在这支MV里面，我边唱边跳，做着各种卖萌的姿势。

在甜美的舞曲里，一会儿是改良版的粉色空姐制服，一会儿是胸前有着红色领结的海军水手服，一会儿是欧式皇家公主造型，奢华华丽的金色蓬蓬裙和白色细网状的珍珠面纱，以各种小故事串联的场景，跟国际名模Icon谈了一连串的恋爱……

将近三年未出新专辑，这样的歌曲陡然一播放，还是吸引了不少的老粉丝老歌迷回归。不少萝莉少女在微博中评价道：

“凌凌好萌啊！”

“~\(≧▽≦)/~凌凌越来越美了，我的偶像！”

“拍得真好，我也好想跟凌凌一样，好想谈这样的恋爱。”

虽然反响度不错，赢得了很多歌迷的喜爱，但是跟萧萧犹如暴烈龙卷风的席卷程度相比，这种杀伤力真的太低，在专业音乐点评网站上，口碑更是差萧萧一大截，甚至被冠以这样的标题：

凌影VS萧萧：甜美无奇的蛋糕VS锋利冷冽的妖刀

萧萧的第一波主打歌，给人带来耳目一新的感觉。也许你可以想象到这样充满未来科幻感的星空场景，也许你也可以想象到萧萧一开口就震撼人心的海豚音，但是你绝对无法想象整个歌曲所带来的震慑力和颠覆力。萧萧一头利落冷酷的短发，银灰色的瞳仁，她整个人就是一把冷冽神秘的妖刀——以无可挑剔的嗓音和实力让无数男男女女为之尖叫。

凌影的MV就是一部制作得不错的偶像剧，穿着漂亮的衣服，在浪漫的地点，跟同一个长得不错的男人上演着大大小小的爱情。三年前如此，三年后也是如此，只不过当年走甜美路线的歌手，现在也可以拍拍少女偶像片了。

我看到这样的评价，心里非常不好过。

——这不是我的音乐，我也根本不是如他们所言的那样，只懂得装甜美卖萌，演演偶像剧。我想做的是真正的音乐，真正能够让人尊敬赞赏的音乐！

而另外一边，萧萧所在的皇冠荣耀发现我们的第一波主打歌并不能构成威胁之后，立刻大张旗鼓地发行了第二主打歌。跟第一主打歌充满科幻星球大战感的视觉效果大相径庭，萧萧的第二主打歌《红尘乱》竟然是水墨淡然、竹韵潇潇的中国风，邀请的更是成名已久的作词人。萧萧从没有尝试过这种风格，但仅仅是作曲人和作词人这两大质量保证，就已经奠定了此首歌的基石。新歌才刚刚发布，《红尘乱》的歌词就已经引发了所有古风爱好者的热议，纷纷对这首歌赞不绝口。而这首MV更是吸取了萧萧在《大唐风云》里面所扮演角色的灵感，萧萧这次古装扮相不再是公主，而是女扮男装，身穿武甲，戴着半面银白色阴刻优昙花的面具，骑着一匹四蹄矫健的雪白大马，在梨花花落冷月之辉的夜色中奔驰，飘逸的披风猎猎作响，潇洒到了极点！

品优娱乐虽然倍感压力，但是毫不示弱，同样拼着一口气，再次播出我的第二波主打歌——这是一首伤感的小情歌，唱的是关于少女们在恋爱中的忧愁。台式的拍摄手法，日系的取景风格，每一帧场景都优美得仿佛一张明信片，有着隽永的画面和回忆里淡淡的自己。所拍摄的画面，也以我一个人的镜头为多，悲伤，仰望天空，独自蜷缩在沙发里，孤独，落泪……

这首歌制作得不错，在演唱的时候，感情也比较到位，但是跟萧萧那首时下最流行的中国风一比，顿时就显得乏善可陈，甚至连第一波主打歌的对抗力度都不如，瞬间就淹没在其他歌手的主打歌之中了。有专业音乐人比较客观地评价道：

虽然凌影这首歌唱功不错，但是前有古人，后有来者。那些早期实力大将的情歌首首都比这个更加经典，更加深入骨髓。在最不恰当的时机，选择了这么一首不恰当的歌，真是自爆其短。反观萧萧，这次真是将扬长避短做到了极致！

接连两首歌的失利，不仅对我而言是沉重的打击，对品优娱乐来说更是非常不利的消息。尽管还在预热期，真正的专辑销量之战还未拉开，但是整个市场都看好萧萧，几乎所有的乐评人都对萧萧赞不绝口，那么可想而知，一旦专辑发行，真正的战况必将是非常惨烈，甚至从头到尾都会被萧萧那边压着打，被他们牵着鼻子走。

有这个想法的，显然不止我和品优娱乐。

萧萧那边已经像是看到了胜利女神的曙光，如果说之前她只是带着敌意和挑衅的话，那么现在她便是直接在电视采访中放话："这次的专辑，赢凌影是毫无悬念的——因为，她根本就不懂什么叫作对音乐的热爱，她根本就不懂什么叫作音乐。那种只是穿着可爱的裙子，唱唱小伤感的情歌，根本就是对音乐的侮辱！"

萧萧的这番话引起轩然大波，简直在网络上炸开了锅。

我的粉丝纷纷骂她，指责她说话太不客气了。

但是她的粉丝，还有之前的一些中立者，却因为这番言语更加爱她，觉得她就是这么有个性，敢讲敢言！就连乐评人也因此更加对萧萧刮目相看！各大报纸纷纷将萧萧这番话作为头版头条，在打压我的同时，再次提升了萧萧新专辑的热度。

"这次情况太糟糕了，凌影的专辑要不要延后再出？"市场带来的窘迫，让品优娱乐的高管们也一再开会。

"不行，如果我们此番延后，皇冠荣耀一定会以为是我们怕了他们。"

"但是现在的形势大家都看到了，如果我们同时发行专辑，我们的销量肯定杠不过萧萧。而且凌影的专辑本身就没有完全制作完毕，所以根本也不算是真正的延期，我们是还需要时间再制作嘛。"

"不过这样的话，就是在真正承认我们的失败……"

我已经不想再听了，被萧萧如此明目张胆地挑衅，她已经是彻底同我决裂了，所以才能如此开口放言。就在我刚刚关上会议室的大门时，里面传来议论声。

"凌影的实力人气还是不行啊，根本干不过萧萧。"

"在原来的组合里，也就是萧萧一个人在撑啊，萧萧那是真实力，凌影只能靠脸……"

"真搞不懂，这样的人陆总干吗还要签到我们公司……"

门一点点地关上，我的心也一点点变得麻木，从门缝里透出的细长光线一点点被阴暗吞噬。

然而，就在萧萧新歌如日中天的时候，网上突然爆出一段我和叶子澈的视频！视频里叶子澈拉着我的手腕，好看的容貌被一层悲伤的气息笼罩，迷人的眼睛里面盛满了忧郁，弥漫着一种快要落泪的气息。整个视频只有短短二十几秒，画质也不是很清晰，还有点摇晃，好像是用手机偷拍的，但是里面的话音却几乎震撼了整个娱乐圈——

“萧萧……我和她已经几个月没在一起了。现在在外面做成亲密的样子，只是为了应付媒体，以及帮助她炒热最新的专辑。”

萧萧叶子澈已分手？让前男友帮忙炒销量？！

人前假恩爱的娱乐情侣

叶子澈插足凌影陆瑜三角恋

凌影是叶子澈萧萧分手的罪魁祸首？

才短短的几个小时，这则视频就已经被疯狂地转发了几十万次，点击超过了6000万，谁也不会料到两大天后新专辑PK之际，居然还有这样的隐情，而人气爆棚的萧萧竟然恋情已经告吹，还要故作恩爱炒销量，而且这种话还是从前男友口中说出来……

一时之间，整个娱乐圈都炸翻了天！

我看到视频流出来的时候，整个人都惊呆了！这是谁拍的，为什么会现在流出来？紧接着就想，陆瑜有没有看到，他看到会不会不高兴？我得赶紧给他解释一下，免得他误会！原本正要去拍封面杂志的我，立刻让Jolie跟那边推迟道歉一下，气喘吁吁地奔回了品优娱乐大厦。

熟悉的公司，熟悉的艺人同事，熟悉的工作人员，但是不知道为什么，他们见到我立刻就分散开了，而且眼神充满着探究、好奇和看好戏的光芒……

我一下子就觉得不对劲了。

陆瑜办公司的门半敞，我伸手推开，正要说话，一道熟悉的女声就吼道：“你到现在还相信她？！她就是个骗子！你以为她是真的爱你吗！不，她一点都不爱你！是她亲口对我说的，她根本不爱你，她只是利用你达到她的目的！她只是利用你打败我而已！”

我手中的包包“啪”地一下跌落在冰冷的大理石地面上。

办公室内，萧萧和陆瑜听到这道声响，视线纷纷转向我。陆瑜的目光黑沉沉的，看不出愤怒，但是也看不出一丝波澜。我的心顿时凉了半截，完全猜不出他此刻心里是怎么想的，听到萧萧这番话会有什么反应。我是说过这种话，但是这话是上次萧萧挑衅时我在电话里赌气故意说的，根本不是我的本心，也不是我的原意。不知道为什么，我下意识就慌慌张张地否认：“阿瑜，你别听她瞎说，我根本就没有讲过这种话，我从来都不是为了利用你……”

萧萧转过身盯着我，仇恨和背叛的火焰在她眼睛里燃烧着，唇角更是流露出一抹讥笑：“你没说过？凌影，你真是好记性，你没有在电话里对我说过这番话？呵呵，现在的你别的本事没有，撒谎的技术倒是越来越高超了。”

不能承认，绝对不能承认。

我和陆瑜之间的感情本来就已经很脆弱了，再承认只会让这场本身就已很是尴尬的爱情雪上加霜。

我强迫自己要镇定，要镇定，不能流露出一点破绽。

“你不要因为叶子澈跟你分手，就来破坏我和陆瑜的感情。你当初从我这里撬走叶子澈还不够吗？现在又来污蔑我，你到底是什么居心？难道是因为今天的视频，你恼羞成怒？真正利用人的是你吧——是你明明已经跟人分手了，还欺骗大众，欺骗歌迷，利用叶子澈为你炒作专辑……”

“你、你——”萧萧眼神憎恨地盯着我，火大得像是要杀死我一样，“你狠！凌影！不过你等着，你的谎言总有一天会被拆穿，我就等着看你被陆瑜抛弃的那一天！”

萧萧恶毒的诅咒如同她最后恶毒的眼神一样，深深刻在了我的心里。

我的心底一片寒意，几乎无力阻挡。

但是此时此刻，还有更重要的人更重要的事等着我。我走上前，陆瑜正站在办公桌前。背后的落地窗外是一片铅灰色的凛冽天空，钢筋混凝土铸造的高楼大厦像一排排灰色的石碑耸入天际，又沉重又残酷。陆瑜穿着灰色的西装，浓长的睫毛覆盖在他的眼睛上，我看不出他眼睛里的神色。巨大的阴影投射在他的身上，像是要把他拉入浓浓的黑暗中一样，看得我心惊肉跳。

我瞥了他桌面一眼，笔记本的屏幕微微斜着，从我的角度正好看得到，上面正打开的那页标题是——叶子澈凌影旧情复燃?

空气里仿佛弥漫着一种哀伤。

我努力了半天，终于再次开口，轻轻说道：“萧萧说的不是真的。”

陆瑜眼睛落下的阴影显示出一种隐隐的锋利，他没有不高兴，也没有激动，只是淡淡说了一声：“嗯。”

可我却几乎快要激动起来，恨不得抓住他的衣领质问他。这是什么反应？这种态度算什么！但我还是逞强着，故作镇定地说道：“我和叶子澈也没有什么。”

“嗯。”他依旧淡淡的，毫无反应。

我的眼泪都快掉下来了，我却只是微笑着说：“我爱的人是你，真的。”

真的。

把我的心挖出来，你会知道，我说的真的是真的。

房间里一片沉默，就在我快要支撑不住，几乎站都站不稳的时候，陆瑜终于再次应了一声：“嗯。”

他迷人的眼睛自始至终都没有看向我，俊美的脸庞上也是一种淡淡的、有点不耐烦的情绪，尽管我说的任何话，他都回应“嗯”。看着他的表情，我有点绝望地想：他不爱我了，那天秦楚诅咒般的话语终于要成真了。

我看了眼外面的天，惨灰色的天空几乎快要压了下来，透着一种无法阻挡的绝望。

第九章

我跟陆瑜再次陷入了无声的冷战，我不知道该不该主动求和，然而一看到陆瑜冷漠的样子，我的心就隐隐作痛。好想握住他的手，让他对我笑一笑，好想依偎在他的怀里，直到世界终结。他继续对我毒舌也好，捉弄我也好，只要不再是这样冰冷、克制、礼貌……

越这样，就越觉得我们两人只剩下穷途末路。

然而大约是萧萧到品优娱乐闹了一场的关系，我和陆瑜已经分手的流言像是冬日凛冽的寒风四处扩散，最开始是背着我私下讨论，再后来是当着我的面小声议论，到了现在是在我面前大声议论："新专辑很惨，完全不敌萧萧的三分之一！""都被陆总抛弃了，怎么可能好得起来，以前都是陆总在捧她，否则你以为她有这个实力？"

在会议厅里，在公司的走廊里，处处都可以听到这样的谈论。

这样的落井下石以前也有。

可是以前除了这些，我还有陆瑜的爱，还有会当着他们的面说"这种话再也不准出现在公司"的陆瑜。但是现在，连我自己都不知道，我和陆瑜之间到底算什么，陆瑜他……到底还爱不爱我？

很想知道答案，然而比起知道，更害怕的是，听见最不愿听到的那个答案。

那些传言和讽刺，像是地上的钉子，一颗一颗越积越多，在地上泛着幽深的冷光。以前对爱情患得患失的时候，只要一点风吹草动，即便装作毫不在意，我的内心都会动荡不已，然而现在就算踩在那些钉子上，流出血，也不会觉得痛。

因为已经麻木了。

那些讥笑，明知道是针对我，我都可以像没有听到一样。

最在意的，已经不在意我了。所以任何其他的，都没有什么可在意的了。

我不停地让Jolie给我接商演接合作，随便什么，越多越好。工作、工作、工作，现在的我只想着工作，只要工作。每天忙得昏天暗地，有时恍惚地听着Jolie安排的schedule，看着化妆镜中妆容精致的我，会生出自己被分成两半的错觉：其中一个我忙忙碌碌，眼神漠然，穿着最时尚最华美的礼服，在摄影棚里听着摄影师的指示摆出姿势，像一个没有灵魂的木偶；而另外一个我，素颜，躲在自己的小世界中，隔着远远的距离，悲伤地看着这一切……

跟我关系不错的艺人说我瘦了很多。我站在圆形的透明电子体重秤上一称，才发现短短两周，上面的黑色电子数字从42KG跳到了36KG，整个人瘦了十几斤。Jolie对此忧心忡忡，从精明干练的女强人变得像个老妈子一样，令人每天给我煲汤，找营养师为我设计食谱菜单，她非常担心我的状态：“你接这么多，身体会吃不消，不行，我不准你接了。”

“前阵子耽误得太多，难道你想看我人气下跌吗？”我淡淡回应着。

前阵子为了跟陆瑜待在一起，真的推了很多工作，连新专辑都没有完成。演艺圈从来就是要么一日千里，要么一落千丈，那些因为不工作而减少的曝光率和合作机会，都要想办法弥补回来。虽然，我其实真的已经不担心人气问题了，甚至就算新专辑卖不过萧萧，也觉得没有什么了……

没有人会是这个银幕时代永远的赢家。

人的一生，到了某个时候，总有比赢更重要的事情。以前赢，是为了自尊和骄傲，而现在……而现在，对于我来说，陆瑜是比赢还要重要的事。

只是这一点，陆瑜从来都不知道。

他从不知道。

虽然才二十二岁，可是出道这六年里所经历的大起大落、大悲大喜，却让我有了一种很沧桑的感觉。

十六岁的我，对自己充满勇气，对闪闪发光的未来充满期待。

那个时候的我，还没有尝试过得到，也没有尝试过失去，更不知道什么叫作伤害，什么叫作求而不得。

而现在，二十二岁的我，经受了眼泪、喜悦、崇拜和讽刺的洗礼，终于变得沉稳大气，进退有度。只是，每当我在各种镁光灯下应对得体的时候，却开始怀念曾经的活力和天真，怀念那个曾经无忧无虑、只要鼓起勇气向前冲就好的自己，那个从不怕失败、更不怕受伤的自己……

已经不知道该如何开口，已经不知道该如何才能让喜欢的人明白这些，已经不知道该如何才能让陆瑜不要对秦楚那么好，让他更爱我一点点。我就像是个落魄的孩子，眼巴巴地望着自己喜欢的人，然而到了最后也只能看着他对另外一个人一往情深。所以，如果不做些什么，如果不用繁忙的工作把自己累到连手指都抬不起来，那么，我只会每天都思念着陆瑜，每天回忆着我们过去在一起开心的事，每天想着请他多喜欢我一点点，不要跟秦楚在一起……

喜欢一个人，已经喜欢到如此没有原则了。

餐桌上铺着一套田园风格浅绿色格子布艺桌巾，上面放着热气腾腾的汤，用日式的酱色钵盛着，汤味鲜美浓郁。我没有什么胃口，但是为了不辜负Jolie的好意，还是拿起白色汤勺一口一口喝着。

冬日的阳光从落地窗透进来。

Jolie叹息了一声，拍了拍我的肩。她的掌心放在我的肩头上，我突然眼眶一热。这三年来，她从不感情用事，向来公私分明，无论艺人怎么撒娇，怎么发脾气，或者合作方有多难缠，她都可以搞定。然而，现在Jolie却以一种安慰的姿势，把手搭在我的肩膀上，眼睛里透着一点点怜悯，但是这种目光却一下子戳得我有些难受。她才二十七八岁，可眼角却有了很深的细纹，那是在这个浮华万丈的圈子往上爬的代价之一。

Jolie缓缓开口，好像为了避免给我压力，她的眼睛都没有看向我："陆总对你很特别，真的很特别，但是他对秦……唉。这条路太难走，不要太为难自己。你是一个好姑娘，这么漂亮，这么努力，喜欢你的人还有大把大把。"

拿着白色汤勺的手抖了一下，我努力握稳了它，麻木地点点头，继续喝着她让人煲的汤。

Jolie离开之后，眼泪才一颗一颗掉进了汤里。

不想做什么好姑娘，不需要被人赞扬很漂亮很努力，也不需要未来再遇见更好的人，被更多的人喜爱。

——只要你。只要你就够了。

可是陆瑜，你看，我们俩之间的爱情就是这么悲哀，连站在我这边的同盟者都不看好我们的结局。

在Jolie又为我争取到一个一线代言后，几个比我资历深的女星堵住我的去路，故意在我面前冷嘲热讽："公司凭什么把好的资源给她！""投了巨资的专辑不是连萧萧都没有超过吗！""说不定人家就是对着陆总哭得梨花带雨，求着看在自己是下堂妇的分上，可怜可怜她呢……"

这种闲话，其实已听了很多。

心情也从最开始的愤怒，然后的漠视，变为现在的麻木。

但她们越说越过分，连Jolie都听不下去了，她冷着脸厉声道："凌影得到这个代言，是对方公司看中她的形象，有本事你们也让对方公司看中你们！"

Jolie很厉害，但这些女星在娱乐圈混的时间也不短，谁没有几个后台，因此说话也就更加放肆，她们要么撇撇嘴，要么翻了个白眼皮笑肉不笑。

"切，看中什么形象？装清纯做作吗？我们当然不会。"

"她现在被陆瑜甩的消息没被放出来，对方公司自然觉得她有身价咯！"

"也只有陆总厚道，才没有……"开口的这个女星语气讥讽，但她才刚刚讲到一半，尖酸得意的话语却戛然而止，漂亮的脸上眼睛瞪大，整个人都惊恐起来，“陆、陆总……”

陆总？该不会是……

我的心突然剧烈跳动起来，整个人有些不知所措，只得呆呆地同她们一起望去——只见陆瑜不知什么时候，已站在了雪白的拐角处。他穿着灰色西装，冷冰冰地抱着双臂，漂亮的眼睛里面一片森森的寒气，就像国际T台上那些面无表情的美丽男模，美得没有一丝烟火气息。

陆瑜的视线扫了过来。那不带感情的一瞥，透着惯有的冷漠，然而扫到我时，他的目光却在我脸上停留了一下，里面好像多了一些其他的情绪，只是我还没来得及看清，陆瑜就挑着眉玩味地冷笑了一声，目光像是黑暗中的火焰幽冷不已：“我厚道？呵呵，这是我听过最好笑的笑话了。”

陆瑜的嗓音灌入我的耳中，还是跟以前一样迷人、好听，只是比记忆里的冰冷很多，像是夹杂着整个冬日的冰雪。

我看着他，手握紧又松开，连大气都不怎么敢出。

那些女星瞅了瞅他，刚刚的嚣张不翼而飞，尴尬附和着笑了两声，打量着陆瑜的脸色，试探道：“大家都说陆总厚道，怎么会有错？陆总一定不会跟我们这些小演员计较的，对吧？”

她们的姿态已经摆得很低，大有“请您大人不计小人过”之意，但陆瑜只是冷冷地笑着，软硬不吃，双手抱臂，嘴角挂着一抹类似嘲讽的弧度，修长的身形在地上投出重重的长长的阴影。

陆瑜根本不将她们放在眼里。

只是不知道，我是不是也是“她们”中的之一？

这些天，我已不敢主动去找陆瑜，怕再听到他那样敷衍的回答，怕再听到那句淡淡的“嗯”，怕看到他跟秦楚在一起……所以只敢在恰巧碰到的场合偷偷看他，目光每在他脸上多停留一秒，就有种仿佛偷来的幸福。

如今的陆瑜变了很多，我说不出具体的变化，只是一种感觉。

以前陆瑜虽然毒舌嚣张，但却是活生生的，有血有肉的，有着喜怒哀乐，高兴时会紧紧搂着我，不开心时会故意把我的脸捏成小猪状，然而现在的他就像是寒冬里一尊冰冷的雕像，完美冷漠，却仿佛没有一丝感情，不会靠近任何人，也没有人能靠近他。

所以那些女星的奉承讨好他都不屑一顾。

当然这也有可能是因为，他根本不需要在我们身上投放什么感情。

他，只要秦楚就好。只要她便好。

视线不经意地跟陆瑜的相撞，浓密漆黑的睫毛覆在他的眼睛上，他也在深深地看着我，目光又深邃又冷漠，几乎快要把我的魂魄都吸走了。我的心像块石头，在水面上扑通一声，迅速沉入湖底，冒出一连串慌张的气泡。

很想再看看他，却又不想让他觉得自己在纠缠于他。

小心翼翼收回目光，从他身边经过时，却不知怎的崴了脚，陆瑜眼疾手快一把扶住我。他的手臂强壮有力，阻止了我摔下去。熟悉的感觉如潮汐般一下子涌上，其实不过短短半个月没有如此亲密的接触，但我却感觉仿佛已是上辈子的事情了……

眼前一阵恍惚，时光好像一下子倒流，回到了最早以前第一次在金柏奖的时候。那时陆瑜抱住差点从台阶跌落的我，金色的光影，炫目的红毯，还有陆瑜身上好闻的味道，那时他将外套披在我肩头，眼神深邃，嘴角扬着坏笑，含着温柔与宠溺，一路体贴地把我抱出颁奖大厅……那时的我侧脸贴在他的胸口上，觉得自己好像被整个世界拥入怀中。

而如今，陆瑜修长的手指扶住我的胳膊，他指端的温度还跟记忆里的一样，可这触碰已稀罕得仿佛奢侈。

我忍不住抓紧他的衣袖。

陆瑜漆黑的眼睛看着我，在我脸上凝视了一会儿后，好看的眉心皱了起来："怎么瘦了这么多？"

他皱眉时常常会显得很不耐烦，但是每当他对我做出这个小动作，我却时常能从里面感受到他对我的担心、呵护。

我的指尖一下子微微颤抖了起来。

陆瑜他、他这是在关心我吗，注意到我瘦了……

那一瞬间，我嘴唇张了又张，心底腾起一抹欣喜，抬头眼巴巴地望向他。想要告诉他别担心，我只是工作太忙而已，我会听他的话会注意身体。可是，下一秒陆瑜就微眯着眼，面无表情道："不要为了跟萧萧争胜负，把身体都搞坏了。"

"……"

欣喜的心情一下子被打翻，连冬日的空气都好像变得更冰冷了。

想要说的话像是被冻住一样，变成了冰，沉入水底，我看着陆瑜漂亮而冷漠的眼睛，手指微颤，最终什么也说不出来了。我渐渐松开紧紧抓着他衣服的手，然后微微抗拒地推开他，一股巨大的失望盘旋在我心头。

突然觉得好累。是那种身心都觉得好疲惫的累。

守着不属于自己的东西本身就是一件令人难过的事，尤其是你每天所能做的，就是不知道哪一天便是真正的离别。

但陆瑜却下意识地抓紧了我的手，好像对我还残留着几分关心。

只是，不想一而再再而三地解释了。

已经厌倦了要在陆瑜面前不断解释，让他相信我的模式。

我闭了闭眼，再睁开的时候，收起了之前的小心翼翼，装出一副无所谓的样子，连对陆瑜说话的口吻都故意变得刻薄与不屑起来。

“你们多用点心，销量上去了，我自然就不用辛苦。”

故意责怪他，故意将新专辑前两首歌的发布失败怪在他头上。

可是如果能让陆瑜借此机会，多对我说点话，多跟我聊聊关于新专辑，关于我未来的想法也是好的。浅金色的灯光下，陆瑜俊美的样子还是像希腊完美的石雕一样，长长的睫毛覆盖在他的眼睛上。他看了我一眼，那个眼神像快要看到我的心底，看破我佯装的不在意。我的心不由得一慌，然而，陆瑜根本没有理会我的挑衅，只是依旧十分冷静地开口：“我会派人处理。”

会派人处理……多么的公事公办。

你看，就算梯子已经递过去了，就算我故意逼他，他也没有想要接过去。就算这些日子以来，我明示暗示了那么多次，可是不想再给回旋余地的人，却是他。

“没有其他事，我就先走了。”我甩开他的手，他冷淡，我比他更冷淡。

陆瑜黑色的眼睛微微怔了一下，好像有什么隐忍的情绪从他眼中一闪而过，但我已强迫自己做出独立的姿态，我不要再为他一点点的小动作患得患失，我不要再因为他的一个眼神、一句话揣摩半天。可陆瑜却伸出手像是想要轻抚我头发的样子。我身体一僵，心跳莫名加速，然而他的手伸到一半，在空中迟疑了片刻后便放了下来，只在冰凉的空气里留下一个冷淡的、简短的“嗯”。

又是那种“嗯”……

我眼眶发热，用力咬了咬唇，快步离去，没有回头。

已经分不清到底是失望，还是太多失望后堆积的无可期待。从小心翼翼的期待，到无所期待，原来真的只需要一个心碎的转身。我觉得自己仿佛一个在迷茫大雾中努力奔跑的人，明明已经那么努力了，可就是无法跑到最喜欢的人的身边……

好想在雾中找到他，好想让他紧紧抱住我，告诉我，他永远不会离开我。

我拐过墙角，蹲在地上，难受得不能自已。

萧萧第三首单曲再次投入市场——《摇滚女王》。

这是三年前，我和她最后一张专辑主打歌《摇滚公主》的升级版。我还记得当年那个时候，这本来是我们两人的歌，却被她一人抢去，海报拍摄的创意是我想出来的，却被萧萧copy。是啊，当年，我的男友、创意、事业甚至经纪人全部都被她抢去了。

除了一地狼狈和被背叛的感觉，什么都没留下……

如今萧萧选择这张单曲重灌升级版，不知道她是什么意思，到底是想要表达一种什么态度。是怀念，还是嘲讽……但不管是哪一种，我都已经不是当年那个伤心得哭天喊地的小女生了。

平心而论，这首歌的MV拍得非常不错，萧萧在里面还是皮衣蕾丝的打扮，像是刚刚苏醒的暗夜吸血鬼女王，华丽的声线在充满哥特式的黑暗城堡里响起，大厅里悬挂着迷离的水晶树型大吊灯，有漂亮的人类被推到铺着雪白欧式桌布的桌子上，鲜红的血迹在白色餐巾上蜿蜒流淌，古堡外面有一个金色的喷泉，开满了黑色的蔷薇和荆棘……

三年过去了，化妆技术、MV的拍摄技术突飞猛进，用色、光影、取景都非常完美，拍得比三年前的版本华丽奢华得多。事实上，同样进步的，还有萧萧的唱功，她现在的高音更加华丽高亢，像是一匹极好的紫缎天鹅绒裹着西方华丽圆润的重剑，刚柔有度，精致完美……

但是不知道为什么，看到这个MV时，我却突然难过起来。

我以为这些年，我们都在成长，眼泪、背叛、分手、挫折通通都是成长的必经之路。明明是平凡的青春期女生，却从海选一层一层通关，走向了明星少女之路，明明冲动、任性、敏感，伤心和遭遇不公时会躲在被子里偷偷地哭，站在台上的时候却要装出自信满满的样子，深深记得自己的责任，要将最积极最快乐的一面带给歌迷粉丝……

然而，如果不是这支MV，我不会发现，成长也是一个不断失去的过程。

那个时候的萧萧是多么的帅气啊，黑白的射光从她指尖闪耀时，我打心底觉得这个世上没有人比萧萧更酷更有个性，她的每一个眼神每一个姿势都是如此强烈的萧式风格，她的眼中是初生牛犊般的对这个歌坛的征服欲和好奇心，但三年过后的萧萧，我突然发现她的光芒已无法再令我惊艳——在她获得了一切名与利的同时，她也渐渐丧失了曾经真正的锐利。我看不到她当初那些有棱有角的东西，我只能看到她拿捏有度的耍酷姿势，她眼中用演技装出来的不羁与肆意，那不是她，那不是十六岁真正酷到骨子里、对什么都毫不在乎的她……

那个十六岁真正充满棱角的萧萧已经消失了。

留下来的，是一个二十二岁的小天后。

那个十六岁青涩懵懂的我们已经消失了，留下的，是在这个娱乐圈沉沉浮浮的女艺人。

我们在这个充满梦想与镁光的世界里挣扎着，我们在这个充满诱惑与沉沦的世界里沉浮着。无数人在我们身边陨落，无数人在我们身边茫然，这个五光十色的圈子给了我们巨大的名利、欢呼、喝彩，然而它从我们这里拿走的，比起它给予我们的要多得多……

不管我们愿不愿意。

尽管《摇滚女王》并不算真正意义上的新歌，但第一张和第二张单曲带来的巨大热潮，还是让这张EP一面市就受到了极大的瞩目，歌迷们反响十分好，纷纷赞扬不已，说萧萧果然是强势归来，实力深厚，就连老歌都重灌得这么好听。

与此同时，品优娱乐的高层们则非常头疼。

跟萧萧那边步步为营的单曲发布战略相比，我这两张单曲的成绩却在节节败退。在成绩越来越糟糕的情况下，这次是否还要发第三张单曲？是否还要跟萧萧继续硬碰硬？如果发，那么连输三张的话，这次新专辑的销量之争必将成为败局，难以咸鱼翻身；如果不发，避过萧萧发片的档期，那么必将被皇冠荣耀嘲笑品优娱乐难以为继……

步步艰难，进退维谷。

所有的情况就像这日渐冰冷的城市一样，走到哪里，都是一股冰凉空洞的寒气。

皇冠荣耀那边对这场专辑之战势在必得，萧萧更是延续了前几次的高傲态度，对我隔空放话挑衅："凌影不足为惧"，"我们的制作是最用心花费投资最多的，实力雄厚"，"关于叶子澈的事情不想回应，如果他跟凌影在一起，那我祝他们幸福……"不过微妙的是，在这种艰难尴尬的情况下，以往品优娱乐里都会有人跟着落井下石，可是近些日子在我面前说三道四的人陡然少了很多，再也没有人在我面前嘲讽讥笑我了。那些曾经在我面前趾高气扬，觉得年纪比我大资历比我深的女星们即便无意中碰着我，都恨不得绕道走。

我对于她们的转变有些迷惑，问Jolie是怎么回事。Jolie眼神飞快闪烁了一下，最后半开玩笑道："那些嘲笑过你的人啊，不是突然闹情变，就是手上的代言合同丢了，公司帮忙谈好的电影角色也崩了……谁还敢嘲讽你啊？我都有点想找个时间检讨一下自己，看平日对你好不好，免得被霉神缠上身。"

居然还有这样的事？我嘴巴都惊讶地变成了"O"型，难以置信。

但是流言讥讽听多了也伤神，她们不说，自然好。

就在公司高管头疼不已，不知道应该让我的第三张单曲避开萧萧，还是继续选择甜美风格唤回原有人气而犹豫不决时，网络上的一条微博猛地蹿红——你所不知道的凌影另一面。

这条微博一下子一石激起千层浪，闹得轰轰烈烈的，被博友飞速转发。

标题取得充满悬念，引人遐想。

另一面，我的另外一面是什么样的？到底是好的，还是坏的？

仅仅从字面上，完全看不出是正面，还是负面，整个标题太有吸引力了，让大家不由纷纷点击下面那个视频。

Jolie的声音从电话那一端传来，她的声音冷静，然而我还是听出了一丝激动，她还在路上，却已按耐不住拨通这个电话，外面都是车辆呼啸而过的背景音："赶紧去看那个MV！"

我摸不着头脑，迷惑地点开那条视频的三角播放键，才播放十几秒钟，整个人也跟着愣住，被这个MV惊呆了。整个视频的清晰度并不高，只是粗略地剪了一下，像是手机偷拍的，然而整个风格却非常特别——自始至终都只有黑白两色，这两种光影交织成厚重的时光感，仿佛国外五六十年代那些银幕上的经典影片，有着含蓄的优雅和深邃。

在这片充满质感的光影中，一个少女握着银白色话筒，坐在黑色高脚椅上，安安静静地唱着歌。

光影渲染着一切，在她的脸上投下淡淡的阴影，她眼睛闭着，素面朝天。没有喧嚣，没有造作。歌声和着旋律像是流水一样在影影绰绰的光影里流淌，静谧而清越，非常具有穿透力，透着一种岁月无声的力量。

她时而坐在钢琴前，乌黑的三角钢琴在光影中流淌着水一样的光泽，黑发素颜的她弹着钢琴，手指灵活得仿佛可以交织在时光中，白色的裙角跟优雅的钢琴琴脚一起落在地上。时而画面切换，在黑色的镜面之中，她侧卧在地，脸美得像是月光晕染过一样，黑发像是流水淌在地上，银色的荆棘状枝条在她身边向上竖起，水钻般的光芒犹如流光飞影低调静谧地闪烁着。她的眼睛黑白分明，因为没有笑，所以唱起歌的时候，显得格外认真，好像在做着一件投入而神圣的事……

这样的黑白MV实在太少了。

在摄影和后期技术越来越高端的现在，在越来越炫技的影响下，大家已经习惯欧美风、日韩风，或是台式的MV风格了。要么极具未来的高科技感，要么是韩式的舞曲风，拼大制作大场景大特效，搞得天花乱坠，谁也不会反其道而行之。

——但是这首MV却从头到尾都只是黑白两色。

女歌手只简简单单地穿着一件白色长裙，没有刻意对着镜头，没有搔首弄姿，安静简洁，只是恐怕谁也没有想到——视频里面的女歌手竟然是我！

那个往常总是走着甜美卖萌，或日系，或韩式，或者欧美小甜甜路线的凌影！

这种反差实在太大，大得连我自己看到这样的自己都有些不习惯。

是的，不习惯，多年来对外展示的甜美风已让我习惯性地把自己隐藏在“凌影”这个角色背后。我可能私下里会非常努力，非常用心，对自己下得了狠心，但是对外却会不由自主地想显示出一种没有烦恼的甜美形象，我变得别扭，变得无法真实地表达自己。

而现在这个MV则有一种真正的我被放在大家眼前的错觉。

有些担心，有些害怕。

想被歌迷粉丝了解，想被所爱的人了解，却又担心被看到真实的一面，怕会令他们失望。

我不知道该怎么解释这种矛盾的心理。

Jolie的声音继续从手机里传来，她的声音里带着不可抑制的兴奋：“你知道是谁拍的吗？真是太了解你了，你看看，那眼神，神态，气质，抓得真好。只有深刻地了解那个人，才能将他的灵魂拍摄出来……而且这个视频已经转发了二十多万次！凌影，你已经是话题榜的TOP1了！连萧萧的《摇滚女王》都完全被你压制住了！”Jolie越说越开心，声音中透着一种时来运转的兴奋，作为我的经纪人，之前两张单曲的失利，她也背负着很大的压力，“不多说了，我这就回公司，跟那些高管们好好讨论一下你的新曲发售，这下看他们还有什么狗屁理由推迟你的新专辑！”

Jolie已挂断，但她隐隐扬眉吐气的笑声还回荡在我耳边。

我也微微有些开心，但其实并没有什么太特别的情绪波动，好像真的心如止水了，但是那句“只有深刻地了解那个人，才能将他的灵魂拍摄出来”，却让我的心一动，感觉好像抓住了一点什么。

我坐回电脑前，反反复复看了那个视频几次。MV中，我闭着眼睛的样子，我握着话筒独唱的样子，低垂着眼眸的样子，抱膝坐在椅子上的样子……拍摄的那个人真的给予了我不同的特写，静谧的睫毛，发颤的手指，认真的眼神……每一次特写就像是把隐藏着的真实的我给悄悄地、温柔地剖开了一瓣。明明只是一个黑白视频，却像是一幕幕银幕旁白，将我的情绪以无声的方式，细致地展示了出来，捕捉到了很多连我自己都不晓得的特质，就像连我自己都不知道我安静唱歌的时候，眼神会是这么的认真有力……

而且这甚至还不是一支完整剪辑的视频，后面还有我跟工作人员的互动。当一段录音结束后，我跳下椅子对他们说“辛苦了”，一下子又跑到日本音乐教父那里，向他请教怎么样能唱得更好，哪个地方该如何唱得更到位，大师一边说我一边认真点头，化妆师帮我补妆，我跟他们开着玩笑，做着鬼脸，对他们说谢谢……录制的时间不长，只有一分三十秒，但是却像这条微博主题所说的那样，是“你所不知道的凌影另一面”。

因为不需要走以前塑造的甜蜜路线，所以这些都是我很正常的说话声音和方式。

没有刻意卖萌，也没有刻意把声音弄出点娃娃音。

只是平常却真实的一面，却被偷拍的人捕捉得非常细腻到位，他，真的很了解我。

……他会是谁呢?

仅仅半天的时间里，这条微博的转发已增长到几十万次，光是下面的评论一下子就有了十几万条：

——我靠！这真是凌影吗？我没看错！真的没看错！！！

——她也隐藏得太深了吧，明明很文艺好吗，还一天到晚走那种可爱路线，完全不适合她啊！

——我好喜欢她现在这个样子。安安静静的，很好。

——唱得好赞。

——这首歌叫啥名字，我想买这张专辑……

——她跟工作人员的互动也很有爱啊，我还以为她会是那种嗲嗲的女生呢，没想到一点都不矫情。

评价太过于轰动，除了瞬间变成热点话题——#小清新女神VS宅男女神：你喜欢凌影的哪一面#，引发了巨大的红蓝投票外，就连一些专业的音乐人也慢慢发现了这条微博，转发点评道：

“音色、辨识度、咬字、颤音，还有音律感都不错，既清越又不失力度，起码在录音棚被调教了一两年。”

“先天音色不错，后期技术底子也有，这次总算选对歌了。”

“唱法很高级，用的技巧也很特别，有这种质感的声音已实属不多。”

其中有一条被放在话题页面的首页上，文字不长，可是我一眼看到的时候，眼眶却不由自主地湿了，上面是这样写的：

你以为她只是个会撒娇卖萌的少女？你以为她真的被幸运之神偏爱从来无须努力？

如果你只看到了她那闪闪发光的一面，那是因为你从不曾真正了解她隐忍付出的一面。请记住，她是闪耀天后，她也是平凡少女，她是可以走着甜美路线的宅男女神，她同样也是对唱歌演戏极其专注的艺人，光与影永远都是并行存在，背后的影越深，台前鲜亮的光才越亮，所以她叫——凌、影。

这只是一个MV视频的微博，却似乎是因为视频中的我跟平日形象反差过大，于是成了燎原之势一发不可收拾，一下子演变成整个娱乐圈事件，加上这首转型的歌曲被专业人士肯定，除了原有歌迷，就连一些文艺的青年们也都写了一些文字阐述对这首歌的喜欢，对我转型的看法。

“没有人知道，那种在我们初中高中时觉得可爱的人气偶像，其实也会随着年龄的增长，内心有了这样的一面。从高中进入大学，六年过去了，曾经小资的东西现在觉得装逼，曾经粉嫩嫩的hello kitty现在成了幼稚。曾经好喜欢她，觉得她好可爱，好漂亮，长大后却觉得做作……或许过去的我们其实一直未曾真正了解她，正如我们从未了解真正的自己。”

“如果不是因为这个视频，我不会再关注她，我想，时光真的会改变一个人。以前喜欢颜很正的艺人，现在却更崇拜有实力的演员。但是什么是实力呢，什么才是真正值得崇拜的人？演艺圈很残酷，这个圈子里面的人来来去去，但五年过去了，十年过去了，那些坚持做自己，那些依旧坚持着自己梦想的人才是在时光里真正闪着光的偶像。”

面具戴得太久，我已害怕摘下来。

害怕有些真实被发现后，会有很多人失望，会有很多人失去对我的幻想，但是没有想到，那些很少发声，只是默默关注你的人，却往往更加懂你。

默契从真实的土壤里生根发芽。

这支MV受到的关注实在太多，连续一周都压过了风头强劲的萧萧，任凭皇冠荣耀怎么反扑都分散不了关注热度。这原本是坚持我走甜美风格的品优娱乐不怎么看好的新类型歌曲，但是现在的契机却让他们洞察到这个市场的新动向，立刻把我所有这个类型的歌曲狂推，并乘势推出了新专辑，甚至连专辑的名称都改为——《The side you didn’t know：凌影，你所不知道的另一面》。

整张专辑分为：A面，光之凌；B面，影之凌。A面是甜美风，五支单曲要么活泼可爱，要么装扮成皇室小公主，要么仿佛希腊神话中的塞壬，而B面则是比较文艺真实的风格，或黑白，或简单的装扮……

或许是品优娱乐这招借力使力使用得非常巧妙，抓住了时机，在话题热度高全民好评的情况下一鼓作气抢先推出专辑，抢占了市场，新专辑销量竟然在这个原创音乐萎靡的时代居高不下，走势良好。萧萧所在的皇冠荣耀立刻意识到情况不好，赶紧推出专辑，准备后发制人，但是原本单曲坚挺的萧萧却并没有在销量上表现如初，隐隐还有被我盖过的迹象。

大家都觉得不可能，不相信我竟真的只凭一支单曲翻身，打败劲敌。但是销量证明了一切，后续更有营销领域的高手对此进行过专业的分析。为此，曾一度在媒体放话绝对会打败我的萧萧脸上很不好看。得知销量成绩的我，不知道怎么形容自己的心情，之前我为此花了巨大的心力，投入了很多精力，现在终于战胜了萧萧，销量很好，虽然也开心，可是……

Jolie在那边跟其他团队成员大声尖叫着，商讨着怎么让上面给我们更多的宣传资源，怎么搞庆功宴，而我则望着陆瑜办公室的方向犹豫了好几天。Jolie说那个偷拍那些MV片段的人对我很了解，而既能在拍摄现场拍到那些画面，又能拿到我的demo的人，只有可能是……

终于，我背着Jolie，悄悄来到陆瑜的办公室门前。

品优娱乐喜欢欧式风格，连门都是乳白色的，跟陆瑜黄锦立的性格一样，优雅中透着一丝自命不凡。

我在他门前做了许久的心理建设，拧开金色门把手的那一刻，心还是跳得有些慌张。

门“吱——”的一声响了，在一片安静的办公室里显得特别响亮。陆瑜听到响声，从银色电脑屏幕前抬起头，视线落在我身上。他背靠落地窗，手中正拿着一叠白纸黑字密密麻麻的文件。因为办公室有暖气，陆瑜只穿着一件薄薄的白色羊绒衫，整张脸都因为这种温暖的白色显得年轻了一些。

看到是我后，陆瑜原本紧抿的唇角好像松了一点，眉宇之间的阴郁也消散了一些。

虽然下定决心要问个究竟，可是一见到他，我的那些理智、镇定就好像被人偷走了一样，完全不知道该如何开口。

气氛有些尴尬，倒是陆瑜主动起来。

“坐。”他站了起来，让我坐在他办公桌前的椅子里，又亲自给我倒了一杯咖啡。他连举手投足都那么充满魅力，递过杯子的手指修长、白皙而性感，我要拼命忍住才能不再对他动心。

杯子是粉红色的，白色的蕾丝纹花边，上面有我的头像，是公司做的周边之一。Jolie曾经开玩笑说，第一批刚做好陆瑜就抢先拿了一个，真是滥用职权。后来我去他的办公室看到，硬要他把这当成我的专属杯。没想到，这么久了，他还记得。

我双手捧着粉红色的杯子，喝了一口咖啡，心情有些复杂。

陆瑜也没说话，只是用那双黑色漂亮的眼睛静静地看着我，像是要把我印在他的脑海里一样。为什么他这么好看，如果他的眼睛没这么好看，也许我就可以早早跟他一刀两断？不，叶子澈的容貌跟他不相上下，可为什么我对叶子澈可以狠下心，而对于陆瑜却总是抱有一丝幻想和希望……

“那个……新专辑谢谢你了。”我小心地斟酌着用词，想起上次故意贬低他的话，有些不好意思，“上一次，那样说你……”

“没什么。”陆瑜还是定定地望着我，他向来话语简短，可是不知道是不是我的错觉，我总觉得他对我还是很有耐心的，“没什么。为你，一切都是值得的。”

我的心猛地跳动了几下，手里的杯子都快要拿不稳。

我快速瞥了他一眼，他黑色发丝下的眼睛还是很沉稳，像是不知道这句话对女人来说到底意味着什么。

他总是这样，只要一两句话，就可以扰乱我的心湖。我猜不透，捉摸不透，不知道他说的这些话到底有没有其他含义……

我轻呼了一口气，想着到底怎样才能把话题转到问那个MV是不是他拍的上面。

虽然依旧是寒冬，可是当陆瑜目不转睛地只看着我的时候，我又觉得那些封住心门的坚冰是可以融化的。我看了看他迷人又薄情的眼睛，鼓起勇气开口：“那个、那个……”却不小心瞟到他手边的文件，话语顿时一滞。

我并不是一个喜欢偷看别人东西的人，可那上面的字实在是像针一样挑动着我的神经——离婚协议书，甲方：秦楚……

秦楚的离婚协议……在陆瑜手上？

刚刚进来时，让陆瑜看得那么认真和眉头紧锁的文件，就是这个？

我脸上的笑容顿时僵掉了，从他身边抽过合同就仓促确认着上面的名字。我的速度很快，连椅子都被我的动作撞得哐当一声响，然而陆瑜的反应更快，我还没看两秒，他就一个大力抽回，力道大得几乎像抢，甚至合同被抢走的时候，我原本握住合同的手还残留下一丝刺痛。

我们的视线在空中相遇，我怔住了，抢回合同的陆瑜也怔住了。最终，陆瑜垂下眼角，率先收回了目光。

他面无表情，仿佛刚才那个看着我说“为你一切都是值得的”的男人只存在于我的幻觉里。

手上的刺痛感并不强烈，可是心的裂痕却无止境地扩大了。

像是北极的冰块，轰隆轰隆的，一块一块雪白色的冰块碎裂砸进了深海……

“……呵呵。”看着被抢走的合同，我眼眶微烫地笑了几声，“……你对秦楚真好。”

嗯，真的很好。

“凌凌……”陆瑜喊了一声我的名字，他的眼神有些复杂，声音没有了之前的从容优雅，反而透着几分恼意，甚至有些烦心地将刚抢回的合同捏皱了几页，纸上出现了几条难看的折痕。

但我却没有将这件事抹过去：“连办公的时间都可以用来为她处理私

事，嗯？”

我不知道为什么要这样说，为什么要这么一意孤行地说出来，可我觉得这些天以来，我已快要被这种沉闷的气氛给压得喘不过气来。

这些天，我没有一天真正舒心过。

“不是你想的那样。”陆瑜修长的手指有些纠结地松了松领口的银色领带，深邃的眼睛看着我，像是在想着怎么解释清楚。

“那是怎样？”我一直不想正面跟他讨论这些事，但是一看到和秦楚相关的字眼，埋藏在我禁区里的引线便点爆了。

陆瑜黑色的眼睛直直地看着我，就像是一只可以撕开一切的残忍豹子，高傲，毒舌，冷漠，但是面对我，却又有些不忍心挥出爪子。

“十月份的金柏奖，你是不是跟她在一起？”

陆瑜不回答。

我直直地盯着他，用眼神逼问他。如果是叶子澈，在我的逼问下，他会说实话，只是陆瑜……他不是叶子澈。就算我已如此逼问，陆瑜却只是眼中飞快地闪过一抹光：“我没有做过对不起你的事。”

我几乎快要脱口而出“……可你爱她”。

但这句话还是被我死死忍住，虽然再伤心，虽然再想质问，可我也明白，一旦说出这句话，我和陆瑜就真的无法再在一起了，我就真的连一个假装的借口都找不到了。

我的眼眶湿了。

我看着陆瑜，如果说最开始的陆瑜给我带来要拼命证明自己的狠劲，而后恋爱中的陆瑜让我感受到又恶劣又宠溺的柔情，那么现在的陆瑜，只是看一眼，就已经让我觉得心痛。

太难受了。

尽管为了见他，我拼命地鼓起勇气给自己打气，可事实却是，每次见面总会让我更加疲惫不堪，虚弱不已。他的冷漠就像一堵墙，而我无法越过。

我放下杯子，转身走了两步，又顿住：“……这次专辑销量赢了萧萧。”

“恭喜。”身后的陆瑜听后，顿了顿，口吻变得有些自嘲有些微妙，

“你的目标实现了。”

“……是你么？”我背对着他，沉默了一下，又问了一次，“是你么，最初上传那个MV的人？

我不知道我到底在纠结什么。

但是我知道，只要一旦他回答了“是”，我就真的可以什么都不要，什么都不问，只要能留在他身边就好。没有人能这样懂我，没有人能真正透过我伪装的外表，看到我的内心。

整个办公室在巨大的沉默中漂浮着。

我好像站了几秒，又好像站了很久很久，我看不到陆瑜此时的表情，我甚至也不知道为什么他回答这个问题需要这么长的时间。

但是我想，我会永远记得他在这个冬日的回答。

“……是不是又有什么关系呢？”

第十章◀

我演过不少电影，唱过很多首情歌。

热恋过，失恋过，坚强过，受伤过……但是我不知道，心碎的滋味原来是这样的感觉。我总是想将最后一丝希望寄托在陆瑜身上，但陆瑜却像是潘多拉之盒，神秘，充满魅力，然而一打开，什么都有，只除了希望。我想要的，他总是不给。

我不再跟陆瑜联系，不再想要跟他见面。

好像正验证了那句话，情场失意，事业得意。新专辑销量节节攀升，甚至成为年度神话。连一向跟我不对盘的黄锦立也不知道抽了什么风，居然定在金曲奖的前一晚，专门为我举办了专辑白金销量的庆祝仪式。

Jolie表面镇定，但我却从她的声音里听出了隐隐的得意："这次公司为了这个仪式花了不少钱，也正好让其他那些艺人看看，做不到我们这种成绩，就别在那儿酸。"

我其实已经不在意这些。黄锦立重视也好，不重视也好，跟我没有太大的关系。但庆功宴当天来到现场，我还是被会场的布置惊了一下。以前皇冠荣耀在YOUNGIRL最辉煌的那几年也举办过庆祝仪式，要么让我们坐着南瓜车披星戴月而来，要么请公司旗下最有分量最帅气的影帝专门邀请我们出场，共舞一曲。但是品优娱乐的这次，却绝对是我见过的布置得最精心的庆祝仪式。

红白两色相间的幔帘从会场的东端挂到了西端，非常大气非常有格调。台上还专门用我最喜欢的香水百合拼成了我的英文名字，台下圆形的小白桌旁边，四处是华美的冰雕。本来这些只有在冬季才能见到，更别说还专门被品优娱乐运到了会场，甚至还有一尊是专门以我为原型的等身高的冰雕，连前来跑新闻的娱乐记者们也看花了眼，一边称赞，一边拿着单反猛拍，纷纷称赞品优娱乐真是太用心了，黄锦立对我不薄。

我被邀请到了台上，Jolie为我准备的是一件露背式的白色希腊长裙，不过胸口和腰部却用几根细长的淡金色链子穿坠在一起，很优雅，又比同类型的款式多了几分飘逸。我的头发染成浅黄色盘了起来，只留着一小束编成辫子从侧面绕了过来，让整个发型多了几分灵动。

Jolie在台下朝我举起了大拇指，我朝她淡淡地笑了笑。

黄锦立就站在我旁边，为了给旗下女艺人站台，他身为CEO不得不参加这种活动，尽管我和他早就相互看不顺眼。他今天穿着一套银灰色西服，一双桃花眼还是风流多情，但自从宋微息影后，他好像真的瘦了很多，就算跟女主持人相互调侃着，我却依旧感觉他的身体就像被寒冬洞穿了一般，冒着丝丝的寒气，他眼中与宋微在一起时才有的神采再也看不到了。

宋微从这个圈子消失了。

黄锦立还在，只是或许连他自己都不知道，他的心已经不再完整。

不知道我是不是也是如此，如果有一天陆瑜离开了我，如果有一天他跟秦楚在一起了，那我的心，还会在我的胸口处跳动吗？

女主持人还在台前口齿伶俐地介绍着今晚的庆祝仪式，介绍着我这次专辑的销量成绩多么好，黄锦立也在一旁迎着摄像机镜头，将一把小小的金色锤子递给了我，锤柄还系着粉色的蝴蝶结。待会儿我就要用这个锤子，锤开一个镶嵌着我的专辑的冰雕，冰雕上雕着数字200万，破冰之举的寓意是希望我的专辑销量能突破这个数字。

我刚接过小金锤，就听到黄锦立低声道："没想到陆瑜还没跟你分手。"

一瞬间我的心像是被人狠狠捏了一下，寒气直冒。

我瞥向黄锦立，这个人的廓落已经瘦削了许多，因此整张脸都显得阴郁了几分，连往日风流的桃花眼都透着几分戾气。但是这样失落的他，依旧让我有种想要一锤子锤死他算了的冲动。

我按捺着这个念头，偶尔摄像机扫到我时，才对着镜头笑一笑。

"呵，没想到你还有几分本事，"黄锦立双手插在裤袋中，有些吊儿郎当，一边在台上装出其乐融融的姿态，一边在我耳边继续道，"小秦都回来了，你还能占着位置不放，你们这些女星一个两个的确有些本事……"

我面带微笑，双手却握紧锤子，深呼吸了一下。

黄锦立好像是在故意激怒我，我不知道他为什么要这样做，但事实上，就算他把我的伤口重新撕开，弄得鲜血淋漓，真正能让我痛的人却不是他。

"真不知道他为什么要对你这么好。整个庆祝仪式都是他想的点子，说什么一定要让你超过萧萧。"黄锦立扯了扯领带，漫不经心地说道。

我皱了皱眉，微微疑惑地望着他。

……他，是指陆瑜吗？冰雕，以及这个庆祝仪式？

"怎么，难道你以为是我？"黄锦立斜睨了我一眼，嗤笑一声，眉眼透着一种又轻蔑又怜悯的神色，"不过也许他是想要和你最后体面一点地好聚好散吧。他今晚又陪小秦去跟厉睿谈判了，给你打个预防针，现在小秦和厉睿的离婚已经进入了最后的程序，过不了几天，就可以正式结束了……"

视野有点模糊起来，我有些站不稳，眨了眨眼，不让多余的水汽泛滥。

原来如此。

难怪连黄锦立都到场了，陆瑜却依旧没有到场。不过，他连我在金柏奖被封为影后都不曾前来，只是一个专辑破200万的庆功仪式，又有什么好来的？

我很早就可以理解这种落差了，不是吗？我早就知道他跟秦楚是金童玉女，我早就知道黄锦立跟其他人一样从未看好过我和陆瑜，不是吗？

"其实你跟着他也沾了不少光，没有陆瑜根本不会有今天的你。转型，影后，专辑销量，没有他在背后为你谋划筹备，你心知肚明，你根本得不到今天这样的成绩……所以见好就收吧。”

黄锦立眯着桃花眼，朝女主持人抛去一个笑容，这边却低声对我说着这种话。

我以前不知道，他为什么这么看不起我，还一直觉得就算他不是品优娱乐的总裁，那么就算作为陆瑜的哥们来说，他否定我和陆瑜之间的感情应该也只是说着玩的。但是现在回想起来，可能黄锦立根本就觉得我是破坏秦楚和陆瑜之间感情的小三。他觉得是我贪心，是我想利用陆瑜，占着陆瑜不放，不让陆瑜和秦楚这对有情人终成眷属……

冰雕被司仪用小推车推来，璀璨华丽的冰雕下方布满了法国玫瑰。司仪将小推车推到我面前，我朝她点点头，按照主持人宣布的流程，举起小金锤，朝冰雕砸去。

我贴着黄锦立站立，一边保持微笑，一边同样低声道："对了，你见过宋微姐的孩子吗？长得很可爱是吧，简直跟谭寒长得一样帅……"

冰雕"啪"地一下被我砸碎，冰块四溅，细碎的冰渣溅了我和黄锦立满脸，黄锦立眼神震惊又冰冷地盯着我，胸口急剧地起伏着，而我在冰冷的冰屑里，冲着脸色铁青的黄锦立漾起一个宋微式的笑容。

我并不是那么柔弱，我并非不知道如何还击。

在这个世上，没有人能伤害我。

除了我在乎的人。

黄锦立已气得不想再与我说话，仪式一结束，他就下台急急忙忙拨通电话："我不管你们用什么办法，一定要给我找到她！""找不到？找不到也给我继续找！"他快速离去，丝毫不理会之后的自助晚宴。

对此我根本无所谓，恐怕我是整个娱乐圈第一个不想跟自己公司的总裁搞好关系的艺人吧，可是我他妈为什么要跟一而再再而三诋毁我和陆瑜之间感情的人好好相处？

如果不是看在黄锦立是陆瑜哥们的分上，恐怕我早就像今天这样做了。

外间的记者们还在喜气洋洋地聊天，我则从冰桶里偷了几瓶酒溜走了。

我把高跟鞋一脱，抱着偷来的酒，找到一个隐蔽的角落对着瓶口大口大口地灌着。太难受了。尽管黄锦立已经走了，但他今晚说的那些话却回响在我耳边。想到黄锦立说的，秦楚马上就能离婚，心里就好难受。秦楚自由了，那么是不是表示离陆瑜正式跟我分手的日子也不远了？以后的陆瑜，再也不是我的陆瑜了？……心每难受一次，我就灌自己一口酒，没过一会儿，一瓶酒就快被我喝完了。我眼前模糊，抱着酒瓶又哭又笑。

Jolie来电了几次，我一个也没接。如果有谁现在看到我，拍到我的照片，那一定可以成为明日的头版头条、劲爆大新闻，刚刚庆功仪式上像天后和女神的凌影，现在……像个疯子，一会儿抱着酒瓶喝，呛得只掉眼泪，一会儿又一边落泪一边哧哧地笑。

外面月色寒冷，冷得像人冰凉悲伤的眼泪，到了最后，我都不记得自己究竟喝到了几点……

有人影模模糊糊地出现在我面前。

跟陆瑜一样笑容又恶劣又宠溺，只是眼中还带着一抹心疼。

我想靠近他，却发现自己连从地上起来的力气都没有了，便向他伸出手，他从善如流地一把将我拉到了怀里，他宽阔的胸膛立刻把我包裹住，熟悉的气味一瞬间就让我觉得好有安全感，可我又觉得这样太便宜他了，又使劲地捶他揍他。

“……我讨厌你，我讨厌你，你知不知道！你对我一点都不好，天天让我哭，天天让我伤心！你从来都不对我笑，从来都不说爱我，你知不知道这样我真的很难过……我真的好想跟你在一起，一辈子都在一起。我不会让你伤心，我不会抛下你跟其他人在一起。我会让你每天都很开心，你想捏我的脸就给你捏，你不喜欢我穿那些很短的礼服我就不穿……你不是很喜欢狗狗吗？我们可以一起养，可以养只大的，每天一起牵着它去散步，要是你不喜欢大的，我们就养只小小的拉布拉多，或者养两只也行，我们可以一起给它们洗澡……你想做什么，我都陪你。可是，不要跟我分手好不好，我真的受不了，真的……我没有办法看你跟其他女人在一起。

“你知不知道，当我得知金柏奖那天你跟其他人在一起时，我的心都快碎了……有时候，我甚至都希望自己是秦楚，这样我就可以有好多的时间来了解你，了解过去的你……”

我越说越心痛，一想到这些，一想到黄锦立的那些话，于是就连打他的力气都没有了。我只是死死地搂住他，像是任何人来抢都不会放手一样。

“我不要跟你分手，不要跟你分手……不管黄锦立怎么说，不管是秦楚还是其他人，谁来我也不要把你让给她。你是我一个人的。可以不分手吗……我真的受不了。”

不记得哭了多久，到了最后好像妆都花了，眼泪都流干了，把平日的心碎全部哭着说了出来，我蹭在那个人的怀里，眼泪鼻涕抹了他一身，死死抱住他就是不松手，而那个人一直拥住我，拍着我的背，喃喃地说着什么，怀抱非常非常温暖……

眼睛很痛。

哭得太用力太伤心，眼睛肿得不能见人，嗓子也沙哑了。很希望梦还在继续，这样在梦里说出那些话的时候，陆瑜才会心疼地将我拥入怀中，因为梦一醒，我便再也无法见到他这个模样。

直到早晨在Jolie家醒来后，才发现昨晚那一切好像的确只是一场空想而已，昨晚那个人似乎不是陆瑜。

自嘲地摇摇头，头沉重得快要裂开一样。

从没有喝得那么失态过。

Jolie拿煮熟的鸡蛋滚着我的眼睛：“眼睛都肿成这样，今晚的金曲奖颁奖典礼怎么去？”

今年专辑销量这么好，加上公司运作，这些奖项必定是有我一份的。Jolie从两周前就开始提醒我，没想到我却一觉给她睡出个猪头脸来。我自觉理亏，耍赖地朝她笑了两声：“现在这样子也不错，眼睛这么大，拍照应该都不用液化就很上相了。”

Jolie用看白痴的眼神鄙视地看着我：“先用鸡蛋滚着，我去给你弄点吃的。”

我乖乖地点头，等她离开之后，宿醉加上沉闷的心情又立刻让我沉默了下来。

金曲奖颁奖典礼其实我已经十分熟悉了，从红毯走入、进入大会会场，到颁奖流程、颁奖后台、会后party，都烂熟于心。从前我和萧萧还是偶像团体的时候，就干掉了很多前辈和后辈，每年风风光光地获得很多奖项，那个时候，我们几乎都快把这里的红毯当成自己的家了。

新专辑大卖加上公司的运作，果然拿到了最佳专辑奖项，我捧着水晶奖杯在后台让媒体们照了一些照片后，就回到了私人宴会上。跟昨晚的庆功party不同，这个宴会明显受众更广，来的不只有品优娱乐的人，更有其他公司的老总、音乐人和歌手。

尽管如此，看到黄锦立鼻青脸肿的样子，我还是微微吃了一惊。我是宿醉一场，外加眼睛哭肿，他怎么……怎么像是被人揍了一顿？

而黄锦立注意到我的目光后，只是眯了眯眼，什么都没说便掉头走掉了。

呵呵……我和他真的是一个公司的吗？我耸耸肩，反正也无所谓了。

我举着香槟，穿着一件浅色系的轻纱褶皱长裙，找了个角落，准备静静待半个小时，给足主办方的面子后就开溜。

不过，尽管我待的位置比较偏僻，不过还是有不少歌手同行举着酒杯过来跟我闲聊几句——就好比现在朝我走来的萧萧！

我几乎是立刻就想转移阵地，但萧萧锐利的目光盯着我，显得十分强势。她今晚的妆容十分精致霸气，黑发红唇，充满着她招牌式的冷酷。她人还没有走到我面前，嘴唇就先启动了：“——你赢了。”

我的脚顿时像被她用钉子钉住了一样，想挪也挪不开了。

她眼睛直勾勾地看着我：“不过，我不会承认你的实力。你赢，是因为你有一个好男友，有一个在背后为你把一切打点妥当的男人。”

萧萧还是本色不改，一两句话就把我的认真和努力抹杀了。

若是放在以前，我或许还会跟她争辩个几句，但是现在，我只是自嘲地摇摇头。

很多事情都没有意义了。何况，跟一个从不正视你的人说再多，她也只会认为你在狡辩。

我端着酒杯想要走，但是萧萧还是挡在我面前，刻意地拦住我的去路，挑着高挑的眉峰：“你不用摆这种高姿态！你第一次被金柏奖提名，是陆瑜在背后出力，你第二次获得影后，还是陆瑜在背后出力，这一次专辑销量打败了我，依旧是陆瑜在你背后炒作策划。凌影，你想想，哪一次是你自己真正的实力？你有什么资格在我面前摆谱炫耀……”

她的红唇更显张扬，眯起的眼睛却带着一股强烈的不认同。

“这就是你想说的？”但我只是冷冷地看着她，“那好，我听到了。”

我正要离去，萧萧仍然不甘心，一把抓过我的手臂，在我耳边狠狠道：“我就是瞧不惯你这种态度，明明依附于他人，明明都是其他人出力，你到底有什么资格觉得光荣骄傲，在别人面前摆谱。以前是叶子澈，现在是陆瑜，没有这些男人，你自己一个人能在娱乐圈立足吗？！”

她总是不甘心。

她总是觉得她自己付出的才最多，所以应该得到的更多。但在这个世上，在这个圈子，没有谁比谁真正付出的少。

不想纠正她的想法，因为我已经不在乎她的看法了。

我依旧冷冷地看着她：“说完了吗？说完的话，我可以走了吗？”

萧萧先是一愣，接着好看的脸庞皱在一起，几乎是咬牙切齿道：“你不要这么得意，你马上就会后悔的！如果陆瑜跟你分手，我看你还能嘚瑟多久……”

仿佛想要验证萧萧所言，她的话音刚一落下，就有一道更响亮的女声响起：“厉睿！这些年你就是这样看我？！”声音又凄厉又幽怨，立刻就在宴会的另一端引起了轰动。这个party的等级虽然不比国际名媛名流所举办，但是一年一度，能到场的基本上也是很有身份地位的了。

穿着华丽礼服的明星艺人们转眼便围了过去，只见穿着黑色晚礼服，V领直开到肚脐眼，露出纤细姣好的身材，肌白如雪，脖间一串叶形钻石项链的秦楚，跟一身黑色西装的厉睿争执了起来。

——秦楚，又是秦楚。

曾经在我面前完美而精致的秦楚，此刻面对她即将离婚的丈夫，却有点形象大失。她像是处在极度的伤心之中，那种充满优越感的矜持也消失了：“你根本就不爱我。这十年来你爱的到底是谁，你心里比我更清楚。”

她的丈夫厉睿——ESE总裁，却像是一个冷血帝王，对她的指控根本无动于衷。

他看她一眼，眼神很冷，什么都没有说，却犹如一股强压逼近，让人又羞愧又心惊胆战。难怪关于这个人有不少铁血传闻：斗垮自己的亲生哥哥，获得ESE的掌控权；抛弃多年情人，与秦氏商业联姻；拆散弟弟和他的恋人，甚至为了维护弟弟的歌坛形象，不惜倒打一耙……他所做的每一件事都充满了算计，都踩在其他人的尸骨之上。

“你不要用这种眼神看我，这十年来，我已经受够了！”秦楚像是喝了不少酒，脸颊通红，似乎因为喝了酒才壮着胆子说出了这番话。

“给我回去。”她面前的男人皱眉，发号施令。

但秦楚却仿佛豁出去了，好像就是为了看他在众人面前丢脸一样，甚至不惜拿自己的形象作陪：“呵呵，为什么要回去，你不敢在这里说，那我在这里替你说了——我们没有孩子究竟是谁的错！”

厉睿秦楚结婚十年，却一个孩子都没有，这的确是圈子里比较惹人八卦的一个话题。

厉睿显然不想让自己变成八卦中心，再一次沉声喝道：“够了！”

“呵呵，怎么会够？这十年来我天天忍受着你的冷暴力，怎么会够？！”秦楚眼睛里仿佛有着一团火，想要烧毁自己，更要烧灭厉睿，她挑衅着他，激怒着他，故意用他们的隐私在这种场合给厉睿难堪，“我告诉你，你毁了我这十年来的青春，毁了我这十来年的幸福。我不会放过你，更不会放过他！我一定会毁了他——”秦楚一副豁出去的样子。

厉睿眯着眼，忍无可忍，扬起手，眼看一个巴掌就要落下，周围众人纷纷倒吸一口冷气。

“啪——”的一声，耳光落下，却落在了突然挡在秦楚前面那个英俊男人的脸上。一脸醉酒又憔悴的秦楚被男人护在身后，瞪大了眼睛，仿佛这才意识到她刚刚说了什么不该说的话，而周围的人看到这名男子后，纷纷小声羡慕地摇头议论起来。

“唉，这才是真正的爱情呢。”

“所以联姻怎么可能幸福，一毁就是毁人一生，好在陆瑜对秦楚这么多年来都没有变心……”

我的心，在陆瑜出现在秦楚身前的那一刻，就已经凉得彻底。

是啊，你看，向来这么英俊这么高傲的陆瑜，身为品优娱乐总监的陆瑜，此刻却不顾身份和骄傲，像是骑士一样挡在了秦楚的身前，硬生生地替她挨了一记耳光。

真的是，真正的爱情呢……

厉睿下手很重，陆瑜嘴角流出了一些血迹。

我的心也跟着滴血。爱了这么久，爱得每看一眼都会心痛的人，却为了另外一个女人，连男人的尊严都不顾，被扇了耳光也无所谓。

萧萧在一旁瞥了我一眼，嘲讽道："我很早就说过，你一定会后悔，陆瑜爱的人根本不是你。总有一天，你一定会为此大哭特哭。"

我什么也没有说，像没有听到一样。

原本只是远远旁观，秦楚的事我不想掺和，然而现在我却浑浑噩噩地随着人流慢慢走到他们跟前。

他们三人还在圈内对峙，陆瑜用手背随意将血迹一擦，眉峰高挑，显露出以往不屑一顾的对敌模样："厉总，有什么话不能好好讲，偏要去为难一个女人。"

厉睿冷笑了一声："如果你知道这十年来她到底做了什么，就知道离婚我根本是求之不得，提前祝你们白头偕老都行。"

被陆瑜护在身后的秦楚气得发抖，简直快要哭了："厉睿，你狠……"

陆瑜见她这样，眉心更是皱得厉害，他还要跟厉睿争执些什么，视线却扫到了我。他的神情狠狠一震，整个人突然沉默下来。

他身后的秦楚被陆瑜的背部挡住，看不见我已经站到他们跟前："怎么了，阿瑜？"

整个会场都喧哗不已，远比刚才围观厉睿和秦楚更加喧闹。

"是凌影啊，刚得到最佳专辑奖，就看到自己的男友为别的女人挡耳光……"

"这是要分了吧，好狗血的四角恋。"

"要是我男友为别的女人做这样的事，真是脸往哪里搁啊……"

这些议论声就像是沸水的气泡纷纷蒸腾涌出，传遍整个大厅，我看到陆瑜俊美的眉毛纠结地拧在一起，看着我的眼睛里满是歉意，他嘴角还淌着血，刚刚对峙厉睿也毫不客气的气势现在在面对我时却陡然消失……

为什么要充满歉意？这不就是你的选择吗……

我缓缓地走到他跟前。

陆瑜眉头紧皱，黑色的眼睛里闪过一丝不安和着急。他皱眉的样子还是那么好看。我微笑着伸手抚上陆瑜的脸，轻柔地摸着他脸上被扇红的地方，为他轻轻地揉了揉，擦去他唇角的血。

多想相信你啊，多想继续欺骗自己，告诉自己你爱的人还是我，你为我做的那些事才是最特别的……

如果有什么事是我在这个世上最不愿意见到的，那么一定是刚刚，我心爱的你为了另外一个女人挡其他人的耳光。

“凌凌……”陆瑜痛苦地喊了一声我的名字。

我继续微笑着，轻抚着他的脸：“……你说，让我怎么办好呢？”

陆瑜像是整个人都石化了一般，反应过来后，整个人都往后退了两步：“你这是要跟我分手？不不，我绝不允许……”

然而，我已经不想再听陆瑜说什么了。没有理会他，缓缓转身，我望着几乎比我高两个脑袋的厉睿，轻声说道：“你知不知道，男人被扇耳光是一件很损骄傲的事？所以……我不能让它只发生在陆瑜身上。”

厉睿刚一露出警戒的神态，我便反手一扬，扇了他一记耳光。

所有人都震惊不已！

我想，这一下子，明日的头版头条写上去，陆瑜和厉睿也可以打个平手了。

▸第十一章

每年年底是娱乐圈最容易出奇迹的时候，最高电影票房会在这个时候产生，最重要的颁奖典礼会在这个时候进行，最劲爆的娱乐新闻也往往会在这个时候传得轰轰烈烈。而今晚party上的那一幕显然符合最后一条。

ESE总裁厉睿和品优娱乐总监陆瑜大打出手

秦楚厉睿情变 陆瑜冲冠一怒为红颜

陆瑜秦楚十年纠葛 凌影惨遭抛弃

凌影掌掴惹怒厉睿 恐遭报复性封杀

一条条娱乐新闻在电视里、网络上、报纸上滚动播放，像是从灰蒙蒙的空中飘落的冰雨，一丝一丝滴落在这个城市灰色冷漠的建筑上，滴落在这个城市的角角落落，滴落在人的心底。

房间的电话线被我拔了，手机因为响了太多次耗光电量自动关机。

外面是凄冷的寒夜，身边是一瓶瓶高档洋酒，我几乎把家里吧台上所有的酒都抱了过来。那些酒瓶在大理石地板上东倒西歪，吊顶上的水晶灯在冬夜显得异常冰冷而伤感，充满金属质感的灯光在各色漂亮的玻璃酒瓶上泛着银色的光。我又开了一瓶，对着瓶嘴灌了一口，半倚在客厅的羊皮地毯上，长长的羊毛雪白而柔软。这条羊毛毯还是以前跟陆瑜在异国旅行时，他见我喜欢买下来送给我的礼物。那时我们还畅想冬天躺在这条厚厚的羊皮毯上惬意地喝着红酒，带着一点微醺，相互依偎，看着欧式壁炉里的柴火噼啪燃烧，然后空气里会传来一阵阵好闻的松香味，我们躲在别墅避开那些狗仔，丢掉那些繁忙的通告，只享受着属于我们两个人的新年。

而现在，房间里只有我一个人。身边没有陆瑜，只有一瓶瓶寒气逼人的酒。

液晶电视里传来吵吵嚷嚷的声音，三个娱乐节目主持人和嘉宾们穿着时尚的衣服，对着镜头，眉眼充满着八卦的兴奋，一口伪港台腔：

“……今晚最劲爆的娱乐新闻就要属厉睿、秦楚、陆瑜、凌影这四人之间剪不断理还乱的感情纠纷了，在分析他们四人的感情纠葛之前，首先简单介绍一下他们各自的背景：厉睿是东星娱乐ESE公司的总裁，陆瑜是ESE最大竞争对手公司的总监，秦楚……”

家里空荡荡的，因此娱乐节目的声音就更加清晰地回荡在整个房间里，仿佛一阵阵寂寞的嘲讽。

我对着液晶电视灌了一口酒。

以前喝酒是为了交际，没想到现在一个人喝酒的感觉也不错。以前挑了个这么大的电视，是想和陆瑜一起看电视时有家庭影院的感觉，现在一个人看跟自己有关的八卦娱乐专题节目……也很好。

那些主持人和嘉宾默契十足，各种夸张，各种爆料，将我们几个人的感情纠葛说得噱头十足，完全成了一场狗血不堪、勾心斗角的豪门虐恋。不消说，节目的收视率绝对第一。

我为他们举杯。太善于捕捉热点，太善于做专题啦，娱乐圈就是因为他们将艺人们的感情伤剥得鲜血淋漓才有了超高的关注度。不错，继续努力。加油！

门口传来钥匙转动的声音，我转头一看，是Jolie。

Jolie穿着一件黑色风衣，踏着黑色皮靴。她的头发上还带着冰雪的碎屑，一张脸冻得发白，一股寒气随着她的进入而袭进房间。很明显她是一听到消息就匆匆赶来。Jolie总是这样，尽管我不喜欢她公事公办的态度，不喜欢她充满商业化的合作安排，可是每次绯闻丑闻一出来时，除了……就是她，总会第一时间赶来。

她站在我身边，任何时候。

我看着她，朝她笑了一下。

然而Jolie一看到我的样子，脸上刹那间流露出一抹难过的神情，虽然很快这抹情绪就被她隐藏起来。

她快步走来一下子抱紧了我："没事了，没事了……"

她半跪着像哄小孩一样拍着我的背，她发间冰雪的气息冲进我的脖颈，我不由得打了一个哆嗦，可心底的寒冷却在这一刻终于裂开了一道口子，一瞬间有种想哭的冲动。只是我已决定不再为任何人落泪。

娱乐节目里，主持人带着专业的笑容，侃侃而谈：

"……虽然说陆瑜和凌影分手，让很多人都说再也不相信爱情了。但陆瑜和秦楚的十年心路历程，以及陆瑜在宴会上对秦楚的真心维护又让人大呼这才是真爱！相比走着甜美路线的凌影，秦楚才是真正的白富美、豪门千金。在女艺人和初恋之间，相信陆瑜已经做出了决定……"

Jolie听到后脸色铁青，瞥了电视一眼，立刻劝慰道："别看这些，这种新闻最多闹一个月，到时照样是浮云，别理会。这段时间我会减少一些采访安排，你待在家里或者……出国散散心？"她抓起茶几上的遥控器就要关掉。

我拿着酒瓶向Jolie挥了挥，阻止了她的动作，Jolie十分惊讶地看了看我。我还是靠在羊毛毯上，懒洋洋地笑了笑："听听这些娱乐新闻也不错，哈哈哈，你看，这一个月的头版头条又会是我，曝光率肯定居高不下，萧萧又要气炸了吧……"

酒喝多了，说话有点大舌头，有点飘飘然，有点苦涩。天花板在转，Jolie时而重影，时而忽远忽近。头重脚轻的感觉也不错，好像自己不再存在于这个世界。

电视节目中主持人预言我跟陆瑜铁定分手，我咧嘴笑了笑，对着液晶屏幕做了一个"干杯"的姿势，再次灌了一口酒。这瓶酒很烈，而我又喝得太凶，刚开的一瓶酒，现在只剩下一半不到。吞进去的时候好像一把火一直从喉咙烧到了胃部，我不由得猛咳一阵，像是连心都可以咳出来一样。

“你到底喝了多少？一屋子酒味！”Jolie意识到我的不对劲，连忙摇了摇我周围的酒瓶。那些酒瓶基本都空了，只剩下瓶底一点液体哐啷哐啷响。

她的神情变了又变，又像是愤怒又像是不忍心，最后一脚将这些酒瓶踢得远远的，伸出手在空中扇了扇，仿佛要把酒气驱走好让我清醒一点：“我知道你在说气话。现在，把电视关掉，我们别看了！”

她命令着，像以前我陷入绯闻的挣扎那样，半强制地让我远离糟糕的状态。

她处理这些事情经验丰富，杀伐决断，从前的每一次我都会听她的。只是，这一次不比从前……

我嬉皮笑脸、晕乎乎地拒绝：“为什么不看？这种节目肯定是收视率第一。现在不看……说不定以后想看都看不到了……”

娱乐节目还在继续，三个主持人仿佛专家一样分析着我们今后的感情和事业。

“……相信天下有情人终成眷属。不过与此同时，我们这边还得到一个爆料，就是一向以清纯甜美形象示人的凌影，据说当场掌掴ESE总裁厉睿。”

“天啊，她也太大胆了吧。还是说看上去甜美可爱的女艺人，其实背地里都有另外一面呢？”

“这些倒无关紧要，重要的是，她掌掴的对象是ESE总裁厉睿！厉睿历来以雷厉风行、手腕强硬著称，从当年的‘夺权门’‘封景事件’‘逍清恋’就可见他的性格脾气。这次凌影当面掌掴他，不仅有伤厉睿尊严，也得罪了整个ESE集团，很有可能会遭到ESE的封杀！而当年凌影自YOUNGIRL解散后就从皇冠荣耀解约，跳到品优娱乐，一直与皇冠荣耀势同水火。如今她跟品优娱乐的合同已快到期，一则传言凌影向来与品优娱乐总裁黄锦立关系不好，二则如今凌影面临跟陆瑜分手，陆瑜跟初恋情人秦楚复合的境况，那么身为品优娱乐公司总监的陆瑜是否会觉得尴尬？是否还会继续力捧凌影，与其续约为其跟ESE对抗？虽然看似凌影刚刚获得最佳女歌手大奖，演艺事业也蒸蒸日上，可一旦续约不成功，那么凌影几乎将陷入四面楚歌的境地——面对娱乐圈三大领头羊，跟老东家皇冠荣耀闹翻，刚刚开罪ESE总裁，跟品优娱乐总监分手，这样下去，凌影未来只有可能选择其他一些规模较小的娱乐公司了，但这些小公司真的有办法对抗ESE可能采取的报复性封杀吗……”

Jolie听得眉峰都快要拧起来了，但她依旧保持了一名经纪人的职业素养，脸上一派镇定。她从我这儿抢不到遥控器，却很果决地直接将电视机电源线给拔了。屏幕上侃侃而谈、意气风发的主持人顿时消失，房间里刹那间陷入死寂般的安静，再也听不到那些主持人的声音。

Jolie似乎还觉得不够，不仅背对着电视机，还刻意挡在我面前，好像这样刚才那番主持人的分析就不复存在，传不到我耳中。

什么时候起，她比我还自欺欺人了？

我抱着酒瓶朝她笑：“真幼稚，就让他们说啊。”

Jolie看着我的眼睛，僵硬地挤出一个安抚性的笑，可是灯光的阴影却几乎残忍地将这抹笑容吞噬殆尽。明明是在圈内雷厉风行的知名经纪人，可是她现在望着我的样子却像快哭了一样。

“别听这些三流的主持人瞎分析。他们要是有能力，早就混出名堂了，还会在这儿？你放心，陆总不会放着你不管，他今晚打了你一晚上的电话，你要相信他……”

我喝了一口酒，淡淡打断她：“Jolie，剩下的几个月……有空就去挑挑别的艺人吧。”

金色的光线罩在她的脸上，Jolie瞳仁猛地放大，一瞬间有些错愕，但她立刻反应过来：“你这是什么意思？！”

我故作轻松地道：“就是字面的意思，离合同到期也就几个月的时间了，我不会再接工作，你可以提前定下以后要带的艺人……”

Jolie说那些八卦分析得很离谱，可是其实我们俩心知肚明，他们说得不能再对。跟皇冠荣耀是死敌，得罪了ESE总裁，跟陆瑜秦楚关系这么尴尬……娱乐圈里规模最大实力最强的三大公司都得罪光了，合同到期后还有什么好的选择？

一直觉得我比萧萧灵活，能屈能伸。现在却发现，我也真够傻的，做事之前都不为自己留条后路。连秦楚都不敢动的人，我竟然当着众人的面扇了他一耳光，哈哈，于是现在，被整个娱乐圈的人说可怜，被说插足真爱，被说惨遭抛弃，被说前路迷茫会遭到报复性封杀……

这种感觉痛苦吗？不，不痛苦。真的不痛苦。从决定替那个人扇回那一耳光的时候，就做好了失去一切的准备。什么都失去了，又怎么会觉得痛呢？

喉咙火辣辣的，像是吞了一块燃烧的炭，但正是因为身体如此难受，所以心就不难过了。

"这样挺好的，我早就厌烦了每天接这么多工作，大冬天还要穿露背礼服，人都冻坏了……你不用担心我，我自己有几处房产，根本不愁吃喝，以后过过普通人的生活也不错，免得就连上洗手间都有粉丝找我签名……"

Jolie直直看着我，眼中好像多了一层水色，因为激动的缘故声音都有点发颤："你还这么年轻！你才二十二岁！你拿了金曲奖拿过金柏奖，你的前途不可限量，你……"

我伸了个懒腰，阻止她继续往下说，语气轻松地朝她道："别这么说，其实呢，我早就想退出啦，跟其他人无关。我以前没告诉你吗？我当初就是这样计划的……"

即便拿了这么多奖，出过这么多专辑，开过这么多场演唱会，那又怎样？在最成功的时候，我喜欢的人却另有所爱。

"这事不能这样，你不要仓促作决定。我会找陆总谈，他一定有办法帮你对抗ESE，续约方面只要跟黄总谈妥根本不算问题……"刚刚感性的那一面好像只是一个错觉，现在的Jolie又恢复成往日干练的样子，似乎任何跟工作有关的问题都可以迎刃而解。

只是……有些事情不是工作，并不总能找到解决办法。

我望着Jolie，微微笑着，像是看着她，只是焦距有点模糊。

在这个寒气凛冽的深冬，在这个万籁俱寂的时刻，我脑海里浮现出秦楚曾对我的那悲悯的一笑。

她一直都笑得那么动人，那么动人。

很早以前，就听到过一个传闻，秦楚对感情要求非常高，即便厉睿当时有个为他付出了一切，容貌才干都相当惊才绝艳的情人，在两家商业联姻之前，秦楚照样要求厉睿将对方踢出ESE，眼不见为净，而纵使厉睿曾与对方情深如海，最后厉睿依旧完全不念旧情地照做了，而随之而来的污蔑丑化甚至一度将对方逼入绝境，成为当年最震撼的娱乐事件。而今，黄锦立对秦楚爱屋及乌十分愧疚，比厉睿更爱秦楚的陆瑜更是说过，愿意做一切事情，只要她幸福。秦楚要与陆瑜复合，她有可能接受我留在品优娱乐时不时地出现在陆瑜面前吗？连厉睿都会满足秦楚的条件，何况是过了十年都没有忘记秦楚的陆瑜……

在这个深夜，我第一次挑破了我和Jolie一直避而不谈、自欺欺人的问题，语气淡然地反问道："你认为，陆瑜是爱我多一些还是爱秦楚多一些？"

而即使刚刚面对与三大娱乐公司闹翻的情况下依旧能找出解决方案的Jolie，却立刻无话可说，整整一个晚上再也说不出一句。

真相，就是这么残酷。

Jolie陪了我一整晚，半夜还起来了好几次看我有没有睡好，甚至帮我盖好被子。她以为我睡着了，其实并没有，因为我根本睡不着。但是起床后，我还是装出一副睡得很好，状态不错的样子。

留在娱乐圈的最后几个月，不想让周围曾经关心过我的人留下难过的回忆。

跟Jolie一起坐黑色保姆车去品优娱乐，虽然昨晚发生了那样的事提前离场，可获奖的第二天去公司答谢高层却是惯例。保姆车很低调，从外表看不出什么来，一路都很畅通，直到到了品优娱乐公司大厦的正门，司机却突然踩了一个急刹车，我和Jolie因为惯性齐齐往前一倾。

刚想问怎么了，就见一群穿着厚厚冬衣的记者们拿着话筒，扛着黑色摄像机，在冬日里一边呵出白气，一边急急忙忙地跑了过来，非常大的阵势。

我心头一紧，难道被发现了？

但是那些记者们却从车旁跑了过去，看都没看我们一眼，而是团团围住另外一辆白色宝马。我和Jolie齐齐松了一口气，而后疑惑地瞟了眼那辆宝马。

金属质感的车门一开，先露出一双漂亮的CL裸色红底高跟鞋，再是线条完美的小腿，车内的女士以无懈可击的名媛礼仪下车。她穿着一件与英国皇室王妃同款的宝蓝色风衣，流丽的黑色长发撩向一边，戴着白手套的司机护驾一样将要向她冲过来的记者们隔开。

——是秦楚。

除了昨晚，任何时候都楚楚动人，完美得体的秦氏千金秦楚。

Jolie将黑色车窗摇下一点点缝隙，只见那些记者们见秦楚心情不错，纷纷将手里的话筒递向她："昨晚party上你跟厉睿先生闹翻，有这回事吗？"秦楚脸色微变。

"听说陆瑜英雄救美，秦小姐你感动吗？会跟陆瑜复合吗？"

听到这句，秦楚脸色稍霁。

大堆大堆的记者将秦楚围得水泄不通。我不太明白，为什么她要在公司正门下车？昨天刚发生那种事，现在娱记们肯定紧迫盯人企图挖些更大的猛料。我对她的事情不感兴趣，转头低声对司机说："开车，从侧门VIP通道进。"

司机刚要发动车，突然，一个熟悉的身影出现在品优娱乐大厦的台阶上。他逆着光，尽管这样无法看清他的五官，可是依旧能从他高挑的身材感受到他身上那种类似欧洲T台男模般的冷漠气质。在一片镁光与十里寒风之中，灰色衣角翻飞，陆瑜步伐优美地走下台阶走向秦楚。

秦楚仰着美丽的脸，伸出白皙的手……

"等下。"我连忙改口，于是原本要发动的保姆车依旧停在秦楚与陆瑜对面的不远处，我从车窗偷偷看着宛如一对璧人的秦楚和陆瑜。

秦楚的手停在半空中，谁都知道这个姿势的含义，她在等陆瑜相执。

陆瑜微微一怔，沉凝了片刻，扫了一眼秦楚和她周围的记者后，最终伸出手接住她的手，绅士地让秦楚挽住了胳膊。秦楚的嘴角幸福地弯起。

Jolie欲言又止，最后看了看我："秦楚当着记者的面这样做，陆总不可能让她尴尬。"

我轻笑着耸肩："没什么啊，他们郎才女貌，挺好的，多年感情终于开花结果。你别担心，我早就放下了，不会想不开……"

记者们围着他们俩，镁光灯又是一片乱闪，连我的眼睛都快闪痛了。

"陆总跟秦小姐真配啊。"

秦楚朝那个记者微微一笑。

"请问秦小姐和厉总的离婚官司目前进展如何，陆总跟秦楚小姐是真的复合了吗？"

“正在进行中，已经到最后的阶段了，谢谢大家的关心。”

秦楚向他们点头致谢，眼睛含笑望着陆瑜，暗示后面一个问题该由陆瑜回答。但不知道陆瑜是不是没有看到秦楚的暗示，他只是牵起嘴角冷漠地站在记者们中央，仿佛一座格格不入的孤岛，周围有冬日冰冷的海水隔绝着一切。如果不是因为秦楚在这儿，他大概理都不会理这些人。

他以前也很冷漠，但也许是我的错觉，我总觉得陆瑜那时的冷漠其实跟现在是不太相同的……

不过这些也没什么了。我已决心放弃，成全他们，没有必要再像恋爱时一样，猜想喜欢的人的一举一动，那些，如今也不是我的权利。

记者们干笑了一下，看了眼秦楚，又马上锲而不舍地问道：“那陆总跟凌影是正式分手了？”

我注意到一个细节，他们好像都习惯喊陆瑜为“陆总”，称秦楚为“秦小姐”，而我，就算以往被媒体捧得高高的称为“天后”，但将三人放在一起时，依旧改变不了大家骨子里对艺人如戏子的鄙夷。在真正的豪门千金面前，尊称对方为秦小姐，对我则直呼全名。

其实这个道理大家也懂得，就应该门当户对。人生是不应该痴心妄想的。

我低头自嘲一笑，虽然拖了这么久，可如今主动退场，让观众喜闻乐见，我的姿态也应该不算难看吧。

“……似乎陆总和凌影早就冷战了很长时间？从金柏奖的最佳女主角到后来的专辑破200万仪式，陆总都没有出现过吧？”一个男记者提问。

刚刚还漫不经心、一脸无所谓的陆瑜脸色一沉，目光像是一把刀子陡然射向提问的记者，正在提问的记者一触到陆瑜的目光，整个人都胆颤心惊地往后退了一步。陆瑜冷脸的样子太过明显，以至于男记者想问的问题也不了了之了。不过尽管如此，还是有一个不怕死的女记者往前跨了一步，将黑色长话筒伸向陆瑜。

“陆总和秦小姐十年恋情让很多人都很感动……”女记者望了秦楚一眼，秦楚回以一个微笑，女记者像是得到了鼓励，继续口齿伶俐地问道，“但是很多粉丝也很好奇，现在陆总和秦小姐在一起了，那凌影是否算第三者插足……”

我用手抵住额头，听得几乎快要笑出声来。这些记者太有才了，见过拉偏架的，没见过如此偏袒的……

一旁的Jolie怒瞪着眼睛，咬牙切齿："这女的脑袋是被驴踢了吧！"

"她当然不是。"对方话没说完，陆瑜就厉声打断，脸色比刚才还要冰冷阴沉，像是深冬黑色的海水，"你们是哪个报纸的，再胡编乱造就等着接律师函。"

以前陆瑜冷漠归冷漠，可是脸色从未如此骇人过。大家当他情场得意，终于抱得美人归，大概也根本没有想到他此时此刻会突然翻脸吧。他这样子，不仅是那个女记者，就连其他记者们也一下子震惊不已，现场陡然安静下来。

一阵寒风刮来，记者们的头发和围巾在冷风中呼呼飘着，连车内的我都感到一阵寒意。

陆瑜身旁的秦楚脸色微微一变，宝蓝色的风衣领被风吹了起来，贴在她的脸颊上。秦楚伸手将衣领按住，好像也将刚刚微变的神色按捺了下来一样，她微笑着打着圆场："现在凌小姐不在，这么问的确对她不合适。我觉得，每个人的感情都是一段一段的，在每个不同的时间段会遇到不同的人，以后会怎么样谁也不知道。"

不愧是秦楚啊，回答既优雅又得体，就像她一如既往的风格。

记者们纷纷点头。

这样的秦楚，才是陆瑜会喜欢的类型吧，这样的秦楚，才是众望所归的女神吧。

虽然这是我和秦楚之间的爱情战争，其实却已早早地在围观的群众眼中分出胜负了。

不想妄自菲薄，可现在连我自己也认清了这个事实。从前是那么不甘心，现在却觉得，其实是可以释然的。

他不是不喜欢你，只是更好的那个失而复得，于是不需要再去将就。

嘴角噙着微笑，我对Jolie挥挥手："别看了，走吧。"

Jolie摇起车窗，黑色的保姆车就要发动，就在这时，记者群中不知是谁突然高声喊了一句："陆总请你正式回答——你跟凌影是不是正式结束了？"

我的心一抖，虽然脸上还带着笑，但是浑身都僵硬了。我坐在车内，安全无比，可是连望向陆瑜那个方向的勇气都一下子失去了。

Jolie的目光凝在我身上，她最终朝司机做了一个“再等等”的手势。明明只是一两秒，可是却像是过了一个世纪那么长，终于，我听到陆瑜熟悉的声音随着寒风传了过来。

“……只要凌影没有提出分手，那这段感情就没有结束。”

陆瑜的声音低低的，不像之前那么冷漠而充满戾气，我呆了一下，明明那几个字都听到了，可是却没有明白他的意思。

不是已经很明显了吗？为什么他还要说“只要凌影没有提出分手”，他这句话是什么意思……

还未来得及多想，秦楚的声音却再一次响起：“是啊，我们对她感到很愧疚。这一段感情不应该由陆瑜提出结束，这样会太对不起她。我们刚刚经历了一场人生的错误，也不想这么快就开始。”

原来如此，是我多想了。

“多体贴啊，哈哈哈。”我努力朝着脸色难看的Jolie笑笑，“……开车吧。”

“你这样看着我干吗，我真的没事啊。陆瑜……和秦楚……他们本来就很配，我也这样觉得啊。”

保姆车终于再次发动，车窗将一切声音隔绝在外，团团被记者围住的秦楚和陆瑜就像是路边那些错过的景色，被车子远远抛在了身后。

整个过程Jolie只是紧紧地抓住我的手：“想哭就哭出来吧。”

第十二章◀

再次来到黄锦立的办公室。

他的办公室在品优娱乐的最顶楼，跟所有喜欢掌控一切的帝王一样，高高地俯视着这个城市的一切。品优娱乐大厦是请国外知名设计师设计的，茶色的玻璃林立，又大气又时尚，仿佛建筑界的天后。而黄锦立的办公室更是装潢得极有格调，银色的浮雕，欧式的工艺，主人黄锦立则类似中世纪欧洲国王，又想权势滔天又总是处处留情。

只是人们往往都不知道，有时候，赢不过是另外一种孤单。

见我进来，黄锦立从红色沉香木办公桌前抬起头，朝我笑了笑。似乎因为发生了什么愉快的事情，他那双桃花眼多了前几日没有的神采，他用眼神朝桌前的椅子示意了一下："坐。"

其实能发生什么事呢？我们都心知肚明。

我默默地坐了下来。

之前不是陆瑜就是Jolie代我过来，我自己跟黄锦立这样正儿八经地坐着交谈实属罕见。

“怎么，不开心？”黄锦立修长的双腿翘了起来，还心情不错地在椅子上晃了两下，他漆黑的眼睛平视着我，语气带着一些故作不知的诧异，“刚刚拿到了金曲奖，怎么还不开心？”

我突然就笑了。有些人总想着激怒你，看看你会不会哭，会不会痛，但其实人人都有痛的时候，不是此时就是彼时，被刻薄两句，吃些亏，也没有什么不好……

“没有。拿到奖了，很开心。”我淡淡回应着。

黄锦立倒是一愣，像是被噎住了一样，好一会儿都没有反应过来。过了半晌，他才拿起一支镶嵌着水钻的施华洛世奇钢笔，黑色的眼睫垂下，将钢笔在他右手的虎口处转了几圈。黄锦立重新抬起眼皮望向我，眼神不复之前的浮夸，而是带着些打量的意味：“你知道……你的合同再过三个月左右就要到期了吧。”

他一边说，一边观察着我的反应。不管是什么娱乐公司，都会将艺人分成三类：一线的天王天后，公司需要他们作为公司的王牌、名气与形象，这样的艺人他们会抢着续约甚至用过去的情谊和私人的交情挽留，非常担心他们会被其他公司挖走；有实力的二线艺人是公司的骨干，也是要争取续签的；另外，有潜力的小新人和三线也不是不可以考虑……

而我？来品优娱乐三年，获得了分量极重的金柏奖最佳女配角、最佳女主角，出的专辑更是当时的销量冠军，无论名气、人气、得奖情况都算得上一线，然而，黄锦立虽然提醒着我合同快要到期了，却根本没有提要续约的话。

不过，到了一定的年纪，其实也不必将事情讲得件件清楚，装做不知也挺好的。

“我知道。今天来，除了感谢品优娱乐的栽培外，也是想说，合同到期后不想再续约了。”我淡淡地陈述着。

大概有了之前的事情在前，黄锦立这次没有那么惊讶，只是有些迟疑。他挑了挑俊美的眉，眼神复杂地在我身上审视了一眼：“哦，是有了心仪的新东家？”

有没有可能有新东家，难道你不知道吗？我内心不由得反问一句。但是再一想，突然也觉得没什么意思了。

黄锦立算什么呢？他从来都不站在我这边，有这样的反应也实属正常。虽然现在才真正看清，黄锦立何止没有把我当过他哥们儿的女友，他简直从头到尾都是用一种非常商业的态度对待我。

因为从未认同过，所以连打着关心旗号的试探都很分明。

我知道他想要从我这儿听到什么。得罪了皇冠荣耀和ESE，又怎么可能还有新东家会挖我过去？这些其实黄锦立也知道，只不过他想从我嘴里听到一个粉饰太平的理由罢了。我让他如愿以偿。

“没有新东家。会退出娱乐圈，准备出国游学。”

连陆瑜和秦楚我都让他们如愿以偿，我还有什么做不到。

黄锦立那双漂亮的桃花眼闪了闪，整间办公室顿时只听得到咖啡机咕噜咕噜的声音。

“以后还回娱乐圈吗？”

其实真的不需要试探到这种地步，不需要的……

“看情况吧，”我也跟着沉默了片刻，“不过，应该是不会回的。”

这样一寸一寸，当着他们的面将自己的退路封掉，让他们放心，也好。

我听到了一阵叹息声，像是惋惜，更像是一种解脱。那是黄锦立发出来的感叹。

我平静地回望他。

宋微离去后，他瘦了很多，眼里的神采也不如从前，再也没有听到他跟其他女艺人的绯闻了。尽管大家私底下觉得他做一两回样子也改变不了男人花心的本质，但是黄锦立真的没有再跟其他女人勾勾搭搭，的确令人另眼相看。

他渐渐回归，不再风流，这很好。

我相信如果宋微见到如今的黄锦立，说不定会原谅他。

他改掉了一个不好的习惯，现在又解决了另外一个令他苦恼已久的问题——他终于再次撮合了陆瑜和秦楚，为他们的幸福铺平了道路，陆瑜应该不会再同他心生隔阂了。

事业得意之外，兄弟情再次复苏。

很好，都很好。

人生的路途长远，不开心的，就应该忘记。

黄锦立如释重负地从红木办公桌后站了起来。他其实也很帅，如今没有了往日的刁难轻蔑，没有了之前的假心假意，整个人更是散发出一种勾人的魅力。他伸出手，第一次真正像名品优娱乐的CEO，做出一个郑重的告别的握手仪式：“品优娱乐感谢你这三年来的付出。”

没有在最初的时候得到他的尊重，却在结束的时候获得了他的感谢，其实也不错，不是吗？

我站了起来。

黄锦立的右手就在我眼前，他的手指伸得笔直，斜斜地顿在半空中，就像一个划清一切的句号。

知道会有这么一刻，知道这一刻一定会来临，但是当它真正到来的时候，我还是脑海一片空白，微微眩晕，无数回忆像是狂乱的雪花模糊在我脑海中，不光是跟陆瑜有关的，更有以前无数的付出和眼泪，在海选中获胜时的欣喜，第一次离家飞到国外时的孤独，第一次登上演唱会舞台时的激动……

就要再见了，就要跟这个世界再见了。歌迷，粉丝，制片人，导演，经纪人，同行……以后再也不会回来。

拥有时不觉得，直到告别这一刻，那些曾经想都快要想不起来的过去，却排山倒海般冲破了记忆的牢笼。他们曾对我期许，要璀璨，不要失败，然而我现在却不战而退……

回握住黄锦立的手，这一幕仿佛都快成了我的错觉，但是他用力握手的力道却真真切切地提醒着这是多么的真实。

黄锦立抽回手，象征告别的这场仪式尘埃落定，郑重地提醒着我说话算话，不可以反悔。

“其实，我应该感谢你，昨晚的事情我都看到了，你那一巴掌……的确帮了陆瑜。”

“是吗？”我脑袋还是很混乱，眼睛望向黄锦立，却根本分辨不出来他到底是什么神情，只是凭直觉回应着，“既然你都在场，甚至看见了这一幕，为什么你当时不站出来？”

黄锦立面色一震，像是没有想到最后的最后，我会说出这样的话来。他眼睛里的光芒微微闪烁着，像是震惊，又像是被人戳破后的愧疚。

“真正的兄弟情，不是你把我踢出局，你帮他找回秦楚就是补偿了。陆瑜其实还是很看重你跟他的友情的，如果你真的把陆瑜当哥们儿，那么以后任何事不要自己想当然，多站在你哥们儿的角度，看看他到底需不需要，在他最需要的时候你到底有没有维护好这份友情。名、利、权，这些你给得再多，也只不过是打着过去友情的幌子让他继续为你做事罢了。陆瑜性格是不好，但他对亲近的人，是好得无话可说的。这个娱乐圈你比我更了解，遇到能够交心的人就多多珍惜吧。”

黄锦立有一瞬间说不出话来，而我不等黄锦立回应就径自离开了他的办公室。

我低头看了看自己的手，手指比一般人长一点，看似很柔和，但是长年累月的钢琴练习，却使我的手指很有力度。昨天，为陆瑜扇了厉睿一耳光，而今天，也算为他做了最后一件事。

爱情也好，兄弟情也好，命运将秦楚还给你，也必会将黄锦立还给你。

我知道你已经不再爱我了。

可是没有关系，我只是想为你做好我最后能做的事。

从几十层的窗户望去，外面是一片灰蒙蒙的天空，压抑又沉闷。冬季的天空总是这样，仿佛世界末日似的，看不到一线希望。以前因为schedule太多，总是匆匆路过，甚至来不及好好站在这座号称“建筑界天后”的大厦里往外看一眼。而今站在窗户前，看着一轮小小的红日挂在灰色天际，竟也觉得这是不错的景致。

想把这个景色印在脑海里。

闭上眼，就算做心底最后的告别吧，却突然被人重重地扯离窗户边撞在公司雪白的墙壁上。后背“砰”地撞上去，力道大得惊人，整个背部都被撞得一阵阵发麻，即便穿着厚厚的衣服，也依旧痛得不行。只见眼前的陆瑜重重拧着眉，他修长的手指紧张地捧着我的脸，黑色的眼睛因为焦急满是担心，完全不复以往的挑剔模样。他脸色发白，深呼吸了一下才说道：“你……你不要想不开。”

我过了好一会儿才反应过来——他以为我这是打算跳楼？

他这样紧张，甚至有一瞬间差点让我以为他还是爱我的。但随即我就摇摇头，任何人都知道，这是不可能的。

“不是你想的那样，我只是，想看一下日落。”

不晓得应该用什么表情面对他，所以我只是静静地说着。但陆瑜皱着眉，一双眼睛像是想要看到我的心底，确认我是不是真的如此。想来也是，他见过我过去失态的样子，是断然不会相信我这样的说辞的，虽然其实我已决心放下了。

“哈哈，你不会以为我打算跳楼吧？”我故作轻松地推开他的手，自己沿着墙壁站了起来，“怎么可能？才刚发生那种事，我可不想在这风口浪尖上再做一次绯闻女王。”

陆瑜好像没有在意我在说什么，只是微微发怔地看着被我推开的手，似乎没有想到我连扶都不让他扶。但这有什么好值得大惊小怪的？他已然不再爱我，我也没有理由再享受他的体贴。或许他会因为我们陡然变回原来的距离而不习惯，但也仅仅只是不习惯而已。

气氛太沉闷又太尴尬，我们曾经什么话都可以说，然而现在即使面对面，却不知道说什么好。

“我看到你跟秦楚一起接受采访啦。”我想着要打破沉默，没想到脱口而出的却是这个话题。

陆瑜黑色的眼睛里闪过一抹微光，我被他的眼神打量得不自在，不由得撇过脸去。

“以后记者再问我们是不是正式分手了……”我顿了顿，吸了一口气，鼓起勇气说，“你就承认吧。”

做了很多心理建设，才佯装洒脱地说出这句话。

以前跟叶子澈的秘密恋情伤我太重，以至于被萧萧奚落时，明明气得发抖却连一句反驳的话都说不出来。那个时候是陆瑜又冷漠又毒舌地站在我身前将萧萧挡了回去，而后又是陆瑜光明正大地向全世界承认在与我谈恋爱，那个时刻他站在我身前的样子，他保护着我的样子，他对着一片镁光对着一堆镜头说我是他女朋友的样子，让我比拿到金柏奖还要开心。而现在，这场恋爱落幕了，也应该给世人一个交代，也好让……秦楚能名正言顺地跟陆瑜站在一起。

但陆瑜却似乎气得脸都发青了，锋利的眉毛下一双黑色的眼睛狠狠凝视着我，双手死死摁住我的肩头，力气大得像是可以将我的骨头都捏碎一样：“——这就是你的回答？！你就这么想跟我分手？！”

我的肩膀被他摁得很痛，我不清楚他为什么要发这样大的脾气。

以前好好跟他说话的时候，他只是简单地“嗯”一声，后来不再交谈偶尔碰见时，他只是说“不要为了跟萧萧争胜负，把身体都搞坏了”，昨晚他却终于在众人面前表露他对秦楚的心意，做了连为女友都不可能做到的事。我终于有了自知之明，我们好聚好散，这难道不是很好么……

我反过来拍拍他的肩，佯装大方：“我知道你们男人都不喜欢女人先提出分手啦，但其实不要不好意思，你和秦楚真的很配，再拖下去对她也不好，总归是要把事情说清楚的，不是吗？”

我轻声细语地哄着他，果然提到“秦楚”二字，他刚才的愤怒就被克制住了一些。

“事情不是你想的那样。”陆瑜终于忍不住正色说道。

我微笑着点点头，是啊，不是我想的那样。

只是可以昨晚拨了我一晚的电话，却可以因为秦楚的失意，而送她回家陪她整整一晚。

“这段时间你不要多想，我前段时间跟几个名导谈了一下，他们要拍新戏，我让人把剧本发给你，你有空先看看。”

我不说话，只是朝陆瑜笑着点点头。

“你，怎么不说话？”陆瑜突然狐疑地看着我，似乎觉得有什么不对劲。

“……没有啊，不是在听你的安排么。”我仔细地看着他的脸，看着他因为长久的孤傲而略显冷漠的线条，看着他好看的眉和长长的睫毛，不知道离开以后，他的脸庞会不会在回忆里清晰地浮现。

“我……要走了。”我想抚抚他的脸，陆瑜愣了一下，也是，如今他已有心爱的人，我再做出这样的举动实在不合适，于是手伸在空中，但最后还是放下，“你要好好照顾自己。”

这场绯闻带来的影响前所未有的巨大，持续了整整一个月，每天都有无数个版本在电视上上演，一会儿陆瑜和秦楚真爱无敌，一会儿厉睿和秦楚相互诋毁攻击，一会儿又有报道说秦楚夺我所爱，是真正的小三，一会儿又有人说陆瑜对秦楚至死不渝……

版本太多，到了最后，我眼不见为净，整整一个月都待在家里，只有吃饭时才出去。

而陆瑜和秦楚则成为整个风暴的中心。到了最后，秦楚和厉睿终于成功离婚，秦楚分割了厉睿三亿身家。全世界都被陆瑜的深情感动，好多次都传出秦楚离婚之后会立刻与陆瑜订婚。

这些倒是在我意料之中，除了有一天凌晨深夜三点，陆瑜突然一个电话打过来，他的声音无比沙哑，像是喝了很多酒："你真的要离开品优娱乐？你真的不续约？你就这么不想见到我？！"当时的我睡得迷迷糊糊，头晕脑胀，好像含含糊糊应了一声"是啊"，最后那边貌似把手机都给摔了，一声碎响后传来"嘟嘟嘟"的声音，我的意识才渐渐清醒。

再回去干什么，看你和秦楚真爱无敌么？

我睁着眼睛直到天亮，再也没有睡着。

不过奇怪的是，我以为跟黄锦立已经说好，但品优娱乐竟不断打电话给我。先是Jolie让我回去，再是黄锦立，他居然一改希望我退出圈子为秦楚的幸福让道的初衷，接二连三地亲自打电话过来，让我好好考虑续约的事："休息一个月就够了，回来开工吧，你还这么年轻不会是真的想退出娱乐圈吧？""以前说着玩的，年轻的女星数你最有潜力，将来一定会成为真正的影后。""过来谈谈续约？新的佣金比例好谈，品优娱乐你也清楚，我们还是有很不错的资源渠道的……"

好话说尽，威逼利诱，到了最后，黄锦立在电话那端苦笑着道："我收回那些话，我给你道歉行不行？"

我不懂他为什么改变了主意，但还是礼貌地回答："谢谢你的好意，但我已下定决心。"

"凌影，你不要这么急着作决定，有时你以为是坚持，但其实也可能是固执不是？你现在打定主意退出娱乐圈，是因为你还不曾真正感受没有人关注时的那种可怕。所有享受过镁光的人，都受不了那种被冷落的感觉。"

我知道他说的是真的。镁光的滋味就跟爱一样，一旦尝过，想戒都戒不掉。但我只是说：“谢谢，我知道的。”

其实才一个月，但我已经有全世界都已将我忘记的感觉。没有拍摄，没有通告，没有慈善晚宴，没有狗仔队，整天整天的时间多得几乎空虚。但我对自己说：凌影，你应该适应这种改变，你应该要习惯没有那个人的生活了。

▶第十三章

不知不觉中，我的生日到了。

以前的生日，要么跟粉丝一起过，要么在片场跟剧组一起过，总是热热闹闹的，但是没有想到今年的生日居然会如此寂寞。就在我已经快要接受这种现状时，门铃响了，我以为会是Jolie，没想到会是叶子澈。

我没有想好要不要开门，最后干脆装作家里没人的样子，径自做着自己的事。

可是没有想到两个小时后，手机传来简讯："没有别的意思，只是不想你生日这天让你一个人孤单。"

在心里，我其实已把叶子澈看作跟陌生人差不多，但显然我小看了他曾经对我的了解。

下意识地透过猫眼看了看门外，一身白色羽绒服的叶子澈竟然还静静地站在门外，白净的脸上一点不耐烦也没有，手上抱着我最喜欢的花，我无法再不开门。

叶子澈一点都没有跟我计较，好看的眼睛对着我微微一笑："生日快乐。”

我的心情不由有些复杂。

原本没有意外的话，我们这时已经秘密结婚了。而现在，在外面关于我惨遭抛弃、陆瑜和秦楚即将复合的绯闻满天飞的时候，却只有他在外面等了两个多小时，就是为了当着我的面，跟我说一声生日快乐。

旧日的感情已经变质，但命运也算待我不薄。

我笑了笑：“可我没有蛋糕分你吃。”

叶子澈将花递给我：“祝福送到就可以了。”他温柔的眼睛看着我，长长的睫毛纤长而迷人。

他看了我一会儿，见我没有要请他进去坐的意思后，很体贴地说道：“好，那就这样，我先回去了。生日，要开开心心的。”

他等了两个多小时，只是为了说这几句话。

我看着他转身离去的背影，想起很早以前每次他送我回来再离开时，都会走一段回头看我一下，眼睛长长的，弯弯的，在黑夜里载着星光与温柔。

我叫住他：“只有花，没有生日蛋糕，怎么过生日？”

叶子澈立刻回头，细长的眼睛温和地扬起，连眼睛里的神采都动人了几分：“我陪你去买。”

已经有三年的时间没有跟叶子澈一起出去，但是一同变装戴着墨镜出门的默契却还在。

半路上下起了细雨，三四月的细雨多了几分春光的柔和，细细地落在繁华的街道上。

我和叶子澈选了一家人不是很多的蛋糕店。这家蛋糕店布置成国外田园风，光线暖黄，满屋子都是面包黄油的香气，各种可爱的小蛋糕摆在一排排的架子上。

叶子澈指了指一个六寸的圆形蛋糕，黑巧克力上排满了可爱的红色草莓，高级鲜奶点缀其间，迷人极了。我摇摇头，点了点玻璃橱窗内一个黄色蜜桃的，蜜桃被切成一片一片，铺在圆形的小蛋糕上。

叶子澈朝着店员笑了笑：“我们就要这个了。”

“六寸的有点小……”店员看了我们一眼后，“不过两个人的话，也够吃了。要在上面写什么字？”

叶子澈想了想：“谢谢你爱过我。”

暖黄色的灯光打在他漂亮迷人的脸上，那一瞬间让他看起来又英俊又悲伤。仿佛意识到我的目光，叶子澈转过头朝我笑了笑，他的眼睛被墨镜遮挡着，可我却觉得自己看到了他含笑而忧郁的眼神。

叶子澈提着蛋糕跟我一起走出蛋糕店。

说不出是因为释然还是什么，但我知道他已不像上次那样给我压力，连蛋糕都选得规规矩矩，拿捏好朋友的距离。

“谢谢你，蛋糕我很喜欢。”

“能为你挑蛋糕，是我的荣幸。”叶子澈刚露出一个微笑，我脸上的笑容却立刻僵住了。

黑色柏油马路对面，在一排时尚精致的店铺之中，有一家的招牌是一只可爱的小狗，任谁见过都觉得心里暖暖的。而在金属门前，一个黑色卷发、身穿粉色大衣的女子正抱着一只刚出生的拉布拉多，它小小的，浅白金色的绒毛，一双黑溜溜湿润润的眼睛懵懂地眯着，小尾巴乱摇。

女子举着小狗的前爪，脸上带着笑容，朝着旁边的男人挥着。小狗狗眯着湿漉漉的眼睛，呆呆地看着那个男人。那人穿着一套黑色休闲西服，依旧是锋利而恶劣的样子，只是往门口一站，就像发光体一样吸引着来往路人的视线。他眉宇间有种动人的、痞子般的不屑，却像是一枚白金徽章，成为他与众不同的标志。他没有搭理秦楚，不耐烦的神情唯独对着小拉布拉多的时候才温柔起来。他伸出修长性感的手指，像个大男孩一样逗了逗小狗狗，小拉布拉多傻傻的，两只软软的小爪子立刻捉住了男人的手指，伸出粉红的小舌头舔了舔。

男人也被它可爱的样子逗笑了，眉峰都弯了起来。

整个冬天的阴霾消散，连冷漠的陆瑜也随着和煦的春天变得温柔起来。站在他身边的秦楚看着他的样子露出幸福的笑容。

在咔隆的时候，我曾经对陆瑜说过，我们可以养只小小的拉布拉多，大的也行，我们每天带着它在海边散步，你捡起一根树枝往海里一抛，它就会傻傻地跑过去衔回来，还兴高采烈地摇着尾巴；早上的时候，它会扭着小屁股，摇着小尾巴，跳到床上，把你舔醒叫你起床。那时陆瑜坏坏地笑着，说：“好，不过我更喜欢你把我吻醒。”我当场就捶了他一拳，他低沉的笑声回荡在我耳边……

而现在，他买了拉布拉多，跟我以前想象中的一样，傻傻的，呆呆的，可爱死了，只不过是跟另外一个人一起。

他还没有看到我，不过这样反而更好。

这样我就不用去思考我到底应该在他面前表现得从容，大气，冷漠，还是故作轻松。

雨声哗啦啦的，明明含着春意，然而此刻却让我感到了寒意。

一旁的叶子澈也发现了他们，他看了看陆瑜秦楚，又看了看我，最后一皱眉像是下了什么决心。他扶住我的肩：“虽然我不喜欢陆瑜，虽然我觉得他配不上你，但是如果你还喜欢他的话，就去把他抢回来啊！”

“你，不是觉得那样的我很没自尊吗？”

“……爱本来就是一件让人没有尊严的事。但如果你能幸福，其他的一切又算得了什么。”

我微笑着，却摇了摇头。

如果是从前，我也会这样想，可我现在却放弃了这种想法。如果陆瑜跟秦楚在一起更快乐，那么我愿意退出。

叶子澈还要说什么，却突然被人揍了一拳。

他一下子往后跌了几步，手上的蛋糕也跌出了盒子，摔在地面上，只剩下“谢谢……爱……你……”几个字清清楚楚。陆瑜来到我身边，瞥了一眼地上的蛋糕，满脸阴沉地斜睨着叶子澈：“不要再出现在凌凌面前。”

叶子澈吐出一口血水，看样子被打得不轻，但他不在乎地用左手擦了擦嘴角，语气是罕见的挑衅：“我出不出现在凌影面前，关你什么事！”

我连忙跑过去扶住叶子澈。

陆瑜的眉头拧得更深了，秦楚随后跑了过来，抱着小拉布拉多，担心地看着陆瑜：“发生什么事了？你怎么打他……”

随后她又一脸歉意地对我和叶子澈说：“抱歉抱歉，他最近心情不好，请你们见谅。”

我看了看叶子澈，叶子澈朝我摇摇头，示意自己没事。

我扶住叶子澈的胳膊，与陆瑜对视着："心情不好就可以打人吗？呵呵，如果影响了他的工作和代言，到时相关赔偿还请陆总和秦小姐负责！"

秦楚一怔，接着说道："应该的，应该的。"

她拉了拉陆瑜的衣袖，暗示他向我们道歉，但陆瑜只是眼神阴沉地看了眼叶子澈，又牢牢地盯着我。小拉布拉多被秦楚放了下来，它歪歪扭扭地走了几步，最后傻傻地咬住陆瑜的裤脚，尾巴上还扎着一条粉色的小缎带。

"你为什么不回公司？"陆瑜直直地盯着我。

"原因我已经跟黄总说明了。"我不想在大街上引人注目，简短地答了一句，挽起叶子澈就要走，但陆瑜一把抓住我的胳膊，小拉布拉多被他的步伐一带，跌倒在地。

"你可以跟黄锦立说，就是不愿意对我多说一句么？"他漆黑的眼睛死死地盯着我，像是要从我脸上看个究竟。

"陆总，请你不要这么幼稚！"

"阿瑜你别这样，我们现在在外面……"秦楚也拉住他的胳膊，轻声细语地劝慰着。

我再也看不下去，直接叫叶子澈开车送我回去，直到将我送到家门口，叶子澈还是一脸歉意："不好意思，生日蛋糕都……"

我朝他笑笑："没关系，蛋糕那么多奶油，不吃正好减肥。"下一刻却想到，自己都要退出演艺圈了，还节什么食？

叶子澈道别之后离去了。

门铃又响了，我以为是叶子澈折回来了，直接开门："不是说没关系吗，你不用在意……"却发现站在门口的是抱着小拉布拉多的陆瑜，他冷冷地放下狗狗，瞥见客厅里叶子澈送来的花，眉峰一拧，本来就没什么亲和力的神情更加的不耐烦了："不用在意什么？"

我不想多言，见状就要关门，却听到门口传来"唔"的一声。

只见陆瑜眉峰紧拧，一副强忍疼痛的样子，他的手放在门缝处，上面还有被门夹住的印记，明显是为了阻止我关门而故意伸进来的。

"你到底想干什么！"我已经说不出来是什么心情。看着他渐渐红肿起来的手，心情又痛惜又复杂。

“那时你为什么要骗我？明明都跟黄锦立谈好了，还装出一副听从的样子？”然而陆瑜看都没有看他手上的伤，只是不甘心地质问着我。

我知道他指的是我跟黄锦立谈不续约退出娱乐圈的那日。

“有什么关系？反正我去意已定。”

“跟我回品优娱乐，跟品优娱乐续约！”

“你疯了吗！”我忍不住朝他大吼大叫，“你凭什么管我，我不想回去！”

“你到底怎么想的！你的发展势头很好，以后电影和唱片两边都可以做，再接一些大制作逐步向国外发展就更有前途，有些国外的经纪公司已经对你很有兴趣……”陆瑜飞快说着，说得如此缜密，像是很早就已经为我做好了全盘计划一样。

“那又怎么样，跟我有什么关系？”我打断他的话，装出一副无所谓的口吻，“我才不想这么辛苦地工作。我最烦这些了，我已经赚够了钱，我这么年轻又已经有了这么多钱，干吗还要这么拼命……”

他到底懂不懂？不想回去，就是为了不想有一天亲眼见证他因为秦楚的关系将我赶出品优娱乐。

但陆瑜却突然“砰”地重重捶了一下墙壁，拳头破了皮，带着丝丝血印。他伸出双臂，像钢铁一样将我困在他与墙壁之间。

他漆黑的眼睛注视着我：“不要再说，不要再说了！别再口是心非——我比任何人都清楚，你有多么努力，你热爱着这个行业，所以不要再说什么退出娱乐圈。”

他的目光很深，就像能看到我的心底一样。他比任何人都更懂我，他甚至一开口就能抓住本质，他这么一说，我几乎就要被说动。

我沉默了半晌：“哈哈哈，你以为你很了解我吗？不要自作多情了，什么努力，什么热爱这个行业，难道你还不明白吗？你只不过是我打败萧萧，进军演艺圈的垫脚石罢了。”

其实不是的。虽然从来没有认真地说出口，可是我想你是知道的，这辈子我最爱的人，就是你。跟叶子澈分手时，我只想找回我的骄傲和尊严，可是跟你分手时，我只希望你从此过得快乐，得到你真正所爱。

“是不是担心厉睿？只要我在这个圈子一天，我绝不会让他欺负你。”但是陆瑜却像是丝毫听不见我说的话，只是自顾自地道，“还是黄锦立？是不是黄锦立又为难你了？！”

我再也忍不住，眼神闪了闪，扇了他一个耳光。

陆瑜被我打得整个人都惊呆了，黑色的眼睛里下意识闪过怒火，但是看到我后，随即又全数湮灭在眼底。他半晌没有说话，一点还手的意思都没有。陆瑜是这么高傲、以牙还牙的人，大概整个人生除了昨晚厉睿的那一巴掌，只有我现在这一耳光吧。

“你不过是因为我替你扇了厉睿那一耳光，觉得抱歉和感激吧。”我冷着脸，“那我现在已经打了你一耳光，就算扯平了，OK？当然，你如果要打回来，我也无所谓。”

“不是感激。”他沉默了半晌后，黑色的眼睛牢牢地盯着我，语气很坚决，“并不是抱歉。”

我的手都颤抖了，都决心放手了，不再自欺欺人了，为什么还要这样……

“你这人到底怎么回事，被我借着上位也无所谓，被我利用打击萧萧也无所谓。难道你以为我真的爱你？如果是因为这一点的话，那我告诉你，我从来、从来、从来都没爱过你，所以你也不必因为跟秦楚在一起而对我感到内疚。你也看到了，叶子澈有多喜欢我，我生日，他送花，还给我买生日蛋糕，我已经决定跟他复合了……”

我口不择言，撒着谎，正准备继续往下说，可陆瑜的脸一瞬间在我眼前放大，他像是被激怒了一样，刚刚还充满着隐忍和歉意的眼睛此刻发红，他钳住我的下巴，摁住我就是一阵强吻。我愣了一下，打着他，阻止着他，可他却丝毫不顾，反而将我直接推到墙壁上，狠狠地吻着我。

他吻得又用力又强制，身上浓厚的男性气息弥漫在我周围，像是恨不得把我之前说的那些话全部抹杀掉一样。

我开始还挣扎着，然而到了最后连拍打他的力气也没有了。

他一松开我，我就几乎站也站不稳，差点就要沿着墙壁瘫软在地上。

而陆瑜却突然轻蔑一笑，浓黑的眼睛里划过一道重重的讥讽，语气是从未有过的恶劣：“不过如此！看来你那个叶子澈也不怎么样！”

我又羞又恼，用袖子抹过嘴唇，好像这样就可以将他的味道抹去：“你什么意思你！”

“呵呵，”陆瑜像是突然间变成了一个我完全不认识的陌生人，变成很早以前那种又冷酷又不屑的样子，连声音都变得黑暗起来，“你该不会真以为我是对你恋恋不舍，看上了你？我不过是从商业利益出发，花了这么大的资源在你身上，好不容易将你捧成现在这个地位，助你打败萧萧，让你续约不过是不想浪费以前的精力罢了！”

我有些震惊地看着他，但是心里却不太相信他所说的话。

他扬起下巴，更加轻蔑地看向我：“还是你觉得你比秦楚对我更有吸引力？”

我的心狠狠一震。我垂下了头，我……当然没有。

“表面上看，你是主动退场，其实你是故意想让我内疚吧？因为只有这样，你才能掩饰以后没有我的帮助无法成功的事实！没有我，你根本连唱歌都不行；没有我，你根本连剧本都接不好，说什么要凭自己的实力在演艺圈闯下自己的天地，都只不过是说得好听而已，萧萧说得没错，没有我的帮助，你根本不可能打败她！所以秦楚一出现，你就急着退出娱乐圈，因为你心知肚明，你以后根本无法再创辉煌！”

“——我没有！不是这样！不是这样的！”

“那就证明给我看！那就让我瞧瞧没有我的资源没有我的帮助，你一样可以成功！”

“证明就证明！”我气到了极点，毫不犹豫地接下这个挑战。

“我根本就不相信！”

“我会续约！我会证明给你看！”

“是吗？那我等着看你的成绩，不过我猜一定会失败！到时不要怪我没有提醒你，没有我，你根本做不成任何事！”陆瑜搁下狠话，看都没有看我一眼，轻蔑地离开。

我又惊又怒，分不清陆瑜是不是在用激将法，可是他刚才的残酷，彻底将我的尊严踩在脚下的样子，让我根本无法不去迎战。

嘴唇上还残留着被强吻的刺痛，心底却回荡着陆瑜那些极其鄙夷的字眼，一瞬间觉得未来茫然极了。

脚踝有点湿漉漉的，我低下头，只见被陆瑜留下来的小拉布拉多正傻傻地舔着我的脚踝，见我弯下腰，便扬起小脖子，用一双湿漉漉的眼睛看着我。它的尾巴上扎着礼物般的粉红色缎带，脖子上有块骨头形状的狗牌，但是上面没有刻字。

我将它紧紧地抱在怀里。

第十四章

我不信陆瑜一直怀着这么恶劣的念头，更不信陆瑜会比黄锦立还要商业化，然而随后的现实非常清晰地展现在我眼前。陆瑜重现我们认识之前的样子，精明干练，毒舌老道，毫不在乎地戳穿艺人们的另一面，对任何巴结他的人都只有三个字——看、心、情。

私人party上，别人问起他对我有什么看法，在一片紫色帷幕前的迷离光斑中，陆瑜的笑容又暧昧又令人玩味："你不觉得她是个潜力股？虽然媒体说她没演技，但那又怎样？她的专辑销量可以打败萧萧，电影这边已有声色，难道不是摇钱树？她跟秦小姐谁更符合我心目中理想情人的形象？我以为，这个问题你们早有定论。"

那样冰冷的口吻，那样在商言商的方式。

我和他站在同一个宴会会场，周围衣香鬓影，笑语晏晏，然而那一刻，我却觉得风雪入骨，距离他的世界十万八千里。

从前并不是这样。

从前在拍《女皇》被骚扰时，他并不是这样。那时，他不会模棱两可，也不会含糊其辞，那时狗仔队要对付我，外面鎏金般浓烈的夕阳洒在他的眉峰上，陆瑜俯视着楼下犹如黑色蚂蚁的狗仔，冷傲中透着一丝不屑：“冲我来。”那时，只是站在他身边就有一种强大的安全感。

可是现在，陆瑜那种姿态，那种眼神，仿佛我们的人生从未有过交集。除了让Jolie不断提醒我，我跟公司还有三个月的合同，就是让Jolie转述他的原话，说我是“不能给公司赚钱的艺人”，俗气得仿佛这世上任何一个利益至上的商人，对我步步紧逼。

我分不清真假。

叶子澈离我而去，我伤心复仇，跟萧萧硬拼，跟陆瑜相爱。而后秦楚这个名字出现，把一切小心翼翼积累的感情和期待全数打破。

这样的我，这样的陆瑜，事情发展到这一步，到底哪些是能相信，能期待的?

深夜醒来，想起那天他在我家高大却冷漠的样子，想起他说“我不过是从商业利益出发，花了这么大的资源在你身上，好不容易将你捧成现在这个地位，助你打败萧萧，让你续约不过是不想浪费以前的精力罢了”，想起最后那个狂乱的……吻。

那时的热度、力度和气息，恍惚得好像只是我的一场错觉。

我和他，从未真实地开始。

陆瑜那天带来的小拉布拉多还养在我那儿。

或许是因为生活在这样的世界，太过辛苦，真的很需要一个陪伴，或许是潜意识就不曾想过要把它给还回去，觉得陆瑜虽然走了，可终归还能留下这么个小东西。给它洗澡、喂食、牵着它散步，看着它黑溜溜的眼睛转啊转的时候，总有种相依为命的感觉。

我抱着它，晒着太阳。

四月的天气，阳光已经很好了。

日本到处都是温柔美丽的樱花，落在河上，像是一层洁白的薄雪。四月的第一天，整个娱乐圈都在追忆一个男艺人，那个刹那芳华、风华绝代，却以一种残酷的方式在这个圈子消失的男人。

我扫着网上粉丝们对他的追忆，还有其他关于愚人节的段子，不经意间发现了这么一条。

那是一个粉丝写的关于宋微和黄锦立的段子。

“一直存着你的号码，说从不记女艺人的号码是骗你的。”沉默。“如果我求你，你会回到我身边吗？”依旧沉默。“今天愚人节，你不会以为我是认真的吧？”电话被挂断。黄锦立望了望天，深蓝的天幕见证着他和她的开始与结束，他自嘲一笑，喃喃道：“可是，只有在今天才有勇气打给你。”

这个娱乐圈真真假假的事情太多，艺人们所表现出来的只是想给外界看到的一面，粉丝们所了解的不过是冰山一角。但是那些眼角眉梢，蛛丝马迹之下，有些点滴却可以还原真相。

比如宋微与黄锦立之间。

如果说在这个娱乐圈，我真心佩服什么人的话，那么那个人一定是宋微，那个强大到改变自己命运的女人。

尽管无数男人只喜欢她的美貌看不到这一点，而真正看到这一点的男人，又畏惧害怕她的强大。大多数男人都自认睿智能干，他们想要的，只是一个长得漂亮还能被他们摆布的女人。

我拨通宋微的电话，跟她聊起这个段子。

就连我也是在宋微生下孩子以后才得知，她在拍《林萱》那部戏时就已有身孕，当初拍坠马那一幕戏时更是差点小产，而那年的金柏奖时更是怀孕已三四个月了。那时的我，只是替她遗憾她没能完美收官，没能以影后的身份完美息影，却不知道她承受的远比我所能想到的还要多，还要沉重。

她的勇气与坚韧远不是我可比。

“退出这个圈子，你后悔过吗？”我终是忍不住开口。

之前因厉睿那件事而想退出这个娱乐圈，这个决定我从不后悔，可是看不到尽头的人生，会让人害怕。未来那么长，只是想想心头就一片茫然。

不知道宋微做出息影这个决定时，是否跟我当初的心情一样。

“如果你为一件事后悔，那是因为你开始觉得它不值得你付出那么多。”她在手机那端优雅地轻笑。

值得吗？为了陆瑜值得吗？

值得。

关于这一点从未后悔。

我只害怕一件事，那就是所付出的感情，对方从未当真，只害怕，在陆瑜的眼中，我从来只是一个他用来获利赚钱的艺人，只是秦楚缺席他人生时的一块边角料，不必认真相待。

我希望陆瑜对我至少是认真过的，不是可有可无，不是随便一个会唱歌会演戏的年轻女艺人就能轻而易举地代替我。

“只要知道自己在做什么，就够了。这是一个男权社会，无论女性做什么，都会受到有意无意的轻视。就像我们拍电影，从来都是男演员是主要存在，女星再怎么有演技，都是充当花瓶。女人赚再多的钱，但只要对象是个富二代，就会被媒体说攀上高富帅，想嫁入豪门。好像一旦离开男人，女性做不成任何事，不是为了名，就是为了利。”宋微看得不能再透彻。

在这个圈子，哪个媒体真正关心过女星私下的辛苦，他们只想挖你的花边新闻，若是有幸结婚，更是恨不得你天天分手，日日离婚。

“可是你为他做了那么多，他什么都不知道……”一想到事到如今，宋微还隐瞒着的那件事，我就为她感到心疼。

“现在的我，已经不需要别人来承认我，更无须他来认可我，我只用做我想做的事就够了。”宋微在手机那端笑了笑，语气却像是回忆起了遥远的往事。我看不到她的脸，但我想此刻的她神情一定是端庄而宁静的，宛如蕴藏在时光中的琥珀。

“第一次遇到他的时候，我想，这个男人对我又幽默又风趣，要是可以成为他的女朋友就好了。想要他的爱，可是后来才发现他的爱太多，也太廉价。再后来，我观察思考，到底什么样的女人才能获得他的尊重，比起他廉价的爱，我只想获得他唯一的高贵的尊重。可惜的是，他将爱给了太多人，又将唯一的尊重给了已逝的人。那些年，我以他的标准为标准，怕他不喜，想让他尊重，然而到了现在，我只会做我想做的事，说我想说的话。生下这个孩子只是因为我想要个孩子，这与他无关，与付出无关。我对他的爱，不需要用他的评判标准来衡量……”

这么多年的恩怨纠葛被她说得轻描淡写，好像只是命运被轻松地翻过了一页。

最初想要爱，求而不得；其次想要尊重，但是早已被悉数献于他人；到了最后，她已不再要他。

这是命运淬炼出来的坚强，还是百炼成钢后的遗憾？

微风吹来，樱花簌簌响动，粉红色的樱花一瓣一瓣优雅地落下，像无数镜头里那样充满着春日的清新与美感。我站在树下，几枚花瓣落到我肩膀上，狗狗乖巧地围在我的脚边跑来跑去，偶尔用小爪子去抓鼻子上的樱花。

她已经彻底放开了那个人，而我却还无法放手。

又一次在公司碰到秦楚。

自从她跟厉睿的离婚官司打赢后，秦楚整个人都变得神清气爽起来，好似那一夜对着厉睿失态的事情从未发生过，那十年的错误从未发生，那个企图靠联姻获得利益最大化的人从来不是她。

她依旧是当年被陆瑜爱得死去活来的女神，依旧是这个城市的一笔传奇。无论如何风云变幻，她都能受人瞩目，地位举足轻重。

品优娱乐不乏大牌艺人、天王天后，可是看到秦楚都自知低人一等。他们或许如日中天，备受追捧，然而秦楚身上那种与生俱来的名媛气质，无形中就可以压得人自惭形秽。

秦楚看到我，漂亮的眼睛自上而下地打量了我一圈。

她穿着Armani Spring新款，小圆领，非常有质感的红色布料，顺着曲线滑落下来，看上去跟一般的春装无二，但衣底是不对称弧线剪裁，以及多增一层的褶皱设计，一下子将这件服饰的新颖突显出来，有种行云流水的优雅灵动。秦楚非常客气地笑了笑，像是法国那些礼仪良好的窈窕淑女："我很抱歉，对于你和阿瑜的事情。"

我不觉得她突然开口同我说话会是什么好事。

看到我对她的敌意与防备后，她笑得更有亲和力了，简直仿佛那些联合国的微笑大使："我知道你现在对跟阿瑜的关系定位很困扰，他也提过要与媒体记者们说清。"

她故意顿了顿，观察着我的反应。

什么“说清”，不如说是要正式宣布秦楚是他的女朋友吧。

我面色如常，只是胃一阵一阵地绞痛。

“但是你也知道，你现在还是品优娱乐的艺人，这会对你伤害很大，影响你身上的代言还有其他……所以我们都同意，先不对外公开我们的关系。”

多么的宽容啊，如此真爱，还替前女友的事业着想。呵呵。

一口气憋在心里，却连一句能回应的话都没有。

我冷冷地扫了她一眼，从她身边离开。秦楚这两个字和秦楚的笑，总能够成为压垮骆驼的最后一根稻草。她笑得如初阳煦煦，似乎她的每一个动作都是对我的大恩大德，我应该感恩戴德。

而我只感觉到漫山遍野的寒意和无穷无尽的屈辱。

再次走进黄锦立办公室，这个曾经默许我不再续约，以及退出娱乐圈的人，此刻正坐在办公室那张嚣张的老板椅上。他没有对我的到来感到惊讶，只是一双桃花眼里闪过复杂的光芒。他的双手摆在桌前，交叉着。自从宋微离开后，这间奢侈的办公室逐渐变成了一座冰冷的孤城。那些从意大利订购的家具，还有墙壁上充满艺术感的黑白相框，跟主人一样透着一种日渐衰落的气息。

“我知道你在想什么。”我看向他，“但我想谈的，一定跟你预期的不一样。”

这几天我想了很多，甚至超越了人生前二十余年的总和。跟宋微交谈后，我一直在想一个问题——为什么我这几年所做的事情，看上去像是自己的奋斗史，可是本质上还是与男人有关。因为叶子澈的背叛与欺骗，才决定为了尊严和骄傲而复仇；因为陆瑜的支持，才拼命往上爬；而后又因为跟陆瑜分道扬镳，决心退出演艺圈，到了现在依旧是因为陆瑜的鄙夷和轻视，想要有所作为。

什么时候，才能跟宋微一样，整个人生只跟自己有关，不用他人的评判标准来衡量。

我跟黄锦立谈着条件。他很意外，但是并没有刁难我，甚至宽容得简直令我感到陌生，好像我的任何要求，他都能答应。等我说出最后一个条件时，黄锦立眼中闪过了一抹诧异。

“你确定要这样？真的确定这样？”他一连重复了两次。

“对，我很坚持这一点。”我开口，“我不想欠任何人。”

他眯了眯眼，目光在我的脸上停顿了一下，声音有些深沉：“其实，你并没欠任何人。也许，你跟那些女艺人不一样。”

我垂着眼，笑了笑：“有什么不一样？艺人在你们手里，不就是成名获利，用来巩固资源的一种方式？我跟她们没什么不同。”

黄锦立沉默，眉眼之前却不见以前的风流轻蔑，过了半晌他才幽幽开口：“我一直认为，你是靠陆瑜上位，而他对你，则是一时心血来潮的施舍……”

“呵呵。”

“也许，是我错了。”他的神情竟有一丝真诚与歉意。

“事到如今……也没什么意义了。”虽然对他的态度感到意外，但最终我也只是淡淡摇了摇头。

我开始筹备新的专辑。先要定下整张专辑的基调，然后选歌、约歌、录制demo，再在录音室录歌，最后拍摄专辑封面，进入宣传期，上各个节目通告，分批打榜。前一张专辑，因为公司不敢冒险，所以A面的五首歌走的是老路子，B面才是真正想要转型的风格。这一次，由我做主，全部启用的是我想要的风格。

那种日式的，韩系的，仿照欧美风的，不是不好，那种流水线上包装出来的偶像风格，任何时候都是成熟的，适宜的，只是我不想要了。我渴望做些什么，好摆脱这种困兽之斗的人生局面。

日日夜夜地工作，失眠如影随形，而在录音室里工作时几乎抱着一张毛毯就能随时睡着。Jolie劝我不用这么拼，她还不知道我和黄锦立之间所达成的协议。我在录音室里，看着歌词板，对着话筒录歌。录音室是一个绝对安静的环境，像一个人沉浸在漫无边际的海洋里，所有的感觉都会变得极其敏锐，演绎情歌时，很容易将情绪带入进来。录歌的工作人员都很熟了，以前工作之余还会聊聊笑笑，而现在更多的时间我都是一个人安静地待着。有一天，其中一个录音师对我说："以前你唱歌，有点少年为赋新词强说愁的感觉，但是现在，声音里却多了些味道。"

看来任何事都是如此，演戏、唱歌，所有感情一刹那的爆发都来自人生曾经的煎熬。

只是筹备时间实在太短，很多时候录歌录到其中一句，需要神来之笔，必须使足了劲儿，才能抓到那个点。如果要求只是一般，的确可以过了，但是想要达到精品效果，就必须这样来。

想做精品，因此只能日夜不停地在录音室里磨。

累得精疲力竭，浑身脱力地从录音室里出来时，才发现黄锦立和陆瑜过来了。录音室的空间很大，音乐人总是随意率性，举手投足都带着一种颓废的、个性的艺术家气质，印有黑色曲谱和歌词的白色纸张四处散落着，而黄锦立和陆瑜两人西装革履，商业气质鲜明，跟这种环境很不协调。

在品优娱乐待了三年，黄锦立从未探过我的班，现在居然会出现，真是神奇。黄锦立双手抱臂，头微微歪着，一双桃花眼中的神色意味不明，他瞥了身边的陆瑜一眼，说："看来很辛苦啊。"

我微微一怔。这份辛苦一直独自承担，并没有想过从别人嘴里说出来会有种被怜悯的感觉。

不由自主地瞟了陆瑜一眼。

陆瑜的容貌放在哪儿都有一种独特的英俊，像是英国贝克街上方阴霾的天际，独特的灰蒙色调赋予了它百年来的与众不同，优雅而刻薄。他眼睛低垂，长长的睫毛像是黑色森林生长在他的眼帘处，他一眼都没有看我，只是听到黄锦立的问话后，才抬起眼皮，漫不经心地扫视了一圈，接着嗤笑一声："哪个艺人不辛苦。"

握住歌词纸的手指不自在地紧了紧，疲累好像突然在体内积累到了一个临界点。我低头，顿了一两秒，才抬起头朝黄锦立笑了笑："谢谢百忙之中抽空过来，我这边还要跟制作人商量一下……"

黄锦立也有点尴尬，可他好像听不懂我无意接待他们的暗示，反而意味深长地继续道："你知道上张专辑，高层们根本就不好看你转型，所以Jolie的提案一直都没通过。"

我疑惑地看着他，不明白他为什么会在几个月过后的现在旧事重提。

我记得那时我很着急，甚至还为此跟陆瑜吵了一架，把所有的压力发泄在他身上，指责他，最后终于通过时，还一度以为公司那些高管转了性子。

陆瑜依旧冷着一张脸，眉峰蹙了起来，带着寒意般的眼睛瞥向黄锦立。

黄锦立仿佛愉悦地举起双手，做出一个“投降”的姿势，嘴里却继续念叨着：“老实说，其实当初连我也不怎么赞同，所以从公事公办这个角度来说，是行不通的，但是如果有人以私交相胁，那也只好再考虑考虑，若是失败了就当这笔钱投进了水里……”

陆瑜带着隐隐胁迫地喊了一声：“锦立！”

简短，快速，像是秘密被泄露后的窘迫。

黄锦立耸了耸肩，手往嘴巴上一划，做了个“闭嘴”的手势。

我不敢置信地看着陆瑜，没有想到原来这件事的背后竟会有这些运作，而陆瑜仿佛感受不到我的打量，深邃的眼睛望着别处，脸上依旧一片冷漠，唯有眼神微不可察地闪了闪。

在此之前，他跟黄锦立关系尴尬不是一年两年了，就算是平时也只是止于公事上的接触，在咔隆时互不相让更是我亲眼所见，让他主动开口去求黄锦立……

我简直无法想象那会是什么情景。

“呵，那是你不懂歌坛，你的重心一直在影坛。我只不过是为了避免你制订出错误的公司战略而已。”陆瑜无视我的视线，面无表情地转向黄锦立，口吻严肃得不行，“况且，不做新的尝试，突奇制胜，能赢得过势如破竹的ESE？我已经输给厉睿一次了，难道你以为我想再一次输给他？”

尽管现在已是春季，可陆瑜脸部的线条刚硬得仿佛一座矗立在冬日寒风中的雕像，连说出来的话都像是冰珠子一般。

那样的神情，那样的口吻，足以让所有人明白他对厉睿和ESE的反感。一个歌手的转型，对他来说是没多大意义的，在与ESE厉睿之争中获胜，才是他愿意去游说黄锦立的根本原因。陆瑜这么多年来视如死敌的，只有厉睿一个。纵使有人能让陆瑜放下自己的骄傲，那个人也已被证实不是我。刚才心中那一点点震惊和感动，只不过是自己想太多。

我不自在地笑了笑："你们聊，我进去看看。"

黄锦立分明还想再说些什么，但陆瑜已抢先开口，眼眸闪着幽冷的光："你就让她去吧。续约的第一张专辑，总要做点成绩给我们看看。"

话里话外那种赤裸裸的功利心令人心寒，我的手指颤抖起来。

黄锦立那双桃花眼的颜色更深了一些，望着陆瑜的目光里带着一点意味不明的微光。

"凌影没有续约。"他缓缓说着。

陆瑜那张冷漠的脸像是突然被人揍了一拳，瞳仁快速放大，视线一下子对焦在我的脸上。

黄锦立声音低沉："而且，这张专辑的收益，她一分也不要。"

陆瑜不可置信地看着我，震惊极了："你、你……"到最后也没有说出一个完整的句子。

我回避了陆瑜的眼神。

黄锦立见状，风流地笑了笑："我去见见那些音乐人。"

他一走，陆瑜那种强大的压迫感就立刻显现出来了。他朝前迈了一步逼近我，英俊的容貌一半溶于光明之中，一半溶于阴暗中："为什么这么做？"他几乎有点恨铁不成钢，手握成拳从我耳边擦过支在墙壁上，把我半禁锢在他的一只胳膊和墙壁之间，他身上的男性气味笼罩在这个小小的世界里。

"为什么不续约？"他的眼睛漆黑幽深，里面充满着复杂的光芒，只是看我一眼，就差点令我意志动摇。

"这跟你有什么关系。"

我佯装无所谓的态度好像激怒了他。

"你就这么想离开品优娱乐？想离开这个圈子？想离开……我？！"他黑色的眼睛紧紧盯着我，像一座突然爆发的火山，再也没有了往日的阴冷，而是夹着一丝疯狂和怒火。

我不懂他的情绪，他这几个月以来都对我冷漠不已，然而听到这个消息后，却又如此生气，就因为我没有如他所愿，没有继续留在品优娱乐，没有继续心甘情愿地为他们赚钱吗？

“是啊，我就是想离开品优娱乐！”这样的念头侵入脑海中，我也开始肆无忌惮起来，带着一点憎恨的口吻，直视他的眼，“这难道不符合你们的心意吗？！你们应该更开心吧！”

秦楚当日充满优越感的笑容浮现在我眼前，那种为了“照顾我的情绪”而不能在一起的说法，像一块屈辱的烙印烙在我的心头。既然都要跟媒体公开关系了，我如何再待在品优娱乐天天看他们在一起？难怪当年秦楚要嫁给厉睿时，不择手段也要将厉睿当时的情人踢出ESE，这种如鲠在喉的感觉就算他们不在意，也扎扎实实地刺伤着我。只是想想那种情况，我就明白自己根本做不到，做不到眼睁睁地看着陆瑜对另一个女人好。

“你到底在说什么？”陆瑜几乎咬牙切齿起来，眼睛里的光芒又愤怒又有点悲伤，那种巨大的黑色情绪像是可以将他整个人淹没，“什么叫作我会更开心？！”

我被他眼里伤感的气息冲击着，那种情绪太强烈，只是被他漆黑的眼睛注视着，理智就摇摇欲坠，根本拒绝不了他，根本不忍心看着这个男人失望。

可是，事已至此，谁都明白继续下去只会是错误。

如果他做不到，那我来。

“我在说什么难道你不清楚？至少再也不用见到你。”

幸亏有之前的歌曲储备，这张专辑虽然因为赶进度时间异常紧张，但是质量并不低。专辑封面照请的是一名来自纽约的著名摄影大师。那些台湾和香港的摄影师习惯将很多专辑照用PS细细地修过，一张脸精致得不像本人。而这个摄影大师四十多岁，有着一双温柔的眼睛，粗粝的胡渣，崇尚自然与真实，身上带着一种艺术家独有的从容。

拍照那天，风雨欲来，长长的芦苇几乎被黑沉沉的云霭压倒。

我们都以为要推迟拍摄，他却举起镜头，试了试取景，问我要不要试试这种感觉。

天阴沉沉的，疾风骤雨即将破空而来，粗粝的大风刮在我的脸上，有一种隐隐的痛意与崩裂的快感，茫茫的芦苇被吹得东倒西歪，长长的裙摆仿佛一张乘风破浪的帆。

他让我拍了无数姿势。没有提示，没有要求。

我的内心有点茫然，风呼啸着从脸颊吹过，可是身体笨拙得像是一座沉默的老式的钟，所有的温柔都已悉数用尽。我想起往日那些摆拍的姿势，那些少女时期的专辑封面一张一张从回忆里掠过，可到最后却发现，那些都不是现在的我。那些甜美得像蜜糖一样的感觉，好像早已从我体内流失殆尽。

举目远眺，前方的雾霭一样迷茫。四面八方好像都是出路，可又像是处处都望不到尽头。

不管承不承认，离开了陆瑜，体内最坚固的一处，的确是已经崩塌了。

风吹拂着我的眼睛、长发，像是吹拂在千年万年的断壁残垣上。闭起眼睛，举起双臂，希望它能像破空的利刃一样穿透我的身体，把所有让我痛的，爱的，恨的，全数带走。从今以后，留下的，是一个无坚不摧的凌影。

芦苇沙沙地摇曳。

我在阴霾的天空下，像是想要用尽力气那般，赤着脚狂奔着。我站在芦苇之中，在狂风中断断续续地拉着小提琴，琴声随着风卷向无尽的天际，心底却涌起一种海浪般的刚强和澎湃，暴雨终于仿佛灰色的钢珠般砸了下来，唰唰唰砸向成片成片的芦苇，整个世界都成了一片钢灰色，仿佛处于破坏与重建的失衡状态……

摄影师收了器材。

Jolie快步跑来，用毛巾裹住我的头发。暴雨来得凶猛，身上的长裙已经湿透，裙摆湿漉漉地贴着我的小腿。我牙齿打着寒颤，眼睛却望向摄影师：“怎么样？”

摄影师湛蓝的眼睛像是温暖的海水，他笑着对我道：“很棒。”

两周后，专辑照片寄来。

完全没有人料想过，摄影师竟会把图像处理成长卷轴的形式，不同于标准屏幕的长宽比，更宽更短的画面将一切拉得极具意境。

我站在一片浩渺之中拉着小提琴。风将长发与琴声高高卷起，我没有看着镜头，而是歪着头，发丝像柔弱的水草般贴在脸颊上，睫毛因为逆影的关系在脸上投下重重的阴影，浓重的红唇成了一种毫不妥协的黑色光影，那种骨子里的难以驯服、凛冽孤独强烈地散发出来。天空中乌云翻滚几乎压住四周苍穹，地面上是一望无际的摇曳着的芦苇，软软的芦苇叶坚强地矗立着。天地之间一片黑白，唯独身上的红裙像墨涧水色中的一粒朱砂。

它看上去更像是国外摄影展上那些充满着强烈内心极具气质的人物图像，更艺术，更有思想性，而不是那种将明星的脸修饰得甜甜美美占据整个视野的专辑照。我从不知道自己还有这样浓烈如铁的一面，比狂风还要犀利，比骤雨还要激烈。这种充满艺术感的专辑封面简直让我感动不已，那种黑白胶片上又犀利又如同琥珀的剔透光影，只是看着它，心里就有一种钝钝的痛与爱，这就是我渴望的，那种内心深处有什么正在隐隐爆发的东西。

第十五章

专辑上架在即。

一些音乐人纷纷来试听，一部分人当面夸赞，一部分人又面露隐忧。他们的意见渐渐分为两派：一派觉得我的这张专辑极具艺术价值，是所有专辑里面最有水准的一张，非常鲜明地表达了自己的音乐追求、素养和格调，将会引起不同于往日的轰动；但是另外一派则认为跟上一张专辑相比，这一张变化太大了，失去了能够一把就抓住人心的商业元素，可能会得不偿失。

那些转型成功的歌星们纵使日后被业人内士分析具备了哪些成功元素，但是在转型之前，没有一个人能够万分肯定地下判断。而那些转型成功的前辈跟我的不同之处在于，他们已经度过了那段煎熬时期，当时的煎熬如今成了骄傲和果断的注脚。而我还在日夜等待着未来见证着这段时光，夜不能寐。

虽然一直在刻意避免与陆瑜和秦楚接触，然而他们的消息就像是夜晚捎过来的风，无法抵挡，总是会时而不时钻进我的耳朵。每每在娱乐报纸上扫到两人的照片，或是在电视中看到秦楚的笑容，那种想要遗忘却更加刺痛的感觉就越发明显。

明明已经不是我的了，不是吗？明明已经下定决心以后一个人走，不是吗？可是为什么只是看一眼，眼眶却依旧会灼热呢？

陆瑜当初把我强压在墙上时，力道是那么大，语气是那么恶劣，但是他有一句话说得没错，我应该做出成绩来。

不只是让他看看，而是让所有人看。

我整个身心都投入了这张专辑，对我而言，它更成为了一种象征，一种精神上的加持，我这样定义它——只要这张专辑能成功，这混乱的一切就可以结束，再也不会影响我分毫，而我也再不会因为那个人的一举一动而痛苦。

怀抱着这样巨大而隐秘的期待和决心，然而上天像是跟我开了一个玩笑。

“他们有没有说原因？”我在化妆间有些错愕地看着Jolie，完全没有料到会出现这种情况。那些节目制作人先前还热情洋溢，一副恨不得跪下来求我参加的姿态，现在却纷纷婉拒。

Jolie皱着眉，朝我摇摇头，一边安慰我“没事，多的是节目”，一边又飞快地打通另外一个电话。

“周姐，不是我自夸，我们家凌凌你又不是不知道，拿这种理由搪塞我，以后我们姐妹都没得做！”Jolie在手机这边半是要挟半是拿交情说事。

按理来说，在娱乐圈浸淫六年，到了我和萧萧这种地位的歌手，这些预热宣传是可以拿掉的，但是为了这张专辑能够宣传得更好，我们这边甚至答应上一些只有新人发片时才会频频参加的通告和娱乐节目。

“哎呀，Jolie，我们之间还用说么！当初你刚来T市，我可是连夜打的去接机，但现在上面有指示，我也没有办法……凌影我也很看好，要不过段时间再看看？我这边真的超忙，过会儿我再打给你？”

Jolie表面镇定，但已隐隐有些焦躁。

这已经是第五个先前答应我们现在又婉拒我们去宣传新专辑的节目组了，虽然我和Jolie没有往坏处想，但都察觉出了一丝不对劲。

将所有事情联系起来，只有一种可能性才说得通。我不知道Jolie带的艺人有没有遇到过这种事，但是内心的阴影却在不断扩大。

这个圈子曾经有一个获得过影帝称号的男艺人，演技精湛，才华横溢，却因为某个缘故被封杀，从当初饰演男主角一度沦落到只能饰演丑角和不入流的反派，最后在国外出演的电影爆红才走出这种尴尬难堪的处境。

而封杀他的，正是厉睿。

Jolie声音低了几分，对着手机那边的人说道：“你给我交个底，是不是ESE那边……”

化妆镜的镜面闪着光，镜中的Jolie脸色沉了几分。

“有些事我不能说。”手机那边传来女声，“只能提醒你，你们家凌影是不是得罪过谁。”

我和Jolie对视一眼，都在对方眼中看到了惊愕与果然如此的情绪——果然是他，ESE总裁厉睿！之前曾经担心过的事情果然发生了！只是万万没有想到在事情发生几个月过后，让你误以为危机已经解除，全心全意做着专辑时，他却无声无息地在新专辑面市前夕这个最紧要的关头来了这么一手，一下子将人置于死地。不愧是厉睿，不仅沉得住气，也足够心狠，难怪秦楚跟他在一起时，虽然聪明地看出他想要做什么，却始终没有办法对抗他。

她玩不过他，没有人能玩得过他。

“不能参加就算了。”我沉吟道。

虽然之前的专辑宣传走的是一制作完毕就发动所有资源进行宣传造势，引起全城轰动热议的模式，但是显然如今电视媒体这部分的宣传环节不太好走了。

“这张专辑其实离上一张并不久，少几个步骤也是可以的，反正新专辑面世，品优娱乐这边也会有通稿出来。”我安慰着Jolie，说自己并不在意。

诚然，我抱着巨大的期待希望这张转型的专辑能够成功，陆瑜、秦楚还有其他人一定也会在暗处注意专辑的情况，如果失败，议论和讥笑必不可少，但是厉睿势力庞大，Jolie根本没有办法，我不能让她螳臂当车，只能让品优娱乐来出面。

品优娱乐的企宣部倒是不含糊，通稿发得铺天盖地，即便这张专辑之后我并不会跟品优娱乐续约。

凌影最新专辑《坚定》 文艺清新转型之作

首波主打歌《坚定》迅速霸占排行榜TOP1

我和Jolie紧张地关注着这张专辑的走势和歌迷们的反响。

黑白胶片感的专辑封面上，上下空隙的留白间有英文手写签名的Angel Ling，在一排排色彩斑斓的专辑中显得那么与众不同，很多学生在柜台前走来走去，有的指着海报就兴奋地尖叫起来，有的则拿着方形的黑白专辑跟其他歌手的专辑比较着，而一旁墙上的液晶显示屏里正播放着我新专辑的MV《魔鬼瓶》。

我在潮水中弹着三角钢琴，晨曦从海水天际射出，仿佛镜面一样的海水折射出水彩一样温暖的光线，波浪轻轻涌来，白色的泡沫冲到我的脚边，又迅速消散……

随着钢琴声越来越悲伤，旋律越来越急促，歌声仿佛溢满了伤感与悔恨。无数的黑色羽毛从天而降，越落越快，越落越多，落在光亮如水的钢琴盖上，落在白皙的钢琴键上，落在我的身上……

沉入海底三千年的魔鬼瓶／我自有我的快乐／不要吵醒不要吵醒／不想面对昔日的回忆／就让我在这瓶中独自舔伤……

画面变化，有个小男孩拾起了这个魔鬼瓶，将瓶中的小女孩释放了出来。瓶中人说可以实现小男孩一个愿望，小男生满脸惊喜，跟小女孩在海中徜徉，说要永远和她在一起。

最后，整个画面被黑色羽毛遮住，等再看到画面时，半瓶海水，连同三角钢琴和我，已被缩小了千百倍，仿佛漂流瓶一样，被关闭在一个碧绿澄澈的瓶子里，我依旧低头弹着钢琴，只是背后长出了黑色的翅膀。

帅气的少年在海滩上捡到了这个瓶子，他以为这只是一个普通的漂流瓶，拾起来朝着不远处的少女说，看，又一个漂流瓶。

少女笑眯眯地道：“丢回海里吧。”

少年点了点头，身体微微后仰，用力，漂流瓶呈一道弧线在空中划过，瓶中人眼角划过一抹泪光，像是阳光金色的光斑反射在瓶身上那样刺眼夺目。

再也回不去了。像小孩子一样干净空灵的笑容，像那时诚挚梦幻的天空。

大家都长大了，所以你再也看不到瓶中精灵的眼泪。

“是凌影的新专辑！”

“不会吧！怎么跟她以前的风格这么不同……不过，很有意思的样子。”

“她上张专辑就在尝试转型，没想到变得这么文艺了，但是也不错……”

我和Jolie亲自去一线渠道了解情况，没有想到新的风格不仅没有引起大家的排斥，反而好像被接受了！

基本上只要老歌迷没有流失，专辑的销量都会有一定的基数，这已经是所有转型情况中非常乐观的情况了。

然而，明明专辑的实际反响非常不错，但是报纸媒体上却一片鄙夷奚落之声。

并不是穿得小清新，就是实力派歌手。就像不是白富美，就不要妄图以为自己能攀上高富帅。某个艺人新专辑一改往日形象，以“坚定”为口号，好像在表明自己的情伤不用担心，实则暗示意味浓厚，利用之前的绯闻充当新专辑的噱头。此艺人一向心机深沉，之前挤走组合好搭档，如今情场不得意，就以此炒作事业。

专辑夸张浮躁，转型非常失败。

仅仅三个月怎么可能制作出一张好的专辑，歌手难道不应该更注重质量吗？这样频频出专辑，大有圈钱嫌疑。

本应该是不错的表现，如今却频频被点名批评，恶评不断。

我和Jolie都心知肚明，这必定是ESE的厉睿在背后操作，可是对方势大业大，碾死一个小艺人就像碾死一只蚂蚁一样容易，当年他的情人已经做到ESE总监这个位置，不是尚且仍被他从天堂拖到地狱么？

于是，原本反响不错，被一些乐评人看好的新专辑，在这样被人故意抹黑的情况下，销量走势也渐渐停滞下来。

原本不想用到品优娱乐的资源，但是任由这种情况发展下去，很有可能这张新专辑就像是落入水池的石头，只是啪地溅起一阵涟漪，就什么都没有了。

我约了黄锦立。我必须跟他谈谈这件事，看他能不能帮忙。

没有想到的是，黄锦立又拉着陆瑜一起。我猜不透现在的黄锦立到底是打着什么主意，但是心里已经做好整个过程避免跟陆瑜接触的准备。

“既然你们有事，我先离开。”陆瑜冷冷地开口，黑色的眼睛像是深潭。他现在越来越冷漠了，过去那种恶劣性质的因子好像也全数从他身上抹去，让他整个人看上去就像一座纹丝不动的冰雕。

“你是总监，走什么走。”黄锦立手指夹着万宝龙的钢笔，戳了戳办公桌。

陆瑜瞥了黄锦立一眼，眼神含着点说不清道不明的意味。

黄锦立看都没有看他，反而有些亲切地问我：“怎么回事？”陆瑜仿佛为了避嫌似的，拿着一张娱乐报纸，坐到了比较远的单人座椅上，一边喝着咖啡，一边看着报纸，一副不会参与的样子。

因为直面黄锦立，陆瑜在我身后的方向，所以我看不到他的表情。

但是这样一来也的确让我的压力和警惕骤然小了很多，我理清思路，把专辑发行以来前前后后的各种迹象说了一遍：“……所以可能是ESE那边在操作舆论。”

“厉睿啊……”黄锦立皱了皱眉，往身后的黑色老板椅上一靠，沉吟了一声，朝陆瑜望去，“你怎么看？”

我的心一下子悬了起来，扯到厉睿，就很有可能勾起那天晚宴上的恩怨……

“我没什么看法。”然而，陆瑜简短的一句话就将整个事情盖棺定论了，心里那些刚刚漂浮起来的情绪又立刻狠狠跌了下去。

但是也没什么可失望的，本身就已经是不相干的人了，不是吗？

我直接忽略他的话语，看着黄锦立，低声说：“品优娱乐企宣部这边……能不能帮忙澄清一下，毕竟对新专辑的销量产生了影响。”

于公于私，我都觉得黄锦立会答应。ESE这样对品优娱乐的艺人下手，品优娱乐没有理由不还击，就算往后退一步，品优娱乐不愿意为我出这个头，但是这张专辑的收益全部归他们，他们也没有理由跟钱过不去。

“抱歉，品优娱乐管不了。”没想到黄锦立却回复我一句轻飘飘的话。

一瞬间我睁大了眼，以为自己听错了：“什么？”

“品优娱乐管不了。”黄锦立眯着眼，吊儿郎当地重复了一遍。

“我知道我跟你之间关系不太好，但我以为、我以为……”我一下子站了起来，双手撑在他面前的办公桌上，因为太过意外的关系，刹那间有些语无伦次，“这张专辑的利润是归品优娱乐的。”

“我知道。”黄锦立耸了耸肩，眼角吊起，“那又怎么样？”

他的话说得利落干脆，一下子把我钉在了那儿。

是啊，那又怎么样？我突然明白了。

品优娱乐虽然跟ESE是竞争关系，可是一旦闹翻，两家都会元气大伤，为了一个不跟自家续约的女艺人，得罪厉睿显然并不明智。新专辑受到欢迎，固然对品优娱乐有利，但品优娱乐这么大的公司，损失个把专辑的利润又算得了什么？

当年厉睿抢了陆瑜的女朋友，品优娱乐都要跟ESE联手，强强合作，气得陆瑜几乎将这段兄弟情斩断，可即便这样，黄锦立也没有改变过主意。我，又有哪一点值得品优娱乐为我出头？

我站在黄锦立面前，全想明白了。

未来新专辑会被ESE打压成什么样子，仿佛已经可以清晰地预见，想起几个月来辛苦付出的汗水和心血，一时之间觉得难受极了，声音都无法从喉间发出。双手死撑着办公桌，才能勉强承受这个事实。

之前设想过种种，担心歌曲不被歌迷接受，担心风格不被粉丝喜欢，担心专辑封面不够主流太小众，担心新专辑销量不佳口碑不好，然而现实却以这种完全预料不到的方式狠狠地打了我一耳光。

“难道就没有办法了？”陆瑜将白瓷咖啡杯放在了茶几上，像是等得不耐烦般插嘴道，“让企宣部那边发几个通告澄清一下，也费不了多大力气。”

“呵呵，你下命令当然没有问题啦。”黄锦立眯着眼笑着，从善如流，双手横在办公桌上十指交叉握着，“但是你最好不要插手这件事。”

黄锦立突然口吻一转，变成了公事公办的样子。

陆瑜显然也有些发怔，即便仍然是一张冷漠中带着点嚣张的脸，眉峰却几不可察地挑了挑。

“有什么问题吗？”

“你跟厉睿之间的事还嫌不够多吗？”

黄锦立只是点了一句，我和陆瑜就不约而同地对视了一眼，视线交汇，各自都带着对那晚的回忆——那一晚他替秦楚挨了一巴掌，而我则为他扇了厉睿一巴掌。

只是，视线相接的那一瞬间又极其快速地避开了。

“你刚刚从厉睿手里抢走秦楚，现在却又为了另外一个女人跟厉睿掐架……不知情的人会怎么想。”

黄锦立的话仿佛一道闪电，刹那间就把我和陆瑜的脸照得惨白。

心渐渐下沉。

诚如黄锦立所言，或许陆瑜会因为看不惯厉睿这个曾经的死敌，对我投以同情，顺手帮一把，然而事情一旦涉及到秦楚与他，秦楚的名声，不用他做决断，我已知事态会如何发展。

这种事情已经发生过太多次，在我与秦楚之间，哪一个会被舍弃再清楚不过，而这种感觉已经不想再多体会一次了。

“专辑的事我会处理，我先出去了。”我几乎是下意识就说道，黄锦立和陆瑜再怎么争都好，我是决计不能再留在这里的。

“凌凌——”陆瑜像是失控一样，脱口而出，等他意识到自己喊了什么之后，又紧紧抿住唇角。两个人相处久了，曾经的习惯怎么也改不掉，纵使已经跟他分开这么久，还是一听到他呼唤我的名字，就下意识回过了头，视线直直撞入他的眼眸中，才察觉已经不是从前。

不知道是不是我的错觉，他的眼睛里像是显露出一份着急和担忧。

“专辑的事——”我看着他线条好看的嘴唇重新张启，突然之间，隐隐生出了一丝期待，“既然如此，如果销量不好，也没什么关系。”

一瞬间，曾经所有的努力像是被人当作了一个无关紧要的笑话。

我几乎气得要发抖，所有人都可以否定这张专辑的意义，只有他不行。

▶第十六章

好的宣传攻势可以帮助新专辑顺利让所有受众知晓，然而宣传失败的话，可能新专辑就会被淹没在茫茫专辑之中。但是，纸媒的不看好，电视节目的受限，想要扩大宣传渠道都显得极为艰难。在这种情况下，黄锦立像是丝毫没有受到影响，遇见我时还能和声细语地和我说话，甚至还为我接洽了一个国外香槟的代言人身份。

“是不是有点扯？我马上就不是你们公司的艺人了。”自从知道后来的和平共处也不过如此后，我就对他连一丝好感都没了，“把这个合作给我，代言费怎么算？”

我的话多少带着点嘲讽，但黄锦立像是根本不在乎一样，朝我耸耸肩笑了笑，欲言又止道：“对方看上你，又不是我的主意。”

这个香槟的品牌在国际上知名度不错，我和Jolie商量过后还是接了这个代言。厉睿的狠辣我们已经见识过，谁知道他不会狙击了新专辑之后，又继续来对付我，像是以前对付那个男艺人一样，先冷藏他的事业，接着再搞掉他的代言。趁我们还有能力承接时，多一个国际大牌的代言在手上总是妥当的。

今晚是这个品牌的香槟之夜。

作为代言人，我早早出场同经理们打了招呼，帮忙宣传。会场各种漂亮的香槟杯摆放起来，圆形的杯口一层层叠加，几何图形本身就已具有不可思议的美感，在灯光下亮晶晶的一片更是仿佛一座海底的水晶宫，钢琴声像是流水一样落在半露天的会场里。前来参加的嘉宾们穿着晚礼服和正式的西服，优雅得像是宫廷里的伯爵与夫人。

一场小提琴演奏之后，我随着主持人出场，按照以往给代言品站台那样，微笑着手捧香槟，回答主持人的问题，赞美这个品牌，并在扎着彩带的香槟上用金色的签字笔签名。

一切顺利地进行着时，主持人突然笑道："今晚的Vermuse香槟之夜，众星云集，不仅有凌影小姐代言Vermuse，更有一位神秘的影帝前来助兴。"

我微微一怔，没有想到还有这样一个环节。

灯光师将圆形的光束照向会场手持香槟的嘉宾们，鼓声一阵比一阵急促，连我都不由好奇起来。

终于，灯光一停。

圆形光束停留在这个身形修长、容貌妖孽的长发男人身上。他微微眯着眼，长长的睫毛犹如细细的雨丝，有一种难以描述的美感。他简直像是天生的衣架子，白色的西服大衣被他穿出一种狡猾的雅痞味道，迷得人几乎找不着北。

周围的人纷纷倒抽一口冷气，又止不住惊呼。

"天！他竟然来了！"

"居然是封景先生……我眼睛没花吧……这是真的吗！啊啊！"

"封先生——天啊，封先生！"

那种惊喜和兴奋，像是比前来参加这个香槟品牌活动更荣幸，甚至已经有不少小有名气的艺人拿出了自己的手机，像是热情的粉丝一样对着他照个不停。

封景，这个在娱乐圈叱咤风云，最神秘最妖孽的男人。

他曾在盛名之时退居幕后，甘心成为厉睿手中的一枚棋子，也曾在厉睿与秦楚联姻时被逼入绝境，但最后却凭借自己聪明的头脑，跟如今的爱人成立了知名工作室，再次声名鹊起。

他看似跟厉睿再无任何交集，但所有曾经见证过他与厉睿故事的人，都说他在的时候厉睿还是个人，而厉睿将他逼走后，厉睿体内属于人的情感也被驱逐殆尽，成了一部高速运转的工作机器。

近来年，封景已经越来越低调神秘，很多场合、盛宴，包括颁奖礼在内，都已看不到他的身影。

尽管如此，当那些嘉宾像小粉丝一样拍照时，我看到封景还是保持着极佳的明星气场，笑起来的时候连眼睑下方的泪痣都像是闪着光一样，有种能与埃及艳后媲美的蛊惑气息。

他从容而略带张扬地走上台。

主持人都似乎随着他的脚步而变得激动起来："封景先生，今天您能到Vermuse香槟之夜，我们真是太高兴了。您这两三年已经很少出现在这些场合，能告诉我们今晚为什么前来吗？"

"难道不是因为你们Vermuse的香槟很好喝？"

封景只是站着我身边，我就能感受到一种比天王巨星还要强烈的威压和气场，又闪耀又深邃至极。酒红色的长发下，他的下颌、鼻梁、眼睛，真是好看得比艺术品还要精致，没有哪一处不充满魅力。明明应该年纪比我大上一倍了，但是除了多增几分成熟的神秘外，时光好像不曾在他身上停留。

主持人犹如被褒奖了般高兴，却只听封景话锋一转，狭长的眼睛朝我这儿一瞥，明明他的眼神只是转动了一个方向，那种强烈的放电般的感觉却令人招架不住："当然，凌影小姐成为Vermuse的代言人也是吸引我的原因之一。"

他轻轻一笑，整个夜风都像含着醉意。

主持人也像是被迷得晕头转向："噢，封景先生认识凌影吗？"

封景懒洋洋地勾了勾唇角，像是看着下方摄影机的镜头，寻找着哪里有前来报道今晚晚会的娱记们。虽然这种晚会一般只会被一笔带过，但今晚封景出场，绝对会成为震撼性的话题。他的目光只是轻轻点了点，下面就有女性娱乐记者忍不住"啊"地叫了一声，声音里满是激动。

因为他顿了一顿的关系，全场格外安静，所有人都等着他下面的话。

“不认识。”他笑得诚恳极了，却带着一些不正经，双唇在夜色中像是沾染了水色，有种暧昧的光，他浓密的睫毛眨了眨，“不过她不是扇了那个谁一耳光吗……”

台下的嘉宾们轰动了，仿佛好奇心强烈的狗仔，都没有想到他今晚不仅出现在这里，甚至在话语中还暗暗指向那个久违的，传说中不能向他提及的人物。

“我觉得她挺不错的……”封景的话只说了一半，故意停了一两秒钟。他笑得极其迷人，连眼角下方的泪痣都好像更浓郁了一些，他执起我的手，在我的手背上亲吻了一下。这本来应该是一个需要先询问我的动作，然而他做得太自然了，被他握住好像都成了一种荣幸，我竟然自然而然就将手递过去了。刹那间，全场的焦点由他一个人变成了我和他两个人。

台下咔嚓咔嚓的声音飞快响起，简直比走红毯时的拍照频率还要疯狂。

我有点目瞪口呆，惊讶的表情怎么都掩饰不住。

封景朝着看呆了的娱乐记者们狡猾地眨了眨眼睛，嘴角噙着一抹蛊惑的笑意：“我是说——她的新专辑《坚定》，挺不错的。”字字清晰，声音流利。

封景轻飘飘地下场，就像他上台时那样璀璨华丽，又神秘飘渺。他整个在场时间不过五分钟，却掀起一波又一波高潮，把在场每一个人的胃口吊得极高，好像听到他的哪怕一句话都是一种荣幸，却没有人意识到，他说的每一个字都暗含深意。

这就是封景——任何时候都能将形势变成为他所控，为他所用。

我端着一杯香槟，有些晃神地走向嘉宾席。

周围依旧是觥筹交错，琴声不断，在繁复的背景音中，我的耳边却还停留着封景之前靠近时说的别有所指的话，他的声音好听得像是沉陷在红酒里的丝绸。

他说：“你觉得我为什么来呢？不是每个人求我，我都会出来帮这个忙。我很难被打动，他可真是费了不小的力气。但他说他只想让你证明你的才华，你信吗？”

杯中的香槟微微荡漾，一如我现在的心情。

因为黄锦立的禁止，品优娱乐已经无法正面跟厉睿争锋，所以才苦苦请动封景出山，是这样吗？故意让他在媒体面前提那件事，故意提及我的新专辑，因为只有封景，才是厉睿今生最觉得亏欠的人。

我紧紧握住酒杯，表面平静，内心的震荡却无与伦比。

迷离光影，悦耳琴声。

穿过一个个人影，我的眼里只有不远处的那个男人。封景再魅力十足，迷人万分，可是在我的世界里，却只有他可以吸走我全部的视线。

人群重重，我看见陆瑜微微笑着，好看的眉毛浓而黑。

就在我即将靠近时，人影闪了闪，露出他身旁那个人——秦楚。

秦楚笑颜如花，伸出洁白的手臂，纤长白皙的手指翘了起来，然后，她拿出一枚戒指——那枚她一次次丢弃，陆瑜一次次捡回，甚至在法国为了从河中捡回而发高烧的戒指——将它递给了陆瑜。

她微微仰着下巴，一副“你知道该怎么做”的神情。

我被擦肩而过的人狠狠一撞，玻璃杯里的香槟狠狠洒了出来。

我身上是Chanel束腰白色小礼服，上面有着精致的手工刺绣。脖颈上是一条价值几百万的钻石项链，来自珠宝商的赞助，对方甚至还专门为此投保。穿得如此慎重，是因为这个香槟品牌在欧洲闻名遐迩，为了打入亚太地区，他们在这个香槟之夜的策划宣传上投入了大量的资金和精力，身为代言费高达七位数的代言人的我也必须拿出同等的诚意来。

然而，当金黄色的液体泼在贵重无比的礼服和钻石项链上时，就连对方都立刻被吓得脸色惨白，我却一点反应都没有。这种颜色的礼服脏了怎么办，这么贵重的珠宝被泼上了酒水怎么办？现在这个样子又该如何再上去为代言的香槟站台，主办方又会有什么反应？思考不了这种事。所有的注意力都被那两个人占据，所有的注意力都被积聚到那枚钻戒上。

太阳穴突突地跳着，全身的血液“轰”地一下全部涌向了头部，满脑子是一片忽如其来的混乱。

每一次，当你以为这已经是人生最低点时，命运却还可以高声大笑着告诉你：看，这才是你所要面对的，之前的那些不过是开胃菜而已。

我简直快要发狂，像是高烧不止，浑身发烫，连呼出的气体都变得滚烫而灼热，整个人被一股愤怒绝望的情绪死死拖入黑暗的沼泽——为什么秦楚会在这儿？为什么陆瑜会和秦楚在一起？他们的关系什么时候已经进展到了这种地步？！

求婚，订婚，再过不久，是不是就要结婚？你是不是打定了主意要与她结合？你是不是已经决定从今往后将所有的爱都献给她？

无法相信。不愿相信。哪怕此时此刻它就真真切切地发生在我眼前。

周围的一切迅速失控。道歉声，主持人活跃气氛的声音，嘉宾们的谈笑声，像是一卷被倒带搅乱的磁带，混乱不堪，磁条尽毁，被小提琴拉出一组组难听的粗哑变调的旋律。而在一切失真的频率中，唯独秦楚和陆瑜就像是镁光聚焦下的主角，眼角眉梢一点一点明亮起来，轮廓清晰得可怕。尤其是那枚钻戒，钻石上的碎光几乎快要刺瞎我的眼睛。

陆瑜，你知不知道，你真的好残忍。你在给过我前所未有的勇气之后，在给过我不计其数的支持之后，在一点一滴侵入我的生活我的心之后，在你让我感受到什么叫作情深意长之后，才让我明白，那些不过是另外一个女人缺席你的人生时的消遣，你有更用心更认真的样子，只是那样的时刻从来不是用在我身上……

这简直就是一种侮辱不是吗？这简直让人连杀了你的心都有是不是？

可是，即便尊严和骄傲都这样被你践踏，为什么现在的我，每次一看到你，还是痛苦不堪，为什么现在的我，每次一看到你，都觉得心快要死掉一样……

如此难受。如此伤心。如此绝望。

如果可以，那么请你告诉我，还爱着你的我该怎么办？

如果可以，那么请你告诉我，现在的我到底是应该继续爱你，还是该用力恨你？

如果可以，那么请让我再也不用与你相见，因为即便我一次又一次下定决心要与你形同陌路，宛如路人，可我依旧还是控制不住自己的心。

愈思念，愈痛苦；愈相见，愈煎熬。

看不到的时候会苦苦思念，看见你的时候明明高兴却要佯装冷淡，看到你跟秦楚在一起时心都碎了可是还要做出一副无动于衷不吃醋不妒忌的样子，其实想跟你在一起，其实想跟你多说几句话，其实根本不想你永远站在秦楚左右，因为她不值得。可是，不可以，不可以对你说出来，更不可以做什么，因为只有这样，才不会给你带来麻烦与困扰，因为只有这样，你才会过得自由和开心……

——无法阻止自己不再爱你，这一定是这世上最残忍的事。

只是，若是一早便知道，命运让我得到这个代言必须付出这样的代价，那么我情愿就此被厉睿封杀，就此从娱乐圈消失得干干净净，也不愿看到眼前即将发生的这一幕！

晕黄的光线中，秦楚的手优雅地停在半空中。

那些声色浮光一个个变成圆形的虚幻的光斑，像是破碎的钻石，迷幻而悲伤。她的手指细长而洁白，一看就是出身良好，地位尊贵，可以轻易地拥有很多东西。所以，就算有一些她并不是真正想要，她只是无法接受自己的失败，无法正视这一点，她只想重新披上荣光，卷土重来而已，她也不会放过。

这一切明明是那么昭然若揭，可是爱慕着她的人却可以一次又一次视而不见，不计前嫌。

也许，这才是真正的爱，哪怕虚荣、自私，也会被好好守护？

就像那枚戒指。它已经不新了，戒身上还有着划痕，经历过太多的坎坷，太多的辗转，被扔，被捡，被丢在抽屉的最深处，哪怕我希望它永世封尘，永远不见天日，永远不再出现，它依旧是陆瑜最诚挚感情的一场见证，依旧被秦楚以曼妙的姿势递向了陆瑜。

浓浓的阴影打在陆瑜脸上，他整个人都像是隐藏在黑暗中一样，只露出锋利的眉峰。

这个人，已经离我越来越远。

原来，梦里那种抓不住的感觉是真的。

夜风呼啸着涌入，高雅的纱幔“哗”地一下被高高吹起，像一只只悲鸣的海鸟。杯里的香槟被吹得泛起涟漪，哗啦哗啦轻响，无数女嘉宾的裙角被风扬起，她们惊讶地娇笑着捂住裙摆。

一片骚乱中，唯有秦楚姿态静雅。

她看着陆瑜，卷翘的睫毛下，一双眼睛优雅地凝视着他。她的脸上带着淡定的微笑，那种我见过千百遍的、高贵的、不会输的笑意，就像第一次她来录音房找我时的那种笑意，从容不迫，高高在上。

香槟塔上流下的像是北欧神话中的金色泉水，细碎的白色泡沫浮浮沉沉，不断升起而后又破碎消失。

有那么几分钟，陆瑜一直没有动作，时光像是凝固了一样，我几乎快要当场喊出：

——不要，不要!

陆瑜，你知道戒指的含义，你知道为一个女人戴上戒指意味着什么……

你知道的!

不要给她戴上，因为，我喜欢你!

浮华万丈，灯火辉煌。

周围的嘉宾们谈笑着，品着香槟，音乐声和酒杯碰撞声像泉水弥漫在众人的耳边。

陆瑜终于一点点从黑暗中显露出来。先是下巴，再是唇、鼻梁，最后是一双幽深冷漠的眼睛，阴影一一从他身上褪去。他整个人微微向前倾，眼神晦涩不明，黑沉沉的，好像任何光线都无法照射进去，他用着一种又熟悉的，又像是完全陌生的目光，探究般地深深打量着秦楚。

我紧紧盯着他，心不断提起，落下，又再次提起，像是在轮回中煎熬。

你会怎么做?陆瑜，你会怎么做……

过了好一会儿，他终于重新抬起眼皮，对着秦楚说了句什么。秦楚一愣，微笑的样子瞬间被定格。陆瑜玩世不恭地一笑，蛮横地拉过秦楚的手。我眼眶一涩，瞬间整个世界天旋地转起来，心急速地往下坠落。秦楚往后微微一缩，白色的圆形小桌在拉扯之中晃动了一两下，可陆瑜脸上的笑容不变，眼睛深如黑潭，想将那枚戒指强行戴上去……

所有的一切像是一场人间喜剧，在我眼前上演。

有情人终成眷属，这本该被祝福，本该得到恭喜。

然而，没有勇气。

再也没有勇气看完这残忍的一幕。

黑色的狂风再次涌入，垒得高高的香槟塔摇摇欲坠。陆瑜的脸变得陌生而疏离，像是被洒上了一层灰色的尘埃，在我的记忆里变得面目全非起来。千万光点透过玻璃杯折射着残忍而悲伤的微光，仿佛一串串冰冷的讥笑声，在这香槟之夜的上空无尽盘旋，我听到命运在上方对着我大声嘲笑道：

——凌影，你看清楚，你从未有过什么东西是真正属于你自己的。

——从未。

“凌影——”主持人站在蓝色华丽的站台上，通过黑色的麦克风喊着我的名字，脸上挂着能成为这个香槟之夜的主持人的自豪。被这样的国际品牌邀请，任谁都可以描写为履历里光彩的一笔。

多么的荣耀，今晚的这一切是多么的荣耀啊。

国际香槟品牌代言人，传奇之王封景现身，甚至——我有一种深深的预感，厉睿的封杀一定会被解除，新专辑的销量一定会势如破竹。

这就是演艺圈，这就是我的事业，不是吗？蒸蒸日上，完美无缺，还有什么不满足的呢？

我望着这盛大的宴会厅。灯影绰绰，美酒佳肴，璀璨炫目。

我转过身，在摄影机的特写下，露出我入行以来最完美的一个笑容。

晚礼服上残留着香槟的污渍，钻石项链上还有黏入肌肤的酒渍，可是，这些都不重要了，一切都不重要了。我握住香槟杯，金黄色的液体里，有细小漂亮的白色泡沫不断翻涌，而我稳稳地端着香槟杯。

无数关切的，友善的，微妙的目光投射在我身上。

他们或许看见了裙子上的酒渍，或许看见了珠宝上的污渍，更或许看见了大庭广众之下，陆瑜为秦楚戴上戒指的那一幕。金色香槟涌起的气泡声和小提琴声不断在上空盘旋盘旋，为这个盛大的夜晚拉出欢愉的最强音。

我一步一步走向站台，脸上挂着最冷静的笑，雪白的裙子随着步履而动。珍珠色的鱼嘴鞋鞋跟落在光可鉴人的大理石上，发出极其清晰的踢踏声。

这条路这么短，可是走上去却又这么长。

仿佛一步一步是在与过去告别，与过去的自己诀别。

陆瑜，再见了。

如果有可能，我真的希望，再也不见。

整个大厅名人云集，整个大厅衣香鬓影，整个大厅灯火通明、酒香阵阵，整个大厅充满着无限的荣光。

想起金柏奖颁奖典礼上那部叫作《林萱》的影片。鹅毛大雪从灰色阴霾的天空簌簌落下，周围挤满了穿着华服的艺人，眼角眉梢在充满胶质感的画面中流露出羡慕、嫉妒和心口不一的神态，那个影后在风雪之中与他们逆向而行。

昏暗的天际几乎快要压了下来，沉重得仿佛压在人的心口上。

所有人嫉妒她享誉盛名，所有人嫉妒她巅峰鼎盛，所有人嫉妒她风光无二。

——可唯独她的心在滴血。

她的爱情支离破碎，她身在高处形单影只，她想要大声哭泣可是不被允许。

到了最后，她不能说，什么都不能说!

她只能一个人孤单地，孤独地，顶着黑色的风雪孤寂前行。

离主站台越来越近，金色背景板上巨大的香槟品牌logo越来越清晰，主持人脸上的表情都可以看得清清楚楚，然而，我的眼睛却仿佛可以从背后穿越，透过穿梭的人群，透过金色的香槟塔，看到从阴影中露出俊美面容的陆瑜，正将戒指一寸一寸推到秦楚纤细美丽的无名指上。

——终于推到底部。

尘封多年的钻戒光彩熠熠。

琴声越来越激扬，众人越来越尽兴，香槟塞“砰”的一声高高弹开，雪白的泡沫激越地涌入天际，无数色彩绚丽的烟火在黑色夜幕上纷纷炸开，绽放出一朵朵好看的烟花，华丽盛大的香槟之夜再掀高潮!

凌影惊艳香槟之夜 被Vermuse封为女神

凌影代言Vermuse 封景罕见出席

凌影转型文艺小清新 专辑销量再创新高 打破封杀传闻

凌影新专辑《坚定》 销量口碑双丰收!

陆瑜、凌影正式分手!

第十七章

两年后。

片场一片忙碌，摄影机沿着黑色轨道运行，机身后的摄影师正全神贯注地盯着屏幕。

这是一个废弃的仓库，铁皮上锈迹斑斑，空气里仿佛能闻到沉闷的尘埃味道。

光影从东面窗口射入，形成一条条虚无的圆柱形光线，照在暗黄色的墙壁和废旧的繁体字报纸上，有着民国时期的靡丽。

破旧的仓库上方吊着两根银白色的威亚，吊着威亚的男女主演正穿着古朴的长衫飞檐走壁。被镜头聚焦的两人极快过招，只是一眨眼的工夫，就已拆了好几招。

突然，男主角眉头一凝，身形一弓，双手犹如太极般使了个柔劲，无数尘土从下而上，静谧扬起，好一招隔空打牛！空气犹如一个涨气的纸袋，“砰”的一声响起，堆满仓库的木质箱子砰砰砰飞速炸开，以肉眼可见的速度朝女主角急速逼近。女主角双臂张启，脚尖点地，右膝屈起，飞速往后一跃，与男主拉开长长的距离——一个一百八十度的移位，摄影机“唰”地一下滑过去，将整个武术的美感全数以长镜头摄入，过程行云流水，质量很高。

我瞥了眼导演，见他比了个OK的手势，拿起打板，喊了一声“cut”。

男女主演顿时松了一口气，刚刚紧绷的打斗气氛消散，片场又恢复成一片轻松的状态，助理们立刻拿着水杯和毛巾体贴地围了过去。

这一幕有些熟悉。

以前我也经常被Jolie和助理们这样关心呵护着。那个时候总是异常忙碌，身上穿的不是代言活动、杂志拍摄需要的名牌服饰，就是各种颁奖红毯的奢华晚礼服，优雅的，清新的，甜美的。

而现在……我低头瞟了一眼身上的日常工作服，朴素宽松，毫无特点。

那些回忆，真的遥远得像是上辈子的事情了。

大约是年纪渐长，人也越来越喜欢怀念，无意中看到熟悉的情景，Jolie她们有时就会从脑海里蹦出。

我轻笑着摇摇头，一边收起打板，一边认真记录下这是第几场第几幕。

刚做完手头上的工作，就看到导演和摄影师正在看刚刚的回放，两个大男人挨在一起，聊得分外投入。

杜慕一如既往的不修边幅，随意地挽着袖子。他的头发留到了颈肩处，颇为肆意，愈发具有艺术家的气质了。要不是那高挺的鼻梁，极其漆黑浓密的睫毛和迷死人的修长手指，没有人会联想得到他以前是那么光鲜亮丽的偶像。与我跟他第一次合作时比起来，这几年他身上的大叔范儿更加浓烈，尤其是当他眯起眼睛，笑着对人说“老有什么不好，不是更内涵更有魅力？”这句话时，的确时常令片场新员工脸红到想要尖叫。

我收好东西便凑了过去，在这里学到的经验比进修时还要多。

然而杜慕一发现我过来，就往我后背拍了一记：“又来偷师，什么时候交学费？干脆以身相许得了。”

他扬眉，朝我投来一瞥，眉宇之间的气质颇有味道。

他双眼皮深深的，眼神深邃，真是宝刀未老，凭这个电力绝对可以再战偶像圈。

我弓起身子，朝两人中间挤了挤，挤出一个小空位。不知道是不是被他传染，我现在不仅成天素颜，不化妆不打扮，动作还越来越野蛮。整日一件普通的片场工作服加牛仔裤，工作时面无表情，唯独跟熟人在一起时，才嬉皮笑脸说上几句。有一次，居然有个台湾小妹妹觉得我很酷想要跟我表白，真是……感觉还不错！

我挤入两人中间，一屁股坐下："什么偷师，我这是仰慕，仰慕懂不懂？而且就算是以身相许，那也是要许给人家王摄影师好吗？"我鄙夷地斜睨了杜慕一眼，"可惜王摄影师已婚，我也不好将心托明月，不像某人……"

杜慕丝毫不知耻，厚脸皮道："我可没结婚。"

"行情真差。"我落井下石，"我要看片子了。"我摆摆手，让他不要打搅我。

这半年跟着片场走，学了不少有用的东西。摄影机的屏幕上正回放到女主急速后退的那一幕，整个镜头唰地一下拉过去，对摄影师要求极高，必须要有极其熟练的技巧和反应能力。然而，内地拍武侠的时间很短暂，香港那边却是在70年代开始时，武行和武术拍摄就发展得很成熟了，所以这个片子的投资方要求香港的团队过来，怕内地人拍不好。但是杜慕却力挺王摄影师，事实不但证明了王摄影师的实力，也证明了杜慕的眼光。

"看看这技术，这效果，牛逼！"我仰慕地看着王大摄影师，一拍大腿，朝他竖起大拇指。

王摄影师被夸得有点不好意思，淡淡笑了两下。

"看吧看吧，这下是明目张胆地偷师了。"杜慕则是佯装无奈地插嘴，"我这到底是招了个场记啊，还是招了个徒弟？亏大了。"

"你这是一箭双雕，都没让你付双倍工钱呢，知足吧你。"我朝他做了个鬼脸。

杜慕举起双手，做了一个"投降"的姿势，三个人又是胡天胡地地一阵乱侃。

等摄影师离开后，杜慕才似乎漫不经心地提了一句："我们这次回国，已经有不少媒体知道了，估计过不了几天就要开发布会。要是你觉得不自在的话……可以先回去。”

他说的回去，是指美国。

这几年他一直在美国，连我也是在美国的一个party上与他重逢的。

我整个人有点恍惚，眺望了一下虚无的远方。

天色一点一点暗下来，却呈现出一种极美的景象，接近地平线的颜色是浅蓝，略往上是淡紫，接着是柠檬黄，再是橙色，像是水彩颜料一样自然地晕染在一起。

国外的天空其实要比这边更蓝一些。然而，这里却令我怀念。

当初离开的时候，新专辑的销量居高不下，同样居高不下的，还有分手传闻的曝光率，纵然陆瑜、秦楚和我三人的关系大家都清楚，可是在此之前，从没有官方地、正式地说分手，但是那一次却不一样。这个消息出来后，一些人不信，认为是炒作，一些人拍手称赞，认为陆瑜早该与我分手，还有一些粉丝则大骂秦楚。唯独我和陆瑜都心知肚明，局面是不可能再挽回的。

Jolie一直安慰我，陆瑜打来很多电话，我通通没接，照常过日子。等签证下来，快要登机时，我才告诉Jolie我要走了。

她跟了我三年，这三年里我们相互信任，工作上保持坦诚，身为我的经纪人，她总是提前帮我安排好各种通告和计划。

可是这一次，我却是先斩后奏，要离开时才告诉她。

我还记得Jolie当时的声音都沙哑了，不同于平日的镇定与干练，而是一副难受、震惊、怒其不争哀其不幸的语气。

“你这跟不告而别有什么区别？！你就这么不能承受绯闻压力吗？哪一个艺人不分手，哪一个艺人没有绯闻，你说说看！你专辑销量现在超高，你现在已经是国内顶尖级别的大明星、天后、影后！你即使蹬了陆瑜秦楚那对贱人，你也可以过得很好。身为明星，难道你还指望着那些不切实际的感情？演艺圈没有真爱！只有地位和事业才是你一辈子都不会失去的东西，才是你的成就！”

“Jolie，你说的我都懂，只是，sorry。”

我知道她说的都是真理，我只是过不了自己这关。

登机处的广播一遍一遍播放，提醒大家赶快登机，温柔的女声不断传入手机。大概Jolie从没想过我会筹备得如此谨慎，不透一点口风，不留一点后路，她开始语无伦次，变成只要我答应回来就好。

“你什么时候回来，你只是散散心对吧，你不会不回来对吧……”

“也许会，也许不会。”

“Jolie，带新艺人吧，不要管我。”然而，当时的我无法承诺任何事。

“你一定要回来，一定要回来啊，凌影！”在我挂电话的前一刻，Jolie扯着嗓子用力说道，像是这样就能说服我一样。

那时，我只是想离这个世界远一点，不曾想到现在会是这个样子。

那时心力交瘁，精疲力竭，每次与陆瑜秦楚相逢都是一场残酷的战役，快要花光所有力气，用光所有感情，而如今，我已经可以很好地处理自己的感情和自己的事情了。即使天后的光环不再，我也可以找到自己的价值。

陆瑜，我不会再为你而哭。因为，我已经将你从我的人生里删除了。

从回忆中抽身，我对杜慕摇摇头，笑道：“不需要，我可以面对。”

杜慕新电影的发布会照常进行。

这几年他保持着国内拍一部电影，国外拍一部电影的频率，票房、口碑都很不错，甚至逐渐被好莱坞认同接纳。能有这样机遇的人屈指可数，国内演艺界寥寥无几，也因此杜慕在国内的地位日渐高起来，不再仅仅是成功转型的偶像演员，现在更是拥有权威性和话语权的导演，很多投资方更是将“杜慕”两个字认定为金字招牌。

发布会布置得简单不失重点，新电影的巨幅海报被设置为背景，几个演员的人物海报也都清晰可见。

杜慕坐在发布会的主位上，两个男女主演分别坐在左右，其次是主要配角，台下是一排排黑压压的记者。我在这部电影里担任的是场记，打打下手，不用上台，所以只是低调地站在一边。事实上，为了避免曝光给我造成困扰，我在剧组的消息，杜慕对全体员工强调过不得外泄，他手下的工作人员一向口风严谨，所以很少有人知道。

虽然离开了两年，但是国内记者抢新闻的激情还是跟过去一模一样。

我站在一旁，听到他们激动地问杜慕：

“杜导，杜导，您这次的电影是什么类型？”

“杜导，您这次回国准备待多久？”

“男女主角的表演，您觉得怎么样？”

明明只是一些常规问题，却意外地令人觉得亲切。

台下的闪光灯啪啪直闪，我瞥向正在讲话的杜慕，他正侃侃而谈。大约是曾经做过偶像的缘故，又受到了美国那种乐观主义和幽默主义的熏陶，他一举手一投足都让人感觉到热情与活力。

我真的要感谢他。

如果不是他愿意给我一个机会，我也不可能在片场学习到那么多关于电影拍摄的实用技能。

带着这样的想法，所以连望过去的目光里都多了些感恩。杜慕似乎与我心有灵犀，趁着记者们问女主角感情问题的时候，朝我放电般地眨了眨眼。这个有点轻佻的小动作，如果是年轻一点的偶像来做，太刻意，偏偏杜慕这种有内涵有个性的大叔做出来却是风流诙谐人人都会喜欢，我情不自禁地笑了笑。突然，我感觉到一道危险而灼热的视线凶狠地朝我袭来。

那道目光太明显太强烈，想不发现都不行，我下意识地望去，却在触及对方的视线后，不由自主地后退了一步——只见陆瑜一身黑色风衣，低调地坐在一群记者当中。

他是怎么来到这里，又怎么混到记者中的？我惊讶不已。

其他记者都兴致昂扬地往导演主演跟前凑，个个眼睛发亮，脸上放光，唯独陆瑜一脸沉默，仿佛一块格格不入的黑铁。他死死地盯着我，嘴角紧紧地抿着，浑身上下散发出一种逼人的寒气。

两年了，他变得更加成熟了，身上的气质也变了许多。以前显得有些轻佻的发型，现在剪得很短，根根挺立，稳重而冷硬。整个人也瘦削了很多，轮廓变得更有棱角。以前，他毒舌、玩世不恭的性子让人觉得难以接近，太容易令人觉得难堪和尴尬，而现在，他深沉寡言，眼神幽深，整个人都像是透着一种“请勿靠近，违者必究”的气质，像是冬日的寒风，阴森森冷飕飕的。

尽管他的变化如此之大，可我仍然一眼就认出了他。

设想过无数与他再见的可能，但是没有想过竟会是如此突然，如此不合情理。试想过很多次再次相见时，云淡风轻地朝他说声“嗨”或是“过得不错嘛”，却没有想象过会被他以阴沉的眼神这样凝视着，好像我欠了他什么似的。

我被他看得心慌，干脆掉头离开。

记者群里忽然“哗啦”一声，我回头一看，只见一些椅子被接连撞翻，台下骚动起来，几个记者站了起来，对着陆瑜拉拉扯扯：“你干吗？”“突然站起来是想干什么？”“你——陆总？咦，陆总你怎么在这儿？”

就在我回头的那一刻，陆瑜已经甩开那些记者，冷着一张脸，向着我的方向追来。

我一紧张，撒腿就跑。

发布会掌声雷动，欢声笑语，而我和陆瑜在办公楼灰色的玻璃楼道里横冲直撞，跑来跑去，周围来往的人像看怪物一样看着我们。幸亏这半年在片场工作，体力好了很多，我穿过大厅，跑了好几个廊道，最后溜进安全通道，顺着楼梯往下跑去。

“站住！”身后的陆瑜大声喊着，声音像是从牙缝里蹦出一样，“给我站住！”

我没有回答，听话的人才是傻子。而且在奔跑中说话，浪费自己体力，造成呼吸混乱这种事，我才不会做。我跑得更快了，噌噌噌就从十几楼跑到了第三层，只要一跑出大门再拦个的士就安全了！

“凌影，我说站住，听见没有？！”好像更咬牙切齿了。

我视而不见，充耳不闻。

就在我奔向第一层楼梯时，一个阴影突然从上方出现——只见陆瑜一手撑住楼梯扶手，一个翻身敏捷跃下，黑色的身影几乎是从天而降。我整个人都惊呆了，他竟从上一层跳了下来，竟然从足足一层楼高的上方跳了下来！

“砰”的一声，楼梯间似乎都因为他这一跃而晃动了一下。

他踉跄了几步，终于站稳身形，渐渐直起身来。他一言不发地盯着我，眼神阴霾，面色阴沉，黑色风衣像是一面招魂幡，像是要把我死死捆住。

我手足无措，心跳加快。

陆瑜高大的身影笼罩着我，浑身上下阴沉沉的，步步逼近，带来骇人的压力。两年未见，尽管再见时他变化如此之大，可我却依旧感觉恍如昨日。陆瑜想将我困在楼梯间，困在这里，害怕、忐忑、不安，种种情绪重重围住了我，我还没做好与他这么近距离交流的准备，条件反射地推了他一把，陆瑜被我推向墙壁，我转身就逃，然而身后却陡然传来一声闷哼。

沉闷的，难受的，像是因为受伤而不得不强忍。

仿佛踩了一个紧急刹车，我的心瞬间停在了半空中。

刚刚他从楼上跳下的情形在我脑海里浮现，他不是超人，从那么高的地方跳下来，是不是受伤了，是不是扭到了？

我心生不安，转回头一看，只见陆瑜低着头，紧紧咬住嘴唇，额头上冷汗直冒，一副异常难受的样子。他追着我跑的时候，我可以硬起心肠，可是看着坚毅如他一声不吭地强忍痛楚，我的心却一下子软了下来。

楼梯间一阵静默，只剩下他粗重的喘息声。

"有没有怎么样？哪里受伤了？"踟蹰了半晌，我终究挨近了他，轻声询问道。

就在这一刹那，手腕被牢牢抓住，陆瑜抬起头，刚才隐忍的神情从脸上褪去，乌黑的眼眸闪过一抹冷酷的流光，我刚察觉情况不妙，下一秒整个人就被他拉扯过去，被他重重压在墙上。

他竟然假装——连这一招都用出来了？！

他的脸贴近我，仿佛沉默已久的休眠火山突然轰隆爆发。陆瑜凝视着我的眼睛，眼中狂怒、悲伤、气愤、伤心各种情绪混杂在一起。

"当初为什么要走，为什么要离开？你够狠！一点消息都不透露，临走前宁可告诉Jolie，都不愿对我说一个字！你就恨我恨到这个地步了吗？！到了这种地步，啊？！"

他钳住我的胳膊不停摇晃，跟往日的举动大相径庭。以往的他都是漫不经心的，玩世不恭的，然而现在，他整个人却突然狠戾地咆哮起来，什么形象都不要了，声音响彻整个楼梯间。

"两年，整整两年，我等了你整整两年，这七百多天，你有没有想过给我道一声平安，给我打一个电话？！没有，统统没有！你只是不断地让Jolie

和宋微她们瞒着我，让她们不要透露你的行踪，不要告诉我关于你的哪怕只言片语的消息……你换掉手机号，不写微博，把所有跟我有关的联系方式全部清除……凌影，你到底还有没有心？！”

陆瑜力道极大，我胳膊都快被他抓青了。

他就这样狠狠摇着我，仿佛这样就能摇出一个答案，摇出一个令他满意的解释。

“你就这么不愿意让我得到你的消息，不愿意让我知道你过得好不好？！凌影，你狠，你比我想象中的狠心多了。”

陆瑜凶狠地拭了一下眼睛，眼中的痛苦一闪而过，快得好像不曾存在过一样。他逼近我，做出一个穷凶极恶的表情：“如果这次我不来，是不是就算你已经回国了，也永远不会告诉我？！”

他看着我的眼神像一团燃烧着的炭火，上面布满了一层湿漉漉的雾气。

我从没有见过他情绪波动如此之大，没有见过他如此愤怒，又如此绝望的神情。

“我们已经没有任何关系了。告诉你怎么样，不告诉你又怎么样？”

“什么叫作没有任何关系？！”

“我们已经分手了。”

“那个分手的消息不是我放出去的，”陆瑜愤恨地挥着手臂，高声澄清道，“是那群记者搞出来的，什么官方消息，根本无凭无据，那种话你也相信？那时我打了那么多电话给你……”

“不是无凭无据。”我抬起眼皮，打断他的话，“不是无凭无据。”

陆瑜诧异地望着我，眼睛里充满着疑惑。

“是我让他们发表的。”

“你，你……”陆瑜的声音戛然而止，瞳仁一缩，像是突然被人狠狠揍了一拳，嘴唇动了好几次，都无法再说出一句完整的话。刚才那些凶狠的追问，那些不甘心的反问，此时都像被消了音一样，消失得无影无踪。他就像一条被抽了筋的龙，再也无法动弹。

我看着他的眼睛：“是我让他们发布的。是我，想跟你正式分手。”

那晚在宴会上发生的一切，我不愿再想起。

隔天报纸上为什么没有陆瑜为秦楚戴上戒指的消息我不清楚，但我很清楚地记得那个夜晚，月色泛着惨白的光，江水在黑暗中有种微幽的蓝，夜幕上有夜航的飞机低鸣飞过，空气中的凉意渗透进浑身的毛孔。我像一个得了癌症的病人，急需把癌细胞切除，才能得以生存。

原以为这个决定是那么难做，可是当拨出记者的号码，对她说“Hey，有个独家新闻给你要不要……”的时候，在残酷和痛苦之外，还有一种久违的轻松。

无法让自己不再心痛，就像无法控制自己不再爱陆瑜。既然无法抑制，那么就斩断后路，斩断爱着他的那一部分，告诉世人，我与他再无关系，强迫自己剥离掉爱他的那个部分……

“哈哈哈，哈哈哈哈。”陆瑜突然仰头大笑起来，冷漠深沉的脸上流露出突兀的笑意，有种可怕的反差，笑声在楼梯里不断地回荡，令人毛骨悚然，“我一直以为，你是被那些记者气跑的，我一直以为……哈哈哈，我等了两年，原来这就是真相。”

陆瑜靠近我，眼睛里满是狠意。

陆瑜伸出手，我情不自禁地往后一缩，但他的手却非常轻柔地抚着我的脸。

“不愧是我看中的人。秦楚当年甩我，还挣扎犹豫了很长时间，而你，真是连眼睛都不眨一下！”

第十八章

“我觉得陆总他受伤了。”法式风情的咖啡厅内，Jolie一边喝着柠檬汁，一边跟我分析着。

在我离开之前，她还是精明干练、不相信真爱的女强人，这两年却谈起了一场姐弟恋，对方是个名模，缠她缠得要死，恨不得马上把她绑走扛回家去。

两年了，很多东西没变，很多东西又都变了。

在国外游学的这段时间，我唯一还有联系的，就是Jolie和宋微，还有圈内圈外的几个好友。

“他？会受伤？”我摇着头笑笑，搅拌着面前的冰拿铁，“他是那么脆弱的男人吗？”

陆瑜没那么容易受伤。

不，应该说，除了秦楚，谁也伤不了他。

“秦楚嫁给ESE总裁的那一年，我们都亲眼看着他从一个精英气质男变得毒舌刻薄起来，连跟黄锦立十几年的兄弟情也崩了。黄总为了补偿他，给了他很多股份，但是陆总一分钱也不要。陆总对他说，因为他从未爱过人，所以他根本不懂这种痛苦，若有朝一日他也如此，那便是他的报应！”

我用勺子戳了戳咖啡表面漂浮的奶油。原来还有这样一段陈年旧事，真是一语成谶。

“所以你看到了，没有秦楚的陆瑜，毫无弱点，肆无忌惮。他没有爱情，对金钱权利毫不在乎，于是对一切变得挑剔嘲讽。直到跟你在一起后，虽然依旧毒舌，可是整个人却开始变得开朗起来……”

有了爱情滋润的Jolie，连说话都变得温和多了，不再像以前那么咄咄逼人。

“那看来我的魅力还是不够。”我打趣道，“跟秦楚在一起，是积极上进的精英男，跟我在一起，还是别扭挑剔加毒舌，根本就没好转嘛。”现在的我，已经可以淡定地谈论这些了，连过去幼稚的自己都可以拿来打趣。

“可是，秦楚回来后，他变得更沉默，更阴冷了。”Jolie朝我投来冷静的一瞥，“如果他真的还爱着秦楚，那么按理来说，不应该是变回最开始的性格？”

“说不定他觉得这样更酷。”

“不，这说明秦楚对他的影响已不如从前，秦楚治愈不了他。”

“秦楚又不是医生，而且这年头谁没分过几次手啊，还要赶着让人治愈？”我喝了口咖啡，耸耸肩。

“凌影，你这是对陆总有成见！”Jolie无奈极了，又好气又好笑地看着我，“你这两年到底在外面经历了什么，怎么变得……”

“变得怎么样？不好吗？”我故意无辜地睁大眼睛，朝她卖了个萌。

“你的心境更开阔了，眼界更高，视野也宽，成长了很多。”Jolie冷静地评价道，“我很欣慰看到你这样。只是，你远走他乡，所以你并不清楚这边到底发生了什么。”

“我偶尔也有浏览娱乐新闻，我并不是山顶洞人好吗？”

这两年来，娱乐圈的爆炸性新闻还是层出不穷。这个与那个分手，那个与这个结婚，谁又传出丑闻，谁又劈腿等等。

萧萧没有再谈恋爱，一心一意发展事业，新推出的专辑销量超过了我，为此她的粉丝又神气起来。皇冠荣耀也格外重视她，俨然被当作一姐重点培养，期间她还参演了两三部电影，不过这方面却是反响平平。

宋微复出。她复出后的第一部电影就惊艳众人，不负众望地在国际A类电影节上拿了影后的奖杯。为此，娱记们对她的孩子更感兴趣了，据说黄锦立甚至愿意接受这个孩子，只要能让宋微回心转意，但宋微很有风骨，仍未答应。

叶子澈事业不错，从偶像少年变成偶像艺人，在国内新生代的男演员里，他算是比较有潜力的一个。公司也比较看好他，给了他不少机会和代言。目前他担任主角的爱情电影，票房已经破了一亿。

“是吗？那你知道陆总现在过得怎么样吗？”Jolie问道。

陆瑜，至于陆瑜……倒是真的很少看到他的消息。也许是之前我正当红，所以我和陆瑜的恋情经常被写，后来我与他正式分手，我远走国外，淡出众人视线，秦楚又不是圈子里的，有地位无名气，更无庞大的粉丝团与anti-fans，写出来自然没了话题性和争议性，所以反而消息更少了。

“这么偏袒他，你果然不爱我了。”我看着Jolie，半开起玩笑。

“不，凌凌，正是因为我关心你，所以我才希望你不要被过去的阴影蒙蔽。你看看现在的陆总，看看他。没有秦楚，他变得愤世嫉俗，可他起码还是个活生生的人。然而你走了之后，你看他现在的样子，那还叫活着吗？成天面无表情，连笑都不会笑了。没有人敢接近他，他也不让任何人接近他。秦楚拿走了他所有的善意和柔情，而你，却带走了他所有的快乐、所有的感情……”

我低着头，慢慢地搅拌着杯子里的咖啡。

Jolie在为他说话，为什么呢？原来的她可一直是站在我这边的。

“这次你回来，会在杜慕的发布会上出现，这个消息是我告诉他的。你看到了他的反应，他是真的想再见到你，想跟你在一起。当初我以为是秦楚又做了什么，所以才有分手那个爆料，没想到竟然是你自己安排的。”

“是啊，因为那时已经无法再忍耐了。”我轻笑着，当初陆瑜为秦楚戴上戒指的事我谁也没说，“你是不是觉得我做错了？”

“不，我只是希望你幸福。”Jolie握住我的手，诚恳地望着我。

我回望着她：“可我觉得，没有他的日子，很宁静，很好。”

我依旧在杜慕的片场里忙碌着。

没有媒体的打扰，没有漫天的绯闻，我觉得过得很充实很惬意，除了偶尔有些新来的工作人员会惊讶：“凌影，你是凌影吧？你这是退居幕后了吗？”碰到这种情况，我总是淡淡一笑，说：“是啊，要替我保密啊。”因为背后有杜慕这棵大树，所以即便风光不再，大家也予我三分薄面。

但是，自从那次见到陆瑜之后，偶尔不忙时，Jolie的那番话就会跳入脑海。这两年，其他人的动向我都有留意，唯独陆瑜除外。或许他真如Jolie说的那样，他变得沉默，变得不开心，可是，他身边不是还有秦楚吗？

想什么来什么。投资方过来巡视的时候，我竟然又看到了陆瑜。跟其他几个投资方的人物比起来，他身材高挑，面容英俊，连那种面无表情的样子都显得禁欲而动人。他漆黑浓密的睫毛遮住眼眸，在片场巡视的神情一丝不苟，一言不发，其他人殷勤地为他介绍着。

“这个女主角以前演过不少片子，演技很不错……”

“我们这套摄影机是国外最先进的，拍出来的效果好极了，如果你感兴趣的话，之后我们可以专门为你放一段剪辑……”

我低调地站在阴影处，有好几次都担心陆瑜会突然走过来，抓住我的手腕，让我解释解释我对Jolie说的那番话。然而，事实上，陆瑜从头到尾都没有看我一眼，一直沉默寡言，完全一副公事公办的样子，认真参观了整个片场就回去了。我松了一口气。

直到一群人走后，才有工作人员开始八卦：“那是我们新的投资方，真是好大手笔，一来就扔了一个亿！一下子就成了投资最多的一方。”

“一个亿，我靠，我们杜导真是有魅力啊！”

“那是，肯定是觉得我们这部片子能大卖。”

原本以为陆瑜过来巡视不过是突发奇想，偶尔为之的事，没想到过了几天后，这部戏的女主角还有一两个重要女配角看着我的眼神有些不对劲起来。

“都已经攀上了杜导，还这样。”

“她到底想要哪个角色，不如早说，我还能安心一些。”

越听越觉得奇怪，我过来就是学习电影拍摄的，而且电影都拍了一大半了，怎么还会有这样的流言？

我抽个空去了杜慕那儿，他正悠闲地躺在躺椅上，我不轻不重地踢了他两下：“喂，怎么回事，怎么外面都在传我要演女主角啊？”

杜慕漫不经心地斜睨了我一眼，不肯说，反而把我当女佣一样指使着：“给我倒杯威士忌。”

我翻了个白眼，故意把酒倒得哗啦响，凶巴巴地道：“快说。”

杜慕叹息着摇头：“你看你，这么凶，怎么可能当女主角……”他意味深长，“可惜投资方却觉得你名声大，人气高，还获得过各类奖项。”

我脸色微变。杜慕这样一说，我什么都明白了。

难怪突然来片场巡视，难怪突然投资了一个亿，成为最大的投资方。

我极其生气地拨通陆瑜的电话。很好，号码还没换。

“谁？”三声之后，语声简短冷淡地响起。

“陆瑜你什么意思，你凭什么让这边换人？你凭什么要换主演，你以为仗着自己是投资方就可以为所欲为吗？！”

我跟你已经毫无瓜葛了，做这样的事，是想让我怎么想？

“你离开这边的圈子太久。杜慕这部戏不错，如果你是主演，可以顺利复出。”然而，面对我的怒火，陆瑜只是冷静地为我分析着。

他的商业天赋一向很好，眼光独到，只要是他觉得成的，基本不会出错。然而，我听得不怒反笑。

“我复不复出关你什么事？你以为我回来就是为了这个？你从以前就喜欢玩这套，看来到现在都还没有变，投了这么多钱，想让我当主演，然后呢，是想潜规则我吗？”我语气冷淡，句句刻薄。从前他对我的那些帮助，也被我说成是罪大恶极的罪证。

杜慕听得频频咳嗽，在旁边喊：“凌凌，我好像呛到了。”

我扭过头，对他也毫不客气地吼道：“叫你喝，叫你喝，不能喝就少喝点……”

杜慕不满地反驳：“我还没那么弱……”

陆瑜在另外那端沉默着。

“陆瑜，我以为Jolie有帮我把话带到。”我语气更加冷淡，“如果她没有跟你说明白，那我现在再说一次：没有你，我觉得日子过得很安宁，很好。所以，我并不希望你打搅我的生活。你能做到的，对吗？”

我干净利落地把电话挂掉，不给陆瑜任何反应的机会。深呼吸了两下，我对杜慕说：“不用担心女主角的事，不会换人，他们那边也不会撤回投资。”

“你就这么了解他？”恢复过来的杜慕朝我抛了个白眼，“不过，有必要把人家训成这样吗？这样默默投钱，想要把你弄成女一号，还不敢让你知道，做这么多却被你骂得狗血淋头，真是让人情何以堪呀……”

心被他说得有些松动，连我都觉得自己好像有些过分了。

可是，面对陆瑜，我拿不出什么好的方法。

我故意装作听不懂，作势要勒他：“俗！你不是一心追求艺术的杜大导演吗？！”

“哈哈，但演艺圈不就是这种地方？资源换资源，能付出到这种程度，已经是最大的真心了吧。”

我的心，随着杜慕的话一点一点沉了下去。

从以前开始，他就对我很好。但是两年过去，人总要有点长进，真的不能一错再错。

片场平安无事，不知道陆瑜后来又做了什么手脚，那些女演员对我没再怪声怪气的，估计是得知我不会再威胁到她们的位置，反而变得客客气气。在演艺圈，只要不跟自己的利益有冲突，谁都可以是朋友。

我继续做着我的场记，加快了对其他方面的学习，光影的调度，镜头的转换，怎么导戏，时而跟宋微通通电话。跟倒戈的Jolie相比，宋微很少问我私人感情方面的事，但她支持我保持事业上的独立。

陆瑜时而过来巡视，时而过来探班。每次过来的时候，他都面无表情，一脸沉默，只是默默坐在一旁看着我。他很少说什么，但是这样一个俊美的男人待在那里，怎么看都是赏心悦目的。得知他是投资方后，一些小新人总喜欢过去围在他身边。

我目不斜视，只是做着自己手上的事情。可是有他在片场，就算他什么也不做，什么也不说，还是让我觉得不自在。每每到这种时候，我干脆就躲去杜慕的私人休息室。有次我从休息室里出来，看到一个人影站在门口，不由吓了一大跳，定睛一看，才发现是陆瑜。我又气又怒，却什么都不好说，陆瑜则若有所思地看着我。

随着回国的时间渐长，知道我回来的熟人越来越多。

不久后，叶子澈也过来探班了。

跟两年前相比，现在的叶子澈状态好了很多，他本来就长得温柔清俊，而今经历过更多的磨炼后，整个人又多了一分稳重。他随意穿着一件V领的羊毛衫，简洁的蓝红线条沿着领子勾勒了一边，显得清新又整洁，下面一条白色牛仔裤，整个人随便一站，就是时尚杂志的封面。

他带了一束花来，是我当初最喜欢的香水百合。洁白的花衬着他清雅的脸，他干净得像是漫画里走出来的美男子。

他一步入片场，就很多工作人员窃窃私语起来："哇好帅，是叶子澈吧。""真人比电视上还帅呢！""皮肤好好，好想找他签个名啊……"

两年未见，跟我的淡定比起来，叶子澈显得略微有些激动，一见到我，那张清秀的脸庞上就激动不已，眼睛里仿佛有水花荡漾，我跟他轻轻相拥了一下。

叶子澈从上往下地打量了我一番。

我如今盘着头发，穿着一条吊带牛仔裤，一件有着火车图案的简洁Tee，很简单的样式，衣服也是中档价位，但叶子澈竟扬起一个温柔的笑容，夸赞道："凌凌，这么久没见，你变得更好看了。"

我大笑："别言不由衷。"

叶子澈眼神闪动，眉宇之间流淌着春天的气息，嘴角的笑容如冰雪初融："是真的。"

之前的恩怨已经消散，剩下的，只是这么多年累积下来的温情。

也许，我跟叶子澈的确是做熟人比做情人更好。

我们在拍摄基地散了会儿步，聊了聊各自的情况。

"以前旅游的时候不觉得，等在国外待的时间一长，才觉得分外孤单。语言不怎么好，而且也不知道做什么，在国内忙得要死，在国外突然什么都不用做，那种落差你知道的……”我朝叶子澈笑笑，“后来我对自己说，凌影，你不能这样了，你一向都很棒。于是，我报了个语言补习班，天天对着电视学英语练听力，而后又进修了音乐，对发声和唱法有了更深入的体会。再后来，这已经不能满足我了。于是我又开始在欧洲游学，参加国外的表演艺术培训，一些歌剧和舞台剧需要人时，我就跑跑龙套。再后来，就在那边时尚圈的一个party上见到了杜慕，就干脆在他那儿了。”

“经历很丰富，比在这边充实得多。”叶子澈温柔起来，会让你觉得如沐春风。他轻笑着，将飘落在我头上的花瓣拈了下来。

我们交换了联系方式，说好以后有时间再出来见个面。

陆瑜这一天待得特别久，等全天的戏都拍完收工了，他还没有走。暮色中的片场多了几分凉意，被蓝黑色的天际包围，人也不由得没有了白天的理智与克制。陆瑜摆脱掉那几个一直围在他身边的少女，走到我身边，沉默地帮我整理道具。

我正做着记录，见到是他，手上的动作不由加快了一些，等一完成，转身就走。

陆瑜一把抓住我的手腕，将我往他怀里一带，我差点惊呼起来，连忙紧张地看了看四周，低声警告道：“干什么啊！放手，快放手！”

陆瑜默不作声，只是深深地看着我。

他的确比以前说话少多了，每次在片场，那道一直停留在我身上的沉默的视线，我知道都来自于他。

“叶子澈跟一个新人走得很近。”

如果是以前，他这句话一定是充满嘲弄的，而现在，陆瑜的声音里只有沉静。

他看着我，像是想知道我会有什么反应。

“我又不会同他复合。”

我察觉到陆瑜紧绷的身体有些放松下来，原来他真的一直都很紧张。

夜风习习，路灯温柔地照在我们身上。本来想让他松手，然而这一刻，却突然生出一点怜惜。如果，这是我能给他的最后一点温柔，那么，就在这一刻，尽量对他好一点吧。

我想起对叶子澈没有说完的话。

刚到国外的时候，除了空虚、孤单、语言上的隔阂，更多的时候是那段感情造成的痛苦。那个时候，总是整日整夜睡不着，每晚就顺着梯子爬到阁楼上，一条一条翻着以前陆瑜给我发的短信，然后抱头痛哭。那个时候，一起上语言班的同学总在问我：“Angle，你怎么不参加party？”“Angle，你怎么不date？”“Angle，你怎么不交个男朋友？”再后来，终于有一天，我花了一整晚的时间，把那些陆瑜曾经发给我的消息和照片一条一条、一张一张全部删掉了，我咬着唇，看着它们一个又一个消失，眼泪落在手背上、手机屏幕上，一直流淌到天亮，眼睛肿得几乎快要睁不开。

可是，人总得学着遗忘。

陆瑜用力揽了我一下，我犹豫了片刻，也回搂了一下他。陆瑜眼睛睁大，冷漠沉静的脸上突然流露出一个欣喜的笑容，像是很久以前那样，又帅气又动人。

我看着他，想起今天跟宋微的那通电话。基本上所有事情都快敲定了，资金，监制，服装师，立项也已经被广电总局批下来了，剩下的只是发布会，以及正式通稿告诉大家这个消息。

陆瑜，Jolie说得或许没错，没有我你很痛苦，也许我应该给你一个机会。然而，这两年来，我唯一学会的就是要靠自己。

所以，我不会跟叶子澈复合的。

也不会跟你复合。

▸第十九章

一个重磅炸弹再次震惊了娱乐圈——我、宋微、杜慕的新戏即将开拍!

发布会异常隆重，除了杜慕这样名扬四海的名导坐镇以外，更有复出后人气不仅不减反而空前高涨的宋微出席，而我，虽然销声匿迹了两年，但由于之前的绯闻闹得沸沸扬扬，流传了很长一段时间，所以大家对我还是有点印象。

这样重量级别的发布会几乎引起了所有媒体的关注。很多娱记一受到邀请，就立马答应会到场。“杜导的新片？”“是什么题材的，宋微女主，凌影女配？”“透露点吧。”娱乐记者们心底都有各自的猜测，但这一次我们对工作人员要求很严，让他们务必守口如瓶，等到了发布会才能揭晓答案。

发布会的会场布置得时尚大气，吊顶的水晶灯熠熠生辉，到处都装饰着白紫相间的新鲜花球。玻璃大厅门口有专门的签到处，签到的红色记事簿和优雅的白色花束放在一起，旁边是金色的签字笔，签到后工作人员会派发一个小小的施华洛世奇水晶小礼袋。

越过庄重的红毯，最先映入眼帘的是一个长长的背景板，上面印着一张电影宣传海报。宋微一袭墨绿色曳地长裙，站在雪地里，半侧身仰望着星空，如瀑的黑色长发垂在她的背上。寒风从她的身体穿过，她明明微笑着，眼里却含着泪水，仿佛一个融化的冰雪女神。整个构图文艺而清新，周围的景色虚化成钻石一样璀璨而冰冷的光芒。

但整张海报最吸引人的，并不是她姣美的身段，也不是这款优雅的晚礼服，而是宋微的脸——她的脸一半在熠熠星光下，映出精致端艳的妆容，让你联想起无数光鲜亮丽的词语，比如小金人奖杯、影后、大牌代言，而另外一半脸却被浓浓的阴影遮住，似乎不愿给世人看到，但尽管这样，还是能分辨出，那半张脸上的眼泪冲毁了黑色眼线，眼影晕成一团，散发着冰冷、黑暗、孤独和寂寞的气息。

极端的荣耀背后是极端的孤寂。世人只看得到你最光鲜的一面，却无法看到你在冰雨之中摇摇欲坠的痛苦。鲜花与冷雨，荣光与诋毁，你被人爱着，你被人憎恨，你一路用眼泪铺成钻石般的星光。

——海报的左上方印着五个大字：

星光的彼端

下方的阵容信息则被红纸遮住。

我们坐在发布台前，看着娱乐记者们对着海报指指点点，交头接耳地议论着。

“看来女主角是宋微，这个肯定没错。”

“那导演就是杜慕咯！这次是什么剧，都市情感，还是小清新爱情？”

“奇怪，为什么把演职员信息那排用红纸蒙住？”

“是啊，在搞什么名堂？”

主持人引入话题，他是发布会的主持老手，一开场就把记者们逗得欢笑连连。

开场白后，主持人便进入正题：“……好了，不多说了，下面就请杜导讲讲。”

杜慕这次难得穿戴整齐了一些，浑身透出雅痞的气质。他眼风往台下一扫，很多女记者顿时脸红耳赤，像是被电到了。

“主持人叫我杜导，叫得我有点不好意思。”他一只手拿话筒，另一只手摸了摸头，惹得大家一阵笑，“虽然执导多年，但这次呢，这部电影《星光的彼端》的导演真不是我。”

记者席一片哗然，开始骚动起来，所有人大概都没想到杜慕一开口就爆出这样的料。

“不是您，那是谁？”

“那您今天为什么来呢？”

“真正的导演在哪儿？难道是宋微？”

穿着红色礼服的宋微坐在我右手边，闻言朝我笑了笑。即便生过一个孩子，她还是美艳不可方物。岁月夺走了青春，可是时光蕴出了气质。她韶华最盛的时候，艳光四射，如今风华内敛，举手投足之间却有着一股更沉稳的女王风范。

宋微拿起黑色话筒，金色中长耳链在灯光下闪闪发亮。她如今很少露面，连绯闻也少了很多，越来越神秘，这导致她一开口说话，不少男记者就在下面欣喜地惊呼“女神”。宋微朝他们看去，那些年轻的男记者立刻纷纷化为小粉丝。

“看来大家都很惊讶！”她漂亮的眼睛转了转，语气温和，“我第一次听到关于这部电影的提议时，也很惊讶。我演过很多角色，古代的，现代的，甚至包括影后林萱。突然有一天，有人对我说，林萱是影坛上不可磨灭的经典，但宋微你的人生我也很感兴趣，我希望能拍你的故事。我当时吃了一惊，问道，你是要拍我在家里邋里邋遢，能睡就睡，要多大大咧咧就有多大大咧咧的样子吗？”

台下的记者们都大笑起来，有男声高呼：“——即便这样，我也爱你。”

宋微也跟着笑了笑：“怎么说呢，出演自己的故事还是感觉不太习惯。因为当我们还年轻的时候，会觉得哭泣是一种发泄，但当你长大后，就算伤口再痛，你也只会咬着牙强撑着对这个世界笑，当然这未必是件好事。演《星光的彼端》，我必须重新找回这种感觉并诠释出来，这很难，但我愿意试试。”

我看到大家的神情正经严肃了很多，开始意识到这部戏并不是玩玩而已，宋微是认真地投入进去了。

“原来这是宋微的自传电影……”

“宋微出演自己，那‘星光的彼端’的含义是？”

“里面会爆料她的恋情么？会说谁是她孩子的爹么？”

“好期待！不过导演到底是谁啊？”

话题掀起了一个小高潮，而这正是我精心布置的——先让杜慕说自己不是导演引起悬念，再让宋微吊足大家的胃口，最后在大家讨论得最热烈的时候公布答案。而他们两人都不愧是老江湖，又有料又有深度，还让记者们这么愉快地接受了这个消息。

“杜慕老师和微姐是我非常钦佩的两个人。这部电影，我也很高兴能邀请到他们参与。”我站了起来，这个动作果然引起了大家的注意，我镇定地向大家鞠了一躬，顿了顿，对着话筒声音清晰地说道，“今天，是我首次执导的电影《星光的彼端》的发布会，非常感谢各位的到来！”

下面的记者们齐齐一怔，不可置信地你看看我我看看你。

“凌影？没有听错吧？”

“她不是陆瑜的绯闻女友么？”

“早就分手了，不过陆瑜也没跟秦楚在一起。”

“那现在到底是什么个情况？”

“谁知道，她能行吗？”

我继续说道：“我从微姐这里得到的最大的一个启示就是，身为女性，应该有自己独立的事业。我做过歌手，当过演员，我做得很开心。但是到一定程度时，我也想突破自我，挑战自我，去做一些自己更想做的事。到现在为止，我在娱乐圈也待了快八年，这个圈子带给我很多快乐，这个圈子让我的人生经受的比任何同龄人都要多，这个圈子里，每个人背后都有一个血与泪的故事，每个人背后都是一段传奇。”

是的，经过两年的认真思考之后，我选择了电影作为新的出发点。

唱歌，演戏，我都做过。这些经验正好可以被我用在电影上面。唱歌有时只能唱公司为你选的曲子，走公司为你制定的风格，而演戏想要找一个适合自己的角色也并不是很容易，一旦你某一个角色演得出彩，只会迎来更多类似的剧本。所以，我决定拍电影！

一个曾经的小天后转到幕后拍摄电影，这听起来也许有点不靠谱。但从很久以前，我就想拍一拍关于女性、关于梦想的电影，在这个圈子苦苦奋斗的女性，被珠光宝气团团围绕的女星，她们到底是镁光灯下的胜利者，还是被华丽丝线操控的木偶？她们对事业和爱情会如何取舍……

“这两年我在美国学习戏剧，学习电影拍摄。因为是首次执导，可能我经验还不够丰富，但我会努力把它拍好！我也特别感谢微姐给我这个机会，授权我拍摄并答应出演女主角，杜慕老师也愿意担任监制，帮我监督电影的品质，也请大家多多支持。”

我走到背景板面前，一手撕开上面的红纸，露出演职员信息。

监制：杜慕 领衔主演：宋微 音乐指导：萧萧

台下的记者们一瞬间都瞪大了眼睛，纷纷拿起相机朝着名单拼命拍照。

“居然还有萧萧！”

“萧萧不是跟她不和吗？！”

“这保密工作做得真是可以！”

我朝他们笑了笑，手一扬，后台传来早就准备好的音乐。熟悉的歌声回荡在会场，这是当年YOUNGIRL最红的单曲。“因为有你，所以梦想都变得好接近。无论做什么，我都知道你会挺我……”而随着音乐走上台的，正是萧萧！

记者们再次惊呼起来，镁光灯再次闪耀成海。

如今的萧萧已经告别少女时刻意的酷劲，她沉稳了很多，也低调了很多。她还是习惯性的一身黑，欧式的利落剪裁衬得她的腿笔直修长。她坐到座位上，摘掉了墨镜。年少气盛时的她是不会摘下来的，但现在，她更懂得尊重他人了。

“萧萧，你也加盟了凌影的电影？”记者们纷纷问道。

“好友的首部电影，必须支持！”她帅气一笑。

这个回答，顿时让熟知当年我和萧萧交恶内幕的每一个人都惊讶不已！

“此次作为音乐指导，你感觉怎么样？”记者们像是不相信，再次问道。

“这是我的荣幸，也感谢凌凌的信任，把这么重要的事情交给我，我会努力把音乐做好。”萧萧认真地答道。

萧萧朝我笑了笑，而我在她的笑容里找回了当年的默契。

我们的默契从未消失。

时隔两年，刚刚回国的时候，是Tim搭的线。

Tim找到了我。他现在已经不年轻了，眼角都出现了鱼尾纹，可是听到他喊我“宝贝，宝贝”这种有点肉麻煽情的昵称时，我的心里还是有一种温暖的亲切感。

“宝贝，我们都没有想到，你会消失这么长时间。”Tim其实是个很情绪化的人，再次重逢，他的眼睛里甚至带着一些湿意，“你真是太坏了！这么久都不联系我们！知不知道我们很想你？！”

我跟他重重拥抱了一下，又用胳膊肘撞了撞他：“你现在也过得不错啊！我听说你带的几个小艺人都发展得很不错。”

“他们是他们，没有人能代替你。”

我笑了笑。

Tim见我不信，兰花指都翘了起来：“你还在这个圈子的时候，我们不觉得，因为随时都能看到你的新闻，知道你的动向，好像你还在我们身边一样。可是宝贝，自从你走之后，我们都觉得人生少了什么。不过最伤心的人其实不是我，而是萧萧。”

“萧萧？”我诧异地望着Tim，不肯相信。

“在我们这个圈子，名气越大，知心好友就越少。因为大家看到的你，不是真正的你。他们先看到的，是你的名气，你的商业价值，你能带给他们的东西。大家都戴着面具，很多时候，你连一个能够说说话的人都没有。你和萧萧这么多年，默契和相互之间的信任真的是说忘就忘，说断就断的么，宝贝？萧萧一直嘴硬，是因为她不愿认输。你知道她是单亲家庭中长大的，妈妈是音乐家，对她特别严厉，很多时候她说出来的话都只是自尊心作祟，实际上她并不这样想的。你走之后，她越来越孤单。以前有你这个朋友，而后有你这个‘敌人’，但现在，她什么都没有了。”

我沉默着。

Tim难得正经一回，眼睛又湿润起来：“我一手培养起你们，看着你们从十六岁到现在二十四岁，我不希望你们将来一直这样……你能离开一次，谁知道你会不会离开第二次？你真的不会后悔吗？”

Tim的话我会听，他其实也是对我很好的人。因为他的缘故，我给萧萧打了电话，约她晚上在烧烤店见面。毕竟以她那种性格，是不可能先打电话给我的。

烧烤店装潢成地中海风格，墙壁绘成航海地图，上面挂着救生圈、贝壳、海鸥和船长室的舵轮等物品。这家店比较低调，知道的人不多。萧萧来的时候戴着一副大墨镜，但她真的准时到了。

萧萧没有开口，一如既往般冷酷，因为戴着墨镜，我看不到她的神情，只看到她的嘴唇微微抿着，带着隐隐的警惕和防备。

我们点了些烧烤，静静坐了一会儿，谁也没有开口。

“听Tim说，你很想我。”终于，我打破沉默，顺手拿起一串蜜汁鸡翅。

“我很想你？！”萧萧一口啤酒差点喷了出来，她用纸巾擦了擦桌子，垂了垂眼，哼笑一声，“怎么可能？！”

我递了一串香菇到她的盘子里。是的，那是她最爱吃的，我到现在都还记得。

萧萧的手微微一颤。

“真没有？”我继续淡定地咬着鸡翅，“没有我就走了。服务员，埋单——”

“不要。”萧萧狠狠抿了一下嘴唇，一把按住我的手，“我、我……你走的这两年，我的确有想你这个死敌。”

大大的墨镜遮挡了她的眼睛，但我听见她的声音有些发颤。

不知为什么，我的心也跟着颤抖了一下。这一刻，我相信萧萧是真的很想我，所以她才会主动开口做出挽留的姿态。我了解她，让她做这种事，对她而言不亚于让她亲自粉碎她的高傲。

我顿了顿，回握住她的手，萧萧的手颤抖得更厉害了。

萧萧极力控制着情绪，可我还是听出了一丝哽咽。

“呵呵，也许真的像那句老话——有些东西逝去了，才知道珍贵。以前在一起的时候，我总想着赢你。我对自己的要求很苛刻，从小到大都不愿输给别人。即便组成YOUNGIRL，我的实力也是最强的，人气也是最高的。

可是这样的我真的不明白，为什么一切做到最好的我是这么孤单，而你，天天有Tim宠着……”

“他也很宠你。”我插嘴。

“那只是因为我有价值，他心底最宠最疼的人是你。不过，一个经纪人而已，就算了，我不想跟你争。可是后来，连叶子澈也是如此，他照顾你，教你唱歌的技巧……你只用撒撒娇，全世界就围着你转。不公平——明明当初最先喜欢上叶子澈的，是我！”

我瞪大眼睛。

“不相信吧？”萧萧自嘲一笑，一口喝尽杯中的啤酒，“从一开始我就喜欢他，可你成天说他很帅他很帅，那我只好什么都不说。我做得最错的一件事，就是太顾及自尊，没有先表白。那天你回来说，他同意跟你交往，我的心……”

原来还有这么一回事。

原来在我享受叶子澈的关心时，一旁萧萧的心情却是这样的。

萧萧一直以来太酷了，哪怕是装的，也酷到让我觉得她根本不会在乎这些。但我现在才发现，一个人太酷也未必是件好事，因为这种性格注定不能软弱、无法软弱，一旦软弱，大家就会失望，发现原来你也只是凡人，跟想象的不一样，太令人失望了。

这就是偶像的代价。

那些年，我们争得头破血流，难过又委屈，每个人都觉得自己才是真正的受害者。怀着那么多的心思，想打败当初的友人，到底是为了什么呢?

也许，很多事根本就无法说清谁对谁错。

“从现在开始，你可以更真实一点。”也许是因为陆瑜的缘故，也许是远走他乡两年，现在的我对很多事已经释然，“真实并不可怕。被束缚在偶像的光环里，才是一件非常累的事。我喜欢最初的你，不用太酷，正是因为有着小缺点和小毛病，才会让我更爱你。”

“还用你教。”萧萧破涕为笑，把墨镜下方的眼泪抹去，她吸了一口气，“我现在可是越来越红了，你要加油才是，必须赶上我！”

“切，那是我真人不露相。等我的项目一启动，到时你不要太害怕喔。”

我倒了一杯啤酒给她，又倒了一杯给自己，然后举杯。萧萧同样举杯，我们狠狠碰了一下，异口同声：“干！”

一笑泯恩仇。

时光流逝，青春易逝，幼稚过，失去过，很多东西你以为一旦失去就再也找不回来，但其实它们一直都在，一直都在过去的时光轴上等着你，等着你回头，等你温柔地将它拾取……

《星光的彼端》的电影发布会完美结束。回到家时，没想到陆瑜竟早已等在我的门外。我又吃惊又有点恼怒：“你怎么知道我的住址？！你跟踪我？！”

夜晚的光线十分暗淡，陆瑜大半张脸都被阴影笼罩着，像是笼罩在一层悲伤的纱里。他并没有回答我的问题，只是自言自语道：“原来你这次回来，并不是想复出歌坛，更不是想当女主演，而是拍电影？我还真是想多了。”

我知道他说的是一开始投资杜慕的电影，想让我当女主角的事。那时杜慕还对我说——“有必要把人家训成这样吗？这样默默投钱，想要把你弄成女一号，还不敢让你知道，做这么多却被你骂得狗血淋头，真是让人情何以堪呀……”

我沉默不语。

陆瑜抬起眼皮看着我。他的目光里没有了之前见到我时的冲动与灼热，而是多了几分自嘲和隐隐的失落：“今天的电影发布会，你没有邀请我。”

“反正投资方是品优娱乐，黄锦立一个人来就够了。”

“可这是你首部执导的电影。”

“也没什么特别的意义。”

“你邀请了萧萧，你跟她和好了？”

“嗯。”

陆瑜点点头，像是慢慢咀嚼着这些话一般：“什么时候的事？”

“刚回国的时候。”

陆瑜勾起唇角笑了笑：“你回国这些日子，情愿联系她，也不愿联系我？你要拍电影，杜慕，宋微，黄锦立，萧萧，他们全知道，却一点风声都不透露给我？你执导的首部电影的发布会，如果我没从其他人那儿得到消息，你是不是根本就不打算对我说？”

我被陆瑜说得几乎一滞。

他漆黑的眼睛看着我，里面却充满了苦涩。

的确，在我最低谷的那几年，一直站在我背后，为我出头的就是陆瑜。可现在，我跟萧萧和好如初，却跟陆瑜保持着距离；我运作电影，杜慕、宋微他们都知道，却刻意没有告诉陆瑜；电影发布会，这个转型意义的确很特别，我却没有邀请陆瑜……

我推开他：“我们现在只是普通人的关系。”

“普通人？”陆瑜像是听到了什么好笑的事，仰头笑得快要喘不过气来，“只是普通人的关系？！凌影，我等你等了两年，你一通电话不给我，一封信不给我，一个消息不让我知道，这就是你对我们关系的定义？普通人？我陆瑜到底是哪里没做好，让你这么不待见我，你说啊！”

陆瑜紧紧摁住我的肩膀，把我圈在他与墙壁之间，恨恨的眼神含着隐隐的水光，像是要望进我的心底。

“陆瑜，你不要这样。”他摁住我，我捶打着他，他再摁住我，我继续挣扎，“你不要这样，我们早已经分手了！分手了！”

陆瑜好像更加愤怒和伤心了：“那是你单方面分手！你根本就没有问我是否同意！”

我终于按捺不住，脱口而出：“你不同意又怎么样——反正你爱的人从来不是我！”

“我爱的人不是你？”陆瑜一脸不可置信，冲我大吼，“我爱的人不是你？！你哪只眼睛看到我不爱你？！”

我也悲愤地回吼：“还用我说出来吗？所有人都知道你爱的是秦楚！”

如果不是这样，我为什么要离开你？我爱你已经爱得连尊严都不要了。如果不是这么爱着你，我为什么要这么残忍地对待自己，跟你保持距离？不跟你说话，什么事情都不告诉你，因为我怕一说话一靠近你就忍不住回心转意，重蹈覆辙，再也离不开你！

月光惨淡，照得周围的草丛都苍白不已。

陆瑜看着我，显然已经被我的话刺伤，他的眼睛里充满了难以置信、悲伤和难受。他一向很少流露情绪，恶劣而高傲，然而现在却暴露出了他的弱点："呵呵，你就这样看待我？你就这么不相信我对你的感情？在你离开的这两年，每一分每一秒，我都在想你。可我思念的那个人，现在却告诉我，我爱的人从来都不是她……"

陆瑜的声音里明明满是自我嘲弄，却听得我的心痛苦极了。

我噙着眼泪，笑着说："因为你本来就是。"

陆瑜大笑出声："好，好，好。凌影，你说的很好。"

我想再说些什么，动了动唇，却什么也说不出来了。而陆瑜深深地看了我一眼，眼中是浓浓的失望，最后头也不回地离开了。

我维持着脸上的表情，泪水却在眼眶里打转，最后越积越多，等我望向陆瑜的背影时，沉重的夜色和模糊的视线已让我无法看清。两年前，我为得不到陆瑜的爱而哭，而现在，陆瑜说爱我，我却为无法相信他而哭。

我花了两年的时间，一封一封、一张一张删掉他的微信、消息和照片，才让自己渐渐心如止水，我不想再陷入跟他的爱情里。

因为每多爱他一点，我就愈加无法承受不能跟他在一起的结果。

陆瑜，就让我们回到普通人的关系吧。

只有这样，我才不会继续因为你而心生嫉妒，因你而感到难过。

我站在夜色里，身边传来小狗的叫声，是一只呆呆的拉布拉多犬。它从门前的草丛里钻了出来，黑溜溜的眼睛湿漉漉的，呜呜地叫着，吐着温顺的舌头，直往我腿上蹭。

这是谁家的拉布拉多？

我一把抱起，却看到它脖子间熟悉的狗牌——小呆。它现在长大不少，也壮了不少，看得出它被照顾得很好，干干净净，性情温顺又活泼。这是我养的那只，可当初我明明交给了Jolie，为什么它现在会出现在这里？

第二十章

陆瑜的到来让我再一次开始失眠。

不过，第二天传来的好消息挽救了一点我的心情。昨天《星光的彼端》的电影发布会非常成功，杜慕和宋微连番掀起悬念，最后神秘嘉宾萧萧登场，一波三荡，全场的记者们都轰动了，大家纷纷写稿，今天的头版头条全部被《星光的彼端》占据!

凌影首次执导《星光的彼端》开拍

宋微半自传电影 杜慕为凌影护航

凌影萧萧再次联手 昔日YOUNGIRL是否重现

或许我一个人的力量是薄弱的，可是有了宋微、杜慕和萧萧，整个电影刚一启动，就受到了极大的关注。而过去YOUNGIRL的粉丝们更是高兴不已，他们纷纷说着“凌影终于回来了！”“萧萧凌影终于又在一起了！”“YOUNGIRL是我们的青春……”

我的心情其实是很糟糕的，不过看着歌迷们这样积极强烈的反响，我还是感动得快落泪了。

原来我们从未被他们遗忘。

纵使情绪受到影响，但就算是为了这些一直支持我的歌迷，我也必须把这部电影拍好！如果没有工作，也许我真的会耿耿于怀，只是我现在要对更多的人负责，要拍《星光的彼端》，私人的感情问题根本无暇顾及。我把全部的精力都投到了电影的拍摄里，忙得连睡觉的时间都快没有了，更没有时间再想这些。

也许，这就是事业对于女人的意义，它不会让感情成为你世界的全部。

在杜慕手下的时候我还不觉得，等真正什么事都要自己亲力亲为，去处理，去协调的时候，我才发现拍摄电影真的是一件非常琐碎、非常需要耐心的事。艺术和投入资金的平衡，各个艺人与资源的协调，进度与支出的掌控，每一项都可以搞得我筋疲力竭，不过好在宋微一直相当支持我，杜慕这个监制也当得很尽责，我们每天的辛苦没有白费。

分析剧情，画好分镜，构建场景，摆设灯光，预演走位。

我每天最重要的事情就是盯着监视器。因为一直担忧地蹙着眉，都快生出抬头纹了。有时甚至被刚拍完戏的宋微取笑："凌影啊，你这完全是杜慕第二的架势啊！果然严师出高徒。但当年的甜蜜教主如今都快变成糙汉子了，多少人要心疼！"

我叹了叹气，捋了捋不存在的胡须："我不介意变成糙汉子，但是赶紧让我尽得杜慕真传吧，啊啊啊！"因为我压力大得想狼嚎啊。

干电影这行很难，有些导演秉承商业流程，一切为了票房，而我则想成为那种导演——那些看过电影后的观众，无论知不知道我，都会在背后说一声——这部电影导演拍得很用心。

身为投资方，黄锦立每天都来片场观看，有时跟宋微聊聊，他的目光里充满着爱恨与纠葛，但宋微只是用像跟好友一样聊天的态度，与他保持着适当的距离。尽管这样，黄锦立还是风雨无阻，天天探班，片场缺什么他就送什么，但更多的时候都会被宋微直接谢绝。

每次一看到黄锦立，其实我都会条件反射地想到陆瑜。

有时我也会止不住想想，如果是陆瑜来，会是什么情况呢？他会对我说什么？是继续生着我的气，还是冷淡得如同陌生人？

想来想去，我想不出结果。

宋微现在的演技已经到了炉火纯青的地步，几乎全身上下都是“戏”，她的眼神是戏，脸上细微的表情是戏，连一个不经意的肢体语言都是戏。正是因为种种细节叠加起来，她现在所诠释出来的感觉，内心非常有层次，连用“演技精湛”形容都不够。这一个多月拍摄下来，我已经连连感叹。

由于《星光的彼端》是她的半自传电影，讲述的是宋微从二线女星、绯闻女王，变成真正有实力的影后的故事。其中经历了前任经纪人的死亡，对手的陷害，拍戏意外坠马，包括息影前的最后一次金柏奖颁奖典礼上，她没有得到最佳女主角奖，在一片遗憾和唏嘘中收场，而后生下孩子，孩子的父亲不详，而宋微又从不肯说。这些事迹的每一条都可以从当年的八卦消息上找到出处，宋微的人生比她演的电影还要跌宕起伏，只是人人都不知道，为什么她的演技会提升，为什么她会坚持走这条星光之路，她到底是绯闻女王，还是实力派影后，她最后到底是嫁入豪门，还是带着孩子单身终老……

而这，也正是我拍这部电影的目的。

我想在人的价值观、世界观和爱情观里探索这些事情。宋微经历得太多，这些事情都可以成为一个横截面，它看上去是一个女性影后的自传，但是包含的却是很多女性共同的想法和态度。

或许是因为半自传的关系，有时我会发现，宋微真的陷入了过去的情绪之中。

当剧情发展到一个对她很重要的经纪人死掉时，宋微的悲伤刹那间涌出，几乎不能自已。那一刻，我觉得她其实是回到了当年的情境中，她浓重的情绪溢满了整个片场。

宋微是老戏骨，一般演完戏抽身而出是很快的，可这一次她的心情依旧很沉重。

黄锦立在一旁看着，脸色难看极了。他想过去安慰宋微，可宋微身上那种拒绝他人靠近的气场又太强烈，最后他只好走到我身边，半是抱怨道：

“好好的，拍什么电影？”

我看了看晚上要拍的分镜：“可最先让她想要超越自己演技的，不正是你吗？她最先想要的，是爱，所以拼命提升演技，结果不被人公平看待；于是她退而求其次，只想被尊重，却被人践踏了努力；最后到了现在，她已经什么都不想要了。”

如果一个女人看上去成功耀眼，那她背后必定是经历了百倍千倍的痛苦与艰辛。

黄锦立越听越难受，最后终于忍不住道：“我是不懂，我是不知道如何去爱一个人，但是可不可以再给我一次机会，教我学会如何爱一个人，如何保护一个人？我知道你们受到了伤害，但也许在你们看不到的时候，我们男人也在用我们男人的方式付出。”

我不置可否地耸耸肩：“或许吧。”

黄锦立露出一个苦笑：“你不信？有时候我们男人并不是没有付出，而是付出后不愿意说。比如说，你是不是养了条拉布拉多？”

我闻言一怔：“你怎么知道？”

黄锦立用一种“你真可怜”的目光看着我：“我当然知道。陆瑜不知道从哪里搞到这条狗的，你走的这两年，成天拿它当宝贝似的，每天带它散步，给它洗澡，给它挑罐头，一生病吓得跑好几个宠物医院，还特地做了一本相册，拍了很多照片，说什么怕它妈妈错过了它的成长。陆瑜以前被狗咬过，根本不爱狗，现在却养了这条拉布拉多整整两年。听到你回国，他简直快高兴疯了，一个总监居然还亲自跑到跟公司项目无关的电影宣传会上去。”

原来小呆是陆瑜在养……

那么那天，他其实是想把拉布拉多还给我？而我却……

我不想承认陆瑜有这样的一面，生硬地反驳：“男人做错了事，或者心里有愧的话，当然会有一种补偿心理。”

“陆瑜做错事？他做错什么事？你的电影，他用最多的资源帮你推；你的专辑——就是你跟萧萧之前的专辑之战，明明市场评估很糟糕，他还是帮你出，甚至还让你自主选歌，弄些乱七八糟的点子，根本就没预先做过市场调研分析。公司高管不同意，是陆瑜帮你打包票，全部的亏损由他负责。你一切的不专业，从头到尾，到底是谁在包容你、维护你？但陆瑜有拿这些说事吗？”

什么？原来当初是这样一种状况？原来那张我引以为豪的专辑，竟是在这种情况下制作的……

这些都是很早很早以前的事，可陆瑜一次也没跟我提过，从没拿这些去显摆他的能力和他对我的照顾。

“你要离开品优娱乐的那段时间，他甚至以为你爱的根本不是他，只不过是想要以他为踏板，打败萧萧而已。那个时候他还故意冷落你，实则帮你把往国外影坛发展的路都铺好了。你可以说他脾气不够好，毒舌刁钻，但他对你，真的是好得无话可说。”

“可是、可是……”

“没有能力的男人才会花言巧语，因为他们不会真心付出。更多的男人只是默默把事给做了，而他们根本不会对你讲，因为他们不希望自己的女人操心。”

胸口剧烈地起伏着。信息量实在太大，我一时之间不知道要怎么接受。想起陆瑜激励我、让我相信自己的那些日子，想起跟陆瑜在一起的那些甜蜜的日子，想起他故意用激将法让我自己独立的日子，想起前一段时间他在我家门口笑容苦涩地说“普通人？这就是你对我们关系的定义？”……

我不知道。我从不知道陆瑜为我做了这么多。

“我、我……”分镜剧本从我手上掉落，我几乎快要说不出话来。

黄锦立叹了口气，默默看向宋微的身影，轻声道：“可是，就算我知道错了，你也不会再原谅我了是不是？”

片刻后，他又转过头，重新望着我：“以前，我不看好你跟陆瑜在一起，是因为我自己的价值观扭曲，在我们身边，想要快速获得名利的女人实在太多了，我看不起她们，以为你也是其中之一，只想攀上陆瑜。但是我错了，你并不是这样的人。”

我苦笑了一下，心里却因为陆瑜而难受：“你怎么知道我不是这样的女人？”

“因为你真正关心陆瑜。你是第一个敢跟我叫板的女人——不，第二个，第一个是宋微——但你是第一个直接指责我不顾兄弟情义，伤害陆瑜的人。我知道跟ESE那件事是我做错了，但我一直以为用金钱可以弥补陆瑜，发现金钱也不能后，我以为把秦楚找回来就可以缝合这些伤口。我从没真正弄懂他想要的，总在最不适合的时机做出最不适合的事。陆瑜还是在乎我们的兄弟情的，你知道，所以你让我主动给他道歉。陆瑜心里一直不开心，可你却慢慢让他重新露出笑容，让他回到品优娱乐尽情工作。虽然是因为你，但再次跟陆瑜搭档，我才感受到在商界有兄弟帮自己是件多么幸福的事！也还是你，为了陆瑜，可以冒着被封杀的压力，打了厉睿一记耳光，维护他的尊严。”

“你不要说了。”我摇了摇头，“我很感动你告诉我陆瑜曾经为我做过哪些事，也很难过我从来都不知道他的付出。但比起我来，他更呵护的是秦楚，爱得更久更深的也是秦楚。”

黄锦立正色道：“一份爱是有惯性的，但是可能实际上早已物是人非，只是一个难以实现的梦的影子。真正的喜欢，是会不自觉地思念那个人。虽然我一直想让秦楚和陆瑜在一起以弥补我的过错，但我不得不承认，陆瑜真正喜欢的人是你！”

黄锦立的话在我耳边回响，我不知道他说的是真是假，不知道陆瑜爱的人是否真的是我，而不是秦楚。但我也只在晚上才想想这些，一到白天，我还是将电影的拍摄放在了最重要的位置。我一边拍一遍修改剧本，加入一些新的想法。

我身上有工作的责任，不可以因为私人感情而不管不顾。不过在这之前，我一直想强调的是女性单方面的自强自立，但是会不会在她们不知道的时候，她们的坚强和独特其实早已打动了她们曾经喜欢着的人？

《星光的彼端》拍到宋微无意间坠马那场戏。那时她刚在咔隆走完红毯，腹中怀着那个人的孩子，可对方却与其他女人有说有笑，甚至在回国后帮那个女人抢了本该属于她的戏份！于是宋微只能接这部打戏，需要在一大片油菜花田里骑着白马逃命，残阳如血，肃穆凝重，她身后跟着一大群要追杀她的人。整个长镜头讲究快、准、狠，一气呵成。

打戏是最容易受伤的戏。

虽然有过不少骑马经验，可这匹马的性子却非常烈。宋微刚一骑上去就感觉不对，但这时工作人员已经抽了马一鞭子。马儿疯狂地奔跑起来，刨起尘土无数，把整个片场的人都惊呆了。宋微虽然努力夹住马腹，但是这种颠簸仍旧令她感到越来越不适，终于片场一声惊叫，只见宋微被马抛了下来，在油菜花田里翻滚了十几下才停下来。

宋微的脸被划出几道血痕，但是更痛的却是腹部。

鲜血般的夕阳洒在宋微的脸上，她死死地捂住腹部，无法动弹。她觉得腹中这个小生命已经有消逝的迹象，泪水顺着眼角滑落，也许不要这个孩子，放弃与那个人的感情才是最好的解脱。不久后的拍摄中，她在电影里扮演的影后林萱，也像一个孤独而寂寞的时代符号，被嫉妒的艺人推下了台阶。

大雪肆意飞舞，仿佛一串串冰凉的眼泪。

但是她们不再哭泣。

这些华丽光鲜的影后，好像从此之后的人生里再也没有眼泪，她们的泪水只会在光与影的电影世界里出现。

随后不久就是金柏奖颁奖典礼。

她坠马后死死保住了她与他的孩子，她为了这个孩子息影，可那个男人却故意跟她作对，她的演技震撼了全场，她却没有得到最佳女主角。她沉稳地，大气地，在所有人的遗憾中走出了这个颁奖典礼的大厅。

她抚摸着腹中的孩子，长长的晚礼服拖在黑暗的光线中，脸上是最优雅的笑容，一滴眼泪都没有。

那个男人，依旧不知道她有个孩子，依旧不知道他就是孩子的爸爸……

剪辑时，这里的画面被我处理成由彩色渐变成黑白两色。

从繁华到落寞，从光鲜到孤独。

我将宋微录的旁白插在这里：“一个女人只会伤心三次。第一次，她想要的，是他的爱，但不被公平对待；第二次，她退而求其次，只想要一份尊重，却被人践踏了她的努力；到了第三次，她已经什么都不想要了。”

宋微的台词功底很强，明明是淡然的语气，却含着极强的情绪渲染能力。那种低哑的，略带磁性的声音读出这句话时，令人有种想要流泪的悲伤。

这是最光鲜亮丽的圈子，这也是悲惨到最后连眼泪也没有的圈子。

电影的结尾是，几年后，宋微重新复出。

她的工作室经营得很好，事业更上一层楼，整个人被历练得大气端艳，被无数人奉为女神。她有一个孩子，所有媒体对此好奇无比，不过每每面对这个问题，她都只是含蓄地笑一笑，从不做正面回答。

“他不需要父亲，他有我就够了。”

那个宋微曾经喜欢的人，真正喜欢上了宋微，他带着钻石戒指向宋微求婚，但宋微只是微微一笑，将戒指丢了。

“你就是我曾经为之奋斗的星光，但走到彼端，我发现其实只需要我自己就够了。”

电影顺利拍完，连杜慕也夸我拍得不错，还意外地入围了咔隆的开幕单元电影。我和宋微再次征战咔隆国际电影节，国内媒体以极大的篇幅报道了我们和《星光的彼端》，还将我评为最年轻的女导演。

不过因为曾经是歌手的原因，这样的赞誉引来极大的争议。有的人觉得我不专业，认为我放着好好的天后不当，玩票这些简直是糟蹋电影，也有很多粉丝力挺我。而在巨大的争议中，有些通稿却一直在为我说话，还有一篇专门的撰稿，标题叫《逆行的天后》。

她已是天后，即便再唱十年歌，地位依旧不会动摇。可她偏偏逆行，转型成为演员。她已是演员，金柏奖的最佳女主角和最佳女配角已双双收入囊中，即便再演十年戏，人气也不会下跌。可她偏偏逆行，再次转为幕后，在国外学习专业知识，在片场从小小的场记做起。

也许有种女孩，她始终有自己的主见。

她只是不想依靠别人，不想给自己的人生设限。

她是逆行的天后。

她是凌影。

再次来到咔隆非常开心。

可是我已经有几个月没有见到陆瑜了，不知道他是不是已经彻底放弃了我，又是不是已经决定不再爱我。

当年来咔隆走红毯的时候，我一直在想，那时的宋微站在高高的红毯阶梯上，转身在镜头的光点里回眸一笑，心里到底在想什么。

现在被海风吹拂，百年的浮云从上方流动，我才明白，咔隆的天空是思念的天空，咔隆的海洋是回忆的海洋。

我穿着黑色鱼尾裙，以导演的身份，站在红毯最高一级台阶上转身回望，但我深深思念的那个人却不在这里……

《星光的彼端》在咔隆首映，获得了不少好评。虽然有些地方还很青涩，但是各种场景对比和回闪被称赞处理得很有想法。在戏外最绝望的时候，女主角在戏里却要饰演最风光的人物；在一个女人最悲惨的时候，女主角却要在颁奖典礼上笑得最得体大方；在一个影后为了孩子息影的时候，那个男人却搞掉了本该属于她的奖项……越是对比激烈的时刻，我使用的摄影色彩就越浓烈，音乐就越激昂，而萧萧原创出来的音乐作品和她最擅长的清丽高音，更是让这些场景张力十足，从浓郁的色彩里就能感受到那份人生的惨烈。

而在最悲伤的时候，我却一反其他电影里让女主角哭喊的方法，只是将影片画面调成黑白，让宋微流着泪水，妆容从精致变成一片狼藉，让她在大笑中渐渐痛哭，去掉一切声音，从人物的神情上展现力量……

很多国外电影演员和名导看完后都觉得不错。有个美国演员在看的途中还哭了，她很直爽地对我说："我不喜欢最后的结局，这样一个有个性魅力十足的女人，我觉得她是有人爱着的。"

另外一个法国文艺片导演则用法语回应道："结尾处理得不错，淡淡的悲剧才有延展性的回味。"

我收下他们的意见，举起香槟跟他们碰杯。

回房后，我收到了一条微信。

上面是我在咔隆国际电影节走红毯时的一张照片，整个画面被调成了黑白色调，更有艺术质感。里面的我站在红毯台阶的最高处，穿着黑色鱼尾裙，转身回望。深深浅浅的光影中，我的神情自豪而又落寞。

不管你身在何处，做什么事，我都会支持你。

随后的文字这样写着。

最终章◀

《星光的彼端》即将在国内上映，因为电影在咔隆国际电影节口碑不错，又有杜慕监制，宋微主演，萧萧加盟，加上是宋微的半自传电影，投资方和发行方都非常看好，宣传稿不断。我的人气再次水涨船高，因为杂志上的那篇稿件，直接对我冠以“逆行的天后”的称号。与此同时，我的一些旧日绯闻也被挖了出来。

“听说国内版改了结局，是这样吗？为什么要改结局呢？”

我笑而不语。

“这部电影跟宋微的真实人生有多少是重合的？她的演艺星路真的如电影所言吗？如果让你比较宋微和林萱的演技，你觉得谁的演技更好？”

“都是传奇影后，演技都很精湛。”

“据说你跟陆瑜曾经是一对恋人，你们还会复合吗？你的爱情观是否也像电影里表达的一样悲观呢？”

我刚想回答“如果还有缘分的话，那就看缘分吧”，却听记者紧接着说道：“有人爆料，说陆瑜和秦楚快订婚了，你知道这件事吗？”

“……不清楚，谢谢。”

《星光的彼端》正式上映，首映礼选在国内周四零点时分。

主持人采访着我们一干主创，但是不知道什么时候，黄锦立和陆瑜也双双上去了。

主持人好奇地问：“听说你修改了结局？”

我笑着道：“是的，虽然有法国导演说，还是悲剧更有艺术味道，更能发人深省，但我可能还是一个喜欢俗气一点的导演，所以把结尾修改了一下。”

“宋微知道吗？”

“我让她补拍了好几个剧情，但并不是每个都用，故意鱼目混珠，不知道她能不能猜出来。”

“那凌影你现在有没有喜欢的人呢？”

“……有。”

“谁？”

“在咔隆给我拍照片的那个人。”

“摄影师？”

“哈哈，算是吧。”

主持人“调戏”完我们之后，终于去蹂躏黄锦立和陆瑜他们了。大概是知道我和陆瑜曾经有过一段恋情，主持人试探地问道：“那陆总现在是否有喜欢的女孩呢？”

“有。”

我的手微微握紧。

“谁呢？能否透露一下？”

“被我拍照的那个女孩。”

我心里一甜。

自从黄锦立对我说了那些话之后，我还是渐渐察觉到陆瑜对我默默地付出着。就像他默默地拍摄我的照片，却只对我说，不管我做什么他都支持；就像我被评为最年轻的女导演时，陆瑜一直在暗中维护我、支持我，我知道那篇《逆行的天后》的稿件一定是他让人写的。

主持人长长地“哦”了一声，眼神在我和陆瑜之间打了个转：“我好像知道是谁了……”

“是吗？”陆瑜的恶劣个性又发作了，“那就说出来吧。不过万一说错，毁了我的新恋情，那你就以身相许吧。”

主持人幽默地说：“那我得先向我老婆报备一下，得获得她的批准。”

全场哄笑。

零点到了。

《星光的彼端》准时上映，前面的剧情并没有大动，但是增加了很多男主角的戏份。以前的他就是一个渣男，而现在我则增加了一些他的感情戏。原来他也有看着宋微怦然心动的时候，原来他也有看着宋微跟其他男人在一起时会狠狠吃醋伤心的时刻，原来宋微息影生子的那段时间，他几乎到处找遍了宋微，无数次地自责、悔恨。

他生来就处在这个圈子。他爸爸生平情人无数，从小到大，每个女人都是有目的地接近他。他是远近闻名的花花公子，他会追女人，却不会爱女人。

他的心里，只有那个从来对他不屑一顾的冷淡女人。

在他的价值观里，冷淡的女人才是好女人，才值得被尊重，那些性格豪爽的女人都太会交际，这样的女人太多了，根本不值得重视。可是，不知道何时开始，他的目光也开始围着那个艳光四射的女明星打转，关注着她的一举一动，她的每一个广告每一部电影。他觉得不对劲，他喜欢的情人都跟他的初恋长得相似，而这个女人却是容貌气质截然不同的类型。他以为自己只是一时兴起，却没想到在故意刺伤对方的时候，他已经深深地爱上了她。

他以为，爱一个人，就是拿自己最好的东西给对方。

所以，他给她名利，可她不要；他给她钱，可她更不在意。

有些人可能生来就没有爱人的本领，但每个人都应该有一次学习如何去爱的机会。

再后来，她复出，她再次开始拍戏，他兴奋得几乎像小孩子一样，天天在片场探班，堵她。他开始尊重她，尊重她的事业，尊重她的一切……

电影的最后，男主角拿出戒指向宋微求婚，但宋微只是微微一笑，就将钻戒给丢了。

“现在的我的确爱着你，但我不会嫁给你。因为嫁给你的话，我这一生都只会被媒体冠以你的太太这个头衔。只有不嫁给你——才是真正身为影后的我。”

《星光的彼端》就这样在女性的掌声和男性的叹息声中结束了。

“宋微真的好帅！”

“她的爱情真的是这样的吗？这才是她还没有结婚的原因吗？”

“女性太要强了也不好，好好当个总裁太太有什么不好。”

“就是这样独立，有自己事业的女性才值得骄傲！”

大家随着这部电影一起哭，一起笑，讨论着宋微最后的结局。

宋微微微侧过头：“你怎么改成了这个结局？”

我说：“我觉得，这才是真正符合你性格，你最后会说的话。”

宋微朝我霸气一笑。

黄锦立就坐在她的旁边，他现在简直快成了宋微的奴隶。他紧张兮兮地盯着宋微的神情变化：“微微，只要你让我照顾你，照顾你和谭寒的孩子，即便你像电影结尾那样说，我都会尊重你的决定。”

宋微听完，朝我丢过一个“他是笨蛋”的眼神。

我们俩会心一笑。

一只温暖有力的大掌从邻座覆盖上我的手背，我的下巴被对方修长的手指挑了过去，我的脸正对上陆瑜的脸。

好几个月没有看到他，刚刚在台上看到他的时候，就微微有点紧张和开心。

陆瑜漆黑的眼睛凝视着我，浓长的睫毛眨了眨。

“你解释解释，什么叫我们之间不正常的关系？”他的声音低沉又充满磁性，说的正是最早时期我们互有好感时被其他人编排的话。

不知道为什么，听到陆瑜说出那么久以前的话，泪水瞬间积满了我的眼眶，我却笑出声来：“那你解释解释，谁是那个被你拍照的女孩，什么叫作你的‘新恋情’？”

“被我拍照的那个女孩就是我爱的女孩。”陆瑜深情地看着我，“我的新恋情始于五年前，中途中断了两年，不过没关系，虽然我毒舌难伺候，但我耐心还挺好。”

“你……不是快要和秦楚订婚了吗？”

“如果我要跟她订婚，早就订了。”

“可是那个时候，我明明看到你往她手上戴订婚戒指……”

陆瑜用力揉了揉我的头，快要把我的头发揉成一团鸟窝了才罢休。他解开衣领把我的脸往他胸口压去。

“喂喂，宋微和黄锦立还在呢，我们不可以在电影院这样……”

“你想到哪里去了？”陆瑜无奈地翻了个白眼，“我是让你看看，我这里是不是少了什么东西！”

“……”我顿时脸红耳赤。

宋微和黄锦立在一旁捧腹爆笑，陆瑜斜睨了他们一眼：“笑得这么开心，要不要我提供一下最近找黄总要电话号码的女孩名单啊？”

黄锦立立刻用一种“你真是卖友求荣”的目光指控陆瑜，同时一边向宋微发誓：“都是那些女孩向我要的，可我为人坚贞有节操，誓死为了我家微微女皇守护清白，一个都没给！”

我和陆瑜同时笑出了声，打趣道：“你的节操早掉光了。”

我这才发现陆瑜脖颈之间那根银色的链子和上面挂着的指环都不见了。

我微微一愣：“你送给秦楚了？”

下一秒，我的额头就被陆瑜狠狠戳了两下，我“哎哟”一声捂住额头：“脾气这么坏！难怪没有人喜欢！”

陆瑜又好笑又好气：“什么送给秦楚了？早被我丢进江里了好吗！”

“可是那晚……”

“是不是Vermuse香槟之夜那晚？那晚秦楚希望我给她重新戴上戒指，跟她重新开始，我不愿意。她又说那枚戒指本来就是她的。我说‘那好，帮你戴上之后，我们就再也没有任何瓜葛’，她不愿戴，说我不能这样。最后一争执，我顺手就丢进江里了。其实呢，早几年就应该扔进江里的。”

“那时候的是人工湖好吧，才不是黄浦江。”

“你倒是记得清楚。”陆瑜笑起来，直捏我的脸。

“当然好么！第一次就拉掉我裙子的人，我不记得清清楚楚才怪！”

“哦哦，我也记起来了，你胸部线条不错……”

“陆瑜——”

电影早已散场。

红色的座位排满了整个影厅，像是一簇簇喜庆圆满的花束，而我，宋微，陆瑜，还有黄锦立，就在这空荡荡的影厅里两两一组地坐着闲聊。在我们面前的，是白色的电影屏幕。光与影的世界离我们如此之近，我们可以从它的百年历史之中看到万千世界、银幕传奇和经典人生。

但比银幕更真实的，是我们的生活，是我们的爱。

番外·四面楚歌◂

〔一〕

秦楚八岁的时候，收获了人生中第一枚钻石戒指。

那是父亲送给她的生日礼物，请了国际著名珠宝设计大师为她设计，名为Elisabeth’s，用西方花体字刻在戒指内侧。后来，虽然大小已并不合适，但秦楚却没有忘记这枚戒指当时让她领悟出的道理。

她曾在书里读过，钻石是远古时代的碳元素在地下长期高温高压作用下慢慢形成的晶体结构物质，其价值跟它的重量、净度、色泽和切工有关。不过生日宴那天，她却更真切地从众人浮华而恭维的目光里感受到，它的价值更与设计师的知名度以及佩戴它的人的地位有关。

没有这些，大家看到的不过是一颗花费巨大数额购买到的漂亮石头而已。

唯独有了珠宝设计大师流利的签名和她万人羡慕的家境，才她让手指上的这颗Elisabeth’s从地位与名气上都独一无二起来。

〔二〕

她很早就清楚地从父亲的做事方针，以及父亲与其他人的谈话中认识到——这个世上的贫富两极分化已越来越大。

财富越多，话语权越大，你才可以享受很多人没有的特权。

钢琴演奏会的VVIP级席位，自动为你留位的超难定的高级会所，国际春秋时装周的高级定制手册，古董拍卖会的特别邀请函……这些东西不是靠一个人的能力来衡量，它就像一双挑剔的眼睛，只凭你的地位与财富来评判。

就像命运的偏爱。

你可以埋怨它的不公，但是被它厚爱之人，却觉得理所当然。

〔三〕

这十几年来，用来定义她的词汇只有两个，一个是美丽，一个是财富。

她优雅、高贵、教养好，被很多人追求赞美，像油画中带着圣光的女神，但这并不影响她的价值观。她早早决定好，自己只会跟一个身份地位相等或者更高的人结婚，成为一个万人羡慕的优雅传奇。

陆瑜的出现跟其他人都不一样。

其他人要么谦虚笨拙，要么就是花花公子类的泡妞老手，她并不是胸大无脑的女人，骨子里流淌着商人敏锐的判断力和对人性的洞察。陆瑜是那种站在人群中超级耀眼的人物。他会在数学课上用粉笔在黑板上答题，却在老师转身的那一刻，扭头当着全班人的面用唇语向她表白；他会牵着她的手大胆逃课带她去迈克尔·杰克逊的演唱会上听《Dangerous》；他会在她跟其他男生保持较紧密的联系时，用力地把她摁到墙上惩罚性地强吻她…

他追了她这么多年，给了她最美好的初恋和最美好的誓言。

她几乎快要答应他。

可是，婚姻是女人的第二次投胎。

陆瑜能比ESE的董事长厉睿更成功更有地位吗？陆瑜所在的品优娱乐不过在娱乐圈里排行第三，而ESE才是绝对的领头羊，也只有拥有这样身份的厉睿才适合做她的丈夫，与她一起走向人生的更高处。

因为已经拥有了很多，所以才想拥有更多。

因为已经高高在上，所以绝对不可以有朝一日从云端跌下。

现在的她，是一颗价值不菲的钻石，但只有加上更有权有名的丈夫，以及两家强强联手积累的财富，才能让她永恒。

她顺从了自己从小就懂得的那个道理。

〔四〕

她知道陆瑜很伤心，却也知道陆瑜这种人就算伤心也不会显露出来。所以她心安理得地准备着自己的婚礼。尽管厉睿比她想象中的更冷淡，而这个冷淡沉默如黑色帝王般的男人在意的只有他的公司和他的弟弟，就连之前的情人，在她的约法三章下，他也能冷酷地处理干净。

要让一个人彻底地离开，只有他爱过的人让他心冷、心碎才能办到，所以她做得极其聪明，自己不出面，只让厉睿去处理这一切。

虽然事情发展到最后有点出人意料，但是没什么，反正他们永远不会复合。

对方的心，已被厉睿伤得体无完肤。就算爱情再可贵，一个稍微有尊严的人都不愿再像乞丐那样等着对方的施舍。

她似乎应该感到安心。

厉睿达到了她的标准，满足了她的要求，虽与她保持着距离，却还是有着对一个妻子该有的尊重。他们的婚礼请了最好的婚礼策划团队，花了不菲的价格，在镁光灯之下的她被报纸杂志称为最被人羡慕的新娘。她让陆瑜祝福她，继续做她的朋友，但陆瑜却在ESE和品优娱乐合作之后，连黄锦立这个兄弟都不要，独自消失了……

被彻底伤了心吗?

但更重要的是她的婚姻，她的地位，她的未来，不是吗?

她和厉睿相敬如宾，她每个季节都会有大批的奢侈品，她每天都会去最高档的会所，她每天刷卡无限额且被众人羡慕。厉睿尊重她，可在尊重的表面之下，她却逐渐感到了一个更加冷漠残酷的事实——

这个男人永远不会正视自己。

他不会与她好好沟通，不会与她一起欣赏名画，不会像陆瑜那样亲手为她做早点开车带她兜风，不会像陆瑜那样在地上点满蜡烛请来小提琴师奏乐邀她跳舞，她与陆瑜之间那些甜蜜而丰盛的细节，永远不可能出现在她和厉睿之间。

这个男人，根本不会去了解她关心她，也不会想要知道她的想法。

不是没有这个能力，而是觉得根本没有必要。

这是犹如酷刑一般的悲哀。

他对待她，就如同一个他高价买回来的物品。并不一定喜欢，只不过是还有用处。一般的人哪怕相处时间久了，都会有一些真心，但从厉睿的眼神里却根本看不到这点，她只不过是他用来壮大自己公司的联姻工具，这种残酷而耻辱的真相几乎将她的尊严碾灭！

一年、两年、三年、四年、五年……

她没有孩子，她没有真正的朋友，她的丈夫与她形同陌路，她却要在外人和媒体面前佯装自己幸福美满！这座富丽堂皇的别墅冰冷得如同牢笼，囚禁的却是她一个人！冰冷的时光一点点爬上她的肌肤，爬上她的眼角，在其他人幸福的生活里，她不得不承认——这个男人根本不会有心，她的后半生只会被无情地埋葬，她将活生生成为一个笑柄。

伪装得再好，也终于无法再忍耐。

她快被厉睿的无动于衷折磨疯了，她试探着他的底线，她发脾气，她怒吼，她歇斯底里，她最丑陋的一面都被厉睿逼出来了，但无论她怎么样，那个男人依旧没有一点反应，像一堵纹风不动的铁墙，冷漠而无情地应对着她的无理取闹。

她恨恨质问："你到底有没有心？！"

然而回应她的，只是厉睿惯有的漠不关心。

她被激怒，想出一切方法来找这个男人的弱点，用尽一切手段刺痛对方："是啊，这种东西只有人才会有。连为你付出那么多的情人你都能害得对方差点身败名裂，你还有什么做不出的？！"

那个男人终于勃然大怒，沉默冷酷的脸上第一次出现了一丝裂缝。

她害怕又得意，自以为成功报复了他。

但为此付出的代价是，厉睿足足半年没有回过家。

她陷入比冷漠空虚更可怕的被无视中。

好恨。

她想起自己曾经无情地丢掉陆瑜精心为她准备的求婚戒指，想起她踏入ESE的最高层幻想眼前的一切是属于她的云图。

她自以为选择了更正确的方向，却忘记了万事万物皆有代价。

〔五〕

黄锦立联系她的时候，正是她动摇最厉害的时候，如果跟厉睿离婚，那么她就是一个彻头彻尾的loser，输给了自己曾经的选择，承认自己的失败，可是如果不离，这种冷暴力将延续一生，她自己只能生生吞下这可怕的人生结局。

那时上映的电影里有一句经典台词：人活一辈子，有些活成了面子，有些活成了里子。

那么，她呢?

她内心交战，在空虚、孤独、财富、地位、声誉之中挣扎着。

黄锦立又联系她时，说："你知道我想为过去赎罪，而我相信，你才是陆瑜自始至终爱着的那个人。你回国吧。再不回国，陆瑜说不定会真的喜欢上了凌影。"

凌影？这个女人是谁?

她google一下，不过一个人气偶像天后而已。

如果只是让她在财富和空虚之中选择，她不会有这样的决断力，然而，女人的嫉妒心就像草原上的野火，即便外在的姿势再优雅动人，厉睿的无视以及陆瑜即将爱上别的女人会过得更幸福的消息，都会激起一个女人的不甘心。

她的人生已经在厉睿这儿失败了，所以，她绝不可以让陆瑜爱上别人。

厉睿是她的现在，而陆瑜则是她的过去。

她的现在冰冷不堪，但她的过去光鲜动人。唯有过去的荣耀才能扳平现在的败局。陆瑜对现在的她而言，不仅仅是个可以重回优雅的途径，更是她必须拿下的人生转折点。

既然拿定主意，就一定要成功。

她是一个凡事有计划，懂得如何进行战略部署的人。她早早回了国，却并没有马上跟陆瑜相见，她暗中观察了许久，收集着陆瑜和凌影的情报，分析着两人的关系。

她一直觉得陆瑜不可能喜欢上别人。

因为一个人永远最爱的应该是让他痛的那个人，其他的一切只不过是为了遗忘痛感而寻找的代替品。

但她有点不安地感到，陆瑜的确对那个叫做凌影的女孩不太一样。他打着各种旗号探班，让导演和工作人员多多照顾那个女孩；走在大街上时，他会在印着凌影代言的广告牌下突然止步，然后对着广告牌中凌影的照片宠溺地笑笑；她甚至在黄锦立的帮助下去过陆瑜的办公室，他的桌上摆放的是凌影的新专辑就算了，但抽屉深处却也是那女孩好几年前全部的歌曲专辑、写真、海报，就连手机屏保都是他和那女孩的合影……

因为没有参与过那个女孩的过去，所以现在就费尽一切方法想要弥补吗?

那她和他的过去呢?

她心气难平。

不过她沉得住气。

跟厉睿的这几年，她别的本事没学会，唯独在这方面长进不少。她擅长把劣势转为优势，以退为进。她假装与陆瑜偶遇，只叙旧不提其他，却暗中让黄锦立帮忙传话，迂回着让陆瑜知道她正在离婚，厉睿对她逼迫又威胁，但她不想别人可怜，不想让陆瑜帮忙。

或许陆瑜对她的感情已经不如从前深刻，但他绝不可能对她放任不管。而且，若真的放任不管，只能说明他心中还有恨，而恨的另一面是爱；若……只是因为道义和黄锦立的劝说而帮忙，那她也会抓住时机，重新翻盘。

她得到消息，陆瑜要陪凌影参加金柏奖。

对一个女艺人来说，这肯定是非常重要的事情吧。正是因为意义重大，所以她才决定在这天下手，她先飞到国外，在颁奖典礼的前一天打电话向陆瑜哭诉厉睿家暴。一开始陆瑜并不想过来，但那种喷薄而发、积累了十年的委屈毕竟真实，好像把一辈子的难过都诉尽了，最后终于触动了陆瑜。

她试探陆瑜，想知道两人有没有复合的可能。

她瞥见陆瑜还戴着那枚戒指，过去她曾毫不留情地将它丢进水里，而现在她却因为它而感到了一丝惊喜。她找陆瑜要那枚戒指，想让他给她戴上，但陆瑜却不肯，情急之下她抓着戒指掉进了湖里，陆瑜不得不下水救她。她发起高烧，传染给了陆瑜。

卧病在床的时候，她看到陆瑜明明已经高烧三十九度，却还通过网络直播去看那个女孩的颁奖典礼，甚至在看到对方因为宋微没有得到影后而面露诧异难过时，也跟着蹙起眉来，眼中有怜惜，有心疼，有歉意。

这个男人的心正在为另外一个女孩而跳动。

她第一次感受到，高烧的灼热像一把炭火灼烧在她喉间。

爱情是一场没有安全感的盛宴。

没有哪一个女人不忌惮男友的前女友，除非她不爱他。

她找上了凌影，处处显露自己身份和地位的高贵，用细节暗示凌影陆瑜对她旧情难忘，她一连串的说辞是她精心准备的最强武器，她看着对方不能置信，不想承认，却又不得不承认的表情，深知自己已经快要成功。

但唯一令她没有想到的是，这女孩居然还会反驳。她说：

“他现在的女友是我。”

“就算是这样，我也不会离开他！”

她隐隐感到一种前所未有的危机，不过她毕竟是三十多岁的女人，光是人生阅历和商场上尔虞我诈的经验就比这种小丫头丰富不知多少倍。她安慰自己，并表现出对凌影的不屑，告诉自己对方的防备已被攻破，她和陆瑜之间是有进展的。

千里之堤溃于蚁穴。

一些不起眼的漏洞叠加起来却可以带来致命的打击。从那之后，她开始有计划地出现在凌影身边：凌影的敌人萧萧，凌影过去的男友叶子澈，凌影的公司boss黄锦立，当然，还有最重要的陆瑜……

这些人代表着凌影的敌人，友情，事业和爱情，是她所有的精神支柱。

当一个人感受到威胁时，往往需要从事业、爱情和友情上寻找安全感，而她所要做的，就是将她的精神支柱一一击垮，最后彻底击溃她。

最爱的人爱的不是自己，竞争对手日益强大，被前男友告知自己爱的人愿意为了其他女人的幸福付出一切，公司总裁和其他同行对她的恋情不看好，纷纷倒戈支持男友和别的女人在一起……而自己无论从身份、家世，还是财富上，都比不上那个女人。

这些方方面面的事情会给对方造成严重的心理暗示，从而影响对方，击溃对方。

世间险恶，人的内心要强大。

但当逐一撤去你的防护，打击你的自信，社会舆论都否定你，试问在这样的情形之下，有几个人能抗住这一切的打击？

〔六〕

唯一看出她的计谋的，是厉睿。

这个男人太擅长玩弄权术，亦洞悉人性弱点，手段更是果决狠毒。他不爱她，却很早就把她看透，她的一点小动作都逃不开他的眼睛。她在他面前毫无胜算，不过她也掌握着他的弱点。

没有人会再真心爱他，因为最爱他的人，被他亲手抹杀了这份爱意。

在这个世界上，越是站在高处的人，越是孤寂无边。

私人party上，当厉睿再次对她冷言冷语时，她禁不住伤心，忍不住刻薄还击。她利用那个人狠狠刺向厉睿的痛处，利用那个人如今的风光与幸福狠狠诅咒厉睿的不幸。厉睿第一次生了那么大的气，扬手就要打她，却被陆瑜挡住。

那一耳光扇去，对任何男人来说都是巨大的耻辱，然而陆瑜却在大庭广众之下为她承受。

她震惊又感动。

这种事情只有陆瑜才会为她做，厉睿是绝对不可能做到的。她终于发现，即便钻石价值再高，它的光芒也只有在欣赏它的人眼中才最漂亮，对于不爱它的人来说，它只是首饰盒里值钱却无趣的饰品之一。

可是，她的感动还没持续一分钟，另外一记响亮的巴掌声就响彻了全场——那个她看不起的凌影居然打了高高在上的厉睿一耳光！所有人都惊讶极了，包括她在内。

这个凌影以为她自己打的是谁？！连她这个与之吵了十年架又身份尊贵的妻子都不敢如此发脾气，就是害怕厉睿有朝一日的报复，这个女人竟然……

果然是超级愚蠢的女人！

那时，大厅蜜色的光线中，她看着那个少女眼睛里闪着泪花，微笑着抚摸着陆瑜的脸，尽管她已经悲伤到了极点。

她听着那个少女对厉睿说："你知不知道，男人被扇耳光是一件很损骄傲的事？所以……我不能让它只发生在陆瑜身上……"

明明只是娱乐圈戏子一样的艺人。

可是那一刻，她却被对方犹如女神一样的光芒刺得睁不开眼。

很久以后再回想。

或许那时，很多事情就已有征兆。她只能靠着其他男人为她遮风挡雨，而凌影却可以为了对方豁出全部勇气，不管有没有退路。

〔七〕

可她不想输给这个无论家世还是财富都比不上自己的女人，不想输在其他人怜悯看笑话般的目光里，不想输给自己曾经优雅的姿态。

她逼迫自己加快步调，故意当着记者的面曲解陆瑜的意思。陆瑜说，如果凌影不提分手，他是不会分手的。但她却补充一句，让众人理解成陆瑜在等凌影先提分手。

凌影过生日，陆瑜准备亲自去买一条拉布拉多。

虽然被陆瑜斥责“你以后再也不要跟我来往了”，但她还是跟了过去。她不提凌影，不提其他，在这种时候，她懂得如何以静制动。待在陆瑜身边，仅这个动作本身就足以向所有人宣告这个男人已经选择了她。

只是陆瑜自己并不知道，他居然对狗毛过敏。

可即使是这样，他还是耐心地选了一条可爱又傻里傻气的小狗，并亲自给小狗的脖子系了一条粉色的绸带。

店员以为她是他的女友，在一旁称赞：“你男友真是又有爱心又浪漫，这样的小狗狗每个女人都会喜欢的。”

听到这样的话，陆瑜不由露出笑容：“真的吗？她会喜欢吗？还有，我不是她的男友。”

她顿时脸上发烧。

出店门的时候，他们无巧不巧地碰到了凌影和叶子澈，叶子澈还提着蛋糕。她看到了陆瑜那一刻看凌影的眼神，故作冷漠中含着深深的痛心，那是一个男人看到自己心爱的女人跟别的男人在一起时才会有的眼神。

要放弃吗？

不，绝不。

她已经离开了厉睿，如果身边没有陆瑜，那她会多么狼狈！只是想想这种情形，她就觉得难以忍受。

凌影终于跟陆瑜分开了。剩下的就是等她直接退出娱乐圈，永远消失在他们面前，就像她曾经对付厉睿的情人那样。

然而，面临被厉睿封杀的凌影，却在香槟之夜得到了封景的帮助，那一刻她不可置信地望向陆瑜：“是不是你做的？你居然连封景都帮她请来了！”

这让她的面子往哪儿搁！

因为封景正是被她用尽手段对付过的那个人。

然而陆瑜连解释都没有解释一声。

江边烟火璀璨，香槟华丽的气泡像一场美梦，她终于觉得自己已经快要失去陆瑜了。于是，她拿出戒指，最后一次试探道：“我记得你曾说过，只要我幸福，你愿意付出一切代价。”

陆瑜听后，神情狠狠一震。

旁人传言过的他的冷酷和倨傲第一次出现在他的脸上，那样的眼神，令秦楚觉得面前的仿佛是一个她从不认识的陌生人。

陆瑜渐渐靠近她：“秦楚，难道你忘了？背叛我们之间过去的那个人不是我，而是你。”

她的手情不自禁地开始发抖，她预感到了一种可怕的情况。

她想挣脱：“不戴了，不戴了！我只是说着玩的！”

然而，面无表情的陆瑜却用力拽过她的手，粗暴地想将戒指套在她的手上，眼睛里没有一丝温度：“这是你我过去唯一的牵连！这一次戴上之后，你我互不相欠。”

那一刻，她几乎快要痛哭出声。

“痛吗？可我觉得更痛，因为凌影如今没有再正眼看我一次。”陆瑜痛苦地笑着，点了点胸膛，“而这里，在她出现后，就再也没有你的位置了。”

陆瑜，厉睿，封景，凌影。

过去的十年，这些人在她的人生里来来去去，最后通通化为今晚寒冷的夜风。

江水瑟瑟，烟火绚丽。

这是一场盛大的香槟晚会，唯独她浑身发冷，只觉四面楚歌。

▸萌爱小日常

〔**萌爱小日常之一**〕

很久以后，凌影问陆瑜："是不是在那次party上，你就对我一见钟情了？"

陆瑜挑挑眉："party？你别以为你胸部线条不错，我就会另眼相看。我是那种肤浅的男人吗？"

凌影："……那你是什么时候爱上我的？"

陆瑜撇撇嘴："忘了。"

凌影气得牙痒痒，抱起陆瑜的手臂就咬了一口。陆瑜一边喊痛一边把凌影压在身下嬉闹。

他想，他可能永远也不会告诉她。

在跟秦楚分手后最失落的那段日子里，他每天都能在大街小巷听到时下最红的YOUNGIRL的歌。他虽然觉得那个在电子屏幕上甜美笑着的女孩有点傻，但是好像再苦闷的心情也会因为这个少女的笑容而好起来。

〔**萌爱小日常之二**〕

跟凌影关系还未说透时，有次情人节两人一起过，那天陆瑜早早去了片场探班，一直等到凌影拍戏完毕，他却对凌影说自己只是顺便过来看看，粗心的凌影也就相信了这个理由。

从下戏上车到在餐厅吃饭，凌影发现陆瑜一直盯着自己，就很奇怪地问："为什么一直看着我？"

陆瑜哼哼道："长得好看。"

凌影："……"

陆瑜再次哼哼："你就没什么想要送给我的吗？"情人节女孩子不是都要送巧克力给男人的吗？

凌影："……那这顿饭我请？？"

陆瑜脸都快绿了，立刻叫服务员埋单。

晚饭后，两人又逛了一圈商场。

卡地亚专柜展示着一条挺好看的手链，一旁的店员推荐道："这条戴在你女朋友手上真的非常漂亮呢，而且在今天这样的日子买下来，爱情会一直甜蜜哟。"

凌影暗暗开心，却被陆瑜催促道："走啦！再晚一点儿又会堵车。"

凌影气鼓鼓地看了陆瑜一眼，只得先去停车场。回到家时，她发现自己包包里多了一个丝绒礼盒——里面正是她看中的那条手链。

凌影戴好手链，心里一阵甜蜜，嘴上却忍不住吐槽："还真是闷骚！"

〔**萌爱小日常之三**〕

凌影、宋微、陆瑜和黄锦立四人聚餐。黄锦立和陆瑜一起消失了，宋微和凌影不由嘀咕起来。即便一个是影后，一个是小天后，两人也都有着女人天生的八卦心理。

"据说他们两人从小感情就很好，大学时期一直一起洗澡，还互相给对方搓澡。"

“搓澡？！！！”凌影捂脸，“难怪我上次在陆瑜的衣柜里翻出一条陌生的骚包内裤，他说是黄锦立的。”

“内裤？！！！”宋微笑得超级邪恶，“以前黄锦立跟其他女星分手，用的最绝的借口就是——他只喜欢陆瑜！”

“只喜欢陆瑜！！！”两个女人意味深长地互看一眼，笑得花枝乱颤。

黄锦立和陆瑜过了好一会儿都还没有回来，两人决定一起去找他们，结果在拐角处见到黄锦立正半跪在地上。

只见黄锦立虔诚帅气地捧着一枚钻石戒指，深情款款地道：“请嫁给我。我是真心的，我想用下半生全部的爱来守护你。”

陆瑜则慵懒地半倚着墙壁，高傲俊美，一贯地毒舌道：“都被拒绝三次了，你够了吧，我才不要接受。”

黄锦立：“你接不接受？不接受我直接把你绑回家。”

话音刚落，他便发现宋微和凌影正站在不远处……

宋微和凌影：“你们继续，继续，我们什么都没看到。”

黄锦立一看坏了，立刻解释道：“微微你别误会，我只是在练习求婚而已。”他连续向宋微求婚三次都被拒绝了，这次好不容易练习一下准备待会儿再接再厉啊！！！

宋微：“哦哦，那你继续。祝你向陆瑜求婚成功。”

陆瑜：“……我也不是什么人都要的好吗？”

众人：这人……不毒舌会死啊。

〔萌爱小日常之四〕

虽然凌影和陆瑜已经正式在一起，但陆瑜人长得俊美，又是品优娱乐公司的总监，还是有很多女艺人想要接近陆瑜。

凌影这次接拍新戏，就有一个女新人时时搭讪，陆瑜烦不胜烦，趁凌影拍完戏，一把将凌影拉到自己怀里宣告所有权：“看清楚，我从头发到脚跟，从左手中指尖到右手中指尖，全身上下都只归凌影所有！非礼勿视！”

最近的一次，则是圈中一个作风不佳的女星频频朝媒体放话，暗示陆瑜跟自己有私情。凌影看到报纸，默默地、冷冷地斜睨陆瑜，陆瑜则一副“你觉得我的眼光会降低到那种水准吗”的神情。

凌影轻哼了一声，将陆瑜推倒在沙发上。

她扯开他的衬衫，露出线条分明的胸肌。

陆瑜闷笑：“怎么，要我以身相许进行精神补偿？”

凌影还是一言不发，只是咬开签名用的油性笔，唰唰唰在陆瑜胸口签下自己的大名，还不忘在旁边画上一颗甜蜜的心。

陆瑜正纳闷，凌影已摆好pose和他自拍了一张，喃喃念了一句：“不错，我的自拍技术还在。”

同时又上传微博：“私情？呵呵。这个男人的心早已被me签订一辈子了好吗？”

话题立刻被粉丝刷成微博热点话题，而#这个男人的心早已被me签订一辈子#更是成为时下经典的凌影句式。

〔**萌爱小日常之五**〕

因为跟陆瑜恋情曝光，有些需要情侣参加的综艺节目也通过Jolie邀请凌影。其中一次节目有一个做菜环节，一同上场的四个女嘉宾有的做得一般，有的做得超好吃，而凌影……她做的简直就是黑暗料理，惨不忍睹的程度令主持人和观众们都惊呆了。其他女星的男朋友都快笑喷了，顿时觉得凌影把自己的女友衬托得好棒。

整个节目现场，唯独陆瑜面不改色地将凌影做的食物全部吃完，主持人忍住笑意询问：“好吃吗？”

陆瑜：“不错。”

主持人：“所以说，凌影就像那些小说中的女主角一样，属于容貌可爱但是做饭笨笨的类型？”

陆瑜：“她每天通告那么多，还要自己导电影，这种情况下能做到这个程度，已经是很高的性价比了。我作为总监，觉得可以给她打优。”

“根本就是情人眼里出西施好吧……”

“陆瑜简直太痴情了。”

“性价比，我的天，瞧瞧陆瑜这商人细胞……”

“大家发现没，吃凌影做的食物，陆瑜竟然可以面色如常地活到现在，这家伙是外星人伪装的异形吧……”

一些吐槽字幕纷纷在视频网站上弹出，数量多得惊人。

而现场那些女星听完陆瑜的话后，则纷纷训导自己的男友：“你看看人家陆瑜，对女朋友这么好，以后对我好一点！！！”

〔萌爱小日常之六〕

凌影回归娱乐圈后，以女导演的身份参加了咔隆国际电影节，两年之后又与陆瑜结婚。很多人祝福她事业爱情双丰收，也有一些娱乐八卦传出声音：“既然都结婚了，就安心在家生孩子吧。”

“别再演戏了，好好照顾家庭才是正道。”

陆瑜知道后，牵着凌影的手出现在公共场合，对采访记者说：“她能嫁给我，是我的荣幸，而不是为了成为一名家庭主妇。她可是超人气天后，更是实力派演员，现在更是朝着成为一名优秀导演的目标前进着——我爱的，正是独立自主的凌影。”

后记 · 人生中的那一年

中考考完的那一年，我租了一些台湾言情读物，趴在竹席上一边吃着冰镇西瓜一边翻阅。没有想到的是，如今写文后第三本小说便是与当年常看的那一家签订的繁体出版合约。编辑从台湾打电话过来，我说："我以前看过你家的书。"编辑笑着回应："那如今你已经从我家读者成为我家作家了。"

准备口译大赛那一年，我每天都会去报亭买《China Daily》，一方面是为了积累最新的专业词汇，一方面是为了做财经科技新闻的视译速翻训练。报亭白色细铁架子网上悬挂着《公主志》、《漫友》、《新蕾》等杂志，有时我也会因为这些美丽的封面驻足停留，最后带回几本。偶尔也会突发奇想，会不会有一天我的文章也会刊登在上面？但随即又摇摇头，我正在读的两个学位跟这些一点儿关系都没有。多年之后，我却拿到了这些杂志的样书，在上面看到自己的长篇连载印成细致优雅的铅字。

也许正应了《阿甘正传》那句永垂不朽的经典台词。

Life is like a box of chocolates. You never know what you're going to get.

《你的世界，星光如初》（原名《逆行的天后》）连载时，很多人在贴吧热切地讨论剧情，讨论凌影和萧萧，讨论她们的友情和她们各自的爱情。其中有一些是学生，他们怀抱理想，活泼而充满动力，积极建设贴吧，出着《你的世界，星光如初》的吧刊，用自己的绘画和写作才能给《你的世界，星光如初》画插图、写番外，或者是出外景cos凌影，努力平衡着阅读爱好和学习之间的时间和付出的精力。她们有时会说我也希望成为凌影这样坚强的女孩，但其实我的性格里也有萧萧的一部分，有时也会思考读这些书会不会影响学习。

讨论到最后的结论是，谁也不知道未来会是什么样，但是他们至少在自己的青春里读了自己喜欢的书，做了想做的事。

《你的世界，星光如初》已经出版，《星光的彼端》即将出版，一些漫画和影视作品也正在筹备中。我如今也已经记不清当年究竟读了哪些小说，做了多少份同声传译的练习，但人生的确是经历许多后到了某一年，你才会发现过去那些无数细节默默带来的转折，就如同蔡康永所说，你对我的影响，就如同山川河流对大地的影响。

希望我们彼此在多年后回顾人生中的那一年时，都能发现它带来的美妙之处。

青罗扇子